HEYNE
BÜCHER

Das Buch

Ben Kincaid, Anwalt in Tulsa, Oklahoma, übernimmt einen nahezu aussichtslosen Fall. Vor zehn Jahren hat der Afro-Amerikaner Leeman Hayes, damals noch ein Teenager, in einem vornehmen Country Club eine junge Frau mit einem Golfschläger getötet. Immer wieder wurde sein Prozeß wegen Verfahrensfragen verschoben, doch nun steht die Gerichtsverhandlung unmittelbar bevor. Die Beweise gegen Hayes sind erdrückend, Kincaid kann im besten Fall statt eines Todesurteils eine lebenslange Haftstrafe erreichen. Doch der Zufall kommt dem Anwalt zu Hilfe. Die sexuelle Belästigung eines Zehnjährigen, Abie Rutherford, erregt die Gemüter in Tulsa. Und dann ist Abie Rutherford, ein ruhiges, einsames Kind, das in jedem Fremden einen Freund zu sehen meint, plötzlich spurlos verschwunden. Alle, auch Ben Kincaid, fürchten um das Leben des Jungen. Doch Kincaid macht eine Entdeckung, die ihn einen Zusammenhang zwischen dem Fall Leeman Hayes und dem Verschwinden des Kindes vermuten läßt. Weitere Ermittlungen führen ihn zu überraschenden Ergebnissen. Seine neuen Erkenntnisse werden im Gerichtssaal wie eine Bombe hochgehen.

Der Autor

William Bernhardt ist – wie sein Held Ben Kincaid – Rechtsanwalt in Tulsa, Oklahoma. Er hat als Anwalt bereits mehrere Auszeichnungen erhalten, unter anderem für sein Engagement für arme und ältere Leute. Auch für seine Romane wurde er bereits mit Preisen ausgezeichnet. *Tödliches Urteil* ist bereits das fünfte Buch um Ben Kincaid, nach *Blinde Gerechtigkeit* (01/9526), *Tödliche Justiz* (01/9761), *Gleiches Recht* (01/10099) und *Faustrecht* (01/10364).

WILLIAM BERNHARDT

TÖDLICHES URTEIL

Roman

Aus dem Amerikanischen
von Peter Pfaffinger

Deutsche Erstausgabe

WILHELM HEYNE VERLAG
MÜNCHEN

HEYNE ALLGEMEINE REIHE
Nr. 01/10549

Titel der Originalausgabe
CRUEL JUSTICE

Umwelthinweis:
Das Buch wurde auf
chlor- und säurefreiem Papier gedruckt.

2. Auflage

Redaktion: Werner Heilmann

Printed in Germany 1998
Umschlagillustration: Tony Stone Images/Doug Armand
Umschlaggestaltung: Atelier Ingrid Schütz, München
Satz: Pinkuin Satz- und Datentechnik, Berlin
Druck und Bindung: Ebner Ulm

ISBN 3-453-13134-7

FÜR MEINEN
VATER
UND
MEINEN SOHN

Mein Gesicht, ein Abbild ist's
von meines Vaters Anlitz.
Lord Byron (1799–1824), ›Parisina‹

PROLOG

I
Fünfundzwanzig Jahre davor

»Es ist so dunkel hier drin, Daddy.«

Der Junge weiß nicht, wie lange er schon an diesen Stuhl gefesselt in der Kammer sitzt. Er weiß weder wie spät, noch welcher Tag es ist. Er weiß nur, daß er Hunger hat. Und Durst. Und Angst.

Schreckliche Angst.

»Bitte, Daddy. Ich mag diese Dunkelheit nicht.«

Die Stricke schneiden in seine Handgelenke und schürfen ihm die Haut auf. Seine Schenkel und Lenden sind wund und durchnäßt. Er weiß nicht, wie oft er sich in die Hose gemacht hat. So lange schon ist er in dieser Kammer.

»Daddy? Mommy? Bitte helft mir!«

Er weiß, daß sie irgendwo dort draußen sind. Daddy belauscht ihn und lacht vielleicht. Mommy ist auch da. Sie lacht zwar nicht, aber helfen wird sie ihm trotzdem nicht. Dazu war sie noch nie bereit. Sie tut so, als ob sie ihn nicht hören könne, als ob sie nichts von all dem mitbekommen würde, was mit ihm geschieht. Aber sie weiß es.

Er schaukelt auf seinem Stuhl hin und her, kämpft gegen die Stricke an. »Bitte, Daddy! Ich halte es nicht mehr aus! Ich tue auch alles, was du willst. Ich …«

Die Tür geht auf. Plötzlich flutet Licht herein, blendet ihn. Der Junge kneift die Augen zu und macht sie vorsichtig wieder auf. Er gewöhnt sich langsam an die Helligkeit. Vor ihm hat sich sein Vater aufgebaut. Sein Gesicht kann er nicht sehen, nur die Konturen seines gewaltigen Körpers in der Tür. Er ist überall und riesenhaft. Wie ein ungeheurer Schatten. Wie der Schwarze Mann.

Plötzlich packt den Jungen noch gräßlichere Angst als vorhin, als er allein war.

»Du bist ein schmutziger Junge«, knurrt sein Vater.

Obwohl er sie nicht sehen kann, weiß das Kind, daß sein Vater die Hände zu Fäusten geballt hat – zwei furchterregende Prellböcke. Der Junge will fliehen, doch die Stricke sind zu fest verknotet.

»Bist du bereit für die Strafe?« donnert sein Vater.

»Aber ich hab' doch gar nichts getan, Daddy! Ehrlich!«

»Halt's Maul!« Schon landet eine dieser gewaltigen Fäuste in seinem Gesicht. »Ich habe die Nase voll von deinen Lügen! Lügen ist eine Sünde gegen Gott. Weißt du das etwa nicht, du Dummkopf?«

Der Junge zittert am ganzen Leib. Er möchte antworten, bringt aber kein Wort hervor.

»Ich habe deine Bettwäsche kontrolliert. Sie war naß. Schon wieder!« Sein Vater beugt sich über ihn. Der massive Schädel raubt dem Jungen das letzte Licht. »Ich habe dir doch gesagt, was passiert, wenn du das noch mal machst!«

»I-ich hab's nicht absichtlich getan, Daddy«, krächzt der Junge. »Ich wollte es zurückhalten, aber …«

»Halt's Maul.« Wieder schlägt sein Vater zu, auf die andere Wange diesmal. Der Junge fängt an zu weinen.

»Memme. Erbärmliche, schmutzige Memme. Bilde dir nur nicht ein, ich wüßte nicht, was du machst, wenn ich nicht da bin! Ich habe dich doch gesehen. Du faßt dich an. Ich habe auch genau gesehen, wie du deine Mutter anschaust, wenn sie in der Unterwäsche mit ihren Stöckelschuhen rumstolziert wie irgendeine dahergelaufene …«

Er beugt sich so nahe zum Gesicht des Kindes, daß er es fast mit der Nase berührt und ihm sein heißer, nach Whisky stinkender Atem entgegenschlägt. »Du bist ein schmutziger Junge. Du wirst erst dann sauber, wenn du deine Strafe bekommen hast.«

»Bitte nicht!« heult der Junge verzweifelt. »Bitte, bitte nicht!«

»Du mußt bestraft werden.«

»Das tut so weh, Daddy. Bitte!«

Sein Vater weicht zurück. Auf einmal ist seine Stimme merkwürdig ruhig. »Ich habe jemanden mitgebracht.« Er zeigt ihm ein kleines Stofftier.

»Oliver!« Es ist der Teddybär des Jungen. »Danke, Daddy. Ich habe ihn ja so vermißt ...«

»Weil du keine Strafe annehmen willst, muß Oliver für dich büßen.«

Der Junge reißt entsetzt die Augen auf. Er hat begriffen, was sein Vater vorhat: »Nein! Bitte nicht, Daddy, *bitte!*«

Doch schon packt der Mann mit seiner riesigen Hand den Bär oben am Kopf und reißt ihn ab. Die Füllmasse quillt aus dem offenen Rumpf heraus und fällt auf den Jungen herunter.

»Nein!« heult das Kind. »Du bringst ihn um!« Dann muß es husten; Schaumstoff ist ihm in den Mund geraten.

»Noch ist Oliver nicht tot«, sagt sein Vater. »Aber bald. Es ist deine eigene Schuld. Du hast ihn verraten.« Er zückt ein Feuerzeug. Die Flamme taucht sein Gesicht in ein gespenstisches Licht, in dem seine Augen plötzlich so rot und heimtückisch wirken wie auf den Abbildungen des Teufels, die der Junge in der Bibel seiner Mutter gesehen hat.

»Bitte nicht, Daddy! Bitte!«

Ungerührt zündet der Vater den Teddybär an. Die Flammen verzehren das Stofftier rasend schnell. Asche fällt herab. Den noch brennenden Rest wirft der Mann in einen Mülleimer.

»Du hast ihn umgebracht!« schluchzt der Junge. Tränen strömen über seine Wangen. »Du hast Oliver ermordet!«

»Nicht ich!« hält ihm sein Vater vor. »Das warst du. Du warst ein schmutziger, böser Junge und wolltest dich vor deiner Bestrafung drücken. Darum mußte Oliver für dich büßen. Du bist schuld daran. Du hast ihn umgebracht.« Er verschränkt seine mächtigen Arme vor der Brust. »Bist du jetzt bereit, deine Strafe anzunehmen?«

Zu einer Antwort ist der Junge nicht in der Lage. Er schluchzt, würgt und schnappt nach Luft.

»Ich habe dich gefragt – bist du bereit?« brüllt der Mann.

»Ich glaube, ja«, flüstert das Kind.

Sein Vater richtet sich auf. »Das gefällt mir schon besser. Brave Jungen nehmen ihre Strafe an. Du machst Daddy sehr glücklich, wenn du deine Strafe annimmst.«

Er sagt noch mehr, doch das hört der Junge nicht. Er ist

bereits unterwegs zu einem anderen, weit entfernten Ort, an den er sich immer rettet, wenn sein Vater ihn quält. Nur auf diese Weise kann er die Schmerzen, die Demütigungen ertragen. Nur auf diese Weise kann er überleben.

An diesem weit entfernten Ort träumt er von einer besseren Welt. Einer Welt ohne dunkle Kammern und ohne Schmerzen. Einer Welt, in der sein Vater nicht existiert. Einer Welt, in der er der Starke und nicht das Opfer ist.

II
Zehn Jahre davor

Sergeant Sandstrom jagte seinen Einsatzwagen auf der kurvenreichen Straße um das Philbrookmuseum herum. Nirgendwo brannten Lichter; folglich konnte sich auch niemand daran stören, wenn er schneller fuhr als erlaubt. Hauptsache, irgend etwas war lauter als diese verdammte Mundharmonika.

»Hey! Paß doch auf!« beschwerte sich Sandstroms Partner, ein junger Bursche mit Milchgesicht und lockigem schwarzem Haar, der in einer besonders engen Kurve gegen die Tür geschleudert wurde. Bei dem Aufprall war ihm die Mundharmonika aus der Hand gefallen. »Du hast meinen Song kaputtgemacht.«

»Tut mir leid«, log Sandstrom. »Ich hab' nicht auf die Straße geachtet.«

Dafür, daß er frisch von der Polizeiakademie kam, fand Sandstrom den jungen Morelli eigentlich ganz okay. Wenn er nur nicht ständig Bob-Dylan-Nummern trällern würde ... Seine Stimme war noch schlimmer als die des Sängers – falls so etwas überhaupt möglich war. »Stimmt das wirklich, daß du in Nachtclubs aufgetreten bist?«

»Ja. Pizzarestaurants, Studentenkneipen und Bars. Mit einem Freund zusammen.«

»Und dieses Glitzerleben hast du mit dem Dasein eines Polizisten getauscht?«

»Was soll ich sagen? Jeden Abend war es dieselbe Geschichte: Donnernder Applaus, Mädchen, die sich an dich ranschmeißen und Kinder von dir haben wollen. Irgendwann hat man es satt.«

»Mhm. Jede Wette, daß deine Frau auch welche von dir will.«

»Da hast du recht.« Der junge Beamte zog ein Foto aus seiner Hemdtasche.

»Oje, oje«, stöhnte Sandstrom. »Fang nur nicht schon wieder damit an, mir von ihr vorzuschwärmen.«

»Ich kann nicht anders«, seufzte sein Partner. »Sie ist doch wunderschön, nicht wahr?«

Sandstrom riß das Lenkrad nach links herum. »Wie oft muß ich es dir noch sagen? Diese Rührgeschichten sind nur was für Jungverheiratete! Das mußt du hinter dich bringen.«

»Warum?« fragte Morelli, ohne von dem Bild aufzusehen.

»Weil ein Cop sich keine Ablenkung leisten kann. Darum. Du mußt dich konzentrieren.«

Natürlich war das nicht der eigentliche Grund. In Wahrheit hatte Sandstrom nur deswegen etwas gegen die leidenschaftlichen Romanzen der jungen Cops, weil sie nie lange anhielten. Es war doch immer dasselbe. Noch ein Jahr, vielleicht auch zwei, und dann war das aufregende Mädchen, dem Morelli jetzt so schöne Augen machte, die größte Enttäuschung seines Lebens. Aber Reden war sinnlos. Er würde es ihm nie glauben.

Sandstrom arbeitete seit dreizehn Jahren im Polizeidienst; sein Partner dagegen befand sich noch in der Ausbildung. Michelangelo A. Morelli – seine Freunde nannten ihn Mike – hatte wer weiß aus welchen verrückten Gründen vom Studium der englischen Literatur zur Polizeiakademie gewechselt. Mike demonstrierte alle Attribute eines Anfängers: ein frisches Gesicht, in das die Anstrengungen und die Gefahren des Streifendienstes noch keine Spuren gegraben hatten; einen Idealismus und eine Naivität, die schon fast ans Komische grenzten; und die penetrante Gewohnheit, Shakespeare zu zitieren.

»Ich muß wohl der glücklichste Mann auf der ganzen Welt sein«, schmachtete Mike, der noch immer das Foto anhimmelte.

»Mhm.«

»Du wirst nicht glauben, was sie neulich getan hat … Ich komme heim, und da steht eine brandneue Corvette vor der Tür. Sie hat den Wagen einfach so für mich gekauft. Kannst du dir das vorstellen?«

»Eine Corvette? Kannst du dir so was denn leisten?«

»Genau das habe ich sie auch gefragt«, strahlte Mike. »Und weißt du, was sie gesagt hat? ›Liebling, wenn es um dich geht, ist Geld kein Thema.‹«

Muß Liebe schön sein, dachte Sandstrom. Doch ob die Bank es auch so sah? »Aber heute morgen bist du doch wieder mit deinem zerbeulten Dodge Omni vorgefahren …«

»Na ja, Julia mußte eine Menge Einkäufe erledigen. Drum hat sie den neuen Wagen genommen.«

»Ah!« rief Sandstrom. »Ich verstehe.« So langsam wurde ihm tatsächlich einiges klar.

Sie glitten durch die Wohnstraßen von Utica Hills, Tulsas edelstem Stadtteil. Die exklusive Enklave des Geldadels. Sandstrom haßte diese Tour. Zu tun gab es hier praktisch nie etwas. Aber die Bewohner waren dankbar, wenn die Jungs in blauer – oder meistens in brauner Uniform auf ihre Swimmingpools und Ferraris aufpaßten. Da ihre Bankkonten mehr oder weniger bestimmten, wer Bürgermeister wurde und wer im Stadtrat etwas zu sagen hatte, hing von ihnen auch die Führung der Polizei ab, und die las ihnen deshalb natürlich so gut wie jeden Wunsch von den Lippen ab.

»Wie kommt deine reizende Frau mit dem Dasein einer Polizistengattin zurecht?« erkundigte sich Sandstrom.

Mike verstaute das Foto wieder in seiner Brusttasche. »Ach, Julia ist sehr verständnisvoll. Sie will vor allem, daß ich glücklich bin. Wenn ich spät nach Hause komme, beschwert sie sich nie. Hauptsache, ich bin nicht zu müde, um …« Er lief rot an. »Na ja, du weißt schon.«

»Junge, ich will wirklich nichts davon hören.«

»Wir wollen doch ein Baby …«

»Ach Gott ...«

»Julia möchte ein Mädchen, aber mir wäre ein Junge lieber. Ein kleiner lockiger Morelli. Mir wie aus dem Gesicht geschnitten. Hoffentlich bin ich dann ein ähnlich guter Vater für ihn wie meiner es für mich war.« Er senkte den Kopf, und sein Lächeln erstarb. »Seit einem halben Jahr legen wir uns mächtig ins Zeug, aber bis jetzt noch ohne Glück.«

»Ein halbes Jahr ist gar nichts. Meine Schwester Amelia und ihr Mann mußten es acht Jahre lang versuchen, bis sie endlich ihren ersten Schatz gekriegt haben. Jetzt sind es schon fünf.«

»Wirklich? Julia hat gemeint, wir sollten vielleicht mal zum Arzt gehen. Weißt du, ihr Vater ist selber Arzt. Drum glaubt sie natürlich, die hätten für alles eine Lösung.«

Sandstrom zuckte zusammen. »Ihr Vater ist Arzt?«

»Kardiologe.«

»Reich?«

»Steinreich.«

Und da glaubte der Junge, er könne seine Frau auf Dauer mit einem Polizistengehalt glücklich machen? Zum erstenmal tat ihm Morelli richtig leid. Diese Ehe war ja noch chancenloser, als er sowieso schon vermutet hatte.

»Julia kauft ständig diese Sachen für den Schwangerschaftstest. Pro Nacht macht sie drei. Aber im Moment ist noch jedesmal Fehlanzeige.«

Sandstrom bemühte sich um einen aufmunternden Ton. »Keine Sorge, Kumpel. Ihr habt ja jede Menge Zeit.«

»Wahrscheinlich hast du recht.« Mike sank auf seinem Sitz zurück. »Aber ich will unbedingt einen Jungen haben. Unseren Jungen.«

Das Funkgerät rauschte. Sandstrom nahm den Hörer ab und wechselte ein paar Worte mit der Zentrale. Mikes unerfahrene Ohren vernahmen nur Rattern und Pfeifen.

»Was ist?« fragte Mike.

»Klingt ganz nach eins-acht-sieben.«

»Das heißt ja Mord! Wer hat wen umgebracht?«

Sandstrom wendete den Wagen mit einer Rasanz, daß er sich fast überschlagen hätte. »Das konnte mir keiner sagen.«

»Wo denn?«

»Utica Greens Country Club.«

»Wirklich?« Mikes Augen glänzten. »Was wurde als Waffe benutzt? Ein Poloschläger?«

»Fast. Ein Golfschläger.«

»Ein Golfschläger. Wie ...«

Mike kam nicht mehr dazu, seine Frage zu vollenden. Sandstrom raste durch das Tor des Clubs, hielt neben einem anderen Streifenwagen und sprang raus. »Schon mal einen Mord gesehen, Morelli?«

»Auf Fotos«, antwortete Mike ausweichend.

»Dann mach dich auf was gefaßt«, brummte Sandstrom und klopfte ihm auf die Schulter. »Bilder sind nicht dasselbe.«

Ein anderer Beamter, der kaum älter als Mike war, nahm sie in Empfang. Er deutete auf ein Häuschen auf einem Hügel über dem ersten Abschlagspunkt des Golfplatzes. »Das ist der Caddieschuppen«, erklärte Patrolman Tompkins. »Das Opfer ist noch dort drin. Ich habe sie nicht angerührt. Bin als erster hier eingetroffen. Die Mordkommission ist wohl noch unterwegs.«

Als sie den Hügel hinaufstiegen, sah Mike einen Schatten über die Loggia an der Rückseite des Hauptgebäudes huschen. Im glitzernden Mondlicht glaubte er blonde Haare auszumachen.

»Da drüben ist wer«, sagte er. »Seht ihr es auch? Eine Frau, glaube ich. In einem weißen Kleid. Sie läuft weg.«

Tompkins spähte angestrengt zum Haus hinüber. »Ich sehe nichts.«

»Er schwärmt mir schon die ganze Nacht von seiner tollen Frau vor«, meinte Sandstrom grinsend. »Jetzt hat er wohl eine Vision.«

»Ich habe aber jemand gesehen«, beharrte Mike. Er rannte zu dem Haus hinüber, hinter dem die Gestalt verschwunden war, konnte dort aber niemand entdecken. Auch die Inspektion des näheren Umfelds blieb ohne Ergebnis. So kehrte er schließlich resigniert zu seinen Kollegen zurück.

»Keine Traumfrau in Weiß?« fragte Sandstrom.

»Nein«, brummte Mike. »Ein Phantom meiner Wonne.«

»Schon wieder so eine literarische Spinnerei?«

»Keine Hektik«, meinte Tompkins, an Mike gewandt. »Wir haben ja schon einen Verdächtigen.«

Sandstrom und Mike folgten Tompkins in das Gebäude. Neben der Eingangstür kauerte ein halbwüchsiger Schwarzer. Sein Gesicht war tränenüberströmt. Er schien total verängstigt.

»Das ist er«, erklärte Tompkins.

Mikes Blick schweifte bereits durch den Raum. »Hm. Und wo ist das ...«

Die Frage nach dem Opfer blieb ihm im Halse stecken. In der nördlichen Ecke lag die Antwort.

Überall war Blut.

Sandstrom hatte recht: Es war nicht so wie auf den Fotos.

Absolut nicht.

»Mein Gott«, ächzte Mike. Seine Worte schienen bereits im Mund zu verebben. Er würgte. »O Gott, guter Gott im Himmel ...«

Er stand wie erstarrt da und stammelte immer dasselbe vor sich hin, bis Sandstrom ihn zur Toilette führte, wo er sich übergab.

»Ganz ruhig«, sagte der Ältere sanft. »Versuch einfach, nicht dran zu denken.«

Doch noch während er über der Kloschüssel kauerte, war Mike klar, daß er das Bild, das er soeben gesehen hatte, nie vergessen würde. Egal wie lange er lebte, egal wie viele Leichen er noch sah.

Nie.

Mücken schwärmten um ihren Kopf herum, und auf ihrem Hals hatte sich das Blut verklumpt. Selbst im Tode stand sie aufrecht, an die Wand genagelt, als wäre sie unsagbarer Sünden wegen gekreuzigt worden.

III
Heute

Harold Rutherford traf seine Frau Rachel vor der Eingangstür zum eleganten Foyer des Utica Greens Country Club. Von seiner Stirn perlten Schweißtropfen herab. An seiner Schulter baumelte ein Golfschlägerfutteral.

»Wo ist Abie?« fragte er.

»Ich habe ihn zum Fotografen geschickt«, antwortete Rachel. »Sind wir nicht deswegen gekommen?«

Rutherford preßte die Lippen aufeinander – eine Art, Verärgerung anzudeuten, mit der er seiner Frau mehr und mehr auf die Nerven ging. »Ich wollte, daß wir uns zusammen fotografieren lassen.«

»Der Termin für das Familienfoto wäre um zehn gewesen«, schnappte Rachel zurück. »Du kommst eine Viertelstunde zu spät. Du kriegst aber auch nichts auf die Reihe.« Sie hatte ihre eigenen Methoden, Gereiztheit auszudrücken.

Rutherford sah auf die Uhr. »Ich hatte eine Vorstandssitzung.«

»Mit dem Golfschläger?«

»Wir haben uns gesagt, beim Spielen fällt das Diskutieren leichter.«

»Das ist keine Erklärung für deine Verspätung.«

Er starrte sie verständnislos an. »Ich konnte die anderen doch nicht stehen lassen!«

»Warum nicht?«

Er verdrehte die Augen. »Das verstehst du nicht.«

»Hal, das Abendland wird nicht gleich untergehen, wenn du eine Vorstandssitzung des Country Clubs ein paar Minuten früher verläßt.«

»Ich habe eine Verantwortung …«

»Du hast eine Verantwortung für deinen Sohn! Für deine Familie! Vor deinen Freuden schwingst du ja immer schöne Reden, was für ein hingebungsvoller Vater du bist. Und dann bestehst du darauf, daß wir herkommen und ein tolles Familienporträt machen lassen, damit du was Protziges an die Wand kleistern kannst. Aber wenn es darauf ankommt, steht deine Familie an letzter Stelle.«

»Das stimmt nicht.«

»Und ob! Manchmal glaube ich, du wolltest nie ...«

Er brachte sie mit einem eisigen Blick zum Schweigen.

»Wie kannst du so was nur sagen? Ich liebe meinen Sohn.«

»Weiß er das auch?«

Damit nahm Rachel ihm den Wind aus den Segeln. »Na ja ... Was soll die dumme Frage? Natürlich weiß er es.«

»Bist du sicher?«

»Ja«, antwortete Rutherford. »Er weiß es. Da bin ich mir ganz sicher.«

Im Ballsaal des Country Clubs wartete Royce geduldig auf den Jungen. Die Zeit vertrieb er sich mit dem Betrachten der Aufnahmen, die er bisher an diesem Vormittag geschossen hatte. Nein. Nein. Auf keinen Fall ... Zu alt ... Zu hellhäutig. Paßt einfach nicht ...

Ein Donnern hallte durch den grottenartigen Raum. Die schwere Eichentür war ins Schloß gefallen. Hastig verstaute Royce die Fotos in seiner Tasche und trat hinter seine Kamera.

Er warf einen Blick auf seine Liste. »Du mußt Abie sein. Abie Rutherford?«

»Ja.«

Royce schätzte den Jungen auf etwa zehn. Er hatte dunkle Haare und einen dunklen Teint. Seine Locken hingen ihm bis über die Augen. Er trug eine weites Poloshirt und eine Baseballmütze mit dem Schriftzug der Drillers.

Er sah entzückend aus.

Royce verbarg sein Lächeln hinter vorgehaltener Hand.

Das war der Richtige.

»Ich dachte, ich soll ein Familienporträt machen«, brummte er, während der Junge sich auf den Hocker setzte.

»Das wollten wir auch«, erwiderte der Kleine mürrisch. »Aber dann ist mein Dad nicht gekommen.«

»Wirklich schade.« Royce wühlte in seinem Zubehör herum. »Will dein Vater die billigere Zehnerserie, den Standard von fünfundzwanzig Aufnahmen in verschiedenen Größen, oder das Superdeluxe-Pack mit sechzig Bildern?«

»Wahrscheinlich will mein Dad gar nichts«, meinte der Junge achselzuckend.

Royce kauerte sich hinter die Kamera und stellte sie auf das Kind ein. »Du siehst ja wie ein Drillers-Fan aus.«

»Ach ja?«

»Nimmt dein Dad dich oft zu ihren Spielen mit?«

Das falsche Lächeln, das Abie schon für die Kamera aufgesetzt hatte, erstarb. »Nein.«

»Warum nicht?«

Abie gab keine Antwort.

»Komm schon, mir kannst du's doch erzählen. Wem soll ich es denn schon weitersagen? Ich bin doch nur ein Fotograf.«

Abie überlegte. »Mein Dad nimmt mich nirgendwohin mit«, platzte es aus ihm heraus. »Er sagt, Ballspiele seien was für den Pöbel. Drohnen nennt er solche Leute.« Er verschränkte traurig die Arme. »Ich glaube, er haßt mich.«

»Und deine Mom?« fragte Royce mit einem verständnisvollen Nicken.

»Sie haßt mich nicht. Sie streitet in einem fort mit Dad. Aber das ist genauso schlimm für mich, wenn sie zanken.«

»Armer Kerl.« Royce trat auf den Jungen zu und tätschelte ihm lächelnd die Wange. »Also, den Kopf etwas schräg ... Noch ein bißchen mehr ... Gut so.« Er strich Abie das Shirt glatt, fuhr dabei mit der Hand über seine Arme und Schenkel. »So ist es gut. Perfekt bist du! Der Traum jedes Fotografen!«

Wieder bezog Royce hinter der Kamera Stellung und fing an zu knipsen. Er schoß zweimal so viele Bilder als sonst; sein kritischer Freund sollte auch garantiert ein möglichst ansprechendes Foto bekommen.

»Du bist wirklich ein ganz tolles Motiv!« lobte Royce den Jungen. »Hast du schon mal daran gedacht, Model zu werden?«

»Model?« Abie legte kritisch die Stirn in Falten. »Was soll ich denn mit so was? Ich werde Baseballspieler.«

»Natürlich.« Royce knipste den Film voll, dann schoß er noch heimlich ein paar Fotos mit seiner kleinen Polaroidkamera. »Das wär's. Fertig.«

Abie stand auf. »Kann ich gehen?«

»Aber sicher.« Erneut tätschelte Royce den Jungen. »Mach dir noch einen schönen Tag, Süßer.«

Sobald er mit allem fertig war, packte Royce seine Ausrüstung ein und fuhr zu seinem Freund hinaus, der in North Side ein kleines Apartment in einem Hinterhaus bewohnte.

»Was willst du?« fragte der Freund in einem alles andere als freundlichen Ton. »Habe ich dir nicht gesagt, du sollst nie hierher kommen?«

»Ich konnte es nicht erwarten! Und ich weiß einfach, daß du begeistert sein wirst, wenn du siehst, was ich für dich habe.«

»Das würde mich aber sehr wundern. Du kannst schon seit Wochen nichts Passendes mehr vorzeigen.«

»Wie schnell du doch vergißt. Ich habe den Jungen gefunden, den ...« Royce biß sich unvermittelt auf die Zunge. Zu spät hatte er seinen Fehler bemerkt.

»Richtig, und daß es schiefging, daran warst *du* schuld!« Unter den dichten Brauen glichen die Augen seines Freundes plötzlich winzigen, funkelnden Perlen. »Glaub mir, ich habe nichts vergessen.«

Royce griff nach seiner Tasche und fummelte beim Öffnen so hektisch am Verschluß herum, daß sie zu Boden fiel. »Ich kann nichts dafür«, murmelte er. »Für dich tu' ich doch immer mein Bestes. Und wie dankst du es mir?«

»Wer hat dir denn den Termin beim Vorstand vom Country Club vermittelt? Ich und sonst niemand!«

»Schon gut, schon gut.« Endlich war die Tasche offen, und Royce zog die Fotos heraus. »Schau dir das an.«

Sein Freund riß ihm die Bilder aus der Hand. Plötzlich schnappte er nach Luft. »Die hast du im Country Club gemacht?«

»Ja, heute vormittag.«

Der Mann runzelte die Stirn. Die Sache konnte ins Auge gehen. »Wer ist das?«

»Das weißt du nicht?«

»Glaubst du, ich hätte Zeit, mich darum zu kümmern, wer welche Kinder hat?«

»Steht auf der Rückseite.«

Der Freund drehte das Foto um. Erstes Staunen wich allmählich Entzücken. »Perfekt. Absolut perfekt!«

Royce fiel ein Stein vom Herzen. »Dann ... ist er es?«

»O ja!« stieß der andere atemlos hervor. »Er ist der Richtige. Ihn habe ich gewollt.«

ERSTER TEIL

Seien Sie nicht so naiv

1

In dem Moment, in dem Ben die Tür zu seiner Kanzlei aufstieß, sprangen auch schon drei Männer mit Aktenmappen in der Hand auf.

»Mr. Kincaid!« riefen sie wie aus einem Mund.

Schuldeneintreiber, dachte Ben bitter. Die Kerle verfolgten ihn richtiggehend. Aber warum erwarteten alle von ihm, daß er seine Rechnungen pünktlich beglich? Seine Mandanten zahlten doch auch nicht. »Tut mir leid, Gentlemen, aber ich muß zu einer wichtigen Besprechung.«

Die drei wedelten mit den Rechnungen vor seiner Nase herum, doch Ben wich ihnen aus und rettete sich zu Jones' Schreibtisch in der Mitte des Empfangsraums hinüber.

»Jones«, flüsterte er, »bitte sag ihnen doch, daß ich heute vormittag einen unverschiebbaren Termin habe.«

Jones, Bens Sekretär, schob eine dicke Akte über die Tischplatte. »Ich hab' was noch Besseres. Du mußt zum Gericht. Der Fall Johnson, erinnerst du dich nicht? Ging letzte Woche los und wird heute fortgesetzt. Richterin Hart wartet schon auf dich.«

»Ach ja, richtig. Natürlich erinnere ich mich. Erregung öffentlichen Ärgernisses im Vollrausch, richtig?«

»Fast. Belästigung.«

Ben blätterte die Dokumente eilig durch. »Das habe ich doch gemeint. Wo ist Christina?«

»Entschuldigen Sie, Sir, aber ich muß auf Zahlung bestehen.« Ein Mitglied der Aktenmappenbrigade tippte Ben auf die Schulter. »Mein Name ist John Scofield, und ich vertrete die Arctic Breath Air Company. Ich fürchte ...«

»Sind Sie der Mann, der die Klimaanlage eingebaut hat?«

»Nun, das war meine Firma. Mit der Installation der Anlage war ich natürlich nicht persönlich befaßt.« Er rückte sich die Krawatte zurecht. »Wie dem auch sei, Sie sind mit Ihren Zahlungen im Rückstand.«

Ben deutete auf die Anlage, um die es ging. »Dieser Schrotthaufen da hat seit dem ersten Tag kein einziges Mal richtig funktioniert!«

»Dann sollten Sie vielleicht unseren erweiterten Wartungsdienst in Betracht ziehen. Natürlich kann ich ihn Ihnen nicht anbieten, solange Sie Ihre Rechnung nicht beglichen haben, aber wenn das geregelt ist, können Sie unseren Service über die Garantiezeit hinaus in Anspruch nehmen, vorausgesetzt, Sie haben das Gerät nicht selbst repariert oder beschädigt. Diese Klimaanlage ...«

Ben wartete geduldig, bis der Mann einmal Luft holte. Sein Verkäufergeschwätz zog bei ihm nicht. Dafür war die Angelegenheit viel zu ernst. In Tulsa herrschten Temperaturen von über fünfunddreißig Grad, und das schon seit bald einem Monat. Nun, ein Zuckerschlecken war der August in Tulsa nie, aber die Schweißorgie diesen Sommer brach alle Rekorde. Ben war ohnehin kein großer Freund des Sommers. Und da die Klimaanlage zu Hause nur sporadisch und diese Kiste in seiner Kanzlei überhaupt nicht funktionierte, konnte er ihm überhaupt keine guten Seiten mehr abgewinnen.

Als Scofield endlich für einen Moment in seinem Monolog innehielt, ergriff Ben die Gelegenheit flink beim Schopfe. »Hören Sie mal, zur Zeit habe ich nicht einen Cent. Aber selbst wenn ich flüssig wäre, würden Sie nichts kriegen. Dieses Gerät da ist der letzte Schrott ...«

»Die Schulden müssen bezahlt werden, Sir.«

»Sehen Sie sich doch um, Kumpel. Sie befinden sich in einem Kabuff im verkommensten Teil von Tulsa, wo es außer Pfandleihhäusern und Kneipen fast nichts anderes mehr gibt. Mein Personal arbeitet derzeit fürs halbe Gehalt, und mein Sekretär tippt alle Unterlagen auf der Rückseite von Schmierpapier, weil wir uns kein normales Schreibmaschinenpapier leisten können. Glauben Sie wirklich, ich könnte da noch Geld für defekte Klimaanlagen rauswerfen?«

»Ihre finanziellen Verhältnisse gehen mich nichts an.«

»Danke für Ihr Mitgefühl.«

»Wenn Sie Ihren Zahlungsrückstand nicht umgehend ausgleichen, zwingen Sie uns zu einer Kontopfändung.«

»Das werden Sie bleiben lassen. Unter Berufung auf die Garantieerklärung im Kaufvertrag habe ich den Schaden schriftlich reklamiert.«

»Anwälte«, seufzte Scofield mit einem resignierten Kopfschütteln.

»Und wenn Sie sich an mein Konto ranwagen, zerre ich Sie wegen Diffamierung und Diebstahl vor Gericht.«

Scofield richtete sich auf. »Wollen Sie mir drohen, Sir?«

»Drohungen sind noch das Wenigste, wenn Sie ...«

»Boß«, unterbrach ihn Jones. »Du hast einen Gerichtstermin. Der Fall Johnson.«

»Richtig. Ich habe keine Zeit mehr für Sie, Scofield. Einigen Sie sich mit meinem Sekretär.«

»Oh, heißen Dank«, brummte Jones.

»Du erreichst mich im Gericht, falls ...« Ben verstummte abrupt, denn Jones hatte ihn am Arm gepackt. »Was ist?«

Sein Sekretär deutete zum Fenster, von dem aus man auf die Straße sah. »Psst, neuer Mandant im Anzug.«

Ben sah zum Fenster hinaus und erblickte einen Schwarzen mittleren Alters mit einer großen Einkaufstüte in der Hand. »Na schön, wenn er was von mir will, dann mach einen Termin mit ihm aus. Ich muß jetzt losdüsen.«

Wieder wollte er sich in Bewegung setzen, doch erneut hielt Jones ihn zurück. »Boß, *schau* ihn dir mal an!«

»Ich schaue ja schon, aber ich sehe nichts, womit ich die Richterin besänftigen könnte, wenn ich zu spät komme.«

»Was für ein Detektiv du nur bist!« schnaubte Jones. »Du schaust, aber du siehst nichts.«

»Okay, du Sherlock Holmes, gib mir einen Wink. »

»Schau dir seinen Wagen an. Was fällt dir auf?«

»Nichts besonderes, außer daß es ein alter Ford Pinto mit zerbeulter Motorhaube ist.«

Scofield versuchte sich wieder einzuschalten. »Mr. Kincaid, ich muß wirklich darauf bestehen, daß ...«

»Halten Sie sich da raus, Scofield! Wir stellen wichtige Ermittlungen an. Okay, Jones, sein Wagen ist demoliert – ja, und?«

»Siehst du die abgeblätterte Farbe an der eingedrückten

Stelle? Muß vor kurzem einen Unfall gehabt haben. So, und wenn du dir den Mann genauer anschaust, bemerkst du, daß er hinkt. Zähl eins zum anderen, und was kommt dabei heraus?«

»Verletzung bei Verkehrsunfall«, murmelte Ben. »Klage auf Schmerzensgeld.«

»Erfolgshonorar. Schnelle Einigung. Leicht verdientes Geld. Personal bekommt Gehalt. Schuldeneintreiber ziehen ab. Nimm an, Boß.«

»Du bist ja ein richtiger Geldschneider geworden, Jones.«

»Ich möchte einfach regelmäßig essen können, falls du das meinst. Außerdem bekomme ich seit Juni nur den halben Lohn. Das ist zwar immer noch mehr, als du für die Klimaanlage zahlst, aber trotzdem ...«

»Schon gut. Ich nehme den Fall an.«

Jones blickte zur Decke. »Mein Held!«

Geschafft. Ben wollte durch den Haupteingang davoneilen, wogegen jedoch die anderen zwei Diplomatenkofferträger etwas zu haben schienen. Sie verstellten ihm den Weg. Eine blitzschnelle Drehung, und Ben erreichte die andere Tür, doch wer stand dort wie aus dem Boden gestampft vor ihm ...

»Julia!« rief Ben verdattert. »Es ist ... wir haben uns ... äh ...« Er holte tief Luft. »Was machst *du* hier«

»Dich besuchen, natürlich.« Julia Kincaid-Morelli-Collins war nicht allein gekommen. In den Armen hielt sie einen Säugling. Ihr langes Haar fiel mitten auf sein rundliches Gesichtchen und kitzelte ihn. »Ich störe dich doch nicht?«

»Ähm, um ehrlich zu sein ...«

»Das ist dein Neffe Joey.« Julia hielt das Baby hoch. »Joey, sag hallo zu Onkel Ben.«

»Bitte nenn mich nicht so. Da komme ich mir ja vor wie Kochbeutelreis.«

Julia achtete nicht darauf. »Willst du nicht Hallo zu deinem Onkel Ben sagen?« Sie sah kurz zu Ben auf. »Er ist sieben Monate alt und kann noch nicht viel sagen.« Gleich darauf schäkerte sie wieder mit ihrem Baby. »Dudududu«, gurrte sie im Falsett, »sag ›hallo, Onkel Ben. Hallo.‹«

Joey tat ihr den Gefallen nicht, womit er in Bens Augen schon sehr viel Verstand bewies.

Der junge Anwalt musterte flüchtig seine Schwester. Sie hatte sich seit ihrem letzten Treffen verändert. Kein Wunder – es war ja schon über zwei Jahre her. Julia hatte beträchtlich abgenommen. Die Arbeit als Krankenschwester in Glasgow, Montana, hatte sicher das ihre dazu beigetragen. Ganz zu schweigen von ihrer zweiten Scheidung kurz nach Joeys Geburt und der Belastung durch ihre neue Rolle als alleinerziehende Mutter. Doch auch wenn er es noch nicht benennen konnte, irgend etwas störte Ben an seiner rundum erneuerten Schwester.

»Und was treibst du zur Zeit so?« fragte er.

»Du wirst es nicht glauben!« fing Julia an, mußte sich dann aber wieder um Joey kümmern, der nun unruhig wurde. Er wand sich und verzog das Gesicht. Julia legte ihn über ihre Schulter, und nachdem sie ihm einen Klaps auf den Po gegeben hatte, nahm sie ihn auf den anderen Arm. »Ich arbeite nicht mehr in Glasgow. Der Vertrag ist abgelaufen, und ich habe ihn nicht verlängert. Mir ist nämlich ein Studienplatz im Postgraduiertenprogramm der Uni Connecticut angeboten worden. Eine wahnsinnig exklusive Sache.«

»Nimmst du ihn an?«

»Ich möchte. Aber es gibt da noch ein paar Probleme.« Sie lächelte Joey liebevoll an und wischte ihm Speichel aus dem Gesicht. »Mensch, Ben, ich kann nicht glauben, daß wir uns so lange nicht gesehen haben! Wie ist das nur möglich?«

»Na ja«, meinte Ben zögernd, »ich hatte das Gefühl, du magst mich nicht.«

»Unsinn, wie kommst du nur auf so was?«

»Weil du mich immer als Trottel bezeichnet hast.«

»Habe ich das? Das tut mir leid.«

»Weil du gesagt hast, ich würde mich nur um mich und meine Interessen kümmern.«

»Das habe ich bestimmt nicht so gemeint.«

»Und weil du Mutter gesagt hast, ich hätte versucht, dich im Swimmingpool zu ertränken, als du acht warst.«

»Na ja, das stimmt doch auch. Aber lassen wir die alten Kamellen.« Sie fischte mit einer Hand einen sauberen Lappen aus ihrer Umhängetasche und säuberte damit Joeys Gesicht. »Weißt du, es war auch nicht gerade gut für unsere Beziehung, als du damals für Mike Partei ergriffen hast.«

Mike Morelli, Julias erster Ehemann und Mikes bester Freund am College, arbeitete gegenwärtig als Detective bei der Mordkommission in Tulsa. »Ach wirklich? Mike dagegen glaubt, ich hätte auf deiner Seite gestanden.«

»Dann hat er sich getäuscht. Wie immer.«

Ben hielt es für klüger, sich dem Säugling zuzuwenden. »Einen süßen kleinen Kerl hast du da.«

»O ja. Und sehr weit für sein Alter. Er kann sich schon ganz allein in seinem Laufstall am Gitter hochziehen. In ein, zwei Monaten wird er laufen. Hey, warum hältst du ihn nicht mal?«

»O nein!« wehrte Ben ab. »Das muß nicht sein.«

»Komm schon, Ben. Er ist dein Neffe. Du wirst ihn schon nicht zerbrechen. Es ist ja nur kurz.«

Widerwillig streckte Ben den Arm aus. Joey war ihm durchaus nicht unsympathisch, aber er hatte keine Ahnung vom Umgang mit Babys. Er wußte nicht mal, wie man sie hielt.

»Nein, nein, so mußt du ihn nehmen«, klärte ihn Julia auf. »Er kann den Kopf von selbst hochhalten, aber sein Kreuz muß noch gestützt werden.«

Unter ihrer Anleitung nahm Ben den Kleinen auf. Der Säugling gab ein Gurgeln von sich und starrte seinen Onkel an.

»Siehst du?« rief Julia. »Er mag dich.«

»Wenn du es sagst.«

»Spiel mit seiner Unterlippe. Das macht ihm Spaß.«

Ben gehorchte, und tatsächlich schien das Baby zu lächeln.

»'tschuldigung, Sir.«

Ben drehte sich um. Es war der Schwarze, den Jones hatte kommen sehen. Er stand schwankend vor ihm und belastete vor allem das rechte Bein. »Ich heiße Ernest Hayes. Ernie für meine Freunde. Entschuldigen Sie die Störung, aber es geht um so einen Fall …«

»Schon gut«, antwortete Ben. »Ich würde ihn sehr gerne übernehmen.«

Der Mann blinzelte erstaunt. »Einfach so?«

»Klar. Es ist mir ein Vergnügen.«

Ernie zögerte. »Ich will ehrlich zu Ihnen sein, Mr. Kincaid. Ich hab' nich' viel Geld.«

»Kein Problem. Sie zahlen nur im Erfolgsfall. Mein Assistent gibt Ihnen die nötigen Formulare zum Ausfüllen. Da steht alles drin über die Bedingungen und so. Ich unterschreibe schon mal.« Er kritzelte seinen Namen unter eines der Blätter. »Über die Einzelheiten sprechen wir, sobald ich vom Gericht zurückkomme.«

»Himmel, das is' ja leichter, als ich mir vorgestellt hatte!«

Ben zwinkerte Jones zu. »Zufrieden?«

»Entzückt.«

»Es tut mir leid, Mr. Kincaid. Ich bin wirklich geduldig, aber was zu weit geht, geht zu weit!«

Das war schon wieder Scofield.

»Wissen Sie«, sagte Ben, »wenn Ihre Klimaanlage halb so unverwüstlich wäre wie Sie, dann bräuchte ich keine Angst zu haben, daß ich dieses Baby mit meinem Schweiß noch ganz naß mache.«

»Also wirklich!« rief der andere empört. »Wenn Sie das für witzig halten …«

»Können Sie mich nicht eine Sekunde in Ruhe lassen? Ich freunde mich gerade mit meinem Neffen an.«

»Ich mische mich ungern in deine Familienangelegenheiten ein«, brummte Jones, »aber du hast wohl deinen Prozeß vergessen.«

»Ach ja! Wann geht er denn los?«

»Um neun Uhr.« Jones sah auf seine Mickey-Mouse-Uhr. »Das wäre vor exakt fünf Minuten gewesen.«

»Himmel!« Ben stieß Scofield beiseite und lief zur Tür. »Julia! Ich habe jetzt wirklich keine Zeit mehr für …« Er erstarrte. *»Julia?«*

Ben wirbelte herum, doch Julia war verschwunden. Spurlos.

Und er hatte immer noch das Baby auf dem Arm.

2

»Wo ist sie hin?« schrie Ben.

»Weg«, brummte einer der Aktentaschenbrigadiere. »Ist in ein grünes Cabriolet gestiegen und losgefahren.«

»Losgefahren? Wollen Sie mich verkohlen?«

»Wieso sollte ich, junger Mann? Sie schien es eilig zu haben.«

Ben verdrehte die Augen. »Typisch Julia. Wer sonst würde sein Baby vergessen? Das ist ja unglaublich!«

Jones trat auf Ben zu. »Nur die Ruhe, Boß.«

»Beruhigen soll ich mich? Ich muß zum Gericht, und da läßt mich meine Schwester allein mit diesem … diesem …« Er sah auf das Bündel auf seinem Arm hinunter.

Plötzlich weiteten sich Joeys blaue Äuglein. Erst sah er Ben ganz erstaunt an, dann begann er zu schreien.

»O Gott.« Ben hielt das Baby in Augenhöhe. »Das habe ich doch nicht so gemeint. Wirklich, ich habe nichts gegen dich. Es ist nur so, daß ich zu diesem Gerichtstermin muß, verstehst du …«

»Er ist erst sieben Monate alt, Boß. Da versteht er noch nichts von Gerichtsterminen.«

»O Mann.« Ben schaukelte das Baby hin und her, aber viel zu ruckartig. Das Schreien ging in ein markerschütterndes Brüllen über. Unbeholfen wiegte Ben Joey in den Armen. Als er ihn schließlich an seine Brust drückte, heulte das Baby zwar immer noch, aber wenigstens nicht mehr ganz so laut.

»Jones, er weint!«

»Das ist nicht zu überhören, Boß.«

»Habe ich ihn irgendwie verletzt?«

»Wahrscheinlich ist bloß die Windel naß.«

Ben hielt das Baby auf Armeslänge von sich. »Wirklich?«

»Oder er hat Hunger. Da bin ich überfragt.«

»Ich dachte, du wärest ein guter Detektiv.«

Jones wühlte in der roten Schultertasche herum, die Julia auf dem Boden hatte stehen lassen. »Da ist Spielzeug drin. Jede Menge sogar. Wirklich tolle Sachen.«

»Jones, du kannst doch jetzt nicht zu spielen anfangen!«

»Schon gut.« Jones suchte weiter. »Und mehrere Strampelanzüge. Und Windeln. Dutzende von Windeln. Hmmm.«

»Was soll das schon wieder heißen: *hmmm?*«

»Das soll heißen«, erklärte Jones bedächtig, »daß ich nicht glaube, daß Julia ihn versehentlich vergessen hat.«

»Was sagst du da?«

»Erinnerst du dich nicht, wovon Julia vorhin geredet hat? Von einem Graduiertenstudium in Connecticut. Dabei hat sie ein Problem angedeutet. Das Problem ist, daß sie ein sieben Monate altes Kind versorgen müßte.« Jones tätschelte Ben die Schulter. »Also hat sie es zu Onkel Ben gebracht.«

Ben lief rot an. »Zu *mir?* Aber ... ich kann doch kein Baby aufziehen. Ich bin Anwalt!« Er sah auf Joeys rotgeweintes pausbäckiges Gesichtchen hinunter. »Tut mir leid, kleiner Kerl. Wenn ich wüßte, was du hast, würde ich dir gerne helfen. Aber ich habe keinen blassen Schimmer.« Er hob abrupt den Kopf. »Hey, Jones. Nimm ihn.«

»*Ich?* Ich weiß doch gar nicht, wie man Babys hält!«

»Dann lern es eben. Ich muß zum Gericht.«

»Was soll ich denn mit ihm machen? Das hier ist eine Anwaltskanzlei und keine Tagesstätte.«

Ben drückte das Baby Jones an die Brust. Prompt ging das Weinen wieder in ein langgedehntes Heulen über. »Du bist doch nicht auf den Kopf gefallen, Jones. Dir fällt bestimmt was ein. Ich muß jetzt dringend los, bevor ich wegen Mißachtung des Gerichts verhaftet werde.«

Jones nahm den Säugling behutsam entgegen. »O Mann, Boß. Wenn ich das mache, dann ...«

»Ich weiß, dann bin ich dir was schuldig.«

»Du bist mir sowieso schon was schuldig. So langsam steigen deine Schulden ins Unermeßliche.«

Nach einem fünfminütigen Sprint bei brütender Hitze erreichte Ben das an der Ecke Fifth Street und Denver Avenue gelegene Tulsa County Courthouse. Da die Aufzüge im Gerichtsgebäude zu den ältesten und langsamsten der Welt gehörten und Ben sich nicht noch mehr Zeitverlust leisten konnte, zog er es vor, zu Fuß die sieben Stockwerke hochzuhecheln. Keuchend schlüpfte er durch die Flügeltür in den Saal der Vorsitzenden Richterin Sarah Hart und hoffte, niemand würde auf ihn achten.

Er hatte Pech. »Mr. Kincaid!« bellte die Richterin in dem Moment, in dem er über die Schwelle trat. »Wie freundlich von Ihnen, uns mit Ihrem Kommen zu beehren.«

»Es tut mir leid, Frau Richter. Ich wurde aufgehalten.«

Richterin Hart nickte. »Wieder Probleme mit Gläubigern?«

»Äh, nein. Nicht ausschließlich, zumindest. Jemand hat mir ein Baby aufs Auge gedrückt.«

»Ein Baby?« Mrs. Hart schob ihre Brille weiter vor. »Hat das mit einer bislang geheim gehaltenen Episode in Ihrem Leben zu tun?«

Ben grinste. Mrs. Hart hatte bisweilen Haare auf den Zähnen, aber sie hatte auch Sinn für Humor. »Nein, Ma'am. Es hat mit den Gefahren zu tun, die einem von der eigenen Familie drohen.«

»Sie werden mir vergeben, wenn ich diesen spannenden Dialog beenden muß, aber dem stellvertretenden Bezirksstaatsanwalt ist sehr an der Fortsetzung dieses Verfahrens gelegen. Ich glaube, Sie kennen Mr. Bullock und wissen selbst, wie hartnäckig er sein kann.«

Ben warf einen Blick zu Jack Bullock hinüber, der bereits am Klägerpult saß. Er kannte ihn tatsächlich sehr gut. Vor seinem Umzug nach Tulsa hatte er mit ihm bei der Bezirksstaatsanwaltschaft in Oklahoma City gearbeitet. Jack Bullock war sein Boß gewesen. Ja, mehr noch – sein Mentor. Sein Idol. Sein Held.

Einen ganzen Sommer lang hatten sie gemeinsam an einer Serie unglaublich komplizierter Weiße-Westen-Verbrechen gearbeitet. Bullock hatte die Anklage geführt, und Ben war sein Rechercheur gewesen. Die Arbeit hatte Ben ungeheuer Spaß gemacht. Nicht nur, weil Bullock ein hervorragender Anwalt war, sondern auch, weil er seinen Beruf aus innerer Überzeugung ausübte. Wenn man mit Jack Bullock zusammen ermittelte, dann führte man einen Heiligen Krieg: Das Gute gegen das Böse. Schulter an Schulter hatten sie gemeinsam gekämpft und mit dem Schwert der Justiz die Wirtschaftskriminellen hinter Gitter gebracht. Ihre Aufgabe, ja, ihr Leben war durchdrungen gewesen von Optimismus und Idealismus, von dem Gefühl, sie dienten einem höheren Zweck, wie es Ben später in dieser Intensität kaum je wiedererlebt hatte.

Damals hatte Ben geglaubt, er würde bis ans Ende seiner Tage bei der Bezirksstaatsanwaltschaft bleiben. Doch dann hatten ihn unvorhergesehene Ereignisse eines Besseren belehrt und sein ganzes Leben durcheinandergeworfen.

Wie lautete das Sprichwort doch? Wenn es der Esel zu gut hat, geht er aufs Eis.

»Gestatten Sie mir zwei Minuten Rücksprache mit meiner Gehilfin und meinem Mandanten, Euer Ehren?« bat Ben.

»Schon wieder eine Verzögerung?«

»Nur eine klitzekleine.«

Die Richterin nahm ihre Brille ab und legte sie vor sich aufs Pult. »Eigentlich sollte ich Sie wegen Mißachtung der Würde dieses Hauses einsperren lassen, aber ich bin schon so gespannt auf Ihre Fragen an den nächsten Zeugen, daß ich noch einmal Gnade vor Recht ergehen lasse. Sie haben ihre klitzekleine Unterbrechung. Zwei Minuten, Mr. Kincaid.«

Ben warf seine Aktentasche auf sein Pult, nickte Bullock höflich zu und begrüßte kurz seine Mandantin, eine neunzehnjährige Blondine namens Jessie (Jezebel) Johnson. Sie war wenige Monate zuvor von zu Hause weggelaufen und völlig mittellos in Tulsa gelandet. Laut ihrer Aussage war sie wenige Tage nach ihrer Ankunft ziellos durch die Straßen geschlendert, als der Kronzeuge der Anklage sie angesprochen und ihr eine interessante Möglichkeit des schnellen Gelderwerbs in Aussicht gestellt hatte.

Ben suchte den Gerichtssaal nach seiner Gehilfin Christina McCall ab. Sie war schnell ausfindig gemacht. Das lag zum einen an ihrem hochaufgetürmten erdbeerfarbenen Haar, das ihrer nur einsfünfundfünfzig hohen Gestalt mehrere Zentimeter hinzufügte, vor allem aber an ihrer grellen Kleidung, bei der absolut nichts zueinander paßte. Heute trug sie eine ärmellose weiße Bluse, einen glockenförmigen blauen Rock mit gelbem Punktmuster, grüne Söckchen und schwarzweiße Halbschuhe.

»Was hast du denn schon wieder an?« flüsterte Ben im Nähertreten. »Das ist doch keine Karnevalsveranstaltung.«

»Das gehört zu meiner neuen Sommerkreation.« Sie machte eine Pirouette, so daß Rock und Haare durch die Luft wirbelten. »Ich habe dir doch erzählt, daß ich letztes Wochenende mehrere Flohmärkte heimgesucht habe.«

»Sicher. Und ich freute mich schon darauf, dich in neuen Kleidern zu sehen. Jetzt bin ich etwas ernüchtert.«

»Bei dieser Hitze trage ich doch keinen Businessanzug«, fuhr ihn Christina an. »Nimm mich, wie ich bin, oder vergiß mich.«

Während Ben noch darüber nachdachte, meldete sich die Richterin. »Noch eine Minute, Mr. Kincaid.«

»Schön. Hör zu, Christina. Hast du eine neue Idee für das Kreuzverhör?«

»Natürlich. Ich bin doch deine treue Adjutantin. Die ganze Nacht bin ich wachgelegen, und da ist mir beim x-ten Durchlesen der Unterlagen eine Diskrepanz aufgefallen. Ein ganz übler *Fauxpas*. Das Problem ist, daß er einige ... ähm ... *outré* Elemente mit sich bringt. Die Sache ist wirklich ziemlich ... *risqué* ...«

Ben verdrehte die Augen angesichts dieses Bombardements von Phrasen in schlechtem Französisch. »Christina, was willst du sagen?«

»Du wirst nicht um eine Diskussion bestimmter delikater Angelegenheiten sexueller Natur herumkommen, ein Thema, bei dem dich meines Wissens chronisches Unwohlsein befällt.«

»Das stimmt doch nicht!«

»Es stimmt. Ich werde nie vergessen, wie du in meiner Wohnung beim Zappen zufällig auf den Playboysender gestoßen bist. Und wie war das noch im Zoo? Dich hätte damals fast der Schlag getroffen.«

Ben fiel auf, daß die Richterin abwechselnd ungeduldig auf die Uhr und feindselig in seine Richtung starrte. »Wir haben keine Zeit für Geplänkel. Sag mir, was du auf Lager hast.«

3

Nach der Pause rief der Staatsanwalt den Nebenkläger Harvey Applebee zum Kreuzverhör in den Zeugenstand. Dabei handelte es sich um einen Herrn mittleren Alters mit schon recht lichtem Haar. Laut seiner ersten Aussage hatte Jezebel ihn an der Ecke Eleventh, Cincinnati Street angesprochen und zu einem ›Gesundheitscenter‹ gebracht, das sie angeblich zusammen mit fünf anderen Mädchen betrieb. Dort hätte sie erst sich und anschließend ihn ausgezogen und ihn in ein heißes Bad gesteckt. Zu einer Anzeige hatte sich Applebee allerdings erst durchgerungen, nachdem die beiden von einer Razzia der Sittenpolizei überrascht worden waren. Mit der Bereitschaft zur Aussage ersparte er sich eine Anklage wegen Beteiligung an unerlaubter Prostitution.

»Was hat die Angeklagte genau gesagt, als sie Sie auf der Straße ansprach?« wollte Bullock wissen.

Applebee räusperte sich. »Sie sagte, ich würde aussehen, als hätte ich etwas Gymnastik nötig und lud mich in ihr … ähm … Gesundheitszentrum ein.«

Jezebel, die neben Ben saß, kicherte. Er stieß ihr warnend den Ellbogen in die Seite.

»Gab sie zu verstehen, daß sie eine besondere Ausbildung zur … Physiotherapeutin hatte?« fragte Bullock.

»Sie bewies sehr viel … Beweglichkeit und schlug mir Stellungen … äh … ich meine Übungen vor, von denen sie sich einiges für mich versprach.«

Bullocks Ton wurde langsam gereizt. »Mr. Applebee, reden wir nicht länger um den heißen Brei herum.« Einige Zuschauer brachen in rauhes Gelächter aus, während Ben betreten dreinsah. »Ich meine, kommen wir zum Wesentlichen. Hat Mrs. Johnson Ihnen Geschlechtsverkehr angeboten?«

»Ich kann mich nicht erinnern, daß sie diese Worte benutzte.«

»Na gut – hat sie Sie berührt?«

»Sie meinen, emotional?«

»Nein, ich meine, ob einer Ihrer Körperteile irgendwie mit einem Teil von ihr in Kontakt gekommen ist.«

»Wann?«

»Bevor Sie in die Wanne stiegen.«

»Sie nannte das den Tempel der Entspannung.«

»Wie auch immer!«

»Ich glaube, nein. Sie berührte natürlich meine Kleider, aber nicht direkt mich.«

Bullock konnte seine Frustration kaum noch verbergen. »Mr. Applebee, soll das heißen, daß Sie Ihre erste Aussage zurücknehmen wollen?« Über die Köpfe der Geschworenen hinweg gab er dem Mann damit indirekt zu verstehen, daß er nur deshalb einer Anklage entgangen war, weil er das Mädchen belastet hatte – was sich jederzeit ändern könnte.

»Nein, nein – nur, daß sie mich erst später berührt hat.«

»Schön. Wo waren Sie, als die Berührung erfolgte?«

»Im Tempel der Entspannung.«

Bullock blickte gen Himmel. »Was trugen Sie?«

»Meine Unterhose. Und sie hatte … alles ausgezogen.«

»Saßen oder standen Sie?«

»Ich saß.«

»Und wo saßen Sie?«

»Auf dem Boden der Wanne … ich meine des Tempels.«

»Und wo hat sie Sie berührt?«

»Na ja …« Er sah auf seine Hände hinab. »Irgendwie ist mir die Frage zu persönlich.«

»Ich fürchte, Sie müssen eine Antwort geben«, schaltete sich die Richterin ein.

Applebee rutschte unbehaglich auf seinem Stuhl herum. »Na gut, wenn Sie es verlangen, Ma'am. Aber ich sage es nicht gern, wo doch auch Damen im Saal sind.«

»Beantworten Sie die Frage«, knurrte Bullock.

»Sie berührte mich am ...« Er löste den obersten Hemdknopf. »Na ja, an meinem kleinen Elvis.«

Ben fixierte seinen Notizblock. Dinge wie diese hatte man ihn an der Universität nicht gelehrt.

»Und mit welchem Teil ... äh ... ihrer Anatomie hat sie Sie berührt?« fuhr Bullock fort.

»Verehrter Staatsanwalt!« bat die Richterin. »Können wir nicht bestimmte Einzelheiten der Fantasie der Geschworenen überlassen?«

»Wenn Sie das wünschen, Euer Ehren ... Mr. Applebee, erfolgte die Berührung zufällig?«

»Äh ... nein.«

»Und wirkte Miß Johnson deswegen peinlich berührt?«

»O nein, im Gegenteil! Sie war sehr geschickt!«

»Was geschah denn nach dieser Berührung, Mr. Applebee?«

»In dem Moment platzte ja die Polizei herein«, seufzte der Zeuge.

»Das ist richtig. Aber Sie waren deswegen doch nicht etwa enttäuscht, oder?«

»O nein! Natürlich nicht. Ich war erleichtert. Mich hatte schon ein Verdacht beschlichen, daß sie vielleicht gar keine richtige Therapeutin wäre.«

Ben und Christina wechselten einen vielsagenden Blick.

»Danke, keine Fragen mehr«, erklärte Bullock und kehrte an sein Pult zurück.

Die Richterin nickte. »Sehr schön. Wollen Sie ein Kreuzverhör führen, Mr. Kincaid?«

»Sehr gern, Euer Ehren!« rief Ben und sprang auf.

»Dann dürfen Sie fragen, wenn Sie sich trauen.«

Ben bezog zwischen dem Ankläger und dem Zeugen Stellung und legte sofort los. »Sagen Sie, Mr. Applebee, war das Ihr erstes heißes Bad dieser Art?«

»Ja.«

»Empfanden Sie es als ... unangenehm?«

»Nein. Ich empfand es eher als ... äh, anregend.«

»Wie tief war das Wasser?«

Applebee starrte ihn verwirrt an. Auf eine solche Art von Verhör war er offensichtlich nicht vorbereitet worden. »So ungefähr einen guten halben Meter, würde ich sagen.«

»Ich verstehe.« Ben trat näher heran. »Und Sie haben zu Protokoll gegeben, daß Sie auf dem Boden der Wanne saßen, richtig?«

»Das stimmt.«

»Haben Sie sich später noch bewegt?«

Eine Falte bildete sich zwischen Applebees Augenbrauen. »Nein.«

Bullock stand auf. »Euer Ehren, ich kann Mr. Kincaids Vorstellung von einem Kreuzverhör nicht ganz nachvollziehen.«

Damit bist du nicht allein, dachte Ben. »Ich bringe es gleich auf den Punkt, Euer Ehren.«

»Bitte, Herr Anwalt. Wir warten gespannt.«

Ben wandte sich wieder dem Zeugen zu. »Sie saßen also immer noch auf dem Boden der Wanne, als Miß Johnson Sie angeblich an Ihrem ... kleinen Elvis berührte?«

»Das ist richtig.«

Vor der nächsten Frage legte Ben eine Kunstpause ein. »Mr. Applebee, wir wollen den Geschworenen nichts vormachen. Die Staatsanwaltschaft hat darauf verzichtet, Sie ebenfalls unter Anklage zu stellen, richtig?«

Applebee warf Bullock einen nervösen Blick zu. »Äh, ja.«

»Sie stehen heute doch nur deshalb hier, weil Ihnen Immunität zugesichert wurde, falls Sie Jessie belasten.«

»Na ja, das ist aber nicht der einzige Grund.«

»Sagen Sie die Wahrheit, Mr. Applebee. Als Sie in die Wanne stiegen, ging es Ihnen nicht nur um Ihre Fitneß. Sie wollten bumsen.«

»Das stimmt nicht!« plusterte sich Applebee auf. »Ich hielt es für ein Gesundheitsbad.«

»Binden Sie uns keinen Bären auf!« rief Ben mit einem spöttischen Auflachen.

»Doch!« beharrte Applebee empört. »Das dachte ich wirklich.«

»Und was dachten Sie sich dann, als sie sich auszog?«

Applebee spielte nervös mit seinen Fingern. »Ich hielt es für ... einen Teil der Therapie.«

»Also bitte. Eine nackte Frau schmiegt sich in einer Badewanne an Sie, und Sie glauben immer noch an Krankengymnastik?«

»A-aber so ... war es doch gar nicht!« stammelte Applebee.

»So war es nicht?«

»Sie hat sich nicht in der Badewanne an mich geschmiegt, ich meine, im Tempel.«

»Hat sie nicht?«

»Nein! Sie wurde nicht mal naß.«

»Ich verstehe.« Lächelnd drehte sich Ben zu den Geschworenen um. »Das haben Sie auch in der ersten Anhörung gesagt. Sie wurde nicht mal naß.«

»Es ist die Wahrheit. Eine bemerkenswerte Frau.«

Nun setzte Ben zum tödlichen Angriff an. Er beugte sich vor. »Sir, könnten Sie mir erklären, wie es möglich ist, daß die Angeklagte Sie ... äh ... unten berühren konnte, ohne sich naß zu machen, während Sie bei einer Wasserhöhe von einem guten halben Meter in der Badewanne saßen?«

Applebees Mund klappte auf und wieder zu.

»Wenn das Wasser einen halben Meter tief war«, fuhr Ben fort, »und wir ein paar Zentimeter wegen Ihres Gesäßes abziehen, dann befand sich Ihr Schoß immer noch dreißig, vierzig Zentimeter unter der Wasseroberfläche. Wie soll Miß Johnson da Ihren ... kleinen Elvis berühren, ohne sich naß zu machen? Es sei denn, Ihr Ding ist dreißig Zentimeter lang.«

Einige der Geschworenen konnten sich ein Grinsen nicht verkneifen. Eine Dame verbarg das Gesicht in den Händen.

»Nun«, bohrte Ben nach. »Ist es so groß?«

»Sie meinen jetzt?«

»Jetzt oder irgendwann. Ich nehme es nicht so genau.«

»Euer Ehren!« rief Bullock dazwischen. »Ich muß protestieren!

»Haben Sie einen besonderen Grund dafür?« entgegnete Richterin Hart.

»Mr. Kincaid macht sich über meinen Zeugen lustig.«

»Ist das bei Kreuzverhören neuerdings verboten? Dann müßte sich seit meinem Studium einiges geändert haben.«

»Aber das hat doch nichts mit dem Fall zu tun.«

»Das sehe ich anders«, verteidigte sich Ben. »Ich ziele auf die Glaubwürdigkeit des Zeugen ab.«

»Ich fürchte, dem muß ich zustimmen«, erklärte die Richterin. »Fahren Sie fort, Mr. Kincaid.«

»Danke, Euer Ehren. Also, Mr. Applebee, ich wiederhole: Ist Ihr kleiner Elvis über dreißig Zentimeter lang?«

»Na ja … das weiß ich nicht so genau.«

»Wie lang ist er denn?«

»Keine Ahnung.«

»Tja, das läßt sich wohl leicht rausfinden.« Ein Griff in die Jackentasche, und Ben hatte ein Maßband in der Hand.

Applebee starrte ihn entsetzt an. »Was soll das?«

Ben wandte sich an die Richterin. »Euer Ehren, ich beantrage die Überprüfung der Behauptung des Zeugen und die Vorlage des Ergebnisses vor den Geschworenen.«

»Wa-was?« ächzte Applebee.

Richterin Hart rieb sich den Nasenrücken. Um ihre Mundwinkel spielte die Andeutung eines Lächelns. »Was sagen Sie dazu, Mr. Bullock?«

Der Staatsanwalt ruderte mit den Armen herum. »Frau Richter, die Geschworenen verlangen doch sicher keine Messung!«

»Nun, worauf soll sich ihr Urteil denn dann stützen?« fragte ihn die Richterin.

»Es muß doch einen anderen Weg geben. Eine ärztliche Untersuchung vielleicht?«

»Das halte ich nicht für sinnvoll«, schaltete sich Ben wieder ein. »Hörensagen kann nicht als adäquater Ersatz einer überprüfbaren Untersuchung akzeptiert werden.«

»Sie haben mir nie gesagt, daß ich so was über mich ergehen lassen muß!« fuhr Applebee den Staatsanwalt an. »Das lasse ich mir nicht bieten. Außerdem wäre das Ergebnis nicht korrekt. Im Tempel waren die Voraussetzungen ganz andere.«

»Wir könnten doch bestimmt die Voraussetzungen des Tempels simulieren«, schlug Ben vor.

»Ich lasse mich doch im Gerichtssaal nicht simulieren!« schrie Applebee aufgebracht.

»Euer Ehren«, protestierte Bullock, »man kann meinem Zeugen unmöglich zumuten, daß er sich vor den Geschworenen auszieht!«

»Mr. Bullock«, erwiderte die Richterin streng, »Sie haben diesen Mann zu einer Aussage veranlaßt, die all diese Fragen nach sich gezogen hat. Ich muß Mr. Kincaid die Chance geben, die Glaubwürdigkeit des Zeugen anzufechten.«

»Nur über meine Leiche«, verkündete Applebee und verschränkte die Arme vor der Brust. »Kein Richter der Welt kann mich zu so was zwingen. Das wäre ja noch schöner.«

Mrs. Hart hielt sich die Hand vor den Mund. »Mr. Bullock, Sie sollten sich vielleicht überlegen, ob Sie sich wirklich auf diesen Zeugen stützen wollen.«

»Aber, Euer Ehren, mit diesem Zeugen steht und fällt meine Anklage!«

»Na, Gott sei Dank geben Sie das zu. Das Gericht sieht es nämlich ganz genauso. Wollen Sie sich vielleicht mit Ihrer Kollegin beraten?«

Mit mürrischer Miene wechselte Bullock ein paar Worte mit seiner Assistentin, die neben ihm am Klägerpult saß. Eine Minute später verkündete er: »Euer Ehren, nach Lage der Dinge ziehen wir die Klage zurück.«

Jezebel setzte sich auf und klatschte Beifall.

Richterin Hart sah zu Ben hinüber. »Ich nehme an, daß Sie einverstanden sind.«

»Absolut, Euer Ehren. Wir verzichten sogar auf eine Kostenerstattung.«

»Ein geschickter Zug, Mr. Kincaid.« Richterin Hart wandte sich mit einer Entschuldigung an die Geschworenen und entließ sie in aller Form. »Die Akte wird geschlossen. Die Sitzung ist beendet.«

Ben stürmte vor zum Pult der Richterin, bevor sie sich in ihr Büro zurückziehen konnte. »Euer Ehren, ich möchte mich für meine Verspätung entschuldigen. Es tut mir leid, wenn ich damit für Unruhe im Saal gesorgt habe. Ich weiß, es ist nicht das erstemal, aber es tut mir aufrichtig leid.«

»Das ist nicht der Rede wert«, lächelte Mrs. Hart. »Ihre Fälle sind ja meistens ziemlich ungewöhnlich, aber eins muß man Ihnen lassen: Sie sind äußerst unterhaltsam.«

4

Jessie bedankte sich überschwenglich bei Ben. »Ich weiß gar nicht, was ich ohne Sie getan hätte! Dixie hatte hundertprozentig recht. Du kannst dich auf unseren Ben verlassen, hat sie mir gesagt.« Sie beugte sich vor und drückte Ben einen dicken Kuß auf die Wange.

»Äh ... danke«, murmelte der junge Anwalt verlegen.

»Aber glauben Sie nicht, daß ich Ihr Honorar vergessen hätte.« Sie zog ein dünnes Bündel Banknoten unter ihrer Bluse hervor. Wie Ben auf einen Blick erkannte, waren das höchstens hundert Dollar. »Ich weiß, es ist nicht viel, aber ...«

»Jessie«, sagte Ben, »ist das Ihr ganzes Geld?«

»Ja, sicher ...«

»Behalten Sie's.«

»Aber ...«

»Kaufen Sie sich davon eine Busfahrkarte nach Hause.«

»Nach Hause? Glauben Sie, daß ...«

»Ja, unbedingt. Oder verwenden Sie es für eine neue Wohnung. Und suchen Sie sich einen anderen Beruf.«

»Na ja ... wenn Sie sich da so sicher sind ...«

»Ich bin mir sicher.«

Wieder gab sie ihm einen Kuß, mitten auf den Mund diesmal. »Dixie hatte recht: Sie sind der Beste!« Damit verschwand sie.

Oder der Billigste, dachte Ben.

Auf dem Weg zurück zu seinem Pult wurde Ben von Jack Bullock abgefangen.

»Ich kann Ihnen gar nicht sagen, wie ich mich freue, Sie wiederzusehen, Jack«, sagte Ben und streckte lächelnd die Hand aus. »Schade nur, daß es dieser Anlaß sein ...«

Bullock schnitt ihm einfach das Wort ab. »Das ist also aus Ihnen geworden, Ben!«

Ben sah ihn verwirrt an. »Was soll aus mir ... Ich verstehe nicht ganz, was Sie damit meinen.«

»Damit meine ich, daß Sie Ihr Talent vergeuden, wenn Sie Prostituierte auf die Straße zurückholen.«

»Aber Jack, Jessie ist doch noch ein Mädchen! Sie ist von zu Hause weggelaufen und hat vom Leben keine Ahnung.«

»Ersparen Sie mir Ihr Schlußplädoyer. Wissen Sie noch, wer ich bin? – Ich heiße Jack. Jack Bullock! Und ich weiß, wie es im Leben zugeht.«

»Ich fürchte, ich verstehe nicht ...«

»Wenn einer etwas nicht versteht, dann ich. Wie konnten Sie nur so enden, Ben? Früher haben wir uns gemeinsam den Arsch aufgerissen, um den Abschaum hinter Gitter zu bringen, und jetzt verteidigen Sie dieses Pack.«

Auf einmal hatte Ben einen Kloß im Hals. »Jack, jedermann hat doch ein Recht auf Beistand vor Gericht.«

»Versuchen Sie bloß nicht, sich mit Vorträgen über Bürgerrechte davonzustehlen. Ich weiß selbst, daß genügend Winkeladvokaten zu so was bereit sind. Aber warum ausgerechnet Sie?«

»Jack, das war doch nur ein Fall unter ...«

»Einer unter vielen. Seit ich nach Tulsa versetzt wurde, habe ich mich über Sie erkundigt. Sie scheinen ja ein Vermögen damit zu verdienen, Ganoven rauszupauken, die die Polizei unter den größten Mühen eingefangen hat.«

»Viele von ihnen wurden fälschlich beschuldigt, Jack. Und einige waren so unbescholten wie ...«

»Seien Sie nicht so naiv. Wer von der Polizei verhaftet

wird, hat grundsätzlich Dreck am Stecken, und das wissen Sie ganz genau – wenn es nicht das Verbrechen ist, das sie ihm anlastet, dann eben ein anderes.«

»Trotzdem garantiert ihnen die Verfassung ...«

»Und benehmen Sie sich nicht wie ein dummer Schuljunge! Irgendwann müssen wir alle erwachsen werden und uns der Realität stellen.«

»Jeder hat ein Recht auf ein faires Verfahren. Das steht immer noch im Gesetz.«

»Lassen Sie mich mit Ihren fairen Verfahren in Ruhe! Ihre Show heute hatte absolut nichts mit dem Gesetz zu tun! »

»Aber ...«

»Gesetze müssen richtig ausgelegt werden. Punktum.«

»Aber Sie können doch nicht alle Menschen über einen Kamm scheren. Nicht jeder hat die gleiche Bildung, und viele können es sich nicht leisten ...«

Bullock schüttelte angewidert den Kopf. »Ich will dieses liberale Geschwätz nicht länger hören. Sie weichen mir aus, weil Sie genau wissen, daß ich recht habe.« Er senkte den Blick. »Ben, ich bin enttäuscht von Ihnen. Wie konnten Sie nur so tief sinken?«

Der junge Anwalt kämpfte auf einmal mit den Tränen. »Jack, ich weiß nicht, was ich darauf noch sagen soll ...«

»Als Sie und ich noch Kollegen waren, da bedeutete unsere Arbeit etwas. Wir kämpften Schulter an Schulter auf der Seite der Gerechtigkeit und errangen wichtige Siege gegen das Böse.«

»Sie brauchen mich nicht daran zu erinnern, Jack. Die Zeit mit Ihnen war vielleicht die wertvollste in ...«

»Heben Sie sich Ihre Schmeicheleien für andere auf, okay? Ich habe viel in Sie investiert, Ben. Mein ganzes Wissen habe ich Ihnen weitergegeben. Ich kann nicht verstehen, daß Sie nun all das, was Sie von mir gelernt haben, gegen das Gesetz benutzen. Ich kann nicht verstehen, daß Sie sich von der anderen Seite kaufen ließen.«

»Ich habe mich nicht kaufen lassen. Ich kann nicht mal meine Rechnungen zahlen!«

»Ich dachte, ich würde etwas bewirken. Ich dachte, aus

Ihnen könnte etwas werden. Statt dessen greifen Sie zu erbärmlichen Tricks, um die Schuldigen vor der gerechten Strafe zu bewahren. Wollen Sie wirklich Ihr ganzes Leben auf gut Glück jeden kleinen Ganoven verteidigen, der sich in Ihre Kanzlei schleicht?«

»Ich hatte die Pflicht, meine Mandantin nach bestem Wissen und Gewissen zu unterstützen.«

Bullocks Lippen kräuselten sich. »Ich bemühe mich, die Straßen zu säubern, diese Stadt zu einem Ort zu machen, in dem man leben und seine Kinder aufziehen kann. Und dann kommen so billige Rechtsverdreher daher, die ihre Seele für ein paar lumpige Dollar verkaufen und mein Lebenswerk kaputtmachen.«

»Jack ...« Bens Stimme wurde auf einmal sehr leise. »Sie waren wie ein Vater zu mir. Mehr noch als mein leiblicher Vater ...«

»Und Sie waren mir wie ein Sohn. Darum erschüttert es mich ja so, zu sehen, was aus Ihnen geworden ist.« Er wandte sich ab und kehrte zu seinem Pult zurück. »Jemand muß Sie mal daran erinnern, worum es hier geht. Ihnen gehört eine Lektion erteilt.«

Ben erstarrte. »Was soll das sein? Eine Drohung?«

Bullock machte sich daran, seine Unterlagen einzupakken. »Ich habe viele Freunde hier am Gericht. Ich habe überhaupt viele Freunde.«

»Worauf wollen Sie hinaus, Jack?«

Bullock musterte Ben mit einem bohrenden Blick. »Wie lange wollen Sie denn noch den Abschaum dieser Erde verteidigen? Jemand muß Sie auf den rechten Weg zurückführen, ehe es zu spät ist.« Damit stürmte er aus dem Gerichtssaal.

Christina, die den Wortwechsel mitbekommen hatte, näherte sich Ben zögernd. »Was war denn zwischen euch los?«

Ben drehte sich benommen zu ihr um. »Das war so ziemlich das deprimierendste Gespräch meines Lebens.«

»Was will er? Dich auf den rechten Weg zurückführen? Himmel, hat er noch nie einen Fall verloren?«

»Daran liegt es nicht«, erwiderte Ben. »Er glaubt eben nur ... bedingungslos an das, was er tut.«

»Trotzdem solltest du ihm in der nächsten Zeit besser aus dem Weg gehen. Er hört sich ja an, als hätte er es auf dich abgesehen.«

»Bullock hat doch nicht den ganzen Justizapparat in der Hand.«

»Das vielleicht nicht, aber er könnte dir schaden.«

Ben hatte gelernt, Christinas Instinkten zu trauen. Seit seinem Umzug nach Tulsa arbeitete er mit ihr zusammen, und bislang hatte ihr Gespür sie noch nie getrogen. Das war ihr größtes Plus – mehr noch als ihre fachliche Kompetenz. Und schon die war beträchtlich.

»Christina, du kennst mich doch seit einiger Zeit. Bin ich je der Justiz in den Rücken gefallen?«

»Was soll das heißen?«

»Habe ich mich je auf die Seite des Verbrechens geschlagen? Habe ich je Gesindel zurück auf die Straßen geschickt?«

»Was für Gesindel? Mich zum Beispiel?« Vor Jahren hatte Ben Christina verteidigt, als man ihr einen Mord in die Schuhe hatte schieben wollen.

»Du warst eine Ausnahme. Normalerweise ...«

»Was soll diese Trauermiene?« fiel ihm Christina ins Wort. »Du solltest lieber feiern. Glückwunsch zum Kreuzverhör. Das war *formidable!*«

»War ja keine große Sache.«

»Meinst du? Du hast dich gewaltig entwickelt, Kleiner. Als ich dich kennenlernte, konntest du nicht mal ›eheliche Beziehungen‹ sagen, ohne gleich rot anzulaufen.«

»Wir alle müssen eines Tages erwachsen werden«, murmelte Ben, dem Jacks Worte nicht aus dem Kopf gingen. »Danke, daß du dir die Nacht um die Ohren geschlagen und Applebees Widersprüche rausgearbeitet hast.«

»Ich bin froh, daß du doch noch gekommen bist. Ich dachte schon, *ich* müßte das Kreuzverhör durchführen.«

»Das hättest du mit Bravour hingekriegt, Christina. Im Ernst.« Sie nahm das Kompliment mit einem strahlenden

Lächeln entgegen. »Aber heute morgen im Büro sind Sachen passiert, die du dir nicht vorstellen kannst.«

»Was denn?«

»Nun ...« Aus den Augenwinkeln registrierte Ben das Eintreten seines neuen Mandanten, des Farbigen, der so auffällig humpelte. »Es ist zu kompliziert, als daß ich es jetzt erklären könnte. Aber sag mal, weißt du, wie man Windeln wechselt?«

»*Was?*«

Doch Ben war schon auf dem Weg zur Tür. »Ich muß mit meinem neuen Klienten sprechen. Setz dich doch gleich mit dazu.« Er begrüßte den Mann und machte ihn mit Christina bekannt. »Mr. Hayes«, sagte er dann, »Sie hätten doch nicht extra zum Gericht rausfahren müssen. Ich wäre doch gleich in die Kanzlei zurückgekehrt.«

»Kein Problem. Außerdem wollte ich Sie live miterleben.«

»Tja, da kommen Sie leider zu spät. Das Verfahren ist schon vorbei.«

»Hoppla! Dann müssen Sie ja wirklich Spitze sein!«

»Es war nicht der Rede wert. Christina hat ...«

»Ich hab' doch die Story über Sie gelesen, Mr. Kincaid. In dieser Zeitschrift da, die in den Restaurants und so rumliegt ...«

Wenige Monate zuvor hatte tatsächlich das *Tulsa People*, ein alle zwei Wochen erscheinendes Stadtmagazin, über Bens Auseinandersetzung mit einer Gruppe weißer Rassisten berichtet.

»Sie kämpfen ja wirklich für uns normale Leute, Mr. Kincaid. Steht auch so in der Zeitschrift. Die schreiben, daß Sie sich mit den Kerlen vom Ku-Klux-Klan richtig geprügelt haben. Denen haben Sie aber Saures gegeben. Seitdem is' mir klar, daß ich keinen anderen will als Sie. Wissen Sie, ich hab' schon mit allen möglichen Anwälten gesprochen, aber keiner möchte mir helfen. Sie sagen, der Fall wäre hoffnungslos. Aber dann habe ich den Artikel gelesen und Ihr Bild gesehen, und seitdem weiß ich: Der holt meinen Jungen da raus.«

»Ihren ... Jungen?«

»Meinen kleinen Leeman. Eigentlich isser ja schon achtundzwanzig und längst kein Junge mehr, aber trotzdem ... Sie werden nich' glauben, was die ihm vorwerfen. Mein Gott, er hat's auch so schon schwer genug im Leben gehabt, und jetzt soll alles noch viel schlimmer werden.« Er ergriff Bens Hand und schüttelte sie kräftig. »Es is' ja so nett von Ihnen, daß Sie so einen Fall annehmen. Vor allem, weil ich doch arm wie eine Kirchenmaus bin.«

Christina starrte Ben an, als hätte er – wieder einmal – den Verstand verloren.

»Moment mal«, brummte Ben. »Ich dachte, Sie brauchen meine Hilfe in einer Unfallsache ...«

»Wie kommen Sie darauf?«

»Na ja, mein Assistent ... Ihr zerbeulter Wagen ...«

»Ach, das war einer meiner Jungs! Is' gegen 'ne Straßenlaterne im Riverside Drive gefahren. Hatte wohl ein Gläschen zuviel intus ... na ja, wahrscheinlich mehrere Gläser. Kann man wegen so was auch Leute verklagen?«

»Das würde ich nicht empfehlen.« Ben holte tief Luft. »Verzeihen Sie bitte, wenn ich Sie darauf anspreche ... Aber das Gehen scheint Ihnen beträchtliche Schwierigkeiten zu bereiten.«

»Tja, mein Junge, ich bin ja auch schon dreiundsechzig.«

»Dreiundsechzig?« Der Mann sah aus wie vierzig und keinen Tag älter.

»Richtig. Seit fünf Jahren macht mir halt meine Arthritis zu schaffen. Vor allem bei Hitze spür' ich sie gewaltig. Und heute isses ja wirklich unerträglich draußen.«

»Dann ... geht es Ihnen gar nicht um Schmerzensgeld?«

»Nein. Ich will nur meinem Jungen noch mehr Ärger ersparen. Drum war ich ja so glücklich, daß Sie den Fall einfach so annehmen.«

»Wissen Sie«, sagte Ben, »in der letzten Zeit hatte ich sehr viel zu tun und ...«

»Ich weiß. Drum hab' ich auch schon alle Formulare ausgefüllt. Ihr Sekretär hat mir dabei geholfen. Er hat gesagt, jetzt bräuchte ich mich um gar nichts mehr zu kümmern. Die Sache is' geritzt.«

Ben warf einen flehenden Blick in Christinas Richtung. Sie antwortete mit einem wenig hilfreichen Achselzucken, so nahm er von Mr. Hayes die Formblätter entgegen und überflog sie. Neben der Unterschrift seines Mandanten prangte auch die seine. Großartig.

»Was wird Ihrem Sohn denn zur Last gelegt?«

Auf einmal verbarg Ernie Hayes das Gesicht in seinen knotigen Händen. »Mord, Mr. Kincaid. Vorsätzlicher Mord.«

5

»Mord?« Ben drehte sich der Kopf. Schlimmer konnte es nicht kommen. »Wen soll er denn umgebracht haben?«

»Diese Ausländerin da. Ich kann den Namen nich' richtig aussprechen. Wurde in dem Country Club ermordet, in dem mein Junge damals Caddie war. Und die Polizisten halten ihn für den Mörder. Ja, eigentlich glauben das alle.«

Ein kaltblütiger Mord, dachte Ben. Was für ein Timing. *Wie lange wollen Sie denn noch den Abschaum dieser Erde verteidigen?*

»Was sagt denn Ihr Sohn zu der Sache?«

»Na ja, es is' nich' so leicht, mit ihm zu reden.«

»Will er nicht darüber sprechen?«

»Was heißt nicht wollen? Er kann einfach nich'. Er tickt nich' ganz richtig.«

»Das tut mir leid. Ich meine ...«

»Geistig zurückgeblieben. So isser schon auf die Welt gekommen. Ich weiß schon, heutzutage sollen wir andere Worte benutzen, weil wir uns alle dann besser fühlen, aber so isses nun mal: Er is' geistig zurückgeblieben.«

»Sie wissen demnach gar nicht, ob Ihr Sohn diese Frau getötet hat oder nicht?«

Ernie Hayes reckte ihm das Kinn entgegen. »Da täuschen Sie sich aber gewaltig. Ich kenne meinen Jungen. Und ich weiß, daß er keiner Fliege was zuleide täte.«

Wieder hörte Ben die Stimme Bullocks: *Seien Sie nicht so naiv. Wer von der Polizei verhaftet wird, hat grundsätzlich Dreck am Stecken, und das wissen Sie ganz genau.* »Ich habe von diesem Mord ja noch gar nichts gehört. Wann ist er denn begangen worden?«

»Vor so ungefähr zehn Jahren.«

»Vor zehn Jahren?« Ben starrte den Mann verdattert an. »Und erst jetzt kommt er vor Gericht? Wie ist das möglich?«

»Was fragen Sie mich, was diese Paragraphenhengste da aushecken. Ich weiß nur, daß er erst verhaftet und dann in so 'ne Art Krankenhaus gesteckt wurde. Und jetzt soll er vor Gericht.«

Das klang ja total verrückt. Wenn Hayes' Angaben stimmten, wäre das eine eklatante Verletzung gegen das Recht jedes Angeklagten auf ein zügiges Verfahren. Ben nahm sich vor, der Sache bei zuverlässigeren Quellen auf den Grund zu gehen. »Wann soll der Prozeß beginnen?«

»Nächste Woche.«

»Nächste Woche?« Das artete ja zum Alptraum aus! »Und das bei einem Kapitalverbrechen? Und was ist mit der Anklageerhebung? Und der Vorverhandlung?«

»Das hat schon dieser andere Typ da erledigt.«

»Dieser andere Typ da?« Ben merkte selbst, daß sich sein Entsetzen in dummen Wiederholungen widerspiegelte. Er plapperte ja alles nach wie ein Papagei. »Ein anderer Anwalt, wollen Sie sagen?«

»Ja. Irgendso ein Trottel, den der Richter bestimmt hat. Ich kann den Kerl nich' ausstehen. Sie sollen den Fall übernehmen, Mr. Kincaid. Sie sind der einzige, der meinem Jungen jetzt noch helfen kann.«

So schmeichelhaft Mr. Hayes' Einschätzung auch sein mochte, Ben konnte sie nicht teilen. Seines Wissens leisteten sämtliche Pflichtverteidiger auch bei erdrückender Beweislast gegen ihren Mandanten hervorragende Arbeit. Gleichwohl änderte all das Lob für seinen Berufsstand nichts an der unschönen Tatsache, daß der Vertrag mit seiner Unterschrift rechtskräftig war. »Ich übernehme die Verteidigung Ihres Sohnes nur dann, wenn ich sicher bin, daß ich das Bestmögliche daraus machen kann. Und mir ist nicht klar, wie ich mich in so kurzer Zeit einarbeiten soll.«

»Das schaffen Sie schon. Es wäre ja nicht das erstemal.«

»Ach, wirklich?«

»Klar doch. Wie Arkansas. Hab' ich doch in dieser Zeitschrift gelesen.«

»Na ja, aber das ist nicht dasselbe.« Ben sah ihm fest in die Augen. »Hören Sie zu: Unser Vertrag ist nicht bindend. Ich bin von anderen Voraussetzungen ausgegangen. Bei Kapitalverbrechen ist ein Erfolgshonorar ausdrücklich verboten.«

»Soll das heißen, daß Sie meinen Leeman im Stich lassen wollen?«

»Äh ...« *Wie lange wollen Sie denn noch den Abschaum dieser Erde verteidigen?* »Sie müssen verstehen ...«

Ernie Hayes starrte Ben weiter mit seinen dunklen Augen an.

»Es ist nun mal so ...« Ben unterbrach sich. »Hören Sie, ich fahre zu Ihrem Sohn raus und rede mit ihm. Aber mehr verspreche ich Ihnen nicht.«

Zu seiner Überraschung stürzte Hayes auf ihn zu und drückte ihm die Hand. »O danke, Mr. Kincaid! Gepriesen sei der Herr. Ich wußte doch, daß Sie mich verstehen.« Ernie wollte Bens Hand gar nicht mehr loslassen, bis er sich schließlich doch umdrehte und zur Tür hinausging.

Ben sprang förmlich ins Auge, daß er mit einemmal so gut wie gar nicht mehr humpelte.

6

Der Mann schlenderte an der Schule vorbei. In der einen Hand hielt er ein Foto, die Finger der anderen ließ er am Metallgitterzaun entlanggleiten, der den Schulhof von der Straße trennte. Mit seiner roten Perücke und seiner Karnevalsbrille kam sich der Mann albern vor, doch die Tarnung war notwendig.

Er würde viel Zeit und Geduld brauchen, wenn er das

Vertrauen und die Freundschaft seines neuen Lieblings gewinnen wollte. Und bis dahin mußte er darauf achten, daß der Junge ihn garantiert nicht genau beschreiben konnte.

Er erkannte ihn auf Anhieb. Ganz allein stand er da. Abie Rutherford. Er beteiligte sich nicht am Spiel der anderen, sondern schaute nur zu. Was für eine Pose: die Stirn in Falten gelegt, eine Hand in die Hüfte gestemmt. Herrlich, diese vorpubertäre Unnahbarkeit!

Wirklich ein entzückendes Kind. Das Foto wurde seiner wahren Schönheit in keinster Weise gerecht. Aber ließ sich ein solch makelloses Wesen überhaupt reproduzieren? Wie er sich schon jetzt danach sehnte, diesen Jungen in die Arme zu schließen, an seine Brust zu drücken. Ihn zu bemuttern. Ihn mit Zärtlichkeiten zu ersticken.

Er bummelte weiter, ließ den Spielplatz hinter sich und bog um die Ecke. Sie durften ihn nicht bemerken. Auch nicht in dieser Verkleidung. Zumindest jetzt noch nicht. Erst mußte sich ein Kontakt mit dem Jungen anbahnen.

Er sah auf die Uhr. Drei Stunden noch, dann war die Schule aus. Der Junge wohnte in der Nähe. Wahrscheinlich ging er zu Fuß heim. Er brauchte ja nur den Woodward Park zu durchqueren. Sehr gut.

Der Mann hielt nach einem Plätzchen Ausschau, an dem es ihm möglich wäre, die nächsten drei Stunden in aller Ruhe zu verbringen, doch dann konnte er der Versuchung nicht länger widerstehen, noch einmal zurückzugehen und einen letzten Blick auf seinen neuen Engel zu werfen.

Sein Herz fing an heftig zu pochen. »Du gehörst mir, Abie Rutherford«, flüsterte er, »mir allein.«

7

Im Sekretariat des örtlichen Pflichtverteidigers ließ sich Ben die Akte Leeman Hayes geben. Zur Begründung gab er an, er sei gebeten worden, den Angeklagten vor Gericht zu vertreten, müsse aber vorher prüfen, ob er überhaupt zusagen könne. Man händigte ihm die Unterlagen bereitwillig aus. Wenn eine aus vier Anwälten bestehende Kanzlei pro Jahr über tausend Fälle zu bearbeiten hat, sind die Mitarbeiter in der Regel froh über jede Entlastung.

Bevor er zu der Anstalt fahren wollte, in der Leeman verwahrt wurde, blätterte Ben die Akte durch. Das Rätsel um die zehnjährige Verschleppung des Prozesses war schnell gelöst. Leeman war praktisch unmittelbar nach dem Mord verhaftet worden. Danach hatte sein inzwischen verstorbener Anwalt eine ganze Serie von physischen und psychologischen Untersuchungen verlangt, die dazu geführt hatten, daß er für unzurechnungsfähig und damit prozeßunfähig erklärt wurde.

In den nächsten Jahren hatte man Leeman von Anstalt zu Anstalt weitergereicht. Die jeweiligen Befunde mochten sich im Wortlaut unterscheiden, im Klartext liefen sie auf dasselbe hinaus: aufgrund eines Geburtsfehlers war er geistig zurückgeblieben. Seine neurologische Störung wirkte sich auf seine Wahrnehmung der Umwelt und seine Reaktionen aus. Sie hatte sich wie ein dichter Schleier zwischen ihn und die Menschen um ihn herum gesenkt.

Laut den Akten war Leeman im allgemeinen gutmütig, neigte aber bei der geringsten Provokation zu Wutanfällen. In solchen Krisen galt er als absolut unberechenbar.

Im Frühling hatte Leemans Odyssee von Klinik zu Klinik abrupt geendet, als ihn ein Psychiater – ein gewisser Dr. Herbert Fischer – aus heiterem Himmel für prozeßfähig erklärte und dem Gefängnis von Tulsa überstellte, wo er nun auf seine Verhandlung vor dem Bezirksgericht wartete. Den gerichtlichen Anweisungen entnahm Ben, daß der Richter alles andere als begeistert darüber war, doch ihm waren die Hände gebunden. Er mußte den Prozeß anberaumen.

Zu Bens Entsetzen enthielt die Akte nichts, was für Leemans Unschuld hätte sprechen können. Und trotz Dr. Fischers Attest war Leeman nicht in der Lage, zu den Anschuldigungen Stellung zu nehmen. Gegenwart und Vergangenheit verschmolzen bei ihm zu einem. Es war unmöglich, von ihm in Erfahrung zu bringen, was vor zehn Jahren geschehen war. Ben würde alles von Anfang an allein rekonstruieren müssen.

Wenn er den Fall annahm.

Seien Sie doch nicht so naiv!

Unter den gegebenen Umständen tat so etwas nur ein Verrückter.

Die Shadow Mountain Clinic lag an der Sixty-first Street im Süden Tulsas. Nach einem kurzen Gespräch mit dem zuständigen Arzt Dr. Montagu durfte Ben zum Patienten. Eine hochgewachsene Schwarze, die laut Namensschild Vera hieß, führte ihn durch die langen Korridore zur Zelle.

Ben wollte Vera über Leeman befragen, wußte aber nicht so recht, wie er sie ansprechen sollte. War sie nun Schwester oder Sekretärin? Würde er sie mit der falschen Anredeform verletzen? So beschloß er, sich langsam heranzutasten.

»Sie … arbeiten also mit Dr. Montagu zusammen?«

»O ja. Täglich.«

»Ich verstehe. Dann ist er wohl auf Sie angewiesen?«

»Stimmt.«

»Kümmern Sie … sich auch täglich um die Patienten?«

»Nun, das ist die Aufgabe unserer Schwestern.«

Aha. Schwester war sie also nicht. »Bereiten Sie Dr. Montagus Berichte vor?«

»Natürlich. Ich schreibe alle seine Berichte.«

Volltreffer. »Dann sind Sie seine Sekretärin?«

Vera bedachte ihn mit einem kühlen Blick. »Fast. Ich bin Ärztin.«

Ben hätte sich am liebsten in ein Mauseloch verkrochen. »Oh, Entschuldigung. Ich dachte nur …«

»Weil ich eine Frau bin, dachten Sie, ich müsse Schwester oder Sekretärin sein.«

»Ganz und gar nicht«, verteidigte sich Ben. Gleichwohl wäre er nie auf die Idee gekommen, sie könnte Ärztin sein. »Ich hielt sie nur deshalb für seine Sekretärin, weil sie den Papierkrieg für ihn erledigen.«

»Ich mache den Bürokram für ihn, weil ich muß. Er ist Spezialist, Psychiater mit besonderer Ausbildung für Psychopathologie. Ich dagegen bin nur Allgemeinärztin und muß ihm zuarbeiten. Als nächstes läßt er mich wohl sein Auto waschen.«

Ben suchte einen geeigneten Anlaß, um das Thema zu wechseln. »Wie gut kann Leeman Hayes denn kommunizieren?«

»Nur in sehr rudimentärer Weise. Seine Fähigkeit zur Artikulation ist deutlich geringer ausgeprägt als bei den meisten in der Entwicklung behinderten Patienten.«

»In der Entwicklung behindert?«

»Das ist zur Zeit der korrekte Begriff für geistige Zurückgebliebenheit. Ich weiß, es ist schwer, sich in dem Wust von Ausdrücken zurechtzufinden. Wenn man nur halb soviel Zeit für die Behandlung der Patienten verwenden würde wie für die Prägung immer neuer Begriffe, dann hätten wir wahrscheinlich längst bessere Heilmittel.«

»Und weil Leeman in ... der Entwicklung behindert ist, kann er nicht mit anderen kommunizieren, richtig?« Irgendwie fiel es Ben schwer, an so etwas zu glauben. Er hatte schon öfter mit geistig Behinderten zu tun gehabt und immer Zugang zu ihnen gefunden.

»Wieviel wissen Sie über Entwicklungsbehinderung?«

»Nicht viel«, gab Ben zu.

»Dann werden Sie mir verzeihen, wenn ich Ihnen einen Vortrag halte. Etwa drei Prozent der Bevölkerung sind von geistiger Behinderung betroffen. Angeblich ist sie genetisch bedingt. Biologische Abnormalität nennt man das.«

»Angeblich?«

Vera rückte ihre Brille gerade. »Nun, die Statistiken beweisen, daß die überwältigende Mehrheit der geistig Behinderten aus der Unterschicht kommt. Das ist das Yuppiewort für arme Leute. Aber – wenn Zurückgebliebenheit vererbt sein soll, warum trifft sie dann vor allem die Armen? Kommt mir nicht ganz logisch vor.«

»Was ist Ihrer Meinung nach die Ursache?« fragte Ben.

»Ich glaube, in vielen Fällen gibt eine Kombination aus

negativen sozialen und kulturellen Bedingungen in der frühkindlichen Entwicklung den Ausschlag. Doch gerade in den ersten fünf Jahren eignen sich die Kinder die wesentlichen Fähigkeiten an. Das Problem ist, daß viele arme Leute weder die Zeit noch die Mittel haben, sie ihnen nahezubringen. Oder vielleicht wurden sie ihnen in ihrer Kindheit selbst nie richtig nahegebracht.«

»Wie weit geht Leemans Behinderung?«

»Bei siebenundachtzig Prozent aller geistig Zurückgebliebenen kann man einen milden Verlauf beobachten. Sie begreifen in etwa den Stoff der ersten sechs Schuljahre, und die meisten können sich selbst versorgen. Zehn Prozent sind minder schwer betroffen. Das heißt, sie nehmen nicht mehr als den Stoff der ersten zwei Schuljahre auf und entwickeln eine nur sehr begrenzte Sprech- und Kommunikationsfähigkeit. Drei Prozent sind schwer oder vollständig zurückgeblieben. Sie sind zeitlebens auf Hilfe angewiesen. Während die schwer Zurückgebliebenen wenigstens bestimmte Dinge auch allein tun können, sind die vollständig Behinderten in allem von anderen abhängig.«

»In der Akte steht, daß Leeman minder schwer betroffen ist.«

»Stimmt. Allerdings ist er eher am unteren Ende der Skala einzuordnen und kann sich so gut wie nicht mitteilen. Als er bei uns eingeliefert wurde, war seine Kommunikationsfähigkeit gleich null, aber seitdem hat er ein paar Wörter gelernt. Nicht viele, wohlgemerkt, doch er bekommt mit, was sich um ihn herum abspielt. Er ist in der Lage, bestimmte Aufgaben zu begreifen und zu wiederholen. Und er ist recht geschickt mit den Händen. Motorisch ist er sehr entwickelt, nur kommt man eben nicht an ihn heran.«

»Ich habe etwas von PKU gelesen ...«

»Richtig. Bei Leeman wurde Phenylketonurie festgestellt, eine vermutlich genetisch bedingte Stoffwechselerkrankung. Typische Symptome hierfür sind die Neigung zu Ekzemen, Konzentrationsschwäche und mäuseartiger Körpergeruch.«

»Besteht keine Aussicht auf Heilung?«

»Doch. In einigen Fällen zumindest konnte man durch eine bestimmte Diät schwerere Hirnschäden verhindern. Leider waren Leemans Eltern nicht in der Krankenversicherung und konnten sich keine guten Ärzte oder Krankenhäuser leisten. Darum wurde seine Krankheit nicht entdeckt. Das heißt, Leeman wird zeitlebens geistig behindert bleiben.«

Eine ganze Weile fiel kein Wort mehr.

Schließlich brach Ben das Schweigen. »Nach allem, was Sie mir gesagt haben, wundert es mich, daß Leeman als Caddie arbeiten konnte.«

»Ach, er war ein ausgezeichneter Caddie. Gut, er hätte mit niemandem fachsimpeln können, aber die Beutel mit den Golfschlägern konnte er sehr wohl hinter den Spielern hertragen. Außerdem war er kräftig, bescheiden und kannte den Golfplatz wie seine Westentasche. Und keiner verlangte, daß er mit ihm sprach.«

Ben nickte. »Steht Leeman unter Bewachung?«

»Nur sehr oberflächlich. Immerhin kennt er seit zehn Jahren nichts anderes als Pflegeeinrichtungen. Eine Flucht ist nicht zu befürchten. Er wüßte auch nicht, wohin.«

»Ist Dr. Montagu der für Leeman zuständige Psychiater?«

»Er ist nicht derjenige, der ihn für prozeßfähig erklärt hat, falls Sie das meinen. Der gelehrte Herr, der das verbrochen hat, lebt in Ponca City. Er schaute sich Leeman zwei Stunden lang an und gab dann sein Expertenurteil ab. Wie er dazu kommt, ist uns allen ein Rätsel.«

»Dann streiten Sie ab, daß Leeman einem Prozeß folgen könnte?«

»Ich streite ab, daß sein Zustand sich geändert hat. Leeman ist und bleibt geistig zurückgeblieben. Wir können versuchen, seine Fähigkeit zur Kommunikation zu verbessern und ihn für eine leichte Tätigkeit anzulernen. Aber das ist auch schon alles. Einem Mordprozeß soll er folgen können? Absurd! Wenn er vor zehn Jahren nicht dazu in der Lage war, dann ist er es jetzt auch nicht.«

Sie hielten vor einer verschlossenen Tür an.

»Wie erklären Sie sich dann den neuen Beschluß?« wollte Ben wissen.

»Politik.«

»Wie bitte?«

»Sie haben richtig gehört. Politik. Und die Unzulänglichkeiten der Psychiatrie.«

»Ich verstehe nicht ganz ...«

»Entgegen den Behauptungen mancher Ärzte ist die Psychiatrie immer noch keine exakte Wissenschaft. Und unser Wissen über geistig Zurückgebliebene läßt vieles zu wünschen übrig. Zwei verschiedene Ärzte können zu völlig gegenteiligen Schlußfolgerungen gelangen, obwohl beide gleichermaßen kompetent sind. Und wenn einer von ihnen erzkonservativ ist und meint, Mörder müßten in jedem Fall bestraft werden ...«

»... werden viel eher Gutachten erstellt, die dem Beschuldigten Prozeßfähigkeit bescheinigen. War es in Leeman Hayes' Fall so?«

»Fragen Sie mich nicht«, erwiderte Vera mit einem dünnen Lächeln. »Ich bin nur Allgemeinmedizinerin. Was weiß ich schon?«

8

Leeman Hayes saß am hinteren Ende des Zimmers auf dem Boden und klebte aus Plastikteilen ein Modellauto zusammen, einen schicken Sportwagen, wie Ben erkannte, obwohl er von Autos keine Ahnung hatte. Als Ben sich umsah, offenbarte sich ihm eine ganze Sammlung selbstgebastelter Modelle. Offenbar hatte sich Leeman auf Transportmittel aller Art spezialisiert, denn von Nachbildungen der Titanic bis zum Raumschiff Enterprise gab es so ziemlich alles.

Leeman war groß und für einen Mann Ende zwanzig zu dick. Er hatte ein breites Mondgesicht, seine Haut war mit Schuppen übersät, und er verströmte einen undefinierbaren Körpergeruch. Unter seinem Gürtel quoll Fett hervor. Der

Ausdruck ›Rettungsringe‹ wäre in seinem Fall eine maßlose Untertreibung gewesen. Andererseits konnte man sehen, daß in diesem massigen Körper eine unbändige Kraft schlummerte.

Leemans Blick war auf das Modell in seiner Hand fixiert, seine Zunge herausgestreckt und fast bis zur Nase hochgebogen. Ben konnte die Anstrengung förmlich spüren, mit der er sich darauf konzentrierte, eine Heckflosse an die Karosserie zu kleben.

Mit leiser Stimme, um ihn nicht aufzuschrecken, sprach Ben ihn an: »Entschuldigen Sie.«

Leeman fuhr nicht zusammen, ja, er reagierte überhaupt nicht. Ben ahnte, daß er sein Kommen bemerkt hatte, sich aber nicht für ihn interessierte.

»Mein Name ist Benjamin Kincaid. Ich bin Anwalt.«

Leeman sah auf, allerdings nicht Ben zuliebe – er suchte ein bestimmtes Teil für sein Modellauto. Das Gesicht war teigig und mit Pusteln bedeckt. Das viele Fett zog die Mundwinkel herab und verlieh ihm einen fragenden Ausdruck. Er musterte Ben, als stünde ihm kein Fremder, sondern ein unbekanntes Lebewesen gegenüber.

Der Anwalt erwiderte den Blick. Jetzt wurde ihm klar, daß es gar nicht so sehr Leemans Erscheinungsbild war, das einen Defekt signalisierte. Vielmehr hielt er den Kopf in einem merkwürdigen, um nicht zu sagen unmöglichen Winkel und bewegte ihn ruckartig. Und die Augen schienen ein vom Rest des Gesichts unabhängiges Eigenleben zu führen.

»Hab-schon.« Er sprach sehr langsam und betonte jede Silbe, als strenge ihn das Artikulieren an.

»Ich weiß, daß Sie schon einen Anwalt haben. Aber er hat viel zu tun, und da hat sich Ihr Vater gedacht, ich könnte ihm vielleicht helfen.«

Mit einemmal hellten sich Leemans Züge auf. »Papa.« Seine Augen schossen durch das Zimmer. »Papa?«

»Leider ist er nicht mit dabei. Er kam zu mir in die Kanzlei und bat mich, Sie zu vertreten. Ich weiß noch nicht, ob ich zusagen werde. Zuerst wollte ich mit Ihnen sprechen. Da er

Ihr Vormund ist, würde im Grunde sein Einverständnis genügen, aber ich wollte mich vergewissern, daß Sie es auch wollen. Schließlich stehen ja Sie vor Gericht.«

Leeman gab keine Antwort. Er versuchte, die Hände in die Hosentaschen zu stecken – ein schwieriges Unterfangen, weil seine Cordhose zu klein und eng war. Vorne hing sein Hemd heraus. Schmutzflecken verrieten deutlich, wieviel beim Essen danebengefallen war.

Die Wahrheit traf Ben wie einen Keulenschlag. Beim Abbruch des ersten Prozesses und Leemans Überstellung in ein Heim hatte eine wohlmeinende Seele vermutlich geglaubt, das sei ein Akt der Menschlichkeit. Was für ein Irrtum! Statt einer fairen Verhandlung hatte Leeman eine lebenslängliche Freiheitsstrafe bekommen.

»Ist es Ihnen recht, wenn ich Ihr Anwalt werde?« fragte Ben. Er hatte allerdings keine Ahnung, inwieweit – oder ob überhaupt – er zu Leeman durchdrang.

Leeman drehte den Kopf ruckartig hin und her. »Papa?«

»Ihr Vater hat mich geschickt. Wie gesagt, es war sein Wunsch.«

»O-kay.« Ein Lächeln huschte über Leemans Gesicht, dann wandte er sich wieder seinem Modell zu.

Ben merkte, daß er einen anderen Ton anschlagen mußte. Wie mit einem Baby wollte er aber auch nicht sprechen. Leeman mochte geistig behindert sein, doch war er trotzdem ein Erwachsener. »Das ist ja ein tolles Auto, das du da baust. Sind auch die anderen alle von dir?«

Leemans Augen leuchteten auf. »Alle.«

»Als ich klein war, wollte ich auch mal was basteln: Superman, wie er durch eine Wand fliegt. Das ist mir voll danebengegangen. Sah eher aus wie Frankensteins Braut.«

Leeman bückte sich und klaubte ein Teil vom Boden auf. Das mußte eine Radkappe sein, überlegte Ben.

»Ich habe gehört, daß du Musik magst. Stimmt das?«

Leeman sah auf. Dann ging er wortlos zu einer Vitrine hinüber und öffnete sie.

Darin befand sich eine Stereoanlage – Receiver, Plattenspieler und zwei Boxen. Keine Luxusgeräte, aber auch kein

Schrott. Und auf den unteren zwei Regalen standen Schallplatten. Hunderte. Bei den meisten sahen die Hüllen schon sehr abgegriffen aus.

Ben überflog die Titel. »Gehören die alle dir?«

Leeman nickte begeistert. »Du ...«

»Ja. Ich mag auch Musik. Habe das sogar ein bißchen studiert. Wenn ich Zeit habe, spiele ich auch heute noch Klavier.« Er zog ein blaues Album aus dem Regal. »Diese Platte habe ich auch. Beethovens Fünfte. Leonard Bernstein dirigiert die New Yorker Philharmoniker. Was hältst du davon?«

Leeman zuckte mit den Schultern.

»Stimmt, mir geht's genauso. Großer Musiker, aber nicht seine beste Aufnahme. Für meinen Geschmack ein etwas verkrampfter Versuch, innovativ zu sein.«

Leeman deutete auf eine Gruppe von Alben daneben.

Ben beugte sich vor. »Wow! Das sind ja alles Aufnahmen von Beethovens Fünfter! Du hast Geschmack, Leeman.«

Leeman trat heran und zog eins der Alben heraus.

Ben las die Angaben auf der Hülle. »Roger Norrington. Die habe ich auch. Verdammt gute Scheibe. Benutzt nur historische Instrumente. Eine faszinierende Interpretation. Deine Lieblingsplatte?«

Leeman schüttelte den Kopf und deutete auf ein anderes Album.

Ben verschlug es den Atem. »Hans Schmidt-Isserstedt, Wiener Philharmoniker, 1966. Eine Erstpressung!« Er zog die Platte heraus und drückte sie an seine Brust. »Mann, die suche ich schon mein halbes Leben lang! Die Fachleute halten sie für die größte Interpretation, die je von der Fünften gemacht wurde, aber sie ist seit Jahren vergriffen. Ich habe sämtliche Plattengeschäfte von Tulsa abgegrast, immer vergeblich. Wo hast du sie her?«

»Papa«, erwiderte der andere schlicht.

Irgendwie war Ben gar nicht überrascht. »Leeman, du hast ein unwahrscheinliches Glück. Ich würde fast alles für diese Platte hergeben.« Er sah auf die Uhr. Genug geplaudert. Die Arbeit rief. »Leeman, ich möchte dir ein paar Fragen stellen. Verstehst du, was man dir vorwirft?«

Schlagartig verschwand jede Heiterkeit aus Leemans Miene und wich einem gehetzten Ausdruck.

»Leeman, ein Arzt hat gesagt, du seist prozeßfähig. Beweisen wir ihm, daß er recht hat, okay? Hilf mir weiter.«

Leeman starrte Ben mit geweiteten Augen an. Damit ließ er Ben zwei Interpretationsmöglichkeiten: Entweder er wollte nicht darüber sprechen, geschweige denn helfen, oder er war nicht in der Lage, sich zu verteidigen.

»Leeman, kanntest du die Frau, die ermordet wurde?«

Der andere schloß wortlos die Vitrine und wandte sich ab.

»Ist dir in der Nacht damals etwas Besonderes im Country Club aufgefallen?«

Wieder keine Antwort. Leeman behandelte Ben wie vorhin bei dessen Eintreten – wie Luft.

»Leeman, du wirst mir sagen müssen, was du über den Mord weißt.«

»Hon-da«, sagte der Behinderte unvermittelt.«

»Honda?«

»Honda.« Leeman tat so, als lenke er ein Auto. »Honda.«

»Ach so! Ja, ich fahre einen Honda. Einen Honda Accord, Baujahr 82. Woher weißt du das?«

Leeman drehte sich zum Fenster und hielt die Hand vor die Augen, als wolle er sie vor der Sonne abschirmen. »Sehen.«

Jetzt begriff Ben. Das Fenster ging auf den Parkplatz; offenbar hatte Leeman ihn ankommen sehen.

»Du kennst dich gut mit Autos aus«, brummte Ben. Aber so schnell wollte er sich nicht ablenken lassen. »Zurück zum Mord. Kannst du dich daran erinnern, was geschehen ist?«

Leeman wandte sich ab.

»Oder was du gesehen hast? Was du auch weißt, alles kann uns weiterhelfen.«

Keine Reaktion.

Erregt packte Ben ihn an der Schulter, drehte ihn zu sich herum – und prallte betroffen zurück.

Aus Leemans Augen quollen Tränen, rannen über die aufgedunsenen Wangen und tropften von seinem Kinn auf das beschmutzte Hemd hinab. Seine Lippen zitterten, und immer mehr Tränen schossen aus den Augen.

»Das ... das tut mir leid, Leeman«, stammelte Ben. Ich wollte doch nicht ... ich dachte nicht ...«

Er beschloß, den Behinderten für heute in Ruhe zu lassen. Weitere Fragen wären sinnlos gewesen. Und wenn ihm alle Ärzte im Südwesten Amerikas versichert hatten, Leeman sei prozeßfähig, er hätte ihnen nicht geglaubt. Leeman mochte über eine, wenn auch begrenzte, Denkfähigkeit verfügen, mitteilen konnte er sich nicht. Was immer sich in seinem Kopf abspielen mochte, es war hermetisch eingeschlossen.

»Ich gehe jetzt, Leeman.«

»Honda?«

»Richtig. Ich fahre mit meinem Honda heim. Aber ob ich nun den Fall annehme oder nicht – ich komme wieder.«

Leeman musterte ihn nachdenklich.

»Und beim nächstenmal mußt du mir die Aufnahme von Isserstedt unbedingt vorspielen.«

Leeman grinste. »Un-dingt«, stammelte er. Dann fing er an, das Thema des zweiten Satzes von Beethovens fünfter Sinfonie zu summen, während er sich wieder über sein Modellauto beugte und sorgfältig hinten links eine Radkappe anklebte.

9

Ben durchmaß zielstrebig das Polizeipräsidium von Tulsa, betrat den Bürobereich und blieb vor dem Schreibtisch des laut Namensschild als LT. MORELLI, HOMICIDE ausgewiesenen Beamten stehen. Zu seiner Freude war der Detective da.

»Na, wie geht's, Spürnase?«

Mike sah auf. In seinem Mundwinkel baumelte ein Zahnstocher. »Man überlebt so. Und du?«

»Du ahnst nicht, was ich heute vormittag ...« Ben verstummte abrupt. »Moment mal. Etwas ist anders.«

»Bitte?«

»Irgendwas stimmt hier nicht.« Ben schnippte mit den Fingern. »Deine Pfeife! Wo hast du sie gelassen?«

Mike schob seinen Zahnstocher in den anderen Mundwinkel. »In sicherer Verwahrung. Im Safe.«

»Und nun kaust du auf Holzsplittern herum?« Erst jetzt dämmerte es Ben. »Du willst aufhören?«

»Na ja, alle meine Freunde haben es doch auch geschafft.«

»Wie geht es dir dabei? Ich dachte immer, das Qualmen gehöre zu deiner Machofassade.«

»Auch. Aber ich bin ein schwerer Fall von Nikotinsucht.«

»Dann fällt dir das Aufhören nicht so leicht, hm?«

»Hab' letzte Woche zehn Pfund zugenommen«, knurrte Mike. »Drum bin ich ja zu Zahnstochern übergegangen.«

»Tja, ich bin richtig stolz auf dich, Kumpel!« Ben lachte. »Einer von den Jungs vorne hat mir gesagt, daß du heute schlecht gelaunt bist. Jetzt weiß ich, warum.«

»Das hat damit überhaupt nichts zu tun. Mich hat nur so ein widerwärtiger Spinatstecher die halbe Nacht gekostet.«

»Ein was?«

»Spinatstecher. Ein Pädophiler. Und zugleich auch Pornofreak.«

Ben schnitt eine Grimasse. »Ich weiß nicht, ob ich das so genau wissen will.«

»Wohl eher nicht. Dieses perverse Schwein hat schon vier kleine Jungen umgebracht und läuft immer noch frei rum. Dir würde sich der Magen umdrehen, wenn du wüßtest, was für abscheuliche Dinge er mit den Kindern gemacht hat. Es würde dir das Herz zerreißen! Das ist noch viel schlimmer als das, was man von Pädophilen so gewöhnt ist. Der Kerl ist mehr als pervers. Er quält und foltert seine Opfer!«

»Habt ihr schon eine Beschreibung?«

»Noch nicht. Keins von den Kindern hat die Qualen überlebt, die dieses Schwein ihnen zugefügt hat.«

Bens Kehle war auf einmal wie ausgetrocknet. »Wie ... kommt er an sie ran?«

»Wie er an sie rankommt, wissen wir nicht, aber ich kann dir sagen, was er mit ihnen macht: Er vergewaltigt sie und fotografiert sie in den entwürdigendsten Posen. Wir haben Aufnahmen in privat vertriebenen Heften entdeckt.«

Mike öffnete eine Schublade, besann sich dann aber eines besseren. »Lieber nicht. Dir würde garantiert schlecht davon werden.«

»Könnt ihr die Verleger denn nicht belangen?«

»Nicht mehr. Pornografie hat sich zu einer Heimindustrie entwickelt. Jeder, der einen Computer und die entsprechende Software hat, kann so was drucken. Zur Not tun's sogar eine Schreibmaschine und ein Kopiergerät. Das Zeug wird dann per Fax oder Post versandt. Neuerdings auch per E-mail von Computer zu Computer. Todsichere Methode. Hinterläßt so gut wie keine Spuren.

»Warum bist du dir so sicher, daß der Mörder auch schmutzige Fotos gemacht hat?«

»Weil bislang von jedem seiner Opfer Aufnahmen in solchen Heften gelandet sind. Das kann kein Zufall sein. Aber selbst wenn es einer wäre, diese Scheißkerle würden wir in jedem Fall jagen. Aus einem Fan von Kinderpornos, der sich das Zeug bloß anschaut, wird schnell ein Kinderschänder. Wer auf solche Bilder versessen ist, möchte seine Fantasien vielleicht schon bald selbst inszenieren. Und dazu braucht er ein armes kleines Kind als Opfer. Noch träumt er, noch fehlt ihm der Mut, aber glaube mir, es ist nur eine Frage der Zeit, bis es passiert. Diese Bilder leisten Vorschub. Sie regen seine Fantasien an, sie machen ihm den Mund wässerig. Sie machen ihn immer süchtiger.«

Mike preßte die flache Hand an seine Stirn. »Dieses Scheusal hat seine ersten drei Opfer ermordet; sein letztes ist auf die Straße gerannt und wurde überfahren. Wir lassen die Fahndung auf Hochtouren laufen, aber noch tappen wir im dunkeln. Wir wissen nicht mal, wie ihm der Junge entkommen ist.« Er ließ den Kopf sinken. »Kann sein, daß er bei Rot aus seinem Wagen gesprungen ist. Wollte wahrscheinlich weglaufen. Seit dem Unfall liegt er im Koma. So wie es aussieht, wird er nicht ...«

Mike fuhr hoch, als Ben ihn an der Schulter rüttelte. »Halt mal die Luft an, Mike!«

»Ist ja gut.«

»Habt ihr denn keine Hinweise?«

»Nichts Nennenswertes. Der letzte Junge trug am Tag seines Verschwindens eine rote Baseballmütze. Aber als er überfahren wurde, hatte er nichts auf dem Kopf. Was gäbe ich dafür, wenn ich diese Mütze in einem Kofferraum finden würde.« Er kaute grimmig auf seinem Zahnstocher herum. »Aber die Chancen sind ungefähr eins zu hundert Millionen.«

»Du wirst ihn bestimmt bald erwischen«, meinte Ben aufmunternd. »Du schuftest wie kein anderer.«

»Kann sein, aber ich will ihn haben, bevor er noch mehr kleine Kinder umbringt.« Er schlug mit der Faust auf den Tisch. »Lassen wir meine Probleme. Wie geht's dem Paragraphenhengst, der mal mein Lieblingspianist war?«

»Den Umständen entsprechend. Man schlägt sich so durch.«

Ben kannte Mike seit dem Studium in Oklahoma City. Sie waren unzertrennliche Freunde gewesen, und ein Jahr lang hatten sie sogar ein Zimmer geteilt. Gemeinsam hatten sie eine Band gegründet und waren zusammen in Clubs und Pizzarestaurants aufgetreten – Ben als Pianist, Mike als Gitarrist und Sänger. Es hätte ewig so weitergehen können, hätte sich Mike nicht in Bens jüngere Schwester Julia verliebt.

Nach der Hochzeit brach Mike das Studium ab und fing an, einen Plan nach dem anderen auszubrüten, wie er genügend Geld verdienen könnte, um Julia all das zu bieten, was sie von Kindheit an gewöhnt war. Umsonst. Kurz nach Mikes Aufnahme in den Polizeidienst brach die Ehe auseinander. Der traurige Höhepunkt war eine Scheidung, bei der sehr viel Schmutzwäsche gewaschen wurde.

»Ich bin gebeten worden, den Fall Leeman Hayes zu übernehmen«, erklärte Ben.

»O Mann, dein Riecher für aussichtslose Sachen ist wirklich nicht zu übertreffen«, ächzte Mike. »Du hast dir wohl das Hirn zermartert und überlegt, was noch übler sein könnte als die Verteidigung eines weißen Rassisten, bis dir die Sache Leeman Hayes eingefallen ist.«

»Du erinnerst dich daran?«

Mike rieb sich die Augen. »Das, mein Freund, ist einer von den Morden, die ich nie vergessen werde. Nie. Er wurde in einer meiner ersten Nächte auf Patrouille verübt. Die Frau war das erste Mordopfer, das ich gesehen habe.«

»Wirklich? Du warst der ermittelnde Beamte?«

»Nein. Ich traf als dritter am Tatort ein.« Er senkte die Stimme. »Wenn du sie gesehen hättest ... blutüberströmt und aufgespießt an ... Na ja, so einen Anblick vergißt garantiert niemand. Ich jedenfalls sehe sie noch heute vor mir.«

»Scheint dich ja sehr mitgenommen zu haben.«

»Der Anblick hat mein ganzes Leben verändert, wenn du's genau wissen willst. In dieser Nacht habe ich beschlossen, mich auf Mordfälle zu spezialisieren.«

»Um noch mehr Morde dieser Art zu verhindern?«

»Nein. Mir war klar, daß es immer Mörder mitten unter uns geben wird. Aber ich wollte dazu beitragen, daß das Gesindel, das so etwas Gräßliches tut, nicht unbestraft davonkommt. Was dich betrifft, so wünsche ich dir viel Glück. Diesen Fall würde ich nicht mal meinem Todfeind wünschen.«

»Weißt du, welcher Staatsanwalt dafür zuständig ist?«

»Meines Wissens Myrna Adams.«

Ben stieß einen Stoßseufzer der Erleichterung aus. »Ich hatte schon befürchtet, Bullock würde ihn kriegen.«

Mike schob den Zahnstocher auf die andere Seite. »Habe von eurer kleinen Auseinandersetzung heute morgen gehört.«

»Schon?«

»Klatsch verbreitet sich schnell. Wir sind immerhin Staatsbeamte, Ben, und haben sonst nichts zu tun.«

»Schon gut. Worauf stützt sich die Anklage?«

»Solltest du das nicht besser Myrna fragen?«

»Das habe ich auch vor. Und ich weiß auch schon, was sie mir sagen wird: So wenig wie möglich.«

Mike stand auf und streckte sich. »Tja, wahrscheinlich kann ich dir ein wenig helfen. Schließlich gibt es ja so was wie die Pflicht, auch Entlastungsmomente zu berücksichtigen.«

»So steht es im Gesetzbuch. Aber normalerweise muß man tausend Anträge stellen, bis die mit was rausrücken. Dieser Blödsinn kostet mich nur Zeit und Nerven.«

Mike strich sich über die Haare. »Du hast ja recht. Weißt du eigentlich, wie dieser Mord verübt wurde?«

»Nur daß das Opfer eine Frau war. Und wurde sie nicht im Country Club ermordet?«

»Richtig. Utica Greens. Im Geräteschuppen.«

»Und das Opfer hieß ...?«

»Maria Escondita Alvarez.«

»Wo kam sie her?«

»Peru. Hatte etwa sechs Monate zuvor das Visum für die Staaten beantragt. Könnte mir vorstellen, daß die Bürokratie in Peru noch träger ist als bei uns. Sie erhielt das Visum erst etwa eine Woche vor ihrer Ermordung und flog gleich nach Tulsa.«

»Warum?«

»Das haben wir nie rausgefunden. Wir haben sowohl hier als auch in Peru ermittelt, ohne auch nur einen Schritt weiterzukommen. Sie hatte keine Familie mehr und nur wenige Freunde. Für den Flug hierher kratzte sie ihr ganzes Vermögen zusammen, und kaum war sie angekommen, wurde sie auch schon abgemurkst.«

»Irgendwelche Mutmaßungen?«

»Du willst, daß ich spekuliere?«

Ben nickte.

»Na gut. Eine Menge illegaler Drogen werden über Peru ins Land geschmuggelt. Vor allem Kokain. Vielleicht hatte sie damit zu tun. Es heißt, daß ein Drogendealer nach seinem Einstieg in dieses Geschäft noch eine Lebenserwartung von etwa zehn Jahren hat. Menschenskind, die Leute von den

Country Clubs sind so ziemlich die einzigen, die sich eine Kokainsucht noch leisten können.«

»Wie wurde sie getötet?«

Mike starrte ihn entgeistert an. »Das weißt du nicht? Du hast ja wirklich gar nichts über diesen Fall gehört.«

»Zumindest keine Details.«

»Ich vergesse ständig, daß du erst seit wenigen Jahren in Tulsa lebst. Die, die damals schon hier waren, werden sich bestimmt noch erinnern, daß Maria eins mit einem Golfschläger auf den Kopf bekam. Einem mit Holzgriff.«

»Und daran ist sie gestorben?«

»Nein. Sie starb, als ihr der zerbrochene Griff in den Hals gerammt wurde.«

Ben hielt sich vorsichtshalber an einer Stuhllehne fest.

»Der Mörder hat sie damit an die Bretterwand genagelt«, fuhr Mike fort. »Als ob er sie für irgendein satanisches Ritual hätte kreuzigen wollen. Bei meinem Eintreffen hing sie immer noch aufrecht dort. Ihre Kleider waren zerfetzt, und überall war Blut. Der Tatort und die Waffe legten den Schluß nahe, daß der Mord nicht geplant war. Sah eher nach dem Blutrausch eines Tobsüchtigen aus.«

Die Formulierung aus dem ärztlichen Gutachten fiel Ben wieder ein: Neigung zu Wutanfällen und unberechenbares Verhalten.

Wie lange wollen Sie denn noch den Abschaum dieser Erde verteidigen?

»Warum wurde Leeman Hayes verhaftet?« fragte Ben.

»Leeman arbeitete im Country Club als Caddie. Hatte zwei Monate vorher angefangen. Der beste aller Caddies war er bestimmt nicht – klar, bei seiner Behinderung –, aber er gab sich Mühe und schaffte es im großen und ganzen. War bei allen sehr beliebt. Bis er mitten in der Nacht am Tatort aufkreuzte und man seine Fingerabdrücke am Opfer fand. Und an der Tatwaffe.«

»Aber wenn er Caddie war ...«

»Wäre damit immer noch nicht erklärt, was er nach Mitternacht dort zu suchen hatte.«

»Die Fingerabdrücke können doch auch ...«

»Sicher, Leeman könnte den Schläger vor dem Mord in der Hand gehabt haben. Aber was ist mit den Fingerabdrücken des Mörders? Wenn er sie weggewischt hätte, wären auch die von Leeman vernichtet worden. Nein, das ergibt keinen Sinn. Und das waren ja nicht die einzigen Spuren. Ich habe nur die Details vergessen. Ach ja, ich glaube, in Leemans Box wurden die Habseligkeiten der Frau gefunden.«

»Darauf stützt sich also die Anklage?«

»Das – und sein Geständnis.«

»Er hat gestanden?«

»Gewissermaßen, ja. Wir nahmen ihn zum Verhör mit aufs Revier, aber er war nicht in der Lage, unsere Fragen zu beantworten. Verbal zumindest nicht. Aber dann bat ihn einer unserer Leute, uns zu zeigen, wie es zugegangen war. Und das tat er. Es war eine pantomimische Darstellung.«

»Und?«

»Schau sie dir an. Wir haben sie auf Video – eins der ersten Videos unserer Abteilung überhaupt. Aber ich sag dir schon mal, was dich erwartet. Du wirst eine Nachstellung der Abschlachtung von Maria Alvarez sehen.«

Ben beschloß spontan, sich das Band so schnell wie möglich zu besorgen. »Danke für den Insidertip, Mike. Ich werde das nicht vergessen.«

»Geht schon in Ordnung. Leg einfach ein gutes Wort für mich ein, wenn du deine Schwester wiedersiehst.«

»Apropos!« rief Ben und erzählte Mike mit knappen Worten, was am Morgen in seiner Kanzlei geschehen war.

Mike hörte mit wachsendem Staunen zu. »Das ist ja unglaublich!«

»Richtig. Es ist unglaublich, daß sie ihr Kind einfach so zurückläßt.«

»Ach, das hätte ich ihr schon zugetraut«, meinte Mike. »Typisch Julia, würde ich sogar sagen. Ich verstehe nur nicht, warum sie ihn gerade bei dir läßt.«

»Und was ist so schlimm an mir, wenn ich fragen darf?«

Mike klopfte Ben begütigend auf die Schulter. »Du bist vielleicht ein bißchen ungeschickt und leicht neurotisch, aber ansonsten schwer in Ordnung. Nur als Familienvater kann ich mir dich nicht vorstellen.«

»Unverschämtheit.«

»Reg dich ab, Ben. Du bist mit deiner Familie doch noch nie gut ausgekommen. Vor allem nicht mit deiner Schwester. Und wann hast du deine Mutter zuletzt gesehen? Die meisten würden einer Mama mit soviel Moos wie der deinen die Tür einrennen. Und du? Wie oft besuchst du sie denn? Einmal im Jahr vielleicht. Und wenn die Straße nicht verschneit ist, noch mal an Weihnachten.«

»Meine Mutter und ich haben es so abgesprochen.«

»Und was ist mit deinem Vater? Aus Ärger über dein Verhalten hat er dich enterbt.«

Zum Scherzen war Ben auf einmal nicht mehr zumute. »Du hast ja überhaupt keine Ahnung!« rief er aufgebracht.

Mike breitete theatralisch die Arme aus. »Habe ich dich etwa an einer wunden Stelle getroffen? Tut mir leid. Ich wollte doch nur erklären, warum es mich so wundert, daß Julia ausgerechnet dich als Babysitter auswählt, wo du dich doch mit der ganzen Familie überworfen hast. Oder habe ich ein Mitglied vergessen?«

Allerdings, dachte Ben, einen gab es, der für mich so etwas wie ein Vater war, aber das Thema dürfte sich jetzt erledigt haben. *Ich bin enttäuscht von Ihnen, Ben. Wie konnten Sie nur so tief sinken?*

»Julia kommt sicher bald wieder zurück«, brummte er. »Jede Wette, daß sie ihr Kind noch vor heute abend abholt.«

»Da machst du dir was vor.«

Ben fummelte an seinem Aktenkoffer herum. »Du hast mir doch neulich gesagt, du hättest sie vor nicht allzulanger Zeit gesehen? Kam sie dir da erschöpft vor? Überarbeitet?«

»Nicht mehr als sonst auch«, brummte Mike achselzuckend. »Aber das ist ja schon ein Jahr her. So ein Baby verändert jede Frau.«

»Wenn du es sagst.« Ben schickte sich an zu gehen, doch dann fiel ihm noch etwas ein. »Wenn es ganz schlimm käme – du hättest wohl keine Lust, ein Baby zu hüten, oder?«

»Das Kind meiner Ex-Frau?« Mikes verblüffte Miene wich langsam einem Lächeln. »Es gab mal eine Zeit, in der ich alles für Julia getan hätte. Wirklich alles. Wenn sie nur eine Nacht länger bei mir geblieben wäre.«

Er holte tief Luft und stieß sie langsam wieder aus. »Geht schon in Ordnung, Kumpel. Ich kann schon mal auf den kleinen Balg aufpassen. Sag mir Bescheid, wenn du mich brauchst. Ich rücke dann mit Pizza und Bier an.«

10

Carlee Crane sah zu, wie ihr Mann Dave ihren beiden Söhnen die Kunst des Schnitzens beibrachte.

»Das geht so«, fing er an und demonstrierte ihnen, wie sie ihre Taschenmesser auf- und zuzuklappen hatten. »Gut, jetzt nehmt ihr das Messer in die rechte Hand und haltet das Holzstück mit der linken. Wenn ihr schnitzt, dann immer vom Körper weg, nie umgekehrt.«

Ethan, der gerade sechs geworden war, sah mit skeptischer Miene zu seinem Vater auf. »Warum?«

Dave verdrehte entnervt die Augen. Seit bald einem Jahr war das Ethans stereotype Frage zu allem und jedem.

»Weil du dir doch nicht wehtun willst.«

Sein älterer Sohn Gavin hatte eine andere Antwort parat: »Wenn du das Messer beim Schnitzen auf dich richtest, schneidest du dir am Ende noch die Hand ab oder stichst dir ein Loch in den Bauch. So wie ich dich kenne, bringst du mit einem einzigen Stich die ganze Familie um.«

»Gavin!« rief Carlee. »Sprich nicht so mit deinem Bruder.«

»Ich will doch bloß verhindern, daß er uns alle abmurkst, Mom. Sonst geht es uns so wie in diesem Film da, *Freitag der dreizehnte*.«

»Gavin«, tadelte ihn Dave. »Dein Bruder ist nicht Jason.«

Carlee lächelte. Das war ihre Familie, wie sei leibte und lebte. Doch wie auch immer, jetzt war es zu spät, sie gegen eine andere einzutauschen. Sie schaltete das Kofferradio ein. Gerade lief ein Interview mit einem Jazzmusiker.

»Machen wir mit dem Schnitzen weiter«, schlug Dave vor.

»Ach Mensch, Dad«, stöhnte Ethan. »Müssen wir wirklich?«

»Jawohl«, sagte Dave mit Nachdruck. »Du willst dich doch später nicht verletzen, oder?«

Da sein Sohn die Antwort schuldig blieb, gab Dave sie selbst. »Natürlich willst du das nicht. Schlaue Camper verletzen sich nie.«

Geht das schon wieder los, dachte Carlee. Seit ihrer Ankunft vor zwei Tagen auf dem Campingplatz in den Arbuckle Mountains warnte Dave seine Kinder in einem fort vor den Gefahren falschen Verhaltens beim Campen. Sie konnte schon ein Buch darüber schreiben. Regeln für schlaue Camper würde sie es nennen. Geht nicht gleich nach dem Essen ins Wasser. Macht kein Lagerfeuer, wenn ihr die Stelle nicht vorher mit einem Kreis aus Steinen abgesichert habt. Stellt euer Zelt nie an einem Hang auf. Und bei jeder Lektion hob Dave den Zeigefinger und rief: »So was tun nur dumme Camper!« Er glaubte wohl allen Ernstes, nichts könne seine Söhne schlimmer treffen als der Vorwurf, sie seien dumme Camper. Nun, wahrscheinlich würde er sie mit der Drohung, ihnen die Gameboys wegzunehmen, eher beeindrukken.

Da jetzt gerade die Nachrichten kamen, drehte Carlee das Radio lauter. »... bringen wir einen Bericht zum bevorstehenden Verfahren gegen Leeman Hayes, zehn Jahre nach dem abscheulichen Mord an einer Peruanerin auf dem Gelände des Utica Greens Country Club.«

»Habt ihr gehört?« rief Carlee. »Dort habe ich früher gearbeitet!«

Niemand achtete auf sie. Ihre Männer waren ganz ins Schnitzen vertieft.

»Ein Mord im Greens«, murmelte sie. »Komisch, daß ich mich nicht erinnern kann.« Irgendwie hatte sie das Gefühl, daß hier etwas nicht ganz stimmte.

Sie sah auf die Uhr. Langsam wurde es Zeit fürs Abendbrot. Das hieß, sie mußte entscheiden, welche Dose geöffnet werden sollte. Vor dem Urlaub hatte Dave etwas von ›mehr Disziplin‹ gesagt und vorgeschlagen, sie sollten Delikatessen wie Steak und Kartoffeln in Alufolie grillen. Allerdings hätte sich dann *er* vor den Grill stellen müssen. Der Koch war nämlich die Hausfrau, und die wollte Urlaub machen. Aber wozu hat Gott die Dosennahrung erschaffen? fragte der Koch, und damit war das Thema erledigt.

Carlee wußte, daß sie langsam anfangen mußte, doch irgendwie brachte sie nicht die Energie dafür auf. Es war so friedlich hier draußen. Sie konnte ihrer Familie zuschauen, spüren, wie der Wind durch ihre langen Haare wehte, verfolgen, wie die Sonne langsam hinter den Arbuckle Mountains untertauchte.

Ach was, die Dosen konnten warten.

»Als erstes müßt ihr entscheiden, was ihr machen wollt«, verkündete Dave. »Was hast du vor, Gavin?«

Sein Ältester kniff die Augen zu. »Keine Ahnung.«

»Hmm, woran erinnert dich dieses Holzstück?«

»Hmm, sieht aus wie ein Stück Holz …«

Daves Züge spannten sich. »Das ist es ja auch. Hast du denn gar keine Fantasie?«

»Wahrscheinlich nicht. Zumindest nicht bei Holzstükken.«

»Schuld daran ist nur dieses Nintendo«, brummte Dave mit einem Seitenblick auf seine Frau. »Und das Fernsehen. Dabei wird der Verstand eingeschläfert. Sie werden nur noch gefüttert. Über kurz oder lang verlieren sie jede Eigeninitiative und lassen nichts mehr an sich ran, was länger als dreieinhalb Minuten dauert.«

»Vielleicht solltest du es ihnen vormachen«, meinte Carlee.

»Was für ein aufregendes Konzept«, murmelte Dave. »Jetzt verstehe ich, wie du die Schule geschafft hast.« Trotzdem griff er nach seinem Messer und einem der Holzstücke. »Also gut, alle mal hersehen, ihr Kunstschnitzer!«

»Dauert das lange?« stöhnte Ethan.

»Warum? Hast du eine Verabredung oder was?«

»Nö, aber Hunger.«

Dave biß sich auf die Lippe. »Also gut, eine Minute, einverstanden? Gut. Ich stelle mir vor, dieser Block sieht aus wie ...« – sein Blick schweifte umher und fiel schließlich auf Carlee – »... eure Mutter.«

»Mutter!« prusteten die Jungen. »Dad meint, du siehst wie ein Holzstück aus, Mom!«

»Wie schmeichelhaft.«

»Ich meine doch nicht, daß sie *jetzt* so aussieht«, verteidigte sich Dave. »Aber seht nur, was passiert, wenn ich ...« Er begann den Block mit dem Messer zu bearbeiten und einen Splitter abzulösen.

»Hey«, bemerkte Gavin, »mußt du nicht vom Körper weg ...«

»Psst. Schau mir lieber zu.« Dave schnitzte unbeirrt weiter. »Also, und jetzt mache ich so und ... *Aua!*« brüllte er auf einmal und ließ alles fallen. Die Jungen sprangen erschrokken auf.

»Was ist?« fragte Carlee. »Hast du ...«

Eine Antwort erübrigte sich. Dave hatte gegen seine eigene Regel das Messer auf sich selbst gerichtet und sich dabei in die Hand geschnitten.

»Ist es schlimm?« Carlee wurde leichenblaß. Blut floß aus der Wunde. Zwar versuchte Dave, mit der anderen Hand den Schnitt abzudrücken, doch es quoll zwischen seinen Fingern heraus.

»Hol den Erste-Hilfe-Kasten!« schrie Dave.

Carlee starrte weiter wie gebannt auf das Blut. Schon hatte es den ganzen Arm verschmiert und tropfte auf den Boden, auf dem sich schnell eine dunkle Lache bildete. In der Luft hing ein ekelerregender süßlicher Geruch.

Carlee wurde schwindlig. Sie mußte sich mit der Hand abstützen, vermochte aber nicht, den Blick abzuwenden. Ihr Mann hielt sich die mit Blut bedeckte Hand und ...

Und dann sah sie etwas anderes. An einem anderen Ort ... Sie war im Freien und sah durch ein offenes Fenster in einen Raum. Nein, ein normales Zimmer war das nicht. In der Ecke stand eine Frau vor der Wand. Die Frau war über und über mit Blut bedeckt, das in alle Richtungen spritzte. Ihre Kleider waren blutgetränkt. Blut war an den Wänden, auf dem Boden ...

»Carlee, hilfst du mir jetzt oder nicht?«

Carlee hörte seine Stimme, doch drang sie wie aus weiter Ferne an ihr Ohr. Unwirklich. Wirklich war das, was sie *sah!* Die arme Frau wich zurück, bis es nicht weiter ging.

Sie weinte, schrie und ... und ...

Wieder traf die Frau etwas, am Hals diesmal. Sie stieß einen Schrei aus, der von ihrem Blut erstickt wurde. Nur noch ein Röcheln war zu hören, ein Todesröcheln. Erneut spritzte Blut, und dieses klebrige Naß deckte alles zu ... Carlee kreischte los.

»Carlee, was hast du? Du machst den Kindern Angst!«

Carlee kniff die Augen fest zu. Die Frau in der Ecke verblaßte. Langsam öffnete Carlee die Augen wieder und sah, daß ihr Mann vor ihr kauerte. Irgendwie mußte sie gestürzt sein, denn sie lag ausgestreckt auf dem Rücken.

Dave hielt immer noch seine Hand umklammert, doch das Bluten hatte nachgelassen. »Ist alles in Ordnung?«

»I-ich glaube, ja.« Sie benetzte sich die Lippen. Ihre Kehle war völlig ausgetrocknet. »Ich weiß nicht, was plötzlich mit mir los war.«

Dave zog die Stirn kraus. »Ich hole den Erste-Hilfe-Kasten besser selber.«

»Oh, aber ...«

Zu spät. Er war schon weg.

Als Dave eine Minute später zurückkam, war seine Hand mit weißem Mull umwickelt. »Alles nur halb so schlimm«, beruhigte er seine Familie. »Hat wie verrückt geblutet, aber der Schnitt war nicht tief.« Er setzte sich neben seine Frau. »Aber was ist mit dir? Geht es wieder?«

Und ob er tief war! dachte Carlee. Sie hatte die Augen wieder geschlossen. Überall ist Blut.

»Carlee! Hörst du mich?«

»Sie braucht Hilfe«, murmelte Carlee. »Die arme Frau braucht Hilfe.«

»Carlee?« Dave packte seine Frau an den Schultern. »Wovon sprichst du da?«

Sie schüttelte den Kopf, dann schlug sie die Augen auf. »I-ich …« Sie wußte nicht, wo sie anfangen sollte.

»Was ist los mit dir?«

»E-es war wohl das viele Blut …«

»Du warst auf einmal ganz weg … Wie in Trance oder so.«

Plötzlich bemerkte Carlee ihre zwei Söhne, die sie verstört anstarrten. »Mir geht's schon wieder gut, wirklich. Ich hatte nur … ich weiß auch nicht, aber jetzt ist es vorbei.« Sie ergriff Daves Arm und schaute nach, ob die Wunde noch blutete. »Sieht nicht so aus, als würdest du daran sterben.«

Weder Dave noch die Jungen wichen von ihrer Seite. »Im Moment machen wir uns mehr Sorgen um dich. Du hast was von Blut gesagt und von … einer Frau.«

Hatte sie das? Sie konnte sich nicht erinnern. Gesprochen sollte sie haben? Andererseits wußte sie, daß Dave sie nie anlügen würde. Und irgend etwas hatte sie gesehen.

Sie schloß die Augen und versuchte, das Bild zurückzuholen. Doch nichts kam. Es war weg.

»Muß wohl ein … Tagtraum gewesen sein«, sagte sie, um einen überzeugenden Ton bemüht. »Wahrscheinlich war ich nur hungrig.« Sie gab ihren Söhnen einen Klaps. »Wollen wir das Abendessen herrichten? Worauf habt ihr Appetit?«

»Keine Ahnung«, sagte Gavin müde. »Gibt es schon wieder Bohnen?«

Lachend führte Carlee die Kinder zum Vordach, unter dem sie immer speisten. Beim Zubereiten des Essens tat sie sehr fröhlich und vermied alles, was die anderen hätte beunruhigen können. Doch spürte sie unablässig Daves Blick auf sich. Er wußte, daß etwas geschehen war. Etwas Ernstes. Und er machte sich Sorgen.

Zu Recht, dachte er, denn sie nahm die Sache auch sehr ernst. Ihr mußte einmal etwas Merkwürdiges zugestoßen sein. Sonst hätte sie sich doch …

… erinnern können.

11

Der Turm der Bank of Oklahoma badete im gleißenden Licht der Spätnachmittagssonne und warf einen langen Schatten auf die Häuser der Altstadt. Ben, der gerade das Polizeipräsidium verließ, hatte schon gehofft, jetzt sei es vorbei mit der Gluthitze, doch kaum trat er auf die Straße, umhüllte ihn eine drückende, schwüle Atmosphäre. Er kam sich vor wie in einem Backofen.

Ben hatte das Haus, in dem seine Kanzlei war, noch nicht erreicht, als er schon das Schreien hörte. Er sprintete los, jagte die Treppe hoch und riß die Tür auf.

Joey lag auf Jones' Schreibtisch und brüllte, was seine Lungen hergaben. Sein Gesicht war dunkelrot angelaufen und fleckig, seine Nase lief. Jones stand daneben und hielt sich verzweifelt die Ohren zu.

»Ich weiß mir nicht mehr zu helfen!« schrie er mit mindestens ebenso schriller Stimme wie das Baby. »Ich habe alles versucht: ich halte ihn, ich halte ihn nicht, ich tröste ihn, ich lasse ihn allein, ich schaukle ihn, ich hebe ihn hoch – es nützt alles nichts. Ich bin am Ende, und er brüllt immer noch! Ich weiß nicht mehr weiter!« Er packte Ben an der Jacke. »Ich hab' sogar versucht zu singen, Herrgott nochmal! Wo ich doch nie singe! Davon steht kein Wort in meinem Arbeitsvertrag, aber ich habe gesungen und was weiß ich für Kindereien mitgemacht, nur damit er endlich zu heulen aufhört. Aber es hat alles nichts geholfen. Ich bin am Ende!«

»Und wie ist es sonst gelaufen?« fragte Ben leichthin.

Jones schaute ihn an wie irr. »Dein komischer Neffe treibt mich in den Wahnsinn, Boß!«

»Das tut mir leid!« Ben mußte schreien, um das Heulen des Kleinen zu übertönen. »Was hat er denn?«

»Wenn ich das nur wüßte! Ich frage ihn seit einer Stunde, aber er sagt ja nichts.« Jones' linkes Auge zuckte. War das das erste Anzeichen eines Nervenzusammenbruchs?

»Er ist ja erst sieben Monate alt, Jones. Da spricht er noch nicht.«

»Kann er nicht wenigstens nicken?«

Zu ihrer beider Erleichterung kam in diesem Augenblick Christina mit einem Stapel Akten auf den Armen herein. »Himmel, was für ein Lärm! Was habt ihr nur mit dem armen Jungen gemacht?«

»Ich vermute eher, daß wir irgendwas nicht gemacht haben«, murmelte Ben.

Christina warf die Akten auf ihren Schreibtisch. »Steh nicht rum. Nimm ihn in den Arm.«

Ben glotzte sie an. »Wer? Ich?«

»Natürlich du. Er ist dein Neffe. Nimm ihn!«

Ben starrte auf das sich wälzende und mit unverminderter Kraft brüllende Baby hinunter. »Um ehrlich zu sein … Ich weiß gar nicht, wie das geht.«

»Hast du ihn noch nie gehalten?«

»Na ja, einmal, als Julia ihn mir in die Arme gedrückt hat …«

»Herrjemine! Hast du als Kind nie dein Taschengeld durch Babysitten aufgebessert? Ach, spar dir die Antwort. Wahrscheinlich brauchtest du bloß bei deiner Bank anzurufen …« Sie stellte sich vor Jones' Schreibtisch. »Er ist ja schon sieben Monate und nicht so zerbrechlich wie du meinst, Ben.« Und damit hob sie das Baby hoch und drückte es Ben in die Arme. »Schau, du brauchst nur seinen kleinen Kopf mit der Hand zu stützen. Na also, du kannst es ja!«

Als Ben das Baby an sich drückte, ließ das Schreien etwas nach.

»Ist das so schlimm?« fragte Christina.

»Nein, aber er weint immer noch.«

»Stimmt. Womit habt ihr ihn denn gefüttert?«

Jones und Ben sahen einander bestürzt an. »Gefüttert?«

»Jawohl, gefüttert. Ihr seid mir vielleicht zwei Helden.«

»Was ißt ein Baby denn so?«

Christina fing an, in Joeys Windeltasche herumzuwühlen. »Da bin ich mir auch nicht so sicher. Vielleicht kriegt er noch die Brust.«

»Moment mal«, protestierte Ben. »Ich kann ihm unmög…«

»Es kratzt ja niemand an deiner Männlichkeit.« Sie zog eine Dose Babymilch aus der Tasche.

»Gott sei Dank«, seufzte Ben. »Der Dosenöffner ist oben auf dem Kühlschrank.«

Christina fand in der Tasche eine leere Flasche und füllte die Babymilch um. »Wahrscheinlich will er sie lieber angewärmt, aber im Moment müssen wir uns so behelfen.« Sie reichte Ben die Flasche. »Da, gib sie ihm.«

»Hier?«

»Richtig. *Tout de suite.*«

Ben verlagerte das Baby in seinen Armen und versuchte, ihm die Flasche in die Hand zu drücken. »Also los, Kleiner.«

Kopfschüttelnd nahm ihm Christina die Flasche ab und hielt Joey den Sauger vor den Mund. Sogleich begann er gierig zu schlucken. Das Heulen verstummte schlagartig.

»Geschafft«, stöhnte Ben leise.

»Na also«, grinste Christina. »Und sieh nur, wie er dich anschaut. Du bist jetzt sein Idol.«

»Prima«, sagte Ben. »Jetzt müssen wir nur noch so schnell wie möglich Julia auftreiben.«

»Ob das so leicht sein wird?« murmelte Christina. »Das da war auch in der Tasche.«

Sie hielt Ben einen Zettel vor die Augen, und er las ihn den anderen vor: »Lieber Ben, es tut mir leid, daß ich dir das zumute, aber ich habe sonst niemanden. Du weißt ja, wie chaotisch ich bin. Mit dieser Ausbildung in Connecticut habe ich eine Chance, mein Leben wieder in Ordnung zu bringen. Vielleicht ist es die letzte. Aber die nehmen mich nie, wenn ich mit einem Baby antanze. Zur Ausbildung gehört auch Schichtdienst auf der Intensivstation, und das mehrere Tage hintereinander. Eine alleinerziehende Mutter würde so etwas nie schaffen. Und Terry spricht seit der Scheidung nicht mehr mit mir. Er hat auch Joey noch nie besucht. Das Baby sei nicht von ihm, behauptet er. Aber das ist nur eine dumme Ausrede, weil er sich vor den Alimenten drücken will. Ich weiß nicht einmal, wo er jetzt ist. Und Mutter war auch nicht erreichbar. Du warst mein letzter Strohhalm.

Paß gut auf mein kleines Baby auf.

Deine Ninny-Puh.«

Christina faltete den Zettel wieder zusammen und legte ihn in die Tasche zurück. »Ninny-Puh?«

»Das ... war nur so ein dummer Spitzname. Ich habe Julia so genannt, als wir klein waren. Mein Gott, daran hatte ich schon lange nicht mehr gedacht.«

»Ich war der Meinung, ihr hättet euch nie verstanden.«

»Wir ...« Ben zögerte. »Das stimmt ja auch. Aber das ist jetzt nicht so wichtig. Wir haben ganz andere Probleme. Ich kann Julias Baby unmöglich behalten, vor allem dann nicht, wenn ich die Verteidigung in diesem Mordprozeß nächste Woche übernehme. Jones, ruf bitte meine Mutter an.«

Jones' Augenbrauen wölbten sich. »Ist denn schon Weihnachten?«

»Ha ha.« Bei Bens Mitarbeitern war bekannt, daß seine Mutter eine wohlhabende Witwe war und in Nichols Hills wohnte, einem der vornehmsten Viertel von Oklahoma City. Gesehen hatte sie allerdings noch niemand. Laut Ben war sie ›kühl‹ und ›distanziert‹. Sie hatte ihm wiederholt finanzielle Hilfe angeboten, doch Ben hatte trotz seiner angespannten Lage stets beharrlich abgelehnt.

»Sieh zu, daß du Mom aufspürst. Vielleicht kann sie uns helfen. Immerhin ist der Kleine ihr einziges Enkelkind.«

»Geht in Ordnung.«

»Sehr schön. Und danach machst du dich auf die Suche nach Julia.«

»Aye-aye, Boß.«

»Wo steckt eigentlich Loving? Ich habe ihn den ganzen Tag noch nicht gesehen.«

Loving war Privatdetektiv und half oft bei Ben aus.

»Er arbeitet an einem eigenen Fall.«

»Weißt du Genaueres?«

»Nur das, was im Terminkalender steht: ›Guntharp die Hölle heiß machen.‹«

»Armer Guntharp, würde ich sagen.«

»So sehe ich das auch.«

»Bitte Loving, morgen in aller Früh ins Büro zu kommen.

Wir halten eine Besprechung ab. Bis dahin weiß ich auch, ob ich den Mordfall übernehme.«

»Soll ich auch kommen?« fragte Christina.

»Ähm, dir wäre ich sehr dankbar, wenn du morgen noch vor Arbeitsbeginn bei mir sein könntest.«

Christina strahlte. »Du hältst mich für so *magnifique*, daß ich dir den Tag aufhelle?«

»Na ja … eigentlich geht es um Joey. Wahrscheinlich wird er wieder Milch brauchen …«

Christinas Lächeln erstarb. »Klar, weil er bestimmt geduldig bis morgen früh wartet, bis er dich an seinen Hunger erinnert. O Mann, du mußt noch viel lernen. Ach übrigens, meine Herren, wann habt ihr zuletzt die Windeln gewechselt?«

Ben und Jones sahen einander bestürzt an.

»Vielleicht sollte ich euch mal das Wichtigste diktieren«, stöhnte Christina.

12

Dem Mann mit der roten Perücke war nicht ganz klar, warum die Jungen miteinander stritten. Er war Abie seit Schulschluß gefolgt und wartete noch auf die Gelegenheit, ihn anzusprechen, als sich zwei etwas ältere Jungen seinem neuen Liebling näherten. Der kleinere von ihnen aß einen Hot dog, der größere und wohl gefährlichere schwang einen Baseballschläger.

»Schau dir den reichen Knopf an, Seth!« rief der größere. »Hält sich wohl für einen Baseballspieler.« Er schlug Abie die Mütze vom Kopf. »Für mich ist er ein Muttersöhnchen.«

»Da hast du recht, Jeremy,« sagte der andere und stimmte sogleich einen höhnischen Singsang an: »Muttersöhnchen, Abie ist ein Muttersöhnchen!«

»Bin ich nicht!« schrie Abie und bückte sich nach seiner Mütze, doch der größere stieß ihn zu Boden.

»Was ist los, Abie? Hast du das Gleichgewicht verloren?

Muß dir dein Butler aufhelfen?« Unter dröhnendem Gelächter schnappte er sich die Mütze, ehe Abie sie bergen konnte. »Weißt du, Seth, die Mütze gefällt mir. Ich glaube, ich behalte sie.«

»Du kriegst sie nicht!« Abie hatte sich schon wieder aufgerappelt. Sein Gesicht war vom Aufprall auf dem Pflaster zerschunden. »Sie gehört mir! Gib sie zurück!«

»Ach ja?« fragte Jeremy in lauerndem Ton und hielt seinen Schläger hoch. »Warum denn, du Muttersöhnchen?«

Jetzt sah der Mann mit der Perücke seine große Chance gekommen. Er lief hinüber und stellte sich zwischen die Streitenden. »Was ist hier los?« donnerte er.

Jeremy bedrohte ihn mit dem Schläger, doch der Mann entwand ihn ihm mühelos, um ihn nun seinerseits durch die Luft zu schwingen.

»Was meint ihr? Vielleicht sollte ich euch so behandeln, wie ihr diesen Jungen vorhin. Wie würde euch das gefallen?«

Die zwei Rowdys wollten davonrennen, doch Seth war nicht schnell genug. Der Mann erwischte ihn am Kragen und wirbelte ihn zu sich herum.

»Dein Name ist Abie, richtig?« fragte er das Opfer, ohne den anderen loszulassen.

Abie nickte.

»Dann habe ich mich also nicht verhört.« Er stieß Seth auf Abie zu. »Was soll ich mit ihm machen, Abie?«

»Weiß nich'.«

»Du hast die Wahl. Sein Schicksal liegt in deinen Händen. Ich persönlich finde, er hat eine Strafe verdient.«

»Na ja ...«, murmelte Abie.

»Strafen sind sehr wichtig, Abie. Vor allem bei bösen Jungen wie dem hier. Ich überlasse ihn dir. Du wählst die Art der Strafe.« Er sah auf den verängstigten Seth hinab, der seinem Griff nicht entkam. »Jetzt wünschst du dir, du wärst etwas netter zu meinem Freund Abie gewesen, hm?«

»Tun Sie mir nicht weh, Mister. Mein Dad ist daheim und ...«

»Halt den Mund! Also, Abie, was meinst du?«

»Na ja ... Wie wär's ... damit?« Abie riß Seth den Hot dog

aus der Hand und rammte ihn ihm ins Gesicht, daß der Senf über seine Wangen spritzte. »Wer ist jetzt ein Muttersöhnchen?«

Der Mann ließ Seth los, der sofort davonjagte. »Gut gemacht, Abie.«

»Das war doch nichts«, wehrte der Junge ab. »Sie haben das doch allein erledigt.«

Der Mann reichte ihm die Hand. »Ich heiße ... Sam.«

Abie ergriff die Hand zögernd.

»Warum ärgern sie dich, Abie?«

»Weiß ich auch nicht. Ich hab' ihnen nichts getan.«

»Etwa weil dein Vater reich ist? Sie haben was in dieser Richtung angedeutet.«

Abie trat gegen einen Stein. »Kann schon sein. Das war gemein von ihnen.«

»Und wie! Es ist doch nicht deine Schuld, wenn dein Vater Geld hat.«

»Eben. Ich möchte sowieso niemals viel Geld haben. Es ist nur ...« Er sah den Mann mit großen Augen an und verstummte.

»Keine Angst, Abie.« Der Mann lächelte ihn freundlich an. »Ich verrate nichts. Du wünschst dir nur, dein Vater würde weniger arbeiten und mehr Zeit für dich haben, nicht wahr?«

»Er arbeitet ja gar nicht«, platzte es aus dem Jungen heraus. »Es ist kein normaler Job; er sitzt dauernd bloß mit seinen Freunden in diesem dummen Country Club zusammen. All diese fetten Geldsäcke! Und dann ihre Weiber ...«

»Du magst diese Damen nicht, hm?«

Abie zuckte die Schultern. »Mama kann sie nicht ausstehen.«

Der Mann nickte. »Hast du was dagegen, wenn ich dich nach Hause begleite? Die zwei Kerle könnten zurückkommen ...«

»Klar.«

Sie waren noch nicht weit gegangen, als Abie sich räusperte. »Ich glaube, ich habe mich noch gar nicht bei Ihnen bedankt.«

»Ist auch nicht nötig. Du wärst bestimmt allein mit ihnen fertig geworden.«

»Sie hätten mich verprügelt.«

Der Mann lächelte. »Wenn du möchtest, bringe ich dir Selbstverteidigung bei.«

»Wirklich?« Abie packte den Mann aufgeregt am Arm. »Sie können so was?«

Dem Mann überlief bei der Berührung ein wohliger Schauer. »Ich weiß, wie man Typen wie die zwei abfertigt. Und du würdest das schnell lernen. So wie du aussiehst, scheint dir Sport zu liegen.«

»Mein Vater sieht das anders.«

Sie überquerten die Twenty-first Street und kamen in den Woodward Park. Wenig später standen sie vor Abies Haus.

»Nett, daß ich dich heimbegleiten durfte, Abie. Hoffentlich sehen wir uns mal wieder.«

»Klar, wäre schön.« Abie biß sich auf die Lippe. »Mister ... ich meine Sam, Sie verraten meinem Vater doch nichts von dieser Sache, oder?«

»Natürlich nicht. Ich habe dir doch schon gesagt, daß du mir trauen kannst. Bei mir sind deine Geheimnisse gut aufgehoben. Ich weiß ja auch, daß du niemandem von mir erzählst.«

»Ich doch nicht. Ähm ... Sie stecken doch nicht in Schwierigkeiten, oder?«

»Nein«, grinste der Mann. »Ich dachte nur, deinem Vater ist es vielleicht nicht recht, wenn ich dich heimbringe.«

»Das könnte stimmen. Er würde sagen, ich soll mich gefälligst selber wehren oder so was. Und meine Freunde passen ihm sowieso nicht.« Er sah nervös zur Prachtvilla seiner Eltern hinüber. »Aber jetzt gehe ich wohl besser.«

Abie hatte sich schon in Bewegung gesetzt, blieb aber noch einmal stehen. »Äh ... Sam?«

»Ja?«

»Warum haben Sie das getan?«

»Was?«

»Sie wissen schon. Mir geholfen.«

Nun war der Mann aufrichtig überrascht. »Eigentlich hatte ich keinen besonderen Grund, Abie. Ich wollte nur dein Freund sein. Dein großer Freund.«

Lächelnd wandte sich Abie ab und rannte über den Rasen, um Sekunden später im Haus zu verschwinden.

13

Lieutenant Mike Morelli spuckte den zerkauten Zahnstocher aus. Scheiß Holzdinger, dachte er. Ständig meint man, einen Splitter in der Zunge zu haben.

Wann waren die Raucher eigentlich zu den Aussätzigen der modernen Zeiten geworden? Dabei rauchte er nur Pfeife. Und auf den Geschmack kam es ihm gar nicht so sehr an. Er liebte doch nur das Drumherum – das Stopfen, das Reinigen. Es entspannte ihn so schön. Er hatte eine Beschäftigung beim Nachtdienst oder den endlosen Dienstbesprechungen. Der Pfeifenkopf lag so angenehm warm in der Hand. Menschenskind, manchmal vergaß er sogar zu paffen. Wahrscheinlich ging mehr Nikotin in die Luft als in seine Lungen. Und das sollte schädlich sein?

Reiß dich zusammen! hielt er sich im selben Moment vor. Rauchen war ein so gefährliches wie überflüssiges Laster. Wenn Jane Fonda es sich abgewöhnt hatte, dann konnte er das auch schaffen. Er öffnete seine Sparpackung mit fünfhundert Zahnstochern und schob sich einen neuen zwischen die Lippen.

Nun, im Grunde waren seine rituellen Selbstbezichtigungen nur ein Ablenkungsmanöver von seinen Recherchen. Wie satt er diesen Fall doch hatte! Mittlerweile hatte er Dutzende von Profilen pädophiler Verbrecher gelesen, eines ekelerregender als das andere. Die Begriffe und, schlimmer noch, die Bilder ließen ihn nicht mehr los. Nacktaufnahmen von Achtjährigen. Vergewaltigung durch den Anus. Erzwungene Fellatio. Ihm war übel, und er sehnte sich nach etwas anderem.

Es war einfach nicht fair! Er hatte hart gearbeitet, um in der Mordkommission und nicht etwa bei der Sittenpolizei zu landen. Doch jetzt war er mit der schlimmsten Form der Sexualkriminalität konfrontiert: Mord an Kindern durch einen Pädophilen im Blutrausch.

Den ganzen Abend hatte er damit verbracht, seine Lükken auf dem Gebiet Pädophilie zu schließen; einem Thema, dem er während der Ausbildung bewußt aus dem Weg gegangen war. Diese Leute widerten ihn nicht nur an, er brachte beim besten Willen kein Verständnis für sie auf. Manche Verbrechen konnte er zumindest nachvollziehen. Bestimmte Umstände konnten jeden zum Mord treiben. Und von Victor Hugo hatte er gelernt, daß Diebstahl bisweilen unvermeidlich war. Aber Pädophilie? Das war zu abartig, zu abscheulich.

Seine Unterlagen lehrten ihn, daß nicht alle Pädophilen die heruntergekommenen Monster waren, die er früher in ihnen gesehen hatte – oder vielmehr hatte sehen wollen. Nein, sie kamen aus allen Schichten, waren in allen Einkommensklassen und Berufen vertreten. Laut den Psychologen spürten sie schon in der Jugend, daß sie anders veranlagt waren.

Und da sie früh wußten, was sie wollten, planten sie ihr Leben dementsprechend. Nicht zufällig wurden viele von diesen Perversen Lehrer oder Gruppenleiter bei den Pfadfindern, wählten sich also Berufe, in denen sie Kontakt zu Kindern hatten, ja, ihr Vertrauen gewannen.

Mike hatte psychologische Profile immer als überflüssiges Geschwätz abgetan, in diesem Fall begriff er aber ihre Notwendigkeit. Wer solche Verbrechen beging, mußte wirklich schwer gestört sein. Die Psychologen, so las er, teilten die Pädophilen grundsätzlich in zwei Kategorien ein. Die üblicheren waren die sogenannten *Gelegenheitstäter*. Sie experimentierten vor allem, egal ob mit Homosexualität, Kindern oder auch Tieren. Die andere Kategorie umfaßte die *Triebtäter*. Diese gehörten einer noch gefährlicheren Kategorie an. Sie stellten Kindern nach, weil sie auf sie fixiert waren.

Wie so viele Verbrecher steckten Pädophile in einem Teufelskreis fest. Die meisten waren in der Kindheit selbst mißbraucht worden, so wurden im Laufe der Jahre aus den Opfern Täter. Zudem hatten die Forschungen ergeben, daß Pädophile auf Kinder in dem Alter fixiert waren, in dem man sie selbst mißhandelt hatte.

Wie Mike erfuhr, zogen sich manche Pädophile ein Kind regelrecht heran, gewannen sein Vertrauen und warteten ab, bis es das richtige Alter erreichte, um dann zuzuschlagen. Was das Alter betraf, so gab es nach oben oder unten keine Grenzen. Manche Täter vergingen sich ausschließlich an Säuglingen. In einem Fall hatte der Pädophile behauptet, der Junge habe ›darum gefleht‹ und sich ihm in provozierender Pose gezeigt. Das Kind war keine zwei Jahre alt und noch in den Windeln gewesen!

Bei seinen ersten Versuchen, über Kinderpornos auf die Spur des Mörders zu kommen, hatte Mike erfahren, daß das Klischee vom Pädophilen als krankhaftem Einzelgänger oft nicht stimmte. Viele arbeiteten in Gruppen, in Netzwerken zusammen, wie es neuerdings hieß. Sie hatten Adressenlisten, Faxgeräte und waren auch im Internet erreichbar, über das sie Namen und Fotos austauschten. Weil die einschlägigen ausländischen Journale wie *Kinderlieb* oder *Ballbusters* dank der Bemühungen der Polizeibehörden nicht mehr ins Land kamen, stellten diese Perversen jetzt ihre eigenen Hefte her.

Was Mike vielleicht am meisten erstaunte, war die Tatsache, daß Pädophile sehr oft Kinder mochten, auch ihre Opfer. Ihnen war wirklich an ihrem Wohlergehen gelegen. Fast übereinstimmend hatten die in dieser Studie untersuchten Kindesmißbraucher angegeben, sie verstünden die ganze Aufregung überhaupt nicht. Sie hätten doch nur ein bißchen mit ihrem Liebling gekuschelt – was könne schon so schlimm daran sein?

Dank dieser Informationen eröffneten sich Mike ganz neue Dimensionen. Er begriff, daß man verstehen mußte, wie solche Triebtäter funktionierten, denn dann konnte man gezielt nach ihnen fahnden. Anders als viele Vergewaltiger oder Serienmörder griffen sie sich nicht irgendein Opfer, sondern versuchten, ein Kind zu verführen. Zuallererst wollten sie seine Zuneigung, sein Vertrauen gewinnen. Oft hatten sie es auf Kinder aus gestörten Familienverhältnissen abgesehen, Kinder die zu Hause unglücklich waren. Kinder, die sich schutzlos fühlten. Der Pädophile entdeckte ihren wunden Punkt und setzte genau da an. Wenn die Eltern ihrem Kind kein Fahrrad schenken konnten, dann bekam es eben eins von ihm. Wenn das Kind sich nach Aufmerksamkeit sehnte, der Pädophile kümmerte sich um Nestwärme, Vertrauen, was auch immer.

So lief die Verführung an.

Manchmal wurden die Perversen sogar nach ihrer Festnahme vom Kind gedeckt, denn es wollte seinen besten Freund nicht verlieren.

Darauf bauten die Pädophilen.

Mike stellte fest, daß die Statistiken weder schlüssig noch verläßlich waren. Niemand konnte genau sagen, wie hoch die Dunkelziffer war. Mehr noch als bei Vergewaltigungen bestand ein erhebliches Informationsdefizit. Ein Kind konnte tausend Gründe haben, warum es sich niemandem anvertraute. Vielleicht war der Mißbraucher eine Autoritätsperson, vielleicht war es von ihm abhängig. Denkbar war auch, daß es ihn mochte oder dies zumindest glaubte. Was noch schlimmer war: Um der Bloßstellung vor der Öffentlichkeit zu entgehen, verlangten manche Eltern von ihrem Kind Stillschweigen. Sie wollten nicht, daß die Polizei, die Medien und die Gerichte sich auf ihren Sprößling stürzten. Wer hört denn auch schon gern in den Nachrichten, daß der eigene kleine Sohn mißbraucht wurde?

Mike schob all seine Unterlagen von sich und verbarg den Kopf in den Händen. Ihm war bereits klar, daß seine neuen Kenntnisse sein Weltbild und damit auch ihn verändern würden. Wenn er in Zukunft einen Fremden mit einem kleinen Jungen sprechen, einen Sportlehrer seinem Schützling die Schulter tätscheln sah, würde er sich von jetzt an fragen: *Ist er so einer?* Natürlich war das nicht fair. Die meisten waren immer noch anständige Leute, die eben zufällig mit Kindern arbeiteten. Aber heutzutage passierte zuviel. Da schrillten bei den Eltern zwangsläufig alle Alarmglocken.

»Mein Gott«, flüsterte Mike. »Wie schrecklich! Zum Glück hatten wir keine Kinder.«

Mike beschloß, für heute Schluß zu machen. Aber wozu? Was wartete denn daheim schon auf ihn außer einer halb leeren Flasche Mogen-David und der Gesamtausgabe der Werke von William Shakespeare. Wie aufregend. Was hatte Mark Twain gesagt? »Sei nur immer brav, dann bist du einsam.«

Wie wahr. Nur wußte Mike nicht genau, ob er wirklich immer so brav gewesen war.

Einem Impuls folgend, zückte er seinen Geldbeutel, nahm die Kreditkarte heraus und betrachtete das dahinter verborgene Farbfoto.

Es zeigte sie in ihrer ganzen Pracht. Wunderschönes kastanienbraunes, langes Haar. Stupsnase. Sommersprossen. Lange, lange war es her.

Das Foto war am Tag seiner Hochzeit mit Julia gemacht worden.

Bei ihrem letzten Wiedersehen vor etwas mehr als einem Jahr hatte Julia nicht mehr ganz so toll ausgesehen. Ihre neue Ehe klappte nicht mehr so gut, und sie hatte einiges zugenommen. Doch sie war immer noch schön. Allein bei ihrem Anblick hatte er all seine Schmerzen, all die Leere, alle Enttäuschung vergessen. Nach der Scheidung hatte er sich geschworen, daß Bindungen nur etwas für naive Spinner waren, daß nichts blieb und daß es keine Hoffnung gab.

Es gab keine Hoffnung. Nichts blieb.

Wenn er nur wüßte, was er falsch gemacht hatte! Doch so sehr er grübelte, ihm fiel nichts ein. Er hatte alles, wirklich alles getan, um sie zu halten – oder? Aber letztlich hatte es keinen Sinn gehabt.

Was wollte er noch mit dem Foto? Er sollte es zerreißen, sie vergessen und endlich weiterleben. Aber irgendwie …

Sorgfältig schob er es wieder hinter die Kreditkarte und steckte den Geldbeutel ein. Im Grunde hatte sich nichts geändert. Vor allem nicht an seinen Gefühlen. Was immer er sich auch trotz des Kummers, des Leids, der Tränen eingeredet hatte – bestimmte Dinge blieben, wie sie waren.

14

Mit Hilfe der Fernbedienung ließ Ben die Videokassette zum Anfang zurücklaufen. Dabei war er ängstlich darauf bedacht, jedes Geräusch zu vermeiden. Es hatte Stunden gedauert, bis Joey eingeschlafen war, und da wollte er nichts riskieren.

Bens erste Nacht allein mit seinem Neffen war ein einziger Alptraum gewesen. Kinderpflege war ein Buch mit sieben Siegeln für ihn. Wie brachte man den Sauger über den Hals des Fläschchens? Wie erkannte man, welcher Teil der Windel vorn festgemacht wurde? Oder war das egal?

Und die wichtigste Frage: Wo bettete ein Junggeselle ein Baby hin, wenn er keine Wiege besaß? Nun, Ben hatte sich mit einem Wäschekorb beholfen. Na gut, das Ding sah lächerlich aus, aber auf die Schnelle ließ sich nichts Besseres beschaffen. Und Joey schien sich nicht daran zu stören. Hauptsache, Onkel Ben ließ ihn nicht allein. Sonst schrie er. Und zwar mit aller Kraft. Ben sang alle Wiegenlieder, die er kannte – es waren ohnehin nicht viele, aber sie brachten ihm auch keinen nennenswerten Erfolg. Joey beruhigte sich zwar, dachte aber nicht daran, einzuschlafen. Schließlich verlegte sich Ben, eigentlich ohne zu wissen warum, auf die Titelmelodie der *Familie Feuerstein*. Da klappten Joeys Augen endlich zu, und es herrschte Ruhe. Doch kaum war sein Neffe eingeschlafen, bekam Ben es mit der Angst zu tun. Atmete der Kleine noch? Ben hielt das Ohr über Joeys Lippen, bis er erleichtert einen leisen Atemzug vernahm. Aber dann plagten ihn schon die nächsten Sorgen. Schliefen Babys auf dem Bauch oder auf dem Rücken? Oder auf der Seite? Durfte man ihnen Kissen geben? Und warum strampelte Joey ständig die Decke weg?

Völlig erschöpft entfernte sich Ben schließlich von Joey und ließ sich aufs Sofa im Wohnzimmer sinken. Doch jetzt hüpfte ihm seine Katze Giselle auf den Schoß. Giselle war nicht gerade erbaut über das Eindringen des Konkurrenten, der auf einmal Bens ganze Aufmerksamkeit in Anspruch nahm und ihr sogar ihren Lieblingsplatz auf Bens Schoß streitig machte.

Vor Jahren hatte Christina ihm Giselle zum Geburtstag geschenkt. Seitdem schien das Tier in einem fort zu fressen. Mit normalem Katzenfutter gab sie sich natürlich nicht ab, es mußte schon das Beste vom Besten sein. Ben hatte vorher nie ein Haustier gehabt und hatte sich auch nicht nach einem gesehnt, aber weil Christina eine gute Freundin war und ihn häufig besuchte, verbot es sich von selbst, die Katze wegzugeben. Giselles Rasse hatte Ben nie gekümmert. Er wußte nur, daß sie schwarz und groß war. Riesengroß. Ein richtiges Ungetüm.

Sie rieb ihre feuchte Nase an Bens Gesicht. Wie lieb! Doch heute fühlte sich ihre Schnauze kratziger an als sonst. Ben sah beiläufig hin und sprang auf.

Giselle hatte einen toten Vogel im Maul.

»Giselle!« rief er, um sich sofort auf die Zunge zu beißen. Nebenan schlief doch das Baby. Er senkte die Stimme. »Habe ich dir nicht gesagt, du sollst keine toten Tiere anschleppen?«

Ben funkelte Giselle an, als erwarte er eine Antwort. Statt dessen fing sie an zu schnurren und dachte gar nicht daran, die zerfetzten Überreste einer Amsel herzugeben.

»Wenn du unbedingt deinem Trieb folgen und andere Tiere umbringen mußt, dann laß wenigstens die Kadaver draußen!« Nachdem es Ben jahrelang gelungen war, Giselle in der Wohnung zu halten, hatte sie vor kurzem eine Luke in der Kammer hinter seinem Schlafzimmer entdeckt, durch die sie bequem zum Dach gelangen konnte, wenn er vergaß, sie zu schließen. Bisweilen kletterte Ben selbst hinaus, um den Sternenhimmel zu betrachten und zu testen, ob seine Höhenangst auch wirklich endgültig überwunden war.

Und Giselle ging dort jagen.

Ben schimpfte noch eine Weile weiter, freilich ohne Erfolg. Schließlich lief er in die Küche und öffnete eine Dose. Sobald Giselle das Geräusch des Dosenöffners hörte, ließ sie ihre Beute fallen und kam zu ihrem Napf geschossen. Während sie eifrig fraß, kehrte Ben ins Wohnzimmer zurück, hob den toten Vogel auf und beförderte ihn durch das Schlafzimmerfenster in die offene Mülltonne direkt darunter.

Danach nahm er wieder vor dem Fernseher Platz und sah sich das Video von Leeman Hayes' Geständnis an. Er studierte es dreimal hintereinander.

Und mit jedemmal wurde er noch deprimierter.

Kein Wunder, daß die Behörden auf Leemans Verurteilung drängten. Das Video war verheerend.

Schon die erste halbe Stunde war für alle Seiten frustrierend. Und Leemans erster Verteidiger, ein älterer Herr, der inzwischen verstorben war, konnte seinem Schützling kaum helfen. Als Staatsanwalt trat ein ehemaliger Arzt auf. Im Hintergrund erkannte Ben den damals um zehn Jahre jüngeren Ernie Hayes.

Der Staatsanwalt wollte vom Verdächtigen zunächst herausfinden, was er über den Mord an Maria Alvarez wußte. Es war ein hoffnungsloses Unterfangen. Nicht daß Leeman die Mitarbeit verweigert hätte – im Gegenteil! – er wollte den Herren mit Anzug und Krawatte in jeder Hinsicht helfen, nur konnte er sich eben so gut wie gar nicht ausdrücken.

Seine Befrager versuchten es mit den verschiedensten Mitteln. Sie gaben sich freundlich, sie gaben sich wütend, Freund, Feind, guter Cop, böser Cop – es half alles nichts. Aus Leeman war nichts herauszubringen.

Schließlich hatte jemand den glänzenden Einfall, Leeman ein Bild zu zeigen. Es handelte sich um ein etwa drei Jahre altes Foto von Maria Alvarez. Damals hatte sie noch gelebt.

Und Leeman erkannte sie. Soviel stand fest. Nicht einmal seine hartnäckigsten Verteidiger hätten das abstreiten können.

Als nächstes zeigte der verhörende Beamte Leeman ein Foto des Opfers nach der Tat. Gesicht und Brust waren in

Blut gebadet, und im Hals steckte noch immer der zersplitterte Golfschläger.

Leeman wandte sich sofort ab. Aber erneut bestand kein Zweifel: Er hatte diese Szene schon einmal gesehen.

Da der Verhörer auch weiterhin keine sinnvollen Antworten bekam, deutete er schließlich den Mord mit einer Pantomime an. Und damit hatte er plötzlich Erfolg. Leeman sagte zwar immer noch nichts, aber er begann die Szene nachzuspielen!

Schlagartig verwandelte sich sein Gesicht. Jeder Ausdruck von Aufmerksamkeit, Hilfsbereitschaft und Eifer löste sich auf. Er stellte sich auf die Zehenspitzen, schlich durch den ganzen Raum heran und stieß eine imaginäre Person an.

»Damit hat er die Frau auf sich aufmerksam gemacht«, bemerkte einer der Ermittler auf dem Video.

Mit erstaunlichem Geschick schlüpfte Leeman zwischen der Rolle der Frau und seiner eigenen hin und her. Er spielte Marias Erschrecken und Wut. Allerdings wurde der Grund ihrer Empörung nicht ersichtlich. Der ließ sich pantomimisch nicht darstellen.

Danach wechselte Leeman mit solcher Geschwindigkeit die Personen, daß man kaum noch sagen konnte, wer er gerade war. Irgendwie brach jedenfalls ein Kampf aus, in dem Maria Alvarez nicht den Hauch einer Chance hatte.

Leemans Gesicht war wut- und haßentstellt; er zitterte am ganzen Leib und konnte seine Hände nicht kontrollieren. Ben hatte zwar von seinen angeblichen Wutanfällen gelesen, den Berichten aber keinen Glauben geschenkt.

Jetzt sah er das anders.

Er verfolgte Leemans Pantomime eines Mannes, der einen Golfschläger in die Hand nahm und Maria auf den Kopf drosch. Bei dem Aufprall brach der Schläger offenbar ab. Der Mann hob das Ende auf und rammte es der Frau in den Hals.

Leemans Gesicht war immer noch wutverzerrt, als er langsam zurückwich und sich Hände und Gesicht abwischte. Dann sah er sich in alle Richtungen um und rannte weg.

Vor dem Ausgang blieb Leeman stehen. Die Nachstellung

war beendet. Wie ein Charakterdarsteller legte er seine Rolle ab und kehrte zu seinem Stuhl zurück.

Sämtliche Anwesenden waren kreidebleich geworden. Sie starrten ihn mit weit aufgerissenen Augen an. Lange fiel kein einziges Wort.

Schließlich brach der Staatsanwalt das Schweigen. »Weitere Fragen dürften sich wohl erübrigen. Danke für Ihre Geduld.« Er verließ den Saal und zog die Tür hinter sich zu.

Zwanzig Minuten später wurde Leeman Hayes wegen vorsätzlichen Mordes unter Anklage gestellt.

Nach dreimaligem Studium des Films hielt Ben den Fall für absolut hoffnungslos. Nichts bot auch nur den Ansatz für einen anderen Schluß, der diese Interpretation würde erschüttern können. Die Geschworenen mußten davon ausgehen, daß Leeman mit seiner Pantomime ein lupenreines Geständnis abgelegt hatte.

Ben spulte das Video noch einmal zurück. Giselle sprang wieder auf seinen Schoß. Süßes Kätzchen. Gott sei Dank hatte sie keinen Vogel mehr im Maul. Er streichelte sie am Hals, und sie sah schnurrend mit ihren großen grünen Katzenaugen zu ihm auf ...

Aus den Augenwinkeln verfolgte Ben den Ablauf im Video. Aber Moment mal! Er griff nach der Fernbedingung und drückte auf Stop, als Leeman seine Darstellung begann.

Es war so schnell gegangen, daß Ben es fast nicht mitbekommen hätte. Ja, bei den ersten drei Malen war es ihm überhaupt nicht aufgefallen. Aber Leeman begann seine Pantomime nicht übergangslos, sondern mit einer unscheinbaren Geste: Ganz kurz hielt er sich die flache Hand über die Augen, als schirme er imaginäres Sonnenlicht ab.

Sehen.

Genau dieselbe Geste hatte er benutzt, als er Ben gezeigt hatte, wie er auf seinen Honda aufmerksam geworden war.

Sehen.

Das war gar kein Geständnis! Es war der Bericht eines Augenzeugen. Dessen war sich Ben jetzt sicher.

Aber wie sollte er die Geschworenen davon überzeugen? Was er ihnen auch sagen mochte, in ihren Augen, ja in denen fast aller unparteiischen Beobachter wäre die gefilmte Darstellung eine Selbstbezichtigung und Bens Erklärung der letzte Trick eines verzweifelten Anwalts, der das Schlimmste verhindern wollte.

Und Leeman würde man wegen eines Verbrechens schuldig sprechen, das er nicht begangen hatte. Und man würde ihn verurteilen. Wenn nicht zum Tode, dann zu Lebenslänglich hinter Gittern.

Schwer zu sagen, welche Strafe ihn härter treffen mußte.

Ben schaltete den Videorecorder aus. So weit durfte er es nicht kommen lassen. Oder etwa doch?

Wollen Sie wirklich Ihr ganzes Leben lang auf gut Glück jeden kleinen Ganoven verteidigen, der sich in Ihre Kanzlei schleicht?

Bullocks Worte klangen ihm wieder in den Ohren. Keine Jury der Welt würde ihm folgen, wenn er Leemans Darstellung als Unschuldsbeweis wertete. Nichts, absolut nichts sprach zu Leemans Gunsten. Ben würde ganz von vorne anfangen und mögliche Zeugen eines Verbrechens auftreiben müssen, das zehn Jahre zurücklag.

Eine extrem schwierige Aufgabe.

Schwierig? Ein Ding der Unmöglichkeit!

Seien Sie nicht so naiv.

Eins war jedenfalls sicher. Wenn Ben den Fall annahm, wäre er bei John Bullock endgültig unten durch.

Ich bin ja so enttäuscht von Ihnen. Sie waren wie ein Sohn für mich.

Aber dann drängten sich ihm andere Bilder auf. Leemans Gesicht auf dem Bildschirm – verängstigt war er, hilflos, allein. Leeman Hayes zehn Jahre danach – aufgedunsen, verwahrt in einer Anstalt, bekleidet mit schlecht sitzenden, schmutzigen Klamotten. Sein ganzes Leben war in diesen Bildern enthalten. Und dann Ernie Hayes' verzweifelter Blick. Was hatte er zu ihm gesagt? *Ich wußte doch, daß Sie meinem Jungen helfen.*

Zumindest in einem hatte Ernie recht. Wenn Ben den Fall nicht annahm, dann tat es wahrscheinlich niemand.

Zehn Jahre. Zehn lange Jahre.

Ben schaltete den Fernsehapparat aus. Seine Entscheidung stand fest. Trotz all der Gefahren, all der Schwierigkeiten und wider alle Vernunft wollte er Leeman Hayes verteidigen.

Er hatte keine andere Wahl.

Sie hatten kaum Chancen. Aber das bißchen war besser, als nichts. Es war besser, als Leeman zu noch mehr verlorenen Tagen zu verurteilen. Zu noch mehr Isolation und Angst. Und Leiden. Mehr Leiden sogar, als er bisher erlebt hatte.

Und zwar durch die Mühlen der Justiz.

ZWEITER TEIL

Geschichten aus zwei Städten

1

»Aber du hast es mir *versprochen!*«

»Stimmt überhaupt nicht!«

»Doch! Du hast gesagt, du kommst heute früher und fährst mit mir zum Baseballplatz.«

»Ich habe nur gesagt, ich will es versuchen.«

»Das hätte ich mir gleich denken können. Du willst nie was mit mir machen. Du magst mich gar nicht.«

Der Mann mit der roten Perücke lauschte aufmerksam dem Streit zwischen Abie und seinem Vater. Schön, daß sie sich auf der Veranda in die Haare kriegten. Er stand gut verborgen hinter der zwei Meter hohen Hecke, die das Grundstück der Rutherfords umgab, und konnte jedes Wort hören. Sogar sehen konnte er sie, brauchte aber nicht zu befürchten, daß sie Verdacht schöpften. Und weil der Abstand zwischen den Grundstücken so groß war, bestand auch so gut wie keine Gefahr, daß irgendwelche Nachbarn ihn bemerkten.

»Jetzt hör mir mal gut zu«, fuhr Rutherford fort, der im Gegensatz zu seinem Sohn auffällig hellhäutig und hellblond war. »Dein Vater hat viele wichtige Geschäftsangelegenheiten zu erledigen. Ich würde am liebsten den ganzen Tag lang mit dir spielen, aber das geht leider nicht.«

Abie verschränkte trotzig die Arme vor der Brust. »Du willst bloß nicht, sonst könntest du schon.«

»Abie, manchmal weiß ich vor lauter Arbeit nicht mehr, wo mir der Kopf steht. Schau dir doch nur das Haus an, die Autos in der Garage. Wer, glaubst du, hat das alles bezahlt? Woher kommt denn das Geld, wenn nicht von mir?«

»Mommy sagt, daß es von deinem Vater kommt.«

»Das tut jetzt nichts zur Sache. Jemand muß das Geld verwalten. Unsere Investitionen schützen. Und das ist die Aufgabe deines Daddys ...«

»Mommy sagt, du bist den ganzen Tag lang nur immer in diesem dämlichen Country Club.«

»Deine Mutter ...« Rutherford unterdrückte gerade noch einen Fluch. »Das stimmt doch nicht ...«

Abie drehte sich beleidigt um. »Du spielst die ganze Zeit. Nur mit mir willst du nicht spielen!«

»Abie! Abie!« Rutherford wollte seinen Sohn festhalten, doch dieser entwand sich ihm. »Ich gehe zum Country Club, weil ich dort meine Geschäftskontakte pflegen muß. Die Mitglieder sind meine Partner. Das sind alles Wirtschaftskapitäne. Die reichsten Männer in diesem Staat sind darunter! Ich weiß, du bist erst zehn, aber versuch das doch auch mal zu verstehen.«

»Ich habe schon verstanden. Du schwingst lieber deinen dämlichen Golfschläger, als daß du mal mit mir zum Baseball gehst.«

Der Mann mit der roten Perücke grinste. Zerrüttete Familien waren etwas Herrliches – zumindest aus seiner Sicht. Wenn alle Väter immer Zeit für ihre Söhne hätten oder sie einfach weniger schlecht behandelten, käme er nie an die Kinder heran. Doch aufgeblasene Millionäre wie Rutherford machten die Sache zum Kinderspiel.

»Hör zu, Junge!« rief Rutherford mit vor Erregung hochrotem Kopf. »Ich habe morgen ein paar wichtige Besprechungen, aber wann geht das Spiel denn los?«

»Um zwei. Wie immer.«

»Gut, dann laß mich sehen, was ich tun kann ...«

»Versprochen?«

Rutherford legte feierlich beide Hände auf die Schultern seines Sohnes. »Also gut, versprochen.«

»Wir müssen aber um halb zwei losfahren, um den Anfang nicht zu verpassen.«

»Von mir aus. Weißt du was, um Zeit zu sparen hole ich dich an der Ecke Peoria Avenue und Twenty-sixth Street ab, einverstanden?«

»Und du vergißt das auch bestimmt nicht?«

»Natürlich nicht.« Er zögerte. »Ich verspreche es dir.«

Dem Mann hinter der Hecke entging nicht, wie Rutherford mit enttäuschter Miene die ausgestreckten Arme langsam sinken ließ. Er hatte sicher gehofft, sein Sohn würde ihn umarmen. Doch der erste Schritt zur Versöhnung blieb aus. Kaum hatte Abie ihm das Versprechen abgenommen, rannte er ins Haus zurück.

Nun, um den Riß in dieser Familie zu kitten, waren mehr als ein paar halbherzige Zusagen vonnöten.

Der heimliche Beobachter entfernte sich auf leisen Sohlen. Seine Erkundungstour hatte sich voll gelohnt. Jetzt hatte er alle Informationen gesammelt, mit deren Hilfe er sich seinen Traum erfüllen konnte. Seine nächste Eroberung war ihm so gut wie sicher.

Mit einem Kugelschreiber vermerkte er den Treffpunkt auf der Handfläche. Ecke Peoria Twenty-sixth. Halb zwei.

Er würde dort sein.

2

Als Ben endlich eingeschlafen war, weckte ihn schon wieder ein Kratzen an der Wange. Schnurrhaare!

Giselle! Du lieber Himmel!

»Giselle«, murmelte er mit geschlossenen Augen, »tu mir einen Gefallen ... geh weg. Nichts gegen dich, aber Julias Balg hat mich die ganze Nacht auf Trab gehalten. Möchte nur wissen, von wem dieses ›wie ein Baby schlummern‹ stammt. Ein Kind hat der bestimmt nie gehabt.«

Er wälzte sich auf die andere Seite und zog sich das Kissen über den Kopf. Ohne Erfolg. Giselle gab nicht nach. Es war Zeit fürs Frühstück, und da kannte sie kein Pardon. Irgendwie zwängte sie ihre feuchte Nase unter das Kissen und rieb sich wieder an Bens Gesicht.

Warum war sie heute nur so schrecklich kratzig? Plötzlich riß er entsetzt die Augen auf und schoß kerzengerade hoch. *»Giselle!«*

Ihr Maul war leer. Er riß das Laken weg und durchsuchte das Bett. Gott sei Dank lagen keine zerrupften Leichenteile leichtsinniger Vögel darin herum. Giselle wollte ihm kein neues Opfer bringen, sie hatte lediglich Hunger.

Erleichtert taumelte Ben zur Kammer und schlüpfte hastig in den Bademantel. Dann öffnete er das Fenster und atmete die frische Morgenluft ein. Genauer gesagt, er atmete Luft ein. Leider stand ja die Mülltonne direkt unter dem Fenster.

An der Ecke preßten sich Joni Singleton und ein schwarzer Teenager ihres Alters in einem romantischen Ringkampf gegen die Mauer. Joni und ihre Zwillingsschwester Jami sowie ihre zwei kleinen Brüder, ebenfalls Zwillinge, lebten zusammen mit ihren Eltern im selben Haus in einer Wohnung, die kaum größer war als die von Ben. Es war Ben ein Rätsel, wie sie es schafften, in diesen beengten Verhältnissen miteinander auszukommen.

Er überwand seine Gewissensbisse und sah den beiden eine Weile zu. Sie knutschten, redeten ein bißchen und knutschten wieder. Vor allem Knutschen war angesagt. Sie wirkten schon recht vertraut miteinander. Offensichtlich war es nicht das erstemal.

Ben schloß das Fenster und ließ sie allein. Von diesem Freund hatte er noch nie gehört. Wahrscheinlich verheimlichte Joni ihn noch ihren Eltern. Eine Tändelei mit einem Schwarzen würde ihnen nicht passen.

Kurz wusch er sich im Bad das Gesicht, dann begann er auf einmal zu singen: »A country dance was being held in the garden ...« Er hielt überrascht inne. Wann hatte er denn das gelernt? Wie hieß das Stück gleich wieder? Ach ja, ›Polka Dots and Moonbeams‹, ein Schlager aus den zwanziger Jahren. »Suddenly I saw ... polka dots and moonbeams ... all around that pug-nosed dream ...«

Er schlenderte in die Küche und wollte gerade eine Dose Katzenfutter öffnen, als es klingelte. Ein Blick auf die Uhr verriet ihm, daß es noch nicht ganz sieben war. So früh am Morgen konnte das nur Mrs. Marmelstein sein.

Mrs. Marmelstein war seine Vermieterin. Sie und ihr Mann waren vor Jahrzehnten nach Tulsa gezogen und hatten sich im Ölgeschäft eine goldene Nase verdient. Solange die Geschäfte florierten, hatten sie sich Weltreisen gegönnt, Immobilien in Utica Hills ge- und verkauft und in Saus und

Braus gelebt. Mit Mr. Marmelsteins Tod in den siebziger Jahren und dem Zusammenbruch des Erdölmarktes bald danach sollte sich das ändern. Als alles vorbei war und es ans Aufräumen ging, waren von Mrs. Marmelsteins Vermögen nur noch ein paar lumpige Dollar und dieses heruntergekommene Haus in einem der schäbigsten Viertel der Stadt übriggeblieben.

Ben öffnete die Tür. Vor ihm stand wie erwartet Mrs. Marmelstein in einem grünen Baumwollkleid mit Spitzenkragen. Ihr silbergraues Haar hatte sie zu einem Dutt zusammengesteckt.

Sie musterte Ben mit strenger Miene. »Benjamin Kincaid.«

»Stimmt, das bin ich«, bestätigte Ben freundlich.

Langsam schüttelte sie den Kopf. »Ben-ja-min Kin-caid.«

»Sind Sie gekommen, um mir das zu sagen? Es ist früh am Morgen und ...«

»Dachten Sie etwa, ich würde das nicht hören?«

»Äh ... was denn?«

»Benjamin! Ich bin neunundsechzig Jahre alt und weiß, wie ein Baby sich anhört.«

»Ach, das Baby!« rief er, um sogleich die Stimme zu senken. »Könnten Sie bitte leiser sprechen? Es schläft.«

»Und was machen Sie mit einem Baby, wenn ich fragen darf?«

»Ähm, das ist eine komplizierte Geschichte ...«

»Das kann ich mir schon denken. Sie wissen, daß ich immer sehr großzügig zu Ihnen war, Ben, daß ich bei Ihnen keine ... sagen wir ... so hohen Maßstäbe angesetzt habe wie bei meinen anderen Mietern. Ich habe geduldet, daß Polizisten Tag und Nacht durch Ihre Wohnung trampeln und habe sogar bei dieser ... Rothaarigen beide Augen zugedrückt.«

Ben verkniff sich ein Grinsen. Er war sich nicht sicher, ob Mrs. Marmelstein Christina ablehnte, weil ihr berufstätige Frauen nicht geheuer waren, weil sie so oft bei Ben vorbeikam, oder weil ihr schlichtweg die Haarfarbe nicht paßte.

»Keine Frage, Mrs. Marmelstein, Sie waren immer sehr großzügig.«

»Natürlich haben auch Sie mir hier und da geholfen.«

›Hier und da‹ war eine gelinde Untertreibung. Seit seinem Einzug kümmerte sich Ben um ihre Finanzen, hielt ihr die Gläubiger vom Leibe (eine Aufgabe, mit der er selbst bestens vertraut war), jonglierte für sie mit den Rechnungen und steckte ihr gelegentlich diskret ein paar Dollar zusätzlich zu. Obwohl Ben längst wußte, daß Mrs. Marmelstein nicht mehr reich war, hatte sie selbst das leider noch nicht so recht begriffen. »Und ich war Ihnen auch immer dankbar, Benjamin. Aber alles kann man sich nicht bieten lassen!«

»Was denn zum Beispiel?«

»Babys«, stieß sie mit zitternder Stimme hervor.

»Sie dulden keine Babys? Die Singeltons haben zwei.«

»Sicher, aber das ist etwas ganz anderes. Benjamin Kincaid, wir wissen beide, daß Sie nicht verheiratet sind.«

Bens Lippen kräuselten sich. »Mrs. Marmelstein, darf ich Ihnen erklären, wie ...«

»Nicht nötig. Ich weiß, wie Babys auf die Welt kommen. Und ich weiß, wie die Männer sind. Aber von Ihnen hatte ich mehr Anstand erwartet.«

»Mrs. Marmelstein, ich fürchte, sie befinden sich da in einem Irr...«

»Aber wenn es nun einmal passiert ist, hätten Sie wenigstens den Anstand aufbringen und das Mädchen heiraten sollen. Es ist die Rothaarige, nicht wahr?«

»Mrs. Marmelstein, Christina und ich sind gute Freunde und Kollegen, nicht mehr. Das Baby ist von meiner Schwester Julia. Joey ist mein Neffe.«

Mrs. Marmelstein glotzte Ben mit offenem Mund an. »Ach so, jetzt verstehe ich. Aber warum nehmen dann Sie das Baby?«

»Das ist mir selbst noch nicht ganz klar.«

»Wie lange bleibt es?«

»Das weiß ich auch nicht. Kann noch eine Weile dauern.«

Die Vermieterin runzelte die Stirn. »Nun, wenn es länger als eine Woche bleibt, sagen Sie mir Bescheid. Dann muß ich den Mietpreis anpassen, verstehen Sie?«

»Selbstverständlich.«

Schlagartig wurde ihr Gesicht wieder freundlicher.

»Wenn Sie Zeit haben, können Sie später bei mir vorbeikommen ... Sobald Sie angezogen sind, natürlich. Ich habe einen frischen Früchtekuchen gebacken.«

»Gerne, nur werde ich es heute nicht schaffen ...«

»Da wir gerade von dem Baby sprachen, ich glaube, es will was von Ihnen.«

Ben lauschte gespannt. Tatsächlich. Das Geschrei, das er in der Nacht zur Genüge kennengelernt hatte, hallte schon wieder durch die Wände. Er seufzte. »Ach, Mrs. Marmelstein, Sie wissen nicht zufällig, wie man Windeln wechselt ...?«

Eine Sekunde, nachdem Christina geklingelt hatte, riß Ben schon die Tür auf. Sein Gesicht war von Panik verzerrt.

»Weißt du, was ein *böt* ist?« rief er verzweifelt.

Christina kniff die Augen zusammen. »Wie bitte?«

»Böt! Böt!« Ben ruderte aufgeregt mit den Armen herum.

»Ich fürchte, ich komme nicht ganz mit ...«

»Er sagt in einem fort böt.«

»Wer?«

»Joey! Wer sonst? Ich glaube, es ist das einzige Wort, das er kann.«

»Das kann ich mir nicht vorstellen.«

»Er schaut mich an, als wäre ich der dümmste Mensch auf der Welt, weil ich ihn nicht verstehe! Du hast keine Ahnung, was ich schon alles ausprobiert habe!«

»Sag's mir lieber nicht.«

Christina schielte an Ben vorbei ins Schlafzimmer. Joey versuchte sich in seinem Korb aufzurichten und krähte immer wieder dasselbe Wort. »Klingt wirklich wie *böt*«, gab Christina zu. »Aber Bett scheint er nicht zu meinen, oder?«

Sie beugte sich über die Tasche Julias. »Aha!« rief sie nach kurzem Wühlen. *»Bert!«* Damit zog sie eine längliche gelbe Puppe heraus, die entfernt an einen Menschen erinnerte.

»Was ist denn das?« fragte Ben perplex.

»Das ist Bert, du Dummkopf.«

»Und was soll Bert sein? Eine Art Mutant?«

»Er ist aus der *Sesamstraße*, du Banause.« Sie legte Joey die

Puppe in das ausgestreckte Händchen. Er drückte sie an sein Kinn und ließ sich zufrieden zurücksinken. Dann griff Christina noch einmal in die Tasche und förderte eine zweite Puppe zutage. Die war kleiner, rundlich und hatte ein Gesicht wie eine Orange. »Und das ist Ernie.«

»Woher weißt du das?«

»Woher ich das weiß? Weil er es eben ist. Sag bloß, du kennst die zwei nicht? Sie sind weltberühmt! Hast du noch nie *Sesamstraße* gesehen?«

»Nein.«

Nun war es Christina, die vor Staunen den Mund nicht mehr zubrachte. »Wie hast du denn das Buchstabieren gelernt?«

»Von meiner Privatlehrerin.«

Sie schlug sich an die Stirn. »Gott bewahre mich vor reichen Kindern!«

Mit Christinas Hilfe wechselte Ben nicht nur die Windeln Joeys (unter anderem erklärte sie ihm, daß das mit *Sesamstraße* bedruckte Ende vorne hingehörte), sondern füllte auch die Flasche, erwärmte sie auf die richtige Temperatur und gab Joey seinen Morgentrunk. Dafür, daß er noch so winzig war, hatte er einen gewaltigen Appetit.

Während Joey noch gierig schluckte, klärte Ben Christina über das Video auf.

»Klingt ganz so, als müßten wir *tout de suite* anfangen«, meinte sie. Das war wieder typisch Christina. Sie packte zu und tat das Erforderliche. »Hast du den anderen ihre Aufgaben schon zugewiesen?« fragte sie Ben nebenbei.

»Na ja, ich habe Loving zum Country Club geschickt. Er soll dort alle Mitglieder und Angestellten aushorchen. Und Jones wühlt in den Archiven nach Berichten über den Mord. Wäre toll, wenn er auch etwas über das Opfer ausgraben könnte, auch wenn die Sache schon zehn Jahre her ist. Ich selbst schaue mich am Tatort um. Aber verrate das bitte nicht Jones, sonst will er mitkommen.«

Christina nickte. »Und was soll ich tun?«

»Ähm, um ehrlich zu sein … ich bräuchte jemanden, der sich um das Baby kümmert.«

»*Was?* Das willst du *mir* zumuten?«

»Christina, irgend jemand muß doch ...«

»Sicher, irgend jemand. Aber sehe ich wie ein Aupair-Mädchen aus? Du bist wirklich sexistisch!«

»Du weißt genau, daß ich das nicht bin. Aber du bist die einzige in der Kanzlei, die sich mit Babys auskennt.«

»Trotzdem sehe ich nicht ein, warum ausgerechnet ich ...«

»Was soll ich denn sonst tun? Das Baby etwa bei Jones lassen?«

Christina sah ihn bestürzt an.

»Oder ihn Loving geben?«

Christina wurde blaß. »Na gut, du hast gewonnen. Ich übernehme das Baby. Aber nicht für dauernd.«

»Schon verstanden. Nur solange ich niemanden anderen aufgetrieben habe, okay? Später telefoniere ich rum. Vielleicht kann ich eine Tagesmutter mieten.«

»Kannst du dir doch gar nicht leisten«, bemerkte Christina lakonisch.

»Versuchen kann ich es zumindest.« Ben deutete auf den Sessel. »Mach's dir bequem. Fühl dich ganz wie zu Hause. Du kannst essen, was da ist. Und tun, was du willst.«

»Ich nehme dich beim Wort. Ich habe verschlafen und konnte mich heute noch nicht duschen. Was anderes – kannst du diese komische Hausmeisterin nicht mal bitten, mich nicht dauernd anzugaffen, wenn ich die Treppe raufkomme?«

»Mrs. Marmelstein gafft dich an?« fragte Ben unschuldig.

»Und wie. Ich bin doch keine Nutte oder so was!«

»Ich werde mit ihr sprechen. Aber danke, Christina, das ist riesig nett von dir.«

»Als ob ich eine andere Wahl gehabt hätte«, brummte sie. »Ich kann das Kind doch nicht in den Klauen von Ignoranten lassen, die nicht mal Bert und Ernie auseinanderhalten können. Da bleibe lieber *ich* bei ihm.« Sie zog eine frische Windel aus der Tasche. »Was für ein Leben!«

3

Der Utica Greens Country Club war ohne Frage der älteste, berühmteste, begehrteste und damit exklusivste Spielplatz der Hautevolee von Tulsa. Die auf einem Grundstück der alteingesessenen Familie Philips angelegte Fläche war etwa zwei Quadratkilometer groß und befand sich natürlich im vornehmsten Teil der Stadt. Zum Einkaufstempel am Utica Square war es nur ein Katzensprung, und das Philbrook, der zu einem Museum und Kulturzentrum umgebaute frühere Familiensitz der Philips, lag ebenfalls in der Nähe.

Als Ben sich in seinem verbeulten Honda dem Wachmann näherte, wußte er bereits, daß es Schwierigkeiten geben würde. Daß die Farbe abblätterte, störte ihn schon lange nicht mehr, und das ständige Klopfen des Motors war er ebenfalls gewöhnt. Mehr Kopfschmerzen bereitete ihm der Auspuff, der trotz mehrerer Reparaturversuche zu tief hing und bei jeder Bodenwelle für ein gewaltiges Scheppern sorgte. Der Fairneß halber mußte gesagt werden, daß Bens Honda zu seiner Zeit ein Prachtgefährt gewesen war, nur lag diese eben schon 150 000 Meilen zurück.

Der Wachmann starrte Ben an, als hätte dieser sich Dynamit um die Brust gebunden, und versperrte ihm den Weg. Erst als Ben ihm alle möglichen Dokumente, von der Anwaltszulassung bis zur Mitgliedskarte seines Buchclubs vorlegte, wurde er widerstrebend durchgewunken.

Die Straße schlängelte sich zwischen den sanften Hügeln des Golfplatzes hindurch, der bei dieser Bruthitze eigentlich verlassen hätte daliegen müssen; doch zu Bens Erstaunen standen oder liefen sie alle herum, die Mitglieder in ihren pastellfarbenen Poloshirts und karierten Mützen und spielten, wenn auch mit hochroten Köpfen. Einmal mehr beglückwünschte sich Ben, daß diese Sportart ihn noch nie interessiert hatte, obwohl ein Anwalt in Tulsa erst dann wirklich ernst genommen wurde, wenn er im Utica Greens den Platzstandard geschafft hatte.

Nun, auf seinen Besuch beim Vorstand freute sich Ben nicht unbedingt. Das abgehobene, elitäre Getue der Privilegierten erinnerte ihn zu sehr an seine Kindheit im ultrareichen Nichols Hills, das manche Leute schon gar nicht mehr für ein Städtchen, sondern ebenfalls für eine Art überdimensionierten Country Club hielten. Sein Vater hatte Ben früher immer mit auf einen Golfplatz wie diesen geschleift, um ihm ›mal ein bißchen Bewegung an der frischen Luft‹ zu verschaffen. Wie schrecklich allein schon die Schuhe mit den endlos langen Schnürsenkeln waren. Dann die Gespräche über die Landluft, die man sauber halten müsse ...

Aber ob der Ort Ben paßte oder nicht, hier war nun mal ein Verbrechen verübt worden. Außerdem hatten laut Akte nur die vier Mitglieder des Vorstands den Schlüssel zu dem Schuppen, in dem Maria Alvarez ermordet worden war. Damals war es schon spät am Abend gewesen, und der Schuppen hätte längst abgesperrt sein müssen. Nahm man einmal Leeman als Verdächtigen aus, stellte sich automatisch die Frage, wer noch alles Zugang zum Schuppen hatte. Und die Antwort darauf führte womöglich zum Mörder.

Im Verwaltungsgebäude fand Ben das Büro von Ronald Pearson, dem ersten Vorsitzenden des Clubs. Das Namensschild auf der Tür wies den Mann sogar als CAPTAIN PEARSON aus, obwohl Ben bezweifelte, daß er je eine höhere Stellung bei der Army bekleidet hatte.

Zu Bens Glück war Pearson anwesend. Er war groß und kräftig und hatte eine dicke Knollennase in einem tiefroten Gesicht. Bei Bens Eintreten telefonierte er gerade.

Pearson deckte die Muschel mit der Hand ab und flüsterte: »Sekunde bitte; ich spreche mit einem Arbeitsvermittler. Wir suchen nämlich vier Hilfskräfte für das Restaurant.«

Ben nickte und setzte sich in den Sessel vor dem Tisch.

»Ja«, hörte er Pearson sagen. »Ich möchte mit Mary sprechen. Nein, Mary, nicht Maria, und auch nicht Rochelle. Genau. Danke.«

Ben betrachtete unterdessen die vielen Trophäen an den mit edelstem Mahagoni getäfelten Wänden.

»Sehr schön«, fuhr Pearson fort. »Dann geben Sie mir bitte die Suiten 15 bis 25. Ja, das klingt sehr attraktiv.« Er murmelte noch ein paar Worte und legte auf. »Verdammt«, stöhnte er, »es wird von Tag zu Tag schwerer, so einen Country Club vernünftig zu führen.«

»Wirklich? Warum?« Ben wunderte sich über das seltsame Gespräch mit einer Arbeitsvermittlung.

»Weil sich neuerdings jeder dahergelaufene Idiot einbildet, wir wären der einzige Country Club in der ganzen Stadt. Mein Gott, meinen die denn, es reicht, wenn man dreißigtausend Dollar für die Aufnahmegebühr flüssig machen kann? Wir haben einen Ruf zu verlieren!« Jetzt erst sah er auf und merkte, daß er einem Fremden gegenüber saß. »Ich kenne Sie ja gar nicht. Sind Sie Mitglied bei uns?«

»Äh, nein, mein Name ist Ben Kincaid. Ich habe mir von Ihrer Sekretärin einen Termin bei Ihnen geben lassen.«

»Davon weiß ich ja gar nichts ...«

»Ich bin Anwalt und vertrete Leeman Hayes.«

Pearson starrte Ben verständnislos an.

»Das ist der Mann, der in Ihrem Caddieschuppen Maria Alvarez ermordet haben soll.«

Pearson nahm seine Sonnenbrille ab und rieb sich die Nase. »Herrgott, hat das denn nie ein Ende? Nur weil ein bescheuerter Nigger mal einen Mord begeht, krabbeln zehn Jahre lang wildgewordene Schnüffler bei uns rum!«

»Ich möchte mir ja nur das Gelände anschauen, den Tatort besichtigen und wenn möglich mit ein paar Leuten sprechen, die damals auch schon hier waren.«

Pearson ließ sich entnervt zurücksinken. Mit seiner Kapitänsmütze und seinem blauen Jackett sah er aus wie eine heruntergekommene Version von Dick Cavett. Ben fragte sich insgeheim, was für eine Funktion er hier ausübte. Sein massiver Körper mit der nahezu tonnenförmigen Brust wollte so gar nicht zum Ambiente passen.

»Haben Sie einen Durchsuchungsbefehl?« bellte Pearson.

»Nein.«

»Dann kann ich Sie nicht auf das Gelände lassen.«

»Sir, darf ich Ihnen ...«

»Lassen Sie sich mal eins gesagt sein, junger Mann. Wer bei uns eine Runde spielen will, muß sich Tage vorher anmelden. Und dabei handelt es sich dann um Leute, die Wert darauf legen, daß vom Platz bis zu den Partnern alles stimmt, und die dafür sechzigtausend Dollar und mehr hinblättern. Da lasse ich einen wie Sie doch nicht über die Tees trampeln und die Spieler aufschrecken.«

»Sir, Golf ist doch nur ein Spiel. Hier geht es um einen Mord.«

»Nur ein Spiel, sagen Sie?« brauste Pearson auf. »Ob Sie's glauben oder nicht, die Mitglieder unseres Clubs haben in dieser Stadt das Sagen, ja, im ganzen Staat sogar! Auf unserem Gelände werden wichtigste Abmachungen getroffen. Entscheidungen mit Auswirkungen auf die Wirtschaft, auf das Wohlergehen jedes einzelnen! Meines Wissens ist das tausendmal wichtiger als Ihre dumme Untersuchung.«

Ben gab sich alle Mühe, Ruhe zu bewahren. »Wenn Sie auf einer gerichtlichen Anweisung bestehen, dann besorge ich mir eben eine. Es geht hier um einen Mord.«

»Ach, scheiß drauf!« Pearson knallte mit der Faust auf den Tisch. »Als ob ich nicht so schon genug um die Ohren hätte. Na gut, vielleicht kann Mitch Sie über das Gelände führen. Das ist unser technischer Direktor.«

Aha, dachte Ben. Das war dann also der Mann, der die eigentliche Arbeit erledigte.

»Damit Sie mich nicht mißverstehen: er ist kein Mitglied, aber er kann Ihnen die Toiletten zeigen und was Sie sonst noch alles sehen wollen.« Er nahm den Telefonhörer ab und drückte auf eine Taste. »Mitch? Captain Pearson. Machen Sie sich auf die Beine. Ich brauche Sie für eine Führung.«

Eine kurze Pause trat ein »Aussichten?« lachte Pearson in den Hörer. »Das nicht gerade. Irgendein Anwalt. Ja, ja. Wir beide. Wie auch immer, nur das Nötigste. Bis gleich.«

Er legte auf. »Sie werden verzeihen, wenn ich Sie nicht persönlich führe. In einer Stunde haben wir eine Vorstandsbesprechung. Da muß ich noch einiges vorbereiten.« Sein gewaltiger Brustkorb hob und senkte sich. »Keine Ahnung, warum ich mich Jahr für Jahr wieder opfere. Ich habe kaum noch Zeit für meine eigenen Geschäfte.«

»In welcher Branche sind Sie denn tätig?«

»Öl. Ich gehöre zu den Männern, dank denen diese Stadt auf der Landkarte steht.«

»Ich dachte, die Öl- und Erdgasquellen in dieser Gegend wären längst versiegt ...«

»Nicht meine! Allein letztes Jahr habe ich auf fünfunddreißig Gasfeldern Bohrungen niederbringen lassen.«

»Und Sie finden Abnehmer?«

»Und ob! Ich habe mit Dick Grenshaw einen hübschen Vertrag ausgehandelt – langfristig und unabhängig von den Preissenkungen. In den nächsten zehn Jahren sind meine Absätze sicher – sogar Importware werde ich los, egal, ob Öl oder Gas. Ich habe eben gute Verbindungen nach Kanada und Peru.«

Die Tür ging auf, und ein hochgewachsener dunkelhaariger Mann trat ein. »Der Bus für die Tour steht bereit«, kündigte er an.

»Das ist Mitch Dryer«, stellte Pearson vor. »Mitch, das ist der ... Anwalt. Zeigen Sie ihm das Gelände.«

»Das ganze?« fragte Mitch.

Pearson kniff die Augen zusammen. »In Maßen. Und machen Sie schnell, weil ... ich Sie für die Sitzung brauche. Seien Sie pünktlich da.«

Alles klar, dachte Ben. Er soll mich im Schnelldurchgang abfertigen und die wichtigsten Orte auslassen, damit er dem Boß bei der Sitzung Händchen halten kann. Doch er folgte Mitch zum Ausgang. Nun, wenn er nicht genug zu sehen bekam, würde er eben bei der Versammlung hereinplatzen.

4

Ben konnte nur staunen, wie sich Mitch von einer Sekunde zur anderen veränderte. In Pearsons Büro war er noch der steife Untergebene gewesen, jetzt, im Freien, zeigte er sich schlagartig locker und entspannt. Dem Anwalt war nur nicht klar, ob Mitch lediglich in der Arbeit oder überhaupt wie ein Chamäleon von Rolle zu Rolle wechselte.

Die Führung begann mit dem Speisesaal. Ben lag schon ein *beeindruckend* auf der Zunge, doch das wäre eine Beleidigung für diesen Prunk gewesen. Die Wände waren rundherum mit Eiche vertäfelt, gewaltige Erkerfenster boten einen spektakulären Blick auf die Anlage, und die Decke war so hoch, daß einen fast eine Ahnung von Ewigkeit beschlich. Alles hier war überdimensional, auch der mit Ziegeln eingefaßte Kamin – Ben hätte mühelos aufrecht darin stehen können.

Als nächstes zeigte Mitch dem Gast eine Reihe kleinerer Büros und Konferenzzimmer, einen Musiksalon mit einem Flügel, für den Ben sein Leben hergegeben hätte, eine Stereoanlage, für die er sogar zweimal gestorben wäre, und die Boutique mit Blick auf das Puttinggreen. Natürlich wurde hier nur edelste Golferbekleidung ausgestellt. Auf allem prangte das Abzeichen des Utica Greens. Keins der Stücke, auch nicht die Schirmmützen, war mit weniger als fünfundsiebzig Dollar ausgezeichnet.

Sie stiegen eine breite Treppe zu den Umkleideräumen hinunter, die Mitch als ›Gemächer‹ bezeichnete. Nun, es handelte sich um ein großzügiges Bad mit endlosen Reihen von Duschen, die nicht nur mit Föns und turmhohen Spiegeln, sondern mit ganzen Batterien von Eau de Cologne und Aftershave und auch sonst mit allem denkbaren Komfort ausgestattet waren. Die Wasserhähne und Armaturen waren aus edlem Metall, die Becken aus Marmor. Für die Sicherheit der Gäste sorgten mehrere Bademeister.

Einfach nur um sich die Zehennägel zu schneiden kam bestimmt niemand hierher.

Allmählich hielt Ben es für an der Zeit, Mitch ein bißchen über den Club auszuquetschen. »Wie lange arbeiten Sie denn schon für Pearson ... äh ... Captain Pearson?«

»Tja, das dürfte der erste Captain sein, der noch nie auf hoher See gesegelt hat«, lachte Mitch. »Wahrscheinlich kann er nicht mal ein Paddelboot lenken. Das ›Captain‹ ist nur so eine Art Ehrentitel. Aber um Ihre Frage zu beantworten, ich bin vor knapp zehn Jahren dazugestoßen. Kurz nach diesem Mord war das. Der Vorfall hatte für einige negative Schlagzeilen gesorgt, und darum suchte man jemanden, der sich hauptberuflich um die Anlage kümmerte. Inzwischen werden Sie schon erraten haben, daß ich derjenige bin, der diesen Disneypark für Dilettanten flott hält.«

»Wird der Job auch gut bezahlt?«

»Die Kinder reicher Eltern haben mehr Geld.«

Mitch zeigte Ben die Kleiderablage. Es gab Haken aus Kiefernholz, aber keine Schließfächer. Wie Ben vermutete, waren Schlösser hier verpönt, unterstellten sie doch, eins der geschätzten Mitglieder könne je an Diebstahl denken.

»Gibt schlimmere Orte, wenn man mal muß«, bemerkte Mitch trocken.

Sie verließen das Gebäude, um die kurzgeschnittenen, gepflegten Grünflächen zu besichtigen. Weil die Sonne noch immer gnadenlos herunterbrannte, sehnte sich Ben fast nach den herrlich kühlen Umkleideräumen zurück. Aber er wollte unbedingt zum Caddieschuppen. So tat ihm Mitch den Gefallen und führte ihn dorthin.

»Wer außer Ihnen hat denn noch einen Schlüssel?« erkundigte sich Ben, als Mitch aufsperrte.

»Vor zehn Jahren hatte jedes Vorstandsmitglied einen. Heute habe ich sie alle. Nach dem Mord standen die Herren vorübergehend unter Verdacht, weil sie ja Zugang zum Haus hatten. Als alles vorbei war, wollten sie mit der Sache nichts mehr zu tun haben und vertrauten alle Schlüssel und die Verantwortung für den Caddieschuppen mir an.«

Sie traten ein. Der Schuppen bestand aus einem größeren Raum, der mehr Platz bot als Bens Wohnung. Entlang der Wände waren Bänke und Stühle aufgestellt, die Tische in der Mitte waren mit Golfmagazinen übersät.

»Ich sehe ja gar keine Caddies mehr«, wunderte sich Ben.

»Stimmt. Die Ära des Golfsports ohne Elektrowagen hat begonnen. So unsportlich sind die Mitglieder nicht, daß sie für die achtzehn Löcher Hilfe brauchen. Nur die älteren Semester kutschieren noch mit Caddies rum.«

Wäre ja noch schöner, wenn alle auf die Tradition verzichteten, dachte Ben. Laut sagte er: »Mich hat ja gewundert, daß dieser Club jemanden wie Leeman Hayes angestellt hat. Irgendwie paßt das nicht zusammen.«

»Was soll da nicht zusammenpassen? Aber ich weihe Sie gern ein. Sagen Sie, lesen Sie regelmäßig Zeitung?«

»Fast nie.«

»Dann können Sie es auch nicht wissen. So alle fünf Jahre veranstaltet irgendein wildgewordener Journalist einen Kreuzzug gegen die soziale Ungerechtigkeit und pickt sich als Sündenbock das Klüngelsystem der Country Clubs heraus. Was meinen Sie, wie da gegeifert wird: ›Wie können die es wagen, in Saus und Braus zu leben, während keine zehn Meilen weiter nördlich die Ärmsten der Armen von Tulsa hausen?‹ Und sie regen sich auch fürchterlich darüber auf, daß keine Frauen im Vorstand sitzen und die Angestellten alle dieselbe Hautfarbe haben.«

»Also stellte der Vorstand einen Schwarzen ein, weil er ein Feigenblatt brauchte«, murmelte Ben.

»Stimmt genau.« Mitch bückte sich und schob ein Paar auf dem Boden liegende Golfschuhe unter eine Bank. »Und das Schöne war, mit Leeman schlugen sie zwei Fliegen mit einer Klappe. Er war nicht nur schwarz und bettelarm, sondern zugleich auch noch geistig zurückgeblieben. Wer hätte nach einer so großzügigen Geste noch behaupten können, die Mitglieder von Utica Greens seien herzlose Geldabschneider?«

»Kein Kommentar«, brummte Ben.

»Hey, auf meine Gefühle brauchen Sie keine Rücksicht zu nehmen. Ich komme ganz gut mit dem Klima hier zurecht.«

»Und es stört Sie nicht?«

»Sie meinen, ob mich mein Gewissen plagt?« Mitch grinste. »Bestimmt nicht. Das habe ich gleich am ersten Tag weggesperrt und seitdem nicht mehr gesehen.«

Ben ging zur nördlichen Holzwand hinüber. »Hier ist der Mord geschehen, nicht wahr?«

»Mhm. Hier haben sie sie gefunden. Der Schaft des Schlägers steckte mitten in ihrer Kehle.«

Ben starrte die leere Ecke an. »Ich nehme an, sämtliche Spuren sind inzwischen beseitigt worden.«

»Sicher. Allerdings führte der Mord damals zu einem größeren Streit. Der Vorstand wollte die Leiche sofort entfernen und den Schuppen streichen lassen. Für den nächsten Tag war ein Turnier angesagt, und da konnten sie einen Mord am allerwenigsten gebrauchen. Die Polizei bestand jedoch darauf, sämtliche Spuren zu sichern und danach den Tatort zu versiegeln. Damit brachte sie den Vorstand ganz schön ins Schwitzen.«

»Und die damaligen Vorstandsmitglieder ...«

»Üben heute immer noch dieselbe Funktion aus.«

»Und nach dem Mörder haben die nie gesucht?«

»Wer? Die vom Vorstand?« Mitch lachte. »Sie belieben zu scherzen. Leeman wurde ja an Ort und Stelle verhaftet. Mehr hätten sie sich gar nicht wünschen können. Sie brauchten nur noch aufzuräumen. Damit war das Turnier gerettet.«

»Und keiner hat Leeman in Schutz genommen?«

»Wozu denn?« lautete Mitchs Gegenfrage. »Ich glaube, sie waren froh, daß sie ihn den Wölfen zum Fraß vorwerfen konnten. Er war der ideale Sündenbock für Vorstand und Polizei. Seitdem dient Leeman den Herren als Paradebeispiel für das, was passieren kann, wenn man einen Fremdkörper auf den heiligen Rasen des Utica Greens läßt.«

»Mitch«, stieß Ben zwischen zusammengebissenen Zähnen hervor, »können wir bitte gehen?«

»Aber gerne.« Mitch öffnete Ben die Tür, und sie traten hinaus ins gleißende Sonnenlicht.

5

Nachdem sie Joey gefüttert und umgezogen hatte, verbrachte Christina den Rest des Vormittags damit, ihren Schützling von den Vorzügen eines Nickerchens zu überzeugen. Sie wäre ja schon dankbar gewesen, wenn er die Augen geschlossen hätte, so genau nahm sie es schließlich nicht – Hauptsache, er brüllte nicht mehr wie am Spieß.

Als Teenager hatte Christina oft Babys gehütet und hielt sich darum für durchaus kompetent, doch ein so heikles Kind wie Joey war ihr nie untergekommen. Allmählich brachte sie sogar Verständnis für Ben auf, der mit diesem Schreihals die ganze Nacht allein gewesen war, ohne auf eigene Erfahrungen zurückgreifen zu können.

Aber auch Joey tat ihr leid. Der arme Kerl erlebte wirklich ein schlimmes Trauma. Erst mußte er die Trennung von seiner Mutter verarbeiten, und dann lud sie ihn auch noch in einer wildfremden Umgebung bei einer Horde Spinner ab.

Da Joey sich gar nicht mehr beruhigen wollte, verlegte sich Christina schließlich aufs Singen. Er hörte interessiert hin, schien an ihren Liedern aber keinen Gefallen zu finden. Christina versuchte es mit all den Wiegenliedern, die sie von ihrer Mutter gehört hatte – ohne Erfolg. Sie sang ›Ave Maria‹, ›The Duke of York‹ und zwanzig andere Texte, die ihr spontan einfielen. Nichts half.

Bevor er gegangen war, hatte Ben ihr einen Vorschlag gemacht, den sie aber nicht ernst genommen hatte. Ben war doch hinsichtlich Babys völlig ahnungslos! Und so einer wollte ihr Tips geben? In ihrer Verzweiflung überlegte sie es sich dann aber doch anders und begann mit ›Flintstones … meet the Flintstones …‹

Schlagartig hörte Joey zu wimmern auf, und als sie ›Yapadappadooo!‹ rief, kicherte er sogar. Wenig später schlummerte er friedlich.

Gepriesen sei der Herr! Sie schaukelte ihn noch ein wenig, dann bettete sie ihn in den Wäschekorb. Erschöpft ließ sie sich in Bens Sessel sinken. Was für eine Tortur! Noch so eine Erfahrung wie diese, und sie würde garantiert nie wieder bedauern, daß ihr eigenes …

Nein, das wäre gelogen. Zeit ihres Lebens würde Christina ihre damalige Entscheidung bereuen.

Sie ging ins Bad und wusch sich das Gesicht mit kaltem Wasser. Die Wohnung war ein einziger Backofen. Das Thermometer zeigte fünfunddreißig Grad. Hatte Ben denn die Klimaanlage nicht eingeschaltet? Sie stellte den Regulator auf zwanzig Grad ein, doch es blieb brütend heiß.

Auf einmal fiel ihr ein, daß sie sich noch gar nicht gewaschen hatte. Dabei war die Gelegenheit günstig, solange der kleine Tyrann Ruhe gab. Sie zog sich aus und stellte sich unter die Dusche.

Das Wasser perlte herrlich erfrischend an ihrem Körper hinunter. Eine wahre Wohltat! All der Ärger und die Hitze dieses Vormittags waren mit einemmal verflogen. Die Dusche war wirklich eine geniale Erfindung. Was die Leute wohl früher getan hatten? Sie trällerte selig ›Annie Laurie‹ und seifte sich großzügig mit Bens Shampoo die Haare ein.

Als sie fertig war, wickelte sie sich eins von Bens Handtüchern um den Kopf und ein zweites um die Hüften. Plötzlich schrillte die Glocke.

Typisch, dachte sie. Immer wenn es am schönsten ist ... Wahrscheinlich ist es wieder Mrs. Marmelstein. Sie hat mich bestimmt singen hören und will wissen, ob ich eine Orgie veranstalte.

Notdürftig mit den zwei Handtüchern verhüllt, schlurfte Christina zur Tür.

Die Frau, die auf der Schwelle stand, mußte schon über sechzig sein, sah aber blendend aus und hatte so gut wie keine Falten. Bekleidet war sie mit einem eleganten und offenbar sündhaft teuren Hosenanzug. In der Hand hielt sie eine Tasche von Gucci, ihre Finger zierte ein Diamant.

»Himmel! Sie müssen Mrs. Kincaid sein, Bens Mutter!«

Die ältere Dame antwortete mit einem dezenten Nicken.

»O Gott!« Christina zupfte nervös an ihrem Handtuch, das längst mehr zeigte als es verhüllte. Zu ihrem Entsetzen löste sich der Knoten auf, und das Handtuch rutschte immer tiefer. In letzter Verzweiflung hielt sie es sich vor die Brust. Damit entblößte sie aber ihr immer noch feuchtes Hinterteil.

»Sie wollen bestimmt wissen, wer ich bin!« rief Christina mit vor Aufregung schriller Stimme und versuchte, die Handtuchenden in ihrem Rücken mit der freien Hand zusammenzuhalten.

Erneut deutete die Dame ein Nicken an. »Ich kann in der Tat eine gewisse Neugierde nicht verhehlen.«

»Ich ... O Gottogott ...« Jetzt rutschte Christina auch noch das Handtuch, das sie sich um den Kopf geschlungen hatte, bis über die Augen. Sie wollte es nach oben schieben, doch dann hätte sie das andere loslassen müssen.

»Ich bin Christina McCall«, erklärte sie und hoffte, die Besucherin würde ihr nicht anmerken, daß sie fast gar nichts mehr sah. »Ich ... bin eine Freundin von Ben ... eine gute Freundin.«

»Aber natürlich sind Sie das, meine Liebe«, sagte Mrs. Kincaid und trat an Christina vorbei ein.

»Nein, so ist das auch wieder nicht ... Sie ...« Mit einem Schlag begriff Christina, daß sie fast ganz nackt in der Tür stand. Sie stieß sie hastig mit dem Fuß zu. »Ich arbeite für Ben.«

Mrs. Kincaid plazierte sich auf Bens abgewetztem Sofa. »Soll das heißen, daß er Sie *bezahlt?*«

»Ja. Ja, genau.«

Mrs. Kincaid schüttelte mißbilligend den Kopf. »So weit ist es also schon gekommen. Wie schrecklich.«

Langsam sah Christina ein, daß Sie mit dem Handtuch über den Augen das Gespräch nicht fortführen konnte und befreite sich ganz davon. Dabei fielen ihr nicht nur ihre nassen roten Haare über die Schultern, es spritzten auch ein paar Tropfen in Mrs. Kincaids Gesicht. »Ich fürchte, Sie verstehen immer noch nicht richtig. Ich bin Anwaltsgehilfin. Ich arbeite in Bens Kanzlei.« Sie sah Mrs. Kincaid flehend an. »Ich bin seine Assistentin.«

Bens Mutter wischte sich ostentativ die Spritzer aus dem Gesicht. »Und welcher Art sind die Leistungen, die Sie heute für ihn erbringen?« Sie musterte Christina mit einem prüfenden Blick.

»Ich hatte mich gerade geduscht. Wie Sie bald selbst merken werden, funktioniert Bens Klimaanlage nicht, und ich war total verschwitzt. Und weil das Baby endlich schlief, wollte ich die Zeit nutzen ...«

»Das Baby!« Plötzlich hellten sich Mrs. Kincaids Züge auf. »Dann ist es hier?«

»Drum bin ich ja da!« rief Christina. »Ich passe auf!«

Mrs. Kincaid erhob sich. »Kann ich es sehen?«

»Natürlich. Es ist in Bens Schlafzimmer. In der ... Wiege.«

Sie führte Mrs. Kincaid zur Tür und öffnete sie einen Spaltbreit. Joey lag in seinem Korb auf dem Rücken und schlief. Bei jedem Atemzug entwich seinem Mund ein leises Pfeifen.

Mrs. Kincaid lächelte nicht, aber ihre Augen leuchteten. »Das ist also mein Enkelkind, ja?« flüsterte sie und kehrte auf Zehenspitzen zum Sofa zurück. »Mein einziges, verstehen Sie?«

»Es sei denn, Ben hat was laufen, das er Ihnen verschwiegen hat«, lachte Christina.

»Was soll das heißen? Was wissen Sie?«

»Nichts, es war nur ein Scherz, ehrlich. Ich weiß gar nicht, warum ich es gesagt habe. Es war dumm von mir.«

»Ach so.« Mit einer unauffälligen, schnellen Bewegung streifte sich Mrs. Kincaid ein paar Katzenhaare von der Hose und setzte sich wieder aufs Sofa. »Verzeihen Sie, ich habe wohl etwas zu heftig reagiert.«

Eine Weile fiel kein Wort mehr. Christina wußte, daß Mrs. Kincaid sie abschätzte und fühlte sich extrem unwohl. »Ähm, vielleicht ziehe ich mich mal besser an ...«

»Das ist also Bens Wohnung«, sagte Mrs. Kincaid.

»Mhm.« Christina verhakte verlegen die Finger ineinander. »*Chez* Kincaid. Sind Sie schon mal hiergewesen?«

»Nein. Noch nie. Aber langsam wird mir klar, warum er mich nie eingeladen hat.« Sie nahm ein Kissen in die Hand und starrte mit pikierter Miene die darauf liegenden Krümel und den zerkauten Kugelschreiber darunter an. Wortlos legte sie es wieder zurück.

»Ben war in den letzten Jahren immer knapp bei Kasse«, murmelte Christina.

»Ich habe ihm zigmal Geld angeboten«, erwiderte Mrs. Kincaid, »aber er nimmt ja nie etwas an.«

»Ja, ich weiß.«

Mrs. Kincaid ging in die Küche und öffnete den Kühlschrank. Er enthielt zwei Packs Coke Classic, zwei Becher Kakao, eine halbvolle Flasche Milch, deren Verfallsdatum seit drei Wochen abgelaufen war, und ein mit Bröseln übersätes Stück Butter.

Sie schloß den Kühlschrank wieder. »Bestimmte Dinge ändern sich nie. Wie gesund er sich ernährt! Ich nehme an, die Milch ist für die Katze.«

»Er ißt vor allem Captain Crunch Cereal«, sagte Christina. »Meistens direkt aus dem Karton.«

Mrs. Kincaid blinzelte. »Seine Eßgewohnheiten sind seit fünfundzwanzig Jahren dieselben.«

»Na ja, oft ißt er unterwegs.«

Mrs. Kincaid entdeckte einen undefinierbaren Fleck auf dem Küchentisch und wischte ihn weg. Dann wandte sie sich dem Regal zu und stellte die Dosen, die kreuz und quer durcheinanderstanden, in einer Reihe auf.

»Ähm, Ma'am, ich weiß nicht, ob er es gern sieht, daß ...«

Mrs. Kincaid ging wortlos an Christina vorbei zur Spüle und sah hinein. Sie schnappte nach Luft. Ein Berg von Geschirr wartete seit Wochen darauf, abgespült zu werden. An jedem Teller klebten festgetrocknete Essensreste, und einer war sogar schon mit Schimmel überzogen.

Mrs. Kincaid fuhr sich mit der Hand an die Kehle. »Glauben Sie, daß er irgendwo Gummihandschuhe hat?«

»Ma'am, ich bin mir sicher, daß es ihm nicht recht ist, wenn ...«

Bens Mutter richtete sich auf. »Meinen Sie, mir ist das recht, meine Liebe? Ich habe schon jahrelang kein Geschirr mehr gespült, aber hier liegt ein Notfall vor.«

So zeigte ihr Christina die Putzmittel unter der Spüle (Handschuhe waren nicht dabei). Und nachdem Mrs. Kincaid tief Luft geholt hatte, spritzte sie eine halbe Flasche Spülmittel ins Becken, ließ Wasser ein und machte sich mit Todesverachtung an die Arbeit. Allerdings hielt sie immer so lange wie möglich die Luft an und versuchte wegzusehen.

»Tja denn«, murmelte Christina. »Da Sie jetzt hier sind, kann ich ja gehen ...«

»Bitte nicht.« Zu Christinas Überraschung legte Mrs. Kincaid die nasse Hand auf ihren Arm. »Bitte bleiben Sie.«

Christina zwinkerte verblüfft. »Ich soll bleiben?«

»Ja, bitte, wenn Sie können.«

»Na ja, schon ... aber warum?«

Mrs. Kincaid schrubbte energisch an einem Teller herum. »Ich dachte, wir könnten uns vielleicht … unterhalten.«

Christina lächelte sie nervös an. »Aber ich habe keine Ahnung, worüber.«

»Das wird uns nicht schwerfallen. Über meinen Sohn.«

»Über Ben?«

»Was Benjamin betrifft, würde mich alles interessieren. Er ist mir ein einziges Rätsel. Ich habe ihn noch nie verstanden.«

»Ach, so verschlossen ist Ben gar nicht«, sagte Christina. Sie taute jetzt langsam auf, obwohl sie nach wie vor halbnackt vor einer Fremden stand. »Er ist ein anständiger Kerl. Wahnsinnig gutmütig, verstehen Sie?«

»Kämpft er immer noch gegen Windmühlen? Will er die Welt immer noch retten?«

»Na ja … manchmal.«

»Mutet er sich oft zuviel zu?«

»Kann man so sagen.«

Mrs. Kincaid nickte. »Das hat er von seinem Vater.«

»Aber er kann sehr hartnäckig sein. Wenn er was angefangen hat, dann zieht er es bis zum Ende durch.«

Mrs. Kincaids Augen glänzten. »Das hat er von mir.«

»Und Ben hat wirklich was geleistet.« Auf einmal hatte Christina das Gefühl, den Sohn vor der Mutter ins rechte Licht rücken zu müssen. »Er hat Fälle gelöst, bei denen die Polizei versagt hat. Und er hat Prozesse gewonnen, die alle anderen für hoffnungslos hielten. Ich weiß gar nicht mehr, wie oft ich ihm gesagt habe, er soll die unmöglichen Sachen bleiben lassen. Er hat meinen Rat dann doch in den Wind geschlagen – und gewonnen. Nie weist er Mandanten ab, wenn sie Hilfe brauchen. Und wenn er jemandem Recht verschaffen will, dann setzt er sich für ihn ein, selbst wenn er weiß, daß er kein Geld dabei verdient. Ständig predige ich ihm: ›Ben, *il faut de l'argent!* Das heißt, man braucht Geld.«

»Ich weiß, mein Kind.«

»Aber er hört nicht auf mich.« Sie zögerte. »Oft fehlt es ihm an gesundem Menschenverstand, aber …«

»Den haben dafür Sie«, fiel ihr Mrs. Kincaid ins Wort.«

»Bitte?«

»Verzeihen Sie, ich möchte mir nichts anmaßen, schließlich kennen wir uns erst seit wenigen Minuten. Aber ich mache mir nun mal sehr schnell ein Bild von den Menschen. Und Sie kommen mir sehr praktisch veranlagt vor. Benjamin braucht jemanden wie Sie.«

»Wirklich?« Christina warf die Haare zurück. »Hm, so habe ich das wohl noch nie gesehen.«

Mrs. Kincaid schrubbte mit aller Energie weiter.

Christina räusperte sich. »Hören Sie, mögen Sie Tee, Earl Grey?«

»Mmmm, ich liebe Earl Grey.«

»Das habe ich mir gedacht.« Christina warf einen Blick ins Schlafzimmer. Joey schlummerte noch immer friedlich. »Wissen Sie was? Ich ziehe mich an und setze Teewasser auf. Vielleicht haben wir uns ja doch einiges zu erzählen.«

Zur eigenen Überraschung stellte Christina fest, daß sie sich schon darauf freute.

6

»Glauben Sie, die haben was dagegen, wenn ich zuhöre?« fragte Ben, als er mit Mitch das Konferenzzimmer betrat.

»Sie werden wahrscheinlich gar nicht merken, daß ein Fremder da ist«, erwiderte Mitch. »Nach dem Mittagessen sind sie immer etwas benebelt. Kein Wunder, unter drei Martinis tun sie es nie.«

Mitch wandte sich ab und sperrte eine Vitrine auf. Zum Vorschein kam eine Hausbar mit einer gewaltigen Auswahl an exklusiven Spirituosen, wie sie wohl nur die wenigsten der führenden Getränkehändler auf Lager hatten.

Kaum hatten die Vorstandsmitglieder das Klappen der Vitrinentür gehört, da näherten sie sich auch schon dem Konferenzzimmer. In dieser Hinsicht reagierten sie ganz ähnlich wie Giselle auf den Dosenöffner. Ben und Mitch stellten sich neben einem hohen Regal in die Ecke.

Der erste, der eintrat, war ein kleiner rundlicher Herr mit

dichtem rotem Vollbart, aber nicht einem Haar auf dem Kopf. Anscheinend kam er direkt von draußen, denn er wischte sich mit dem Hemdsärmel die schweißbedeckte Stirn ab.

»Einen wunderschönen Tag!« rief er in den Raum und stolzierte zur Bar hinüber, wo er sich einen Scotch Soda mixte. Doch statt zu trinken, hielt er sich das Glas vor die Augen und fing an zu singen. »You will meet a stranger ...«

So so, dachte Ben, das erste Mitglied ist ein arbeitsloser Barsänger.

Nun kippte der Rotbärtige das halbe Glas herunter und grölte: »A foggy day, in London town ...«

Als er sah, daß die Sekretärin bereits an ihrem Platz saß, hielt er jäh inne. »Streicheleinheiten gefällig, Baby?« fragte er und näherte sich ihr.

Bei der Sekretärin handelte es sich um eine hübsche junge Frau von höchstens zwanzig mit kurzen Haaren und noch kürzerem Rock. Ben schätzte ihre Stenokenntnisse als bescheiden, ihr Gehalt dagegen als üppig ein. Sie erhob sich lächelnd und empfing den Glatzkopf mit ausgestreckten Armen.

»Haben Sie was miteinander?« flüsterte Ben.

»Nein, Dick Crenshaw ist nur ein Verfechter der Schmusetherapie.«

»Wie bitte?«

»Schmusetherapie. Soll gesund sein. Hilft Streß abbauen.«

»Das glaube ich gern.«

»Es ist rein platonisch. Zumindest versichert uns das Dick regelmäßig. Gut fürs Personal. Gut für alle.«

Ben sah zu, wie der Mann das Mädchen betastete und an sich drückte. »Dann tut er also was fürs Gemeinwohl. Und ich dachte schon, er will sich aufgeilen.«

Über die Schulter der Sekretärin hinweg entdeckte Crenshaw einen anderen Mann, der noch im Flur draußen stand. »Rutherford! Lassen Sie das Gequatsche über Ihre dämlichen Steckrüben und kommen Sie endlich rein!«

Der Neue war größer, kräftiger und älter als Crenshaw und hatte einen leicht gekrümmten Rücken. »Menschenskind, ist das heiß heute! Ich mußte mich erst noch duschen.«

»Duschen, sagen Sie? Ich glaube eher, daß Sie sich einen runtergeholt haben.«

»Dafür sind wohl eher Sie zuständig.«

»Ich? Mein Schwanz ist so klein, daß ich ihn nie finde. Meine Frau sucht ihn schon seit Jahren vergeblich. Kommen Sie, darauf trinken wir einen.« Er schenkte Rutherford ein Glas Scotch ein.

»Ah!« Rutherford schwappte den Drink im Mund hin und her, dann erst schluckte er ihn hinunter. »Jetzt verstehe ich, warum Emily letztes Jahr eine Lupe gekauft hat.«

»Lupe? Sie bräuchte ein Mikroskop!« Crenshaw füllte sich das nächste Glas. »In der Schule haben sie immer gerufen: ›Dick hat keinen Dicken!‹«

Rutherford betrachtete nachdenklich sein Glas. »Dick, wie kommt es, daß wir bei jeder Versammlung über Ihre Genitalien sprechen?«

Crenshaw schlug kokett die Augen nieder. »Vielleicht weil du so lieb zu mir bist, Süßer.«

»Der Kleine hat ja einen ausgesprochenen Sinn für Humor«, flüsterte Ben ins Ohr von Mitch.

Mitch nickte. »Er hält sich für eine Stimmungskanone. Das Dumme ist, daß er immer nur Witze über seine ...«

»Schon verstanden.«

»Als seine Mutter beschloß, ihn Dick zu nennen, ließ sie sich bestimmt nicht träumen, daß der Name ein- und denselben geschmacklosen Witz mit tausend Variationen nach sich ziehen würde. *[Anm.: ›Dick‹ ist nicht nur die Kurzform für Richard, sondern auch ein Slangausdruck für ›Penis‹.]*

»Pearson hat mir erzählt, daß Crenshaw ihm einen Teil seines importierten Gases abkauft. Er muß ja ganz schön reich sein ...«

»Klar, er ist schließlich Anwalt.«

»Ach ja, richtig, wir Anwälte schwimmen alle in Geld.«

»Crenshaw ist reich auf die Welt gekommen, und weil er es geschafft hat, seinen Kumpels vom Country Club die Steuerfahndung zu ersparen und ihren Kindern das Gefängnis, ist das Geld nicht weniger geworden. Er hat sich auch bei mehreren Scheidungen eine goldene Nase verdient. Schon mal was von den Finneys gehört? War damals eine Sensation.«

»Wie hätte man dem Fall entgehen können? Die Sache wurde praktisch übers Fernsehen ausgetragen.«

»Eben. Als Anwalt soll Crenshaw gar nicht besonders gut sein, aber inzwischen ist er so bekannt, daß er in all die Talkshows reinkommt. Das ist auch der Grund, warum er so begehrt ist. Er gewinnt seine Fälle lange vor der Verhandlung – über die Medien.«

»Und warum sind die Showmaster so scharf auf ihn?«

»Sehen Sie selbst.«

Ben gehorchte und wurde Zeuge, wie Crenshaw mit dem dritten Drink in der Hand ›In the Mood‹ sang.

»Er ist schon ein Original«, meinte Mitch.

»Und poliert ganz schön an seinem Ruf«, ergänzte Ben.

»Ist doch egal. Die meisten Anwälte sind stinklangweilig. Maßanzüge und ellenlange Sätze. Beim Fernsehen mag man aber originelle Leute.«

Dazu wollte Ben lieber nichts sagen. Aber wenigstens wußte er jetzt, warum er nicht durch die Shows tingelte. »Wer ist der andere?« erkundigte er sich.

»Harold Rutherford. Hal für seine Freunde. Geldadel. Verwaltet das Familienvermögen. Hobbygärtner. Schwört auf biologischen Anbau. Sein Garten ist übrigens in Sichtweite vom achtzehnten Loch. Besteht darauf, daß das Clubrestaurant sein Gemüse verwendet.«

»Ist er beliebt?«

»So beliebt, wie sich Leute eben machen können, wenn sie permanent über organischen Dünger und Komposthaufen reden.«

Ben betrachtete das wettergegerbte Gesicht des Mannes. »Sieht eher aus wie einer, der es schwer im Leben hat.«

»Stimmt gewissermaßen. Alkohol, Glücksspiel und Frauengeschichten hinterlassen ihre Spuren.«

»Heißt das, daß Sie ihn nicht mögen?«

»Richtig. Der Scheißkerl hätte mich fast rausgeworfen.«

»Warum das?«

»Wegen einer Lappalie. Aber das ist typisch für diese Snobs. Sie selbst tun, was sie wollen, aber für das gemeine Volk stellen sie strenge Regeln auf. Er hat mich einmal dabei erwischt, wie ich in der Herrentoilette meinen Rausch ausschlief.«

»Und darüber regte er sich auf?«

»Und wie! Machte mich vor allen Leuten zur Schnecke. Wenn seine Frau nicht für mich Partei ergriffen hätte, wäre ich nicht mehr hier. Sie ist das eigentliche Herz der Familie. Sie und ihr Kleiner.«

»Rutherford hat ein Kind? Er muß doch schon weit über fünfzig sein!«

»Sie haben ihn in dem Jahr adoptiert, in dem er fünfzig wurde.«

»Na ja, es ist wohl nie zu spät.«

»Vor allem wenn man eine Frau hat, die sich nichts sehnlicher wünscht als ein Kind. Da drüben links sitzt sie übrigens.« Mitch deutete auf eine attraktive Frau mit kurzen blonden Haaren. Sie war bedeutend jünger als ihr Mann. »Ich frage mich nur, warum sie mit dabei ist.«

»Sieht nicht so aus, als würde sie sich vernachlässigen.«

»Stimmt. Und für den Kleinen tut sie auch viel. Es ist ihr aber nicht immer so gut gegangen. Soll früher getrunken haben und öfter ausgerastet sein. Die Ehe wäre fast in die Brüche gegangen. Zur Erleichterung aller haben sie dann das Kind adoptiert.«

Nun trat Captain Pearson ein. Ihm folgte ein kräftig gebauter Mann mit perfekt gestyltem, welligem braunem Haar und nicht minder makelloser brauner Haut.

Crenshaw stand auf und watschelte zu dem Neuankömmling hinüber, der gut zwei Köpfe größer war als er. »Bentley! was machen Sie denn hier? Das Haarspray soll doch im Bad bleiben!«

»Na, Dick, müssen Sie immer den Clown spielen?«

»Lieber ein Clown als eine Lachnummer.«

»Sagen Sie bloß, daß Ihnen noch immer die Niederlage von gestern zu schaffen macht«, grinste Bentley. »Dabei war ich doch nur um achtzehn Schläge besser. Gestehen Sie es sich endlich ein, Crenshaw: als Golfer sind Sie eine Niete.«

»Verschonen Sie mich mit Ihrem Ego. Sie sind so von sich eingenommen, daß Sie wahrscheinlich am liebsten mit Ihrem Schwanz einputten würden!«

»Einputten? Abschlagen kann ich damit!«

Während die Männer im Raum in schallendes Gelächter ausbrachen, versuchte Ben all die Informationen zu verarbeiten. »Im Grunde können die vier einander nicht ausstehen, richtig?«

»Ach, eigentlich sind Sie dicke Freunde«, widersprach Mitch. »Sie haben eben nur komische Vorstellungen von Männergesprächen.«

»Was können Sie mir über den Neuen sagen, den, der aussieht wie ein Dressman?«

»Chris Bentley. Wir nennen ihn Pretty Boy Bentley.«

»Seinem Aussehen nach zu urteilen, ist er bestimmt auch steinreich auf die Welt gekommen.«

»Irrtum. Er ist der einzige in dieser Runde, der arbeiten muß, auch wenn Sie diese Art von Tätigkeit vielleicht nicht als Arbeit bezeichnen würden.«

»Was macht er denn?«

»Er heiratet.«

»Ich glaube, ich kann Ihnen nicht ganz folgen.«

»Sie haben schon verstanden. Er heiratet reiche Frauen. Mit Vorliebe Witwen, die ein gutes Stück älter als er sind. Hat schon drei Ehen hinter sich. Heiratet, läßt sich scheiden und lebt auf großem Fuße, bis das Geld ausgeht. Die letzte Scheidung liegt zwei Jahre zurück. Soviel ich weiß, ist er jetzt wieder auf Brautschau.«

»Aber so einem geht doch bestimmt niemand auf den ...«

»Sie ahnen nicht, was gutes Aussehen alles ausmacht. Vor allem bei einer Frau, die ihre Blüte hinter sich hat. Auf wahre und ewige Liebe legt so eine gar nicht mehr unbedingt wert. Hauptsache, sie kann zwei, drei Jahre ordentlich einen draufmachen. Und bei seinem Ruf ...«

»Was für einem Ruf denn?«

»Tja ...« Mitch senkte die Stimme. »Angeblich versteht er sich auf außergewöhnliche Sexualpraktiken.«

»Und wie sehen die aus?«

»Das weiß ich nicht. Aber er hat sich damit drei wohlhabende Witwen geangelt.«

Mit einem energischen Händeklatschen verschaffte sich Pearson Gehör. »Schluß jetzt mit dem Gequatsche. Fangen wir endlich an. Wenn wir uns ranhalten, können wir vor Sonnenuntergang noch neun Löcher spielen.«

»Genau!« rief Rutherford. »Ich muß auch noch meine Steckrüben gießen.«

Pearson verdrehte die Augen, setzte sich aber ohne weiteren Kommentar ans Kopfende des Tisches. Aus einer vor ihm liegenden Holzschatulle nahm er mit feierlicher Miene ein Hämmerchen und schlug damit mehrmals auf den Tisch. »Hiermit erkläre ich die Vorstandssitzung für eröffnet. Der erste Vorsitzende, Captain Ronald Pearson kommt ...«

»Pearson kommt?« quietschte Crenshaw. »Hat er einen Abgang? Das will ich sehen!«

Rutherford preßte die Hände gegen seine Stirn. »Ist es nicht Zeit für Crenshaws Mittagsschläfchen?«

Pearson räusperte sich. »Wollen wir uns nicht beruhigen und versuchen, eine ordnungsgemäße Versammlung zustandezubringen? Schließlich haben wir heute Besuch.«

Wie auf Befehl drehten sich alle zu Ben um. Die drei, die ihn noch nicht kannten, verzogen das Gesicht. Ob sie verärgert oder nur neugierig waren, konnte Ben nicht beurteilen. Derjenige hingegen, mit dem er schon das Vergnügen gehabt hatte, Pearson, wirkte unverhohlen feindselig.

Pearson eröffnete die Diskussion. Es ging um Platzgebühren, die Kleiderordnung, Caddies und die Frage, wie man auf Nudisten im Gelände reagieren solle. Die Herren meldeten sich ausführlich zu Wort, und Ben unterdrückte wiederholt ein Gähnen. Diese Versammlung verlieh dem Begriff ›Langeweile‹ neue Dimensionen.

»Wie kommen die denn je zu einem Abschluß?« flüsterte er Mitch ins Ohr.

»Nie. Dafür haben sie ja Leute wie mich, die alles erledigen, was so anfällt. Was arbeiten heißt, weiß keiner von ihnen. Von wem hätten sie es denn auch lernen sollen?«

Ben sah auf die Uhr. »Ich werde mit allen sprechen müssen. Aber wenn möglich jeweils allein.«

»Auf ein Verhör werden die sich nie einlassen.«

»Ließe sich vielleicht ein etwas weniger abschreckender Rahmen finden?«

»Na ja, sie spielen fast jeden Tag miteinander Golf.«

»Prima. Könnten Sie eine Partie für mich arrangieren?«

»Keine Ahnung. Spielen Sie denn Golf?«

»Es reicht für den Hausgebrauch«, bluffte Ben. »Ich muß nicht gewinnen.«

»Es ist sogar besser, wenn Sie verlieren. Ich werde sehen, was sich machen läßt.«

»Danke.« Ben stand auf und huschte auf Zehenspitzen hinaus. Auf dem Weg zur Tür bot sich ihm die Gelegenheit, Rachel Rutherford genauer in Augenschein zu nehmen. So glücklich, wie Mitch behauptete, wirkte sie nicht auf ihn. Im Gegenteil, Ben glaubte Spuren mühsam verborgener Anspannung in ihrem Gesicht zu entdecken. Auch hörte sie bei der Diskussion überhaupt nicht hin. Sie schien mit etwas ganz anderem beschäftigt zu sein.

Was das sein mochte, konnte Ben natürlich nicht wissen. Aber er hatte das Gefühl, daß er es in Erfahrung bringen sollte.

7

Carlee wühlte in dem mit Dosen vollgepackten Karton herum. Leider tauchte nichts auf, was sie nicht schon mehrmals gegessen hatten. Tagein tagaus stand dasselbe auf dem Speiseplan: gebackene Bohnen, Chilibohnen und das Lieblingsessen aller – Limabohnen.

Carlee verlegte sich aufs Abzählen: »Eene meene muh, und raus ...«

Dave kroch auf allen vieren ins Zelt und zwickte sie in den Hintern. »Na, wie geht's der besten aller Köchinnen?«

»Sie kündigt, wenn wir nicht bald in die Stadt fahren und uns mit was Vernünftigem eindecken.«

Dave legte den Arm um sie und liebkoste ihren Nacken. »Ach, du bist unersetzlich. Was wären wir ohne deine fantastischen Eintöpfe?« Er drückte sie fest an sich und drehte sie auf den Rücken. »Sag, wie fühlst du dich?«

Sie verstand genau, wie die Frage gemeint war. Seit ihrer Ohnmacht hatten sie nicht mehr darüber gesprochen, aber er beobachtete sie die ganze Zeit und war aufmerksamer zu ihr, als ihr lieb war. Er machte sich Sorgen. Sorgen, daß mit seiner geliebten Frau etwas nicht mehr stimmte.

»Wo sind die Kinder?« fragte sie und strich mit den Fingerspitzen über sein Hemd.

»Gavin sucht Fossilien. Er sagt, hier hätte vor fünfundsechzig Millionen Jahren irgendeine Saurierart gelebt. Den Namen konnte ich mir nicht merken, aber auf alle Fälle will er ein Skelett aufspüren.«

»Ich wußte gar nicht, daß es in Oklahoma Saurier gegeben hat.«

»Ich auch nicht. Aber wenn Gavin es sagt, dann wird es wohl so gewesen sein.«

»Und Ethan?«

»Sucht Eidechsen.«

»Was will er denn mit Eidechsen?«

»Ich bin mir nicht sicher, aber bei seinem ausgefallenen Sinn für Humor, den er garantiert nicht von mir hat, müssen wir in der nächsten Zeit mit einem Streich rechnen.«

»Na, hoffentlich soll nicht ich das Opfer abgeben.« Sie wälzte sich auf seinen Bauch. »Was meinst du, Schatz? Lust auf eine Nummer?«

»Sehr verlockend. Aber fürchtest du nicht auch, daß Gavin mitten drin reinplatzt und uns fragt, ob Klapperschlangen giftig sind? Außerdem müßte ich noch Holz fürs Feuer hacken, bevor es dunkel wird.«

Er hob sie sanft hoch und befreite sich von ihr. Nicht zum erstenmal wunderte sie sich über seine enorme Kraft – nicht nur die körperliche, sondern auch die innere – und seine unerschöpfliche Gutmütigkeit. Daß sie, ein armes Mädchen aus der tiefsten Provinz, an einen Mann geraten würde, mit dem man ein vernünftiges Leben führen – und auch noch genießen – konnte, das hatte sie früher nicht unbedingt erwartet. Sie war dankbar für dieses Glück.

Na gut, wenn es kein Schäferstündchen gab, dann konnte sie genausogut das Abendbrot zubereiten, und zwar mit Limabohnen. Und wenn jemand sich beschwerte, würde sie ihn eben mit der Aussicht auf getoastete Marshmellows vertrösten. Das war das Vorrecht einer Mutter.

Sie krabbelte aus dem Zelt und richtete sich auf, aber zu schnell. Das Blut wich ihr aus dem Kopf, und sie fühlte sich schwindlig. Dann wurde ihr schwarz vor den Augen. Sie hielt sich an einem Baumstamm fest und sah sich hilfesuchend um. Weiter vorne erkannte sie die Konturen ihres Mannes. Er stand mit dem Rücken zu ihr. Seine Arme hoben und senkten sich. Was tat er da nur? Er hob etwas über den Kopf … und ließ es niedersausen! Hob es … und ließ es niedersausen. Immer wieder! Und mit aller Kraft! Wie … wie …

Ihr verschwamm alles vor den Augen, und dann sah sie nicht mehr ihren Mann, sondern etwas anderes. Sie schaute durch ein Fenster – durch *das* Fenster –, und wieder spielte sich alles vor ihr ab, so wie es gewesen war. Eine Gestalt, die mit dem Rücken zu ihr stand, hielt etwas über den Kopf, einen langen spitzen Gegenstand, und …

Mit der Wucht eines Schmiedehammers prallte der Golfschläger auf den Kopf der Frau, wurde noch einmal gehoben und traf sie erneut, mit noch größerer Wucht als zuvor.

Die Frau kreischte. Sie hatte eine kehlige Stimme und schrie etwas Unverständliches. Aber Schmerzen brauchen keinen Dolmetscher …

Wieder wurde sie getroffen, mit solcher Gewalt diesmal, daß der Schläger entzweibrach.

Carlee war entsetzt. Sie wollte nicht hinschauen, aber sie konnte auch nicht wegsehen. Der Angreifer packte den abgesplitterten Teil des Gegenstandes, holte aus wie ein Speerwerfer und rammte der Frau die Spitze mitten in die Kehle.

Und dann geschah es. Blut. Dunkles Blut spritzte aus der Halsschlagader, ergoß sich über die Wände, den Boden, ihre Kleider, ihr Gesicht. Alles. Die klebrige schwarze Masse floß überall hin, und ihr süßlicher Geruch hing in der Luft, die Wolke trieb durch das offene Fenster zu Carlee hinüber ... während die Frau schrie und schrie und schrie ...

Carlee stürzte mit dem Gesicht voran zu Boden. Am ganzen Leib zitternd blieb sie liegen und schluchzte krampfhaft, konnte überhaupt nicht mehr aufhören zu weinen.

»Carlee! Was ist los? Mein Gott, was hast du?«

Daves Stimme drang an ihr Ohr, aber wie aus weiter Ferne; sie klang unwirklich, so unwirklich ...

»Carlee, sag was! So sag doch was!«

»Dave?« Sie flüsterte kaum vernehmbar.

»Alles in Ordnung?«

Sie sah auf. Er hatte sich über sie gebeugt und starrte sie entsetzt an.

»Es geht schon wieder«, murmelte sie, um einen sorglosen Ton bemüht. »Es war nichts.«

»Das hast du schon mal gesagt«, erwiderte er mit zitternder Stimme. »Sag, was hast du?«

»Ich ...« Sie schüttelte heftig den Kopf. »Ich weiß es ja selbst nicht!« Sie richtete sich auf und schmiegte sich an ihn. »Dave, nimm mich in den Arm, bitte.«

Er drückte sie fest an sich. »Ich habe Holz gehackt, da hörte ich dich auf einmal schreien. Und dann hast du dagelegen und ...« Seine Stimme erstarb, als wüßte er nicht mehr weiter. »Carlee, was ist nur los?«

»Ich ...« Sie schloß die Augen. Doch das Bild war immer noch da. Das Blut. Die kreischende Frau. Der Golfschläger.

Sie sah alles wieder.

Diesmal hatte sie nichts vergessen.

»Ich hab' was gesehen«, sagte sie.

»Was gesehen? War das so eine Art Vision?«

»Nein!« rief sie mit erstickter Stimme. »Eine Erinnerung!«

»Woran denn?«

»An etwas Schreckliches. Etwas, das ich vor langer Zeit gesehen und dann vergessen habe. Bis vorhin.«

8

Nachdem Ben noch einige dringende Angelegenheiten erledigt hatte, fuhr er heim. Im Oldiesender wurde gerade ›Summer in the City‹ gespielt. Als ob es nötig gewesen wäre, die Leute an die Bruthitze zu erinnern. Tulsa zählte ohnehin landesweit zu den Städten mit der höchsten Luftfeuchtigkeit. Wenn auch noch tropische Temperaturen dazukamen, brach das öffentliche Leben praktisch zusammen.

Von der Twenty-first Street bog Ben links in die Yale Avenue ab. In Tulsa waren alle Straßen, die in westöstlicher Richtung verliefen, numerisch geordnet (Eleventh, Twelfth, Thirteenth), die von Norden nach Süden dagegen waren in alphabetischer Reihenfolge nach Städten benannt (Boston, Cincinnati, Denver). Bei diesem System fiel es sogar Ben schwer, sich zu verfahren.

Er parkte vor seinem Haus, holte sich vom Rücksitz eine Tüte mit seinem Imbiß, den er in einem chinesischen Restaurant gekauft hatte, und stieg aus. Obwohl die Sonne bereits untergegangen war, schwitzte er selbst auf dem kurzen Wegstück zur Haustür aus allen Poren. Aber auch wenn heute schon ein bißchen viel auf einmal auf ihn eingestürmt war, so wollte er sich wenigstens durch Singen etwas aufheitern und trällerte: »And I'll always see polka dots and moonbeams ... when I kiss that pug-nosed dream ...«

Im Treppenhaus entdeckte er Joni Singleton. Sie saß auf einer Stufe mit geschlossenen Augen in sich versunken da und wiegte sich im Takt eines Liedes. Daß Ben eingetreten war, hatte sie nicht mitbekommen. In ihren Ohren steckten die Stöpsel eines Discmans. Bekleidet war sie mit einer roten Baseballmütze (natürlich war sie verkehrt herum aufgesetzt), einem T-Shirt mit der Aufschrift I'M REVOLTING AGAINST BEER DRINKERS und klobigen Stiefeln. Kurz, sie war siebzehn und sah auch genauso aus. Anscheinend hatte sie heute ihr schwarzes Haar hinter den Ohren zusammengebunden. Erst als sie den Kopf etwas drehte, bemerkte Ben, daß sie sich die Haare hatte schneiden lassen. Solange sich

Ben zurückerinnern konnte, waren Joni und ihre Zwillingsschwester Jami immer stolz auf ihre herrlich glänzenden langen Haare gewesen. Und jetzt auf einmal reichten sie Jodi gerade noch bis zum Halsansatz.

»Du hast dir die Haare schneiden lassen?« fragte er.

Da sie keine Antwort gab, hob Ben sanft ihre Kopfhörer an. Orchestraler Sound dröhnte ihm entgegen. Ihre Lieblingsgruppe R.E.M. Da Joni immer versuchte, Ben die neuere Popmusik nahezubringen, erkannte er das Stück auf Anhieb: ›Night Swimming.‹ Eine aufregende Nummer.

Aber für Gespräche nicht sehr förderlich. Ben nahm ihr die Kopfhörer ganz weg.

Jetzt erst sah sie auf. »Willkommen daheim in der Luxusresidenz, Ben.«

»Du hast dir ja die Haare schneiden lassen«, lächelte er.

»Ja. Sieht das blöde aus?«

»Überhaupt nicht«, versicherte er ihr. »Du gefällst mir so. Ich war nur etwas überrascht. Jetzt wird dich niemand mehr mit deiner Schwester verwechseln.«

»Das war auch meine Absicht.«

Ben setzte sich neben sie. »Habt ihr euch gestritten?«

»Nein, aber wir können doch nicht unser Leben lang immer dieselben Sachen tragen.«

»Ich verstehe.«

»Mann, ich bin schier verrückt geworden!«

»Das klingt ja schrecklich.«

»Ich bin immerhin *siebzehn*. Da ist es höchste Zeit, daß ich meine eigene Identität finde.«

Ben nickte. »Und ich dachte, der Haarschnitt hätte was mit deinem neuen Freund zu tun.«

Ihre Augen weiteten sich. »Wie kommst du auf so was? Ich habe mit Creamo schon vor Monaten Schluß gemacht.«

»Sei mir nicht böse, Joni, ich wollte dir nicht nachspionieren, aber heute früh habe ich dich mit einem gutaussehenden Dunkelhäutigen gesehen.«

Joni packte Ben aufgeregt am Arm. »Hast du das etwa weitererzählt?«

»Nein, warum?«

»Bitte sag meinen Eltern kein Wort. Unser Leben hängt davon ab!«

»Warum?«

»Glaub's mir einfach. Sie würden nichts verstehen.«

»Mom und Pop haben was gegen Romanzen mit Schwarzen?«

»Auch. Aber das wäre noch das Wenigste. Es gäbe Zoff.«

»Hmm. Na gut, ich werde schweigen wie ein Grab.«

Sie atmete erleichtert auf. »Danke, Ben. Weißt du, er ist wirklich ein total lieber Kerl. Ein Supertyp.«

»Auf jeden Fall ist er gut gebaut.«

»Sicher, aber bei ihm ist viel mehr dahinter. Er denkt nach, verstehst du? Ein Philosoph. Er hat alle Folgen von *Raumschiff Enterprise* gesehen.«

»Wow!«

»Er ist so eine Art Brad Pitt, mußt du wissen.«

»Bei soviel Lobhudeleien werde ich noch eifersüchtig, Joni.« Ben stand auf und wollte gehen, doch dann fiel ihm noch etwas ein. »Ach, übrigens ... besserst du dein Taschengeld nicht manchmal mit Babysitten auf?«

Ein wissendes Grinsen kroch über ihr Gesicht. »Du meinst das komische Baby in deiner Wohnung, das die ganze Nacht und den ganzen Tag geplärrt hat? Keine Chance, Kumpel.« Sie steckte sich wieder die Stöpsel in die Ohren und kehrte in die Welt von Michael Stipe und dem Rest von R.E.M. zurück.

Ben stieg über sie hinweg und weiter die Treppen hoch. Was Joni zum Schluß gesagt hatte, klang ja wenig verheißungsvoll. Es war wohl das beste, wenn er Christina so schnell wie möglich erlöste.

Oben stieß er die Wohnungstür auf. »Bin wieder da! Letzte Gelegenheit, mit dem Sündigen aufzuhören!«

Er erstarrte. Etwas stimmte nicht. Die Wohnung roch anders. Nicht unangenehm, aber eindeutig anders. Wonach nur?

Bratenduft!

Ben stutzte. Tatsächlich. Aus der Küche drang Brutzeln an seine Ohren. Aber Christina konnte doch höchstens

Würstchen aufwärmen oder Makkaroni kochen! Und weder für das eine noch das andere brauchte man eine Bratpfanne.

Vorsichtig trat er in die Küche.

»Mutter!«

Sie stand vor dem Herd und rührte in der Pfanne. Und ihr sündhaft teurer Hosenanzug war mit Fett bespritzt. »Schön, dich zu sehen, Ben. Sehe ich noch gut aus?«

Ben lief dunkelrot an. »Ich wollte doch nicht ... Ist ja auch egal ... Was machst du da?«

»Dein Lieblingsessen.«

Ben blinzelte. »Captain Crunch?«

»Nein, du Dummkopf. Deine Lieblings*speise*.«

»Ich wußte nicht, daß ich eine Lieblingsspeise habe.«

»Natürlich hast du eine. Steht hier irgendwo Mehl? Ich kann keins finden. Und auch sonst war fast nichts da. Darum habe ich Christina die Zutaten besorgen lassen.«

»Äh ... das tut mir leid.«

»Ach was, ich kann auch ganz gut improvisieren.«

Ben trat näher. »Was brätst du denn?«

»Erkennst du es nicht mehr? Das, was du früher jeden Sonntag verlangt hast, als du klein warst – Hähnchen.«

»Wirklich?«

»Natürlich. Sag bloß, du erinnerst dich nicht mehr.«

Ben legte die Stirn in Falten. »Soweit ich zurückdenken kann, habe ich dich nie in der Küche stehen sehen.«

»Es ist ja auch schon eine ganze Weile her«, gab sie zu, ohne mit dem Rühren aufzuhören. »Und Rhiana ist eine so vorzügliche Köchin, daß ich den Haushalt getrost ihr überlassen kann. Aber ich habe bestimmt nichts verlernt. Es kommt alles wieder zurück – hoffe ich.«

Ben beugte sich über die Pfanne. Vom Geruch allein konnte man wirklich Appetit bekommen. Und irgendwie erinnerte er ihn an etwas. Sollte sie recht haben? Aber wenn, dann hatte er alles vergessen.

»Was führt dich hierher, Mutter?«

»Dein Sekretär hat angerufen. Er sagte, du würdest dringend Hilfe brauchen.«

Ben nickte. Das stimmte. »Wo ist Joey?«

»In deinem Schlafzimmer. Er tut das, was Babys am besten können. Er schläft natürlich.«

»Er hat sich beruhigt? Das ist ja toll! Vielleicht schläft er bis morgen durch.«

»Darauf würde ich mich lieber nicht verlassen«, lachte Mrs. Kincaid.

»Äh ... danke fürs Kommen. Das ist wirklich sehr nett von dir. Ich habe einen wichtigen Prozeß vor mir und ...«

»Christina hat mir davon erzählt. Ich bin gern gekommen. Ich wußte doch, daß du mich einladen würdest ... eines Tages«, fügte sie spitz hinzu.

»Es tut mir leid, daß hier so ein Durcheinander herrscht. Wenn ich gewußt hatte, daß du kommst, hätte ich ...«

»Ach, mach dir deswegen keine Gedanken. Früher hast du auch nie aufgeräumt.«

Ben löste den Krawattenknoten. Irgendwie fühlte er sich bei diesem Gespräch unbehaglich. »Hoffentlich mute ich dir nicht zuviel ...«

»Überhaupt nicht! Julia hätte Joey bestimmt zu mir gebracht, wenn ich nicht noch in Skandinavien gewesen wäre. Das ist ja wohl das Mindeste, was ich tun kann.«

Ben spielte nervös mit seinen Fingern. »Wann bist du denn gekommen?«

»Heute vormittag.«

»Dann bist du ja schon den ganzen Tag da! Was hast du denn alles gemacht?«

»Ach, dieses und jenes. Mich umgesehen. Aufgeräumt. Und natürlich das Baby versorgt.« Sie hielt inne. »Und ich habe mich wunderbar mit Christina unterhalten.«

O Gott. »Worüber denn?«

»Vor allem über dich.«

»Über mich?« rief er und lachte nervös.

»Klingt aber ziemlich langweilig.«

»Im Gegenteil! Ich fand es faszinierend. An einem Nachmittag habe ich mehr über dich erfahren, als du mir in den letzten zwölf Jahren erzählt hast.«

»Was für Dinge hat sie dir denn ...«

»Deine Leistungen haben mich überaus beeindruckt. So wie Christina sie mir geschildert hat, zumindest.«

»Sie hat wahrscheinlich übertrieben.«

Mrs. Kincaid lächelte. »Schon möglich. Sie hält große Stücke auf dich. Überhaupt habe ich in Christinas Gesellschaft einen angenehmen Tag verbracht.«

»Du *magst* Christina?

»Natürlich! Du etwa nicht?«

»Ja, doch, aber ...«

»Eine charmante junge Frau. Oder siehst du das anders?«

»Nein, nein ... Sie ist nur etwas exzentrisch.«

»Ja, und? Benjamin, du scheinst mich für oberflächlicher zu halten als ich bin. Mir war sie sehr sympathisch. Ja, mehr noch« – sie sah lächelnd zu ihm auf – »ich bin einverstanden.«

Ben verbarg die Stirn hinter den Händen. »Mutter! Christina und ich sind nichts als gute Freunde!«

Mrs. Kincaid wandte sich wieder der Bratpfanne zu. »Stimmt. Das hat sie auch ein ums andere Mal behauptet.«

»Wo ist sie jetzt überhaupt?«

»Auf dem Dach, glaube ich. Sie hat etwas von Meditieren gesagt. Sie will den Kontakt mit ihren vergangenen Leben aufrechterhalten.«

»Ich glaube, ich störe sie mal bei der Meditation. Du brauchst mich ja nicht unbedingt zum Kochen, oder?«

»Das schaffe ich auch allein. Aber komm nicht zu spät zum Essen.«

»Ich will doch meine Lieblingsspeise nicht verpassen.«

Auf Zehenspitzen huschte Ben am schlafenden Joey vorbei zur Kammer und kletterte durch die Dachluke ins Freie. Der Architekt, der die Luke eingeplant hatte, hatte damals wohl an einen Zugang zum Dach im Falle von Reparaturmaßnahmen gedacht. Daß Giselle dort oben einmal jagen, Ben die Sterne betrachten und Christina in frühere Leben eintauchen würde, hätte er sich bestimmt nie träumen lassen.

Christina hockte im Lotussitz an einer flachen Stelle zwischen zwei Giebeln und murmelte etwas vor sich hin.

»Meditierst du über die Mysterien des Universums?« fragte Ben.

Ihr Kopf blieb abgewandt, ihre Augen waren geschlossen. »Ich konzentriere mich auf mein drittes Auge.«

Ben setzte sich neben sie. »Hat das mit Autosuggestion zu tun?«

»Nein. Das dritte Auge gibt es wirklich. Nur haben wir verlernt, es zu benutzen. Man schließt die Augen, sperrt die Welt und alle störenden Einflüsse aus und schaut sich mit dem dritten Auge selbst an.«

»Klingt sehr mystisch.«

»Es ist eine bewährte Meditationsmethode. Kathie Lee Gifford. Suzanne Summers. Ally Sheedy. Die konnten das gigantisch. Aber jetzt ist es vorbei. Du hast mich drausgebracht.«

»Sei mir nicht böse. Ich wollte den Energiefluß nicht unterbrechen.«

»Kann sein, jedenfalls ist dir genau das gelungen. Aber zerfleisch dich jetzt nicht mit Selbstvorwürfen. *Comme ci, comme ça*. Ich bin außer Übung und wollte mich eigentlich nur in Form bringen. Bald ist das Jahrestreffen der Gesellschaft für vergangene Leben, weißt du.«

»Wirklich? Und ich habe keinen Smoking!«

»Haha.« Sie entknotete mit Hilfe der Hände die Beine und streckte sich. »Es kommen eine Menge wichtiger Leute. Dir würde es vielleicht auch gefallen.«

»Klingt wirklich verheißungsvoll. Man steht also mit einem Cocktailglas in der Hand rum und hört alten Knackern zu, wie sie von der guten alten Zeit an Euphrat und Tigris schwärmen.«

»Hab dich nicht so. Wenn du mitgehst, kaufe ich dir einen Ziegel.«

»Einen was?«

»Einen Ziegel. Das ist symbolisch, verstehst du? Es soll etwas aufgebaut werden.«

»O Gott, Christina, du machst es einem wirklich schwer, nein zu sagen.«

»Gräme dich nicht, Jones hat mir schon versprochen, daß er mich begleitet.«

»Seit wann interessiert sich Jones für so was?«

»Muß ich wirklich mit dem Zaunpfahl winken, Ben? Jones ist eben ein netter Kerl. Was anderes: Wie läuft die Untersuchung?«

»Sieht nicht gut aus für Leeman. Seine Aussage vor der Kamera wird als Geständnis gewertet, und ich sehe keine Möglichkeit, das zu widerlegen. Außerdem war ich am Tatort draußen, aber zehn Jahre danach ist dort nicht mehr viel anzufangen. Wenigstens habe ich die Bonzen gesehen, die den Club betreiben.«

»Hast du auch mit ihnen gesprochen?«

»Nur mit dem Captain. Und der war nicht sehr gesprächig.«

»Will wahrscheinlich verhindern, daß Skandalgeschichten den Ruf seines Clubs schädigen.«

»Mein Gefühl sagt mir, daß mehr dahintersteckt.«

»Was denn?«

Ben schüttelte den Kopf. »Keine Ahnung. Aber ich werde sie alle noch mal befragen. Und du kannst mir dabei helfen. Jetzt haben wir ja endlich jemanden für das Baby. Besprechen wir unsere weitere Vorgehensweise am besten morgen früh in der Kanzlei.«

»Geht in Ordnung.«

Ben streckte die Beine aus und versuchte es sich bequem zu machen. »Tut mir leid, daß du den ganzen Tag mit Mutter verbringen mußtest.«

»Ach, wir haben uns prächtig verstanden.«

Ben sah sie bestürzt an. »Komisch, das gleiche hat sie auch gesagt.«

»Wir wollen zusammen einen Einkaufsbummel machen.«

»Du willst einkaufen gehen? Mit *meiner Mutter?*«

»Warum nicht. Sonst beschwerst du dich immer über meine Kleidung.«

»Ja, sicher, aber ...«

»Und deine Mutter hat einen guten Geschmack.«

»Das gebe ich gern zu, aber ...«

»Wenn du nicht willst, daß ich mit ihr losziehe, dann sage ich ihr eben ab.«

»Nein, nein, es wird euch bestimmt Spaß machen!« rief Ben, doch seine Körpersprache widerlegte seine Worte: Er verschränkte die Arme vor der Brust. Ihm war unbehaglich zumute, ohne daß er allerdings begriff, warum. »Ich möchte nicht, daß du Mutter enttäuschst. Sie hat dich vorhin in den höchsten Tönen gelobt.«

»Wie schön!« strahlte Christina. »Ich mag sie nämlich auch.«

»Wirklich?«

»O ja! Nach allem, was du mir über sie erzählt hast, hatte ich mich schon auf einen Drachen gefaßt gemacht. Aber das stimmt überhaupt nicht.«

»Na ja«, meinte Ben vorsichtig, »bislang hat sie sich dir nur von ihrer Schokoladenseite gezeigt.«

»Deine Mutter ist ein Phänomen. Wußtest du, daß sie nie schwitzt?«

»Äh was?«

»Sie schwitzt nicht – und das bei dieser Affenhitze und obwohl deine Klimaanlage ein Schrotthaufen ist. Mir ist der Schweiß in Bächen runtergelaufen, aber bei ihr hätte man meinen können, es sei kühl draußen.«

»Sie ist ja auch mehr als kühl.«

»Ach, Ben, jetzt tust du ihr Unrecht. Eine Mutter, die eine so weite Fahrt auf sich nimmt, um ihrem Sohn aus der Patsche zu helfen – und das obwohl er sie nie besucht –, kann nicht so kalt sein, wie du sie immer darstellst.«

»Ich sage ja nicht, daß sie kalt ist«, verteidigte sich Ben, »sie ist nur ...« Er überlegte einen langen Moment. »Ach, ich weiß auch nicht«, brummte er schließlich kopfschüttelnd. »Die Frau, die in der Küche die Soße anrührt, ist nicht meine Mutter, wie ich sie in Erinnerung habe.«

»Die Erinnerung ist nicht immer zuverlässig.«

»Du willst mir jetzt doch hoffentlich keinen Vortrag über vergangene Leben halten, oder?«

»Nein, nein, aber ich frage mich, ob du dich wirklich genau an dein vergangenes Leben erinnerst.«

»Mich interessiert nur mein jetziges Leben.«

Sie nickte. »Und genau das meine ich.«

9

»Du wiegelst ihn gegen mich auf!«

»Du leidest doch unter Verfolgungswahn.«

»Ich weiß, was ich weiß. Ich bin doch nicht blind.«

»Ach was, deine Sicht ist getrübt. Kein Wunder – bei vier Martinis.«

»Undankbares Miststück.«

»Schwein.«

Harold Rutherford preßte die Hände gegen die Schläfen. Auf einmal hatte er rasende Kopfschmerzen. Warum ließ er sich nur auf diese entwürdigenden Szenen ein? Er hatte Rachel doch nur gebeten, vor ihrem Sohn nicht mehr zu behaupten, sein Vater würde ihn nicht mögen. War das denn zuviel verlangt?

»Es ist auch so schon schwer genug, diese Familie zusammenzuhalten. Und dann kommst du mit deinen Lügengeschichten von wegen ich würde ihn hassen.«

»Das habe ich nie gesagt.« Rachel ließ sich entnervt auf die Couch plumpsen. »Abie ist von selbst draufgekommen.«

»Siehst du?« schrie Rutherford und fuchtelte erregt mit dem Finger. »Genau das meine ich. Du glaubst es und läßt permanent spitze Bemerkungen über mich vom Stapel. Merkst du nicht, daß du ihm, uns allen, damit schadest?«

»Mir tun sie unendlich gut.« Sie ging zur Bar hinüber und schenkte sich einen Drink ein. »Ich fühle mich immer wohler, wenn ich die Wahrheit gesagt habe.«

»Du zerstörst damit die Familie!«

»Verschon mich mit deinem Geschwätz vom Papa, der alles weiß. Gib doch endlich zu, daß du nie eine Familie wolltest. Nur mir zuliebe hast du dich dazu herabgelassen.«

»Vielleicht war ich nicht unbedingt auf Kinder aus«, preßte Rutherford hervor, »aber als ich den süßen kleinen Kerl zum erstenmal sah ...«

Sie verschluckte sich an ihrem Drink. »Gnade! Die sentimentale Tour nimmt dir niemand ab. Wenn du was in den Arm nimmst, dann Golfschläger, aber sicher nicht unser Kind!«

Rutherford sah auf die Uhr. »Ich habe jetzt keine Zeit mehr für diesen Quatsch. Ich bin ohnehin schon spät dran.«

»Wofür? Die nächste Runde?«

»Für ein Treffen mit unserem Sohn, falls es dich interessiert. Der, mit dem ich nie Zeit verbringe!«

Rutherford stürmte aus dem Haus und knallte die Tür hinter sich zu. Er verstand Rachel nicht mehr. Als es nach all ihren Schmerzen, all den trügerischen Hoffnungen und Enttäuschungen schließlich doch noch mit der Adoption geklappt hatte und ihnen obendrein ein so entzückendes Kind beschert worden war, hatte er geglaubt, jetzt sei es endlich vorbei mit ihren Problemen, und die Ehe sei gerettet.

Er hätte es sich denken können. Keine Ehe lief von sich aus besser. Wenn sie Erfüllung bringen sollte, mußte man ständig daran arbeiten.

Mißmutig setzte er sich hinter das Steuer seines cremefarbenen Mercedes und drehte den Zündschlüssel. Zu seiner Überraschung blieb der Motor stumm.

Das war aber sonderbar. Am Morgen war er noch wunderbar gelaufen.

Er versuchte es noch einmal. Nichts. Kein Aufheulen, kein Stottern, nichts.

Diese Importwagen mit ihrer Scheißelektronik! Er hätte nichts auf die Nachbarn geben und sich ein normales Auto kaufen sollen.

Wieder sah er auf die Uhr. Er war ohnehin schon spät dran, und jetzt dieses Mißgeschick.

Abie würde ihm das nie verzeihen.

Rutherford sackte in sich zusammen. Hatten sich denn alle gegen ihn verschworen? Er liebte seinen Sohn doch! Nur konnte er es ihm ... nicht zeigen. Mein Gott, alles war heute so anders. Sein Vater hatte sein ganzes Leben lang nie ein ›ich liebe dich‹ über die Lippen gebracht. Hieß das, daß er ihn nicht liebte? Natürlich nicht! Damals hatte man so etwas auch ohne Worte verstanden. Warum war das heute nicht mehr möglich? Heute erwarteten alle, daß man permanent über seine Gefühle quatschte. Väter sollten wie Mütter sein. Alles war anders, aber deswegen auch nicht unbedingt besser.

Er drehte noch einmal den Schlüssel. Der Motor blieb tot. Abie würde unendlich enttäuscht sein. Die Kluft zwischen ihnen würde wachsen und ließe sich vielleicht nie wieder schließen.

Rutherford verbarg das Gesicht in den Händen und wischte sich – sehr zur eigenen Überraschung – Tränen aus den Augen.

Abie saß, die Arme um die Knie geschlungen, am vereinbarten Treffpunkt. Es war zehn nach halb zwei, und sein Dad war nicht in Sicht.

Von zu Hause oder vom Country Club waren es nur wenige Minuten mit dem Auto. Das konnte nur eins heißen. Sein Vater würde nicht mehr kommen.

Er hatte sein Versprechen gebrochen.

Abie stand auf. Was machte es denn schon aus? Eigentlich hatte er sowieso keine Lust auf dieses dämliche Spiel, zumindest nicht mit seinem Dad zusammen. Er riß sich die Baseballmütze vom Kopf und schleuderte sie zu Boden.

Da lag sie nun zu seinen Füßen im Staub. Erst starrte er sie stumm an, dann trampelte er auf einmal darauf herum, bis die Farben nicht mehr zu erkennen waren.

In diesem Moment fuhr eine graue Limousine um die Ecke und hielt neben ihm. Als der Fahrer das Fenster herunterkurbelte, erkannte er ihn sofort. Sam. Der Mann, der die Rowdys vertrieben und ihn nach Hause begleitet hatte.

»Na, wie geht's so, Abie?«

Abie steckte die Hände in die Hosentaschen. »Weiß nicht.« Erst jetzt merkte er, daß sein Gesicht tränenüberströmt war. Wütend wischte er es ab. »Mir geht es gut. Wie haben Sie mich gefunden?«

»Das war purer Zufall. Ich biege ab, und da sehe ich dich stehen. Ich bin auf dem Weg zum Spiel der Drillers.«

Abies Augen weiteten sich. »Ehrlich?«

»Klar, ich schaue mir alle ihre Spiele an.« Der Mann lächelte freundlich. »Und was ist mit dir?«

Abie zuckte die Schultern. »Ich wollte auch, aber ... irgendwie hat es dann doch nicht geklappt.«

»Wie schade. Das Spiel heute ist bestimmt ein Schlager. Es geht um den Einzug in die Playoff-Runde.«

»Natürlich.«

»Weißt du was? Ich ...« Der Mann hielt abrupt inne. »Ach nein, das wäre eine Zumutung, vergiß es.«

»Was denn?«

»Nichts. Es wäre nicht richtig. Du kennst mich ja kaum.«

Abie sah dem Mann in die Augen. Es kam ihm so vor, als kenne er ihn schon seit Jahren. Das Gesicht war so freundlich, so ehrlich. Er mochte diesen Mann, mehr noch, er traute ihm. »Mein Dad wollte mit mir zum Spiel rausfahren«, sagte er leise. Er merkte, daß ihm wieder Tränen in die Augen traten. »Aber er hat mich vergessen.«

Der Mann lehnte sich weiter aus dem Fenster. »Das kann ich mir nicht vorstellen. Aber wenn du mein Sohn wärest, würde ich dich nie allein auf der Straße stehen lassen. Wir würden uns jedes Spiel gemeinsam ansehen.«

»Wirklich?«

»Wenn ich es dir doch sage. Schau, ich habe eine Jahreskarte. Weißt du, eigentlich dürfte ich dich so was gar nicht fragen, Abie, aber ich finde dich so nett, daß ich es trotzdem versuche. Wenn du willst, nehme ich dich mit.«

Abie schluckte. »Das würden Sie tun?«

»Ich würde mich geehrt fühlen. Komm, spring rein, und wir fahren los.«

Abie überlegte fieberhaft. Er war hin- und hergerissen. »Eigentlich darf ich das doch nicht ... Sie wissen schon ... mit Leuten wegfahren, die ich nicht kenne.«

Der Mann lächelte. »Natürlich nicht. Das ist auch ein ganz wichtiges Verbot, und ich verstehe dich sehr gut. Na, dann grüße mal deinen Vater von mir, wenn er doch noch kommt.« Er fing an, das Fenster hochzukurbeln.

»Warten Sie!« Abie biß sich auf die Lippe. Was konnte ihm schon geschehen? Und Sam würde ihn bestimmt besser beschützen als sein dummer Vater. Und schließlich war es doch das Spiel der Saison!

»Okay, ich fahre mit.« Er warf seine große blaue Schultasche durch das offene Fenster auf den Rücksitz.

Über das ganze Gesicht lächelnd öffnete ihm der Mann die Beifahrertür. »Prima, Abie! Ich kann dir gar nicht sagen, wie glücklich du mich machst.«

Abie wollte gerade einsteigen, als er einen grünen Sportwagen hinter Sam anhalten sah. »Das ist ja Moms Auto!«

Sam starrte in den Rückspiegel. »Was?«

»Der Jaguar meiner Mom. Und Dad fährt ihn!« Abie strahlte auf einmal. »Jetzt fahre ich wohl doch besser mit meinem Dad raus. Ich frage mich nur, warum er nicht mit seinem Wagen gekommen ist.«

»Ja«, sagte der Mann. »Warum nur?«

Abie trat einen Schritt zurück. »Es tut mir leid, Sam, aber ...«

»Ist schon gut. Laß deinen Vater nicht warten.« Die Enttäuschung stand Sam ins Gesicht geschrieben, aber er trug es mit Fassung. Wirklich ein guter Verlierer, dachte Abie. »Dann fahren wir eben ein andermal raus.«

»Klar. Bis bald.« Abie kletterte in den grünen Jaguar und setzte sich neben seinen Vater. Als er sich anschnallte, sah er, wie Sam mit quietschenden Reifen um die Ecke bog und davonraste. Wie eilig er es auf einmal hat, dachte der Junge. Na ja, wahrscheinlich will er den Anfang nicht verpassen.

»Hast du Appetit auf einen Hot dog?« fragte sein Vater.

»Au ja! Kriege ich denn einen?«

»Klar. Was wäre ein Spiel ohne einen heißen Hot dog?«

Abie sah seinen Vater freudestrahlend an. »Und ... kriege ich vielleicht auch eine neue Baseballmütze, wenn sie nicht zu teuer ist?«

10

Als Ben in der Kanzlei eintraf, hockten Jones und Loving zusammen und unterhielten sich.

»Du hast dich in letzter Zeit rar gemacht«, begrüßte ihn Ben. »Was hast du denn so getrieben?«

Loving hob seine mächtigen Schultern. »Nichts besonderes, Skipper. Nur einer untreuen Ehefrau nachgeschnüffelt.«

»Verstehe. Du sollst Fotos schießen, damit der Mann dem Scheidungsrichter auch Beweise vorlegen kann.«

Loving schüttelte den Kopf. »M-m. Ich soll dafür sorgen, daß der Liebhaber sich wünscht, er wäre nie geboren worden.«

Nun, dafür war er bestimmt geeignet. Loving war ein Hüne mit tonnenförmiger Brust und einem Gewicht von gut zwei Zentnern. Seine Vorstellung von einer sanften Behandlung war, die Körperteile intakt zu lassen.

»Hat Christina dir schon den Fall Leeman Hayes geschildert?«

»Das Wesentliche, ja. Was soll ich für dich tun?«

»Treib potentielle Zeugen auf. Leute, die was über den Mord wissen, egal was. Fang am besten mit den Mitgliedern und Angestellten des Country Clubs an. Die Sache ist aber schon zehn Jahre her.«

»Wird nicht ganz leicht sein.«

»Ich weiß. Aber ich bin dringend auf Zeugen angewiesen. Du tust es doch für mich, oder?«

»Weil du es bist, Skipper«, brummte Loving mit einem müden Lächeln. »Nur weil du es bist.«

Vor ein paar Jahren hatte Ben bei einer häßlichen Scheidungsgeschichte gewonnen: *Loving gegen Loving*. Danach war der unterlegene Ehemann mit einer Pistole in Bens Kanzlei erschienen. Ben hatte überlebt, und weil er bereit gewesen war, auf eine Anzeige zu verzichten, hatte Loving aus Dankbarkeit darauf bestanden, für ihn zu arbeiten, wenn er Hilfe brauchte. Binnen weniger Monate hatte Loving die Lizenz zum Privatdetektiv erworben und ermittelte seitdem für Ben. Nebenbei betrieb er auch seine eigene Detektei.

»Ich werde mein Bestes tun, Skipper. Aber dir ist doch hoffentlich bekannt, daß die Polizei auf dieselbe Info scharf war und nichts gefunden hat.«

»Ich weiß vielleicht etwas mehr als die Polizei.« Ben klärte Loving und Jones über sein Treffen mit Captain Pearson und dessen Öl- und Gasgeschäfte mit Peru auf. »Die Gaspreise sind im Moment im Keller, aber Pearson scheint trotzdem in Geld zu schwimmen. Nun hat mir Mike gesagt, daß aus Peru jede Menge Rauschgift ins Land geschmuggelt wird. Ich frage mich, ob da vielleicht ein Zusammenhang besteht.«

»Jemand müßte nach Peru fliegen und der Sache nachgehen. Zufällig habe ich gerade Zeit.«

»Das Beste wäre es. Leider läßt das mein Budget aber nicht zu. Deshalb wäre es mir am liebsten, du könntest in bestimmte Datenbanken reingehen. Vom Schreibtisch aus.«

»Klar«, sagte Jones. »Ich lade die Kiste schon mal auf. Aber dir ist hoffentlich klar, daß es mit der elektronischen Datenverarbeitung in Peru noch nicht weit her ist. Außerdem ist mein Spanisch seit der Schule etwas eingerostet.«

»Tu einfach dein Bestes«, meinte Ben. »Und liefere mir was Brauchbares.«

Mit einem Aktenordner unter dem Arm trat Christina ins Büro. Heute trug sie ein gebauschtes Kleid mit lila Pailletten und goldenen Rüschen. Ben überlegte unwillkürlich, ob sie von einer Square-Dance-Veranstaltung käme.

»Da bin ich!« verkündete sie. »Das sieht hoffentlich ganz gut aus. Deine Mutter will später mit mir zum Utica Square fahren.«

»Warst du etwa bei mir und hast mit ihr gesprochen?«

»O ja. Sie ist jetzt die Herrin in deinem kleinen Schweinestall. Joey nuckelte glücklich seine Milch, und deine Mutter räumte ein bißchen auf.«

»Sie räumt auf?« stöhnte Ben. »Was zum Beispiel?«

»Na ja, als ich kam, warf sie gerade Lebensmittel, in denen sich schon Maden wanden, in den Mülleimer. Unter der Spüle hattest du Kartoffeln, an denen sich seit Monaten sämtliche Krankheitserreger von ganz Tulsa laben. Später will sie noch deine Platten ordnen.«

»*Aaarrgh!* Warum kann sie meine Sachen nicht einfach in Ruhe lassen?«

»Weil sie deine Mutter ist, Ben«, kicherte Christina. »Ich meine, Benjamin. Ich fürchte, sie hält deine Wohnung für ziemlich heruntergekommen.«

»Sie bildet sich ein, jedes Haus der Welt müßte aussehen wie die Villen in Nichols Hills.«

»Ben, ich war zeitlebens immer arm, aber ich halte deine Wohnung trotzdem für heruntergekommen. Laß sie doch einfach machen.«

Ben wechselte das Thema. »Reden wir lieber über Wichtigeres. Du solltest zum Gericht fahren und ...«

»Habe ich schon erledigt!« rief Christina und lud den Ordner auf Jones' Schreibtisch ab.

Bens Augenbrauen wanderten nach oben. »Gute oder schlechte Nachrichten?«

»Von beidem etwas. Welche willst du zuerst hören?«

»Die gute.«

»Myrna Adams wird die Anklage führen. Erinnerst du dich noch an sie?«

»Klar. Groß und attraktiv. Tolle Beine.«

Christina trommelte mit den Fingern auf der Tischplatte.

»Denk an ihre Fähigkeiten als Staatsanwältin, Ben.«

»Okay. Sie ist ziemlich gut. Und sachlich. Gibt sich nicht mit Tricks und Spitzfindigkeiten ab.«

»Das tun Frauen nie. So was haben nur Machos mit zuviel Testosteron nötig.«

»Fakten, Christina, keine feministischen Parolen.«

»Okay. Ich habe mich kurz mit ihr unterhalten. Um zehn ist doch die Vorbesprechung beim Richter, und sie bereitete sie gerade vor. Sie ist nicht scharf auf diesen Fall und weiß auch, daß du nicht gerade die besten Karten hast. Ich denke, wir könnten uns mit ihr und dem Richter einigen. Wenn Leeman sich schuldig bekennt, ist eine nicht allzu lange Haftstrafe drin. Immerhin hat er ja schon zehn Jahre abgesessen.«

»Einen Versuch wäre es jedenfalls wert. Mit vernünftigen Staatsanwälten kann man wenigstens reden. Und was ist die schlechte Nachricht?«

»Richter Hawkins.«

»Nicht schon wieder! Dieses Jahr hatte ich schon dreimal mit ihm zu tun. Und jeden Prozeß habe ich verloren.«

»Tja, ich fürchte, der vierte wird nicht anders ausgehen.

Und die Chance, daß ein anderer benannt wird, ist gleich Null.«

»Was ist denn mit Hawkins?« schaltete sich Loving ein. »Hat er dich auf dem Kieker?«

»Nein, es hat nichts mit mir zu tun«, erklärte Ben. »Es liegt an seiner Einstellung. Unter allen Richtern im County Tulsa ist er am schnellsten mit der Todesstrafe zur Hand. Für ihn gilt keine Unschuldsvermutung bis zum Beweis der Schuld. Er hält jeden für schuldig, sobald er von der Polizei verhaftet wird. Und er verhängt immer die Höchststrafe. So etwas wie Mitgefühl kennt er nicht.«

»Und wenn du trotzdem mit ihm sprichst ...«

»Vergiß es. Hawkins ist der gleichgültigste und unaufmerksamste Richter, den du dir nur vorstellen kannst. Prozesse sind für ihn ein notwendiges Übel, das er über sich ergehen lassen muß, damit er später sein Mütchen an den Angeklagten kühlen kann. Daß sie auch Menschen sind, kümmert ihn nicht. Und er läßt dem Staatsanwalt so ziemlich alles durchgehen.«

»Verzeih mir die Frage.«

Ben deutete auf den Aktenordner. »Was steht da drin?«

»Mein *pièce de résistance*«, erklärte Christina. »Sämtliche Beweismittel, die die Staatsanwaltschaft benutzen wird. Mike hat sie für dich aufgetrieben.«

»Prima. Dann kann ich mir den Papierkrieg ersparen. Hast du Zeit, sie dir anzusehen?«

»Ich lebe, um zu dienen.« Christina schob einen Stuhl zum Schreibtisch hinüber. »Aber ich möchte gegen Mittag mit deiner Mutter sprechen. Ich muß doch sicherstellen, daß sie mit Joey klarkommt.«

»Das schafft sie schon«, brummte Ben. »Sie hatte ja selbst Kinder. Und ich will nicht, daß sie sich in ihrer Ehre gekränkt fühlt.«

»Ach, mir macht das nichts aus«, sagte Christina und schlug den Ordner auf. »Ehrlich gesagt vermisse ich den kleinen Schreihals schon ein wenig.«

»Irgendwie verhexen Babys die Leute. Jeder weiß nur noch, wie süß sie sind, und vergißt den Rest.«

»Das ist doch ganz gut so. Stell dir nur vor, es wäre anders. Die Menschheit wäre längst ausgestorben.«

11

Weil Ben keinen Parkplatz in der Tiefgarage des Gerichtsgebäudes fand, mußte er auf das Parkhaus im Convention Center ausweichen und den ganzen Weg zurücklaufen. Es war immer noch drückend heiß – achtunddreißig Grad im Schatten –, und er war nicht der einzige, der darunter litt. Die Obdachlosen an der Bushaltestelle in der Denver Avenue sahen heute äußerst erbärmlich aus. Ihr Anblick stimmte Ben etwas nachdenklicher. Seine Klimaanlage mochte kaputt sein, aber immerhin hatte er eine Wohnung.

Da er wußte, daß man mindestens fünfzehn Minuten auf den Aufzug warten mußte, stieg Ben lieber die Treppen hinauf. Völlig aus der Puste kam er im siebenten Stock an. Die Sekretärin winkte ihn zum Büro des Richters, und er trat ein.

Hawkins saß, die Hände hinter dem Kopf verschränkt, an seinem Schreibtisch. Ihm gegenüber hockte John Bullock.

»Ben«, begrüßte ihn Bullock. »Wir sprachen gerade über Sie.«

Wie entzückend, daß ein als Henker berüchtigter Richter mit einem Staatsanwalt über ihn plauderte, der jüngst geschworen hatte, ihm eine Lektion zu erteilen. »Über den Fall oder über mich?«

»Über Sie«, erwiderte Bullock. »Und … Ihre Taktik.«

Ben setzte sich auf den Stuhl neben Bullock. »Wissen Sie, Jack, es gibt Leute, die einseitige Gespräche mit dem Richter für unzulässig halten.«

Er sah zu Hawkins hinüber. Bestimmt würde dieser ihm versichern, das sei nur ein Scherz gewesen. Doch Ben wurde enttäuscht. Seine Miene verriet nichts als die bei ihm übliche Gleichgültigkeit. Wenn er überhaupt eine Regung zeigte, dann Belustigung über den Wortwechsel zwischen den Anwälten.

»Wir haben, wie gesagt, über Sie und nicht über den Fall gesprochen«, knurrte Bullock. »Solange es nicht um den Prozeß selbst geht, ist nichts daran auszusetzen.«

»Warum sind überhaupt Sie gekommen? Ich dachte, Myrna Adams führt die Anklage.«

»Nicht mehr. Vor einer Stunde wurde der Fall mir übertragen.«

Ben steckte auf einmal ein Kloß im Hals. Das hatte ihm gerade noch gefehlt: ein Mandant, der nicht reden konnte, als Richter ein Anhänger der Todesstrafe, dann ein praktisch eindeutiges Video, und jetzt auch noch John Bullock als Staatsanwalt.

»Was ist mit Myrna?«

»Sie ist total mit Arbeit überlastet.«

»Ach, seit wann?«

»Weil ich sie heute morgen mit zwölf Ermittlungen gegen Schwerverbrecher und hinsichtlich zweier Prozesse eingedeckt habe. Da hatte sie keine andere Wahl.«

Ben starrte ihn verdattert an. »Wieso um alles in der Welt wollten Sie gerade diesen Fall?«

Bullock durchbohrte ihn schier mit den Augen. »Um Ihnen mal zu zeigen, wo es langgeht.«

Ben verschlug es die Sprache.

»Jemand muß Ihnen den Unterschied zwischen Gut und Böse beibringen«, setzte Bullock nach. »Und dieser jemand bin ich.«

Der Richter breitete mit Unschuldsmiene die Arme aus. »Keine Ahnung, was er meint. Lassen Sie sich nicht verunsichern, junger Mann. Sie wissen ja selbst, wie überreizt die Staatsanwälte manchmal sind.«

Irgendwie fand Ben den Rat von Hawkins kein bißchen beruhigend.

»Ich habe gehört, die Anklage sei bei einem Geständnis an einer gütlichen Einigung interessiert.«

»Alle derartigen Angebote werden hiermit zurückgezogen«, erklärte Bullock. »Selbst wenn Sie den Papst verteidigen sollten, würde ich mit Ihnen keine Abmachung treffen.

»Wer braucht denn hier eine Lehre? Sie versuchen, einen Mordprozeß für Ihren Rachefeldzug zu benutzen.«

»Nennen Sie es, wie Sie wollen. Wir werden verhindern, daß Sie diesen Mörder auf die Straße zurückholen.«

»Leeman Hayes hat niemandem etwas zuleide getan.«

»Vielleicht nicht in letzter Zeit. Aber nur, weil er seit zehn Jahren einsitzt. Er wäre wohl längst tot, wenn damals alles mit rechten Dingen zugegangen und er zügig vor Gericht gebracht worden wäre. Aber dann hat ihm ein Winkeladvokat Ihres Kalibers auf Kosten der Steuerzahler einen Aufschub verschafft.«

»So stimmt das doch überhaupt ...«

»Mir kommt das kalte Grausen, wenn ich sehe, wie Mörder durchgefüttert werden. Wir haben eine Verpflichtung gegenüber den Bürgern dieses Staates.«

»Sind Sie sicher, daß Sie nicht für irgendein Amt kandidieren?« fragte Ben. »So klingen Sie nämlich.«

Richter Hawkins beugte sich vor. »Wir wollen doch nicht streiten, meine Herren. Ich halte im Protokoll fest, daß beide Parteien erschienen und für den Prozeß bereit sind. Was müssen wir sonst noch diskutieren?« Er hob die Hände und ließ sie auf den Tisch fallen. »Wenn es nichts mehr gibt ...«

Ben war nicht gekommen, um mit leeren Händen abzuziehen. »Ich habe um die Zeugenliste der Anklage gebeten und bislang noch keine bekommen.«

»Lassen Sie mich etwas dazu sagen«, meldete sich Bullock. »An dem Tag, an dem er den Fall annahm, beantragte Kincaid oder vielmehr seine Sekretärin eine Kopie unserer Beweismaterialien. Wir hatten noch keine Zeit, sie alle ...«

»Die Mühe können Sie sich sparen«, fiel ihm Ben ins Wort. »Die Beweisstücke habe ich schon.«

Bullock war sichtlich überrascht. »Wie ist das möglich? Ich habe doch strengste Anweisung gegeben ...«

»Zu mauern oder was?« Ben wandte sich dem Richter zu. »Ich habe einen Anspruch, zu erfahren, wen die Staatsanwaltschaft aufruft.«

Hawkins seufzte. »Haben Sie einen Grund, ihm die Liste vorzuenthalten, Jack?«

»Nun, ich habe den Fall erst heute morgen übernommen und muß mich erst noch damit vertraut machen.«

Der Richter maß ihn mit strengem Blick. »Jack, wir wollen Mr. Kincaid doch keinen Vorwand für eine Revision geben.« Er räusperte sich. »Im Falle eines Falles natürlich.«

Mhm, dachte Ben. Natürlich nur im Falle eines Falles.

»Ich werde mein Bestes versuchen«, versprach Bullock.

»Ich wäre Ihnen sehr dankbar.« Hawkins sah auf die Uhr. »Wenn es sonst nichts mehr ...«

»Da wäre noch etwas«, meldete sich Ben. Er wußte, daß er vielleicht den Bogen überspannte, doch wollte er nichts unversucht lassen. »Ich beantrage die Nichtzulassung einer bestimmten Videoaufnahme.«

»Video?« Hawkins runzelte die Stirn. »Was soll das? Ist das etwa so wie neulich bei Rodney King?«

»Noch viel besser«, feixte Bullock. »Wir haben Hayes' Geständnis auf Video.«

»Das ist eine Frage der Interpretation«, entgegnete Ben mit fester Stimme. »Leeman Hayes sagt auf dem Video nicht ein Wort. Es stellt alles durch Pantomime dar, und die ist mehrdeutig. Meiner Meinung nach erschwert das Video die Wahrheitsfindung und würde die Geschworenen unzulässig beeinflussen, zumal dann, wenn der Staatsanwalt sich als Psychologe aufspielt wie ...«

Bullock zeigte sich verletzt. »Das würde ich nie tun.«

»... wie vorhin.«

»Ist das eine längere Sache?« fragte Hawkins mißmutig.

»Nicht zu lang, Euer Ehren«, versicherte ihm Bullock. »Etwa eine Stunde.«

»Aber die Geschworenen werden es sich wahrscheinlich mehrmals ansehen müssen«, wandte Ben ein.

Hawkins seufzte erneut. »Ist es denn absolut nötig, Herr Staatsanwalt?«

»Es ist der Kern der Sache. Der Kerl ist schuldig, und das Video ist der Beweis.«

Bullock hatte das Zauberwort gesagt. Alles in allem stand

Bullock in Hawkins' Augen im Dienste des Guten, und Ben setzte alle Hebel in Bewegung, um die Höchststrafe zu verhindern.

»Ich hasse es, schon vor dem Prozeß Entscheidungen zu treffen ...«

Ben unterdrückte ein Auflachen. Hawkins haßte es, Entscheidungen zu treffen. Punkt.

»Fürs erste wird Ihr Antrag abgelehnt. Sie können ihn während des Verfahrens erneuern, Mr. Kincaid. Sollte ich ihm dann stattgeben, würde ich die Geschworenen anweisen, die auf Video aufgenommene Aussage zu vergessen.« Hawkins stemmte sich hoch. »Wenn es also nichts mehr gibt, meine Herren ... Ich habe für heute nachmittag eine Partie Golf vereinbart ...«

»Was für ein Zufall«, sagte Ben. »Ich spiele heute nachmittag auch. Im Utica Greens.«

Der Richter traute seinen Ohren nicht. »*Sie* spielen im Utica Greens?«

»Klar«, bluffte Ben. »Regelmäßig. Sie nicht?«

Hawkins kniff die Augen zusammen. »Ich habe mich vor drei Jahren um die Aufnahme beworben und wurde abgelehnt.«

»Na ja, vielleicht können Sie mal mit mir rausfahren.«

»Wirklich?« rief Hawkins mit leuchtenden Augen. »Wie wär's mit nächstem Freitag?«

Ben versuchte, Hawkins' übliche gleichgültige Miene zu imitieren. »Ich will sehen, was sich machen läßt.«

»Danke. Ich freue mich schon drauf.« Hawkins schüttelte Ben herzlich die Hand und eilte hinaus.

»Moment mal«, protestierte Bullock. »Sie wollen zusammen mit dem Richter Golf spielen? Einseitige Gespräche mit dem Richter sind während des Verfahrens unzulässig.«

»Regen Sie sich nicht auf«, brummte Ben. »Was haben Sie vorhin gesagt? Solange sie nicht über den Prozeß selbst geführt werden, ist nichts daran auszusetzen.« Er schlenderte zur Tür. »Ach, übrigens, wir werden wahrscheinlich die meiste Zeit über Sie sprechen.«

12

Ben irrte fast eine halbe Stunde umher, bis er endlich Ernies Haus fand. Zum einen hatte er keinen guten Orientierungssinn, zum anderen war ihm North Side schon immer wie ein Labyrinth erschienen. Nicht der Teil am Rande der Altstadt, und auch nicht das Yuppieviertel in Gilcrease Hills, sondern das eigentliche North Side. Das Armenviertel. Der Slum der Schwarzen.

Um die Jahrhundertwende waren über achtzigtausend Afroamerikaner nach Oklahoma geströmt, das bis 1906 Indianergebiet gewesen war. Dort hofften sie eine von Vorurteilen und Rassenhaß freie Gesellschaft zu finden oder zu gestalten. 1907 stellten die Schwarzen die ethnische Mehrheit, zahlenmäßig weit vor den Ureinwohnern des Kontinents und den Nachfahren der europäischen Einwanderer. In Oklahoma gab es mehr Orte mit ausschließlich schwarzen Einwohnern als in allen anderen Staaten zusammen. Selbst in Städten mit gemischter Bevölkerung wie Tulsa hatten Schwarze im Vergleich zu anderen Gegenden erstaunlich viel Macht und Einfluß.

Im Nordteil von Tulsa, der bald Greenwood genannt wurde, bildeten die Afroamerikaner eine Gemeinschaft für sich. Dank den Öldollars florierte die Stadt, und zwar sowohl der weiße wie auch der schwarze Teil. So beherbergte Greenwood in den zwanziger Jahren mehr erfolgreiche Schwarze als jedes andere Stadtviertel des Landes. Darunter waren auch Ärzte, Anwälte und Geschäftsleute. Der Boom fand seinen Ausdruck in einundvierzig Lebensmittelgeschäften, neun Billardsalons und dreißig Restaurants.

Trotz des allgemeinen Wohlstands führten tief verwurzelte Vorurteile, wirtschaftliche Rivalität und Spannungen zwischen den Rassen zu Konflikten. Marodierende Banden und sogar Lynchjustiz begannen Greenwood heimzusuchen. Schließlich beschuldigte 1921 eine Aufzugführerin einen jungen schwarzen Schuhputzer, er habe versucht, sie zu vergewaltigen. Laut absolut verläßlicher Zeugen hatte er lediglich das Gleichgewicht verloren und war ihr versehentlich auf den Fuß getreten. Weil sie fast umgefallen wäre, hatte er in einem Reflex nach ihrem Arm gegriffen. Daraufhin hatte sie losgeschrien.

Ihre Behauptung konnte nie bewiesen werden. Im Gegenteil, alle, die den Jungen kannten, beteuerten, daß er zu einem solchen Verbrechen nicht in der Lage gewesen wäre, schon gar nicht in einem öffentlich zugänglichen Gebäude. Doch trotz der Fragwürdigkeit der Beschuldigungen forderte die TULSA TRIBUNE, die Greenwood stets als ›Little Africa‹ bezeichnete, in einer Schlagzeile: ›HÄNGT DEN NEGER NOCH HEUTE NACHT!‹

Tatsächlich griffen daraufhin weiße Bürger zu den Waffen. Gut zweitausend umzingelten das Gerichtsgebäude und forderten die Herausgabe des Jungen. Wenig später rückten etwa fünfundsiebzig Schwarze an, um zusammen mit dem Sheriff den Häftling zu verteidigen. Schüsse fielen, und binnen zwanzig Minuten tobte ein Rassenkrawall. Immer mehr bewaffnete weiße Banden fielen in Greenwood ein, verbrannten und plünderten die Geschäfte und Wohnhäuser Schwarzer – insbesondere der Wohlhabenden – und schossen wahllos um sich. Ein betagtes Ehepaar wurde auf dem Heimweg von der Kirche erschossen. Ein Mann wurde ermordet, nachdem er sich ergeben hatte. Weniger als vierundzwanzig Stunden nach Ausbruch des Blutbades stand das gesamte Schwarzenviertel in Flammen; Hunderte waren tot. Der Vorfall gehört zu den schlimmsten Rassenunruhen in der Geschichte der Vereinigten Staaten.

Greenwood wurde später wiederaufgebaut und bekam einen neuen Namen: Black Wall Street. Aber es sollte nie wieder das Viertel sein, das es einmal gewesen war. Die Aufbruchsstimmung von früher kehrte nicht mehr zurück, und die schwarze Bevölkerung erreichte bei weitem nicht mehr die Autonomie, Mobilität und die politische und wirtschaftliche Macht, die sie zu Anfang des Jahrhunderts besessen hatte. Im Laufe der Jahre verkam der Norden von Tulsa zum Slum für die Armen und Gescheiterten. Auch wenn in jüngster Zeit dank der Sanierungsbestrebungen der Stadt einige historische Gebäude wiedererrichtet werden konnten –

North Side blieb ärmlich, die Geschäfte kämpften ums Überleben, und die Straßen waren gefährlich. Wer dort nicht lebte, machte einen großen Bogen um North Side.

Zu guter Letzt fand Ben die Straße, in der die Hayes lebten. Auf beiden Seiten standen kleine Häuser – Hütten vielmehr – mit Wänden aus dünnem Holz, das sich längst verzogen hatte. Man konnte ahnen, daß die meisten früher einmal weiß getüncht gewesen waren; jetzt blätterte freilich überall die Farbe ab. Die Treppen vor den Hütten waren rissig, die Türen hingen schief in den Angeln, und die ganze Straße war mit Abfall übersät. Hier herrschte wahrhaftig bittere Armut.

Ben betrat vorsichtig die Treppe zu Ernies Haus. Aber was hieß schon Treppe? Es handelte sich um Quader aus Schlacke. Sein Blick fiel auf zwei Autos – den zerbeulten Ford Pinto, den er schon kannte, und einen Chevy-Kombi. Er schätzte sie beide auf gut fünfzehn Jahre. Der Chevy war garantiert keinen Cent mehr wert, sah aber noch bedeutend besser aus als der Pinto. Ben fragte sich, wie Ernie es mit diesem Schrotthaufen bis zu seiner Kanzlei geschafft hatte. Und warum hatte er nicht den besseren Chevy genommen?

Durch die geborstene Falttür sah er Ernie herbeieilen. Bildete er es sich nur ein, oder hatte sich Ernies Humpeln entschieden gebessert?

Plötzlich ging ihm ein Licht auf. Klar, Ernie Hayes war bewußt mit der demolierten Rostlaube zu Ben rausgefahren und hatte gehumpelt wie ein Unfallopfer, was sich prompt auszahlen sollte: Ben hatte den Fall angenommen.

Hm-hm.

»Mr. Kincaid!« rief Ernie. »Was für eine nette Überraschung! Kommen Sie rein.«

Als Ben das Wohnzimmer betrat, verschlug es ihm die Sprache. Der Boden war übersät mit Dosen, fettigen Kartoffelchiptüten und leeren Bierflaschen. So etwas wie eine Klimaanlage gab es nicht; das hieß, in der Bude war es so heiß wie in einem Treibhaus. Da half es auch nichts, daß alle Fenster offen standen. Nun, Ben lebte ja selbst in einer kleinen, billigen Behausung, aber im Vergleich zu dieser Hütte hier war sie ein Palast. Das sogenannte Wohnzimmer war kaum größer als sein Bad, und im Moment saßen hier nicht weniger als sechs Leute beisammen.

»Das muß Ihre Familie sein«, murmelte Ben.

»Meine Brut«, bestätigte Hayes und deutete auf fünf junge Leute, die auf dem Boden hockten. »Oder was noch davon übrig ist. Monique, Kevin, Julius, Corey und Bartholomew. Meine Familie. Dann gibt's noch drei andere, aber die sind schon außer Haus. Und natürlich Leeman.«

Ben stand der Mund offen. »Sie haben neun Kinder?«

»Richtig. Meine Frau und ich haben uns prächtig verstanden. Sie war ein Schatz, Gott sei ihrer Seele gnädig.« Er griff nach Bens Arm. »Kommen Sie, unterhalten wir uns in der Küche.«

Sie gingen in die kleine Küche hinüber und setzten sich an einen wackeligen Plastiktisch. »Hier is' Leeman aufgewachsen«, erklärte Hayes. »Ich weiß, es is' nich' viel, aber ich hab' das Beste aus dem bißchen gemacht. War nich' leicht für mich. Vor allem nachdem ich den Job in der Glasfabrik verloren hab'.«

»Wie ist das passiert?«

»Wurde gefeuert. Hatte dort achtzehn Jahre gearbeitet und hatte neun Kinder, aber trotzdem haben sie mich als einen der ersten rausgeschmissen. Ich hab' mich bei so einem fetten weißen Vorarbeiter beschwert, der nich' halb so alt war wie ich, und wissen Sie, was der gesagt hat? ›Mensch, Ernie, komm mir nich' mit deinen Krokodilstränen. Wenn du Stütze kriegst, bist du wahrscheinlich viel glücklicher als hier.‹«

»Was ist mit Ihren Kindern?« fragte Ben. »Ein paar sind doch alt genug, um zu arbeiten, Teilzeit zumindest.«

»Was meinen Sie, was ich an Julius hingeredet habe? Das ist mein Ältester daheim. Aber der hört nich' auf mich. Sagt, ich sei ein dummer alter Mann. Hängt nur immer mit Straßenjungen rum und macht die Gegend unsicher. Und dann fahren sie oft zu dem Country Club raus, in dem Leeman damals gearbeitet hat. Als ob der verfluchte Club uns nich' schon genug Unglück beschert hätte.«

Straßenbanden im Country Club? Wie war das möglich? Ben konnte sich nicht vorstellen, was es für Bandenmitglieder dort zu tun gab. Wie auch immer, legal war es wohl nicht.

Ernies Gesicht hellte sich etwas auf. »Aber Corey is'n braver Junge. Er verkauft Zeitungen.«

»Hat er eine bestimmte Route?«

»Na ja, nich' ganz. Er wollte mal eine kriegen, aber die waren angeblich schon alle vergeben. Jetzt wühlt er in Papierkörben nach Zeitungen und verkauft sie in Imbißbuden und so. Bis sie ihn vertreiben.«

Ein Klopfen unterbrach ihn. Ein Junge trat ein. »Papa!«

Wenn Ben sich richtig erinnerte, mußte das Julius sein.

»Ich geh' mit Booker raus.«

»Ich will nich', daß du dich mit dem Kerl rumtreibst! Der sorgt nur für Ärger!«

Doch der Junge grinste nur. Ohne weiter auf seinen Vater zu achten, rannte er in den Flur zurück, in dem sein Kumpel wartete. Bevor die Tür zufiel, konnte Ben einen Blick auf den fremden Jungen werfen. Sein Gesicht kam ihm irgendwie bekannt vor.

Es dauerte einen Moment, aber dann fiel es ihm wieder ein. Das war doch Jonis Freund! Der Bursche, den er mit ihr unter seinem Schlafzimmerfenster hatte schmusen sehen.

Wenn er wirklich einer Jugendbande angehörte, war ihre Romanze ja noch bedenklicher – und gefährlicher –, als er angenommen hatte. Kein Wunder, daß sie ihren Eltern kein Wort davon erzählte.

Ben rannte zum Wohnzimmerfenster und sah den beiden nach. Beide trugen die gleiche Jacke mit demselben Emblem auf dem Rücken: ein in ein Herz eingefaßtes blutrotes Hakenkreuz.

Ben nahm sich vor, sich später bei Mike darüber zu erkundigen. Er kehrte zu Ernie in die Küche zurück.

»Mr. Hayes«, setzte er die Befragung fort, »soviel ich weiß, wurde der Mord nach Mitternacht begangen. Haben Sie eine Ahnung, was Leeman so spät noch dort zu suchen hatte?«

»Klar. Es war in der Mitte der Woche, Mr. Kincaid. Da blieb er immer so lange draußen.«

»Aber bei Dunkelheit braucht man doch keine Caddies.«

»Bestimmt nich'«, lachte Ernie. »Er schlief dort immer.«

»Im Caddieschuppen?«

»Warum nich'? Der Schuppen is' ja ganz gemütlich. Leeman hatte dort viel mehr Platz als hier bei mir, und er brauchte sich nich' mit seinen Geschwistern rumzustreiten. Unter der Woche schlief er immer im Schuppen und kam am Wochenende heim.«

»Wußten die Herren vom Vorstand Bescheid?«

Ernie legte den Kopf schief. »Na ja ... um die Wahrheit zu sagen ... ich bin mir nich' ganz sicher, ob sie das wußten. Wir dachten uns eben, was ich nich' weiß, macht mich nich' heiß.«

Aufgeregt hätten sie sich vielleicht nicht, überlegte Ben, die Frage war nur, ob Leeman daraus ein Strick gedreht worden war. »Haben Sie nach Leemans Verhaftung einen Anwalt genommen?«

»Womit denn? Mit 'nem feuchten Händedruck?« Ernie lachte auf. »Nein, die haben uns einen kostenlos gestellt.«

»Wie war der?«

»Ich denke, er hat aus den Umständen noch das Beste gemacht. War vielleicht nich' der Hellste, kam mir aber ganz aufrichtig vor. Das Problem war nur, daß er mit zwanzig Fällen gleichzeitig rumjonglierte. Kam mal so reingeschneit und meinte, Leeman könnte ihm in zehn Minuten sein ganzes Leben erzählen. Wo der doch überhaupt nich' reden kann! So richtig Zeit hat er sich nie für ihn genommen.«

»Hat er je mit Leeman über den Mord gesprochen?«

»Mit *Leeman?*«

»Pantomimisch. Oder wie immer Sie sich mit Leeman verständigen.«

»Nicht daß ich wüßte.«

»Waren Sie selbst denn nicht ... neugierig?«

»Was hätte ich ihn denn fragen sollen?«

»Na ja, ob er Maria Alvarez umgebracht hat.«

»Ich brauch' ihm keine dummen Frage zu stellen, wo ich

doch weiß, daß er es nich' war. Mit so 'nem Golfschläger ... und noch dazu so brutal – so was macht mein Leeman nich'! Ein Vater weiß so was einfach.«

»Hmmm.« Vor Gericht kam man mit einer solchen Antwort leider nicht sehr weit. Egal, es hätte ohnehin wenig Sinn, Ernie in den Zeugenstand zu rufen. Die Geschworenen mußten annehmen, daß er als Vater lügen würde, um seinen Sohn vor der Hinrichtung zu retten. »Etwas anderes: Sie waren doch dabei, als der Staatsanwalt Leeman verhörte. Ich habe Sie auf dem Video gesehen.«

»O ja«, bestätigte Ernie resigniert. »Bei Gott, ich war dabei.«

»Dann wissen Sie, daß die Anklage Leemans Vorführung als Geständnis wertet. Man wird sie wahrscheinlich für einen erdrückenden Beweis halten.«

»Ja«, murmelte Ernie. »Das stimmt wohl.«

»Haben Sie je mit Leeman darüber gesprochen? Oder haben Sie verstanden, was er damit sagen wollte?«

Ernie schüttelte betrübt den Kopf.

Ben hatte inständig gehofft, er könne von Ernie ganz neue Aufschlüsse gewinnen. Vergeblich. Im Gegenteil, er schien den Film sogar für noch beweiskräftiger zu halten als Ben. Insgeheim fragte sich der Anwalt, ob Ernie wirklich so von Leemans Unschuld überzeugt war, wie er behauptete.

Oder ob er mehr wußte, als er Ben verriet.

»Mr. Hayes, fällt Ihnen noch irgend etwas ein, das mit diesem Fall zu tun hat?«

Zögerte Ernie, oder bildete sich Ben das nur ein? »Nein, Sir, nichts.«

»Tja, dann gehe ich jetzt mal.«

Ernie packte Ben am Ärmel und hinderte ihn am Aufstehen. »Glauben Sie, daß Sie meinem Jungen helfen können?«

»Ich werde alles tun, was ...«

»Das is' nich' genug!« Ernies Blick verschleierte sich. »Wissen Sie, Leeman war mein Liebling, immer schon. Ich hab' das die anderen nie spüren lassen, aber es stimmt trotzdem. Ich hab' auch im Country Club gearbeitet. Teilzeit. Am Abend, wissen Sie. Das waren ein paar Dollar extra für die

Familie. Ich war Kellner in diesem piekfeinen Restaurant da. Ich hab' Leeman auch den Job verschafft. War alles meine Idee ... Und als sie Leeman verhaftet und weggeschafft hatten, da fühlte ich mich verantwortlich, verstehen Sie? Es war schrecklich. Als ob sie mir das Herz aus dem Leib gerissen und in eine Schachtel gesperrt hätten. Und ich konnte überhaupt nix tun. Ich sagte mir die ganze Zeit, wenn ich so ein reicher Knopf wär' wie die Typen im Country Club, dann wär' mein Leeman ein freier Mann. Ich fühlte mich ja so beschissen. So schuldig.« Er sah zu Ben auf. »Es ist verdammt schwer, nach so was ganz normal weiterzuleben. Verstehen Sie das?«

Ben nickte verständnisvoll. »Ich komme vor dem Prozeß noch mal zu Ihnen raus.«

Als Ernie ihn zur Tür begleitete, fiel dem Anwalt erneut auf, daß er kaum noch humpelte. Diesmal konnte sich Ben einen Kommentar nicht langer verkneifen. »Mir ist aufgefallen, daß Ihre Arthritis sich bedeutend gebessert hat.«

Ein Grinsen huschte über Ernies Lippen und verschwand gleich wieder. »Die kommt und geht, wissen Sie. Kommt und geht.«

Klar, dachte Ben. Du bist ein schlauer Fuchs, Ernie Hayes.

»Ich weiß genau, was die Leute denken«, murmelte Ernie unvermittelt. »Sie sagen es mir nicht ins Gesicht, aber sie denken es: Sei doch froh, daß du dich nicht mehr mit dem Schwachsinnigen abplagen mußt. Aber er ist doch *mein Junge*, Mr. Kincaid, verstehen Sie?« Er ergriff Bens Hand mit beiden Händen und wollte sie gar nicht mehr freigeben. »Lassen Sie nich' zu, daß meinem Leeman noch mehr zustößt als ohnehin schon. Das könnt' ich nich' mehr ertragen! Bitte!«

Ben schluckte, blieb aber stumm.

»Helfen Sie meinem Jungen, Mr. Kincaid.«

»Ich werde mein Bestes tun«, flüsterte Ben mit erstickter Stimme.

Als Ben durch die verschmutzte Straße zu seinem Wagen zurückkehrte, blickte er sich noch einmal um. Keine zehn Meilen hinter Hayes' Hütte sah er am Horizont die oberen Stockwerke des eleganten Clubhauses in Utica Greens.

Im Grunde waren das zwei Städte. Zwei Städte in einer.

Und daran wurden die Leute, die hier hausten, Tag für Tag erinnert. Als ob die tristen Bedingungen hier unten nicht schon reichten, konnte man den Blick nicht heben, ohne die Prachtvillen auf den Hügeln aufragen zu sehen. Und deren Bewohner hatten blaue Swimmingpools, Luxusschlitten und Stereoanlagen, die allein mehr Geld kosteten als man im ganzen Jahr verdiente. Und dann arbeitete man noch in ihrem Country Club und bekam aus erster Hand mit, was die Privilegierten sich alles gönnten, während man selbst nichts besaß.

Das, sinnierte Ben, konnte einen Menschen schon zum Äußersten treiben.

13

Auf der Fahrt zum Edward Woltz Spa, in dem er sich mit Rachel Rutherford verabredet hatte, erlebte Ben nichts weniger als einen Kulturschock. Keine zehn Autominuten trennten die bittere Armut des Slums vom vornehmen Süden der Stadt mit seinen Caffè-latte-Bars, Feinkostgeschäften und Kinderbuchläden. Hier war alles sauber, schick und edel.

Eine ganz andere Welt.

Ben parkte seinen Honda und betrat die Empfangshalle des Gesundheitszentrums. Aus einer in den Wänden verborgenen Lautsprecheranlage rieselte das kosmische Gezwitscher von New-Age-Musik. Auf diversen Tischen lagen kunstvoll arrangierte glitzernde Bergkristalle.

»Kann ich Ihnen behilflich sein?« fragte ihn eine schwarzhaarige Frau mit weißem Kittel, der ihr einen Anstrich von Autorität verlieh.

Ben räusperte sich. »Mein Name ist Ben Kincaid. Ich wollte Mrs. Rutherford sprechen.«

»Richtig. Sie hat mich gebeten, Sie zu ihr zu bringen. Wenn Sie bitte mitkommen würden.«

Die Frau stieß eine Pendeltür auf, und Ben folgte ihr in einen langen, weiß gestrichenen Korridor. Zu beiden Seiten führten Türen in die verschiedensten Räume. Durch Sichtfenster konnte Ben Leute sehen; meistens waren es Frauen, die alle möglichen Behandlungsformen wie Massagen, Gymnastik oder Bäder über sich ergehen ließen. Als er durch ein größeres Fenster spähen wollte, tauchte plötzlich ein grünes Gesicht vor ihm auf.

»Himmel! Was war denn das?«

»Das ist Mrs. Buckner.«

»Aber sie war total grün!«

Seine Führerin lächelte. »Das ist unsere Seetangpackung.«

»Sie meinen den Kleister, den sie sich ins Gesicht geschmiert hat?«

»Mhm.«

»Ist das die Strafe für ein gräßliches Verbrechen gegen die Natur?«

»Man merkt, daß Sie sich nicht auskennen. Das ist eine dicke grüne Paste, die aus einer Seetangart hergestellt wird, die nur im Mittelmeer vorkommt. Wir tragen sie auf, lassen sie antrocknen und entfernen sie nach einer bestimmten Zeit. Das öffnet die Poren und verjüngt die Haut.«

»Das kann ich mir gut vorstellen«, brummte Ben. »Vor allem, wenn sie nicht mehr draufklebt.«

»Glauben Sie mir, sie wirkt belebend«, lachte die Frau. »Unsere Kundinnen zahlen bis zu dreihundert Dollar für eine einzige Behandlung. Sie können sich wunderbar dabei entspannen.«

»Was für andere Behandlungsmethoden bieten Sie noch an?« fragte Ben, obwohl er es eigentlich gar nicht unbedingt wissen wollte. »Ich habe eine Freundin, die mir permanent predigt, ich solle lockerer sein.«

»Zur Entspannung haben wir eine ganze Palette von Therapien: Gymnastik, Shiatsu, Massage oder Schlammbäder, für die wir einen bestimmten Schlamm aus dem Toten Meer verwenden, um nur ein paar Methoden zu nennen. Wenn Sie Verspannungen loswerden wollen, sind Sie bei uns an der richtigen Adresse. Ich würde mich freuen, wenn ich Sie als Mitglied gewinnen könnte.«

»Danke, aber das kann ich mir wohl kaum leisten.«

»Warten Sie nur, das Beste kommt noch. Wir sind sehr günstig! Wer zur Kur nach Florida oder Hawaii fährt, muß mit dreitausendfünfhundert Dollar pro Woche rechnen. Bei uns können Sie zu Hause bleiben, und keine unserer Behandlungen kostet mehr als fünfhundert Dollar.«

»Wenn das alles ist ...«, murmelte Ben.

»Viele kosten sogar weniger als zweihundert. Und dauern auf Wunsch nicht länger als eine Stunde.«

Ben nickte. »Therapie nach Maß.«

»Das wäre ein zündender Slogan. Ich würde ihn gern an unseren Mr. Woltz weitergeben, wenn ich darf.«

»Von mir aus gern.«

Die Frau öffnete die Tür am Ende des Flurs. »Mrs. Rutherford sitzt in der Wanne.« Sie begleitete Ben noch in einen kleinen, von oben bis unten gefliesten Raum, dann entfernte sie sich.

Das Auffälligste an diesem Raum war ein winziger Whirlpool in der Mitte. Dabei handelte es sich um eine runde Wanne, die mit Mühe und Not eine Person faßte. Durch an den Seitenwänden angebrachte Düsen schoß heißes Wasser hinein, von der schäumenden Oberfläche stieg Dampf auf.

Rachel Rutherford saß bis zum Halsansatz im Wasser; ihre Hände ruhten auf den Knien, ihre Augen waren geschlossen. Ben wußte, daß sie über vierzig sein mußte, doch sie sah zehn Jahre jünger aus. Vielleicht half diese Seetangpaste also doch, sinnierte er. Mrs. Rutherford wirkte äußerst attraktiv.

Und sie war splitternackt. Hätte nicht Schaum ihren Körper wenigstens teilweise verhüllt, wäre Ben das Gespräch unendlich peinlich gewesen. Doch auch so wurde ihm sehr heiß. »Ich warte wohl besser draußen, bis Sie ...«

Rachel schlug die Augen auf. »Wollten Sie nicht mit mir sprechen?«

»Äh ... ja ...«

»Ihr Sekretär hat mir gesagt, es sei dringend.«

»Äh ... ja ...«

»Wenn ich hier fertig bin, spiele ich ein gemischtes Doppel, das ich nicht verpassen will, und heute abend gehe ich zu Chris Bentleys Wohltätigkeitsball. Falls Sie also mit mir sprechen wollen, dann besser jetzt.«

Ben wischte sich die feuchte Hand an der Hose ab. »Ich dachte, es ist Ihnen vielleicht peinlich, wenn ...«

Sie lachte so heftig, daß ihr Busen hüpfte. Merkte sie denn nicht, daß sie Ben erregte? Und der junge Anwalt schaffte es nicht, wegzusehen.

»Zerbrechen Sie sich nicht den Kopf über mich«, sagte sie schließlich. »Im Moment bin ich glücklich und zufrieden. Was kann ich für Sie tun?«

»Tja, Ma'am, ich bin Anwalt ...«

»Das tut mir leid.«

»Und ich vertrete Leeman Hayes.«

»Kenne ich nicht.« Ihre Augenlider klappten wieder zu.

»Er war vor etwa zehn Jahren Caddie im Country Club.«

Sie öffnete die Augen. »Ist das der Typ, der die arme Ausländerin ermordet hat?«

»Laut Anklage, ja. Aber ich glaube nicht, daß er es war.«

»Mein Mann hat mir die ... Einzelheiten geschildert. Schrecklich. Aber was kann *ich* für Sie tun?«

»Ich habe gehört, daß Sie damals sehr viel Zeit im Country Club verbrachten.«

»Ja, und?«

Ben war sich nicht sicher, wie er anfangen sollte. Ebensowenig war ihm klar, warum er diese Frau überhaupt aufgesucht hatte. Es war mehr ein Impuls gewesen. Oder war es Verzweiflung? »Na ja, ist Ihnen damals etwas Verdächtiges aufgefallen? Etwas, das mit dem Mord zusammenhängen könnte?«

»Ich kam selten in die Nähe des Caddieschuppens.«

»Gewiß. Trotzdem ...«

»Mr. Kincaid, wie Sie sicher erfahren haben, wurde ich von der Polizei verhört. Und ich habe ihnen auch schon gesagt, daß ich nichts über diesen Mord weiß.«

»Was können Sie mir über Ronald Pearson sagen?«

»Glauben Sie etwa, daß Ronnie diese Frau ermordet hat?«

»Nicht unbedingt. Aber sie stammte aus Peru, und ich

weiß, daß er gute Geschäftskontakte mit Peru unterhält. Die Frau war kaum in unserem Land angekommen, als sie schon zu diesem Country Club rausfuhr, dessen Vorsitzender rein zufällig er war.«

»Das macht ihn doch nicht zum Mörder.«

»Das nicht, aber es wirft einige Fragen auf.«

»Warum stellen Sie sie nicht direkt an Ronnie?«

So kam er nicht weiter. Ben versuchte einen anderen Ansatz. »Ich habe gehört, Ihr Sohn geht auch manchmal zum Country Club raus.«

»Abie? Ja, manchmal, aber nicht oft.«

»Verzeihen Sie mir meine Neugierde, Ma'am, aber ich habe ein Foto von ihm gesehen und ... Abie sieht seinem Vater überhaupt nicht ähnlich.«

»Er sieht weder ihm noch mir ähnlich. Wir haben ihn adoptiert.«

»Stimmt, das hörte ich. Warum haben Sie?«

»Das ist eine lange Geschichte, Mr. Kincaid.« Sie streckte sich und stellte jede Menge ihrer vom heißen Wasser geröteten Haut zur Schau. »Sind Sie sicher, daß Sie sie hören wollen? Sie hat aber nichts mit Ihrem Fall zu tun.«

»Trotzdem ...«

»Von mir aus. Sie haben mich ja darum gebeten. Zunächst müssen Sie wissen, daß ich mich schon immer nach einem Kind sehnte. Das war schon mein großes Ziel, als ich selbst noch ein Mädchen war. Um ehrlich zu sein, war das auch der Hauptgrund, warum ich geheiratet habe. Harolds Geld habe ich nie gebraucht. Davon hatte ich selbst mehr als genug. Ich brauchte nur einen Mann, damit ich mein Baby kriegen konnte.«

»Ich weiß nicht, ob ...«

»Leider mußte ich dann die Erfahrung machen, daß einem gerade das allzuoft verweigert wird, was man sich am meisten wünscht und ohne das man glaubt, nicht mehr leben zu können. Sieben Jahre lang versuchten wir, ein Kind zu zeugen. Ständig hatte ich mit diesem Mann Sex.« Sie schnitt eine angewiderte Grimasse.

Ben lief rot an. Er konnte nicht verstehen, warum sie ihm

das alles erzählte, obwohl sie ihn doch gar nicht kannte. Andererseits war es ja mindestens genauso verrückt, daß eine Frau sich nackt mit einem Fremden unterhielt.

»Natürlich war Hal viel älter als ich. Er rackerte sich ab und ächzte und stöhnte. Und ich ließ das Nacht für Nacht über mich ergehen und hoffte nur immer: vielleicht geschieht das Wunder jetzt; vielleicht kriege ich bald mein kleines Baby. Aber das Wunder blieb aus.«

»Gab es ... ein Problem?«

»Das fragte ich mich auch. Um die Wahrheit zu sagen, war das auch der Grund, warum ich mich auf eine Affäre einließ.«

»Eine ... eine ...«

»Genau. Ich wollte wissen, woran es lag – an Hal oder an mir. Nun, es lag an mir.« Sie hielt inne. »Regen Sie sich nicht auf, ich habe es Hal gebeichtet. Sie werden sich bestimmt darüber wundern, daß eine Frau wie ich ihre tiefsten Geheimnisse vor Ihnen ausbreitet, aber lassen Sie sich eins gesagt sein: Ich war zwölf Jahre lang in psychologischer Behandlung, und mein Psychiater hat mir geraten, ich solle nichts in mich hineinfressen, sondern so ehrlich wie möglich sein. Daran halte ich mich. Ich war ehrlich zu Hal, und ich will es auch mit Ihnen sein.«

Wieder legte sie eine Pause ein, bevor sie fortfuhr: »Weil ich dachte, daß Hal steril wäre, versuchte ich, von einem anderen Mann schwanger zu werden. Mit diesem Typen zusammen war es auch nicht besonders schön. Im Grunde ist er ein Schwein. Aber ich dachte mir: Bitte, bitte, lieber Gott, laß es diesmal geschehen, gib mir mein Kind.«

Sie spritzte sich etwas heißes Wasser ins Gesicht. »Aber das half auch nichts. Ich mußte mich der Wirklichkeit stellen: Das Problem war ich selbst.«

»Gingen Sie zu einem Arzt?«

»Zu mehreren sogar. Sie fanden raus, daß in meinem Unterleib so ziemlich alles kaputt ist. Die Eileiter sind schuld. Die Eier werden nicht weitergeleitet und können nicht befruchtet werden. Ich erfuhr, daß ich keine Kinder bekommen kann, zumindest nicht auf natürliche Weise.«

Sie rutschte wieder tiefer hinunter, als wollte sie sich im blubbernden Wasser verbergen. »Ich war verzweifelt. Am Ende. Ich wollte mich umbringen. Na ja, ich sperrte mich in der Garage ein und ließ den Motor laufen. Wenn Hal nicht früher als sonst heimgekommen wäre, hätte es vielleicht geklappt. Danach fing ich eine Therapie an. Aber die Depression blieb. Ich sah einfach nichts, wofür es sich gelohnt hätte, weiterzuleben.«

Sie hob abrupt den Kopf. »Bis jemand mich auf die Idee brachte, ein Kind zu adoptieren. Hal war am Anfang dagegen, lenkte aber schließlich ein.«

»Von da an ist es doch bestimmt aufwärts gegangen.«

»Von da an war mein Leben ein einziger Alptraum, wenn Sie es genau wissen wollen.«

»Ich ... verstehe nicht ganz.«

»Was wissen Sie über das Geschäft mit Adoptionen?«

»Nicht viel«, gab Ben zu.

»Nun, es ist ein brutaler Markt. Seit Jahren schon. Seit es die Pille und all die anderen Verhütungsmittel gibt und Abtreibung mehr oder weniger legal ist, nimmt die Geburtenrate beständig ab. Und als alleinerziehende Mutter ist man heute auch nicht mehr geächtet wie früher mal. Kurz und gut, es gibt kaum noch Babys, die zu haben sind.«

»Aber beim Einfluß Ihres Mannes konnten Sie doch be...«

Sie reckte das Kinn. »Da liegen Sie schief. In Amerika werden bei Adoptionen strenge Maßstäbe angelegt. So viele Sesselfurzer hätte Hal gar nicht bestechen können, wie es Bestimmungen, Verfügungen und Einschränkungen gibt. Wie sich rausstellte, paßte ihnen Hal nicht. Mit fünfzig war er den Behörden zu alt, um noch ein kleines Kind großzuziehen. Ist das nicht eine Ironie des Schicksals? Der Mann, den ich geheiratet hatte, um ein Kind zu kriegen, war nun auf einmal das größte Hindernis.«

Sie richtete sich wieder auf. Ihre üppigen Brüste schwammen nun auf dem Wasser, das ihre Brustwarzen sanft umspülte. Entweder sie merkte nicht, daß Ben sie so sah, oder es war ihr egal. »Für unsere Ehe war das natürlich nicht gut«, fuhr sie fort. »Irgendwann gab ich jede Hoffnung auf. Mir war klar, daß ich mich früher oder später umbringen würde. Es war nur eine Frage der Zeit.

Schließlich fand Hal einen Anwalt, der sich angeblich auf schwierige Adoptionen spezialisiert hatte. Gegen eine Vorauszahlung von 25 000 Dollar trieb dieser Typ dann auch eine schwangere Frau auf. Sagte er zumindest. Fünfzehn Jahre alt. Wollte das Kind nach der Geburt zur Adoption freigeben. Angeblich.

Ich war so aufgeregt. Am Tag, als das Kind auf die Welt kommen sollte, saßen wir daheim wie auf Kohlen. Alles war schon da: Wiege, Babykleidung, Windeln, Babysitz fürs Auto und was man sonst noch alles braucht. Ich hatte sogar schon ein Kinderzimmer eingerichtet.«

Ihr Blick trübte sich. »Gegen sechs Uhr abends rief der Anwalt an und erklärte uns, das Baby sei gestorben. Es tue ihm furchtbar leid. Aber vielleicht klappe es ja beim nächstenmal.« Sie atmete tief durch, woraufhin sich konzentrische Kreise um ihre Brüste herum ausbreiteten. »Wochenlang heulte ich nur noch. Und wieder beging ich einen Selbstmordversuch, mit einem Messer diesmal, und zwar in einer Badewanne wie dieser hier.« Sie hielt ihre Hand hoch. »Wollen Sie die Narbe sehen?«

»Nein, danke«, erwiderte Ben hastig.

»Na ja, Sie sehen, daß ich nicht gestorben bin. Aber ich hatte monatelang entsetzliche Schmerzen. Dann meldete sich der Anwalt wieder und verkündete uns, er hätte erneut eine schwangere Frau aufgetrieben. Also hielt ich durch. Vielleicht ist bald alles in Ordnung, redete ich mir ein. Wieder war ich wahnsinnig aufgeregt, und wieder richtete ich alles für das Baby her. Und dann kam der Anruf.« Erneut atmete sie tief durch. »Die Mutter hätte es sich im letzten Moment anders überlegt, sagte er. Es tue ihm unendlich leid. Seine Stimme zitterte sogar, als er uns das mitteilte.«

»Was für ein makabrer Zufall«, murmelte Ben.

»Ich glaube nicht an Zufälle. Hal genausowenig. Er ließ gegen den Anwalt ermitteln. Wissen Sie, was dabei herauskam? Die ganze Aktion war ein groß angelegter Betrug. Er hatte das Geld genommen und die Geschichten von den

Müttern frei erfunden. Und wir waren nicht die einzigen Opfer. Mit demselben Trick hatte er noch vierzehn andere Paare reingelegt. Hatte ihnen Versprechungen gemacht und das Geld eingesteckt.« Sie sah Ben in die Augen. »Sie dürfen es mir also nicht übel nehmen, wenn ich auf Anwälte nicht gut zu sprechen bin.«

»Bestimmt nicht.«

»Dieser Typ sitzt jetzt im Knast. Das war natürlich schön zu wissen, aber ein Baby hatten wir immer noch nicht.«

»Sie müssen danach entsetzlich deprimiert gewesen sein.«

»Eigentlich nicht – ich weiß selbst nicht genau, warum. Wahrscheinlich war ich inzwischen irgendwie abgestumpft. Ich erwartete mir nichts mehr. Es war, als ob mir jemand das Herz herausgerissen hätte. Mir war alles irgendwie egal. Sogar heute noch habe ich das Gefühl, daß ein Teil meiner selbst abgestorben ist.«

»Sie gaben auf?«

»Nein. Ich wurde härter. Und unabhängiger. Ich verließ mich nicht mehr auf Hal, sondern kümmerte mich selbst um meine Angelegenheiten.«

»Was unternahmen Sie?«

»Ich ging zu diesem Freund. Dem, mit dem ich die Affäre gehabt hatte. Er war genau der Richtige. Von sensiblen Männern hatte ich die Nase voll. Ich brauchte einen Macker. Also ging ich zu ihm hin und erklärte Ihm: ›Kumpel, ich brauche ein Baby. Besorg mir eins.‹«

»Und?«

Zum erstenmal lächelte sie. »Er hat mir eins besorgt. Ich habe meinen kleinen Abie gekriegt. Unseren Prachtkerl.«

»Aber wo … wo hat er Abie gefunden?«

»Das weiß ich nicht«, antwortete sie mit tonloser Stimme. »Und es ist mir auch egal. Ich will es gar nicht wissen.«

»Aber …«

»Er hat mir das Leben gerettet. Wirklich. Ich hätte wieder versucht, mich umzubringen, und irgendwann wäre es mir auch gelungen. Aber mit Abie ist alles anders geworden.«

»Danach haben Sie keine Kinder mehr adoptiert?«

»Nach allem, was ich durchgemacht habe? Nein, ich hatte ja mein Baby. Mehr brauchte ich nicht. Tja, Mr. Kincaid, das war die Geschichte meiner Adoption. Sind Sie jetzt glücklich?« Sie sah auf die Uhr. »O Gott! Schon zwei! Ich komme zu spät zum Tennis.« Sie stieg aus der Wanne.

»Oh! Warten Sie!« Ben griff nach einem Handtuch.

Zu spät. Schon stand sie in all ihrer Pracht vor ihm. Und sie hatte wirklich einiges zu bieten.

»Was ist?« fragte sie unschuldig. »Stimmt was nicht?«

Ben konnte nicht anders als sie anstarren. »Sie sind ...«

»Verlieben Sie sich nur nicht«, warnte ihn Rachel und nahm ihren Frotteemantel vom Haken. »Ich bin viel zu alt für Sie. Außerdem habe ich ein Kind.«

Damit lief sie hinaus.

14

Carlee fiel ein Stein vom Herzen, als sie endlich vor ihrem Haus in Richmond Hills im Süden von Tulsa vorfuhren. Dabei war ihr Campingurlaub gar nicht so schlimm gewesen. Sie war einfach froh, wieder daheim zu sein. Froh ... und erleichtert.

Gavin und Ethan kletterten aus dem Wagen und stürmten zur Tür. »Vergeßt eure Taschen nicht!« rief Dave ihnen nach. »Wenn ihr glaubt, daß ich euer Gepäck reintrage, habt ihr euch gewaltig ...« Er verstummte. Sie hörten ihn ohnehin nicht mehr.

Carlee wandte sich lächelnd zu ihm um. »Aber mir trägst du es rein, Liebling, oder?«

Bevor er protestieren konnte, eilte sie zum Haus. Vor der Tür lag noch die Morgenzeitung. Offenbar hatten die Blooms die Post noch nicht geholt.

Drinnen war alles beim alten geblieben. Alle größeren Geräte standen so da, wie sie sie verlassen hatten. Ethan hockte bereits vor dem Fernsehapparat, und Gavin telefonierte.

»Laß es mich wissen, wenn sie dich noch liebt!« rief Carlee fröhlich.

Gavin hielt sich das freie Ohr zu und drückte den Hörer fester an das andere.

Carlee ging in die Küche, wo sie sich als erstes ein Glas Dr. Pepper mit echten zerstoßenen Eiswürfeln aus dem Gefrierschrank einschenkte. Paradiesisch! Sie hörte die Haustür zufallen und gleich darauf Dave stöhnend die Treppe hinaufpoltern. Der arme Kerl mühte sich ganz allein mit dem Gepäck ab. Er tat ihr ein bißchen leid, aber nicht genug, um ihm zu helfen.

Er würde schon nicht daran sterben. Wenn Carlee etwas brauchte, dann ein paar Minuten für sich allein, damit sie mal zum Nachdenken kam. Camping war natürlich eine große Sache für die Familie, aber Ruhe hatte man nie.

Ihr war immer noch nicht klar, was in Turner Falls eigentlich mit ihr los gewesen war. Dave war wirklich sehr fürsorglich gewesen und hatte an diesem Tag sogar die Bohnen gekocht. Aber seitdem hatte er das Thema nie wieder angesprochen. Nicht daß es ihm an Feingefühl fehlte – er redete eben nicht gerne. Wenn die Kinder sich danebenbenahmen, fielen ihm die richtigen Worte ein; brauchte sie Streicheleinheiten, dann war er der zärtlichste Mann, den man sich wünschen konnte. Aber diese Sache – die ihnen beiden so fremd war –, damit kam er nicht zurecht. Er war schlichtweg hilflos. Also tat er so, als wäre sie nie geschehen.

Leider wußte Carlee sehr wohl, daß sie geschehen war. Zweimal sogar. Und ihr wurde immer klarer, daß sie nicht geträumt und sich auch nichts eingebildet hatte. Je öfter sie darüber nachdachte, desto mehr fiel ihr ein, desto mehr Einzelheiten kamen ans Licht.

Zum Beispiel dieses Fenster, durch das sie geschaut hatte. Sie wußte jetzt, daß es offen gestanden hatte. Das war auch der Grund, warum sie das Blut gerochen und die Schreie der Frau gehört hatte. Und der Raum …

Keine Frage, das war der Caddieschuppen des Utica Greens Country Clubs. Dessen war sie sich absolut sicher.

Aber wie war das nur möglich? Gut, sie hatte dort in der

Küche gearbeitet, aber seit ihrer Kündigung vor bald zehn Jahren war sie nicht mehr dort gewesen. Was hätten Dave und sie in diesem sündteuren Club auch zu suchen gehabt? Und trotzdem wußte sie, daß das, was sie gesehen hatte, dort geschehen war.

Ein Trampeln im ersten Stock holte sie jäh in die Gegenwart zurück. Es war Dave, der sich mit dem Gepäck abmühte. Na gut, vielleicht konnte sie ihm ja doch ein bißchen helfen. Aber nicht gleich. Sie zog die Zeitung aus der Zellophanhülle und legte sie auf den Tisch. Ihr Blick fiel auf die Schlagzeilen.

Mit einemmal strömte alle Luft aus ihren Lungen. Ihre Lippen bewegten sich lautlos. Sie konnte den Blick nicht mehr vom Foto auf der Titelseite der *Tulsa World* wenden.

Das war sie.

Die Frau.

Carlee drohte umzukippen, schaffte es zum Stuhl und ließ sich darauf niedersinken. Sie hörte ein lautes Stöhnen, merkte, daß sie das selbst war und versuchte, sich den Mund zuzuhalten.

»Stimmt was nicht, Mom?«

Vor ihr stand Ethan und starrte sie besorgt an. Zum zweitenmal schon in letzter Zeit. Kinder bekamen aber auch alles mit.

»Hol deinen Vater!« keuchte Carlee. »Und dann geht bitte wieder ins Wohnzimmer und seht fern.«

Sekunden später stürzte Dave in die Küche. »Was hast du, Liebling?« fragte er und legte die Hände auf ihre Schultern. »Was ist los?«

Carlee deutete mit zitterndem Finger auf das Foto. »Das ist sie!«

»Wer soll das sein?« Dave sah hin und überflog den Untertitel. Darin hieß es, diese Frau sei vor zehn Jahren ermordet worden; dem mutmaßlichen Täter, einem Bewohner der Stadt, werde nun der Prozeß gemacht. »Kanntest du sie?«

Carlee schüttelte den Kopf.

»Ja – was hast du dann?« In seinem Gesicht spiegelten sich Hilflosigkeit und Verwirrung.

»Das ist die Frau, die ich gesehen habe. Die, die mit Blut bedeckt war!«

»In Turner Falls? Aber sie ist seit zehn Jahren tot. Was soll das? Hattest du eine Vision? So was Übersinnliches ... oder was?«

Carlee zitterte immer noch. »Nein! Ich habe gesehen, wie sie ermordet wurde. Mit meinen eigenen Augen!«

»Aber ... wenn du das gesehen hast, warum hast du nie was gesagt?«

Sie sah zur Decke auf, als erwarte sie sich Beistand von oben. »Weil ich mich nicht mehr erinnern konnte!«

»Du konntest dich nicht mehr erinnern? Soll das heißen: du hast gesehen, wie diese Frau ermordet wurde, und dann alles *vergessen?*«

Carlee ließ den Kopf an seine Brust sinken. »Ich weiß, das klingt verrückt, und ich verstehe es selbst nicht. Aber genau so war es. Ich habe diese Frau sterben sehen. Es stimmt wirklich.«

»Und dann hast du alles vergessen! Und jetzt, wo der Fall vor Gericht aufgerollt wird, fällt dir alles wieder ein. Was für ein unglaublicher Zufall ...«

»Das ist kein Zufall«, sagte sie leise. »Ich habe im Radio was über den Prozeß gehört, aber nie ernsthaft darüber nachgedacht. Erst danach ... kam mir langsam die Erinnerung.«

»Trotzdem werde ich nicht schlau daraus. Wie konntest du einen Mord sehen und dann alles vergessen?«

Tränen strömten über ihre Wangen. »Ich weiß es auch nicht«, schluchzte sie. »Aber so war es nun mal.«

15

Ben unterschrieb einen Schein in der Boutique, warf sich die Tasche mit den geliehenen Golfschlägern über die Schulter und wäre fast umgekippt. Gott, waren die schwer. Und so was betrieben die Leute zum Spaß?

Mühsam schleppte er die Schläger zum ersten Tee *(Anm.: Abschlagpunkt)*, wo die übrigen Spieler angeblich auf ihn warteten. Das Dumme war nur, er konnte sich nicht mehr erinnern, wo der Abschlag sein sollte. So stolperte er auf gut Glück los und hoffte, er würde sie schon irgendwann sehen.

Zwar störte er einige Golfer beim Versuch, sich zu konzentrieren, entdeckte aber niemanden, der zu seiner Gruppe gehörte. Die Sonne brannte gnadenlos herunter, und die Schläger wurden von Schritt zu Schritt schwerer. Er war längst naßgeschwitzt – und hatte noch nicht einen Ball gespielt. Schon wollte er aufgeben, als vom Hügel gegenüber eine bekannte Stimme an sein Ohr drang.

»That's why the lady … is a tramp. Ka-bumm-bumm.«

Das mußte Dick Crenshaw sein. Wie ein Hund, der die Witterung aufgenommen hat, folgte Ben den Melodiefetzen und erreichte tatsächlich das erste Tee.

Die Anlage war wirklich herrlich: sanfte Hügel, makelloses, kurzgeschnittenes Gras und Spielbahnen, die täglich bewässert wurden.

Als Ben zu seiner Gruppe stieß, stolzierte Crenshaw immer noch singend im Kreis herum, während Chris Bentley und Captain Pearson stumm danebenstanden. Und – Ben traute seinen Augen nicht – sie hatten einen Caddie, einen Elektrowagen mit Platz für zwei Leute und ihre Ausrüstung.

Der Anwalt trat hinzu und hievte stöhnend seine Schläger in den Wagen zu den anderen. Pearson, dessen Tasche mit seinen Initialen bestickt war, hatte die seinen jeweils in eine Schutzhülle gesteckt. Die Köpfe von Crenshaws Schlägern schützten Überzüge aus weichem Leder, auf denen die Comicfiguren Bugs Bunny, Wile E. Coyote und Pepe Le Pew prangten.

Crenshaw hörte abrupt auf zu singen. »Sind Sie etwa der vierte Mann?«

»Davon hat mir Mitch ja gar nichts gesagt«, meinte Pearson stirnrunzelnd.

»Es war meine Idee«, erklärte Ben hastig. »Ich wollte unbedingt mit Ihnen plaudern, und als ich hörte, daß Hal Rutherford absagen mußte, hielt ich das für eine gute Gelegenheit und habe gefragt, ob ich einspringen kann.«

»Wir sind nicht zum Reden gekommen«, knurrte Bentley, »sondern zum Spielen. Hoffentlich respektieren Sie das und stellen nicht zu viele Fragen.«

»Ich werde versuchen, mich den Gepflogenheiten anzupassen«, versprach Ben und nahm einen seiner Schläger in die Hand.

Pearson beäugte mißtrauisch Bens unbeholfenen Griff. »Sind Sie sicher, daß Sie das Spiel beherrschen?«

»Natürlich. Ich bin doch Anwalt. Da muß man auch Golf spielen können.« In der Tat hatte Ben während des Studiums einmal Golf gespielt; sein Professor hatte ihn damals zu einer Runde eingeladen. Er hatte sich dann aber nicht sehr geschickt angestellt und seitdem nie wieder einen Schläger angerührt. Aber was sollte schon so schwer an diesem Sport sein? fragte er sich. Man brauchte doch bloß einen kleinen Ball wegzuschlagen und dann irgendwann einzulochen.

»Na schön«, brummte Pearson. »Sie fangen an.«

Auch das noch. Ben hatte gehofft, er würde den anderen zusehen und dann ihre Schlagtechnik imitieren können. Aber jetzt gab es kein Zurück mehr. Er legte den kleinen Ball auf den für den Abschlag vorgesehenen Holzstift, doch blieb er nicht darauf liegen. Er probierte es gleich noch einmal, und wieder fiel der Ball herunter. Nach zwei weiteren gescheiterten Versuchen bückte sich Pearson ächzend und plazierte den Ball richtig.

»Tausend Dank«, sagte Ben. Konzentrier dich, hielt er sich vor. Vom ersten Eindruck hängt alles ab. Wenn ich den Ball jetzt richtig treffe, merken sie nichts, und ich kann in Ruhe weiterstümpern. Er nahm Maß, schloß die Augen und atmete durch. Wovon redete Christina die ganze Zeit? Vom dritten Auge, auf das man sich konzentrieren solle? Also gut, drittes Auge, dann hilf mir mal.

Er holte weit aus und drosch, so fest er konnte.

Und verfehlte. Der Luftzug brachte den Ball zum Zittern, mehr nicht.

»Das war nur mein Übungsschlag«, kicherte Ben. »Brauchen wir doch alle. Aber jetzt geht es richtig los.«

Bentley, Pearson und Crenshaw wechselten vielsagende Blicke.

»Es gilt.« Diesmal sah Ben zur Abwechslung genau hin. Er holte aus und berührte sogar den Ball. Genauer gesagt, er streifte ihn. Die winzige weiße Kugel fiel aufs Gras und kullerte in einem extrem linken Winkel über den Fairway.

»Hm«, brummte Ben und sah weg. »Das Handgelenk ist noch ein bißchen steif. Wer ist der nächste?«

Nachdem die anderen abgeschlagen hatten und weitergezogen waren, blieb nur Bentley bei Ben zurück. Gemeinsam gingen sie zu dessen Ball. Angesichts der kurzen Entfernung erübrigte sich der Wagen.

»Folgendes, Kincaid«, sagte Bentley, »wenn Sie alle neun Löcher spielen wollen, müssen Sie ein bißchen mehr über diesen Sport wissen.«

»Tja, ein paar Tips könnte ich wohl ganz gut gebrauchen.«

»Merken Sie sich fürs erste vier Grundregeln. Menschenskind, ich habe es ja auch geschafft, das Spiel meiner dritten Ex-Frau beizubringen. Also, zuallererst müssen Sie den Schläger locker halten. Sie brauchen sich nicht mit aller Kraft an den Griff zu klammern. Die Geschwindigkeit knapp über dem Boden macht die Härte des Schlags aus. Drum hat es auch keinen Sinn, so weit auszuholen, als wollten sie jemand umbringen.«

Eine Wortwahl, die er sich merken sollte, dachte Ben.

»Schauen Sie, wie ich das mache.« Bentley führte ihm einen eleganten Schwung vor. »Halten Sie den Schläger wie eine Zahnpastatube, nicht wie ein Schlachtbeil.«

»Okay, das müßte ich hinkriegen«, sagte Ben und übte sogleich das Ausholen.

»Zweitens, seien Sie bei der Wahl des Schlägers großzügig. Nehmen Sie ihn immer eine Nummer größer als Sie für nötig halten.«

Auch das traute sich Ben zu, zumal er ohnehin keinen Unterschied zwischen diesen Dingern sah.

»Drittens, überprüfen Sie den Schläger.«

»Wieso?«

»Er muß absolut zuverlässig sein. Mit der Zeit kriegen sie eine ganze Menge Dellen ab, vor allem die geliehenen wie der, den Sie benutzen.«

Sie erreichten die Stelle, an der Bens Ball gelandet war. »Selbst wenn der Schlag perfekt ist, bekommt der Ball einen Seitwärtsdrall, sobald Ihr Gerät hinüber ist. Lassen Sie es darum vor jedem Spiel von einem Clubmitglied überprüfen.«

»Ich werde dran denken«, sagte Ben und bezog hinter dem Ball Stellung. »Und wie lautet die vierte Regel?«

»Schummeln Sie, wann immer es möglich ist.« Bentley sah sich um, und nachdem er sich vergewissert hatte, daß niemand zusah, hob er den Ball blitzschnell auf und schleuderte ihn ins nächste Green.

»Aber ... das ist ja Betrug«, murmelte Ben.

»Nur, wenn man sich erwischen läßt.«

So ab dem vierten Loch hatte Ben den Bogen raus. Zwar erreichte er nicht annähernd den Platzstandard, aber wenigstens flogen seine Bälle endlich durch die Luft.

»Und wie geht Ihre Ermittlung voran?« zeigte sich Bentley unerwartet interessiert.

»Langsam. Es ist schwer, Beweismaterial zu einem zehn Jahre alten Verbrechen auszugraben, zumal danach gründlich aufgeräumt wurde, wenn Sie verstehen, was ich meine.«

»Kann ich mir gut vorstellen.«

»Ich habe die richterliche Erlaubnis zur Durchsuchung des Country Clubs beantragt, habe diesbezüglich aber nicht viel Hoffnung.«

»Sieht nach Zeitverschwendung aus, wenn Sie mich fragen.«

»Wahrscheinlich haben Sie recht. Aber ich darf nichts unversucht lassen. Ich habe gehört, Sie veranstalten heute abend einen Wohltätigkeitsball?«

»Das ist mein Job«, antwortete Bentley fröhlich. »Neuerdings geht der größte Teil meiner Arbeitszeit für Wohltätigkeitsveranstaltungen drauf.«

»Wirklich?« Hatte Ben diesen Mann etwa falsch eingeschätzt? »Für welche Organisation arbeiten Sie denn?«

»Für mehrere. Mit dem Tanz heute abend soll eine Küche für Waisenkinder finanziert werden. Oder Impfungen. Irgend so was in dieser Richtung. Ich leite eine Firma, die Veranstaltungen für einen guten Zweck auf die Beine stellen hilft.«

»Was umfaßt Ihre Tätigkeit alles?«

»Was immer gebraucht wird: Freiwillige anheuern, Partys organisieren, Spendensammler losschicken.«

»Wie interessant.« Ben wusch seinen Ball in einem mit Wasser gefüllten Plastikbehälter, der neben dem Tee stand. »Wie sind Sie darauf gekommen?«

»Ich habe schon vor zehn Jahren damit angefangen.«

Ben sah auf. »Oh.«

»Tja, ich war damals ... wie soll ich sagen? ... zwischen zwei Ehen ... und total abgebrannt. Da fing ich eben mit dieser Sache an.«

»Aber wie kann man durch karitative Arbeit reich werden?«

»Ich habe ja nie gesagt, daß ich karitative Arbeit leiste, sondern nur, daß ich Veranstaltern meine Dienste anbiete. Das ist ein gewaltiger Unterschied. Wenn eine Organisation in einer bestimmten Gegend, sagen wir Tulsa, Geld sammeln will, dann braucht sie einen Einheimischen, der genau weiß, wo das große Geld sitzt, und sich darauf versteht, es den Leuten aus der Tasche zu ziehen. Das ist mein Job. Wenn zweihundert höhere Töchter für einen Ball mit Krawattenzwang gebraucht werden, dann trommle ich sie zusammen. Wenn hundert Freiwillige für einen Telefondienst gesucht werden, dann überrede ich reiche Hausfrauen, die sich schuldig fühlen, weil sie im ganzen Leben noch nie was getan haben.«

»Und das wirft Gewinne ab?«

»Und wie! Pro Auftrag verlange ich pauschal 25 000 Dollar plus fünfundzwanzig Prozent Beteiligung an den Einnahmen. Und dabei habe ich so gut wie keine Ausgaben! Für die Sammler kommen die Veranstalter auf. Und mich kosten die Frauen für den Telefondienst keinen Cent, weil sie glauben, es wäre für einen guten Zweck. Sie sind ja Freiwillige! Ich kriege meinen Anteil, den Rest kassiert die Organisation, und die Helfer dürfen mit dem Gefühl schlafen gehen, sie hätten etwas bewirkt.« Er lachte leise. »So hat jeder was davon.«

»Ich nehme nicht an, daß Ihre Freiwilligen wissen, was für ein lukratives Geschäft Sie betreiben.«

»Woher denn? Sollen wir etwa das Huhn schlachten, das goldene Eier legt?«

»Aber stellen Sie sich doch nur vor, wie viele Küchen Sie für obdachlose Kinder finanzieren könnten, statt das Geld für Golfplätze und Martinis zu verpulvern.«

Bentley sah Ben an, als wäre der nicht ganz bei Trost.

»Wie gesagt, Kincaid, ich bin da reingerutscht, weil ich Geld brauchte. Viel Geld. Damals hätte ich für ein paar Dollar so ziemlich alles getan. Aber der Witz an der Sache war, ich leistete gute Arbeit. Ich finde nichts dabei, wenn Wohltätigkeitsorganisationen mich anheuern und gerne bereit sind, das Honorar hinzublättern. Sie wissen eben, daß sie ohne mich nicht halb so erfolgreich wären.«

»Trotzdem ...«

»Hören Sie, Kincaid – wer im Elfenbeinturm sitzt, kann leicht Moralpredigten halten. Aber ich muß mir meinen Lebensunterhalt verdienen. Meine Goldtruhe ist nicht annähernd so unerschöpflich wie die der anderen Sportskameraden hier. Da muß ich Kompromisse schließen. Ist das ein Verbrechen?«

»Das nicht, aber ...«

»Sie sind sicher ein Musterbeispiel für Barmherzigkeit, Kincaid, aber helfen Sie Ihren Mandanten für Gottes Lohn?«

»Äh, natürlich nicht ...«

»Eben. Und ich genausowenig. Ich verhelfe anderen zu Gewinnen und mache dabei selbst welche. Was ist so verwerflich daran?«

Ben zuckte mit den Schultern. Vielleicht hatte er Bentley ja wirklich vorschnell verurteilt. War sein Blick am Ende noch von seinen Kindheitserfahrungen getrübt, nach denen jeder Reiche grundsätzlich ein schlechter Mensch war? »Na ja, hoffentlich wird Ihr Ball heute abend ein Erfolg.«

»Das hoffe ich auch. Sie sind übrigens herzlich eingeladen, wenn Sie im Smoking kommen und mir versprechen, daß Sie nicht dauernd über diesen Scheißmord reden.«

»Danke, Mr. Bentley, ich würde gern hingehen, aber ich fürchte, ich muß mich auf den Prozeß vorbereiten. Könnte ich vielleicht meine Assistentin schicken?«

»Eine Frau?«

»J-ja.«

»Gutaussehend?«

»Ich finde, ja, aber das ist Geschmackssache.«

»Wissen Sie, Kincaid, ich habe noch keine Begleiterin für den Ball. Vielleicht haben Sie schon gehört – ich bin ...«

»Zwischen zwei Ehen?«

»Richtig.«

Ben räusperte sich. »Ich glaube ehrlich gesagt nicht, daß Christina Ihr Typ ist.«

»Warum nicht?«

»Na ja ... sie ist ... ähm ...«

»Ja?«

Ben schluckte. »Sie ist arm. Schließlich arbeitet sie für mich.«

Plötzlich brach Bentley in dröhnendes Gelächter aus. »Kincaid, wo haben Sie denn das aufgeschnappt, daß mich an Frauen nur ihr Geld interessiert?«

»Dann stimmt das gar nicht?«

Bentley bückte sich und studierte das Gefälle des Rasens. »Das habe ich nicht gesagt. Ich möchte nur wissen, wer so über mich redet.« Er führte einen mustergültigen Schlag aus; der Ball flog über fast den gesamten Fairway hinweg und blieb kurz vor dem Putting Green liegen.

»Mich wundert, daß die Polizei für einen Mord Zeit hat, der zehn Jahre zurückliegt«, brummte Bentley, als sie zu ihren Bällen gingen. »Solange dieser andere Typ da kleine Jungen umbringt, sollten sie lieber den jagen.«

»Glauben Sie mir, sie tun ihr Bestes«, erwiderte Ben.

»Woran wollen sie ihn denn erkennen? Er wird sich doch bestimmt nicht hinstellen und sagen: ›Jawohl, ich bin euer Pädophiler, sperrt mich ein.‹«

»Es gibt bestimmte Beweismittel, anhand derer sie ihn überführen können. Das letzte Opfer trug eine rote Baseballmütze, die bislang verschwunden ist. Wenn sie gefunden wird ...«

»Fallen die Polizisten über den Verdächtigen her wie ein Mückenschwarm, alles klar.« Bentley gab seinem Ball einen leichten Stoß, und er landete unmittelbar vor dem Loch. »Wunderbar. Sie sind dran, Kincaid.«

»Oh, na gut, wenn Sie darauf bestehen.« Ben beugte sich über das Gebüsch, in dem sein Ball gelandet war. »Hier geht nichts.«

Bentley grinste. »Wie wahr.«

In der siebenten Runde glaubte Ben die Hitze nicht mehr ertragen zu können. So wie er schwitzte sonst keiner. Aber er mußte ja auch dreimal so viele Schläge ausführen wie die anderen.

Als er schon glaubte, er müsse nach einer Sauerstoffmaske verlangen, sah er, wie Mitch sich in einem Elektrowagen näherte. »Will jemand Erfrischungen?«

Mitch öffnete eine Kühltruhe, die alles enthielt, was das Herz begehrte: Soft Drinks und Alkoholisches, Pastete und Chips, Crackers mit Kaviar und noch einige exotische Leckereien mehr, die Ben nicht zu benennen vermochte. Mitch reichte Pearson und Crenshaw eisgekühltes Bier, und Bentley bekam einen Martini.

»Und Sie, Ben?«

»Sie haben nicht zufällig Schokoladenmilch dabei?«

»Äh, nein, aber ich kann zum Clubhaus ...«

»Nicht nötig.« Ben nahm eine Coke Classic aus der Truhe. »Danke, Mitch, Sie haben mir das Leben gerettet.«

»Nicht der Rede wert. Dafür werde ich ja bezahlt.«

Nachdem alle gegessen und getrunken hatten, packte Mitch die Gläser und Teller wieder ein. »Na, wie läuft's?« flüsterte er Ben zu.

»Nicht allzu schlecht.«

»Und? Erzählen sie was?«

»Teilweise. Meistens reden sie über Rutherford, weil er

nicht dabei ist. Bentley hat gesagt, gestern hätte er beim Dinner einen stundenlangen Vortrag über Kompostieren und Ungeziefer gehalten. Und er wollte allen seine Radieschen aufdrängen. Klang nicht sehr erbaulich.«

Mitch lachte. »Witzig sind sie, aber nicht hilfsbereit.«

»Stimmt. Trotzdem ist es ganz gut so, daß ich mit ihnen rumziehe. Bei Gesprächen in irgendwelchen Büros wären sie zugeknöpfter. Danke, daß Sie mir das vermittelt haben.«

»Gern geschehen.« Mitch setzte sich wieder in seinen Elektrowagen. »Brauchen Sie sonst noch was?«

»Eigentlich nicht. Ach, eine Frage hätte ich noch.« Ben vergewisserte sich mit einem Blick in die Runde, daß keiner zuhörte. »Wie verdient Pearson all sein Geld?«

»Er hat es doch gesagt: Öl und Gas. Beteiligungen im Ausland.«

»Und soweit Sie das beurteilen können, hat er nichts ... nebenbei laufen?«

»Ach, dann haben Sie das mit den Platzgebühren rausgefunden?« lachte Mitch.

Ben verstand nicht, worauf Mitch anspielte, hielt es jedoch für unklug, das zuzugeben. »Das stimmt also?«

»Klar. Pearson zwackt einen hübschen Prozentsatz von den Gebühren für sich selbst ab. Menschenskind, damit verdient er doppelt soviel, wie er selbst einzahlt.«

»Warum lassen die anderen das zu?«

»Weil jeder auf seine Weise absahnt. Crenshaw verdient an der Boutique, und Bentley am Restaurant. Ich kann Ihnen alles auflisten.«

Ich werde darauf zurückkommen, dachte Ben. »Wissen sie, daß Sie ihre Geheimnisse kennen?«

»Ich müßte ja blind sein, um das nicht mitzukriegen. Aber das kümmert hier doch keinen. Was könnte ich ihnen schon anhaben? Ich bin ja nur ein kleiner Angestellter und kein Mitglied. Und wie die Herren die Einnahmen ihres privaten Clubs untereinander aufteilen, ist ihre Sache.«

»Die Mitglieder, die nicht im Vorstand sitzen, sehen das vielleicht anders.«

»Wahrscheinlich. Aber sie erfahren es nie.«

Als die Gruppe den neunten Abschlaghügel erreichte, sah Crenshaw bedenklich angeschlagen aus, obwohl er mehr im Elektrowagen gesessen als im Freien herumgelaufen war. Seine Augen wirkten hohl, und er schwitzte aus allen Poren. Natürlich lag das auch an der brutalen Hitze, sagte sich Ben, aber wohl vor allem an Crenshaws Übergewicht.

»Sieht so aus, als hätte Dick eine Dusche nötig«, raunte Ben in Bentleys Ohr.

»Er hat wohl eher eine Prise nötig«, meinte der andere.

»Wie bitte?«

»Sie wissen schon.« Bentley hielt sich den Handrücken unter die Nase und tat so, als schnupfe er.

»Crenshaw? Soll das ein Witz sein?«

»Warum, glauben Sie, ist der Mann den ganzen Tag so aufgedreht? Nur, weil er unter Strom steht.«

Ben beobachtete Crenshaw, der sich nun dem Tee näherte. Vor zehn Minuten war er noch laut und ausgelassen gewesen, jetzt war er nur noch ein Schatten seiner selbst. Ben war kein Experte für Drogenmißbrauch, hielt nun aber für durchaus möglich, daß Crenshaw süchtig war.

Der ältere Mann schwang seinen Schläger und verfehlte den Ball. Ben konnte sich eine gewisse Schadenfreude nicht verkneifen, hatte er sich doch am Anfang genauso blamiert.

»Scheiße, Scheiße, Scheiße!« schrie Crenshaw und schleuderte seinen Schläger plötzlich zur Überraschung aller mit solcher Wucht gegen einen Baum, daß der Schaft zersplitterte. Wie bei Maria Alvarez vor zehn Jahren, schoß es Ben durch den Kopf.

»Dann müssen sie eben Ihren Schwanz benutzen«, schlug Bentley vor.

»Wie denn? Er ist nicht groß genug.«

Geht das schon wieder los, dachte Ben.

»So ein Scheißspiel!« Crenshaw hatte sich immer noch nicht beruhigt. »Ich höre auf.«

»Nur die Ruhe, Dick«, besänftigte ihn Bentley. »Sie sind doch nur zwanzig über Par. Und Kincaid schlagen Sie trotzdem noch.«

Beide lachten schallend. Als er sich beruhigt hatte, holte

sich Crenshaw vom Wagen einen anderen Schläger und kehrte zu den anderen zurück. »Lacht nur über mich«, brummte er. »Ich weiß schon, daß ihr euch über mich lustig macht, weil mein Schwanz so klein ist. Dreckskerle.«

Schließlich gelang es ihm, seinen Schlag anzubringen. Während nun die anderen zwei zu Fuß zu ihren Bällen gingen, setzte sich Ben neben Crenshaw in den Wagen und fuhr mit ihm gemütlich über den Fairway.

»Mitch hat mir erzählt, daß Sie Leeman Hayes persönlich kannten, als er damals Caddie bei Ihnen war.«

»O verdammt noch mal, Sie wollen mich doch nicht wegen dieser alten Geschichte ausquetschen! Ich habe der Polizei damals tausendmal alles gesagt, was ich weiß.«

»Sie wurden verhört?«

»Ja, verflucht noch mal! Und nur, weil der Junge ein paarmal bei mir zu Hause war.«

Ben traute seinen Ohren nicht. »Leeman war bei Ihnen?«

»Klar. Warum nicht? Ich konnte ja nicht ahnen, daß er einen Mord begehen würde.«

»Ich glaube nicht, daß er einen Mord ...«

»Mann, ist das heiß heute! Ich zerfließe noch!« Crenshaw hielt an und beugte sich erschöpft über seine Knie. »Wissen Sie, Leeman hat für mich hin und wieder den Caddie gemacht. Er war in Ordnung. Still, aber das ist mir bei Caddies nur recht. Daß er nicht ganz richtig tickte, war doch jedem klar. Was soll's? Für so einen Job muß man ja kein Atomphysiker sein. Und dann brauchte ich jemanden für bestimmte Arbeiten an meinem Haus und im Garten. Nichts Kompliziertes, aber anstrengend. Und ich hatte keine Lust dazu. Da dachte ich mir, er würde das vielleicht übernehmen.« Er zwinkerte Ben zu. »Außerdem konnte er einen Nickel nicht von einem Hundertdollarschein unterscheiden.«

»Sie wollen sagen, daß Sie ...«

»Es war ja nicht oft. Mir war damit geholfen, und er verdiente sich ein bißchen nebenbei. So hatte jeder was davon ...«

Das habe ich doch schon mal gehört, überlegte Ben.

»Aber nachdem sie den Jungen verhaftet hatten, taten die Cops so, als wären wir dicke Freunde gewesen.«

»Sie wußten nichts über den Mord?«

»Nicht das geringste. Woher denn auch? Wahrscheinlich wollte er dieser Frau an die Wäsche gehen. Sie wissen ja, wie die Zurückgebliebenen so sind.«

Ben traute seinen Ohren nicht. »Mr. Crenshaw ...!«

»Ruhe! Da vorne liegt mein Ball.« Der ältere Mann stieg aus und nahm seinen Schläger mit. Er konzentrierte sich kurz, holte aus und drosch den Ball gut hundert Meter weit, verfehlte jedoch das Putting Green um Längen. »Verflucht! Da werden sie wieder über den schwanzlosen Dick lästern!«

»Mr. Crenshaw ...«

Der andere grinste. »Tut mir leid, Kleiner. Meinen derben Humor sind Sie nicht gewöhnt, was? Gespräche über Genitalien sind Ihnen wohl peinlich, hm?«

»Sie hätten mich bei meinem letzten Prozeß sehen sollen.«

Damit nahm Ben Crenshaw den Wind aus den Segeln – fürs erste zumindest. »Was tun Sie denn so, wenn Sie gerade keine unterprivilegierten Mörder verteidigen, Kincaid?«

Ben schilderte ihm kurz seine wenig spektakuläre Tätigkeit. *Wie lange wollen Sie denn noch den Abschaum dieser Erde verteidigen?*

»Das hört sich ja so an, als seien Sie ziemlich vielseitig«, meinte Crenshaw. »Ist das Ihre eigene Wahl, oder müssen Sie jeden nehmen, der zu Ihnen kommt?«

»Ich bin nicht darauf ange...«

»Nehmen Sie's mir nicht krumm. Die Frage war nicht fair. Aber bleiben Sie am Ball. Ihr Beruf wird Sie schon ernähren, bis Sie auf etwas Besseres stoßen.«

»Etwas Besseres?«

»Klar. Sie wollen sich doch bestimmt nicht Ihr Leben lang in Gerichtssälen abstrampeln.«

»Na ja ...«

»Die Zukunft liegt woanders. Wissen Sie wo?«

»Äh – Kunststoffe?«

»Nein. Geldanlagen in der Türkei.

»Ich verstehe nicht ganz.«

»Sie haben sich nicht verhört, und ich sage es nicht noch mal. Nachdem wir dem russischen Bären die Zähne gezogen haben, machen einige Entwicklungsländer zum erstenmal richtig Geld und wissen nicht, wohin damit. Ein raffinierter Mann kann sich da mit geschickten Investitionen eine goldene Nase verdienen. Und um nichts anderes geht es doch.«

»Na ja ...«

»Hören Sie zu, Kincaid. Ich habe mehr Fälle am Hals, als ich schaffen kann, und gebe immer wieder welche ab. Ich werde Sie im Hinterkopf behalten, okay? Und wenn ich mal wieder Peanuts kriege, mit denen ich mich nicht abplagen will, dann melde ich mich bei Ihnen.«

»Oh, das wäre sehr nett, danke.«

»Nicht der Rede wert.« Er sah Ben fest in die Augen. »Ich kann allen helfen, die ich als meine Freunde betrachte, wenn Sie verstehen, was ich meine.«

Ben beschlich der Verdacht, daß er nur zu gut verstand.

Zu Bens Erleichterung und auch Überraschung schafften sie die neun Löcher. Kurz wurde erwogen, achtzehn zu spielen, doch da schützte Ben seine Arbeit vor und entschuldigte sich. Pearson und Bentley schlossen sich ihm an, während Crenshaw trotz seiner Erschöpfung weitermachte.

Auf dem Weg zum Clubhaus erteilte Pearson dem jungen Anwalt noch schnell eine Privatstunde in Sachen Golf. Ben hörte höflich zu, während der andere davon plapperte, daß man den Schläger schwingen müsse wie ein Ober das Tablett.

Als sie an Pearsons Büro vorbeigingen, sah Ben durch die offene Tür drei schwarze Teenager. Einer davon kam ihm bekannt war. Es war Booker, Jonis Freund. Und laut Hayes gehörte er einer Straßenbande an.

Derjenige, der immer im Country Club herumlungerte.

Ben wollte sich schon bei Pearson über die drei Jungen erkundigen, als die schwere Mahagonitür zufiel und er plötzlich allein im Flur stand.

Moment, Freundchen, so leicht wirst du mich nicht los, dachte Ben. Er sah sich hastig um, und da niemand kam, preßte er das Ohr gegen die Tür.

Pearson war nicht zu überhören. »Was in Gottes Namen macht ihr hier?« brüllte er. »Kommt mitten am Tag einfach hereinspaziert!«

Am anderen Ende des Korridors tauchte der Oberkellner auf. Ben wich hastig zurück und tat so, als hätte er das Gleichgewicht verloren. Angesichts der riesigen Golftasche, die an seiner Schulter baumelte, war seine Vorführung auch gar nicht so unglaubwürdig. Mit dem Lauschen war es allerdings vorbei. Er wollte nicht riskieren, ertappt zu werden. So eilte er in die Boutique und gab die geliehene Ausrüstung zurück. Der Nachmittag war eine Tortur gewesen, aber Ben war froh, daß er sie auf sich genommen hatte. Auf diese Weise hatte er einige faszinierende Geschichten über die Vorstandsmitglieder gehört. Das Problem war nur, daß Klatsch nicht notwendigerweise zum Mörder führte. Er würde noch weiter aufs Geratewohl herumstochern müssen.

Am besten fing er mit dem Mann hinter der Mahagonitür an.

Sobald Kincaid verschwunden war, stahl sich Chris Bentley, der auf der Terrasse gewartet und immer wieder durch die Glastür in den Flur gespäht hatte, ins Haus, huschte die Treppe zu den Umkleidekabinen hinunter und von dort weiter in den ›Golden Room‹, zu dem nur die Vorstandsmitglieder und bestimmte Angestellte Zutritt hatten.

Mit einem Blick vergewisserte er sich, daß er allein war. Sehr gut. Was für eine Nummer hatte er gleich wieder? Ach ja, zweiundzwanzig, vierundzwanzig ... Genau. Er liebte diese neuen computergesteuerten Schlösser und hatte selbst für ihren Einbau gesorgt. Auch die anderen fühlten sich seitdem viel sicherer. Jetzt hatte jeder sein eigenes Schließfach, das nur mit einer vierstelligen Zahlenkombination geöffnet werden konnte, die außer ihm niemand kannte. Na gut, das stimmte nicht ganz: Bentley kannte den Code für das gesamte System, aber das brauchte er ja nicht an die große Glocke zu hängen.

Er öffnete geräuschlos sein Fach.

Da lag sie. Eine leuchtend rote Baseballmütze. Kindergröße.

Bentley nahm sie an sich und stopfte sie unter sein Hemd. Mein Gott! Nicht auszumalen, was los gewesen wäre, wenn Kincaid sie gefunden hätte!

Er verschloß sein Fach und schlich die Treppe hinauf. Fürs erste wollte er die Mütze in seiner Tasche verstauen und dann rausschmuggeln. Niemand würde etwas bemerken.

Die Sonne schien noch, als Bentley wieder ins Freie trat. Und er genoß dankbar ihre Strahlen wie einer, der das Gefühl hat, noch einmal davongekommen zu sein.

16

Loving sah in seinem Notizbuch nach: 6826 South Sandusky. Er überprüfte die Hausnummer. Das mußte sie sein.

Es hatte ihn enorme Mühe gekostet, die Adresse ausfindig zu machen. Kein Wunder, wenn der Name nicht mehr stimmte. Von Jones hatte er eine Liste all derer bekommen, die vor zehn Jahren beim Utica Greens Country Club angestellt gewesen waren. Darauf stand auch eine Carlee Toller, die aber in keinem Verzeichnis mehr registriert war. Nach aufwendigen Recherchen hatte er schließlich herausgefunden, daß etwa ein Jahr nach dem Mord aus Carlee Toller eine Carlee Crane geworden war. Und diese war zusammen mit ihrem Mann, David Elroy Crane, als Eigentümerin eines Hauses registriert.

Hier wohnte sie also. Nichts Protziges, aber hübsch und vor allem mit einem schönen Ausblick. Kein Vergleich mit dem, was Loving von seiner Bruchbude in der Sixty-First Street aus zu sehen bekam, in der sich die gesamte Halbwelt von Tulsa zu versammeln schien. Andererseits machte gerade das den Reiz der Gegend für ihn aus.

Er klopfte an. Sekunden später öffnete eine junge Blondine die Tür.

»Ja?«

»Guten Tag, Ma'am. Ich bin Privatdetektiv und arbeite für den Anwalt Ben Kincaid.«

Ihre Augen flitzten hin und her. Sehr verräterisch, sagte sich Loving. Zumindest kannte sie den Namen.

»Darf ich fragen, was Sie von mir wollen?«

»Sie haben vor zehn Jahren im Utica Greens Country Club gearbeitet, nicht wahr?«

»Äh ... ja.« Sie benetzte sich die Lippen. »Das ist aber schon lange her. Und ich habe nach wenigen Monaten wieder aufgehört.«

»Ich weiß. Aber Sie waren noch dort, als Maria Alvarez ermordet wurde.«

Sie nahm mehrere Anläufe, bis sie endlich ein Wort herausbrachte. »Maria ... Alvarez? Ist mir kein Begriff.«

»Sind denn damals noch mehr Frauen im Country Club ermordet worden?« brummte Loving, um sich sofort vorzuhalten: Sachte! Den harten Mann kannst du später immer noch rauskehren. »Ma'am, Sie erinnern sich doch bestimmt an die Ereignisse damals.«

Die Stimme der Frau hörte sich auf einmal so an, als komme sie aus weiter Ferne. »Ich erinnere mich vage ... Aber viel ist es nicht.«

»Sie können sich nicht an einen Mord erinnern, der an Ihrem Arbeitsplatz verübt wurde? Er war damals doch Tagesgespräch.«

»Ich meine ... verstehen Sie doch ... es ist schon so lange her.«

Loving musterte sie mißtrauisch. Die Antworten dieser Frau kamen ihm verdächtig vor. Im Laufe der Jahre hatte er Tausende von Leuten befragt und glaubte darum zu erkennen, wann sie die Wahrheit sagten und wann nicht.

»Ma'am, Mr. Kincaid verteidigt Leeman Hayes, einen netten jungen Burschen, dem der Mord an dieser Frau vorgeworfen wird. Er kommt demnächst vor Gericht. Wenn Sie etwas wissen, müssen Sie es mir sagen.«

»Ich weiß aber nichts. Woher denn auch? Ich habe doch nichts gesehen, oder?«

Loving war nicht klar, ob sie das ihn oder sich selbst fragte.

»Es tut mir leid, aber ich kann Ihnen da nicht weiterhelfen.« Sie machte Anstalten, die Tür zu schließen.

Reaktionsschnell schob Loving den Fuß zwischen Tür und Schwelle. »Ma'am, ich werde alles in meiner Macht Stehende tun, um Sie zu schützen. Sie brauchen wirklich keine Angst vor wild gewordenen Zeitungsfritzen oder dem Mörder zu haben. Ich werde sie persönlich von Ihnen fernhalten.«

»Das ist nicht das Problem. Ich weiß nichts, mehr kann ich Ihnen nicht sagen.« Wieder versuchte sie, die Tür zu schließen. »Wenn Sie nicht gleich den Fuß da rausziehen, hole ich die Polizei.«

»Dann nehmen Sie wenigstens Mr. Kincaids Visitenkarte«, bat Loving und reichte sie ihr durch den Spalt. »Wenn Ihnen noch etwas einfällt, das ihm weiterhelfen könnte, rufen Sie ihn bitte an. Es geht um das Leben eines Mannes. Sie sind vielleicht seine letzte Hoffnung.«

Die Frau nahm die Karte und knallte die Tür zu.

Bei anderen Leuten wäre Loving vielleicht etwas unfreundlicher gewesen, aber bei dieser Frau hatte er das Gefühl, daß die harte Tour nicht angebracht gewesen wäre. Und wenn er sie noch so bedrängt hätte, sie wäre stur geblieben.

Jetzt mußte er abwarten und hoffen, daß sie es sich anders überlegte.

17

Nach dem Abendessen wurden Ben und dessen Mutter von Joey mit Nachdruck daran erinnert, daß *er* noch nichts gegessen hatte. So gab Mrs. Kincaid ihrem Enkel die Flasche, während Ben seinen Schlafsack im Wohnzimmer ausbreitete, damit seine Mutter das Bett benutzen konnte.

Als Joey seine Milch ausgetrunken hatte, versuchte Mrs. Kincaid, ihn in den Schlaf zu wiegen. Zu Bens großer Überraschung sang sie ihm Lieder vor. Er konnte sich nicht erinnern, daß sie je gesungen hatte, außer in der Kirche. Aber sie hatte wirklich eine angenehme, melodische Stimme.

»Heute hat er keine Lust, einzuschlafen«, flüsterte Mrs. Kincaid. »Kannst du ihm vielleicht was auf dem Klavier vorspielen?«

»Du machst das doch ganz toll«, meinte Ben. »Ich habe gestern nacht bis zur Erschöpfung Wiegenlieder gesungen.«

Mrs. Kincaid hatte ein erstaunlich großes Repertoire. Ben lehnte sich zurück und genoß ihre Darbietung. Plötzlich fuhr er zusammen. Das war doch ... ›Flintstones ... meet the Flintstones ...‹

Ben hörte mit wachsendem Staunen zu. Als der letzte Ton verhallt war, fielen Joey die Augen zu. Mrs. Kincaid wiegte ihn noch ein bißchen, dann legte sie ihn in seine provisorische Wiege.

»Das ist ja ein verrückter Zufall«, murmelte Ben, als sie ins Wohnzimmer zurückkehrte. »Weißt du, in der ersten Nacht habe ich ihm alle Lieder vorgesungen, die mir nur einfielen, aber er wollte partout nicht einschlafen. Irgendwann bin ich auch auf *Familie Feuerstein* gekommen – keine Ahnung warum; die Melodie ist einfach so aufgetaucht.«

Mrs. Kincaid lächelte.

»Ich kann gar nicht glauben, daß uns beiden dasselbe Lied in den Sinn gekommen ist«, fuhr Ben fort. »Ich hätte nie gedacht, daß du *Familie Feuerstein* kennst.«

»Das ist kein Zufall«, sagte Mrs. Kincaid und fing an, in einem Magazin für Wohnungseinrichtungen herumzublättern.

»Wie meinst du das?«

»Erinnerst du dich an gar nichts mehr? Als du klein warst, habe ich dir dasselbe Lied vorgesungen.«

Ben verzichtete auf Widerspruch. Es stimmte wohl. Aber hieß das, daß dieses Stück all die Jahre in den Katakomben seines Unterbewußtseins als Wiegenlied gespeichert gewesen war? »Warum hast du mir ausgerechnet die Titelmelodie ...«

»Weil es so schrecklich schwer war, dich ins Bett zu bringen. Ansonsten warst du ein liebes Baby. Alle haben dich gemocht. Du warst so aufgeweckt, so lustig. Aber du wolltest nie ins Bett. Du hättest ja was verpassen können. Wenn du wüßtest, was für Tricks ich mir einfallen lassen mußte, um dich zum Einschlafen zu bringen.«

»Aber warum die *Familie Feuerstein?*«

»Das weiß ich nicht mehr. Wahrscheinlich aus Verzweiflung, weil nichts anderes half. Und Tricks, die klappten, habe ich natürlich nie wieder vergessen. Das war ja Anfang der sechziger Jahre, als alle ganz versessen auf *Familie Feuerstein* waren. Dein Vater und ich haben sie uns jeden Freitag abend angeschaut.«

»Mein Vater hat *Familie Feuerstein* gesehen?«

»Er hat sie geliebt! Vor allem ihr Haustier – wie hieß es doch? Dino. Wenn Fred von Dino zum Fenster hinausbefördert wurde, bekam dein Vater immer einen Lachanfall. Und er liebte die Melodie. Er sang sie die ganze Zeit.«

»Mein Vater hat gesungen?«

»O ja. Er hat sie sogar auf dem Klavier gespielt.«

Ben starrte sie entgeistert an. »Mein Vater hat Klavier gespielt?«

»Natürlich. Und ein bißchen Gitarre, wenn auch nicht so gut wie du, weil er nie Zeit zum Üben hatte. Aber es hat ihm Spaß gemacht. Warum, glaubst du denn, hatten wir den herrlichen Flügel?«

»Ich kann's nicht glauben.«

Mrs. Kincaid verdrehte die Augen. Das hatte Ben schon immer an ihr gestört, vor allem weil er dieselbe Angewohnheit hatte. »Ich weiß, was du denkst, Ben: Ich bin die kühle Matrone, die nur auf den äußeren Schein Wert legt, und dein Vater war der hartherzige, verknöcherte Erzkonservative, der nur immer an sein Konto dachte. Tja, Benjamin, wir alle müssen eines Tages erwachsen werden.«

Zum drittenmal in drei Tagen hörte Ben diesen Spruch, und er gefiel ihm immer noch nicht. »Ich kann mich nicht erinnern, daß mein Vater je Interesse an Musik gezeigt hätte.«

»Dein Vater liebte Musik. Aber er hatte auch ein ausgesprochenes Verantwortungsgefühl. Schließlich hatte er eine Frau und zwei Kinder, die von ihm abhingen. Ganz zu schweigen von seinen Eltern, die hohe Erwartungen in ihn setzten.«

Auch an seine Großeltern konnte sich Ben nicht erinnern. Sie waren vor seinem zehnten Geburtstag gestorben. »So wie ich meine Kindheit in Erinnerung habe, konnte ich nie eine Platte auflegen oder mich ans Klavier setzen, ohne daß Vater mit irgendeiner dummen Aufgabe für mich daherkam, um zu ›verhindern, daß ich meine Zeit verschwende‹. Und wenn ich ihm erzählte, daß ich Musik studieren wollte, kriegte er einen Tobsuchtsanfall.«

»Er befürchtete eben, du würdest später nicht in der Lage sein, deinen Lebensunterhalt selbst zu bestreiten. Und du wärest bestimmt nicht das erste Kind reicher Eltern gewesen, aus dem nichts geworden ist.«

»Also waren all die Standpauken und Ohrfeigen nur zu meinem Besten?«

»Allerdings.« Mrs. Kincaid hielt nachdenklich inne. »Eins mußt du begreifen lernen, Benjamin. Für deinen Vater wäre es unerträglich gewesen, wenn du deine Talente vergeudet hättest. Deinem Vater ist nichts in den Schoß gefallen. Er mußte sich den Erfolg als Arzt erkämpfen. Und jetzt vertraue ich dir noch etwas an: Er war nicht halb so begabt wie du, aber das, was ihm fehlte, machte er durch harte Arbeit mehr als wett. Er wollte, daß du dein Potential erkennst, weil du selbst nie gelernt hast, zu arbeiten, um etwas zu vollenden. Es war sein größtes Anliegen, daß du auf eigenen Beinen zu stehen lernst und daß es dir später an nichts fehlt.«

»Und darum hat er mich enterbt«, stieß Ben bitter hervor.

»Diese Sache hat einen ganz anderen Hintergrund«, entgegnete Mrs. Kincaid streng. »Und das weißt du sehr wohl.«

»Mein Vater nahm mir nur übel, daß ich Jura studiert habe, statt in seine heiligen Fußstapfen zu treten.«

»Unsinn. Deine Verbitterung macht dich blind.«

»Es ist die Wahrheit, und das weißt du ganz genau.«

»Es ist wahr, daß dein Vater von deiner Entscheidung nicht gerade erbaut war. Er hielt den Beruf des Anwalts für nicht sehr ehrenhaft. Aber das spielte bei der Änderung des Testaments keine Rolle.«

Ben stand auf. »Ich will nicht mehr darüber sprechen. Ich kann nicht glauben, daß mein Vater Klavier gespielt haben soll. Das wäre mir völlig neu.«

»Früher hast du ihn immer darum gebeten. Du hast auf seinem Schoß gesessen und mitgesungen. Erinnerst du dich nicht mehr? Was waren gleich wieder deine Lieblingslieder? ›This Old Man‹, ›Three Blind Mice‹, ›Please Porridge Hot‹. Die anderen fallen mir im Moment nicht mehr ein.« Sie schloß die Augen; ein versonnenes Lächeln spielte um ihren Mund. »Du warst überglücklich, wenn dein Vater sich an den Flügel setzte und für dich sang.«

»Ich kann mich gar nicht daran erinnern, daß er überhaupt je mit mir gespielt hätte.«

Sie schüttelte den Kopf. »Wie schade. Aber die Liebe zur Musik verdankst du deinem Vater.«

Ben wußte nicht mehr, was er sagen sollte. Er hatte seine Kindheit durchaus nicht so in Erinnerung. Andererseits hätte ihn seine Mutter nie angelogen. »Was … haben wir denn so alles gesungen?«

»Hunderte von Melodien. Vor allem Kinderlieder. Und dein Vater liebte die alten Schlager.«

Auf einmal hatte Ben das Gefühl, kalte Finger legten sich um sein Herz. Oder war das – eine Erinnerung? »Was war sein Lieblingslied?«

Mrs. Kincaid sah ihn verblüfft an. »Erinnerst du dich wirklich nicht mehr? Es war ein fürchterlich dummes Lied: ›Polka Dots and Moonbeams‹.«

18

»Und du hast ihm keine Fragen gestellt?«

»Na ja, wir haben uns doch so gut verstanden … Da wollte ich die schöne Stimmung nicht kaputtmachen …«

»Dann hast du nicht mit ihm darüber gesprochen?«

»Noch nicht …«

Rachel Rutherford lehnte sich mit einem Glas Bloody

Mary in der Hand gegen die Bar. »Noch mal ganz langsam: Du hast einen fremden Mann mit Abie auf der Straße sprechen sehen. Der Typ wollte ihn offenbar zum Einsteigen überreden, und du hast Abie nicht gefragt, wer das war? Was bist du bloß für ein erbärmlicher Vater!« Sie schleuderte ihr Glas voller Wut durch das Zimmer. Daß es zusammen mit einem Spiegel in die Brüche ging, schien sie nicht wahrzunehmen.

»Ich wollte doch nur lieb zu ihm sein«, verteidigte sich Hal Rutherford. Er war frustriert. Jetzt schliefen sie ohnehin schon getrennt, und trotzdem fing der Tag gleich mit einem Streit an. »Nur deswegen habe ich ihn nicht darauf angesprochen. Wir haben uns prächtig miteinander verstanden. Da wollte ich ein Baseballspiel nicht für ein Verhör mißbrauchen.«

»Und was ist, wenn dieser Mann wieder auftaucht?«

»Sprich doch leiser. Abie ist vielleicht schon wach und hört uns am Ende noch.«

Abie bekam in der Tat alles mit – und das nicht erst seit heute, sondern schon seit Jahren. Wenn er das Ohr gegen den Entlüftungsschacht in seinem Badezimmer preßte, konnte er sogar jedes einzelne Wort verstehen.

»Ich lasse nicht zu, daß meinem Sohn was zustößt, Hal! Was habe ich gelitten, um ihn zu kriegen. Und das soll nicht umsonst gewesen sein.«

»Rachel, du machst aus einer Mücke einen Elefanten.«

»Woher willst du das wissen?« Sie baute sich so nah vor ihm auf, daß er ihre Fahne riechen konnte. »Gib mir eine Antwort, du Klugscheißer. Woher willst du das wissen?«

»Wenn es dich glücklich macht, dann rede ich mit Abie«, seufzte Rutherford, obwohl ihm das wirklich widerstrebte. Sie hatten einen so schönen Nachmittag miteinander verbracht, erst beim Spiel und dann in der Eisdiele. Zum erstenmal seit Monaten hatte er das Gefühl gehabt, jetzt könne alles besser werden – es sei denn, seine Frau würde alles wieder kaputt machen. »Muß es wirklich jetzt sofort sein?«

Sie funkelte ihn wütend an. »Worauf wartest du denn noch? Bis es zu spät ist?«

»Na gut, denn gehe ich eben jetzt. Blöde Kuh.« Verdrießlich trottete er die Wendeltreppe zu Abies Zimmer hinauf.

Natürlich hörte Abie ihn kommen. Er richtete sich eilig auf und tat so, als hätte er sich gerade die Hände gewaschen.

»Hi, Dad. Wollen wir Basketball spielen?«

»Äh, jetzt nicht, Junge. Ich muß dich was fragen. Okay?«

Abie versuchte, sich an ihm vorbeizudrücken. »Ich hab' jetzt keine Lust.«

Rutherford legte beide Hände auf seine Schultern. »Es tut mir leid, Junge, aber das dürfen wir nicht länger aufschieben. Wer war der Mann, mit dem du gestern gesprochen hast, als ich dich mit dem Auto deiner Mutter abholte?«

»Was für ein Mann?« Abie wußte selbst nicht genau, warum er mit seinem Vater nicht über Sam sprechen wollte. Zum einen hatte Sam ihn um Stillschweigen gebeten, aber das war nicht der einzige Grund. Irgendwie wäre es ihm einfach nicht richtig erschienen. Außerdem hätte ihn sein Vater wahrscheinlich sowieso nicht verstanden und die Sache nur unnötig aufgebauscht.

»Abie, sei bitte nicht störrisch. Ich habe dich mit ihm sprechen sehen. Wer war das?«

Der Junge wand sich unter dem Griff seines Vaters. »Ein Freund, okay? Jetzt laß mich in Ruhe.«

Rutherford blieb unerbittlich. »Wie hast du ihn kennengelernt?«

»Er hat mir mal geholfen!« schrie Abie. »Zwei Jungen wollten mich verprügeln, und er hat sie vertrieben. Bist du jetzt zufrieden?«

»Davon weiß ich ja gar nichts. Wann war das denn?«

»Das ist jetzt doch egal. Sam war da, als ich ihn brauchte. Im Gegensatz zu dir.«

Jetzt gelang es Abie, sich ihm zu entwinden, doch bevor er weglaufen konnte, erwischte Rutherford ihn am Kragen.

»Jetzt hör mir mal gut zu, Junge. Auch wenn es dir nicht paßt, ich bin immer noch dein Vater, und wenn ich dich etwas frage, erwarte ich eine Antwort.«

»Laß mich los!«

»Erst wenn du mir alles über diesen ... Sam gesagt hast.«

»Ich sage dir nichts. Dir nicht! Ich hasse dich!«

Plötzlich sah Rutherford rot. Zuviel auf einmal kam zusammen: Abie, Rachel, der Alkohol ... Und ehe er wußte, was er tat, holte er aus und schlug Abie mit dem Handrükken ins Gesicht.

Abies Kopf flog zur Seite. Seine Wange brannte, und es dauerte einen langen Moment, bis er die Sprache wiederfand. *»Ich hasse dich!«* brüllte er. »Ich hasse dich und werde dich immer hassen! Und mit der gleichen Wut, die vorhin seinen Vater gepackt hatte, biß er ihn in die Hand. Rutherford schrie vor Schmerz auf, und Abie reagierte blitzschnell. Er riß sich los, rannte die Treppe hinunter und stürmte an seiner im Wohnzimmer wartenden Mutter vorbei zur Tür hinaus. Er wußte, daß ihm etwas Schreckliches geschehen würde, wenn sein Vater ihn erwischte, hatte er doch sein wutentstelltes Gesicht nach dem Biß gesehen.

Ohne sich umzuschauen, jagte Abie über den gepflegten Rasen und umkurvte gerade die Hecke, als vor ihm ein wohlbekanntes Gesicht auftauchte.

»Sam!« Vor Freude und Erleichterung hätte der Junge fast geweint. Er rannte auf den Mann zu und schlang die Arme um ihn. »Was machen Sie hier?«

»Ich wollte dir das hier bringen.« Der Mann hielt Abies blaue Schultasche hoch. »Du hast sie gestern in meinem Auto liegen lassen.« Er kauerte sich neben den Jungen. »Was ist denn mit dir los? Du siehst ja ganz verängstigt aus.«

»Es ist mein Dad! Er hat mich geschlagen, und jetzt will er mich umbringen!«

»Nicht, wenn ich dich beschütze. Komm mit.«

Abie warf einen Blick über die Schulter. Noch war sein Vater im Haus. Vielleicht hatte Mom ihn aufgehalten ... Wie auch immer, er durfte keine Zeit verlieren und griff nach Sams Hand. »Wohin gehen wir?«

»Mein Wagen steht dort drüben. Ich bringe dich in Sicherheit.«

Hand in Hand liefen sie über die Straße und stiegen ein. »Bin ich froh, daß Sie gekommen sind!« keuchte Abie. »Erst haben Sie mich vor den Rowdys gerettet, und jetzt vor meinem Vater.«

Der Mann lächelte. »Beruhige dich. Solange ich bei dir bin, kann dein Vater dir nichts tun.«

Abie glaubte ihm. War Sam nicht immer dagewesen, wenn er einen Freund gebraucht hatte? Ganz im Gegensatz zu seinem Vater. »Sie sind der Größte.«

»Danke. Du aber auch.« Sam schnippte mit den Fingern. »Hey, ich weiß was ganz Tolles! Sollen wir hinfahren?«

»Wie Sie meinen. Ich tu' alles, was Sie wollen.«

»Schön«, sagte der Mann mit glänzenden Augen. »Das höre ich gern.«

19

Am Morgen fuhr Ben zuallererst in die Kanzlei, um zu sehen, ob und wie die Arbeit voranging.

Nun, Christina setzte sich mit den bislang bekannten Beweisstücken und Zeugenaussagen auseinander. Dazu hatte Ben sie eigentlich gar nicht aufgefordert, aber es beruhigte ihn, daß sie von selbst die Initiative ergriff. Und da sie wirklich vorzügliche Arbeit leistete, sah Ben einen kleinen Hoffnungsschimmer.

Jones hatte sämtliche Zeitungsarchive durchstöbert und jeden Bericht zu dem Mord zusammengefaßt. Das Ganze präsentierte er Ben säuberlich geordnet in einer Mappe. In der Schule hätte er eine Eins dafür bekommen. Sogar in der lokalen Fernsehstation war er gewesen und hatte ein Videoband mit den damaligen Nachrichten aufgetrieben. Und darüber hinaus hatte er die Ereignisse chronologisch aufgelistet.

Ben war hochzufrieden. Er brauchte nur noch mit einem Bleistift die Erkenntnisse hinzuzufügen, die er in den letzten Tagen gewonnen hatte. Allerdings warfen die bisherigen Ergebnisse mehr Fragen auf als daß sie welche beantwortet hätten.

Auf dem Weg zum Ausgang lief er Loving über den Weg. »Wie gehen deine Ermittlungen voran?«

»Nicht so gut, Skipper. Ich habe alle potentiellen Zeugen befragt. Genauer gesagt, ich habe es versucht. Sie sind nicht sehr kooperativ.«

»Bist du weitergekommen?«

»Bisher nicht. Bei einer Frau dachte ich, sie weiß was, aber sie hat sich geweigert, mit mir zu sprechen.«

»Bleib am Ball. Das gilt für alle.«

Loving rieb sich die fleischigen Hände. »Soll ich mal mit etwas mehr Nachdruck fragen?«

»Äh, nein. Vorläufig zumindest. Aber ich wäre dir dankbar, wenn du einem Typen namens Ronald Pearson auf den Zahn fühlen könntest.« Ben berichtete Loving in aller Kürze, was er über Pearson wußte. »Ich dachte mir, du könntest vielleicht mal mit ein paar von deinen Kumpels reden, die von Zeit zu Zeit ... äh ... weniger legalen Beschäftigungen nachgehen.«

»Du meinst Gauner?«

»Äh, ja. Frag sie doch, ob sie was über Drogenschmuggel aus Peru wissen und ob sie eine Ahnung haben, was Pearson mit einer Straßenbande in North Side zu tun haben könnte.«

Loving kniff die Augen zusammen. »Skipper, mit diesen Straßenbanden ist nicht gut Kirschen essen. Ich will nicht, daß dir was passiert. Sag mir Bescheid, wenn du dich mit ihnen anlegen willst. Dann pass' ich auf dich auf.«

Ben lächelte. Nicht jeder hatte einen Zweizentnermann an der Seite, der einen verehrte. »Mir passiert schon nichts, Loving. Also, marschier jetzt mal los, und wenn du was rausfindest, melde dich sofort bei mir.«

Ben traf Mike an dessen Schreibtisch im Polizeipräsidium an. Die Stirn auf die Hand gestützt, brütete er über einem Stapel Berichte. Aus seinem Mund hing ein Zahnstocher; mit der freien Hand zerknüllte er gerade einen Zettel mit offenbar wertlosen Informationen.

Ben räusperte sich. »Wie läuft's?«

»Mies. Ich kriege so viele ...« Mike verstummte abrupt.

»Was hast du denn gemacht?«
»Bitte?«
»Dein Kopf ist knallrot!«
»Ich verstehe nicht ganz.«
»Du warst ja in der Sonne!«
»Ach so! Ich habe gestern Sport getrieben.«
»*Du?* Ich dachte, Sport beschränkt sich bei dir aufs Treppensteigen.«
»Tja, ich erweitere meinen Horizont.«
»Mhm.« Mike lehnte sich zurück. »Was war's denn? Eine Runde Krocket?«
»Golf.«
Mike klappte der Mund auf. *»Du* spielst *Golf?«*
»Es ist ja keine sehr anstrengende Sportart.«
»Sicher, aber man muß an der frischen Luft sein. Sich bewegen. Schwitzen.«
»Nur zu deiner Information: Ich bin gern im Freien.«
»Da habe ich von Julia was anderes gehört«, schmunzelte Mike. »Deine Eltern mußten dich aussperren, damit du auch mal im Freien spieltest. Aber dann hast du die ganze Zeit heulend vor der Tür gestanden und wolltest wieder rein.«
»Erstens ist das schon lange her, und zweitens bin ich nicht ganz so verweichlicht, wie du mich hinstellst.«
Doch Mike schwelgte weiter in Familienanekdoten und ließ sich nicht mehr bremsen. »Und einmal hat dir deine Schwester eine zerquetschte Cocktailtomate gezeigt und dir weisgemacht, das sei der Augapfel des Nachbarhundes.«
»Daran kann ich nichts zum Lachen finden.«
Mike sah das anders. Prustend klatschte er sich auf den Schenkel. »Und als sie dir gesagt hat, du könntest die Kratzer aus deinen Platten kriegen, wenn du sie im Ofen bäckst ...«
»Hör mal, können wir nicht über den Fall sprechen?«
Mike grinste. »Klar, schieß los, *kemo sabe.*«
»Tausend Dank. Hast du erfahren, ob sich bei der Anklage gegen Leeman Hayes was Neues ergeben hat?«
»Natürlich bin ich nicht offiziell damit befaßt, aber zufällig stand Bullock bei der Essensausgabe in der Kantine ein paar Leute hinter mir und redete sehr laut.«

»Und was hast du gehört?«

»Er hat damit geprahlt, daß er den Fall an sich gerissen hat und Leute an der Hand habe, die ihm gewinnen helfen.«

»Na prima. Auf diese Nachricht habe ich gewartet.«

»Sei auf der Hut, Ben. Er hat gute Beziehungen und versteht es, sie zu benutzen.«

»Ich werde aufpassen. Hast du auch Details mitgekriegt?«

»Nur, daß er einen Überraschungszeugen aus dem Hut zaubern will.«

»Damit wäre erklärt, warum er nicht mit der Zeugenliste rausrückt. Hast du eine Ahnung, wer das sein könnte?«

»Leider nein.«

»Hat er Andeutungen über den Inhalt der Aussagen fallen lassen?«

»Nichts dergleichen. Aber ich habe im Büro ein Antragsformular gesehen. Bullock hat unsere Protokolle angefordert. Sag mal, ist dein Schützling vorbestraft?«

»Davon weiß ich nichts.« Doch Ben fiel auf einmal siedend heiß ein, daß er das noch gar nicht überprüft hatte. »Aber ich werde nachsehen.«

»Tu das.«

»Gibt es sonst noch was?«

»Tut mir leid, aber in der Kantine wird man zügig bedient.«

Ben nickte. »Immerhin. Danke für die Hilfe. Und du? Suchst du noch den Kindermörder?«

»Wenn ich dazu komme. Chief Blackwell hat mich auch mit der Ermittlung gegen die Jugendbanden beauftragt.«

Ben wurde hellhörig. »Du hast mit Jugendbanden zu tun?«

»Wovon, meinst du, handeln die Akten, die ich den ganzen Tag schon durchackere?«

»Na ja, ich dachte, du bist für Mordfälle zuständig.«

»Leider hat es mehrere Morde gegeben, die vermutlich auf das Konto von Jugendbanden gehen. Und weil ich letzthin befördert wurde, ist der ganze Scheiß jetzt bei mir gelandet. Blackwell meint, wir müßten eine Offensive gegen alles führen, was die Einheit der Familien bedroht. So schwer wie heute war es weiß Gott noch nie, eine Familie beisammen zu halten.«

Ben beschloß, noch ein bißchen länger als ursprünglich geplant mit Mike zu plaudern. Er schob seinen Stuhl näher an den Schreibtisch heran. »Wie ist das mit den Jugendbanden eigentlich losgegangen?«

»Du meinst geschichtlich? Nun, Banden von Erwachsenen gibt es seit den Anfängen unserer Zivilisation. Im Grunde ist jeder Mob nichts anderes als eine riesige Ansammlung von Erwachsenen. Die Menschen haben früh begriffen, daß Macht etwas mit zahlenmäßiger Stärke zu tun hat. Und erfahrungsgemäß lernen diejenigen am schnellsten, die als einzelne keine Macht haben – die Armen, die ethnischen Minderheiten.«

»Und die Kinder.«

»Richtig. Aber das aktuelle Bandenunwesen ging erst nach dem Zweiten Weltkrieg los. Zunächst waren die Gangs meist nach ethnischer Zugehörigkeit oder nach Rassen getrennt. In einem abstrakten Sinn war das nicht einmal so schlimm – sie gehörten einer Gruppe an und leiteten daraus ihre Identität ab. Und ein Gefühl der Stärke. Leider meinten dann aber einige, sie könnten ihre Situation durch Verbrechen verbessern. Und durch Gewalt.«

»Das ist wirklich faszinierend, Mike, aber eigentlich wollte ich wissen, wie es in Tulsa losging.«

»Tja, bei uns ist es noch vergleichsweise harmlos. In Chicago gibt es zum Beispiel vierzig bekannte Straßenbanden mit über 28000 Mitgliedern. In Tulsa kenne ich nur vier Gangs mit etwa zweihundert Jugendlichen. Zum Lachen ist die Lage trotzdem nicht.«

»Wer befehligt diese Banden?«

»Normalerweise ein erfahrener Mann, den sie respektieren. Er organisiert ihre Aktivitäten und gibt ihnen auch die Waffen.«

»Gehört er derselben ethnischen Minderheit an?«

»Nicht unbedingt. Es hat auch schon Fälle gegeben, in denen ein Weißer eine Bande von Schwarzen befehligte, oder ein Schwarzer Hispanos. Wenn sie das Vertrauen der Mitglieder gewinnen und ihnen zeigen, wie sie an das große Geld rankommen können – hey, warum nicht?«

»Braucht man dafür bestimmte Voraussetzungen?«

»So ein Anführer braucht in erster Linie Geld, damit man die Operationen vorbereiten und durchführen kann.«

»Wir suchen also einen wohlhabenden Mann«, sagte Ben.

»Oft, ja. Denkst du an jemand bestimmten?«

Ein wohlhabender Mann mit Beziehungen zu Jugendbanden, sinnierte Ben. Ein Mann, der helfende Hände in den ärmsten Teilen der Stadt brauchte ...

Hände, die ausländische Drogen verschoben.

»Kann schon sein«, antwortete er. »Laß mich noch ein paar Fragen stellen.«

»Wenn du meinst. Ich würde ein paar von diesen Wichsern nur zu gern hinter Gitter stecken.«

Ben zückte seinen Notizblock und kritzelte eilig eine Zeichnung hin. »Ich habe neulich einen jungen Burschen mit rotblauer Jacke gesehen. Auf dem Rücken klebte ein Herz mit einem Hakenkreuz drin.«

»Fifteenth Street Demons«, erklärte Mike. »Hatte er so ein verrücktes Muster mit lauter Kreisen vorne auf der Jacke? Und ein großes D?«

»Ja.«

»Eindeutig ein Demon. Das sind die schlimmsten in der ganzen Stadt.«

Und einer von ihnen war Jonis neuer Freund. »Was haben sie denn angestellt?«

»Erinnerst du dich noch an die Schüsse aus fahrenden Autos letzten Monat?«

Ben nickte.

»Wir glauben, daß die Demons dahinterstecken. Wir können es nicht beweisen, sind uns aber sicher. Hinzu kommen Einbrüche und Drogenhandel in städtischen Schulen.«

»Ausländische Drogen?«

»Meistens, ja. Außer Pop – unter den in Oklahoma angebauten Kräutern das lukrativste. Das Problem an der Sache ist, daß die Cobras, die Erzrivalen der Demons, den Drogenhandel in North Side traditionell beherrschen und auf Konkurrenz nicht gerade scharf sind. Wenn wir den Demons nicht bald den Nachschub abschneiden, gibt es Zoff – mit Toten unter den Jugendlichen.«

»Wie alt sind die Bandenmitglieder?«

»In der Regel zwischen sechzehn und zwanzig. Ich habe aber auch schon Zehnjährige bei ihnen gesehen.«

»Zehnjährige? Soll das ein Witz sein?«

»Nein. Die Gangs rekrutieren bewußt Jungen von zehn, elf Jahren. Und die haben eine ganz wichtige Funktion.«

»Ich frage es nicht gern, aber was müssen sie tun?«

»Du bist doch hier der Amateurdetektiv, Ben. Kannst du's dir nicht denken? Wenn Zehnjährige erwischt werden, behandeln die Cops sie weniger streng als Halbwüchsige oder Erwachsene. Und bei Raubzügen oder Überfällen geben die älteren oft die Drogen und die Waffen den Kleinen, damit sie selbst und der Anführer nicht verhaftet werden können.«

»Also kommen Zehnjährige als Schwerverbrecher in Anstalten. Ein schöner Start ins Leben. Wirklich widerwärtig.«

»Was sagst du das mir, Kumpel? Wegen dieser Sache raufe ich mir schon seit Wochen die Haare. Genauer gesagt, seit der Schlacht in der Brady Street, die drei Teenager nicht überlebt haben.«

Das Telefon schrillte. Mike nahm ab. Lange sagte er nichts.

»Verdammt.« Wieder verstummte Mike. Dann kritzelte er eine Adresse auf seinen Block. »Verdammt, verdammt, verdammt!«

»Was war denn?« fragte Ben, als er auflegte.

»Alarm. Ein kleiner Junge ist von einem Unbekannten entführt worden. Ist in einer grauen Limousine davongefahren. Das Nummernschild war nicht zu erkennen. Ich muß los.« Er griff nach seinem Trenchcoat.

»Besteht ein Zusammenhang zu den anderen Fällen von Pädophilie?« fragte Ben.

»Kann sein. Bis jetzt weiß ich allerdings nur, daß es der

Sohn von Supperreichen ist. Utica Hills. Der Name ist Rutherford.«

Bens Augen weiteten sich. »Abie Rutherford? Heißen die Eltern etwa Harold und Rachel?«

Mike sah auf seinem Block nach. »Stimmt. Kennst du sie?«

»Ich komme mit!« rief Ben und schnappte sich seine Aktentasche.

20

Weil die Drillers heute nicht spielten, mußte sich der Mann mit der roten Perücke etwas anderes für Abie einfallen lassen. Noch war es zu früh, den Jungen in seine Wohnung mitzunehmen. Abie mochte ihn zwar und traute ihm wohl auch, aber vielleicht nicht genug, um das mitzumachen, was dem Mann vorschwebte, was er wollte, wonach er sich sehnte.

Noch nicht ganz.

Abie selbst hatte den Celebration Station vorgeschlagen. Dabei handelte es sich um einen kleinen Vergnügungspark an der Fifty-first Street mit Minigolf, Autoscooter, elektronischen Spielen, Pizza – genug, um einen Zehnjährigen für ein paar Stunden zu beschäftigen. Das einzige Problem – zumindest aus der Sicht des Mannes mit der Perücke – war die Beliebtheit des Parks. Und die vielen Leute.

»Fahren wir wirklich zum Celebration Station, Sam?« Abie konnte sein Glück noch gar nicht fassen.

»Bist du schon mal dort gewesen?«

»Nein. Mein Dad wollte nie. Einmal waren wir im Bell's, aber dort gefiel es ihm nicht. ›Nie wieder!‹ hat er gesagt, als wir wieder daheim waren.«

»Wirklich? Ich liebe das Bell's! Ich wäre wohl ständig dort, wenn ich einen besonderen Freund hätte, der mich begleitet. Möchtest du mein besonderer Freund werden?«

Abie strahlte ihn an.

»Sag mal, dein Vater weiß wohl nicht, was sich vergnügen heißt, hm?«

»Das können Sie laut sagen.«

»Gut, heute gehen wir in den Celebration Station, und das nächstemal ins Bell's.«

Nur mit größtem Widerwillen fuhr Sam die Fifty-first Street hinunter. So viele Leute waren ihm ganz und gar nicht recht, aber dann tröstete er sich damit, daß sie in dem Trubel nicht auffallen würden. Abgesehen davon würde sie jeder für Vater und Sohn halten. Und sollte wider Erwarten doch jemand Verdacht schöpfen, könnte er ihn bestimmt nicht identifizieren. Die Beschreibung eines komisch aussehenden Mannes mit roten Haaren und einer überdimensionalen Brille würde der Polizei nichts nützen. Nein, er konnte sich sicher fühlen.

»Darf ich in die Schiffschaukel?« fragte Abie.

Sam konnte schon seine Haut riechen. Wie betörend süß sie doch duftete! Sein Herz fing an, wie wild zu pochen.

Er zahlte ihm die Schiffschaukel. Und danach den Autoskooter. Bei jedem Zusammenprall jubelte der Junge. Sam grinste nur und ließ das Ganze geduldig über sich ergehen. Abie wurde immer ausgelassener. Und immer begeisterter von seinem neuen Freund.

Nachdem er auch Go-cart gefahren war, rannte Abie zum Kiosk und bat um eine Limonade. Die Gluthitze machte durstig.

Während der Junge trank, ließ der Mann wie zufällig die Hand unter Abies naßgeschwitzte Achsel gleiten und leckte sich später die Finger ab. O Gott! Er spürte einen unbändigen Drang zwischen den Lenden. Lange konnte er nicht mehr warten. Es mußte noch heute geschehen. Und zwar bald.

Je eher, desto besser.

Nachdem Abie überall mindestens zweimal gefahren war, stand für den Mann mit der roten Perücke fest, daß der Junge keine Scheu mehr vor ihm hatte. Warum denn auch? Er war ja kein Fremder mehr. Er war Abies bester Freund.

»Möchtest du ein Eis?«

Abie stieß den inzwischen bei ihm üblichen Jubelschrei aus, und als sie zum Eisstand hinüberliefen, griff er vertrauensvoll nach Sams Hand.

Im Eisstand saß ein grauhaariger alter Mann und starrte mit einem Auge auf sie hinunter. Das andere war geschlossen. »Was soll's denn sein?«

»Zwei Eis.«

Der alte Mann schien sowohl Sam als auch den Jungen eingehend zu mustern. Zu eingehend für Sams Geschmack. »Welche Sorte?«

»Ich weiß nicht. Was empfehlen Sie?«

»Was mag der Junge am liebsten?«

»Ich ... Abie, was magst du am liebsten?«

»Kirsche!«

»Dann Kirsche. Zweimal.«

Der alte Mann drehte sich um, füllte zwei Becher mit Eis und ließ Kirschsaft darüberlaufen. Sam nahm die zwei Becher. In einen davon stäubte er, so geschickt, daß es keiner merkte, ein weißes Pulver, das er schon eine ganze Weile in der rechten Faust verborgen hatte.

»Wieviel schulde ich Ihnen?«

»Tja ...« Der alte Mann kratzte sich an der Schläfe. Dann deutete er mit dem Kinn auf Abie. »Ist er ein Löwe?«

»Ein was?«

»Ein Löwe. In diesem Monat geboren. Wenn er einer ist, bekommt er das Eis umsonst.«

Der Mann mit der Perücke sah Abie fragend an. Der Junge schüttelte den Kopf.

»Schade, dann zahle ich eben.«

Nachdem er dem Verkäufer das Geld in die Hand gedrückt hatte, reichte der Mann Abie den Becher mit dem manipulierten Eis. Dann schlenderten sie gemeinsam zum Wagen.

»Hat es dir gefallen, Abie?«

»Und wie! Das war irre! Danke, Sam!« Er zögerte. »Es war wirklich toll, aber ich glaube, jetzt sollte ich doch besser meine Eltern anrufen.«

Auf diese Entwicklung war der Mann dank seiner Erfahrung gut vorbereitet. »Möchtest du sie denn anrufen?«

»Eigentlich nicht. Aber ich will nicht, daß sie sich Sorgen machen. Vor allem Mom.«

»Du kannst dich beruhigen. Ich habe sie schon angerufen.«

»Ehrlich?« Ungläubiges Staunen, aber auch Erleichterung spiegelten sich in Abies Gesicht.

»Ja. Als du zum zweitenmal Autoscooter gefahren bist. Dein Mutter war am Apparat. Sie hielt es ebenfalls für das Klügste, wenn du den Tag mit mir verbringst. Und bis du heimkommst, hat sich dein Vater auch wieder beruhigt.«

»Und Mom war einverstanden?«

»O ja. Sie war begeistert.«

»Prima!« Wieder ergriff Abie die Hand des Mannes. »Wohin fahren wir jetzt? Zum Bell's?«

»Ich habe eine bessere Idee«, sagte der Mann und sperrte seinen Wagen auf. »Ich kenne da ein Haus, wo es dir ganz bestimmt gefallen wird. Dort sind wir ganz für uns.«

»Gibt es da auch was zu erleben?«

»O ja!« rief der Mann. »Es ist speziell für dich hergerichtet. Wir können Spiele spielen. Wunderbare Spiele. Wir können dort Dinge tun, die du noch nie erlebt hast.«

»Machen sie Spaß?«

Der Mann schloß die Augen. »Riesigen Spaß.«

»Also los! Fahren wir hin!«

»Und ab geht die Post!« Der Mann trat aufs Gas. Sein Herz hämmerte zum Zerspringen, so glücklich fühlte er sich.

21

Ben stemmte sich gegen das Armaturenbrett von Mikes Trans Am. »Könntest du etwas langsamer fahren?«

Den Blick starr nach vorne gerichtet, umklammerte Mike das Lenkrad. »Nein«, sagte er höflich.

»Ich glaube dir ja gern, daß du ein Supercop bist, hart im Geben und Nehmen und so, und daß du jeden unter den Tisch trinkst. Da brauchst du nicht auch noch die Schallmauer zu durchbrechen, um mir das zu beweisen.«

»Ich habe es eilig«, knurrte Mike und raste mit kreischenden Reifen um die nächste Kurve.

»Es ist mein Ernst!« rief Ben. Er hätte noch mehr gejammert, sah jedoch ein, daß seine Proteste nichts bewirkten. »Warum hast du es denn nur so eilig?« fragte er merklich leiser.

»Ein kleiner Junge ist entführt worden. Reicht dir das nicht?«

Gut, das konnte Ben verstehen. Aber war das ein Grund für diese halsbrecherische Fahrweise und Mikes miese Stimmung seit dem Anruf? »Glaubst du, daß dieses Schwein wieder zugeschlagen hat? Der Kinderschänder, der die anderen Jungen umgebracht hat?«

»Ich stelle nie Spekulationen an, solange ich keine Fakten habe.«

»Aber dein Urin sagt es dir, oder?«

»Bei der letzten Entführung sah einer der Zeugen eine graue Limousine davonrasen. Und dieser Rutherford hat seinen Sohn in eine graue Limousine einsteigen sehen.«

»Könnte das nicht auch ein Zufall sein?«

Ohne das Tempo zu drosseln, wandte sich Mike Ben zu. Er durchbohrte ihn schier mit den Augen. Dann konzentrierte er sich wieder auf die Straße.

»Wie geht es denn dem Jungen, der überfahren wurde?«

»Er ist heute morgen um halb sechs gestorben«, antwortete Mike mit tonloser Stimme. »Hat das Bewußtsein nicht wiedererlangt. Seine Eltern blieben tagelang bei ihm am Bett sitzen, aber er nahm sie nie wahr. Sie konnten sich nicht mal von ihm verabschieden.«

Ben schwieg betroffen. »Hat er ... gelitten?« fragte er schließlich.

»Nach dem Unfall, meinst du?« Mike sah sich kurz um und wechselte auf die Überholspur. Ben hätte nicht für möglich gehalten, daß er noch beschleunigen konnte, doch genau das tat er. »Schwer zu sagen. Niemand kann beurteilen, was Menschen im Koma empfinden. Aber bevor ...« – Mike holte tief Luft – »... bevor er überfahren wurde, hat ihn diese Bestie vergewaltigt ... und ihm noch ganz andere Dinge angetan. Richtig gequält hat er das arme Kind!«

Ben schnappte nach Luft. Danach sagte er nichts mehr. Ihm blieben die Worte im Halse stecken.

»Der Arzt hat gesagt, daß er ihn stundenlang gefoltert haben muß. Vielleicht sogar tagelang. Bis der Junge davonlaufen konnte. Und zur Belohnung wurde er zusammengefahren. Je eher ich mit den Rutherfords spreche, desto schneller kann ich mich diesem Schweinekerl an die Fersen heften. Und je heißer die Spur, desto höher die Erfolgsaussichten.« Mike funkelte Ben an. »Kapierst du's jetzt?«

Sein Freund nickte. »Gib Gas.«

Abie sah zu, wie Sam die Tür aufsperrte. Er wollte sich merken, wo sie waren und was sie taten, doch das Denken fiel ihm auf einmal so schwer. Er fühlte sich dermaßen schläfrig, daß er kaum noch die Augen offen halten konnte. Und irgendwie verschwamm alles vor ihm wie sonst nur, wenn er die Brille seines Vater aufsetzte.

Sam zog ihn in die Wohnung. »Warte hier. Ich muß nur was holen und bin gleich wieder da. Danach gehen wir woanders hin, wo es dir ganz bestimmt gefallen wird, okay?«

»Okay, Sam.« Abie ließ sich in einen weißen Lehnstuhl fallen und legte die Schultasche auf seinen Schoß. Sein Körper war so unendlich schwer. Dabei hatte er doch gar nichts Anstrengendes getan!

Im Zimmer nebenan hörte er ein Rascheln. Sam suchte etwas. Aber das war ihm jetzt egal. Abie schloß die Augen. Er war einfach zu müde.

Doch die Gedanken ließen sich nicht ohne weiteres abstellen. Warum fühlte er sich nur so schläfrig? Er war gestern rechtzeitig ins Bett gegangen und hatte sich auch sonst nicht übernommen. Und die Fahrten auf dem Jahrmarkt waren ja auch nicht anstrengend gewesen. Eigentlich waren ihm die Glieder erst schwer geworden, nachdem ...

Er riß die Augen auf.

Nachdem er dieses Eis gegessen hatte.

War es möglich, daß ...? Von solchen Dingen hatte er schon gehört – im Fernsehen und im Kino. Drogen. Sachen, die einen müde machten. Aber im echten Leben gab es so was doch nicht.

Oder?

Ein Schauer jagte durch seinen Körper. Er verlieh ihm neue Energie, riß ihn aus seiner Apathie.

Was wußte er denn schon über Sam? War es möglich, daß Sam ... gar nicht der Freund war, als der er sich ausgab? War es möglich, daß ...?

Abie stemmte sich hoch und torkelte durch den Raum. Anscheinend war es das Wohnzimmer. Aber wo steckte Sam? Er wollte ihm die eine oder andere Frage stellen.

Irgendwie landete Abie vor einer Tür und öffnete sie. Hoppla, das war das falsche Zimmer. Sam war nicht drin. Er wollte die Tür schon wieder schließen, als ihm etwas Merkwürdiges an der Wand gegenüber auffiel. Sie war so bunt. War das nur eine verrückte Tapete oder ...? Es ließ sich von hier aus schlecht erkennen. Er trat näher heran. Jetzt wurde ihm klar, daß es Bilder waren.

Und sie alle zeigten kleine Jungen.

Einige sahen aus, als stammten sie aus Zeitschriften, aber die meisten waren richtige Fotos. Aufnahmen von Schulfeiern, bei denen die Eltern herausgeschnitten worden waren. Er erkannte einige von den Jungen, deren Eltern auch Mitglieder des Country Clubs waren. Wie war Sam nur zu den Fotos gekommen?

Und dann fiel ihm noch etwas auf.

Alle Jungen waren ungefähr so alt wie er. Alle hatten eine eher dunkle Hautfarbe, wie Abie. Alle hatten braune Augen, wie Abie. Und alle hatten schwarze Haare.

Wie Abie.

Und das Schlimmste war: ein Foto ganz im hintersten Winkel war ihm wohlvertraut.

Das war er selbst!

Abie wich zurück. Diese Aufnahme war erst vor wenigen

Wochen im Country Club gemacht worden. Der Fotograf hatte eine ganze Serie von Bildern geschossen. Seine Eltern hatten kein einziges haben wollen. Wie war das Foto nur bei Sam gelandet?

Plötzlich schoß ihm ein Gedanke durch den Kopf.

Bei ihrer ersten Begegnung hatte Sam so getan, als kenne er ihn nicht. Doch jetzt wurde ihm klar, daß das nicht stimmen konnte. Sam hatte ja sein Bild an der Wand.

Er hatte ihm aufgelauert.

Mit einemmal stand für Abie fest: Er mußte hier raus. Den Blick unablässig auf die Wand gerichtet, setzte er sich in Bewegung. Seine Schritte wurden sicherer und schneller, bis er plötzlich ...

... gegen etwas stieß.

Abie wirbelte herum. Und riß die Augen entsetzt auf. Es war Sam.

Er hatte hinter ihm gestanden. Wie lange schon?

»Was, zum Teufel, suchst du hier?«

Abie fuhr zusammen. In diesem Ton hatte Sam noch nie mit ihm gesprochen. Und in seinen Augen las er etwas, das er noch nie bemerkt hatte.

Etwas Fürchterliches.

»Ich habe dir doch gesagt, du sollst draußen warten!«

»I-ich ...«, stammelte Abie hilflos. Was konnte er schon sagen? Was konnte er tun? »Ich war ganz durcheinander.«

»Weswegen?«

Eine innere Stimme warnte ihn davor, Sam von seiner Entdeckung zu erzählen. »I-ich habe das Klo gesucht. Es tut mir leid. Ich kann nicht richtig denken. Ich bin so müde.«

Abie bemerkte ein verstohlenes Lächeln um Sams Mundwinkel. »Ach, wirklich? Dann marschieren wir besser gleich los. Dort, wo wir hin wollen, gibt es eine Matratze. Da können wir es uns schön gemütlich machen.«

»Mister, ich ...«

»Ich heiße Sam.« Er packte Abie an den Schultern. »Nenn mich Sam.«

Abie wand sich unter dem Griff. »Ich glaube, ich will mit Ihnen nicht mehr mitgehen, egal wohin.«

Eine tiefe Furche grub sich in Sams Stirn. »Ach? Woher der Sinneswandel?«

»I-ich weiß nicht. Ich fühle mich so schrecklich müde. Und meine Mom macht sich manchmal schreckliche Sorgen ...«

»Denk nicht zuviel nach, Abie. Heute ist dein Tag. Heute darfst du spielen.« Er schleifte den Jungen zur Tür. »Wir gehen jetzt zu einem Ort, wo du wunderbar spielen kannst.«

Abie wollte sich wehren, hatte aber keine Kraft mehr. Er wollte schreien, so laut er konnte, brachte jedoch kaum den Mund auf. Und er hatte Angst, Sam würde ihm etwas antun. So klammerte er sich an seine Schultasche und ließ Sam gewähren.

Ihm blieb keine andere Wahl. Er wußte ja nicht einmal, ob er wach bleiben konnte. Lediglich eins war ihm klar: gegen Sam kam er nie und nimmer an.

Er war ihm völlig ausgeliefert.

22

Die Villa der Rutherfords gehörte zu den Paradebauten von Utica. Sie lag nicht weit entfernt vom Philbrook, und soweit Ben das beurteilen konnte, stand sie ihm in nichts nach. Mit ihren im Stil der Renaissance gehaltenen Mauern aus Naturstein und Ziegeln wirkte sie zugleich elegant und imposant.

Der Garten war bis ins letzte Detail von einem Landschaftsarchitekten angelegt worden. Von der Straße bis zur Veranda verliefen zwei Hecken. In einem Beet wuchsen Azaleen, in einem anderen leuchtend bunte Rosenbüsche und in den übrigen systematisch nach Art und Farbe geordnete exotische Blumen, die Ben nicht kannte. Zwei Gärtner waren gerade mit der Pflege der Beete beschäftigt. Ben vermutete, daß es noch mehr gab.

Der junge Anwalt war froh, daß er in Begleitung eines Polizeibeamten kam. Hätte er sich allein hierher gewagt, hätte man ihn entweder gar nicht reingelassen oder, falls doch, dann höchstens durch den Dienstboteneingang. So aber öffnete ihnen eine – wie vorauszusehen war – schwarze Bedienstete die Tür. Wie es sich in feinen Kreisen gehörte, trug sie eine weiße Schürze über ihrem schwarzen Rock. Ihr Alter schätzte Ben auf Ende fünfzig.

»Ich bin Lieutenant Morelli«, stellte sich Mike vor. »Ich muß Mr. und Mrs. Rutherford sprechen.«

Die Frau bedeutete den zwei Männern mit formvollendeter, doch distanzierter Höflichkeit, ihr zu folgen.

Innen fielen Ben zunächst die in freundlichen Pastelltönen gehaltenen Wände, das warme Licht und die vielen Spiegel auf. Das Haus seiner Mutter in Nichols Hills konnte sich gewiß auch sehen lassen, aber im Vergleich zu der Pracht hier war es geradezu eine Bruchbude. Villen wie diese konnten sich wohl nur Leute leisten, die sich jeden Wunsch erfüllten und trotzdem nie aufs Geld zu achten brauchten.

»Sie werden im Wohnzimmer erwartet«, sagte das Dienstmädchen und deutete auf einen Durchgang, während sie selbst in der entgegengesetzten Richtung hinter einer Pendeltür verschwand.

Das ›Wohnzimmer‹, wie es das Dienstmädchen auszudrücken beliebt hatte, verschlug den Besuchern den Atem. In normalen Häusern gab es Wohnzimmer, Räume wie diesen fand man sonst nur in Palästen. Die Wände waren vom Boden bis zur Decke mit Mahagoni getäfelt, nur auf einer Seite hatte man darauf verzichtet. Dort verdeckte ein gewaltiges Bücherregal die gesamte Wand. Durch zwei Reihen einander gegenüberliegender hoher, schmaler Fenster strömte Licht herein, dessen Strahlen ein Kreuzmuster bildeten und sich in alle Richtungen verteilten. Über dem Kaminsims hingen ausgestopfte Jagdtrophäen, an den übrigen Wänden waren in Holz gerahmte Meisterwerke moderner Kunst zu bewundern. Ben ging davon aus, daß das alles Originale waren.

Mikes Stimme riß den Anwalt aus dem andächtigen Staunen. »Sie müssen Mr. Rutherford sein.«

Der Hausherr stand vor dem Kamin, Rachel saß daneben in einem Sessel. Ihr Gesicht war tränenüberströmt. Erst als Rutherford Mike die Hand schüttelte, bemerkte sie Ben. »Ich wußte gar nicht, daß Mr. Kincaid mit der Polizei zu tun hat«, murmelte sie und wischte sich die Tränen ab. »Sind Sie nicht verpflichtet, auf diesen Umstand hinzuweisen, wenn Sie Leute befragen?«

»Ich gehöre nicht zur Polizei«, versicherte Ben ihr hastig. »Ich befand mich nur zufällig in Lieutenant Morellis Büro, als die Nachricht vom Verschwinden Ihres Sohnes eintraf. Dabei habe ich Ihren Namen gehört und bin gleich mitgefahren, weil ich dachte, ich könnte vielleicht behilflich sein.«

Harold Rutherford musterte den Anwalt aufmerksam. Ben konnte sich des Eindrucks nicht erwehren, daß er hier unerwünscht war. Aber warum nur?

»Können Sie mir schildern, was geschehen ist?« fragte Mike abrupt. »Je eher wir die Formalitäten hinter uns bringen, desto besser stehen die Chancen für Ihren Sohn.«

»Die … Chancen?« krächzte Rutherford. »I-ich weiß gar nicht genau, was geschehen ist. Abie und ich hatten eine Diskussion … na ja, wohl eher einen Streit. Es war nichts Ungewöhnliches daran – so was kommt immer wieder vor. Doch plötzlich ist er aus dem Zimmer gerannt. Und ich war so dumm und habe erst mit Rachel gesprochen.« Er sah auf seine verzweifelte Frau hinunter. »Es dauerte nicht lang, höchstens ein paar Sekunden. Dann bin ich aus dem Haus gelaufen und habe gerade noch gesehen, wie Abie mit einem Fremden davongefahren ist.«

»Hatte Abie irgend etwas dabei?« fragte Mike.

»Nur seine Kleider.«

»Haben Sie sich gemerkt, was für ein Wagen das war? Das Modell? Das Nummernschild?«

»Leider nein. Er war schon zu weit weg.«

»Welche Farbe? Grau?«

»Ja, grau.«

»Welcher Grauton?«

Rutherford starrte ihn verwirrt an. »Gibt es denn verschiedene Sorten von Grau?«

»Ja. Silber-, metall- oder dunkelgrau.«

»Ich weiß nicht … Dunkelgrau, würde ich sagen. Eher in Richtung schwarz als weiß.«

Mike schrieb etwas in seinen Block. »Damit verengt sich der Kreis auf ein paar tausend Autos. Können Sie mir sonst noch was über diesen Mann sagen?«

»Ich habe von ihm doch nur den Hinterkopf gesehen.«

»Sind Sie sicher, daß es ein Mann war?«

»Na ja, ich nahm an …«

»Bitte nichts annehmen.« Mike kritzelte wieder. »Welche Haarfarbe?«

Ben sah, wie der Mann unter diesem Schwall von Fragen immer nervöser wurde. »I-ich bin mir nicht sicher. Hellrot, würde ich sagen. Das Haar war lockig und …« – er deutete auf seinen Hinterkopf – »sehr dicht.«

»Afro-Look?«

»Ja, genau.« Plötzlich weiteten sich seine Augen vor Entsetzen. »Sie nehmen doch nicht an, daß Abie von einem Schwarzen …«

»Einem Schwarzen mit roten Haaren? Kann ich mir nicht vorstellen.«

Rutherford atmete auf. »Na, Gott sei Dank.«

Ben konnte förmlich sehen, wie Mike mit den Zähnen knirschte. »Haben Sie den Mann zuvor schon mal gesehen?«

»Den mit den dichten roten Haaren?«

Mike zuckte mit den Schultern. »Vielleicht hat er rotes Haar. Aber wahrscheinlich war er verkleidet. Ist Ihnen vorher schon mal eine Person begegnet, auf die diese Beschreibung zutreffen könnte? Ist Ihnen in der letzten Zeit eine Person aufgefallen, die nicht in diese Gegend gehört? Oder die um Abies Schule herum geschlichen ist?«

»Natürlich nicht. Oder, Moment mal …! Doch, natürlich! Der Mann, der gestern mit Abie gesprochen hat. Er hatte auch einen grauen Wagen.«

Mike schlug in seinem Notizblock eine neue Seite auf. »Möchten Sie mir erzählen, was los war?«

»Ich wollte Abie zu einem Baseballspiel abholen und war etwas spät dran. Ärger mit dem Wagen.«

Mike sah auf. »Was für eine Art von Problem?«

Rutherford funkelte ihn an. »Das ist doch wohl kaum von Belang.«

»Wenn es nicht von Belang wäre, hätte ich Sie nicht danach gefragt.«

Deutlich verärgert atmete Rutherford durch. »Der Keilriemen war gerissen.«

»Hätte man ihn nicht auch durchschneiden können?«

Rutherford schnappte nach Luft. »Das ... das ist wohl auch möglich. Mein Mechaniker war ebenfalls ganz erstaunt. Er sagte, er hätte den alten doch erst vor wenigen Monaten ersetzt.«

Mike nickte nachdenklich.

»Wie dem auch sei, ich mußte Rachels Auto nehmen. Als ich dann ankam, sprach Abie mit jemand in einem grauen Wagen. Kaum hielt ich dahinter an, fuhr der andere los.«

»War es eine Limousine?«

»Äh ... ich bin mir nicht sicher.«

»Saß Abie schon in diesem Wagen?«

»Nein, aber er warf seine Schultasche auf den Rücksitz.«

»Seine Schultasche?«

»Richtig. Sie ist marineblau und ungefähr so groß.« Er zeigte es mit den Händen.

Mike runzelte die Stirn. »Wer war der Fahrer?«

»Keine Ahnung. Seinetwegen haben Abie und ich uns heute morgen gestritten. Ich wollte wissen, wer das war, und er weigerte sich, mir zu antworten.«

»Das paßt ja wie die Faust aufs Auge«, knurrte Mike. »Als erstes lassen sie die Jungs immer absolute Geheimhaltung schwören. Damit schützen sie sich.«

»Wovon reden Sie da?«

»Sir, ich möchte Sie nicht unnötig beunruhigen, aber ich glaube nicht, daß Ihr Sohn zufällig irgendwo mitgefahren ist. Dieser Mann hat ihm höchstwahrscheinlich nachgestellt. Ich glaube, er hat Ihren Wagen fahruntüchtig gemacht und hätte Abie schon gestern mitgenommen, wenn Sie nicht doch noch im letzten Moment gekommen wären.«

»Sie meinen, er ist auf Lösegeld aus?«

Mike sah auf seinen Notizblock hinab. »Hoffentlich.«

»Hoffentlich? Drücken Sie sich bitte genauer aus!«

»Wenn es der Mann ist, den ich jage, dann hat er womöglich andere Gründe.«

»Aber wie kommen Sie nur darauf?«

»Ich arbeite seit mehreren Wochen an einer Serie von Kindesverschleppungen. Und dieser Fall paßt genau in das Tatmuster.«

»O mein Gott. Konnten die anderen Kinder ausgelöst werden?«

»Nein«, sagte Mike. »Sie wurden mißbraucht und dann ermordet.«

Rutherford starrte seine Frau an und sah gleich wieder weg, als sie erneut in Tränen ausbrach.

»Es tut mir sehr leid, Mr. Rutherford, aber ich will Ihnen die Wahrheit nicht vorenthalten. Wie kommen Sie und Ihr Sohn miteinander aus?«

»Ich ... ich verstehe nicht, was Sie meinen.«

»Ich glaube, Sie verstehen mich sehr wohl.«

Wieder drehte sich Rutherford zu seiner Frau um, doch sie hatte das Gesicht in den Händen verborgen. »Ich will offen mit Ihnen sein, Lieutenant. Abie und ich ... verstehen uns in letzter Zeit nicht sehr gut. Vielleicht bin ich daran schuld ... ich weiß es nicht. Er verhält sich momentan sehr feindselig zu mir. Nun, wahrscheinlich ist das eine Entwicklungsphase.«

»Ideal.«

»Wie bitte?«

»Das sind ideale Voraussetzungen für jemanden, der sich in das Vertrauen Ihres Sohnes einschleichen will. Er versucht wahrscheinlich, den Vater zu spielen, den Abie zu Hause nicht mehr vorfindet.«

»Hören Sie, Rachel und ich haben stets unser Bestes für ihn ge ...«

»Bitte verstehen Sie mich nicht falsch, Sir. Kinder durchlaufen in ihrer Entwicklung verschiedene Phasen, in denen sie auf die verrücktesten Ideen kommen. Unzufriedenheit ist da bis zu einem bestimmten Grad unvermeidlich, egal wie vorbildlich die Eltern sind. Schweine wie dieser Mann, der Ihren Sohn entführt hat, nutzen das aus.«

Rachel sah auf und wischte sich die Haare aus dem naßgeweinten Gesicht. »Lieutenant, glauben Sie, daß … daß …« Ihre Stimme brach. Sie preßte die Hand gegen den Mund, und es dauerte einen langen Augenblick, bevor sie wieder sprechen konnte. »Glauben Sie, daß dieser Mann ihn schon … ihn schon …«

»Ich kann leider nichts ausschließen, Mrs. Rutherford«, entgegnete Mike sanft. »Aber ich halte es für unwahrscheinlich. Pädophile dieser Art nehmen sich gern Zeit. Sie wollen ihr Opfer verführen. Aber er wird nicht ewig warten. Darum ist schnelles Handeln ja so wichtig.«

Das Telefon schrillte. Rutherford und seine Frau starrten den Apparat verängstigt an.

»Gehen Sie bitte hin«, sagte Mike. »Vielleicht habe ich mich ja geirrt, und es ist eine Lösegeldforderung.«

Mit zitternder Hand nahm Rachel ab.

Eine Sekunde später stieß sie die Luft aus. »Es ist für Gabrielle.«

Gabrielle war das Dienstmädchen, das Ben und Mike hereingelassen hatte. Sie wurde gerufen und nahm das Gespräch an.

»Ja? Ach, hallo Corrine.«

»Was soll das?« fauchte Rutherford unterdessen seine Frau an. »Seit wann dürfen unsere Angestellten auf unserer Leitung telefonieren?«

»Wie sollte sie denn sonst telefonieren? Sie kann ja den ganzen Tag nicht weg.«

»In der Arbeit hat sie keine Privatgespräche zu führen. Du mußt dem einen Riegel vorschieben, Rachel.«

»Warum ich? Damit du dich in den Country Club absetzen und die Bedürfnisse deiner Familie ignorieren kannst?«

»Ich ignoriere die Bedürfnisse meiner Familie nicht.«

»Sag das meinem Abie!« Erneut wurde Rachel von einem Weinkrampf geschüttelt.

Obwohl er wußte, daß er sich nicht einmischen sollte, trat Ben auf Rachel zu und legte ihr die Hand auf die Schulter.

»Es wird alles gut«, sagte er leise. »Ich kann gut verstehen, was für eine Belastung das für Sie ist.«

»Es ist ... es ist ja nur ...« Sie schnappte nach Luft. »Es hat so schrecklich lange gedauert, bis wir endlich unser Kind bekommen haben. Es war die reine Hölle. Wenn Abie was passiert ... das würde ich nicht mehr ertragen. Dann könnte ich nicht mehr weiterleben ...«

»Mr. Rutherford«, meldete sich Gabrielle zu Wort.

Rutherford blitzte sie an. »Jetzt nicht, Gabrielle.«

»Aber Mr. Rutherford ...«

»Und leg jetzt endlich auf, verflucht noch mal! Wir erwarten einen wichtigen Anruf und ...«

»Aber Mr. Rutherford ...«

»Gabrielle, du hast gehört, was ich gesagt habe!«

»Aber Mr. Rutherford!« schrie sie. »Es ist wegen Abie!«

Plötzlich herrschte Totenstille.

Mike faßte sich als erster. »Was ist mit Abie?«

Gabrielle deutete auf den Hörer. »Das ist meine Freundin Corrine. Sie arbeitet bei den Crenshaws. Sie hat einen Jungen in Abies Alter. Er geht manchmal rüber und spielt mit ihm.«

Rutherford baute sich vor ihr auf. »Mein Sohn spielt mit einem ...«

»Halten Sie den Mund!« fuhr Mike ihn an. Und sein Blick machte mehr als klar, daß er keine Widerrede dulden würde. »Was sagt Corrine über Abie?«

»Na ja, ich weiß, daß es verrückt klingt, aber sie war heute mit ihrem Jungen in dem Vergnügungspark da, dem Celebration Station draußen an ...«

»Ich weiß, wo er ist. Fahren Sie fort.«

»Und sie sagt, daß sie Abie dort gesehen hat. Zusammen mit so 'nem Mann mit rotem Wuschelhaar.« Sie wandte sich an Rachel. »Kennen Sie jemand, der so aussieht?«

»Wann war das?« fragte Mike.

»Vor 'ner Stunde oder so.«

Mike riß den Hörer an sich und quetschte Corrine nach mehr Einzelheiten aus. Doch sie konnte ihm nur sagen, daß Abie noch dort gewesen war, als sie ging.

Mike warf den Hörer Gabrielle zu. »Bedanken Sie sich bei Ihrer Freundin in meinem Namen.« Er lief zur Tür.

»Wo wollen Sie hin?« fragte Rutherford.

»Zum Celebration Station natürlich. Komm mit, Ben.«

Doch Rutherford stellte sich ihm in den Weg. »Moment mal. Ich möchte bitteschön wissen, was ...«

Mike stieß ihn kurzerhand zur Seite. »Ich habe jetzt keine Zeit für dumme Fragen.«

Rutherford stand da wie ein begossener Pudel und rührte sich auch nicht, als Ben und Mike aus dem Haus stürmten. Das letzte, was Ben hörte, war Rachels hemmungsloses Schluchzen, der Ausdruck ihrer Schmerzen. Und ihrer Angst.

Ihrer schrecklichen Angst, daß es vielleicht schon zu spät war.

23

Abie bot alle Kraft auf, um die Augen offenzuhalten, während Sam ihn ... dorthin schleifte. Er konnte sich nicht erinnern, jemals so bleiern müde gewesen zu sein. Doch obwohl er verzweifelt dagegen ankämpfte, fielen ihm ständig die Lider zu; und seine Beine sackten ein. Aber jedesmal riß Sam ihn hoch und zerrte ihn weiter.

Er hatte jede Orientierung verloren. Obwohl er wußte, daß er sich Anhaltspunkte merken sollte, war er zu benommen, um sich zu konzentrieren. Kurz kam es ihm in den Sinn, daß er sich vielleicht zu einer Telefonzelle retten oder um Hilfe schreien könne. Doch Sam hatte den Weg zu sorgfältig geplant. Sie hasteten von einer verlassenen Gasse zur nächsten, durchquerten ein leerstehendes Haus nach dem anderen. Niemand kam ihnen entgegen.

Ein paar verschwommene Bilder blieben in Abie haften. In einem Haus sah er lauter gelbe Zahlen. Nein, nicht die Zahlen waren gelb, sondern der Hintergrund.

Und dann strebten sie einer dunklen, dunklen Öffnung

entgegen … Keiner Tür, einem Loch. Und dahinter gähnte ein schwarzer Abgrund. Abie bekam Angst, daß er nie wieder zurückkehren könne, wäre er einmal darin verschwunden.

Sie schlüpften durch die Öffnung und wurden von der Dunkelheit verschluckt. O Gott, wie kalt es auf einmal war! Und dunkel. Abie konnte kaum noch etwas sehen. Und dann gingen sie durch eine Wand …

Abies Verstand wehrte sich gegen diese Vorstellung. Nur Gespenster gingen durch Wände, und er war doch kein Gespenst – wenigstens im Augenblick noch nicht –, doch genau das hatten sie getan.

Jedenfalls waren sie wieder im Freien. Es gab Flugzeuge hier. Abie war sich sicher, daß er Flugzeuge sehen konnte. Aber waren sie nun oben oder unten …? Er war ja so verwirrt. Das plötzliche grelle Licht trieb ihm Tränen in die Augen. Und der Marsch ging weiter. Wie lange? Minuten? Stunden? Er hatte jedes Zeitgefühl verloren.

Als er schon glaubte, er könne nicht mehr, erreichten sie ein weiteres halb verfallenes Gebäude. Sam verlangsamte seine Schritte, als seien sie am Ziel. Abie versuchte, genau aufzupassen. Der Mann ging nun entschlossen auf die Tür zu und zerrte Abie mit sich. Im letzten möglichen Moment ließ der Junge unauffällig seine Tasche zu Boden gleiten. Dann traten sie auch schon ein und stiegen eine alte Holztreppe hinauf. Die Stufen ächzten und schwankten unter ihren Füßen. Abie hatte das Gefühl, sie könnten jeden Moment durchbrechen.

Oben war eine weitere Tür. Sam stieß sie auf.

»Da wären wir«, verkündete er.

Zum erstenmal, seit sie seine Wohnung verlassen hatten, ließ Sam den Jungen los. Abie stolperte in die entfernteste Ecke. Gleichzeitig versuchte er, die neue Umgebung zu erfassen. Vor ihm lag etwas auf dem Boden. Es war flach und hatte braune Flecken.

Eine Matratze.

Und daneben war noch etwas anderes. Es stand auf drei dünnen, hohen Füßen. Abie kam es vor wie ein Monster, eine riesige Spinne oder einer der Marsmenschen in seiner Bilderbuchversion von *Krieg der Sterne*.

Er näherte sich dem Ding und tastete nach einem der dünnen Füße. Sie waren aus Metall. Nein, das war kein Monster, sondern ein Stativ. Und ganz oben sah er ...

Eine Kamera.

»Ich möchte mich bei dir entschuldigen«, sagte Sam lächelnd. »Ich weiß, es war ein langer Weg. Und leider konnte ich mich nicht richtig auf deinen Besuch vorbereiten. Ich mußte vorher noch nach Hause und einen Film holen.«

Aber er hat doch schon ein Foto von mir, dachte Abie. Eine innere Stimme warnte ihn davor, seinen Zweifel laut zu äußern.

»Also gut.« Sam legte beide Hände auf Abies Schultern. »Jetzt wollen wir ein bißchen spielen. Es wird dir bestimmt Spaß machen. Da bin ich mir ganz sicher.«

»Weißt du, Mike«, brummte Ben, als sie wieder im Trans Am saßen, »sobald sich Rutherford von dem Schreck erholt hat, beschwert er sich garantiert im Präsidium. Wahrscheinlich kennt er sogar Chief Blackwell persönlich, weil er Golf mit ihm spielt.«

»Darauf scheiße ich!« knurrte Mike und lenkte den Wagen auf die Harvard Avenue. »Ich riskiere doch nicht das Leben eines kleinen Jungen, nur weil sein Vater ein Oberarschloch ist.« Er schaltete Blaulicht und Sirene ein und trat das Gaspedal bis zum Anschlag durch. Wenige Minuten später parkten sie vor dem Celebration Station.

»Wir haben keine Zeit zu verlieren!« bellte Mike. »Je länger wir hier bleiben, um so kälter wird die Spur. Ich gehe ins große Zelt und frage die Verkäufer drinnen, du nimmst dir die Betreiber der Freiluftbuden vor.«

Ben nickte. Schon immer hatte er an Mike dessen Fähigkeit bewundert, in brenzligen Situationen den Überblick zu bewahren. Sich selbst schätzte er ganz anders ein: Wenn es heiß her ging, verlor er oft den Kopf.

So befragte Ben systematisch die Kartenverkäufer in der Minigolfanlage, beim Autoskooter, der Go-cart-Bahn und der Schiffschaukel. Sein Unterfangen war gelinde gesagt problematisch. Zum einen wimmelte es hier von Menschen, so daß man sich einzelne Gesichter kaum merken konnte, und zum anderen waren die meisten Kartenverkäufer selbst noch Teenager, die kaum darauf achteten, was um sie herum geschah.

Am meisten Erfolg hatte Ben noch bei dem jungen Mann an der Schiffschaukel.

»Ich erinnere mich an einen dunkelhaarigen Jungen, der mit einem großen Mann mit rotem Kraushaar da war. Das war ein so auffälliger Gegensatz – hellhäutiger Dad und dunkler Sohn. Auch die Haare des Typen kamen mir sehr merkwürdig vor, eigentlich der ganze Typ selbst.«

»In welcher Hinsicht?« fragte Ben.

Der Verkäufer legte die Stirn in Falten. »Ich kann es nicht genau sagen. Irgendwie paßte das einfach nicht zusammen. Dem Jungen hat es mordsmäßig Spaß gemacht, aber bei dem Typen hatte ich irgendwie das Gefühl, ihm gefällt es hier nicht.«

»Ist dir sonst noch was an dem Mann aufgefallen?«

»Im Moment fällt mir nichts mehr ein.«

»Bitte streng dich an. Es ist sehr wichtig.«

»Na ja, er hatte eine leichte Sportjacke an ... ich glaube, sie war blau. Ja genau, blau. Und darunter trug er ein T-Shirt.«

»Weißt du noch, wie das T-Shirt aussah?«

»Na ja, vorne war so ein witziges schwarzes Gesicht drauf. Und ein grüner Helm ...« Plötzlich schnappte er mit den Fingern. »Marvin der Marsmensch!«

»Wer?«

»Marvin der Marsmensch. Eine Comicfigur.«

Damit konnten sie den Mann immerhin identifizieren, falls sie ihn je fanden. »Weißt du noch, wann du sie gesehen hast?«

»Nicht genau. Aber es ist mindestens eine Stunde her.«

»Und hast du eine Ahnung, wohin sie gegangen sind?«

»Tut mir leid. Ich mußte mich ja auf den Betrieb konzentrieren. Aber sie haben sich mehrmals um eine Karte angestellt.«

Ben ließ sich von dem Jungen Namen und Anschrift geben und bedankte sich für die Hilfe. Danach befragte er noch eine ganze Reihe von Leuten, erhielt aber keine nützlichen Hinweise mehr. So ging er schließlich ins Hauptgebäude, wo er vor einer Pizzabude Mike erspähte.

»Und? Glück gehabt?«

Mike schüttelte den Kopf. »Ein paar Leute konnten sich zwar vage erinnern, aber keiner weiß, wohin sie gegangen sind.«

»Wieso bringt ein Kinderschänder sein Opfer ausgerechnet an einen Ort, wo es von Menschen wimmelt?« fragte Ben, als sie zum Wagen zurücktrotteten.

»Das ist Teil der Verführung«, erwiderte Mike. »Er versucht Abies Freund zu werden, um dann seine Pläne leichter umsetzen zu können. Er wirbt um seine Gunst.«

Auf einmal kämpfte Ben gegen einen Brechreiz an. Von all den widerwärtigen Dingen, mit denen er im Laufe der Jahre zu tun gehabt hatte, war das hier mit Abstand das Schlimmste.

»Entschuldigen Sie! Sind Sie von der Polizei?«

Ben sah auf. Von einem Eiswagen winkte ihnen jemand zu. Als sie näher kamen, erkannte er, daß es sich um einen älteren Mann von mindestens sechzig Jahren handelte. Er trug eine Tarnjacke der Army und eine grüne Khakihose.

»Ich bin von der Polizei«, sagte Mike. »Warum, was gibt's?«

»Ich habe gesehen, wie Sie alle Leute befragt haben, und da habe ich mir gedacht, Sie würden irgendwann auch zu mir kommen.«

»Wir suchen einen Jungen, der vorhin mit einem rothaarigen Mann mit blauer Sportjacke und T-Shirt hier war«, erklärte Mike. »Haben Sie sie zufällig gesehen?«

»Und ob ich sie gesehen habe! Sie kauften bei mir zwei Portionen Eis. Mit Kirsche. Das läuft zur Zeit am besten, wissen Sie, obwohl Weintraube sicher auch nicht schlecht ...«

»Verzeihen Sie, wenn ich Sie unterbreche, aber wir dürfen keine Zeit verlieren. Was können Sie mir über den Rothaarigen sagen?«

»Nur daß er keine roten Haare hat«, brummte der Alte.
Mike beugte sich vor. »Sind Sie sicher?«

»Ich bin doch nicht von gestern. Ich sehe sofort, wenn einer natürliche rote Haare hat. Dann ist die Hautfarbe viel heller, verstehen Sie. Und der Typ war genauso wenig rothaarig wie Sie oder ich. Außerdem waren sie sich überhaupt nicht ähnlich.«

»Ach?«

»Der Junge und der Mann hatten absolut nichts gemeinsam! Und dann wußte der Typ nicht einmal, welches Eis der Junge am liebsten mag. Er mußte ihn sogar fragen, wann er Geburtstag hat. Sehr verdächtig.«

»Sie sind ja sehr aufmerksam …«

»Für einen Eisverkäufer, meinen Sie?« Der alte Mann schmunzelte. »Lassen Sie sich eins gesagt sein, mein Lieber. Ich habe diesen Wagen seit meiner Pensionierung vor vierzehn Jahren und war damit überall: LaFortune Park, River Parks, The Fair. Ich weiß, wann Leute normal sind und wann irgendwas nicht stimmt. Und wenn ein verkleideter Mann mit einem kleinen Jungen daherkommt, der überhaupt nicht zu ihm paßt, dann stinkt was zum Himmel.«

Ben nickte. Er war bereits überzeugt. »Fällt Ihnen noch mehr zum Jungen ein?«

»Ja. Der Mann nannte ihn Abie.«

Volltreffer. »Das ist sehr wichtig«, sagte Mike. »Wissen Sie vielleicht auch, wohin sie wollten?«

»Leider nein. Darüber haben sie nichts gesagt. Dem Mann paßte meine Nase nicht, wissen Sie. Er nahm die Becher und hatte es eilig, wegzufahren.«

Ben war enttäuscht. Er hatte schon gehofft, der Eisverkäufer würde sie auf die richtige Fährte bringen.

»Aber zur Vorsicht habe ich was aufgeschrieben«, fuhr der Mann fort, »für den Fall, daß die Polizei sich für den Kerl mit den falschen roten Haaren interessiert. Und jetzt sind Sie gekommen.« Er holte einen Zettel aus der Kasse. »Das ist das Kennzeichen auf seinem Nummernschild. Bitteschön.«

Mike riß ihm den Zettel aus der Hand. »Ich kann Ihnen gar nicht genug danken.«

»War mir ein Vergnügen«, sagte der Mann stolz. »So, kann ich Ihnen vielleicht ein Eis verkaufen?«

»Tut mir leid, wir müssen schnell weiter. Aber wenn Sie uns auf die richtige Spur gebracht haben, komme ich zurück und kaufe Ihnen den ganzen Wagen ab. Komm, Ben, fahren wir!«

24

»Aber warum wollen Sie denn ein Foto von mir?«

So sehr sich Abie bemühte, nicht zu nuscheln, brachte er den Mund kaum auf. Überhaupt fiel ihm in seinem Zustand alles schwer – vor allem, sich Sam zu widersetzen.

»Damit ich dich auch sehen kann, wenn du nicht bei mir bist«, erklärte Sam lächelnd. »Wir sind doch Freunde.«

Abie hielt es für klüger, dem Mann seine Zweifel zu verschweigen. Trotzdem mußte er ihn irgendwie bremsen. »Haben Sie denn nicht schon Fotos von mir?«

Das Lächeln auf Sams Gesicht erstarrte. »Wovon sprichst du da?«

»Ich hab's gesehen. In Ihrer Wohnung. Sie hatten mein Bild an der Wand.«

»J-ja«, antwortete Sam zögernd. »Ein Bekannter vom Country Club hat es mir besorgt. Ich möchte immer Bilder von meinen Freunden um mich haben.«

»Aber wenn Sie schon eins besitzen, brauchen Sie nicht noch mehr.«

Sam ließ die Hände die Arme des Jungen entlanggleiten und packte seine Handgelenke mit festem Griff. »Aber das ist ein so ... unpersönliches Foto. Du bist mein besonderer Freund, und da brauche ich ein besonderes Foto. Eins, das nur dich und mich was angeht.«

»Ich will aber nicht!« Abie versuchte sich loszureißen, hatte jedoch nicht die Kraft dazu.

»Abie, so benimmt sich ein Freund nicht! Hatten wir denn keinen Spaß im Celebration Station?«

»Das hat nichts ...«

»Abie, benimm dich endlich wie ein großer Junge. Großen Jungen macht es nichts aus, anderen einen Gefallen zu tun.«

Abies Augenlider fielen zu. »Was für einen Gefallen?«

»Zum Beispiel lassen sie Fotos von sich machen.«

»Was für Fotos?«

»Na ja ... solche wie die hier.« Sam ließ den Jungen los und begann, in seiner Kameratasche herumzuwühlen.

Abie sah verstohlen zur Tür. Er wollte losrennen, weg von Sam und heim zu seinen Eltern. Aber würde er es bis zur Tür schaffen, ohne erwischt zu werden? Und die Treppe war so morsch und gefährlich. Abie hatte Angst, er könne sich den Hals brechen.

Und was würde Sam mit ihm anstellen, wenn die Flucht nicht klappte? Es war zu schwierig. Abie war sich ja nicht einmal sicher, ob er die Tür finden würde – ihm verschwamm alles vor den Augen.

»Da ist es ja!« rief Sam triumphierend.

Die laute Stimme riß Abie aus seinen Gedanken. Er hatte die Gelegenheit verpaßt.

Sam reichte Abie ein Heft. »Siehst du? An so was hatte ich gedacht. Alles hübsche Bilder. Wirklich harmlos.«

Abie blätterte im Heft herum. Die Seiten waren kein Hochglanzpapier wie die Zeitschriften seiner Mutter, sondern rauh und matt. Die Fotos zeigten Jungen seines Alters. Aber die waren alle nackt oder fast nackt. Einige posierten in höchst sonderbaren Stellungen, anderen waren Ketten oder Lederriemen um den Körper gebunden. Dann wieder gab es Fotos von einem Jungen zusammen mit einem Mann. Offenbar trieben sie widerwärtige Dinge miteinander. Wem konnte so etwas nur gefallen? Abie klappte das Heft zu. Von den Bildern wurde ihm richtiggehend schlecht.

»Sieht das nicht toll aus, Abie? Möchtest du nicht auch soviel Spaß haben wie die Leute in dem Heft?«

Abie gab keine Antwort. Auf keinen Fall wollte er ja sagen, doch er durfte Sam auch nicht reizen. Wenn ihm nur das Denken nicht so schwer fiele ...

»Gib mir eine Antwort, Abie. Möchtest du nicht auch, daß Fotos wie die hier von dir gemacht werden?«

Sam hatte auf einmal einen so merkwürdigen Blick, der Abie Angst machte. Warum hatte er vorhin nur gezögert? Jetzt würde er nicht lange über seine Chancen nachdenken und sofort zur Tür rennen, doch dafür war es zu spät. Sam packte ihn mit so festem Griff an den Schultern, daß Abie sich nicht mehr rühren konnte.

»Gib mir eine Antwort, verdammt!« Sam schüttelte ihn wütend. »Willst du endlich für die Scheißfotos posieren?«

Die Tränen quollen Abie aus den Augen. Er wollte nicht weinen, hatte sein Vater ihm doch gesagt, daß nur Babys weinten. Aber er konnte nicht anders. Er hatte Angst. So schreckliche Angst.

»Du bist ein böser Junge!« brüllte Sam. Erneut schüttelte er Abie, heftiger und wütender als vorhin, und wollte gar nicht mehr aufhören. »Du darfst kein böser Junge sein. Böse Jungen müssen bestraft werden! Verstehst du das nicht?«

»D-doch«, wimmerte Abie. »I-ich tu' ja, was Sie wollen.«

Sam atmete tief durch. Er schien sich zu beruhigen. »Na schön«, sagte er. »Das gefällt mir. Dann laß uns mal ein paar Fotos schießen. Möchtest du dich selbst ausziehen« – er beugte sich über den Jungen und sog den Geruch seiner Haare gierig ein – »oder soll ich das für dich machen?«

Mike lenkte seinen Wagen durch die Straßen des dem Verfall preisgegebenen Richfield im Norden von Tulsa, während Ben angestrengt in alle Richtungen spähte. Dieser Stadtteil war dem Anwalt völlig unbekannt. Seines Wissens war er hier noch nie gewesen.

Die meisten Häuser hatte man abgerissen. Die wenigen, die noch standen, waren vernagelt oder total leergeräumt. Überall lag Schutt herum. Vor Jahren hatte ein Baulöwe hier eine Yuppieenklave schaffen wollen und ganze Straßenzüge aufgekauft. Auf dem Reißbrett sah das geplante Viertel auch wirklich hübsch aus, doch kaum hatte er die Häuser abreißen lassen, bereiteten die Ölkrise und die sich daran anschließende Rezession seinen Träumen ein Ende. Seitdem war Richfield eine Geisterstadt.

»Bist du sicher, daß dieses Schwein hier lebt?« fragte Ben seinen Freund.

»Ich bin sicher, daß hier die Adresse ist, die mir die Zulassungsbehörde für sein Nummernschild genannt hat.«

»Woher wissen wir, daß der Wagen wirklich dem Mann gehört, den wir suchen?«

»Immerhin handelt es sich bei dem gemeldeten Wagen ebenfalls um eine graue Fordlimousine. Wenn er ihn nicht gestohlen hat, ist das die Adresse.«

Ben spähte weiter in die Steinwüste hinaus. »Aber hier kann doch niemand mehr leben.«

»Ich fürchte, wir müssen uns den Fakten stellen«, stieß Mike hervor. »Der Mann ist raffiniert. Und vorsichtig. Und er ist kein Anfänger. Er hat alles bis ins Detail geplant.«

»Wie meinst du das?«

»Zum Beispiel hat er den Wagen vielleicht unter einer falschen Adresse gemeldet. Das ist ja auch nicht weiter schwer, weil sich kaum jemand die Mühe macht, so was nachzuprüfen. Bei den Behörden glaubt man unbesehen alles, was auf Antragsformularen steht.«

»Das ist traurig.«

»Sehr. Und wenn die Adresse nicht stimmt, können wir darauf wetten, daß der Name auch erfunden ist.«

»Aber warum fahren wir dann hier rum?«

»Weiß ich selbst nicht. Wahrscheinlich, weil mir nichts anderes eingefallen ist. Vielleicht kannte er die Gegend und wußte, daß sie verlassen ist. Wenn er eine Adresse angegeben hätte, in der jemand wohnt, hätte man ihm schnell auf die Schliche kommen können. Der Computer hätte ...«

Plötzlich trat Mike ohne Vorwarnung auf die Bremse. Fast wäre Ben mit dem Kopf in der Windschutzscheibe gelandet.

»Was machst du denn?« schrie der Anwalt. »Hier ist doch nirgendwo ein Auto, und du bringst uns fast um mit deinen Manövern!«

Mike starrte nur stumm zum Seitenfenster hinaus.

»Was ist los? Was schaust du da an?«

»Ich bin mir nicht ganz sicher, aber ich glaube ... *Das ist sie!*« Mike stieß die Tür auf und sprang aus dem Auto. »Blau!«

»Blau?«

»Genau. Ich gehe vorne rein, du fährst um den Block rum und bewachst den Hinterausgang. Und fordere Verstärkung an. Wir werden sie brauchen. Er darf uns nicht entkommen.«

»Blau?« Ben verstand immer noch nicht, erhielt aber keine Antwort mehr. Schon stürmte Mike über die Straße zum Hauseingang. Ben sah nur noch seine Mantelschöße flattern. Was war Mike nur aufgefallen? Ben blinzelte in die grelle Sonne und suchte die Fassade des Hauses ab. Sie sah doch auch nicht anders aus als die übrigen in diesem Viertel: leer, geplündert, verfallen, mit Graffiti verschmiert. Das sollte verstehen, wer wollte. Aber ... Moment mal, er hatte zu weit oben gesucht. Da vorne lag doch etwas auf dem Bürgersteig. Etwas Blaues. Ben rutschte auf den Fahrersitz und jagte los. Gleichzeitig fummelte er am Funkgerät herum. Es war eine blaue Schultasche.

25

»Sehr schön, Abie. Wir sind bald fertig.«

Der Junge starrte in die Kamera und gab sich alle Mühe, nicht zu weinen. Er war total verängstigt. Sams Augen hatten ein so böses Funkeln. Ihm war klar, daß der Mann ihm fürchterlich weh tun würde, wenn er ihn wieder ärgerte. Wenn er ihm nicht jeden Wunsch erfüllte.

Abie hatte sich bis auf die Unterwäsche ausgezogen. Sam hatte grinsend zugesehen und etwas wie »alles zu seiner Zeit« gemurmelt. Dann war das Geknipse losgegangen. In einem fort gab er Abie Kommandos, verlangte von ihm alle möglichen Posen, forderte ihn auf, glücklich oder traurig dreinzusehen oder Worte zu sagen, die er noch nie gehört hatte. Abie war das Ganze zuwider. Irgendwie kam es ihm ... schmutzig vor. Ihm wurde schlecht davon. Und es machte ihn traurig.

Er wollte heim zu seiner Mom.

Und zu Dad.

Sam trat hinter der Kamera hervor. »Prima. Jetzt probieren wir mal eine ganz andere Stellung.«

Abie wich zurück. »Ich will nicht mehr«, flüsterte er.

»Schon müde? Na ja, kann ich verstehen. Du hast schließlich hart gearbeitet. Gönnen wir uns eine Pause.« Er nahm Abie bei der Hand. »Vielleicht sollten wir mal was ganz anderes tun. Wie wär's mit einem Spiel? Du und ich. Es macht wahnsinnig Spaß. Na, was hältst du davon?«

Abie schob die Unterlippe vor. »Nein! Ich will nicht mehr spielen. Ich will heim.«

»Alles zu seiner Zeit, Abie. Alles zu seiner Zeit.« Sams Griff um Abies Hand wurde fester. »Möchtest du, daß ich dich berühre, Abie?«

Der Junge versuchte sich loszureißen. »Nein!«

»Wie ist das denn, wenn du nicht einschlafen kannst? Da streichelt dir deine Mutter doch bestimmt den Rücken. Wetten, daß dir das gefällt, Abie?«

Abie wand sich unter seinem Griff. »Ja, und?«

»Nun, bei kleinen Babys ist das ja in Ordnung, aber Erwachsene haben andere Methoden, sich zu berühren. Schönere. Willst du sie kennenlernen?«

Abie konnte vor Angst nicht mehr denken. Tränen rannen seine Wangen hinunter. Er riß und zerrte mit aller Kraft – vergebens.

»Ich habe gefragt, ob du wissen willst, was die Erwachsenen machen?«

Abie kämpfte weiter gegen seinen Griff an.

»Gib mir eine Antwort, Abie!« Sam drückte den Jungen an sich und betastete ihn ganz langsam mit beiden Händen. »Hast du Lust auf was Wunderschönes, Abie?« Er streichelte ihm das Kinn. »Hast du Lust?«

»Nein!« Und ehe der Mann sich's versah, biß Abie ihm so fest er konnte in den Finger.

Sam schrie auf.

Abie wollte seinen Schrecken ausnutzen und sich losreißen, doch Sam hielt ihn mit eisernem Griff.

»Du undankbarer Balg!« Sam holte aus und schlug ihm mit dem Handrücken ins Gesicht, so daß der Junge nach hinten taumelte und auf dem Betonboden aufschlug.

»Das wollte ich nicht!« rief Sam hastig. Er begann zu keuchen. »Aber du hast mich dazu gezwungen. Du bist ein schmutziger Junge und mußtest bestraft werden. Jetzt wollen wir mal sehen, ob es besser klappt.«

Abie sprang auf. Ein Gutes hatte der Schlag bewirkt: Wie durch ein Wunder waren alle Müdigkeit und Lethargie von ihm abgefallen. Er konnte förmlich spüren, wie ein Energieschub durch seinen Körper jagte. Fürs erste hatte er sich aus Sams Griff befreit.

Und er wollte das Beste daraus machen.

Er rannte hinter das Stativ. »Fassen Sie mich nicht an!«

»Aber Abie, wir sind doch Freunde.«

»Nicht mehr! Sie sind kein Freund. Sie sind ... ich weiß nicht, was Sie sind, aber ich mag Sie nicht mehr!«

Sams Gesicht verfinsterte sich. »Sei doch nicht so, Abie.« Er kam dem Jungen langsam näher.

»Rühren Sie mich nicht an!« Abie packte die Kamera und warf sie nach Sam.

Der Mann wich aus, konnte aber nicht verhindern, daß der Apparat auf den Boden krachte und zerbrach.

»Sieh dir an, was du getan hast!« fauchte Sam. »Du hast meine Kamera kaputtgemacht!« Er näherte sich ihm Schritt für Schritt. »Weißt du, was mit Jungen geschieht, die sich so benehmen?«

Zur Antwort schleuderte Abie die Kameratasche auf ihn. Zwar konnte Sam sie auffangen, doch verlor er das Gleichgewicht.

»Also gut, Abie«, stieß er zwischen zusammengepreßten Zähnen hervor. »Jetzt bin ich wirklich böse. Und du kannst nichts mehr auf mich werfen.«

Abie rannte zur Tür und drehte am Griff.

Sie war verschlossen.

»Für wie dumm hältst du mich, Abie? Natürlich habe ich

zugesperrt. Wir wollen doch nicht, daß uns jemand stört, oder?«

Abie warf sich gegen die Tür, trommelte mit den Fäusten gegen das Holz. Es half alles nichts.

»Es hat keinen Sinn, Abie. Das Schloß ist sehr massiv. Ich habe es selbst festgeschraubt.«

Als Abie sich umdrehte, stand Sam unmittelbar vor ihm. Sein Gesicht war wutverzerrt. Der Junge stemmte sich mit dem Rücken gegen die Tür. Die Angst, die er vorhin gehabt hatte, war nichts im Vergleich zu seiner Panik jetzt. Noch nie im Leben hatte er sich so gefürchtet. Er konnte nichts mehr tun, nirgendwohin mehr fliehen. Er war gefangen.

»Jetzt habe ich dich, du dreckiger kleiner Schwächling. Und jetzt bekommst du deine Strafe. Bis du wieder brav bist!«

Abie kreischte. Doch er wußte bereits, daß es keinen Sinn hatte. Niemand konnte ihn hören. Niemand konnte ihm helfen.

26

Warum kam es am Ende immer so? fuhr es Sam durch den Kopf. Warum waren seine kleinen Lieblinge nur immer so undankbar, so gemein? Begriffen sie denn nicht, daß er sie verwöhnen wollte, daß er sie liebte? Begriffen sie denn nicht, daß er vorhatte, etwas Wunderschönes mit ihnen zu teilen?

Er preßte Abie an die Tür, stemmte beide Hände gegen seine Brust. Dann beugte er sich vor und wühlte das Gesicht in Abies Haar. *O Gott!* Wie betörend es duftete! Er liebte den Jungen ja so sehr!

»Ich gebe dir noch eine letzte Chance, dich zu bessern, Abie. Willst du mit mir spielen?«

»Nein!« schrie Abie, und wieder schossen ihm Tränen aus den Augen. »Ich will nichts mehr mit Ihnen zu tun haben! Ich will heim!«

Sam holte aus und schlug ihm mit dem Handrücken übers Gesicht, noch fester als vorher. Dann packte er ihn an den Armen und knallte ihn gegen die Tür. »Ich war viel zu gut zu dir! Ich habe dir alles gegeben, was du wolltest! Und wie dankst du es mir? Wie?« Keuchend hielt er inne und grub dem Jungen die Finger ins Fleisch.

»Sie tun mir weh!« heulte Abie.

»Ich tu dir gleich richtig weh!« Plötzlich schlossen sich die Finger von Sams Hand um die Kehle des kleinen Jungen. Abie riß den Mund auf, er bekam keine Luft mehr.

»Ich wollte dir nichts antun, wirklich nicht«, sagte Sam und drückte noch fester zu. »Aber du läßt mir keine andere Wahl. Du nützt mir nichts, wenn du dich so aufführst.«

Warum mußte es immer so enden? Es wäre so schön gewesen. Sie hätten sich einander anvertrauen können ... Aber nein! Abie verdiente sein Vertrauen nicht. Er war um keinen Deut besser als der Kerl im Park und der andere im Einkaufszentrum. Sie waren sich doch alle gleich ... Er konnte es nicht riskieren, sie laufen zu lassen, weil er genau wußte, daß sie reden würden.

Sie mußten sterben.

Sam biß die Zähne aufeinander und verstärkte den Druck noch einmal. Schon wurde Abies Gesicht blau – er schien nicht mehr zu atmen. Ein paar Sekunden noch ...

27

Sam würgte den Jungen noch, als er auf einmal einen gewaltigen Schlag hörte. Die Wand hinter Abie schien förmlich zu beben. Verwirrt ließ er los. Was, zum Teufel ...?

Aber Moment mal. Das war ja gar nicht die Wand, sondern die Tür!

Jemand versuchte, die Tür aufzubrechen! Jemand wollte in seinen geheimen Unterschlupf eindringen!

Im nächsten Augenblick bebte die Tür schon wieder, und dann flog sie mit solcher Wucht auf, daß Abie ins Zimmer geschleudert wurde und regungslos auf dem Betonboden liegen blieb.

Ein bulliger Mann mit welligem dunklem Haar, der trotz der Hitze einen Trenchcoat trug, sprang ins Zimmer. Er hielt eine Pistole in der Hand.

»Hände hoch, du Scheißkerl! Du bist verhaftet!«

Mike versuchte, die gesamte Szene mit einem Blick zu erfassen. Der Mann, der da vor ihm kauerte, mußte der Perverse sein. Er war groß und trug ein blaues Marvin-the-Martian-T-Shirt. Seine rote Perücke lag auf dem Boden.

Weiter hinten sah Mike einen kleinen Jungen auf dem kahlen Boden liegen. Er war bis auf seine Boxershorts unbekleidet und rührte sich nicht.

Mike hätte diesem Perversen am liebsten das Gesicht zu Brei geschlagen, doch gelang es ihm, seinen Zorn zu zügeln. »Auf den Boden!« bellte er. »Hände hinter den Rücken!«

Als Mike die Handschellen aus der Seitentasche riß, hörte er den Jungen würgen. Aus seinem Mund tropfte Blut. Er lebte, aber er brauchte unbedingt künstliche Beatmung. Und zwar so schnell wie möglich. *Verflucht!*

»Keine Tricks«, knurrte Mike und legte dem Mann hastig die Handschellen an. Dann eilte er zu dem Jungen hinüber. »Bleib, wo du bist«, warnte er den anderen noch einmal, ehe er sich über Abie beugte.

»Alles in Ordnung?« Er berührte den Jungen an der Wange. Eine Antwort blieb aus, und er fühlte am Hals nach dem Puls. »Du verdammtes Schwein«, murmelte er. »Wenn du wieder einen umgebracht hast ...«

Der Mann auf dem Boden grinste ihn frech an.

Mike packte Abie an den Schultern. »Gib nicht auf, Abie! Komm zu dir!«

Immer noch keine Reaktion.

Mike hielt die Hand vor Abies Mund. Er spürte keinen Hauch.

Scheiße, Scheiße, Scheiße! Er mußte es mit künstlicher Beatmung versuchen. Vielleicht kam Abie ja doch wieder zu sich und atmete von selbst weiter ...

Mike wischte Blut und Speichel von Abies Mund, dann

schob er den Arm unter sein Genick und hob den Kopf an. Während seiner Ausbildung hatte er alle Techniken der künstlichen Beatmung gelernt. Bei Kindern mußte man eine andere anwenden als bei Erwachsenen, aber er konnte sich nicht mehr genau erinnern, welche. Verflucht, er mußte es einfach irgendwie versuchen und hoffen, daß es klappte.

Vorsichtig blies er dem Jungen seine Atemluft in den Mund und sah nach, ob der Brustkorb sich hob.

Nichts.

Komm schon, Abie! Er blies wieder. Gib nicht auf, Abie. Du schaffst es!

Der Mann mit der Perücke schlich sich unbemerkt heran und trat Mike so heftig in die Kehle, daß er rücklings auf dem Beton landete. Sofort setzte er mit einem Tritt gegen sein Handgelenk nach, und die Pistole schlitterte über den Boden. Mike versuchte sich aufzurichten, als der Mann wieder zutrat, diesmal gegen seinen Rücken.

Mike schlug mit dem Kopf voran auf dem Boden auf. Wie hatte er nur so dumm sein können! Er hatte sich nur noch auf die Wiederbelebung konzentriert und dabei diesen Scheißperversen ganz vergessen. Benommen schüttelte er den Kopf.

Und schon wieder hörte er den Typen kommen. Mike wälzte sich ächzend auf den Rücken. Der Mann holte gerade aus, als Mike den Fuß hochbrachte und ihm voll auf die Kniescheibe trat. Der Kerl brüllte vor Schmerz und sackte zusammen. Das war Mikes Chance. Während der andere noch versuchte, sich aufzurichten, jagte ihm Mike die Faust in den Solar Plexus. Der Typ schrie auf, doch Mike war noch nicht fertig und versetzte ihm einen gezielten Tritt in die Hoden.

Sein Ausbilder in der Polizeiakademie hatte immer gesagt, das sei die wirksamste Methode, um Angreifer aufzuhalten. Wie wahr. Der Typ krümmte sich, torkelte durch das Zimmer und fiel auf die Matratze.

Direkt daneben lag eine Kamera auf dem Boden. Allein von ihrem Anblick wurde Mike schon übel. Man brauchte nicht viel Fantasie, um sich vorzustellen, wozu sie diente.

Und wenn die Jungs vom Labor die Filme entwickelten, würde auch er nicht umhin kommen, sich die Fotos anzusehen.

Mike verscheuchte diesen Gedanken. Erst mußte er das hier hinter sich bringen. Offenbar hatte er den Perversen doch nicht außer Gefecht gesetzt, denn er stand schon wieder, wenn auch auf wackeligen Beinen, schnappte nach Luft und hielt sich am Stativ fest. »Hinlegen, du Drecksstück!« knurrte Mike. Aber auch er atmete schwer. Wo, zum Teufel, war seine Pistole? »Gib mir keinen Grund, dich aus dem Fenster zu werfen, du Aas! Du kannst dir gar nicht vorstellen, wie gern ich ...

Wie aus dem Nichts leuchtete ein Scheinwerfer Mike mitten in die Augen. Plötzlich sah er nichts mehr. Blind schlug er nach dem Typen, traf aber nicht. Und dann hörte er nur noch seine Schritte.

Mike blinzelte, doch seine Augen erholten sich nicht so schnell. Immer noch blind wie eine Fledermaus tapste er in Richtung Tür, fand sie und stolperte hinaus ins Treppenhaus. Er hatte nicht vergessen, wie baufällig die Treppe war. Als er hinaufgestiegen war, hätte er sich fast das Genick gebrochen. Und da hatten seine Augen noch funktioniert.

Unten verhallten die Schritte des Typen. Scheiß auf die Sicherheit! Er mußte ihn erwischen. Jetzt oder nie! Vorsichtig stellte sich Mike auf die oberste Stufe. So weit, so gut. Er wagte den nächsten Schritt. Wenn er nicht die Geduld verlor, müßte er es eigentlich ...

Plötzlich gab die Holzbohle er seinen Füßen nach. Mike fiel und konnte sich gerade noch mit den Händen irgendwo festhalten, sonst wäre er abgestürzt.

»Ben!«

Sein Schrei verhallte ungehört. Natürlich. Ben war ja auf der anderen Seite und bewachte die Hintertür. Dank Mikes Dummheit konnte der Typ jetzt ungehindert entkommen.

Es ließ sich nicht mehr ändern. Das perverse Schwein war ihm entwischt. Jetzt blieb ihm nur noch eins: Zurück zum Jungen und ihm helfen.

Wenn es nicht zu spät dafür war.

Langsam konnte Mike wieder etwas sehen. Mühsam stemmte er sich hoch und krabbelte die Stufen zum Treppenabsatz hinauf. Wenigstens brach er nicht wieder ein. Er rannte zu dem Jungen zurück und kniete sich neben ihn.

Abie hatte sich immer noch nicht bewegt.

Das war die schlimmste Niederlage seines Lebens. Warum war er dem Typen nachgerannt? Dieser kleine Junge war doch viel ...

Aber Moment mal! Bildete er sich das ein, oder hatte sich Abie wirklich ...?

Ja! Er zuckte. Gott im Himmel – er bewegte sich!

»Abie! Kannst du mich hören? Kannst du atmen? Wie fühlst du dich? Tut dir der Kopf weh?«

Abie zwinkerte, kniff die Augen zu, zwinkerte wieder, dann sah er ihn mit wässerigen Augen an. »Wer ...?«

»Ich bin Polizist«, keuchte Mike. »Ich ... bin da, um dir zu helfen.«

Allmählich wurde Abies Atem regelmäßiger. Seine Lippen zitterten, und plötzlich fing er an zu weinen. »Bitte bringen Sie mich heim.«

»Natürlich bringe ich dich heim, Abie.« Mike hob den Jungen hoch und trug ihn auf den Armen zur Tür. »Du brauchst keine Angst mehr zu haben«, flüsterte er. »Jetzt wird alles gut. Alles wird wieder gut.«

DRITTER TEIL

Die Mühlen der Gerechtigkeit

1

Ben bahnte sich seinen Weg durch die Menge. Die Leute stritten um jeden freien Platz und stießen einander sogar von den Bänken. Und wenn es hieß: »Ich war zuerst da!« oder: »Stühle reservieren ist nicht fair!«, dann kam man sich wie im Kindergarten vor, aber nicht wie im Bezirksgericht von Tulsa.

Sitze waren heute hochbegehrt. Und weil der Saal nicht so viele Leute faßte, warteten draußen noch Neugierige in Schlangen. Der Fall erregte Aufsehen, nicht nur in Oklahoma, sondern landesweit. Eine Reihe Fernsehreporter waren da, und auch Journalisten mehrerer überregionaler Zeitungen. Sogar der Fernsehkanal Court TV, spezialisiert auf spektakuläre Prozesse, hatte filmen wollen, doch Ben hatte die Zustimmung verweigert.

Es wollte ihm nicht in den Kopf, daß ein Mordprozeß so viele Menschen anzog. Lag es vielleicht an der Hitze, die das Leben in der Stadt zum Erliegen brachte, war man deshalb froh über jede Abwechslung? Oder waren die Medien schuld? Mit reißerischen Meldungen wie ›Die Gepfählte aus der Vergangenheit‹ und der Präsentation blutrünstiger Details hatten sie den Fall aufgebauscht. Offenbar gewann der Sensationsjournalismus zusehends die Oberhand gegenüber seriöser Berichterstattung.

Vielleicht lag dem Zulauf auch eine Art unterschwelliger Klassenkampf zugrunde, nach dem Motto: Armer entwicklungsbehinderter Schwarzer begeht brutales Verbrechen in Bonzenenklave. Aber auch schlichte Neugierde war nicht auszuschließen – Gerichtssäle boten eine wunderbare Ausrede für all diejenigen, die gern in den Angelegenheiten anderer herumschnüffelten.

Als Ben endlich die Anklagebank erreichte, war Leeman noch nicht da. Auch Christina sah er nirgendwo. Allerdings hatte sie bereits all seine Aufzeichnungen und Beweismittel auf seinem Pult deponiert.

»Ein Statement zum Prozeß, Mr. Kincaid? Rechnen Sie mit einem Sieg?«

Ben drehte sich um. Auf der anderen Seite der Absperrung stand ein Mann, der ihm ein Mikrofon unter die Nase rammte. Die ersten zwei Reihen waren für die Presse reserviert, und ein Anstecker auf seinem Revers wies den Mann als Reporter von Channel 2 aus.

»Tut mir leid«, antwortete Ben. »Nach meiner Erfahrung ist im Fernsehen die Berichterstattung über Gerichtsfälle alles andere als akkurat.«

»Machen Sie schon«, drängte der Mann. »Ich brauche bloß zehn Sekunden.«

»Eben«, erwiderte Ben. »Genau das ist ja das Problem.«

Hinter dem Mann vom Fernsehen rangelten die Reporter um die besten Plätze. Wahrscheinlich wollten sie sich live aus dem Gericht melden. Ben erkannte die Moderatoren Beth Rengel und Clayton Vaughn von Channel 6, Karen Keith, Lesley Turnbull und Rick Wells, die nicht gerade für sorgfältiges Recherchieren bekannt waren, und dann, ein Lichtblick: seine Lieblingsreporterin Karen Larsen. Ihr gab er vielleicht ein Interview, vorausgesetzt, sie versprach ihm mehr als zehn Sekunden Redezeit.

»Spüren Sie den Druck, Ben?«

Jack Bullock hatte sich vor seinem Pult aufgebaut.

»Bevor ein Prozeß losgeht, ist doch jeder angespannt. Daran sehe ich nichts Ungewöhnliches.«

»Sie glauben wohl immer noch, Sie könnten ein Alibi aus dem Hut zaubern, damit Ihr Junge heimgehen und noch mehr Frauen aufspießen darf?«

»Jack, Sie wissen ganz genau, daß ich verpflichtet bin, meinen Mandanten nach bestem Wissen und Gewissen zu verteidigen. Ich habe keine andere Wahl, als ...«

»Sie haben diesen Fall freiwillig angenommen, Ben. Niemand hat Sie dazu gezwungen.«

»Ich habe ihn angenommen, weil ich Leeman Hayes für unschuldig halte. Warum nehmen Sie das bloß so persönlich?«

»Weil sich für mich ein persönliches Anliegen damit verbindet. Mir liegt am Wohl der Menschen. Mir liegt am Wohl der Stadt. Ich bin nicht scharf auf das große Geld oder eine Villa mit Swimmingpool, ich will, daß unsere Welt lebenswerter wird. Nur eins will ich nicht: daß Menschen wie Sie sich mir in den Weg stellen.«

»Jack ...« Ben schüttelte fassungslos den Kopf. Was gab es da noch zu sagen? »Ich muß noch meine Unterlagen durchsehen. Wenn Sie mich bitte entschuldigen ...«

»Wie Sie meinen.« Bullock wandte sich um, fügte dann aber leise hinzu: »Ich habe noch eine Überraschung für Sie.«

Bei Ben schrillten sämtliche Alarmglocken. »Wovon reden Sie da?«

Bullock hatte schon fast sein Pult erreicht. »Viel Spaß noch beim Durchsehen Ihrer Akten.«

»Falls Sie es noch nicht wissen sollten, Bullock: Schüsse aus dem Hinterhalt sind passé. Mein Mandant hat ein Recht, alle Anklagepunkte zu erfahren.«

»Wa-wa-wa!« äffte der andere den Tonfall eines weinenden Kindes nach. Dann begann er, mit seiner Kollegin Myrna Adams zu tuscheln.

Na großartig. Ben bemerkte, daß die Reporter schon eifrig kritzelten. Sie hatten den Streit vermutlich mitgekriegt. Und privates Hickhack zwischen Anwälten war natürlich ein gefundenes Fressen für sie. Er konnte die Schlagzeilen schon sehen, mit denen der Mordfall zum Racheduell hochstilisiert wurde.

Auffällig war, daß Bullock mit keinem Wort die Möglichkeit einer Einigung erwähnt hatte. Normalerweise setzten sich vor jedem Verfahren die Gegenseiten und der Richter zusammen und loteten aus, ob der Angeklagte zu einem Geständnis bereit war, was in der Regel eine Milderung des Strafmaßes zur Folge hatte. Doch Bullock schien mit Volldampf auf ein Todesurteil zusteuern zu wollen.

Schlagartig erstarb das Stimmengewirr im Saal. Alle drehten sich um. Doch nicht wegen des Richters. Der saß noch immer in seinem Büro.

Leeman Hayes wurde hereingeführt.

Trotz des Kameraverbots leuchteten Blitzlichter auf und

surrten Camcorder, als zwei Deputys Leeman zur Anklagebank eskortierten. Ben bot ihm lächelnd den Stuhl neben dem seinen an. Leeman erwiderte das Lächeln zwar, doch stand ihm die Angst ins Gesicht geschrieben. Nicht zum erstenmal fragte sich der Anwalt, wieviel sein Schützling von all dem Trubel mitbekam. Aber er konnte sich ausmalen, was ihm jetzt durch den Kopf schwirrte: Was machen wir hier? Was wollen diese Leute von mir? Warum starren sie mich so an?

Ben klopfte ihm begütigend auf die Schulter und drehte ihn mit sanftem Druck nach vorne. »Es ist alles gut. Vergiß einfach, daß sie da sind. Sie gehören hier zur Einrichtung, und du brauchst nur auf das zu achten, was vorne passiert.«

Leeman beugte sich vor, das Kinn auf die Hand gestützt.

Seit ihrer ersten Begegnung hatte Ben seinen Mandanten mehrmals in der Anstalt besucht. Obwohl er dabei keine neuen Erkenntnisse gewonnen hatte, glaubte er, daß Leeman sich immer mehr an ihn gewöhnt und vielleicht sogar Vertrauen zu ihm gefaßt hatte. Nun, laut Vera waren bisher nur zwei Menschen zu ihm rausgefahren – Ernie und Ben.

Seine Besuche hatten Ben zunehmend in der Überzeugung bestätigt, daß Leeman nicht in der Lage war, einen solchen Prozeß durchzustehen, mochte der vom Staat bestellte Psychiater behaupten, was er wollte. Doch Richter Hawkins hatte Bens wiederholte Anträge auf ein neues Gutachten abgeschmettert. Das Verfahren sei ohnedies zu lange hinausgezögert worden, hatte er argumentiert. Es sei höchste Zeit, daß hier für Gerechtigkeit gesorgt werde.

Gerechtigkeit! Was für ein Begriff.

Leeman legte den Kopf schief. »Papa ...?«

»Er ist auch da. Dort hinten sitzt er, siehst du ihn?« Ben deutete auf Ernie, der auf sie aufmerksam wurde und ihnen zuwinkte.

»Nicht ...« Leeman verrenkte unbeholfen den Kopf.

»Was meinst du mit ›nicht‹? Willst du nicht hier sein? Kann ich gut verstehen, Leeman. Ich will auch nicht hier sein, aber wir müssen die Anschuldigungen aus der Welt räumen.«

Leeman schüttelte heftig den Kopf. »Nicht zurückgehen!«

Ben staunte. So viele Silben am Stück hatte er noch nie von diesem Mann gehört. Und dann begriff er, wohin Leeman nicht zurückgehen wollte: ins Krankenhaus. Er war in zu vielen von diesen Anstalten gewesen.

»Heim«, flüsterte der Behinderte.

Ben ergriff seine Hand. »Ich werde mein Bestes tun«, versprach er, um einen möglichst zuversichtlichen Ton bemüht.

Leeman hob das Kinn. »Später ...?«

»Später?«

»Beet-hooven.«

Ben lächelte. »Abgemacht.«

Dann hörte Ben, wie vorne seitlich die Tür aufging und der Gerichtsdiener in den Saal trat. »Bitte erheben Sie sich.«

Die Zuschauer verstummten und standen auf. Nun erschien Richter Hawkins mit seiner schwarzen Robe in der Tür und schritt majestätisch zu seinem Pult am Kopfende des Saals.

»Verlieren wir keine Zeit«, brummte er. »Rufen Sie den Fall auf.«

Daraufhin leierte der Gerichtsdiener seinen Spruch herunter. Als Leeman seinen Namen hörte, wollte er aufstehen, doch Ben zog ihn sanft auf seinen Stuhl zurück.

»Sehr schön«, sagte Hawkins. »Das Gericht hat sich davon überzeugt, daß der Angeklagte prozeßfähig ist. Die beteiligten Parteien werden gebeten, vorzutreten.«

Ben und Bullock gehorchten. »Gentlemen«, sagte der Richter und machte eine Kunstpause, »bringen wir die Show auf den Weg.«

2

»Erster Schritt!« dröhnte Richter Hawkins. »Wir müssen die Geschworenen bestimmen. Gerichtsdiener, verlesen Sie die Namen der Kandidaten.«

Der Angesprochene griff in eine Lostrommel, in der sich an die fünfzig Zettel befanden, von denen jeder mit dem Namen eines Bürgers der Stadt bedruckt war. Wer aufgerufen wurde, mußte vortreten und auf der Geschworenenbank Platz nehmen. Insgesamt wurden vierundzwanzig Kandidaten und noch mehrere Ersatzleute benötigt, aus deren Reihen dann die zwölf Geschworenen ausgewählt werden sollten.

Schon bei der Verlesung schrieb sich Ben sämtliche Namen auf. Ausgebuffte Anwälte schafften es, sich die Litanei auf Anhieb zu merken und die Geschworenen mit einer persönlichen Anrede ungemein zu beeindrucken. Nun, Bens Gedächtnis war nicht annähernd so gut, doch hoffte er, mit den wenigen Namen zu punkten, die er sich merken konnte, und nur im Notfall auf seinem Spickzettel nachsehen zu müssen.

Als die Kandidaten Platz genommen hatten, begann das in Bens Augen größte Ratespiel aller Zeiten. Auf der Grundlage einiger indirekter Fragen und stereotyper Antworten sollte er bestimmen, wer den für seinen Mandanten geeignetsten Geschworenen abgeben würde. Was war ihm lieber? Männer oder Frauen? Arme oder Reiche? Schwarze oder Weiße? Las Vegas war nichts im Vergleich zu dieser Lotterie. Der Ausgang war hier wie dort unwägbar, nur war der Einsatz hier ungleich höher: Es ging um ein Menschenleben.

Gut zwei Drittel der Kandidaten waren Männer. Ben war das gar nicht recht. Er baute auf Mitgefühl, und das brachten in der Regel eher die Frauen auf. Auch die ungewöhnlich hohe Zahl der Leute mit Anzug und Krawatte schlug ihm auf den Magen. So kleideten sich normalerweise vor allem Akademiker, Gutverdienende also. Erfahrungsgemäß waren die Reicheren oft konservativ und neigten darum eher zur Todesstrafe, wohingegen arme Leute mehr Verständnis für die Nöte der Unterprivilegierten aufbrachten. Andererseits konnten gerade unter ihnen Leute sein, die gegen ihresgleichen unnachgiebige Härte verlangten.

Nicht zuletzt beschäftigte Ben die Frage der Rassenzugehörigkeit. In einem Prozeß gegen einen Farbigen stiegen seiner Erfahrung nach dessen Chancen mit der Anzahl der Schwarzen unter den Geschworenen. Unter den Kandidaten für diesen Prozeß sah er aber nur zwei. Laut der Verfassung der Vereinigten Staaten durfte kein Mensch aufgrund seiner Hautfarbe von einem Verfahren ausgeschlossen werden, doch für einen erfahrenen Fuchs wie Bullock war es sicher kein Problem, einen eleganten Vorwand für die Ablehnung der zwei Schwarzen zu finden. Und was sollte Ben dann dagegen unternehmen? Ja, wie sollte er überhaupt jetzt schon ahnen, was sein Gegner alles aushecken würde?

Zu Bens Erleichterung trat endlich Christina ein und setzte sich auf die für die Mitarbeiter des Verteidigers reservierte Bank. Gott sei Dank. Sie war eine weit bessere Menschenkennerin als er, und wenn man etwas bei der Auswahl von Geschworenen brauchte, dann ein untrügbares Gespür.

Der Richter bat nun die Kandidaten um Angaben zu Name, Adresse, Beruf und, falls sie verheiratet waren, auch zu den Personalien des Ehepartners. Bei einigen wenigen fragte er nach. Als das erledigt war, erteilte er dem Staatsanwalt das Wort.

Bullock begann mit einer eleganten Einleitung und ein paar Scherzchen. Wie Ben schon erwartet hatte, sprach er die Kandidaten namentlich an. Angeber. Und obwohl er wußte, daß Hawkins keine Vorwegnahme des Eröffnungsplädoyers dulden würde, machte er den Geschworenen schon jetzt mit Andeutungen den Mund wässerig. So wies er sie gleich zu Anfang pathetisch darauf hin, daß sie sich mit einem ›kaltblütigen, schamlosen Mord‹ zu befassen hätten.

Ben konnte sehen, wie die Augen einiger Kandidaten zu leuchten begannen. Das klang so aufregend, so sensationell! Bis dahin waren sie noch im unklaren über die eigentliche Natur dieses Prozesses gewesen.

»Sehr verehrte Damen und Herren«, fuhr Bullock fort, »so traurig es bisweilen ist, doch sind nicht alle Menschen mit den gleichen Voraussetzungen geschaffen worden. Manche kommen schon mit einem Geburtsfehler auf die Welt, sind lernbehindert oder haben andere Probleme. Dafür gehört ihnen natürlich unser ungeteiltes Mitgefühl.«

Die Kandidaten nickten, einige schielten schon zu Leeman hinüber. Nach Bens Erfahrung konnten Geschworene durchaus eins und eins zusammenzählen.

»Irgendwann wird jedoch ein Punkt erreicht, an dem auch der Geduldigste kein Verständnis mehr aufbringt. Viele werden sagen, daß Lernbehinderung kein Grund für asoziales Verhalten ist. Und für Mord schließlich gibt es überhaupt keine Rechtfertigung.«

Ben kannte dieses Spiel. Während Bullock diese Ansprache hielt, versuchte er bereits an den Mienen den Grad der Zustimmung abzulesen.

»Wie sehen Sie das denn, Mr. Simpson?« sprach er einen älteren Herrn in der zweiten Reihe an. »Glauben Sie, daß es eine Rechtfertigung für Mord gibt?«

Mr. Simpson räusperte sich. »Na ja, ich denke, jeder hat ein Recht auf Selbstverteidigung. Man muß ja sich oder sein Eigentum schützen.«

Bullock nickte zustimmend. »Ganz gewiß. Das Recht auf Notwehr ist im Gesetz verankert. Aber hat ein Mensch deswegen eine Blankovollmacht, irgendwen umzubringen, weil er, sagen wir, nicht ganz so schlau ist wie der andere?«

»Natürlich nicht.«

»Und würden Sie etwas anderes sagen, wenn Sie wüßten, daß diese hypothetische Person lernbehindert ist, nicht wahnsinnig, aber eben langsamer als die meisten?«

Mr. Simpson schüttelte bedächtig den Kopf. »Ich glaube, nein.«

Nach dieser Methode befragte Bullock noch drei weitere Kandidaten. Wirklich geschickt, das mußte sogar Ben zugeben. Sein Widersacher hatte sehr richtig die größte Schwierigkeit bei diesem Prozeß erfaßt: einen Schuldspruch gegen einen geistig Behinderten. Und dazu packte er den Stier bei den Hörnern und ließ Mitgefühl, das wohl bei den meisten die natürliche Reaktion war, erst gar nicht aufkommen.

Nachdem er fast eine Stunde den Boden bereitet hatte, ging Bullock schließlich zu seinem Hauptanliegen über: der Todesstrafe.

Seit der richtungweisenden Witherspoon-Entscheidung des *Supreme Court* hatten Staatsanwälte einen beträchtlichen Spielraum, wenn es darum ging, die Fähigkeit der Geschworenen zum Schuldspruch in Prozessen festzustellen, in denen als Höchststrafe das Todesurteil drohte.

»Mrs. Skaggs«, wandte sich Bullock an eine Dame mittleren Alters am rechten Rand, »glauben Sie an die Todesstrafe?«

»Ja!« antwortete die Frau mit Nachdruck. »Auge um Auge. Steht in der Bibel.«

Bullock nickte. »Kann dem jeder zustimmen? Machen wir es mit Handzeichen. Glauben Sie an die Todesstrafe?«

Die Leute reagierten nur zögernd, doch am Ende meldeten sich immerhin zwanzig. Bullock wandte sich zum Richter um. Dieser hüstelte, als wäre er gerade aus seinen Gedanken gerissen worden, dann musterte er die Kandidaten und entließ diejenigen, deren Hand unten geblieben war. An ihre Stelle rückten vier Ersatzleute nach.

Ein raffinierter Zug, der Bullock da gelungen war. Natürlich war er derjenige gewesen, der die Entfernung der vier Abweichler – wenn auch auf sehr subtile Weise – verlangt hatte, doch nach außen stand Richter Hawkins als der Bösewicht da. Ben verschwendete keinen Gedanken an einen Einspruch. In dieser Hinsicht war das Gesetz eindeutig: Die Geschworenen hatten die Aufgabe, die Gesetze mit allen Konsequenzen anzuwenden. Wer dazu trotz erdrückender Beweislast gegen den Angeklagten nicht bereit war, mußte entlassen werden.

»Mrs. Skaggs«, fuhr Bullock fort, »viele Leute glauben im Prinzip an die Todesstrafe, aber wenn sie dann selbst darüber zu entscheiden haben, sind sie oft nicht mehr imstande, den Tod eines Menschen zu fordern.«

Mrs. Skaggs nickte stumm.

»Ma'am, angenommen, ich würde die Schuld dieses jungen Mannes eindeutig beweisen, wären Sie dann in der Lage, die Todesstrafe zu verhängen?«

Sie zögerte. »I-ich glaube … ja.«

»Sind Sie sicher? Ihnen ist doch klar, daß in diesem Fall eine Bewährungsstrafe ausgeschlossen ist. Wenn Sie das Todesurteil sprechen, müssen Sie davon ausgehen, daß der Angeklagte mit einer Spritze hingerichtet wird.«

Bullock atmete tief durch und wartete, damit seine Worte auf sie einwirken konnten. »Was immer Sie gehört oder gelesen haben, Sie müssen damit rechnen, daß die Todesstrafe vollzogen wird. Würden Sie sie unter dieser Voraussetzung immer noch aussprechen?«

Mrs. Skaggs schluckte. »I-ich bin mir nicht sicher.«

»Ich verstehe.« Bullocks Erfahrung zahlte sich jetzt aus. Er hatte ein untrügliches Gespür für die Zweifelnden, für die schwachen Glieder der Kette entwickelt. »Was meinen Sie, wenn Sie sagen, daß Sie nicht sicher sind?«

»Ich meine ...« Schweißperlen traten auf ihre Stirn. »Ich will doch das Richtige tun. Ich will meine Pflicht erfüllen. Aber wenn Sie es so sagen ... dann ist es ja so, als ob ich den Mann selbst hinrichten würde.«

Bullock widersprach ihr nicht. »Und wären Sie dazu in der Lage, Ma'am?« Er wirkte sehr sanft, doch in Wirklichkeit drängte er sie zu der eindeutigen Aussage, daß sie genau dazu nicht fähig war. Nur dann hatte er einen triftigen Grund, ihren Ausschluß zu verlangen. »Ich will nicht sagen, daß es leicht wäre, Ma'am, aber wären Sie dazu in der Lage?«

»I-ich würde mich um Gerechtigkeit bemühen.«

»Mrs. Skaggs, Sie beantworten meine Frage nicht.« Er deutete auf Leeman. »Könnten Sie diesem Mann in die Augen sehen und sagen: ›Sir, Sie müssen für Ihr Verbrechen sterben.‹« Seine Stimme schwoll an. »Könnten Sie das?«

»W-wahrscheinlich. Es käme immer darauf an ...« Sie starrte Bullock hilflos an. Dann wanderte ihr Blick weiter zu Hawkins. Doch vom Richter war keine Hilfe zu erwarten. Er wandte sich ab.

»Es tut mir leid, Mrs. Skaggs, aber das genügt nicht.« Bullock trat näher an sie heran. »Ich benötige eine eindeutige Antwort von Ihnen. »Wären Sie dazu in der Lage?«

»Aber ...« Die arme Frau war den Tränen nahe. »Aber ich habe ja noch gar keine Beweise gesehen!«

»Mrs. Skaggs, wir wollen von Ihnen jetzt noch nicht wissen, ob Sie den Angeklagten für schuldig halten, aber angenommen, die Beweislast ist erdrückend, könnten Sie dann das Todesurteil aussprechen?«

Mrs. Skaggs' Lippen zitterten, ihre Augen flackerten. Sie gab keine Antwort.

»Die Geschworene muß die Frage beantworten«, erklärte Hawkins.

»I-ich ...« Sie ließ den Kopf sinken. »Ich glaube nicht, daß ich das könnte. Nein.«

»Vielen Dank für Ihre offenen Worte«, sagte Bullock, der jetzt wieder die Warmherzigkeit in Person war. Und warum auch nicht? Er hatte ja, was er wollte.

Richter Hawkins entließ Mrs. Skaggs und berief an ihrer Stelle einen anderen Kandidaten.

Ben lächelte Leeman aufmunternd zu, dann lehnte er sich zurück und versuchte sich zu entspannen. Wenn es so weiterging wie bisher, würde sich die Sache noch ewig in die Länge ziehen.

3

Bullock setzte seine peinlich genaue Befragung jedes einzelnen Kandidaten fort. Nun, er hatte das Recht, diejenigen auszuwählen, die auch wirklich bereit waren, das Todesurteil auszusprechen, und das nutzte er weidlich aus. Andererseits bedeutete das, daß ein solcherart ausgesiebtes Gremium von Haus aus zur schlimmstmöglichen Strafe neigen würde. Ben mochte sich darüber empören, ändern konnte er es nicht. Das Gesetz sah es so vor.

Die Prozedur zog sich bis in den frühen Nachmittag hin. Am Ende musterte Bullock noch einmal fünf Leute aus, die sogleich durch Nachrücker ersetzt wurden und sich ebenfalls zur Todesstrafe äußern mußten. Um halb zwei ließ es Bullock schließlich gut sein. Er hatte die Geduld der Leute bis an die Grenzen strapaziert. Freilich gab es in den Vereinigten Staaten bisweilen auch Prozesse, bei denen die Auswahl der Geschworenen Wochen dauerte.

Als der Staatsanwalt sich gesetzt hatte, forderte Hawkins Ben auf, seine Befragung zu beginnen.

»Euer Ehren, könnten wir nicht vorher in die Mittagspause gehen? Die Geschworenen haben sicher schon Hunger.«

Hawkins sah auf die Uhr. »Nein. Machen wir weiter. Eine Pause gibt es erst, wenn Sie fertig sind.«

»Aber Euer Ehren, die Geschworenen werden sich nicht mehr so gut konzentrieren ...«

»Ich habe gesagt, machen wir weiter.«

»Aber Euer Ehren ...«

»Ich wiederhole mich nicht noch einmal. Wenn Ihnen wirklich so am Wohlbefinden der Geschworenen gelegen ist, dann fassen Sie sich eben kurz.«

Daher wehte also der Wind. Von Ben sollte es abhängen, wann die Geschworenen zum Mittagessen durften. Wenn er sie mit Fragen bombardierte, obwohl ihnen der Magen längst knurrte, dann wäre Ben der Sündenbock. Es sah ganz so aus, als wolle der als ›scharfer Hund‹ berüchtigte Richter dem Verteidiger das Wasser abgraben.

Ben streckte die Brust vor und trat auf die Kandidaten zu. Als ersten wandte er sich an Mr. Franklin, einen grobschlächtig wirkenden Mittvierziger. Ben schätzte ihn als Ultrakonservativen ein, dem Parolen wie ›erst schießen, dann fragen‹ imponierten. Das würde der Mann allerdings nie zugeben, wenn man ihn direkt darauf ansprach. Aber wozu gab es subtilere Methoden?

»Mr. Franklin, Sie haben sich vorhin selbst als einen leidenschaftlichen Befürworter der Todesstrafe bezeichnet. Stimmt das?«

Franklin hakte den Daumen in den Gürtel. »Da liegen Sie richtig.«

»Ist das eine Auffassung, die Sie mit Freunden teilen?«

Franklin kniff die Augen mißtrauisch zusammen. »Was für Freunde?«

»Nun, sind Sie vielleicht zufällig Mitglied von Amnesty International?«

»Soll das ein Witz sein?«

»Oder des Dachverbandes der Handfeuerwaffenbesitzer?«

»Seit meiner ersten Knarre.«

»Ich verstehe. Und wann war das?«

»An meinem vierzehnten Geburtstag. Da hat mir mein Daddy eine hübsche kleine Winchester geschenkt.«

Ben nickte. »Und können Sie mir erklären, warum Sie die Todesstrafe für sinnvoll halten?«

»Einspruch!« rief Bullock. »Das ist nicht relevant. Seine politischen Überzeugungen gehen Mr. Kincaid nichts an.«

»Im Gegenteil«, widersprach Ben. »Ich erkundige mich nach seiner Einstellung zur Todesstrafe. Mr. Bullock hat den ganzen Tag lang nichts anderes getan.«

Hawkins winkte mit zerstreuter Miene ab. »Er darf fragen.« Es war der Weg des geringsten Widerstandes.

»Na ja«, sagte Franklin, »die Todesstrafe ist dazu da, den Leuten zu zeigen, was ihnen blüht, wenn sie wen umbringen. Solche Kerle sollen ruhig Angst kriegen.«

»Ihnen ist klar, daß das ein unzulässiger Grund für die Verhängung der Todesstrafe wäre?«

»Äh, – ich verstehe nicht ganz.«

»Ihre Entscheidung darf nur von der Beweislage in diesem einen Fall abhängen. Eine mögliche abschreckende Wirkung auf Dritte wäre unerheblich.«

»Das sehe ich aber nicht so.«

»So ist aber das Gesetz.«

»Dann ist das aber ein dummes Gesetz.« Einige seiner Kollegen lachten.

Ben versuchte zu lächeln. Die Geschworenen sollten ihn doch nicht für humorlos halten. Anderseits durfte er nicht nachgeben. Franklin mußte entlassen werden, bevor er Leeman für schuldig erklärte, nur um es den Verbrechern ›mal zu zeigen‹. »Mr. Franklin, können Sie mir versprechen, daß Sie Ihr Urteil ausschließlich auf der Grundlage der in diesem Gerichtssaal präsentierten Beweise fällen werden?«

»Ich werde mein Bestes tun.«

»Aber können Sie mir garantieren, daß Sie sich dabei nicht von Ihrem Wunsch nach Abschreckung zukünftiger Mörder leiten lassen?«

»Na ja, hundertprozentig sicher kann ich mir nie sein.«

»Müssen Sie aber. Können Sie zu einem Urteil gelangen, ohne dabei an die mögliche Wirkung auf andere zu denken?«

Eine lange Pause trat ein. Schließlich erklärte Franklin: »Na gut, wenn das Gesetz so ist, dann halte ich mich eben daran.«

Diese Antwort hatte Ben natürlich nicht hören wollen. Er bezweifelte, daß Franklin seine Entscheidung frei von Vorurteilen fällen würde. Seiner Meinung nach verstellte sich der Mann, weil er vorhatte, unbedingt zu denen zu gehören, die den Angeklagten ins Jenseits beförderten.

Ben setzte nach: »Sind Sie sicher, daß Sie in der Lage sind, diesen Fall ausschließlich auf der Grundlage der dem Gericht vorgelegten Beweise zu beurteilen?«

»Wenn der Richter das von mir verlangt, dann halte ich mich daran.«

Nichts zu machen. Franklin lieferte ihm keinen konkreten Grund für seinen Ausschluß. Ben würde sich später auf sein Vetorecht berufen müssen, aber leider konnte er es nicht bei jedem zweifelhaften Kandidaten in Anspruch nehmen.

Der Reihe nach befragte Ben jedes einzelne Mitglied der Gruppe. Neben dem Todesurteil stand dabei die Rassenfrage im Vordergrund. Möglichst behutsam versuchte er auszuloten, ob die Kandidaten Leeman schon aufgrund seiner Hauffarbe ablehnten. Es war ein praktisch hoffnungsloses Unterfangen. Die harten Fragen verboten sich von selbst, denn damit hätte er einige verletzt. Und er konnte es sich auf keinen Fall leisten, sich mit den Geschworenen anzulegen.

Als letzter kam ein Buchhalter namens Harvey Prescott an die Reihe. Er war der erste, der jünger war als Ben, nämlich Ende zwanzig.

»Mr. Prescott, Sie haben sich als Befürworter der Todesstrafe ausgewiesen, ist das richtig?«

»Ja.«

Wie schon bei der Befragung durch Bullock, hatte Prescott den Bruchteil einer Sekunde gezögert. Konnte es sein, daß er noch etwas zurückhielt?

»Sie wirken unsicher.«

»Nein – ich bin mir sicher. Die Todesstrafe ist eine gute Sache. Ein notwendiges Übel.«

»Und Sie glauben, daß Sie sich sämtliche Aussagen unbefangen anhören und Ihr Urteil frei von anderen Einflüssen bilden können?«

»O ja, ganz bestimmt.«

Hmmm. Ben wollte es mit einem anderen Ansatz versuchen. »Und Sie würden einen Menschen ohne zu zögern zur Hinrichtung durch die Giftspritze verurteilen?«

»Unbedingt. Ich halte das für die humanste Form der Hinrichtung eines überführten Mörders.«

Laß nicht locker, ermahnte sich Ben. »Hinrichtungen sind Ihrer Meinung nach notwendig?«

»O ja.« Prescott zögerte einen Moment, dann fügte er hinzu: »Damit wird ja auch Steuergeld gespart.«

Aha! »Können Sie mir erklären, was Sie damit meinen?«

»Das liegt doch auf der Hand. Ich habe schon im Staatsdienst gearbeitet, und da habe ich gesehen, wohin das Geld wandert. Gefängnisse kosten den Steuerzahler Millionen von Dollar. Mit Hinrichtungen kann man viel Geld sparen.«

»Studien haben aber das Gegenteil bewiesen«, hielt ihm Ben vor. »Wegen der Einsprüche, der Gnadengesuche und den damit verbundenen Kosten sind Hinrichtungen bedeutend teurer als Gefängnisstrafen.«

»Einspruch!« rief Bullock, und der Richter gab dem Protest prompt statt.

Mit beidem hatte Ben gerechnet, aber das half Bullock auch nichts mehr. Die Geschworenen hatten seine Worte gehört.

»Ich formuliere meine Frage anders«, erklärte Ben. »Mr. Prescott, Ihnen ist sicher bewußt, daß Ihre Entscheidung einzig und allein von den in diesem Gerichtssaal erbrachten Beweisen abzuhängen hat und nicht Ihrem Wunsch nach Sanierung der Staatsfinanzen?«

»Na ja, man muß schon auch aufs Geld achten ...«

»Mr. Prescott, können Sie mir garantieren, daß Sie sich Ihr Urteil ausschließlich aufgrund der in diesem Saal vorgelegten Beweise bilden werden?«

Prescott verschränkte die Arme vor der Brust. »Wenn ich muß.«

Ben wandte sich zum Richter um. »Euer Ehren ...«

»Er hat bejaht!« fuhr ihm Hawkins über den Mund. Genausogut hätte er sagen können: Dir tue ich keinen Gefallen. »Sonst noch was, Mr. Kincaid?«

»Ja.« Ben stellte den anderen eine Serie von Fragen, um vielleicht doch noch Vorbehalte gegen Schwarze aufzudekken. Wie er bald erfuhr, gehörte niemand einer Bürgerrechtsbewegung oder dem Ku Klux Klan an. Niemand hatte den Film ›Malcolm X‹ gesehen. Eine Frau war immerhin in ›Boyz N the Hood‹ *[Die Jungs aus dem Viertel]* gewesen, aber nur, weil eine Frau ihr gesagt hatte, das sei ein Musical. Ein paar hatten den Roman ›Invisible Man‹ *[Unsichtbar]* des Farbigen Ralph Ellison in der Schule gelesen, weil der Autor aus Oklahoma stammte, aber die wenigsten glaubten, daß die Thematik für die heutige Zeit noch relevant wäre. Bei all ihren Ausführungen nickte Ben höflich, als ob er selbst auch daran glaubte.

So viele Bereiche Ben auch anschnitt, offenkundige Vorbehalte gegen Schwarze konnte er keinem nachweisen. Bei einigen hegte er einen vagen Verdacht, sie weiter zu bedrängen hätte jedoch keinen Sinn gehabt. So erinnerte er die Kandidaten noch einmal daran, daß der Angeklagte bis zum Beweis des Gegenteils als unschuldig zu gelten hatte und verzichtete auf weitere Fragen.

Jetzt begann das große Rätselraten. Anhand von stereotypen Antworten auf seine indirekten Fragen und aufgrund oberflächlicher Eindrücke mußte Ben nun entscheiden, von wem das Wohl und Wehe seines Schützlings abhängen sollte.

Das war nun mal die Kunst der Auswahl von Geschworenen.

Richter Hawkins beraumte eine kurze Sitzungspause an. Und nach einer kurzen Unterredung mit Christina fand sich Ben zusammen mit Bullock im Büro des Richters ein. Erwartungsgemäß lehnte Bullock die zwei Schwarzen ab. Angeblich könnten sie aufgrund ihres geringen Einkommens für den Angeklagten Partei ergreifen. Klar. Ben wiederum blieb keine andere Wahl, als Franklin und Prescott zu streichen. Auf Christinas Rat hin legte er auch gegen Franklins Sitznachbarn sein Veto ein. Er selbst hätte ihn zwar eher genommen, weil er der einzige richtige Arbeiter in dieser Gruppe war, doch Christina hatte bei ihm ›ein ungutes Gefühl‹ gehabt. Ihrer Meinung nach hatte er ein bißchen zu herzhaft bei Franklins Witzchen gelacht.

Na gut. Dann ließ Ben ihn eben entfernen.

Vorbehalte hatte Ben noch gegen eine ganze Reihe von Leuten, aber leider keine triftigen Gründe. Bei fünf Ablehnungen blieben somit eine zwölfköpfige Jury und sieben mögliche Nachrücker übrig.

Nachdem Hawkins mit den Anwälten und den Geschworenen in den Sitzungssaal zurückgekehrt war, äußerte er sich über das weitere Procedere.

»Nun gut«, brummte er und sah auf die Uhr. »Machen wir jetzt Essenspause« – wenigstens schob er kein *endlich* dazwischen – »und versammeln wir uns dann in einer Stunde wieder hier zu den Eröffnungsplädoyers. Aber fassen Sie sich bitte kurz, meine Herren Anwälte. Nicht länger als eine halbe Stunde, sonst muß Sie der Gerichtsdiener zum Verlassen des Podestes auffordern. Schließlich haben wir schon einen langen Tag hinter uns.«

4

Als die Verhandlung nach dem Essen fortgesetzt wurde, hielt der Staatsanwalt, wie bei Prozessen üblich, das erste Eröffnungsplädoyer. Er strotzte schier vor Selbstvertrauen. Wie lässig er sich schon über die Schranke beugte! Sie war doch dazu da, um die Anwälte von den Geschworenen zu trennen, doch Bullock stellte eine in Bens Augen unmögliche und alles andere als wünschenswerte Nähe her.

Bullock sah nacheinander jedem einzelnen Mitglied des Gremiums in die Augen, während er gleichzeitig ganz bedächtig nickte und lächelte, als kenne er allein die Wahrheit und würde alle anderen schon noch davon überzeugen. Und dabei hatte er noch nicht ein Wort gesagt.

»Keine Tricks«, versprach er und verstummte schon wieder. Er ließ seine Worte verhallen, bis im ganzen Saal kein Laut mehr zu hören war. Wirklich raffiniert machte er das. Binnen weniger Momente hatten alle die nervtötende Auswahlprozedur vergessen. Die Leute hingen ihm gebannt an den Lippen.

»Keine Tricks«, wiederholte Bullock. »Wenigstens sind von mir keine zu befürchten. So etwas habe ich nicht nötig. Was den Herrn von der Gegenseite betrifft« – er deutete mit dem Kinn auf Ben – »kann ich für nichts garantieren. Faxen machen, das kann er. Er wird Sie zum Lachen bringen, er wird Sie zum Weinen bringen. Er wird mit Ihren Emotionen, Ihrem Mitgefühl spielen. Er wird die Regeln brechen. Er wird alles tun, was ihm in den Kram paßt, nur damit er sein Ziel erreicht, und das besteht darin, Gerechtigkeit zu verhindern und diesen Mann wieder auf die Allgemeinheit loszulassen.«

»Einspruch!« Ben wußte, daß er gegen eine der sakrosankten Traditionen im Prozeßwesen verstieß, und die lautete: nie die Gegenseite beim Eröffnungsplädoyer unterbrechen. Aber das war kein Ausblick auf die Beweislage, sondern ein persönlicher Angriff.

»Euer Ehren, das ist nicht nur irrelevant, sondern dient vor allem der Schürung von Vorurteilen.«

Der Richter nickte. »Stattgegeben.«

Bullock beugte sich grinsend noch weiter vor und flüsterte: »Was habe ich Ihnen gesagt?«

Dieser unverschämte Kerl ... Mit einem einfachen Trick war es Bullock gelungen, Ben als den Sündenbock hinzustellen, dabei hatte sich Ben doch nur gegen diese unfaire Taktik gewehrt. Bei jedem weiteren Einspruch würden die Geschworenen argwöhnen, es handle sich nur um ein plumpes Ablenkungsmanöver. Doch wenn er auf Proteste verzichtete, würde Bullock ihn überrennen. Und vor allem würde das Leeman schaden.

»Zu den Fakten«, fuhr Bullock fort. »Ich schmücke nichts aus, ich dramatisiere nichts, sondern ich schildere die nackten Tatsachen.« Wieder legte er eine Kunstpause ein, um dann mit gesenkter Stimme weiterzusprechen. »Vor zehn Jahren wurde in einer schwülen Augustnacht im Caddieschuppen des Utica Greens Country Clubs eine peruanische Einwanderin namens Maria Alvarez getötet. ›Wie wurde sie getötet?‹ werden Sie fragen. Nun, mit einem Golfschläger. Aber wie konnte ein Golfschläger zur tödlichen Waffe werden?«

Bullock steigerte die Spannung durch sekundenlanges Verstummen. »Jemand schlug ihr damit auf den Kopf, und zwar mehr als einmal. Beim letzten Hieb zerbrach der Schläger. Daraufhin nahm der Angreifer das Teil mit dem spitzen Ende« – er führte es mit den Händen vor – »und rammte ihr den Stil in die Kehle!« Er wandte sich abrupt ab und schritt auf den Angeklagten zu, ohne seinen Redefluß dabei zu unterbrechen. »Er durchbohrte ihren Hals, so daß die Spitze auf der anderen Seite herauskam, und nagelte sie an die Wand. Es erübrigt sich zu sagen, daß sie starb.«

Bullock stützte sich mit einer Hand auf die Anklagebank und beugte sich über Leeman. Damit zwang er die Geschworenen, während seiner weiteren Ausführungen zum grausigen Tathergang den Angeklagten zu mustern. Unwillkürlich brachten sie Leeman so automatisch mit dem Verbrechen in Verbindung.

»Was Sie bislang gehört haben, wird von niemandem bezweifelt. Es ist alles bewiesen. Nur ein Punkt ist noch zu klären. Wer hat sie ermordet?«

Er ging langsam um die Anklagebank herum, kreiste Leeman praktisch ein. »Die Anklage hat eine ganze Reihe Beweise gesammelt und wird Ihnen helfen, diese Frage zu beantworten. Offen gesagt verfolge ich den Fall schon seit Jahren und habe noch nie einen so eindeutigen Sachverhalt gesehen.«

»Einsp…« Ben biß sich auf die Lippen. Diese persönliche Stellungnahme war ein eindeutiger Verstoß gegen die Prozeßordnung, aber er befürchtete, er würde die Geschworenen mit zu vielen Einsprüchen gegen sich aufbringen.

»Ein Polizeibeamter fand Leeman Hayes, den Angeklagten, kurz nach der Ermordung der Frau am Tatort vor. Der Angeklagte war Caddie im Country Club. Nun werden Sie vielleicht denken, es ist doch ganz natürlich, wenn ein Caddie sich im Caddieschuppen aufhält, doch ich verrate Ihnen, wann der Mord verübt wurde: an einem Dienstagmorgen lange nach Mitternacht. Von den anderen Caddies war zu dieser nachtschlafenden Zeit keiner mehr da – nur der Angeklagte.«

Ein ironisches Lächeln spielte um Bullocks Lippen. »Wissen Sie, wenn ich normalerweise sage, ein Angeklagter hat Blut an den Händen, dann ist das metaphorisch gemeint, diesmal aber nicht. Diesmal ist es die reine Wahrheit. Als Leeman Hayes festgenommen wurde, hatte er Blut an den Händen. Es klebte unter seinen Fingernägeln. Sein Gesicht war damit verschmiert. Und die gerichtsmedizinische Analyse wird Ihnen bestätigen, daß das Blut von Maria Alvarez stammt.

›Gibt es denn sonst noch Beweise?‹ werden Sie fragen – als ob noch mehr benötigt würden! Nun, es gibt noch mehr. Der Sack, aus dem der Schläger stammte, wurde in der Box des Angeklagten gefunden. Er war am selben Tag in der clubeigenen Boutique gestohlen worden. In Hayes' Box fanden wir übrigens auch den Schmuck der Ermordeten. Aber der beste Beweis kommt erst noch!« Wieder steigerte er mit einer Pause die Spannung. »Das Geständnis des Angeklagten.«

Einige Geschworene hoben den Kopf. Sie musterten Leeman erneut, kritischer diesmal, mißtrauischer. Ein Geständnis war natürlich ein entscheidender Faktor.

»Einspruch!« Das konnte Ben dem Staatsanwalt nicht mehr durchgehen lassen, egal ob der dann die Leute wieder gegen ihn aufhetzte. »Es ist nicht hinnehmbar, daß eine auf Video aufgenommene Pantomime als Geständnis gewertet wird. Es ist allein Sache der Geschworenen, die Aufnahme zu interpretieren.«

»Der Staatsanwalt hat schließlich das Recht, seine Beweismittel zu beschreiben, oder nicht?« donnerte Hawkins. »Ich hoffe doch stark, daß die Prozeßordnung seit dem Mittagessen nicht geändert wurde.«

Die Geschworenen kicherten.

»Euer Ehren, ein Eröffnungsplädoyer ist kein Schlußplädoyer. Er versucht, den Geschworenen eine bestimmte Interpretation eines Beweisstücks aufzuschwatzen, noch ehe sie es überhaupt gesehen haben.«

»Einspruch abgelehnt. Bitte fahren Sie fort, Herr Staatsanwalt. Ich weise den Gerichtsdiener an, den Staatsanwalt als Entschädigung für diese Störung fünf Minuten länger reden zu lassen.«

Ben nahm zähneknirschend wieder Platz.

Bullock fuhr fort: »Wie einige von Ihnen anhand meiner zu Eingang gestellten Fragen geahnt haben werden, gilt Leeman Hayes als geistig zurückgeblieben.« Er deutete mit dem Daumen auf Ben. »Oder zumindest werden Sie das die bezahlten Zeugen der Verteidigung glauben machen wollen. Unsere Ärzte dagegen sagen, daß er sehr wohl Gut von Böse unterscheiden kann. Zwar trifft es zu, daß seine sprachlichen Fähigkeiten nicht sehr weit entwickelt sind, aber wie Sie sehen werden, hat er dennoch ein Geständnis abgelegt, und dieses Geständnis wurde auf einem Videoband festgehalten.« Er machte eine abschätzige Geste. »Ich bin mir sicher, daß der Verteidiger mit tausend Tricks versuchen wird, Ihnen dieses Band vorzuenthalten oder Ihnen einzureden, es zeige nicht das, was jeder Dummkopf erkennen kann. Lassen Sie sich nicht täuschen. Sie sind klug. Sie können selbst erkennen, was die Wahrheit ist und was nicht. Und wenn Sie erst einmal das Geständnis mitverfolgt haben, wird keiner von Ihnen mehr Zweifel daran haben, was damals in jener heißen Augustnacht geschehen ist.«

Mit langsamen Schritten kehrte er zur Geschworenenbank zurück. »Ich wünschte, ich könnte Ihnen sagen, warum Leeman Hayes diese Frau ermordet hat. Leider kann ich das nicht. Nicht mit Gewißheit zumindest. Vielleicht war es Raubmord, immerhin nahm er ihren Schmuck an sich. Vielleicht war es ein plötzlicher Wutanfall. Oder vielleicht hatte es mit ... Sex zu tun. Wir alle haben ja schon von Männern wie Leeman gehört und ihrer Unfähigkeit, ihre Triebe zu zügeln ...«

Ben ballte in ohnmächtiger Wut die Fäuste. Das war ja Hetze in Reinkultur!

»Aber die Wahrheit ist, ich weiß es selbst nicht. Ich weiß nur, daß Leeman Hayes sie getötet hat – aus welchem Grund auch immer. Zum Glück wird von Ihnen nicht verlangt, daß Sie ein Motiv liefern. Es wäre schön, alles zu wissen, aber es ist nicht unbedingt nötig. Sie brauchen nur festzustellen, ob der Angeklagte die Frau ermordet hat.« Er beugte sich erneut weit über die Schranke. »Und ich bin zuversichtlich, daß Sie am Ende dieses Verfahrens so wie ich davon überzeugt sein werden, daß er Maria Alvarez umgebracht hat. Und zwar kaltblütig auf die grauenvollste Weise, die man sich nur vorstellen kann.«

Sehr langsam wandte sich Bullock wieder ab. »Ich bin sicher, daß Sie die richtige Entscheidung treffen werden, daß Sie Leeman Hayes schuldig im Sinne der Anklage befinden und die Höchststrafe für dieses abscheuliche Verbrechen verlangen werden. Vielen Dank.«

Der Richter wartete, bis Bullock sich gesetzt hatte, womit er ihm einen wunderbar dramatischen Abgang verschaffte. »Mr. Kincaid, möchten Sie ...«

»Ja!« Ben ging um sein Pult herum und trat auf die Geschworenen zu. Er mußte sie ansprechen, noch während ihnen Bullocks Worte in den Ohren klingelten.

»Nun, meine Damen und Herren Geschworenen, anders als Mr. Bullock vorhin behauptet hat, brauchen Sie nicht ›nur festzustellen‹, was vor zehn Jahren im Geräteschuppen des Utica Greens Country Clubs geschehen ist. Wie Ihnen der Richter später erklären wird, reicht es nicht, wenn Sie sich in der Schuldfrage eine Meinung bilden. Ihre Aufgabe ist unendlich viel schwerer. Sie müssen beurteilen, ob die Anklage einen über jeden Zweifel erhabenen Beweis für die Schuld meines Mandanten geführt hat. Die Beweislast liegt einzig und allein beim Staatsanwalt. Bleibt auch nur der leiseste Zweifel, haben Sie keine Wahl. Können die Strafverfolger diesen hohen Anforderungen nicht genügen, müssen Sie unabhängig von Ihrem persönlichen Verdacht Leeman Hayes für unschuldig befinden.«

Ben holte tief Luft. Im Moment konnte er nur hoffen, daß seine Worte ihre Wirkung auf die Geschworenen nicht verfehlt hatten. Andererseits würde der Richter ihnen den Sachverhalt später ohnehin noch einmal erklären.

»Es gibt zwei Arten von Beweismitteln«, fuhr Ben fort, »eindeutige Beweise und Indizien. Das, was Ihnen der Staatsanwalt vorlegen wird, sind Indizien. Niemand hat Leeman den Mord begehen sehen, niemand hat ihn gehört. Was gegen ihn vorgebracht wird, beruht auf Spekulationen und angeblichen Beweismitteln, die am Tatort gefunden wurden. Darüber hinaus können diese Indizien nicht die Schuld anderer ausschließen. Mit anderen Worten, die Indizien des Staatsanwalts besagen bestenfalls, daß Leeman Hayes Maria Alvarez umgebracht haben *könnte*. Sie beweisen nichts. Vergessen Sie nicht: um diesen Mann zu überführen, muß die Anklage lückenlos beweisen, daß er den Mord begangen hat. Kein Hauch von Zweifel darf zurückbleiben, keine offene Frage. Nichts.«

Kein Einspruch? staunte Ben. Immerhin hatte er seinen Gegenspieler doch angegriffen. Nun, wahrscheinlich verzichtete Bullock fürs erste auf diese Waffe, und sei es auch nur um zu zeigen, daß er es anders als Ben nicht nötig habe, seinen Gegner aus dem Konzept zu bringen.

»Nachdem der Staatsanwalt seine Indizien vor Ihnen ausgebreitet hat, und vorausgesetzt, der Richter stellt das Verfahren mangels Masse nicht schon vorher ein« – Ben mußte sich ein Grinsen verkneifen; da war doch wohl eher der Wunsch der Vater des Gedanken –, »werden wir die Gelegenheit haben, unsere Beweise vorzulegen. Lassen Sie mich Ihnen versichern, daß wir dabei keinerlei Tricks anwenden. Wir wollen Ihnen nur helfen, zu verstehen, was vor zehn Jahren geschehen ist.«

Ben wünschte sich, er könnte sich konkreter zu seinen Beweisen äußern, doch in Wahrheit wußte er selbst nicht, wo er sie hernehmen sollte. Im Moment konnte er nur die Indizien des Staatsanwalts in Frage stellen und hoffen, daß Loving bald einen Zeugen für ihn auftrieb oder Jones in den peruanischen Datenbanken fündig wurde.

»Es trifft zu, daß bei Leeman wiederholt eine angeborene geistige Zurückgebliebenheit diagnostiziert wurde. Es trifft auch zu, daß er enorme Schwierigkeiten hat, sich mitzuteilen. Darum wird er in diesem Verfahren nicht in den Zeugenstand treten können. Das hat nichts damit zu tun, daß er etwas zu verbergen hätte, er wäre schlichtweg nicht in der Lage, die Fragen zu beantworten. Stellen Sie sich nur vor, wie angreifbar er allein dadurch ist. Stellen Sie sich nur vor, wie leicht ihn Polizisten oder Anwälte manipulieren können. Stellen Sie sich nur vor, wie schwer es ihm fiele, sich gegen diejenigen zu verteidigen, die fest entschlossen sind, ihm ein Verbrechen in die Schuhe zu schieben, das er nicht begangen hat.«

»Einspruch!« rief Bullock. »Das ist Stimmungsmache!«

»Stattgegeben. Achten Sie auf Ihre Worte, Herr Anwalt.«

Glaube mir, dachte Ben, das tue ich. Ich wollte Bullock schon die ganze Zeit zum Einspruch provozieren. Die Geschworenen sollen ruhig sehen, wer hier der Gaukler ist.

»Ich bitte Sie um nichts als Fairneß, sehr verehrte Damen und Herren. Mein Mandant Leeman Hayes hat zwar erhebliche Probleme, mit denen er seit seiner Geburt leben muß, aber deswegen bitten wir nicht um Sonderrechte für ihn. Wir bitten Sie nur um ein gerechtes Urteil. Und daß Sie sich immer die Bedeutung des *über alle Zweifel erhabenen Beweises* vor Augen halten. Vielen Dank.«

Ben setzte sich. Ein Blick zu Leeman hinüber bestätigte ihm, daß sein Schützling zugehört hatte. Seine Augen waren ganz auf Ben konzentriert.

»Tja, es ist spät«, brummte der Richter. »Hören wir für heute auf. Morgen geht es um neun mit der Vernehmung des ersten Belastungszeugen weiter. Ich mache die Geschworenen noch einmal darauf aufmerksam, daß der Fall mit niemandem besprochen werden darf« – er sah in den Zuschauerraum –, »auch nicht mit der Presse. Der Prozeß ist vertagt.«

Während die Leute des Sheriffs Leeman zurück in seine Zelle eskortierten und der Richter noch seine Unterlagen zusammenpackte, sah sich Ben plötzlich mit einer Unzahl von Camcordern und Mikrofonen konfrontiert.

»Mr. Kincaid, was sagen Sie zur Behauptung des Staatsanwalts, er habe ein Geständnis auf Video vorliegen?«

»Sie stimmt nicht«, erwiderte Ben knapp.

»Und was ist mit dem Blut an Leemans Händen?«

»Nicht schlüssig.«

»Und der Schmuck? Was ist mit dem ...?«

Ben schob die Mikrofone beiseite. »Hören Sie mal zu. Soll doch lieber das Gericht entscheiden, und Sie lassen sich was anderes einfallen, wie Sie den anderen Sendern die Zuschauer wegschnappen, einverstanden?«

Idiot, brummte er vor sich hin, als er sich den Weg zum Ausgang bahnte. Jetzt würden sie ihn in allen Berichten als hilflosen Neinsager hinstellen. Ben hätte sich in den Hintern treten können. Reporter konnten zwar schreckliche Nervensägen sein, aber sie hatten es in der Hand, die öffentliche Meinung zu manipulieren.

5

Vom Gerichtsgebäude sprintete Ben zum Polizeipräsidium. Am Empfang erfuhr er, daß Mike im Verhörzimmer war. Immer noch.

Da der Zeuge ein kleiner Junge war, wunderte sich Ben, daß Mike ein förmliches Verhör abhielt. Nun, er sollte den Grund sogleich erfahren.

Abies Eltern saßen im Nachbarraum, der durch eine nur von dort aus durchsichtige Acrylwand vom Verhörzimmer getrennt war. Mike hatte sicher darauf bestanden, den Jungen während der Befragung von den Eltern zu trennen, während die Rutherfords zweifellos gefordert hatten, in Abies Nähe bleiben zu dürfen. Und das war dann der Kompromiß gewesen.

»Wie läuft es?« fragte Ben.

Rutherford nickte ihm höflich zu. Für Ben stand bereits

fest, daß der Mann hin- und hergerissen war. Er hatte etwas gegen Ben, doch konnte er schlecht einen der Männer abkanzeln, die soeben seinen Sohn gerettet hatten.

Rachel Rutherford preßte beide Hände gegen die Acrylwand. Sie wollte ihrem Sohn möglichst nahe sein.

»Gibt es Fortschritte?« erkundigte sich Ben bei ihr.

Sie schüttelte den Kopf. »Kaum. Aber ich glaube nicht, daß Abie etwas verschweigt.«

»Er tut bestimmt sein Bestes«, meinte Ben. »Aber nach einer so traumatischen Erfahrung können sich die wenigsten Zeugen an Einzelheiten erinnern. Selbst bei Erwachsenen ist das nicht anders. Und bei Kindern potenzieren sich nach dem Schock und der Trennung von den Eltern noch die psychologischen Barrieren. Hat Mike Hypnose vorgeschlagen?«

»Ja, aber das haben wir nicht zugelassen«, entgegnete Rutherford.

Ben war nicht überrascht. So wie er diesen Typen einschätzte, hatte er seit Abies Rettung bestimmt die Polizei in einem fort behindert. Nachdem er den Jungen mit seiner Gleichgültigkeit geradezu in die Arme des Kinderschänders getrieben hatte, plagten ihn jetzt Schuldgefühle, und er versuchte, den Schaden mit übertriebener Fürsorglichkeit wettzumachen.

Ben wandte sich wieder an Rachel. »Ist schon ein Phantombild gezeichnet worden?«

»Oh ... ja ...« Sie deutete auf eine Zeichnung, die auf dem Tisch in der Mitte des Raums lag.

Ben nahm den Entwurf in die Hand und musterte ihn. Das einzig deutlich erkennbare Merkmal waren die dichten roten Haare, mit größter Wahrscheinlichkeit eine Perücke, und die überdimensionierte schwarze Brille, die wohl ebenfalls zur Verkleidung gehörte. Der Rest war wertlos. Tausende von Männern hätten so aussehen können.

»Was ist mit dem Wagen?« wollte Ben wissen.

»War unter einem falschen Namen gemeldet. Anscheinend wurde die Zulassung auf einen seit sechs Jahren toten Teenager erneuert.«

Schon wieder eine Sackgasse. Dieses Schwein hatte offenbar an alles gedacht.

Ben konzentrierte sich nun auf das Verhör. Abie wirkte abwesend. Aus ihm war nicht viel herauszubringen. Als Mike eine Pause ankündigte, wollte der Junge mit ihm das Zimmer verlassen, doch Mike bedeutete ihm, allein zurückzubleiben.

Abie gehorchte, wenn auch widerwillig.

Ben verließ den Beobachtungsraum und traf Mike im Korridor. »Wie schlägt sich der Kleine?«

»Der Kleine ist tapfer«, erklärte Mike. »Ich dagegen bin mit den Nerven am Ende.«

»Warst du den ganzen Tag mit ihm zusammen?«

»Nur wenn er nicht bei den Psychologen war.«

»Und was sagen sie?«

»Sie glauben, daß er das Ganze erstaunlich gut verkraftet hat. Zwar wollen sie ihn noch eine Weile zur Beobachtung dabehalten, aber so wie es aussieht, hat er keinen bleibenden Schaden davongetragen. Ein stabiler Bursche.«

»Wo liegt dann das Problem?«

»Das Problem ist, daß wir einen kleinen Jungen vor uns haben. Kinder prägen sich keine Gesichter ein; schließlich nehmen sie den Kopf eines Erwachsenen nur irgendwo zwischen sich und dem Himmel wahr. Und wenn der Schweinekerl noch dazu verkleidet ist, kriegt man nie eine verläßliche Beschreibung. Wir müssen ihn ohne Abies Hilfe aufspüren.«

»Was ist mit der Bruchbude, in der wir die Kamera und die Matratze fanden?«

»Wir haben alles auf den Kopf gestellt – die Matratze, die Kameraausrüstung, jeden Fetzen Papier, jede einzelne Faser. Nichts gibt uns einen Aufschluß über die Herkunft.«

»War der Typ mit Abie auch noch woanders?«

»Meiner Meinung nach ja. Aber an diesem Punkt ist mit Abies Auskünften überhaupt nichts mehr anzufangen. Er stand ja schon unter Drogen, als sie den Celebration Station verließen, und bekam alles nur durch eine dicke Nebelwand mit. Ich brauche wohl nicht extra drauf hinzuweisen, daß der Perverse alle Spuren verwischt hat. Wir hatten unverschämtes Glück, daß Abie an die blaue Tasche dachte.«

»Und Abie hatte unverschämtes Glück, daß du sie gesehen hast. Du hast ihm das Leben gerettet.«

»Was für ein zweischneidiges Schwert so was sein kann!« seufzte Mike.

»Wie meinst du das?«

»Seitdem klammert er sich an mich. Sagt die ganze Zeit, ich sei sein Held und überhaupt ein toller Typ, und wenn er groß ist, will er genau so werden wie ich.«

»Gefällt dir der Aufstieg zum Helden etwa nicht?«

»Nicht, wenn ich einen Zehnjährigen als Groupie habe. Das ist ja peinlich!«

»Paßt wohl nicht zu deinem Image als harter Mann, hm?«

»Ich habe keine fünf Minuten Ruhe vor ihm! Er behauptet, ohne mich wäre er nicht mehr sicher, und will, daß ich den ganzen Tag in seiner Nähe bleibe.«

»Er steht doch sicher unter Polizeischutz, solange der Typ frei rumläuft?«

»Klar! Dieser Rutherford läßt seine Beziehungen spielen, und schon hat er seinen Kumpel vom Country Club an der Strippe. Chief Blackwell, genauer gesagt.«

Ben nickte. Mit Blackwell hatte er auch schon das Vergnügen gehabt. Nur war es kein Vergnügen gewesen.

»Und Blackwell hat mich als Leibwächter abgestellt. Kannst du dir das vorstellen? *Mich!* Einen erfahrenen Beamten der Mordkommission! Und jetzt bin ich zum Babysitter degradiert worden!«

Ben war das Mitgefühl in Person. »Es gibt Schlimmeres. Aber ihr solltet den Typen wirklich möglichst bald erwischen.«

»Glaube mir, ich tue mein Bestes.«

»Wie sind denn die Eltern so?«

»Zum Kotzen.«

»Kannst du das näher erklären?«

»Es ist doch immer dasselbe mit diesen Bonzen. Sie wollen nichts mit der Polizei zu tun haben. Unsere Arbeit ist ja so schmutzig. Unter ihrer Würde. Sie behandeln uns wie Dienstboten, die den Müll für sie vors Haus stellen. Aber sie haben eine Heidenangst davor, ihren guten Ruf zu verlieren. Bevor ihr Name in den Schlagzeilen auftaucht, lassen sie lieber einen gemeingefährlichen Kinderschänder frei rumlaufen.« Er sah auf die Uhr. »Ich gehe mal besser zurück. Wenn ich zu lange von ihm wegbleibe, kommt er noch raus und hängt sich an meinen Ärmel.«

Ben kehrte ins Beobachtungszimmer zurück und verfolgte, wie Mike von Abie in Empfang genommen wurde.

»Lieutenant Morelli!« zwitscherte der Junge und schlang die Arme um den Polizisten. Mike schnitt eine Grimasse, als stünde seine Hinrichtung bevor.

»Abie scheint den Lieutenant ja wirklich in sein Herz geschlossen zu haben«, bemerkte Ben.

»Ja, nicht wahr?« erwiderte Rutherford trocken. »Mich begrüßt er nie so.«

»Vielleicht liegt das daran, daß Lieutenant Morelli nicht erst seine neun Runden zu Ende spielen wollte, ehe er ihm geholfen hat«, sagte Rachel in eisigem Ton.

Rutherford blitzte sie wütend an.

Ben tat, als hätte er nichts davon mitbekommen, und starrte durch die Acrylwand.

Auf der anderen Seite hatte Mike das Verhör wieder aufgenommen. »Erzähl mir doch noch mal, wie ihr von Sams Wohnung zu dem Zimmer mit der Matratze gelangt seid.«

»Ich kann mich nicht an viel erinnern«, murmelte Abie verlegen. Ihm war deutlich anzusehen, daß er vor seinem Helden nur zu gern mit nützlichen Antworten aufgewartet hätte, nur war eben alles wie ausgelöscht.

»Kannst du das Haus beschreiben?«

»Ich glaube, es war weiß. Oder hellgrau.«

»Woraus war es gebaut?«

»Ziegel. Oder warten Sie, vielleicht auch Holz.«

»War es ein Wohnblock oder ein einzelnes Haus?«

»Äh, ich glaube, es war ... ach, ich weiß es nicht.«

Mike verdrehte die Augen. So kam er nie weiter. »Fällt dir irgendwas anderes zum Haus ein?«

Abie überlegte angestrengt. »Da standen so kleine Männer davor.«

Mike kniff die Augen zusammen. »Kleine Männer?«

»M-hm.

Du meinst Kinder?

Nein, kleine *Männer*.

»Zwerge?«

Der Junge zappelte auf seinem Stuhl. »Mehr so was wie Trolle.«

»Trolle?«

»Genau.« Abie beugte sich vor. »Ich habe ein Buch daheim, und da sind auch Bilder von ganz süßen Trollen drin.«

»Und diese ... Trolle waren vor dem Haus?«

»Richtig. Im Garten, glaube ich.«

»Was für eine Art von Garten war das?«

»Keine Ahnung. Ich habe ja nur die Trolle gesehen.«

So, so, Trolle. Mike machte einen Vermerk in seinem Notizblock. »Beschreib mir doch mal den Weg, den ihr gegangen seid, nachdem ihr die Wohnung verlassen habt.«

Abie zuckte die Schultern. »Ich kann mich wirklich kaum erinnern. Er zerrte mich die ganze Zeit hinter sich her, und ich konnte kaum was sehen. Es war alles so verschwommen, verstehen Sie?«

»Versuch einfach, dich zu erinnern.«

»Als erstes schleppte er mich an den Trollen vorbei.«

Mike knirschte mit den Zähnen. »Schon gut, aber mal abgesehen von den Trollen, was war da noch?«

»Ich habe meistens auf den Boden geschaut, weil ich Angst hatte ... na ja, weil ich Angst hatte, er würde mir was antun, wenn er mein Gesicht sah. Dann sind wir in so ein dunkles, enges Loch gegangen. Und dann habe ich all die gelben Zahlen gesehen.

»Gelbe Zahlen?«

»Ja, Türen mit so Zahlen auf gelbem ...«

Mike wartete, daß er weiterredete, doch es kam nichts mehr. »Gelbem – was?«

Der Junge sah gequält zu ihm auf. »Ich weiß nicht! Ich hatte solche Angst, daß ich mich nicht richtig zu schauen traute.«

»Ist ja gut, Abie, ist ja gut.« Mike tätschelte dem Jungen den Rücken. »Woran erinnerst du dich sonst noch?«

»Wir sind an all den Zahlen vorbeigelaufen, und dann sind wir durch die Wand gegangen.«

»Langsam. Ihr seid durch eine *Wand* gegangen?«

Abie sah aus, als würde er jeden Moment in Tränen ausbrechen. »M-hm«, flüsterte er.

»Ist schon gut, Abie, ist schon gut. Und was hast du gesehen, als ihr durch die Wand gegangen seid?«

»Flugzeuge.«

»Flugzeuge? Spielsachen oder Modellflugzeuge?«

»Nein. Richtige Flugzeuge.«

»Und was haben die gemacht?«

Abie starrte Mike an, als habe er einen Schwachsinnigen vor sich. »Was sollen sie schon gemacht haben? Sie sind geflogen!«

Auf einmal preßte Mike die Hände gegen den Kopf und fing an, in dem kleinen Zimmer auf und ab zu laufen. Ben wußte, was er jetzt dachte: Die Droge mußte noch viel stärker gewesen sein, als sie vermutet hatten. Der Junge war ja total weggetreten gewesen.

»Kannst du dich sonst noch an was erinnern?« fragte Mike.

»Danach sind wir ziemlich lange gegangen.«

»In welche Richtung?«

»Äh, weiß ich nicht genau.«

»War die Sonne vor oder hinter dir?«

Abie überlegte. »Weiß ich nicht mehr.«

»Na gut, wie lange seid ihr gelaufen?«

»Uff … keine Ahnung. Lange.«

»Eine halbe Stunde?«

»Ja, vielleicht.«

»Mehr? Weniger?«

Abie biß sich auf die Unterlippe. »Ungefähr eine halbe Stunde, glaube ich.«

Sehr brauchbar, dachte Ben bitter. Er wußte, daß Erwachsene oft weit daneben lagen, wenn sie die Zeit schätzen mußten und keine Uhr hatten. Wie zuverlässig war dann die Schätzung eines Kindes, das unter Drogen stand?

»Was kam als nächstes, Abie?«

»Wir sind in ein Haus reingegangen und so morsche Treppen raufgelaufen. Und dann waren wir in dem Zimmer, in dem er die Matratze und die Kamera hatte.« Auf einmal grinste Abie stolz. »Aber daß ich ihm die Kamera zertrümmert habe, das war doch Klasse, oder?«

»Stimmt, das war allererste Sahne, Abie.«

Mike lächelte den Jungen ermunternd an, doch Ben überzeugte er damit nicht. Wie denn auch? Diese dürftigen Anhaltspunkte brachten sie auf der Suche nach der Wohnung des Perversen kein bißchen weiter.

Und was noch weitaus beunruhigender war: bislang hatte noch keines der Opfer überlebt. Abie war der erste, der den Kinderschänder zumindest theoretisch identifizieren konnte. Daß er ihn nicht wiedererkennen würde, konnte der Typ ja nicht wissen.

Das einzige, was ihnen blieb, war die Hoffnung, daß es ihm zu riskant erscheinen würde, sich jetzt noch Abie zu nähern. Doch ernsthaft glaubte keiner daran. Es paßte nicht zu seinem Profil. Kinderschänder waren von ihren Vorstellungen besessene Menschen. Hatten sie sich einmal auf ein Kind fixiert, kamen sie nicht mehr von ihm los.

Solange Sam frei herumlief, drohte Abie Gefahr. Sam würde alles tun, um ihn zu erwischen.

Und ihn umzubringen.

6

Als Ben am Abend heimkam, eilte er im Treppenhaus an Mrs. Marmelstein vorbei. So gern er sie auch mochte, heute hatte er keine Zeit für eine Diskussion darüber, ob die Stromgesellschaft einen Anspruch auf pünktliche Zahlung hatte. Er war hundemüde und mußte sich noch mindestens vier Stunden an den Schreibtisch setzen, um die morgige Verhandlung vorzubereiten.

Joni saß wie so oft auf ihrem Stammplatz und legte Karten. Buben kamen auf Könige und Herz auf Karo. Welche Regeln sie befolgte, war Ben schleierhaft.

»Wie heißt dieses Spiel denn?« erkundigte er sich.

»E.R.S.«, antwortete sie, ohne zu ihm aufzusehen.

»Steht das für etwas Bestimmtes?«

Sie legte eine Herzdame auf eine Kreuzvier. »Verrate ich nicht.«

»Darf ich raten?«

»Warum nicht?« Sie hörte sich unendlich gelangweilt an.

»Emanzipierte Runde Solitäre?«

»Wohl kaum.«

»Erste Radikalistin Siegt?«

»Ach, Ben, du bist so schrecklich fantasielos!«

»Ich gebe auf. Wofür steht es?«

Sie hob die Hand, als wolle sie sich das Haar aus dem Gesicht streichen, dann fiel ihr wieder ein, daß es jetzt kurz war. »Ich glaube, es ist besser, wenn du es nicht weißt.«

Ben setzte sich neben sie. »Was dagegen, wenn wir uns kurz über deinen Freund unterhalten?«

Sie wurde blaß. »Du hast es doch nicht meinen Eltern ...?«

»Nein, nein, aber ich muß mit ihm sprechen. Könntest du das in die Wege leiten?«

»Wozu brauchst du ihn denn?«

»Na ja, ich glaube, er hat irgendwie mit bestimmten Herren vom Country Club zu tun.«

»Mein Booker war im ganzen Leben noch nie in einem Country Club!« lachte Joni.

»Das habe ich auch nicht behauptet. Aber ich habe dort einige seiner ... äh ... Clubkameraden gesehen.«

»Was soll das? Wovon sprichst du?«

»Ich spreche von seiner Bande. Den Demons.«

Mit einemmal schob Joni all ihre Karten zusammen. »Du weißt überhaupt nicht, wovon du redest.«

»Doch, das glaube ich schon.« Ben ergriff sie am Arm. »Ich habe ihn vor ein paar Tagen in der Wohnung meines Mandanten gesehen. Da trug er eine mit dem Emblem seiner Bande bestickte schwarze Jacke. Ein Herz mit einem Hakenkreuz darin. Mein Freund von den Cops hat mir gesagt, das wäre das Symbol der Demons. Eine heiße Nummer in North Side.«

Joni verschränkte trotzig die Arme vor der Brust und blieb stumm.

»Mein Freund glaubt, daß die Demons ins Drogengeschäft eingestiegen sind und den Cobras, die den Markt bisher allein beherrscht haben, den Rang streitig machen wollen. Er glaubt, sie verkaufen hartes Zeug aus dem Ausland.«

Joni starrte ihn wütend an. »Jami hat mich immer vor dir gewarnt. ›Du darfst Ben keine Geheimnisse anvertrauen‹, hat sie gesagt. ›Im Grunde ist er doch auch ein Cop.‹ Und ich hab' immer gesagt: ›Stimmt nicht. Ben ist ein anständiger Kerl.‹ Na ja, wahrscheinlich hatte sie doch recht.«

»Hör zu, Joni. Ich habe doch nicht vor, dir oder Booker Ärger zu machen. Es ist seine Sache, wenn er bei dieser Bande eingestiegen ist. Aber wenn du ihn dazu bringst, daß er sich mit mir unterhält, kann ich ihm vielleicht noch rechtzeitig helfen, ehe er in den nächsten zehn Jahren Tüten in McAlester klebt.«

Joni beäugte ihn mißtrauisch. »Und was hast du davon?«

»Er hat vielleicht Informationen, mit denen meinem Mandanten geholfen werden könnte. Wie gesagt, ich will mit ihm nur sprechen. Wo, das bestimmst du.«

»Woher weiß ich, daß ich dir trauen kann?«

»Jetzt mach aber mal halblang. Du kennst mich doch. Habe ich dich je angelogen? Habe ich etwa Jami verraten, daß du ihre Paloma-Picasso-Ohrringe in der Disco getragen und dann verloren hast?«

»Woher weißt du ...?«

»Ich kann eben gut beobachten. Also, was meinst du, Joni?«

Joni sah ihm lange fest in die Augen, dann warf sie die Karten in die Schachtel. »Ich verspreche nichts.« Damit stand sie auf und verschwand in ihrer Wohnung.

Als Ben die Tür öffnete, sah er als erstes Christina. Sie saß in seinem Sessel und schaukelte Joey. Und das Baby schien zu schlummern. Seine Lider waren fest geschlossen.

»Psst«, flüsterte Christina. »Er schläft.«

»Danke für den Tip.« Ben stellte seine Aktenmappe ab und setzte sich vor Christina auf den Boden. »Das ist aber eine Überraschung. Mit dir hatte ich gar nicht gerechnet.«

Christina strich vorsichtig eine Falte in Joeys Schlafanzug glatt. »Na ja, ich dachte, du brauchst vielleicht Hilfe bei der Vorbereitung für die Verhandlung morgen.«

Ben nickte. »Damit ist aber noch nicht erklärt, warum du dich um das Baby kümmerst. Wenn ich mich richtig erinnere, hast du dich neulich massiv beschwert, als ich dich bat, auf ihn aufzupassen.«

»Nun, deine Mutter wollte was zum Essen kochen ...«

»Meine Mom kocht schon wieder?«

»... und jemand mußte ja den Kleinen versorgen.« Sie zuckte die Schultern. »Es ist eine Last, aber ich nehme sie tapfer auf mich.«

»Es ist bewundernswert, wie du deine Leiden verleugnen kannst.«

»Heute war er ziemlich brav. Wir verstehen uns immer besser.«

»Hervorragend.« Ben richtete sich auf.

»Ben?«

»Ja?«

»Was willst du wegen deiner Mutter unternehmen?«

Er sah sie erstaunt an. »Was meinst du damit?«

»Du mußt dir doch überlegen, wie es weitergehen soll. Sie kann nicht ewig in deiner Wohnung leben.«

»Ich dachte, sie fährt bald heim ...«

»Mit dem Baby, richtig?«

»Na ja ...«

»Typisch. Darauf spekulierst du, oder?«

»Es wäre ja nicht für lange. Jones fahndet nach Julia. Wer weiß, vielleicht kommt sie Joey schon morgen holen.«

»Ben, du bist ein Träumer. Julia hat nicht vor, so bald zurückzukommen. Sonst hätte sie Joey doch erst gar nicht bei dir gelassen.«

»Und was soll ich deiner Meinung nach tun? Christina, ich kann kein Baby aufziehen! Davon habe ich ja wirklich keine Ahnung.«

»Alles nur Ausreden.«

»Meine Mutter ist für so etwas tausendmal besser geeignet als ich.«

»Julia hat ihn bei dir zurückgelassen und nicht bei deiner Mutter.«

»Aber nur, weil sie nicht daheim war.«

»Woher willst du das denn so genau wissen?«

»Es ist sinnvoller, wenn Mutter sich um ihn kümmert. Sie hat Erfahrung mit Kindern.«

Christinas Augen blitzten. »Ben, deine Mutter ist sechsundsechzig Jahre alt.«

»Ja, und?«

»In diesem Alter übernimmt man nicht mehr die Verantwortung für ein Baby. Sie sollte es ruhiger angehen lassen, das Leben genießen.«

»Sie kann ja jemanden einstellen.«

»Aha, so siehst du das also: Dienstboten sollen die Arbeit übernehmen. Du bist nicht besser als diese Scheißer vom Country Club, über die du dich immer aufregst.«

»Das ist nicht fair!«

»Es stimmt aber.«

»Christina, denk doch mal nach ...«

»Ben, wann willst du dich endlich der Verantwortung für deine Familie stellen? Willst du immer nur so durchs Leben lavieren?«

Ben suchte noch nach einer Antwort, als Christina mit dem schlafenden Baby im Arm aufstand und aus dem Zimmer rauschte.

Widerwillig ging Ben in die Küche. Dort rührte seine Mutter mit dem Holzlöffel in der Bratpfanne herum. Sie trug einen eleganten Faltenrock, eine Seidenbluse und eine orientalische Jacke. Und darüber hatte sie Bens Schürze gebunden.

»Das war ein Geschenk von Christina!« stöhnte er.

Mrs. Kincaid drehte sich zu ihm um. »Der Holzlöffel?«

»Nein ... ist ja auch egal. Was machst du?«

Sie lächelte. »Ich koche dir dein Abendessen.«

»Schon wieder? Was denn?«

»Ich bin mir noch nicht ganz sicher. Hühnchen mit irgendwas. Früher kannte ich die Rezepte alle auswendig, aber das ist lange her.«

»Ich kann immer noch nicht glauben, daß du dich in die Küche stellst und kochst.«

»Tja, ich habe deinen Vater immer gebeten, Fotos von mir zu machen. Und auch Filme. ›Kleine Jungen vergessen alles‹, habe ich ihm ein ums andere Mal gepredigt, aber das hat er mir nicht glauben wollen. ›Unsinn‹, hat er gesagt, ›ein Junge wird sich zeitlebens an seine Eltern erinnern.‹« Sie schüttelte betrübt den Kopf. »Ich hatte recht.«

Schweigen trat ein. Unvermittelt förderte sie mit einem Griff in die Schürzentasche ein Foto zutage. »Ich hatte es in der Handtasche und dachte mir, es interessiert dich vielleicht.«

Ben nahm das kleine Schwarzweißbild in die Hand. Der Mann im Vordergrund war eindeutig sein Vater, obwohl Ben sich nicht erinnern konnte, ihn je so jung wie hier gesehen zu haben. Er stand über einen kleinen Jungen gebeugt da und kitzelte ihn.

Einen kleinen Jungen mit hellbraunem Haar und schmalem Gesicht.

Der Junge lachte ausgelassen und sah glücklich zu dem Mann auf.

Der glückliche Junge war Ben.

Ben schob das Bild in die Hemdtasche. »Du hättest doch nicht kochen müssen ...«

»Ich wollte aber. Früher war ich eine tolle Köchin. Die Leute schwärmten alle von meinen Künsten. Warum, glaubst du, kamen unsere Verwandten jedes Jahr am Thanksgiving Day zu uns?«

»Ich dachte, sie spekulierten auf das Erbe.«

Mrs. Kincaid ging nicht darauf ein. »Wir haben Rhiana erst eingestellt, als du acht warst. Da brauchten wir dringend Hilfe, weil wir ständig hinter dir herlaufen mußten. Du hast dich gern davongestohlen. Statt die Hausaufgaben zu machen, bist du lieber in die Bibliothek gegangen. Nun, Rhiana war eine vorzügliche Köchin, und da fiel es uns um so leichter, sie machen zu lassen.«

Lächelnd wandte sie sich wieder der Bratpfanne zu. »Das ist ja auch der Grund, warum ich den Aufenthalt bei dir so genieße. Ich muß zugeben, ursprünglich wollte ich das Baby nehmen und heimfahren, aber jetzt bleibe ich noch ein bißchen länger.«

»Was du nicht sagst«, murmelte Ben.

»Es ist das Leben, das auch dein Vater und ich führten, bevor der große Erfolg kam. Primitiv, aber echt.«

Ben starrte sie verwirrt an. War so sein Leben? Das mußte er erst noch verdauen. »Na ja, ich muß noch was für den Prozeß morgen vorbereiten ...«

»Natürlich.«

»Ich werde wahrscheinlich nicht viel essen.«

»Natürlich.«

»Es kann auch sein, daß ich ein bißchen Klavier spiele, um mich ein wenig zu ...«

»Um dich zu entspannen. Natürlich.«

Ben holte tief Luft. »Mutter, warum sagst du permanent *natürlich?* Kennst du mich so gut?«

Sie tätschelte ihm lächelnd die Wange. »Das nicht, aber du bist deinem Daddy ja so ähnlich.«

»Ist das ein Witz? Ich soll meinem Vater ähnlich sein?«

»Vor Prüfungen und später vor größeren Operationen hat er manchmal die ganze Nacht durchgearbeitet. Dann aß er auch nicht viel, weil er sich ganz auf seine Arbeit konzentrierte. Und um sich zu entspannen und den Kopf freizukriegen, hörte er sich Platten von Herb Alpert an. Ich konnte diese Trompete nicht ausstehen, aber er stand darauf.«

»Aber ich habe doch überhaupt nichts von meinem Vater geerbt!« protestierte Ben. »Ich hasse Trompetenmusik.«

»Wie du meinst, mein Lieber.« Sie rührte weiter.

Ben verließ die Küche wieder. Christina war noch nicht ins Wohnzimmer zurückgekehrt. War vielleicht besser so, sagte sich Ben. Er setzte sich ans Klavier und fing an ›Venus Kissed the Moon‹ von Christine Lavin zu spielen. Es war eins seiner Lieblingsstücke, aber er war müde und zuviel auf einmal ging ihm durch den Kopf. So packte er seine Aktentasche und tappte ins Schlafzimmer.

Dort schaltete er das Licht ein und ließ sich aufs Bett fallen. Plötzlich stieß er einen Schrei aus.

Sofort kam Christina hereingestürzt. »Ist was passiert?«

»Auf dem Bett!« keuchte Ben. »Ein totes Tier!«

Gemeinsam starrten sie auf das Laken hinunter, wo eine tote Maus lag.

»Igitt!« ächzte Christina.

»Igittigitt«, stöhnte Ben.

»Giselle?«

»Wer sonst? Meiner Mutter würde ich das nicht zutrauen.«

Christina wich langsam zurück. »Was willst du mit dem Vieh machen?«

»Ich muß sie wohl wegschaffen.« Er seufzte. »So ein Schreck. Wahrscheinlich werde ich heute nacht kein Auge zutun.«

Christina streichelte ihm die Schulter. »Ganz ruhig, Ben. Jetzt schmeiß erst mal den Kadaver weg, dann singe ich dir das Lied von der Familie Feuerstein vor und wiege dich in den Schlaf.«

Ben lächelte nicht einmal.

7

Carlee Crane saß aufrecht im Bett und leckte an ihrem Eis. Daß sie sich damit die Hände und sogar die Bettwäsche verschmierte, störte sie nicht. Sie hatte Appetit auf Eis. Sie brauchte Eis. Zumindest redete sie sich das ein.

Sie aß noch, als ihr Mann hereinkam und sich auszog. Das Campen hatte ihm gut getan. Er war braungebrannt und hatte ein paar Pfund abgenommen, obwohl das eigentlich nicht nötig gewesen wäre.

Nachdem er sich geduscht hatte, sah sie ihm schweigend zu, wie er sich abtrocknete, den blauen Pyjama anzog, den er sonst nie trug, und sich neben sie ins Bett legte.

Sie hatten den ganzen Abend noch kein Wort miteinander gesprochen. Dabei hatte es keinen Streit und auch keinen

Anlaß dazu gegeben. Trotzdem war ihre Beziehung seit der Rückkehr vom Urlaub in einem für beide völlig ungewohnten Maße belastet.

Dave hatte zwar Verständnis und spürte, daß sie eine schwierige Phase durchlebte, nur wußte er nicht, wie er darauf reagieren sollte. Sie begriff ihrerseits, daß er ihr nach wie vor ein guter Ehemann sein wollte, aber eben verunsichert war.

So blieb Dave weiter stumm. Ein-, zweimal hatte sie versucht, das Problem anzuschneiden, doch statt auf sie einzugehen, hatte er sie mit seinem doch-nicht-vor-den-Kindern-Blick eingeschüchtert. Und jetzt, da die Jungen längst schliefen, war es wohl schon zu spät für ein Gespräch.

Ach was, so schnell wollte sie nicht aufgeben. Carlee stellte den Eisbecher auf das Nachtkästchen, während er sich mit dem Rücken zu ihr zusammenrollte.

»Dave?«

Er gab ein »mmh« von sich.

»Der Prozeß hat heute begonnen.«

Stille. Nicht einmal ein »mmh«.

»Der Prozeß gegen den Schwarzen. Diesen Leeman Hayes. Der Mann, der die Ausländerin vor zehn Jahren ermordet haben soll.«

»Ich weiß«, brummte er, ohne sich zu ihr umzudrehen.

»Ein Typ, der für den Verteidiger arbeitet, war heute da und hat mich gefragt, ob ich etwas über den Mord weiß. Er sagte, er bräuchte dringend Zeugen. Jetzt ist der Prozeß losgegangen, und in den Nachrichten heißt es, daß sie immer noch keine Zeugen haben.«

»Du solltest nicht soviel Nachrichten sehen«, drang Daves Stimme wie aus weiter Ferne an ihr Ohr. »Das regt dich nur auf.«

»Dave, ich bin mir fast sicher, daß der arme Mann nicht der Mörder ist.« Sie hielt inne. »Was heißt ›fast‹? Ich weiß, daß er es nicht war.«

»Wer war es dann?«

»Keine Ahnung. Aber ich weiß, daß der Mörder größer war. Und älter. Und er war auch nicht schwarz.«

»Und du verdankst deine sensationelle Erkenntnis dieser Vision in den Arbuckle Mountains?«

»Ich bilde mir das nicht ein, Dave.« Sie beugte sich über ihn. »Ich erinnere mich genau.«

»An etwas, das du bis heute total vergessen hattest?«

»Mir ist schon klar, daß dir das verrückt vorkommen muß. Mir geht es ja genauso. Es ist mir selbst ein Rätsel. Aber so war es nun mal. Ich weiß, was ich gesehen habe.«

»Wie konntest du den Mord denn sehen?«

»Weißt du, ich habe damals doch im Country Club gearbeitet. In dieser Nacht muß es wohl spät geworden sein ... doch, ja, ich bin mir sogar sicher. Ich habe Überstunden gemacht und nach elf noch die Küche geputzt. Dieser Schleimer von Boß hatte mir die Beförderung zur Kellnerin in Aussicht gestellt, wenn ich in der Nacht länger bliebe. Ich mußte damals für jeden Extradollar dankbar sein. Und weil ich kein Auto hatte, ging ich nach der Arbeit immer zu Fuß heim. Ich war gerade auf dem Weg zum Ausgang, als ich im Schuppen Schreie hörte. Ich rannte zum Fenster rüber und ... und ... da sah ich es.«

»Was hast du dann getan?«

»Ich ... ich weiß es nicht.« Sie schüttelte wütend den Kopf, als wolle sie die Erinnerung zurückzwingen. »Das ist immer noch verschüttet. Ich weiß nur noch, daß ich mir sagte, ich müsse zur Polizei ...«

»Aber das hast du nicht getan, richtig?«

»Ich weiß es nicht.«

»Bist du zur Polizei gegangen?«

»Nein ... ich glaube nicht.«

»Na großartig.« Dave drosch mit der Faust ins Kissen. »Was ist das erste, woran du dich wieder erinnerst?«

»Ich sehe mich, wie ich wieder daheim bin. Wahrscheinlich habe ich mich verhalten, als wäre nichts gewesen.«

»Carlee ... das ist lächerlich.«

»Ist es nicht!«

»Doch. Überleg dir nur, was du da sagst: ›Ich habe einen Mord gesehen, aber gleich darauf wußte ich nichts mehr davon.‹ Das ist absurd!«

»Dave …« Sie wandte den Blick ab. »Ich glaube, ich sollte mit dem Verteidiger reden. Ich sollte ihm meine Hilfe anbieten.«

»Nein.«

Carlee zuckte zusammen. Sonst war Dave doch immer auf Kompromisse bedacht. So schroff hatte sie ihn noch nie erlebt. »Dave, ich fühle mich dazu verpflichtet.«

»Wozu?« Er drehte sich um und packte sie am Handgelenk. »Willst du dich lächerlich machen oder was? Sollen die Leute mit dem Finger auf deine Familie zeigen?«

»Dave …«

»Und die Kinder? Hast du auch an sie gedacht?«

»Das hat doch nichts mit …«

»Kinder reden, Carlee. Wenn du aussagst, daß du einen Mord gesehen und dann zehn Jahre lang vergessen hast, kommt das in alle Zeitungen. Und ins Fernsehen. Du wirst zur Lachnummer der Nation! Und die Kinder werden das genauso mitkriegen. Du weißt doch, wie grausam Kinder sein können. ›Meine Mama sagt, daß deine Mama plemplem ist.‹ – ›Mein Daddy sagt, deine Mom gehört in die Klapsmühle.‹ – ›Wo ist denn dein Daddy, Gavin? Hat deine Mom ihn vielleicht umgebracht und dann alles vergessen?‹«

»Dave, unsere Jungen sind keine Dummköpfe. Sie können mit so was schon um …«

»Und was ist mit mir, Carlee?«

»Ich verstehe nicht …«

»Was ist mit *mir?* Würdest du auch einmal daran denken? Wie stehe ich dann vor meinem Chef da? Meinst du, Hannigan läßt mich noch für unsere Großkunden arbeiten, wenn du in der Presse durch den Kakao gezogen wirst?«

Carlee wußte nicht, was sie darauf antworten sollte. Mit einer solch heftigen Reaktion hatte sie nicht gerechnet.

»Dave«, sagte sie schließlich, »ich kann meinen Mund nicht versiegeln und zulassen, daß sie diesen Mann zum Tode verurteilen, wenn es mir möglich wäre, ihm zu helfen.«

»Das stimmt. Aber glaube mir, deine Aussage wird ihm nichts nützen, sie wird ihm eher noch schaden. Sie werden glauben, sein Anwalt hätte dich gekauft. Sie werden glauben, er würde in seiner Verzweiflung zu den verrücktesten Tricks greifen.«

Darauf entgegnete Carlee nichts. Mit so etwas hatte sie nicht gerechnet.

»Glaube mir, sie werden diesem Mann eher helfen können, wenn du stillhältst. Und ich weiß außerdem, daß das für deine Familie das Beste wäre.« Er drehte sich um und knipste das Licht aus.

Carlee blieb noch lange im Dunkeln sitzen und grübelte auch noch, als schon das leise, regelmäßige Schnarchen ihres Mannes zu vernehmen war. Sie wollte doch nur das Richtige tun. Aber was war richtig? Und was hatte sie wirklich gesehen?

Was sollte sie tun?

Schließlich ließ sie den Kopf aufs Kissen sinken und betete um Schlaf. Sie betete, daß sich Träume einstellen und sie von aller Verwirrung, Unsicherheit und Unentschlossenheit befreien würden, die ihr diese verfluchte Erinnerung beschert hatten.

Doch in dieser Nacht wurden ihre Gebete nicht erhört.

8

Auf dem Weg zum Hintereingang bemerkte Royce zwei kleine Statuen im Garten. Sie fielen ihm zum erstenmal auf.

Er bückte sich und nahm sie genauer in Augenschein. Es handelte sich um Gartenzwerge, wirklich süße Kerlchen mit Pickel und Spaten. Als Kind hatte er einmal so ähnliche Gestalten im Kino gesehen. Wie hießen sie gleich wieder? Knuddel? Schmuddel? Puddel?

Er mußte lachen. Das waren natürlich nicht ihre Namen gewesen. Aber vor diesem Haus hier paßte Schmuddel am besten.

Royces Freund wartete schon.

»Wo warst du so lange? Ich habe dir doch gesagt, du

sollst kommen, bevor es dämmrig wird. Warst du bei der Polizei?«

»Beruhige dich nur wieder. Ich bin doch dein Freund. Und habe ich dich etwa nicht von den Handschellen befreit?«

Ja, dachte sein Freund. Und ich hätte sie dir am besten gleich um deinen nutzlosen Hals wickeln sollen. »Was hast du in Erfahrung gebracht?« Seine grauen Augen verengten sich zu Schlitzen. Ohne die Brille wirkte sein Blick noch viel durchdringender.

»Du bist in Sicherheit«, sagte Royce gelassen. »Fürs erste zumindest.« Er schlug eine Zeitschrift auf, die vor ihm auf dem Glastisch seines Freundes lag.

»Und der Junge?«

»Das ist was anderes. Er steht unter Polizeischutz. Rund um die Uhr paßt ein Leibwächter auf ihn auf. In der nächsten Zeit würde ich mich nicht in seine Nähe wagen.«

Der andere schritt um das Sofa herum, auf dem Royce saß. »Wie lange?«

»Was?«

»Wie lange wird das dauern? Sie können doch nicht ewig Babysitter für den kleinen Dreckskerl spielen.«

»Keine Ahnung.«

»Was hat er gesagt?«

»Soweit ich das mitgekriegt habe, hat er ihnen so ziemlich alles erzählt, was er weiß. Zum Glück ist das aber so gut wie nichts. Wie gesagt, dir kann nichts passieren.«

»Sie können mich nicht identifizieren?«

»Glaubst du, ich würde sonst hier mit dir plaudern?«

»Was hat die Polizei jetzt vor?«

Royce wurde etwas ernster. »Mein Freund von den Cops weiß leider nicht, was auf höchster Ebene diskutiert wird. Aber ich habe den Eindruck, daß man mit Hochdruck nach deiner Wohnung fahndet.«

»Verdammt!« Der Mann drosch so wütend mit der Faust auf den Glastisch, daß es schepperte. Reiß dich zusammen, hielt er sich vor. Reiß dich zusammen. »Ab sofort quetschst du deinen Kontaktmann bei den Cops täglich aus, verstanden?«

»Klar.«

»Ich will alles wissen. Jedes Detail. Und beim geringsten Anzeichen von Gefahr warnst du mich.«

»Aber klar doch. Ich verstehe nur nicht, warum du dich so aufregst. Selbst wenn sie die Wohnung finden, können sie dir doch nichts beweisen.«

»Du Idiot!« Wieder schlug er mit der Faust auf den Tisch. »Sie haben den Jungen!«

»Ja, und?«

»Er weiß vielleicht nicht, wo ich lebe, aber er wird mich erkennen. Darauf zählen sie doch. Und dann stecken sie mich für eine lange Zeit hinter Gitter. Vielleicht für immer.«

»Hm, das hatte ich wohl nicht bedacht.«

Der Mann näherte sich Royce und berührte seine Wange. »Und du willst doch nicht, daß das passiert, oder?«

»Natürlich nicht.«

»Weißt du, wenn die Cops mich verhaften, werden sie mich fragen, warum ich den kleinen Abie so gern mag. Und da müßte ich ihnen vielleicht auch von dir erzählen.«

»Hey, Moment mal! Ich habe dich nie zu etwas angestiftet!«

»Die Cops werden das aber nicht so sehen. Sie werden dich für einen Komplizen halten. Einen Zuhälter.«

Royce starrte ihn bestürzt an. »Na gut, was soll ich für dich tun?«

Plötzlich packte ihn der Mann an den Haaren. »Finde für mich einen Weg, an den Jungen ranzukommen.«

»Au! Du tust mir weh!«

Über das noch immer wutverzerrte Gesicht des Freundes huschte ein Grinsen. Ganz ruhig, hielt er sich vor. Er ließ Royce wieder los. »Ich habe noch keinen meiner kleinen Freunde entwischen lassen – zumindest nicht für lange Zeit. So was gefällt mir nicht.«

»Aber ich dachte, sie wären deine kleinen Kumpel und würden dich nie verraten.«

»Absichtlich bestimmt nicht. Aber Abie ist so süß, so eifrig. Vielleicht erzählt er ihnen mal von mir, ohne zu ahnen, daß er mich verrät.« Sein Unterarm fing an zu zittern. »Niemand darf mir zu nahe kommen.«

»Ich glaube nicht, daß du dir große Sorgen machen mußt.«

»Ich will mir überhaupt keine Sorgen machen!« Seine Faust sauste wie ein Hammer auf den Tisch nieder. Und diesmal passierte es: Die Glasplatte zerbarst, und er schnitt sich in die Hand.

Bitte nicht, Daddy, bitte! Es tut so weh, Daddy, es tut so weh!

Der Mann kniff die Augen zusammen und zog seine blutüberströmte Hand langsam zurück. »Zwinge mich nicht, dich zu bestrafen, Royce«, sagte er mit bedrohlich tonloser Stimme. »Bring mir den Jungen.«

»Ich ... ich werde mein Bestes tun.«

Der Freund packte Royce an der Kehle. »Und verschone mich mit deinen hohlen Phrasen! Tu es.«

»Schon gut, schon gut.« Royce riß sich los und rieb sich den Hals. »Warum muß nur immer ich die harte Arbeit erledigen?«

»Harte Arbeit nennst du das?« schnaubte der andere. »Aber Royce, du brauchst ihn doch nur zu finden.« Seine grauen Augen wurden ganz klein und dunkel. »Ich bin ja derjenige, der ihn umbringt.«

9

War der Gerichtssaal gestern schon berstend voll gewesen, so herrschte heute ein noch größeres Gedränge. Es hatte sich herumgesprochen: Der Fall Leeman Hayes war zur Zeit Tulsas heißester Tip.

Nun, mit der Invasion der Medienvertreter hatte Ben gerechnet, nicht aber mit der Horde Neugieriger, den Rentnern, den Arbeitslosen, den gelangweilten Hausfrauen. Wie auch immer, der Anblick um einen Stuhl streitender siebzigjähriger Omas stieß ihn ab.

Ben entdeckte eine Reihe vertrauter Gesichter. Seine Bekannten vom Country Club waren fast vollzählig erschienen.

Crenshaw und Bentley saßen nebeneinander in der Nähe der Geschworenen. Allein schon aufgrund ihrer vornehmen Kleidung fielen sie hier auf. Die Rutherfords waren auch da, aber sie saßen nicht nebeneinander. Harold hatte vorn einen Stuhl gefunden, Rachel hinten in der Ecke. Ben drängte sich der Verdacht auf, daß sie nicht zufällig getrennt saßen.

Dann öffnete sich die Hintertür, und Mitch geleitete Captain Pearson zu einem reservierten Platz. Mitch durfte offenbar nicht bleiben. Der arme Kerl hatte wohl nur die undankbare Aufgabe gehabt, den Vorsitzenden zu chauffieren.

Ben winkte Mitch zu sich herüber. »Na, spielen Sie den Babysitter für Capt'n Ron?« flachste er.

»Kein Kommentar«, brummte Mitch.

»Ich habe eine Frage. Angenommen, ich möchte in Erfahrung bringen, wer von den Vorständen Kontakte mit unbekannten Personen in Peru unterhält ... Wie ließe sich das rausfinden?«

Mitch überlegte einen Moment. »Tja, wenn die Kontakte nicht im Club geknüpft werden, dann wüßte ich auch nicht ... Allerdings haben alle Vorstandsmitglieder ein Büro im Club. Sämtliche Lieferungen und Faxe gehen im Sekretariat ein. Dort könnte ich nachprüfen, ob was aus Peru eingetroffen ist. Vielleicht stoße ich auch im Gästeregister auf spanisch klingende Namen. Und dann gibt es noch die Telefonrechnungen. Darin sind alle Auslandsgespräche aufgelistet.«

»Das wäre wahnsinnig nett«, sagte Ben. »Wann können Sie anfangen?«

»Warten Sie ....« Mitch sah sich nervös um. »Das müßte ich mir von Pearson genehmigen lassen.«

»Nein. Er darf nichts davon erfahren.«

»Warum nicht?«

»Weil er es Ihnen verbieten würde.«

»Dann kann ich wohl nichts ...«

Ben legte Mitch die Hand auf die Schulter. »Hören Sie, Mitch, ich will doch auch nicht, daß Sie Ihren Job verlieren. Aber wenn ich diese Information nicht so bald wie möglich bekomme, wird mein Mandant wegen eines Verbrechens hingerichtet, das er nicht begangen hat.«

»Trotzdem ...«

»Mensch, Mitch, Sie sind doch ein anständiger Kerl. Sie sind nicht so wie die Clowns vom Vorstand, die nur auf den eigenen Komfort achten. Ihnen liegt was an den Menschen.«

»Tragen Sie da nicht ein bißchen sehr dick auf?«

»Ich bin verzweifelt!«

Mitch legte die Stirn in Falten. »Na ja, ich müßte es in der Nacht tun, wenn sonst niemand da ist.«

»Wunderbar.«

»Es wird aber ein paar Tage dauern. Ich habe auch noch andere Aufgaben.«

»Schon verstanden. Aber sagen Sie mir sobald wie möglich Bescheid, wenn Sie auf etwas stoßen.«

Mitch nickte. »Ich melde mich.«

»Vielen Dank.«

Leeman saß bereits auf der Anklagebank. Er hatte tiefe Ringe unter den Augen, und sein Gesicht wirkte schmaler. Er sah erschöpft aus.

Und verängstigt.

Ein dumpfes Geräusch riß Ben aus seinen Gedanken.

»Morgen, Kincaid.« Es war Bullock, der einen Umschlag mit allen möglichen Dokumenten auf sein Pult geworfen hatte.

»Was soll denn das sein?« fragte Ben.

»Neue Beweismittel. Wir haben ein paar neue Zeugen hinzugefügt. Wie Sie ja richtig gesagt haben, gehören Überraschungszeugen der Vergangenheit an. Sie sehen, ich teile Ihnen alles im voraus mit.«

»Wie rücksichtsvoll von Ihnen«, knurrte Ben. »Und das volle zwei Minuten vor Beginn der Verhandlung.«

»Ich halte mich immer an die Regeln. Jetzt sind Sie vorgewarnt. Die Akten liegen auf Ihrem Tisch.«

»Ach, übrigens, Ihr Eröffnungsplädoyer hat mir wirklich nicht gefallen.«

Bullock legte den Kopf schief. »Die Wahrheit schmerzt, nicht wahr?«

»Ihr Gerede hatte nichts mit der Wahrheit zu tun, sondern mit Manipulation der Geschworenen. Statt sich auf die Beweismittel zu konzentrieren, haben Sie mich in ein möglichst schlechtes Licht gerückt.«

»Ist das gegen die Regeln?«

»Das vielleicht nicht, aber ...«

»Wenn die Beweislage für die Schuld des Angeklagten spricht, dann klage ich ihn eben an. Das ist meine Aufgabe. Daran glaube ich. Ihr Problem ist, daß Sie an nichts glauben. Ich weiß, daß ich einem höheren Zweck diene. Darum scheue ich mich auch nicht, mal etwas aggressiver zu werden. Ich verletze die Regeln nicht, aber innerhalb dieser Regeln tue ich alles, was meiner Sache dient. Seien Sie also gewarnt.« Ohne Ben eines weiteren Blickes zu würdigen, stolzierte er zu seinem Pult zurück.

Bald darauf kam Richter Hawkins in den Saal gestürmt. Und nachdem er vor der Eröffnung der Verhandlung zur Belehrung der Geschworenen die üblichen Formalitäten erledigt hatte, forderte er Bullock auf, seinen ersten Zeugen aufzurufen.

»Die Anklage bittet Dr. Hikaru Koregai in den Zeugenstand.«

Ben hätte fast gelächelt. Dr. Koregai war ein guter alter Bekannter. Er war seit über fünfundzwanzig Jahren Gerichtsmediziner und hatte bislang in allen Mordfällen, mit denen Ben hier in Tulsa konfrontiert gewesen war, das Opfer untersucht. Koregai war ein anerkannter Experte auf dem Gebiet der forensischen Medizin. Er hatte den Ruf, in jedem Kreuzverhör kühlen Kopf zu bewahren und stets eine steinerne Miene zur Schau zu tragen, als wolle er sagen: ›Warum, zum Teufel, soll ausgerechnet ich dir helfen?‹

Bullock befragte seinen Zeugen kurz zu dessen Personalien und Qualifikation, dann leitete er zur Mordnacht über. Ein gewisser Sergeant Tompkins hatte Koregai damals kurz nach der Entdeckung der Leiche angefordert.

»In welchem Zustand war Maria Alvarez bei Ihrem Eintreffen?«

»Sie war tot.«

»Haben Sie dies überprüft?«

Koregai zog irritiert eine Augenbraue hoch. Es paßte ihm nicht, wenn seine Äußerungen angezweifelt wurden. »Ja. Ich suchte nach Lebenszeichen. Es waren keine vorhanden. Sie war tot.«

»Was war Ihrer Auffassung nach die Todesursache?«

»Technisch gesehen erfolgte der Tod durch craniale Cerorexie – Unterbindung der Sauerstoffzufuhr zum Gehirn. Die unmittelbare Todesursache waren der Blutverlust und der Kollaps des Atemsystems.«

»Wodurch wurde das verursacht?«

»Der Schaft eines Golfschlägers war ihr in den Hals getrieben worden. Die Wunde war tödlich.«

»Trat der Tod sofort ein?«

»Möglicherweise.«

»Aber Sie können das nicht mit Gewißheit sagen?«

»Die Wunde war tödlich«, fuhr Koregai fort, »führte aber nicht notwendigerweise sofort zum Tod. Es läßt sich im nachhinein nicht feststellen, ob sie schnell gestorben ist oder noch eine unbestimmte Zeit unsägliche Schmerzen litt.«

»Ich verstehe«, murmelte Bullock mit einem betrübten Kopfschütteln, dann musterte er Leeman. Die Geschworenen taten es ihm gleich.

»Dr. Koregai«, setzte er die Befragung fort, »ich habe hier Fotos, um deren Identifizierung ich Sie bitte.«

»Moment mal!« rief Ben. »Einspruch. Mr. Bullock hat den Sachverhalt ohnehin schon schaurig genug dargestellt. Da brauchen wir nicht noch Fotos.«

Beide Anwälte traten zum Richterpult. Bullock gab Hawkins die Fotos, der sie an Ben weiterreichte.

Jede Aufnahme zeigte in grellen Farben das an der Wand aufgespießte Opfer und Unmengen von Blut überall. Ganz offensichtlich zielte Bullock mit der Hervorhebung der Brutalität dieses Mordes darauf ab, die Geschworenen gegen Leeman einzunehmen.

»Ich bleibe bei meinem Einspruch«, sagte Ben so leise, daß ihn nur der Richter hören konnte. »Diese Bilder zeigen nichts, das nicht schon durch Dr. Koregais Aussage klar geworden ist. Sie haben keine Beweiskraft und könnten die Geschworenen beträchtlich beeinflussen. Deren Urteil sollte aber auf Fakten beruhen.«

»Euer Ehren«, gab Bullock mit Unschuldsmiene zu bedenken, »das Gesetz verlangt die Identifizierung des Opfers.«

»Und Sie haben keine anderen Bilder vom Opfer? Vielleicht eins, in dem kein Blut aus der Kehle läuft?«

»Euer Ehren, in diesem Zustand befand sich das Opfer, als Dr. Koregai am Tatort eintraf. Er kann nur das identifizieren, was er gesehen hat. Wenn ich diese Fotos nicht benutzen darf, ist das eine Behinderung in der Beweisaufnahme und ein möglicher Grund für eine Anfechtung.«

Hawkins schnitt eine Grimasse. »Oh, na gut, Einspruch abgelehnt.«

»Herr Richter, ich protestiere!« rief Ben.

»Ihr Einspruch ist schon vermerkt«, beschied ihn Hawkins. »Machen wir weiter.«

Ben kehrte zähneknirschend zu seinem Pult zurück. Sollte er je Illusionen über seine Chancen in diesem Prozeß gehabt haben, so waren sie spätestens jetzt verflogen. Hawkins machte seinem Ruf als Freund der Todesstrafe alle Ehre. Von ihm konnte Ben keine Hilfe erwarten.

Nachdem Koregai die Tote identifiziert hatte, brachte der Gerichtsdiener die Fotos den Geschworenen. Jeder einzelne betrachtete die Bilder aufmerksam und reichte sie dann stumm weiter.

Ben brauchte nicht Gedanken zu lesen, um zu wissen, was sie jetzt dachten. Dieses Verbrechen war mehr als ein Mord. Es war eine Greueltat, ein Frevel. Sie wollten den Menschen, der es verübt hatte, hängen sehen.

Und jeder einzelne von den Geschworenen schaute nach der Prüfung der Bilder zu Leeman Hayes hinüber.

10

Nach der Mittagspause war erneut der Staatsanwalt am Zug. Da das gerichtsmedizinische Gutachten abgehandelt war, nahm Ben an, Bullock würde nun direkt zur Mordnacht übergehen, doch zu seinem großen Erstaunen hörte er einen ihm völlig unbekannten Namen.

»Die Anklage bittet Ramona de Vries in den Zeugenstand.«

Wen? Ben wirbelte herum und sah Christina fragend an, die bereits hastig in den Akten blätterte. Sie war genauso perplex wie er.

Während die Zeugin nach vorne schritt, überflog Ben die Unterlagen, die ihm Bullock am Morgen auf den Tisch geknallt hatte. Tatsächlich, da stand ihr Name ganz oben. Er hatte ihn wohl gelesen, aber nichts damit in Verbindung gebracht und ihn gleich wieder vergessen. Andererseits hätte er ohnehin keine Zeit gehabt, die Dokumente durchzuarbeiten.

Bullock hatte ihn schon wieder überrumpelt. Wenn Ben gegen sein unfaires Vorgehen protestierte, würde Bullock darauf verweisen, daß er ihm die Liste ordnungsgemäß vor Verhandlungsbeginn zur Verfügung gestellt hatte. Folglich verzichtete Ben auf einen Einspruch. Blieb er aber weiter so zurückhaltend, würde Hawkins dem Staatsanwalt alles durchgehen lassen.

Und trotzdem war es Ben, den man übler Machenschaften beschuldigte.

Ramona de Vries war eine gutaussehende Frau Mitte vierzig mit einem markanten Gesicht und dunklem Haar. Sie sah nicht so aus, als wäre sie gerne hier. Aber wer war das schon?

Während Bullock sie zur Person vernahm, versuchte Ben anhand der Akte herauszufinden, was sie mit diesem Fall zu tun haben mochte. Ramona de Vries war eine Dame der feinen Gesellschaft – verheiratet, steinreich – und verbrachte die meiste Zeit im Utica Greens Country Club. Das war aber auch schon alles. Was sie hier als Zeugin zu suchen hatte, war Ben schlichtweg unverständlich.

Bis Bullock auf den Tag des Mordes zu sprechen kam.

»Mrs. de Vries, waren Sie damals am Nachmittag des 25. August im Utica Greens Country Club?«

Die Zeugin winkte müde ab. »Mein Gott, das ist ja schon so lange her! Wahrscheinlich war ich dort, ja.«

»Und was taten Sie um zwei Uhr?«

»Ich nahm ein Sonnenbad am Pool.«

»Allein?«

»Ich bin allein hingegangen. Soweit ich mich erinnern kann, war auch eine Blondine dort, vielleicht noch ein paar andere. Ich bin mir aber nicht sicher.«

Bullock trat auf sie zu. »Mrs. de Vries, Sie werden gleich das Foto einer Frau namens Maria Alvarez sehen.« Bevor er es ihr zeigte, reichte er es dem Richter. Dieser winkte Ben zu sich, der es ebenfalls in Augenschein nahm.

»Ich dachte, Sie hätten keine Fotos ohne Blut«, flüsterte Ben.

»Das hier muß ich wohl vergessen haben«, erwiderte Bullock. Im nächsten Moment hatte er sich schon wieder abgewandt und gab die Aufnahme der Zeugin.

»Mrs. de Vries, haben Sie diese Frau schon mal gesehen?«

»Doch, ja. Ich habe sie am selben Tag im Club gesehen.«

»Wirklich?« Bullock spielte den Überraschten. »Und was tat sie dort?«

»Keine Ahnung.« Mrs. de Vries verzog das Gesicht. »Ich meine, sie hatte dort nichts zu suchen. Sie kann kein Mitglied gewesen sein, und ich verstehe nicht, wie sie reingekommen ist.«

»Was tat sie gerade, als Sie sie sahen?«

»Sie sprach mit einem der Mitglieder oder versuchte es zumindest. Niemand wollte etwas mit ihr zu tun haben, wenn Sie verstehen, was ich meine.«

»Wissen Sie, was sie wollte?«

»Nein. Aber irgendwann kam sie auf mich zu. Ich wollte mein Sonnenbad genießen, und da redete sie auf mich ein. Stellen Sie sich das nur vor! Ich zog mir den Strohhut über die Augen und tat so, als wäre sie nicht da. Ich hoffte, sie würde schnell wieder verschwinden, verstehen Sie? Aber sie blieb! So was Unverschämtes!«

»Was wollte sie denn von Ihnen, Mrs. de Vries?«

»Das ist es ja! Woher sollte ich das wissen? Sie redete mit mir in irgendeiner fremden Sprache, ich glaube, spanisch. Ich wurde kein bißchen schlau daraus. Ich finde, wenn diese Leute sich schon auf Teufel komm raus in unserem Land rumtreiben, dann sollten sie wenigstens unsere Sprache lernen.«

»Können Sie sich nicht denken, was sie wollte?« Bullock zielte offenbar auf etwas ganz Bestimmtes ab und lenkte seine Zeugin behutsam in die gewünschte Richtung.

»Ich kann mich ja täuschen, aber ich hatte das Gefühl, daß sie jemanden suchte. Fragen Sie mich aber nicht, wen. Ich konnte mir nicht vorstellen, daß so eine mit einem Mitglied unseres Clubs bekannt war. Entweder sie hatte sich in der Adresse geirrt, oder sie wollte jemanden vom Personal sprechen. Die Sache war mir ein einziges Rätsel.«

Bullock trat ganz nahe an sie heran. »Was geschah, als Sie ihr sagten, daß Sie ihr nicht helfen könnten?«

»Sie werden es nicht für möglich halten, aber sie fing zu kreischen und zu wimmern an. Die Tränen strömten ihr nur so übers Gesicht! Es war widerwärtig! Schließlich ging sie weg, wahrscheinlich um irgendein anderes Mitglied zu belästigen. Ich empfand sie als eine richtige Bedrohung. Wer weiß, wozu sie noch in der Lage gewesen wäre. Ich hätte fast Alarm geschlagen, wirklich!«

»Bekamen Sie mit, was Mrs. Alvarez tat, nachdem sie Sie verlassen hatte?«

»Das war ja unvermeidlich.«

»Waren Sie die einzige Person, die sie beobachtete?«

»O nein! Da war noch jemand.«

»Und wer war das?« fragte Bullock, als wüßte er die Antwort nicht schon längst.

»Der da«, sagte die Frau und deutete auf die Angeklagtenbank. »Der Caddie.«

»Lassen Sie bitte vermerken, daß die Zeugin den Angeklagten erkannt hat«, wandte sich Bullock an den Richter. Dieser nickte. »Woher wissen Sie, daß er sie beobachtete, Mrs. de Vries?«

»Weil es schwer zu übersehen war.«

»Hielt er sich in Ihrer Nähe auf?«

»Ständig! Er trieb sich immer in der Nähe des Pools rum. Wenn er nicht dort war, wo er hingehörte, auf dem Golfplatz, dann war er am Pool.«

»Fühlten Sie sich deswegen unbehaglich?«

»Und wie! Warum wird man denn Mitglied eines Country Clubs? Doch nur, um seine Ruhe zu haben vor ...« Sie verstummte abrupt. Selbst Ramona de Vries schien zu merken, daß sie fast zu weit gegangen wäre. »Ich meine, das ist doch der Grund, warum wir den Caddieschuppen bauen ließen. Damit sie sich irgendwo aufhalten können. Er hätte dort drin bleiben sollen.«

»Und warum beobachtete Leeman Hayes die Frau?«

»Einspruch«, sagte Ben. »Er fordert die Zeugin zum Spekulieren auf.«

Hawkins zuckte die Schultern. »Ich gestatte die Frage trotzdem.«

»Na ja ...« Ramona preßte die Lippen aufeinander. »Ich glaube, sie ... gefiel ihm.«

»Sie gefiel ihm?«

»Ja. Sehr sogar. Er zog sie mit den Augen förmlich aus. Und das Gesicht, das er dabei machte ... Wie ein Hund, der ein Stück Fleisch sieht.«

»Einspruch!« rief Ben.

Hawkins musterte ihn von oben herab. »Mit welcher Begründung, Mr. Kincaid?«

Ben geriet ins Schwimmen. Eine unzutreffende Metapher? Die Prozeßordnung ließ solche Aussagen zu, aber er durfte doch nicht stillschweigend dulden, wie Bullock und Ramona wild drauflosschwadronierten.

»Euer Ehren, es ist ... einfach nicht richtig.«

Hawkins rieb sich die Stirn. »Ich fürchte, Sie berufen sich auf einen Paragraphen, den ich nicht kenne, Herr Verteidiger. Abgelehnt. Fahren Sie fort, Mr. Bullock.«

Bullock nickte. »Wann haben Sie den Angeklagten am besagten Tag zuletzt gesehen?«

»Als er den Bereich um den Pool verließ.«

»Und warum verließ er ihn?«

»Er folgte der Frau.«

»Wissen Sie, warum?«

»Na, Sie wissen doch ... die stehen einfach auf Dunkelhäutige ...«

»Einspruch!« rief Ben. »Pure Spekulation. Sie kann es nicht wissen.«

Der Richter nickte. »Dann haben Sie die Prozeßordnung also doch gelesen. Da bin ich aber froh. Stattgegeben. Weitere Fragen, Herr Staatsanwalt?«

»Keine Fragen mehr«, sagte Bullock und kehrte zu seinem Pult zurück.

Hawkins wandte sich an Ben. »Kreuzverhör?«

»Und ob.« Ben baute sich direkt vor der Zeugin auf. Diese Frau würde er bestimmt nicht schonend behandeln. Sie hatte versucht, Leeman als Perversen hinzustellen, und Bullock würde in seinem Schlußplädoyer garantiert ein Motiv daraus konstruieren.

»Ist das nicht ein sonderbarer Zufall, daß Leeman gerade in dem Moment am Pool war, als die unbekannte Frau vorbeikam?«

Mrs. de Vries ließ sich nicht aus der Ruhe bringen. »Überhaupt nicht. Wie gesagt, er war ja ständig dort.«

»Durfte er darin schwimmen?«

Die Zeugin erschauerte unwillkürlich. »Gott bewahre!«

»Warum kam er dann zum Pool?«

»Muß ich Ihnen alles zweimal sagen? Die Frauen am Pool trugen ihre Badesachen. Ich hatte einen knappen Bikini an. Eigentlich hatte ich mich auf eine gewisse Privatsphäre beim Sonnenbaden gefreut. Wenn ich angeglotzt werden will, kann ich ja in ein öffentliches Bad gehen.«

»Wie kommen Sie darauf, daß Leeman Sie anglotzte?«

»Eine Frau spürt so etwas einfach.«

Zu seinem Entsetzen bemerkte Ben aus den Augenwinkeln, daß einige von den weiblichen Geschworenen nickten.

»Jeder weiß doch, wie diese Kerle sind.« Ramona ließ sich nicht bremsen. »Sie haben eben diesen ... Trieb.«

»*Diese Kerle?* donnerte Ben. »Verleumden Sie damit die Schwarzen oder die Behinderten?«

Bullock sprang auf. »Einspruch!«

»Stattgegeben«, sagte Hawkins hastig.

Ben gab sich noch nicht geschlagen. »Haben Sie das je den Wachmännern gemeldet, Ma'am?«

»Nein. Bevor ich dazu kam, hat er die Frau ja umgebracht.«

»Euer Ehren!«

Der Richter nickte. »Spekulationen sind nicht statthaft. Die Geschworenen werden angewiesen, diese Bemerkung zu vergessen.«

»Wie erfuhren Sie vom Tod dieser Frau?«

»Meine Masseuse erzählte es mir am nächsten Tag im Club.«

»Waren Sie aufgeregt?«

»Natürlich war ich aufgeregt! Es ist ja mitten auf dem Clubgelände geschehen.« Sie hielt kurz inne. »Andererseits war ich irgendwie auch erleichtert. Wenn sie nicht dagewesen wäre, hätte er sich bestimmt eine andere geschnappt.«

Ben konnte machen, was er wollte, mit dieser Zeugin ließ sich Leemans Ruf bestimmt nicht mehr aufpolieren. Er mußte sie so schnell wie möglich loswerden. »Keine Fragen mehr.«

»Neue Fragen, Herr Staatsanwalt?« fragte Hawkins.

»Ich sehe keinen Anlaß dazu«, lächelte Bullock. Er war die Zuversicht in Person. Mit anderen Worten: Wenn Ben darauf verzichtete, Ramonas Aussage zu erschüttern, dann konnte ihm das nur recht sein.

In dieser Hinsicht konnte Ben dem Staatsanwalt keinen Vorwurf machen. Das Schlimme aber war: Bislang hatte er nichts zu Leemans Entlastung vorbringen können. Wenn das so weiterging, halfen seinem Mandanten nicht einmal mehr Gebete.

11

»Die Anklage ruft Sergeant Wilford Tompkins auf.«

Tompkins trat in voller Uniform auf. Natürlich. Geschworene standen auf Uniformen. Zeugen wirkten auf diese Art gleich viel wichtiger und imposanter, zumal solche, die so groß waren wie Tompkins. Außerdem stand ihm die Ehrlichkeit förmlich ins Gesicht geschrieben, so frisch und jugendlich sah er aus. Er war die Idealbesetzung für diese Rolle.

Bei der Befragung zu seinem Hintergrund erklärte Tompkins, daß er eine Familie habe und seit zwölf Jahren Polizist sei. In der Nacht, in der Maria Alvarez getötet wurde, hatte er Dienst gehabt.

Nun kam Bullock zur Sache. »Wer hat die Polizei alarmiert?«

»Das wissen wir bis heute nicht«, antwortete Tompkins im typisch sachlichen Ton des Polizeibeamten. »Der Anruf kam aus der Nähe des Country Clubs, aber die Person gab sich nicht zu erkennen.«

»Hat die Polizei den Anruf denn nicht aufgenommen?«

»Doch, aber die Person sprach extrem undeutlich. Wir wissen nicht einmal, ob es ein Mann oder eine Frau war.«

»Okay. Wie ging es weiter?«

»Bei meiner Ankunft bin ich sofort zum Caddieschuppen gefahren. Innen brannte Licht. Ich trat ein und fand ... die Leiche.«

Bullock bestand darauf, daß Tompkins die Tote als Maria Alvarez identifizierte, womit sich ihm eine herrliche Gelegenheit bot, die grausigen Fotos noch einmal hervorzuholen.

Daraufhin beschrieb Tompkins den Zustand der Leiche. Seine Aussage deckte sich mit der von Dr. Koregai.

»War noch jemand im Geräteschuppen, als Sie eintraten?«

»Ja. Der Angeklagte. Leeman Hayes.«

Ben sah zu Leeman hinüber. Sein Mandant schien teilnahmslos zuzuhören.

»Wie reagierte Mr. Hayes?«

»Bei meinem Eintreten rannte er los. Ich forderte ihn auf, stehen zu bleiben, doch er setzte die Flucht fort.«

»Was geschah dann?«

»Die Standardprozedur in solchen Situationen. Ich nahm die Verfolgung auf. Zum Glück war er kein guter Läufer, so daß ich ihn ergreifen konnte, ohne meine Waffe zu ziehen.«

»Widersetzte er sich der Verhaftung?«

»Vehement sogar. Er wehrte sich mit aller Kraft und biß mich in den Arm. Und er stieß ein merkwürdiges Heulen aus. Wie ein kranker Hund.«

»Versuchten Sie, ihn zu verhören?«

»Ich versuchte es, aber er gab keine Antwort. Darum fesselte ich ihn mit den Handschellen an die Tür. Ich sicherte den Tatort ab, forderte per Funk Hilfe an, benachrichtigte die Mordkommission und nahm eine vorläufige Durchsuchung vor.«

»Warum schalteten Sie die Mordkommission ein?«

»Das ist das übliche Vorgehen. Und ... offen gesagt war ich mir nicht sicher, wie es weitergehen sollte.«

»Hatten Sie zuvor schon einmal einen Mord untersucht?«

»O ja, natürlich. Aber nie einen wie diesen. Der war anders ... schlimmer.«

»Inwiefern?«

»Na ja ... normalerweise läßt man alles so liegen, wie man es vorgefunden hat. Aber in diesem Fall wußte ich einfach nicht, ob ich die Frau wirklich so hängen lassen sollte ... wie der Typ sie an die Wand genagelt hatte. Das kam mir so unmenschlich vor.«

»Ich bin sicher, daß die Geschworenen zu würdigen wissen, was für eine schwierige Entscheidung Sie zu treffen hatten. Haben Sie den Tatort durchsucht?«

»Ja. Ich war fast fertig, als die Ermittler von der Mordkommission eintrafen.«

»Haben Sie etwas besonders Auffälliges entdeckt?«

»Ja. Fächer, in denen die Caddies ihre Sachen aufbewahrten.«

»Was fanden Sie darin?«

»Im Fach des Angeklagten fand ich einen Beutel für sechs Golfschläger. Er enthielt aber nur fünf.«

»Nur fünf?«

»Ja.« Tompkins holte tief Luft. »Der sechste war die Mordwaffe.«

Die Geschworenen waren wie elektrisiert. Das war bislang das vielleicht vernichtendste Indiz.

»Enthielten die anderen Fächer ebenfalls Golfschläger?«

»O ja. Die meisten sogar. Aber die Schläger im Fach des Angeklagten paßten zur Mordwaffe. Es war ein sehr auffälliges Set.«

»Wissen Sie, woher dieses Set stammte?«

»Ich erfuhr es später. Es war in der Boutique gestohlen worden.«

»War sonst noch was im Fach?«

»Ja. Eine Halskette.«

Bullock hielt eine Zellophantüte mit einer Halskette darin hoch. »Ist das die Halskette?«

Tompkins nahm sie in Augenschein. »Ja. Ich habe sie in dieser Tüte versiegelt und mit meinen Initialen gekennzeichnet.«

»Wissen Sie, wem sie gehörte?« fragte Bullock.

»Wir nehmen an, daß sie dem Opfer gehörte. Maria Alvarez trug ein dazu passendes Armband.«

»Mich wundert ein wenig, daß Sie nicht auch das Armband in Hayes' Fach gefunden haben.«

»Es war vom Ärmel ihres Kleides verdeckt. Die Halskette dagegen war gut sichtbar.«

Bullock reichte die Halskette dem Gerichtsdiener, der sie den Geschworenen überbrachte. »Mir fällt auf, daß die Kette gerissen ist. Gibt es einen Grund dafür?«

»Ja. Sie muß zerrissen sein, als der Täter mit der Mordwaffe zustieß.«

»Vielen Dank«, sagte Bullock feierlich. »Keine weiteren Fragen.«

»Sie sind an der Reihe.« Der Richter deutete mit dem Kinn auf Ben.

Auf dem Weg zum Podest überlegte sich Ben fieberhaft seine Fragen. Es hätte keinen Sinn, Tompkins hart anzufassen. Die Geschworenen schienen ihn zu mögen. Zum einen hatten Polizeibeamte grundsätzlich einen Vertrauensbonus, zum anderen zweifelte nicht einmal Ben an der Wahrheit seiner Aussage. Ihm blieb somit nichts anderes übrig als zu zeigen, daß Tompkins' Angaben nicht annähernd soviel bewiesen, wie Bullock die Geschworenen glauben machen wollte.

»Lassen Sie uns eins klarstellen, Sergeant«, begann Ben. »Sie haben nicht gesehen, daß Leeman Hayes Maria Alvarez getötet hat, nicht wahr?«

»Äh ... nein.«

»Und Sie haben auch keine Augenzeugen aufgetrieben, oder?«

»Nein.«

»Und Sie haben auch nie ein Geständnis von Leeman Hayes gehört.«

»Nein. Er wollte ja nicht mit mir sprechen.«

»Wollte er nicht oder konnte er nicht?«

»Bitte?«

»Sie unterstellen mangelnde Bereitschaft zur Kooperation, Sergeant. Aber Sie wissen doch nur, daß er Ihre Fragen nicht beantwortete, richtig?«

»So gesehen stimmt das wohl.«

»Danke. Nun, haben Sie je untersucht, warum sich Leeman Hayes so spät noch im Caddieschuppen aufhielt?«

»Na ja, ich dachte, er wäre hinter der Frau her ...«

»Also, Sergeant, wenn Sie jemanden umbringen wollten, würden Sie das im Caddieschuppen des Utica Greens tun?«

Tompkins zögerte kurz. »Na ja, ich würde überhaupt niemanden umbringen.«

»Davon bin ich auch überzeugt. Aber zurück zum Caddieschuppen. Das ist doch kein idealer Ort für ein Verbrechen, oder? Da kommt doch immer mal jemand vorbei.«

Tompkins sah zu den Geschworenen hinüber. »Ich habe nie behauptet, daß der Angeklagte besonders schlau vorging.«

Prompt gab es Gelächter, doch Ben ließ sich davon nicht beirren. »Haben Sie je andere Gründe in Erwägung gezogen, warum Leeman Hayes sich im Caddieschuppen aufgehalten haben könnte?«

»Welche zum Beispiel?«

Ben faßte Ernie Hayes ins Auge. »Ist Ihnen zum Beispiel aufgefallen, daß Leeman Hayes dort ein Kissen hatte?«

Tompkins wirkte auf einmal betreten. »Na ja ... ich habe zumindest keins in seinem Fach gefunden.«

»Nein, dort schläft man bestimmt nicht sehr bequem.« Diesmal hatte Ben die Lacher auf seiner Seite. »Und ist Ihnen nicht aufgefallen, daß Leeman Hayes einen Schlafsack im Schuppen hatte?«

Tompkins runzelte die Stirn. »Bevor ich zum Gericht gefahren bin, habe ich die Liste noch mal durchgesehen, und da steht tatsächlich was von einem blauen Schlafsack.«

Ben breitete die Arme weit aus. »Wären Sie überrascht, wenn Sie erführen, daß Leeman Hayes dort geschlafen hat?«

Tompkins starrte Ben mit offenem Mund an. »Mir hat keiner gesagt, daß ...«

»Demnach wäre er sowieso im Schuppen gewesen, ob er den Mord nun plante oder nicht, richtig?«

Officer Tompkins legte den Kopf schief. »Vielleicht ließe sich damit aber auch erklären, warum er den Mord gerade dort beging.«

»Wie meinen Sie das?«

»Vielleicht hat er die Frau zu seinem Schlafsack gebracht, und als sie nicht mitmachen wollte ...«

»Beantworten Sie bitte nur die Fragen.« Ben war vor allem wütend auf sich selbst. Wann lernte er es endlich? Nur wenn er Ja-Nein-Fragen stellte, hatte der Zeuge keine Chance, selbst kreativ zu werden. »Sergeant Tompkins, ist Ihnen bewußt, daß Leeman Hayes geistig behindert ist?«

»Damals wußte ich es nicht, aber inzwischen habe ich es erfahren.«

»Sie haben den Geschworenen gesagt, daß er sich der Verhaftung widersetzte. Halten Sie es für möglich, daß er schlichtweg nicht begriff, wer Sie sind und was Sie dort taten?«

»Ich habe mich unmißverständlich als Polizist ausgewie...«

»Unmißverständlich für Sie und mich vielleicht, aber wie

wirkt das auf einen Menschen, der sich kaum ausdrücken kann? Sie platzten herein, liefen ihm nach, fesselten ihn und schrien ihm Fragen ins Gesicht. Begriff er wirklich, was da los war? Oder hatte er nicht eher Todesangst?«

»Einspruch«, meldete sich Bullock. »Wer fordert den Zeugen denn jetzt zum Spekulieren auf?«

»Stattgegeben«, brummte Hawkins.

»Sergeant, Sie haben zu Protokoll gegeben, daß Sie Golfschläger in Leemans Fach gefunden haben, richtig?«

»Das ist richtig.«

»Aber ist es nicht ebenso zutreffend, daß Leemans Fach kein Schloß hatte?«

Tompkins dachte angestrengt nach. »Keins von den Fächern hatte ein Schloß.«

»Haben Sie Leeman dort etwas hineinlegen sehen?«

»Nein.«

»Und bevor der Mord verübt wurde, waren Sie auch nicht im Schuppen.«

»Richtig.«

»Dann hätte praktisch jeder die Schläger ins Fach legen können, korrekt?«

»Rein technisch ist das wohl möglich.«

»Jetzt mal ehrlich, Officer, Sie haben keinen Beweis, daß Leeman die Schläger in sein Fach gelegt hat.«

»Es war sein Fach!«

»Beantworten Sie die Frage, Sir.«

»Das ist wohl richtig«, gab Tompkins widerstrebend zu.

»Und Sie wissen nicht aus erster Hand, wie diese Gegenstände dort hineingelangt sind?«

»Ich habe nicht zugesehen, nein.«

»Und Sie haben nicht ermittelt, warum sich Leeman in dieser Nacht im Caddieschuppen aufhielt?«

»Nein.«

Ben trat ganz nahe an ihn heran. »Der einzige Grund, warum Sie ihn verhaftet haben, ist … daß er die einzige anwesende Person war, stimmt's?«

»Er war die einzige noch lebende Person.«

»Was war der Grund für die Verhaftung, Officer?«

Bullock sprang auf. »Was soll das, Kincaid? Wieder so ein Trick?«

Ben strafte ihn mit einem vernichtenden Blick. Dann wandte er sich an den Richter. »Euer Ehren, ich bitte um kurze Rücksprache mit Ihnen und dem Staatsanwalt.«

»Gestattet.«

Beide Anwälte traten vors Richterpult.

»Euer Ehren«, flüsterte Ben, »meiner Meinung nach lagen keine ausreichenden Verhaftungsgründe vor. Wenn aber die Festnahme einen Verstoß gegen das Gesetz bedeutet, sind alle danach festgestellten Beweismittel einschließlich des auf Video aufgenommenen Verhörs unzulässig.«

»Daher weht also der Wind«, knurrte Bullock. »Sehen Sie jetzt, wie er versucht, die Rechtsprechung ad absurdum zu führen, Richter?«

»Der Beamte hatte keinen zwingenden Grund!« beharrte Ben. »Man kann einen Menschen nicht verhaften, nur weil er gerade anwesend ist.«

»Und was ist mit den Golfschlägern und dem Schmuck in seinem Fach?«

»Tompkins hat beides erst *nach* der Verhaftung gefunden.«

»Und der Fluchtversuch?«

»Fluchtversuch? Er war ja ein freier Mann. Er konnte sich frei bewegen.«

»Euer Ehren, das ist grotesk!« protestierte Bullock. »Mr. Kincaid will mit allen ihm zur Verfügung stehenden Kniffen verhindern, daß die Beweismittel vorgelegt werden.«

Ben ließ nicht locker. »Die Gesetze wurden nicht zum Spaß geschrieben. Sie schützen jeden Verdächtigen, insbesondere geistig Behinderte wie meinen Mandanten. Es ist nicht statthaft, einen Menschen nur deswegen zu verhaften, weil er zufällig an einem Tatort schläft.«

Bullock richtete sich zu seiner vollen Größe auf. »Geben Sie mir die Möglichkeit, eine Nachfrage zu stellen. Ich werde Ihnen einen zwingenden Grund für die Verhaftung liefern.«

»Das ist nur recht und billig«, brummte Hawkins.

»Wenn ihm das nicht gelingt, werde ich meinen Antrag erneuern«, warnte Ben.

»Das glaube ich Ihnen gern«, sagte der Richter müde. »Sie haben das Wort, Herr Staatsanwalt.«

Bullock bezog neben der Geschworenenbank Stellung und drehte sich zum Zeugen um. »Sergeant Tompkins, es wurde die Frage gestellt, ob Sie einen ausreichenden Grund für die Verhaftung hatten. Nun, erinnern Sie sich – über die bloße Anwesenheit des Angeklagten am Tatort hinaus – noch an andere Einzelheiten, die seine Schuld nahelegten?«

Ben überlief es eiskalt. Mit einem Schlag begriff er, worauf Bullock abzielte. »Einspruch!« rief er. »Er will nachträglich neue Beweismittel ins Verfahren einschmuggeln.«

Hawkins schmetterte seinen Kugelschreiber aufs Pult. »Was soll das, Mr. Kincaid? Erst paßt es Ihnen nicht, wenn die Beweise nicht ausreichen, und kaum werden sie geliefert, sind Sie auch nicht einverstanden.«

»Euer Ehren, das ist eine völlig neue Frage, aber keine Nachfrage, und damit unzulässig.«

»Er geht auf Ihren Antrag ein, Herr Anwalt.«

»Von mir aus gern. Aber dann soll er sich an die Verfahrensregeln halten ...«

»Mr. Kincaid, ich habe meine Entscheidung bereits gefällt.« Hawkins Kopf färbte sich dunkelrot. »Setzen Sie sich jetzt gefälligst.«

Ben sank geschlagen auf seinen Stuhl zurück.

»Also, Sergeant«, fuhr Bullock fort, »erinnern Sie sich noch an andere Umstände?«

»Nur an einen«, sagte Tompkins und hielt inne. Die Geschworenen beugten sich gespannt vor.

»Und der wäre?« fragte Bullock.

»Er hatte Blut an den Händen.«

Ben musterte Mrs. Alexander, die ihm von den Geschworenen am nächsten saß. Ihre Lippen waren geöffnet, ihre Augen geweitet.

Verdammt. Er war in eine Falle getappt.

»An den Händen?«

»Ja. Der da.« Tompkins deutete auf Leeman. »Er hatte das Blut der Toten an den Händen.«

Plötzlich schoß Leeman hoch. Er starrte Tompkins mit vor Grauen weit aufgerissenen Augen an. Und dann fing er zu Bens Entsetzen damit an, sich wie ein Besessener die Hände zu reiben, als wolle er Blut wegwaschen.

Ben zerrte ihn zurück auf seinen Stuhl und hielt ihn fest. Zu spät. Die Geschworenen hatten es längst gesehen.

Bullock wartete genüßlich, bis wieder Ruhe eingekehrt war. Dann senkte er ernst den Kopf. »Und nachdem Sie bemerkt hatten, daß an seinen Händen buchstäblich das Blut des Opfers klebte, nahmen sie den Angeklagten fest?«

»Selbstverständlich. Hätten Sie das etwa nicht getan?«

»Ich hätte nicht anders gehandelt. Keine weiteren Fragen, Euer Ehren.«

»Hat die Verteidigung noch etwas dazu anzumerken?« fragte Hawkins.

»Nein«, sagte Ben. Der Eindruck war auch so schon verheerend genug.

»Dann beende ich die Sitzung für heute. Wir setzen den Prozeß morgen um neun fort.« Der Richter erhob sich und verließ den Saal.

Auf den Zuschauerrängen brach mit einem Schlag ein Höllenlärm los. Die Leute diskutierten aufgeregt miteinander, auf Ben ging ein Blitzlichtgewitter nieder, und die Reportermeute bestürmte ihn mit Fragen.

Ben achtete nicht darauf. Er warf einen Blick auf Leeman und mußte bestürzt feststellen, daß er immer noch die Hände rieb. Wie ein übergeschnappter Pontius Pilatus.

Der erste Verhandlungstag war vorbei, und Ben brauchte nicht Christina zu fragen, um zu wissen, wie schlecht er für ihn gelaufen war. Bullock hatte in jeder Phase die Oberhand behalten. Die entscheidenden Punkte hatte immer er gesammelt.

Um so deutlicher stand Ben nun vor Augen: Auf die Wahrheit kam es hier überhaupt nicht an. Bullock würde gewinnen, aber nicht etwa weil Leeman schuldig war, sondern nur weil Bullock es verstand, alle Register zu ziehen. Er wußte genau, was Richter hören wollten und wie die Geschworenen dachten. Und er war Ben um zwanzig Jahre im voraus, was seine in zähen Gefechten vor Gericht gewonnene Erfahrung betraf.

Ben hatte schon im Studium davon gehört, aber bis heute nie daran geglaubt: Vor Gericht zählten weder Fakten noch Beweise. Vor Gericht zählten allein die Anwälte.

Bullock hatte schon so gut wie gewonnen – nicht etwa weil er die Wahrheit auf seiner Seite hatte, sondern weil er der bessere Anwalt war.

Noch mehr Tage wie dieser, und die Wahrheit würde keinen mehr interessieren. Die Geschworenen wären restlos von Leemans Schuld überzeugt. Leemans Tod wäre besiegelt.

Und das, bevor er eine Chance auf ein eigenes Leben gehabt hatte.

12

»Ich hab's!« rief der Mann.

Royce sah von seiner Kamera auf. Er hatte sich eine neue kaufen müssen, weil sein Kumpel die alte zusammen mit dem Jungen im verfallenen Haus zurückgelassen hatte. Seit einer Stunde versuchte er sich nun schon mit dem Ding anzufreunden. Irgendwie wurde die Technik von Jahr zu Jahr komplizierter. Bald konnten nur noch Computerfachleute so was bedienen. »Was hast du?«

»Einen Plan«, erklärte der andere mit leuchtenden Augen.

»Wofür?«

»Um den Kleinen zu kriegen.«

Aber klar doch, dachte Royce. Was denn sonst? Seit sein Freund der Polizei um Haaresbreite entwischt war, grübelte er nur noch darüber nach, wie er den Jungen kriegen konnte. Er war richtig besessen davon, und es wurde immer schlimmer mit ihm. Royce wollte sich lieber nicht ausmalen, was er dem Kleinen antun würde, wenn er ihm in die Hände fiele.

»Hör mal«, sagte Royce, »die Polizei tappt im dunkeln. Meinst du nicht, daß es sicherer wäre, den Kleinen einfach in Ruhe zu lassen?«

»Nein, du Idiot! Hast du denn nicht kapiert, daß man sämtliche Bullen der Stadt auf mich gehetzt hat?«

»Aber sie haben dich doch nicht gefunden, oder?«

»Das werden sie schon noch. Ich muß dafür sorgen, daß ihr Zeuge nicht gegen mich aussagen kann.«

Royce bekam es plötzlich mit der Angst zu tun. Die Augen des anderen funkelten so unheimlich. »Warum setzt du dich nicht einfach ab, wenn du dir so sicher bist, daß die Cops hinter dir her sind?«

»Soll ich etwa in ständiger Angst leben? Soll ich mir dauernd Sorgen machen, daß es wegen so einem dämlichen Balg jederzeit mit meinem Leben vorbei sein kann? *Niemals!*«

Dieser Typ war total übergeschnappt, fiel es Royce wie Schuppen von den Augen. Jenseits von Gut und Böse. Und er wurde immer gefährlicher.

»Verfolgst du den Prozeß gegen Leeman Hayes, Royce?«

»Ich schaue mir die Nachrichten an.«

»Er findet im Gericht an der Ecke Fifth und Denver Street statt.«

»Warum sagst du mir das?«

»Weil ich will, daß du morgen hingehst.«

»Morgen? Da habe ich schon einen Fototermin in Monte Casino.«

»Sag ihn ab.«

»Ich kann ihn doch nicht ...«

»Diese jämmerlichen Schulgören können ihr verlogenes Grinsen auch noch nächste Woche aufsetzen! Ich brauche dich im Gericht!«

Royce ließ die Schultern hängen. »Was soll ich denn für dich tun?«

»Einfach dort sein. Ich gehe auch hin, aber du mußt so tun, als würdest du mich nicht kennen.«

»Was für einen Sinn ...«

»Sei einfach da. Ich gebe dir deine Anweisungen, sobald du kommst.«

»Aber wie ...?«

»Sei einfach da!« Der Typ war rot angelaufen; er zitterte regelrecht.

Royce setzte sich verschüchtert aufs Sofa und legte die Hände in den Schoß. »Okay. Wie du meinst.«

»Gut.« Der Typ lief zu einem an der Wand aufgehängten Spiegel hinüber und starrte sein Gesicht darin an. »Es ist einfach nicht fair, verstehst du! Es war so schön. Und ich wollte ihn doch bloß lieben, ihn verwöhnen. Und wie dankt er mir das?«

Jäh riß er den Spiegel von der Wand und schleuderte ihn durchs Zimmer. Royce konnte sich gerade noch zu Boden werfen, ehe das Ding über ihn hinwegflog und mit einem gewaltigen Knall an der Wand zerbarst.

Vorsichtig richtete sich Royce wieder auf. Sollte er mal wieder allein in dieser Wohnung auf seinen Freund warten, würde er alles Zerbrechliche entfernen.

Sein Kumpan sank auf einen Stuhl nieder. »Er verletzt mich, verstehst du. Er bedroht mich. Aber nicht mehr lange. Ab in die Kammer mit dir, Abie Rutherford! In die Kammer, und da kommst du erst wieder raus, wenn du deine Strafe gekriegt hast. *Deine Strafe!*«

Und plötzlich fing der Kerl an zu weinen. Tränen strömten ihm über beide Wangen. »Es ist nur fair!« schluchzte er. »Es ist nur fair!«

Royce wich langsam zur Tür zurück.

»Aber wer bestraft mich?« Der Mann sah auf seine Hände hinunter. »Wer bestraft mich?«

Royce schlüpfte leise zur Tür hinaus. Das letzte, was er von seinem Freund hörte, waren Schreie wie von einem kleinen Kind. »Mommy? Daddy? Sagt mir, was ich tun soll! *Wer bestraft mich?*«

13

Nach der Verhandlung fuhr Ben zu seiner Kanzlei. Im Vorzimmer marschierte ein Fremder mit Aktentasche ungeduldig auf und ab. Auch das noch.

»Lassen Sie mich raten«, sagte Ben. »Sie kommen vom Hersteller der Klimaanlage?«

»Stimmt genau«, erwiderte der andere nach kurzem Zögern.

»Und ich bleibe so lange, bis Sie die Rechnung vollständig bezahlt haben.«

»Na, hoffentlich haben Sie bequeme Schuhe an«, brummte Ben und lief an ihm vorbei zu Jones.

»Hey, Jones, hast du einen Moment Zeit?«

Sein Sekretär konnte sich über Mangel an Arbeit nicht beklagen. Gegen beide Ohren preßte er je einen Telefonhörer, vor ihm blinkte der Bildschirm, und hinter ihm spuckte der Drucker gerade ein Blatt aus. »Du kannst ja schon mal eine Nummer ziehen«, murmelte Jones zwischendurch. Er rief noch ein paar Worte in den einen Hörer und knallte ihn auf die Gabel. »Ich hasse diese Reporter«, knurrte er, nachdem er auch das andere Gespräch beendet hatte.

»Beruhige dich. Sie tun schließlich nur ihre Arbeit.«

»Arbeit nennst du das? Die schnüffeln doch nur im Privatleben anderer Leute rum!«

»Wer hat denn angerufen?«

»Die halbe Welt. Jeder hier in der Stadt will mit dir sprechen, ach was, jeder im ganzen Staat. Und Channel Six will im Nachrichtenmagazin ein Liveinterview mit dir bringen.«

»Sag ab.«

»Bist du sicher, Boß? Bullock wird auch dabeisein.«

»Paßt zu ihm. Er schreckt wirklich vor nichts zurück.«

»Wurde den Geschworenen denn nicht gesagt, daß sie während des Verfahrens keine Nachrichten über den Fall sehen sollen?«

»Sicher wird ihnen das gesagt. Aber wer prüft schon nach, was sie in den eigenen vier Wänden tun?«

»Wenn du nicht hingehst, überläßt du das Feld Bullock.«

Ben nahm die Post in die Hand und blätterte die Umschläge eilig durch. »Richter sehen es nicht gern, wenn Verteidiger in den Medien für ihre Mandanten werben. Und der Verhaltenskodex für Anwälte empfiehlt so was ebensowenig.«

»Hör mal, Boß, wenn du nicht über die Fakten sprichst, ist das doch völlig okay. Aber du hättest eine tolle Chance, an mögliche Zeugen zu appellieren, daß sie sich bei dir melden sollen.«

Ben überlegte. »Trotzdem ist das nicht unbedingt die normale Vorgehensweise.«

»Dieser Fall ist aber auch nicht gerade normal. Erstens hattest du so gut wie keine Zeit, dich vorzubereiten, und zweitens wirst du auf andere Art nie Zeugen für eine Geschichte auftreiben, die zehn Jahre zurückliegt.«

»Da hast du recht«, gab Ben zu und sah von seiner Post auf. »Wer führt denn das Interview? Clayton Vaughn?«

»Nein, die, die so gut aussieht, Beth Irgendwas.«

»Oh. Sag mal, hat auch Karen Larsen angerufen?«

»Die arbeitet doch für den Channel Eight.«

»Ich weiß. Ich sehe sie mir manchmal am Sonntag an, wenn Giselle und ich frühstücken.«

»Ich auch«, gestand Jones. »Klasse Mieze, was?«

»Jones, du bist ein Sexist. Sie ist Journalistin, eine der besten, die wir haben, und sie hat Stil.«

»Warum so streng, Boß? Sag bloß, du bist in sie verknallt!« Jones grinste von einem Ohr zum anderen. »Und jetzt läuft er auch noch rot an! Boß, ich glaube, du machst ihr schöne Augen.«

»Red doch keinen Unsinn.«

»Was für eine Überraschung! Mein Boß steht auf eine Moderatorin!«

»Ganz bestimmt nicht.« Ben sah weg. »Aber sag – hat sie sich gemeldet?«

»Leider nein. Soll ich für dich anrufen? Fragen, ob sie heute abend Zeit hat?«

»Laß den Unsinn.«

Jones grinste noch immer. »Gibt es sonst noch was, was ich nicht weiß? Träumst du heimlich von schönen Frauen?«

Das war zuviel des Guten. Plötzlich warf ihm Ben die ganze Post ins Gesicht. »Ich gehe jetzt heim und bereite die morgige Verhandlung vor.«

»Wie läuft's denn?«

»Frag mich nicht. Ruf mich sofort an, wenn sich was Neues ergibt.«

»Mache ich. Und das ist die Nummer der Fernsehstation. Ob du nun zu- oder absagst, du mußt zurückrufen.«

»Alles klar. Ich lasse es mir durch den Kopf gehen.«

»Äh, Boß ...«

»Ja?«

»Die andere Sache braucht dir wirklich nicht peinlich zu sein. Als ich klein war, da war ich schrecklich in Marcia verschossen. Du weißt schon, die aus der *Brady-Bande.*«

»Tschüs, Jones. Schönen Tag noch.«

14

Carlee Crane saß im Bett und stopfte Doughnuts aus einer Jumbopackung in sich hinein. Im Fernseher lief das Nachrichtenmagazin. Dergleichen hatte sie früher nie interessiert, aber heute war das anders.

Dave wollte nicht, daß sie sich Nachrichten ansah. Sie würden sie nur aufregen, sagte er.

Und er hatte recht.

Der Prozeß gegen Leeman Hayes hatte begonnen. Ohne sie. Sie hatte sich nicht als Zeugin gemeldet. Dave hatte sich durchgesetzt und seitdem das Thema nicht wieder angeschnitten. Er war klug genug, sein Glück nicht zu strapazieren und wollte sie nicht unnötig reizen.

Der graumelierte Moderator faßte noch einmal die Ereignisse des Tages zusammen. Seiner Meinung nach baute der Staatsanwalt eine ›offenbar wasserdichte Indizienkette‹ auf. Die Verteidigung hätte heute keine Gelegenheit gehabt, Entlastungsmomente aufzuzeigen, und es sei ohnehin fraglich, ob es ihr noch gelingen würde, Zweifel an der Schuld des Angeklagten zu wecken.

Dann gab der Moderator an seine Kollegin weiter, bei der die zwei mit dem Fall befaßten Anwälte im Studio saßen. Der Ankläger ergriff als erster das Wort und versicherte den Zuschauern, daß er vor nichts haltmachen würde, um den Einwohnern von Tulsa endlich wieder einen ruhigen Schlaf zu verschaffen. Es ginge um Gerechtigkeit, und er werde sich mit aller Kraft dafür einsetzen.

Während der Staatsanwalt redete, kam Dave herein. Anscheinend hatte er die Jungen problemlos ins Bett gebracht. Dave maß Carlee mit einem strengen Blick. Sie wußte genau, warum. Gegen seinen ausdrücklichen Wunsch verfolgte sie eben doch die Nachrichten über den Mordfall. Zwar wollte sie ihn nicht unnötig ärgern, aber sie konnte nicht anders. Sie mußte erfahren, was im Gericht geschah.

Der Staatsanwalt wollte überhaupt nicht mehr aufhören, bis ihm die Moderatorin schließlich das Mikrofon wegnahm und es dem Verteidiger des Angeklagten in die Hand drückte. Carlee hatte sein Foto schon in der Zeitung gesehen. Er war bedeutend jünger als Bullock – Anfang dreißig, wenn überhaupt – und wirkte auch viel unsicherer vor der Kamera. Manchmal stotterte er sogar.

»Mr. Kincaid, können Sie dem zustimmen, was Mr. Bullock gerade gesagt hat?« wollte die Moderatorin wissen.

»In keinster Weise«, erklärte der Verteidiger mit Nachdruck.

»Warum nicht?«

»Ich möchte hier keine Bewertung der Fakten vornehmen. Die hat vor Gericht stattzufinden und nicht im Fernsehen.«

»Er will nur deshalb nicht sprechen, weil er keine Argumente hat!« warf Bullock dazwischen.

»Das trifft wohl eher auf die bisherigen Behauptungen des Staatsanwalts zu«, entgegnete Kincaid.

»Aber wozu sind Sie dann gekommen, wenn Sie nicht über den Fall sprechen wollen?« fragte die Interviewerin.

»Um mich an die Öffentlichkeit zu wenden.« Der Verteidiger sah auf einmal mitten in die Kamera. Carlee wurde richtig unheimlich zumute. Ihr war, als schaute er ihr direkt in die Augen. »Mein Hauptproblem in diesem Fall besteht darin, daß dieses Verbrechen schon so lange zurückliegt. Ich weiß, daß hier noch Menschen leben, die sich an das eine oder andere erinnern, aber wie komme ich nach all den Jahren an sie heran?«

»Ich kann mir gut vorstellen, daß das enorm schwierig sein muß«, kommentierte die Moderatorin.

»Wenn es unter den Zuschauern jemanden gibt«, fuhr der Verteidiger fort, »der sich an irgendwelche Einzelheiten in diesem Fall erinnert, und erscheinen sie ihm noch so gering, dann sollte er sich bitte sofort melden! Sie können mich in meiner Kanzlei anrufen. Die Nummer steht im Telefonbuch. Bitte wenden Sie sich an mich, wenn Sie etwas wissen. Das Leben eines unschuldigen Mannes hängt von Ihnen ab.«

Die Moderatorin wollte noch etwas anderes wissen, doch Carlee bekam das nicht mehr mit. Dave hatte sich vor ihr aufgebaut und funkelte sie an.

»Du willst aussagen, hm?«

Carlee sah weg. »Hast du nicht gehört, was er gesagt hat?«

»Aber, Liebling, die Leute werden über dich lachen! Deine Geschichte ist einfach zu unglaublich. Ja, schlimmer noch, sie ist lächerlich.«

»Ich habe nicht das Recht, etwas zu verschweigen, nur weil jemand über mich lachen könnte.«

»Und die Kinder?«

»Die sind robust genug. Sie werden es überleben.«

»Und mein Job?«

»Ich kann mir nicht vorstellen, daß du wegen so was gefeuert wirst.«

»Soll ich das etwa riskieren? Weißt du noch, was passiert ist, als Craig Banners Frau ihren Chef wegen sexueller Belästigung verklagt hat? Wochenlang wurde in den Nachrichten darüber berichtet. Die Leute haben sie beschimpft und ausgelacht. Und zwei Wochen später war Craig seinen Job los.«

»Ich glaube, daß wir dieses Risiko eingehen müssen.«

»Selbst wenn unsere Familie dabei auseinanderbricht?«

Carlee zerknüllte die Doughnutspackung. »Selbst wenn unsere Familie dabei auseinanderbricht.«

Dave starrte sie lange schweigend an. Dann setzte er sich plötzlich neben Carlee und schlang die Arme um sie. »Du hast recht, Liebling. Und es ist gut so.«

Carlee riß die Augen auf. »Was? Du bist nicht mehr böse?«

Dave lächelte sie an. »Na ja, ich bin nicht unbedingt glücklich darüber, aber du bist mir wichtiger als meine Arbeit, mein Haus oder was weiß ich sonst noch alles. Und ich sehe doch, wie verzweifelt du bist. Ich weiß, daß du kaum noch schlafen kannst und untertags nur rumhängst. Du ißt ja auch nichts mehr außer Süßigkeiten.«

»Ich habe wohl ein paar Pfund zugenommen ...«

»Denk nicht dran. Das ist nur die Belastung. Ich hätte nie versuchen sollen, dich zurückzuhalten. Ich hatte einen ganz wichtigen Umstand vergessen.«

»Was für einen denn?«

Er drückte sie an sich. »Ich hatte vergessen, was für ein gutmütiger, gutherziger und rundherum aufrichtiger Mensch du bist. Du kannst nicht schweigend danebenstehen, wenn du die Möglichkeit hast, einem Unschuldigen zu helfen. Dazu bist du einfach nicht in der Lage. Was es dich auch kostet, du tust, was du tun mußt.« Er küßte sie auf die Wange. »Tja, und das hatte ich vergessen.«

»Dann fahre ich morgen zu diesem Anwalt.« Carlee schmiegte sich an Dave und schlang die Beine um ihn. »Dave, ich liebe dich ja so.«

Er grinste sie verschmitzt an und knöpfte ihr langsam das Hemdchen auf. »Ich dich doch auch.«

15

Ben parkte seinen Wagen hinter dem Mercedes seiner Mutter, der in dieser Gegend ungefähr so wirkte wie ein Diamant auf einem Schutthaufen. Es grenzte an ein Wunder, daß er noch seine Radkappen hatte. Tulsa war ein Mekka des Diebstahls. Wer keine eigene Garage hatte, fuhr wie Ben eine wertlose Schrottkiste.

Ben näherte sich vorsichtig seinem Haus. Das Viertel war ein heißes Pflaster, vor allem in der Nacht. Darum versuchte er normalerweise vor Einbruch der Dunkelheit heimzukommen, was freilich unmöglich war, wenn man einen Prozeß führte und abends auch noch in Fernsehmagazinen auftrat.

Erwartungsgemäß hatte Bullock die Sendung als Forum für seine Tiraden benutzt, um den Prozeß über die Öffentlichkeit zu entscheiden. Ben hatte seinen Ohren nicht getraut. Ihm kam es so vor, als wolle dieser Mann alle Grundsätze über den Haufen werfen, nur um …

»Pst.«

Ben erstarrte. Er schaute sich um, konnte aber nichts sehen. Inzwischen hatte er schon fast die Haustür erreicht, als er es wieder hörte.

»Pst.«

Ben huschte zur Ecke. Dort war es stockfinster, aber aus dieser Richtung war der Laut gekommen. Mit pochendem Herzen tastete sich Ben weiter an der Wand entlang und erreichte den sogenannten Garten, eine kleine, mit Gras und Unkraut überwachsene rechteckige Fläche. Eine Weile hatte Ben dort seinen Honda geparkt, bis sich jemand den geschmacklosen Scherz erlaubt hatte, darin eine Leiche abzulegen. Nachdem die Aufregung um die Angelegenheit verebbt war, hatte er beschlossen, den Wagen doch lieber auf der Straße abzustellen. Was konnten Vandalen denn noch daran kaputt machen?

Ben kniff die Augen zusammen, um in dieser Dunkelheit wenigstens schemenhaft etwas zu erkennen. Vergebens. So tastete er sich Schritt für Schritt voran, bis es plötzlich einen unsäglichen Krach gab. Ben sprang buchstäblich in die Höhe.

Die Mülltonne. Er war mitten hineingelaufen und hatte den Deckel heruntergestoßen. Wenn hier noch jemand war, hatte er ihn bestimmt genauso erschreckt.

Von hinten sausten zwei Hände auf Bens Schultern nieder. Der Anwalt wirbelte herum und sah sich einem gewaltigen Schatten gegenüber. Mehr war in dieser Dunkelheit nicht zu erkennen.

»Du wolltest mich treffen. Die Stimme klang tief und bedrohlich.

»W-wirklich? Ich heiße Ben Kincaid. Ich bin Anwalt und ...«

»Ich weiß, wer du bist. Was willst du von mir?«

Die Stimme, die Ausmaße dieses Typen und der Tonfall kamen Ben irgendwie bekannt vor. Dann ging ihm ein Licht auf. Das mußte Jonis Freund sein. Booker. Sie hatte also doch ein Treffen arrangiert.

»Wenn du reden willst, dann rede«, befahl die tiefe Stimme. »Deinetwegen riskier' ich ganz schön viel. Keiner darf mich hier sehen. Bestimmte Leute würden mir den Kopf abreißen. Und dir auch.«

»Warum bist du dann trotzdem gekommen?«

»Weil mich meine Joni drum gebeten hat. Ich tu's nur für sie. Für dich bestimmt nich'.«

Ben ging gleich in die vollen. Überrumpeln war hier wohl die beste Taktik. »Du weißt, wer Leeman Hayes ist, ja?«

»Ich hab' dich bei seinem Papa gesehen. Und du hast mich gesehen.«

»Stimmt. Ist dir klar, daß ich Leeman in einem Mordprozeß verteidige?«

»Leeman hat niemand umgebracht. Nie und nimmer. Der kann keiner Fliege was zuleide tun.«

»Das sehe ich genauso. Leider muß ich es beweisen. Und das ist der Grund, warum ich mit dir sprechen wollte.«

»Ich weiß nichts von einem Mord.«

»Das glaube ich dir gern. Aber du weißt bestimmt was über den Utica Greens Country Club.«

»Warum bist du dir da so sicher?«

»Ich habe dich mit ein paar Kumpels von deiner Bande in Captain Pearsons Büro gesehen.«

»Wir sind keine Bande.«

»Na schön, dann nenn sie von mir aus Jugendgruppe, Rotarierclub für arme Leute oder was auch immer. Aber ich habe dich in eurer Uniform gesehen. Also spar dir die Lügen. Du bist einer von den Demons.« Ben wußte, daß er viel riskierte, wenn er einen Kleiderschrank wie diesen Typen so hart anfaßte. Andererseits glaubte er, daß er mehr erreichen würde, wenn er sich Respekt verschaffte.

»Was willst du?«

»Ich will wissen, was eure Bande mit dem Country Club zu tun hat.«

Booker richtete sich auf. »Du weißt, was passiert, wenn meine Freunde rausfinden, daß ich mit dir quatsche?«

»Ja. Sie reißen dir den Kopf ab. Aber da du nun sowieso mit mir quatschst, kannst du es mir ruhig sagen. Was habt ihr mit ihnen zu tun?«

»Wir … machen Geschäfte miteinander.«

»Was für eine Art von Geschäften?«

Booker verschränkte die Arme vor der Brust. »Sag ich nich'.«

»Booker, von dir hängt vielleicht Leemans Leben ab. Denk drüber nach. Hat Leeman Hayes den Tod verdient? Oder Knast bis an sein Lebensende? Für ein Verbrechen, das er nicht begangen hat? Und der Scheißkerl, der die Frau umgebracht hat, lacht sich ins Fäustchen!«

Keine Antwort.

»Was würdest du empfinden, wenn Leeman bei euch Mitglied wäre? Wäre er nicht wie ein Bruder für dich? Würdest du ihn dann auch wegen nichts und wieder nichts sterben lassen?«

Booker zögerte noch ein paar Sekunden. Schließlich murmelte er: »Wir erledigen für Pearson Lieferungen.«

»Was liefert ihr ihm?«

»Wertvolle Waren.«

»Mit Waren meinst du Drogen?«

Der Schatten nickte langsam.

»Kokain, richtig?«

»Unter anderem.«

»Wer besorgt das Zeug?«

»Keine Ahnung. Wir holen es für Pearson ab, damit er sich nich' das weiße Hemd schmutzig macht, und dafür bezahlt er uns. Teils mit Geld und teils mit Stoff. Was er mit seinem Anteil macht, weiß ich nich'.«

»Und woher beziehen die Demons den Stoff?«

»Kommt aus Peru«, antwortete Booker. »Pearson organisiert das Ganze. Er kennt dort jede Menge Leute.«

»Wie lange läuft das schon so?«

»Keine Ahnung. Seit ich bei den Demons bin.«

»Wann bist du denn dazugestoßen?«

»Vor ungefähr drei Monaten.«

»Planen die Demons einen Schlag gegen die Cobras? Oder umgekehrt?«

»Was hat das mit Leeman zu tun?«

»Wahrscheinlich nichts. Aber wenn es so weit kommt, möchte ich kein Mitglied der Demons sein.«

Der Hüne baute sich bedrohlich dicht vor Ben auf. Ben sah nur seine Konturen, spürte aber die Wärme, die von seinem Körper ausging.

»Joni hat mir gesagt, daß du ihren Eltern nichts von uns erzählen wirst, wenn ich dir helfe.«

»Das habe ich ihr nie versprochen.«

Erneut schlossen sich die zwei Pranken um Bens Schultern. »Dann versprichst du es eben mir.«

Ben versuchte, Booker in die Augen zu sehen, konnte aber nur raten, auf welcher Höhe sie sein mochten. »Hör zu, ich habe nicht vor, dich hinzuhängen. Aber du kannst eure Romanze nicht ewig geheimhalten. Irgendwann fliegt ihr auf. Du solltest lieber vorher selbst mit ihren Eltern reden.«

»Joni will nich', daß sie es schon jetzt erfahren. Wenn es so weit ist, rede ich mit ihnen.«

»Weißt du was? Du versprichst mir, daß du von den Demons wegkommst, und ich verspreche dir, daß ich den Mund halte.«

»Du weißt gar nich', was du von mir verlangst.«

»Ich weiß, daß die Demons sich bald Riesenärger einhandeln, und ich will nicht, daß ihr zwei darin verwickelt werdet.«

»An *mir* liegt dir doch überhaupt nichts.«

»Mir liegt was an Joni. Und ich kann mir nicht vorstellen,

daß sie sehr glücklich wäre, wenn sie ihren Freund nur zweimal im Monat am Besuchstag sehen könnte. Glaub mir, Booker, du brauchst die Bande nicht. Du schaffst es auch ohne sie.«

»Die Demons haben sich um mich gekümmert, als ich ganz allein war.«

»Das mag schon stimmen, aber jetzt kümmert sich Joni um dich. Was sagst du dazu?«

Booker lockerte langsam den Griff um Bens Schultern. »Du weißt überhaupt nich', was du von mir verlangst.«

»O doch. Ich weiß sehr wohl, wie schwer es ist, aus so einer Bande rauszukommen. Aber du mußt dich von den Demons lösen. Und zwar schnell.«

Der Schatten wich einen Schritt zurück. »Ich lass' es mir durch den Kopf gehen.«

»Schön.« Ben wollte sich schon abwenden, doch dann fiel ihm noch etwas ein. »Ach, übrigens – ich würde nicht warten, bis Jonis Eltern es zufällig erfahren oder Mrs. Marmelstein es ihnen brühwarm erzählt. Ich würde es ihnen wirklich lieber selbst sagen. Sie werden vielleicht nicht begeistert sein, aber deine Ehrlichkeit wird ihnen bestimmt gefallen.«

Der Schatten nickte.

»Vielen Dank noch mal. Und viel Glück.«

Ben huschte die Treppe hoch und sperrte leise auf. Er hoffte, seine Mutter würde sich nicht zu sehr aufregen oder sogar anfangen, ihn zu umsorgen.

Als ob er nicht auch so schon genug Probleme hätte, mußte ihm ausgerechnet jetzt auch noch seine Mutter mit ihrer Fragerei, ihrem Stirnrunzeln und ihren subtilen Andeutungen zu verstehen geben, daß bei ihm alles minderwertig war.

Solchen Druck konnte er überhaupt nicht gebrauchen. Er hatte angenommen, sie würde nach ein paar Tagen wieder abreisen, doch jetzt schien sie hier einen verlängerten Urlaub zu genießen.

Auf Zehenspitzen schlich Ben ins Wohnzimmer. Zu seiner Überraschung fand er seine Mutter schlafend auf dem

Sofa vor. Joey hatte sich in ihren Schoß gekuschelt und schlummerte ebenfalls.

Er trat näher heran. Ihrem Mund entwich ein rhythmisches leises Pfeifen. Jetzt, im Schlaf, war von ihrer sonst stählernen Fassade nichts mehr übrig. Wie sie so mit geschlossenen Augen dasaß, wirkte sie auf einmal sehr verletzlich. Sehr alt. Und zerbrechlich.

Auf dem Eßtisch stand ein voller Teller. Wieder mal Hühnchen mit irgendwas. Er kostete es. Sogar kalt schmeckte es nicht schlecht. Im Gegenteil! Er machte sich gierig darüber her. Tatsächlich, Mutter hatte ihre Kochkünste wiederentdeckt.

Ben schlich auf Zehenspitzen zurück ins Wohnzimmer. Kurz überlegte er, ob er seine Mutter wecken sollte, aber sie schlief so friedlich, daß er es nicht übers Herz brachte. So nahm er ihr nur Joey behutsam aus den Armen, trug ihn ins Zimmer nebenan und bettete ihn in seine provisorische Wiege. Dann kehrte er mit einer Decke zu seiner Mutter zurück und legte sie ihr über die Schultern.

Schlagartig tauchten längst vergessen geglaubte Bilder auf. Er war drei, vielleicht vier Jahre alt, und sie lebten noch in ihrer ersten Wohnung, nicht in dem Palast in Nichols Hills, sondern in einem kleineren und … intimeren Häuschen. Ben spielte in seinem Bett – oder nein, er war krank. Er hatte hohes Fieber, eine Art Virusgrippe. Er fühlte sich ganz zerschlagen, konnte aber nicht schlafen. Seine Mutter leistete ihm Gesellschaft und las ihm etwas vor. Aber sie war müde und nickte bald auf ihrem Stuhl ein.

Ben hatte das alles kristallklar vor Augen, als wäre es erst gestern geschehen; und er sah auch, wie der kleine Ben seine schwere Oberdecke wegzog und über seine Mutter breitete.

Jetzt erinnerte er sich auch, warum er das getan hatte. Es hatte nichts mit Schuldgefühlen zu tun, oder der Angst, sie könne aufwachen und enttäuscht oder sogar böse sein.

Nein, er hatte es getan, weil er sie liebte.

Vorsichtig drückte er seiner Mutter einen Kuß auf die Stirn und huschte aus dem Zimmer.

Vielleicht wäre es doch nicht so schlimm, wenn sie noch

etwas länger bliebe. Ihre Hilfe im Hinblick auf Joey war schließlich von unschätzbarem Wert. Und sie zauberte ein fantastisches Hühnchen mit irgendwas aus der Pfanne.

Allerdings mußte er unbedingt ihren Mercedes woanders abstellen.

16

Es war wie eine Kettenreaktion in einem Slapstickfilm. Das Schrillen des Telefons riß Ben aus dem Tiefschlaf. Als er benommen in der Dunkelheit nach dem Hörer tastete, stieß er den Apparat vom Nachtkästchen. Der Apparat fiel auf die Katze. Die Katze machte einen Satz und sprang Ben mitten ins Gesicht. Ben schrie vor Schreck auf, wenn auch nur ganz kurz.

Doch dieser kurze Moment war bereits zu lang. Sekunden später hörte Ben das gedämpfte Weinen Joeys aus dem Zimmer nebenan.

Endlich bekam er den Hörer zu fassen, und das Klingeln verstummte. »Sekunde bitte«, flüsterte er.

Im Flur hörte er seine Mutter zum weinenden Baby schlurfen. Was für eine treue Hilfe!

Auch gut, dachte er. Ich löse sie ab, sobald ich diesen hirnlosen Anrufer los bin.

»Wer, zum Teufel, ist dran?« bellte er in die Muschel.

»Mein Gott, bist du muffig. Habe ich dich aus einem feuchten Traum gerissen?«

»Mike? Bist du das? Bist du noch zu retten? Wie kommst du darauf, mich um« – er sah auf die Uhr – »zwanzig nach drei anzurufen?«

»Ich weiß, wie spät es ist.«

»Hör mal, nur weil du die ganze Nacht Shakespeare rezitierst, heißt das doch nicht, daß jeder ...«

»Ich bin an einem Tatort, Ben.«

Damit nahm er Ben den Wind aus den Segeln. »Du ... meinst ... ein Ver...«

»Genau. Eins mit Leiche.«

»Steht es im Zusammenhang mit der Entführung von Abie?«

»Sieht so aus. Und es gibt auch einen Zusammenhang mit deinem Mordprozeß.«

»Wirklich? Inwiefern?«

»Tja, ich glaube, du kannst jetzt einen deiner Verdächtigen streichen.«

»Warum?«

Mike wartete einen langen Moment, ehe er mit der Antwort herausrückte. »Weil er tot ist.«

Als Ben im Clubhaus von Utica Hills eintraf, war der Tote bereits abtransportiert worden. Ben war nicht enttäuscht. Aber Mike drückte ihm Fotos von der Leiche in die Hand.

»Ich kann's nicht glauben«, murmelte Ben ein ums andere Mal.

»Glaube mir, wir leben schon in einer merkwürdigen Welt.«

»Das ist schlimmer als merkwürdig. Es ist grotesk. »Ben hielt das erste Foto auf Armeslänge von sich. Es zeigte einen blonden Mann von Anfang vierzig. Bis auf Damenstrümpfe, Strapse, einer Plastiktüte über dem Kopf und einem Apfel im Mund war er nackt. »Was um alles in der Welt machte er nur?«

»Ich glaube, es handelt sich hier um das, was die Experten als autoerotische Asphyxie bezeichnen.«

»Was?«

»Die Menschen, die auf so was scharf sind, wissen, daß der Orgasmus anscheinend intensiver ist, wenn man am Rande der Asphyxie ist. Wird das Gehirn nicht mehr mit Sauerstoff versorgt, bekommt man zunächst einen leichten Kopf; dadurch fallen die sonstigen Hemmungen weg, und das sexuelle Empfinden wird gesteigert. Es liegt auf der Hand, daß solche Methoden Leute mit masochistischen Tendenzen ansprechen. Dieser Clown hier wollte sich offenbar mit ... einer Solonummer in einen Zustand der Hypererregbarkeit versetzen.«

»Und?«

»Leider steigerte er sich da ein wenig zu sehr hinein, mit der Folge, daß er erstickte. Die Halsschlagader hält nur einem Druck von nicht ganz sieben Pfund stand. Wird die Belastung zu groß, verliert man binnen Sekunden das Bewußtsein.« Mike zuckte die Schultern. »Tja, darum wird so was eben gefährlicher Sex genannt.«

Ben legte die Fotos weg. »Worauf kommen diese Typen als nächstes?«

»Ach, das ist nichts Neues. Solche Praktiken kennt man schon seit Jahrhunderten. Wahrscheinlich seit irgend jemand aufgefallen ist, daß Erhängte in den letzten Sekunden ihres Lebens eine gewaltige Erektion bekommen. De Sade beschreibt es detailliert in *Justine*. In Becketts *Warten auf Godot* steht auch was darüber. Laut den Experten gehen pro Jahr etwa fünfzig Todesfälle auf diese Methode zurück.«

Ben starrte seinen Freund entgeistert an. »Mike, woher weißt du all das?«

»Das lernt jeder Cop in der Ausbildung.«

»Na gut, aber selbst wenn irgendwelche Perverse so was tun – was hätte Chris Bentley davon? Wo wäre der Sinn?«

»Da bin ich überfragt. Aber hast du mir nicht selbst gesagt, er sei auf außergewöhnliche Sexualpraktiken aus?«

»Na ja, vielleicht ... Aber doch mit Frauen!«

»Und hat er dir nicht gestanden, er hätte Schwierigkeiten, eine Neue zu finden?«

»Na gut, aber ...«

»Dann zähl eins und eins zusammen, Ben.«

»Aber Bentley sieht gut aus und ist reich.«

»Ach, nur arme Schlucker stehen auf abartige sexuelle Praktiken? Willkommen in der Realität, Ben. Die Reichen spielen da genauso mit: Noch dazu haben sie viel Zeit und das nötige Geld, um sich das zu beschaffen, was sie wollen.«

»Und jetzt haltet ihr Bentley für den Kinderschänder?«

»Das ist Chief Blackwells offizielle Version. Wir haben nämlich das hier gefunden.« Mike griff nach einer Papiertüte und zog eine rote Baseballmütze heraus.

»Sag bloß, die gehörte dem Jungen, der von dem Auto überfahren wurde?«

»Ja. Die Eltern haben sie erkannt. Außerdem steht der Name des Jungen innen im Lederband.«

»Habt ihr sonst noch was gefunden?«

»Nicht, daß ich wüßte. Laß mich nachfragen. *Hubbell!*«

Einen Moment später kam ein Polizist herbeigestürzt. »Ja, Sir?«

»Sag mir, was ihr noch alles gefunden habt«, knurrte Mike. »Außer der Mütze und der Leiche.«

»Noch nichts Nennenswertes.«

»Was?« Mike riß die Augen wütend auf. »Soll das heißen, ihr sucht seit zwei Stunden und habt nichts gefunden?«

Hubbell schluckte. »I-ich ... Wir gehen wirklich gründlich vor, Sir. Meine Männer haben das ganze Haus auf den Kopf gestellt. Es ist sehr groß ...«

»Dann durchsucht es noch mal«, befahl Ben. »Und wenn nötig ein drittes Mal. Und danach knöpft ihr euch das Gelände vor.« Mike baute sich vor dem Beamten auf. »Und ich hoffe in eurem Interesse, daß ihr endlich fündig werdet!«

Als er sich abwandte, blieb Hubbell weiterhin in Habtacht-Stellung stehen. »Abtreten!« brüllte Mike schließlich, und der Polizist suchte eiligst das Weite.

Nach und nach wich alle Strenge aus Mikes Ton und Gebaren. »Tut mir leid, daß du das miterleben mußtest, Ben.«

»Macht doch nichts. Ich schaue immer ganz fasziniert zu, wenn du den knallharten Cop rauskehrst. Du hättest eine Oscarnominierung verdient.«

»Wovon redest du jetzt schon wieder?« Mike schob den Zahnstocher, an dem er kaute, in den anderen Mundwinkel. »Aber eins kann ich dir sagen: Wenn es hier noch Indizien gibt, wird Hubbell sie finden.«

»Und wenn es dabei bleibt, daß sie nichts mehr finden?«

»Das ist es ja, was mir so zu schaffen macht.«

»Wie meinst du das?«

Auf einmal sprach Mike viel langsamer weiter, als müsse er jedes Wort sorgfältig abwägen. »Chief Blackwell sieht den

Fall als erledigt an. Alles gelöst. Er zieht auch schon alle meine Männer ab. Und in vierundzwanzig Stunden soll ich Abie Rutherfords Bewachung einstellen.«

»Und das macht dir zu schaffen?«

»Und wie.«

»Du glaubst, daß Blackwell sich irrt?«

»Blackwell ist Politiker. Er muß sich vor der Presse verkaufen. Wenn ihm in einem spektakulären Fall ein Verdächtiger präsentiert wird, dann fackelt er nicht lange. Aber was ist, wenn er sich täuscht?«

»Wie kann er sich täuschen?« fragte Ben zurück. »Wenn Bentley es nicht war, wie kam er dann an die Mütze ran?«

»Keine Ahnung«, murmelte Mike. »Aber irgendwie gefällt mir das Ganze nicht. Zu leicht, zu offensichtlich.«

»Ich kann dir nicht ganz folgen.«

»Hör mal, ich jage diesen Mann seit Monaten. Ich habe tausend Täterprofile studiert. Bentley paßt da nicht rein.«

»Du hast doch selbst gesagt, daß die Profile nie zuverlässig sein können.«

»Sicher, aber doch nicht so unzuverlässig. Diese Pädophilen werden von ihrem sexuellen Drang, ihrem Trieb richtig verzehrt, mußt du wissen. Er bestimmt ihr ganzes Leben. Aber wo sind die Beweise, daß Chris Bentley jemals darauf aus war, Kinder zu mißbrauchen? Wo sind die schmutzigen Magazine? Die Fotos von kleinen Jungen? Die Folterwerkzeuge?«

»Vielleicht hat er sie an einem sicheren Ort aufbewahrt. So wie er Abie in diese Bruchbude in North Side geschleppt hat. Er wäre doch schön dumm, wenn er das Zeug bei sich zu Hause aufheben würde.«

»Kann sein«, brummte Mike und spielte mit seinem Zahnstocher. »Kann sein.«

»Und schau dir nur diese Fotos hier an, Mike. Du mußt doch zugeben, daß er irgendwie pervers ist.«

»Sicher, *irgendwie* ist er pervers. Aber er ist nicht der Perverse, den wir suchen. Nicht jeder, der abartige sexuelle Praktiken mag, ist ein Pädophiler.«

Ben legte Mike eine Hand auf die Schulter. »Bist du sicher,

daß du nicht einfach sauer bist, weil er dir entwischt ist? Ich weiß, daß du viel Zeit in diesen Fall investiert hast ...«

»Vielleicht hast du ja recht. Vielleicht muß ich das alles erst noch verdauen.« Mike brachte ein schiefes Lächeln zustande. »Weißt du, mein Vater hat immer gesagt: ›Mike, das einzige, was man mehr haßt als selbst zu arbeiten, ist, zuzusehen, wie andere die Arbeit für einen erledigen.‹«

Ben grinste. Wenn nur die Hälfte von Mikes Stories über seinen Vater stimmte, dann mußte das ein toller Kerl gewesen sein. »Mike ... hattest du deinen Dad gern?«

»Meinen Dad? Und ob! Er war schwer in Ordnung.«

»Wirklich?«

»O ja. Wir haben vor dem Haus Basketball gespielt und miteinander gerungen. Wir sind zusammen angeln und campen gegangen. Aber es war mehr als nur das Machozeug. Er hat mich auf Shakespeare gebracht. Und das Schönste an ihm war, daß er sich immer für mich Zeit nahm, obwohl er manchmal bis zum Kopf in Arbeit steckte.«

Ben hörte mit wachsendem Staunen zu. Das alles hörte er zum erstenmal. »Klingt ja ganz nach einem Traumvater.«

»Das war er auch. Er war mein Held, und zwar meine ganze Kindheit hindurch. Er ist auch der Grund, warum ich ... na ja, du weißt schon ... Als ich deine Schwester heiratete, da wollten wir doch immer ...« Seine Stimme erstarb. »Aber wir bekamen keins.«

»Ja«, sagte Ben leise. »Ich weiß.«

»Menschenskind, mein Dad war derjenige, der mir meinen Beruf nahebrachte. Als ich Sherlock Holmes las, fing ich an, mich dafür zu interessieren, aber anders als wohl die meisten Väter redete er es mir nie aus. Er nahm mich sogar mit auf ein Polizeirevier und stellte mich allen möglichen Leuten vor. Und auch später half er mir weiter, als ich mich tatsächlich entschlossen hatte, Polizist zu werden.«

»Dann war er mit deiner Berufswahl einverstanden?«

»O ja. Ist das so erstaunlich?«

Wahrscheinlich nur für mich, dachte Ben. »Ich bin wohl bloß die Vorstellung nicht gewöhnt, daß ein Vater seinem Sohn auf den Weg hilft.«

»Ach, das tun sie doch alle«, lächelte Mike. »Auf die eine oder andere Weise.«

17

Am nächsten Morgen überraschte Richter Hawkins alle durch sein pünktliches Erscheinen. Ben kam in letzter Sekunde in den Saal gestürmt. Er hatte verschlafen (eine häßliche Folge von nächtlichen Besuchen an Tatorten) und sich gerade noch seine Akten schnappen können, ehe er losgerast war. Zum Glück hatte er sich schon am Abend vorbereitet.

»Bringen wir die Show in die Gänge«, brummte Hawkins, der heute noch eine Spur mürrischer als sonst wirkte. »Und was Sie betrifft, Herr Anwalt« – er sah in Bens Richtung –, »haben Sie es gestern meiner unmaßgeblichen Meinung nach mit einigen Fragen zu gemütlich angehen lassen. Heute wollen wir das Tempo verschärfen, einverstanden?«

Ben lächelte nicht. Was wollte der Mann denn noch? Sie hatten gestern drei Zeugen abgehakt. Hawkins wollte ihn nur einschüchtern, damit er die Zeugen der Anklage beim Kreuzverhör schonte. Aber den Gefallen würde er ihm nicht tun. Es ging hier um Leemans Leben und nicht um den Gemütszustand eines Richters.

»Die Anklage ruft Dr. Martin Paglino auf.«

Noch ein Experte? Ben war überrascht. Er hatte gedacht, die gerichtsmedizinischen Gutachten wären gestern erledigt worden. Und die Geschworenen warteten sicher schon gespannt auf die heiße Phase des Prozesses, inklusive des von allen erhofften Geständnisses.

Paglino war ein kleiner, schmächtiger Bursche mit einem übertrieben professoralen Getue. Wie die Fragen zur Person ergaben, arbeitete er im Polizeilabor in der Nachtschicht. Infolgedessen hatte er die nach der Ermordung von Maria Alvarez gesammelten Beweismittel analysieren müssen.

»Dr. Paglino«, fing Bullock an, als die Präliminarien erledigt waren, »hatten Sie Gelegenheit, Proben von dem Blut zu analysieren, mit dem der Angeklagte bespritzt war?«

»Ja.«

»Und was stellten Sie fest?«

»Ich stellte fest, daß das Blut vom Opfer stammte, von Maria Alvarez. Sowohl die Blutgruppe als auch die DNS waren identisch.«

»Wie zuverlässig ist ein DNS-Vergleich, Herr Doktor?«

»Meiner Meinung nach hundertprozentig.«

Bullock schlenderte zu den Geschworenen hinüber, womit er ihnen Zeit gab, die Bedeutung dieser Aussage auch wirklich zu begreifen. »Und fanden Sie auch Blut, das vom Angeklagten stammte?«

»Nein.«

»Ließen sich bei ihm Spuren von Verletzungen feststellen?«

»Ich fand keine.«

»Demnach gibt es keinerlei Hinweise auf Selbstverteidigung oder sogar einen Kampf?«

»Nein.«

Für einen Experten war das ein gewagter Schluß. Aber Paglino durfte das ungestraft behaupten. Ein Widerspruch hätte keinen Zweck, denn es gab nun mal keine Hinweise auf einen Kampf, Punkt.

»Suchten Sie den Tatort nach Fingerabdrücken ab?« fragte Bullock weiter.

»Ich persönlich nicht«, erwiderte der Doktor hastig, als wäre es eine schockierende Unterstellung, er könne sich mit körperlicher Arbeit die Hände schmutzig machen. »Ich habe Leute, die das für mich tun.«

»Selbstverständlich. Haben Sie die festgestellten Fingerabdrücke untersucht?«

»Ja.«

»Fanden Sie Abdrücke des Angeklagten?«

»O ja. Sie waren überall.«

»Einspruch!« rief Ben. »Natürlich waren überall Abdrükke von ihm! Er arbeitete dort. Er schlief dort.«

Hawkins sah mit zusammengekniffenen Augen zu ihm

herunter. »Mir leuchtet der Aussagewert dieser Feststellung nicht ganz ein.«

Ben konnte ihm nicht widersprechen, doch hatte er die Geschworenen unbedingt auf diesen Punkt aufmerksam machen wollen. »Es tut mir leid, Euer Ehren.«

Bullock ließ sich davon nicht beirren. »Wo genau haben Sie die Fingerabdrücke des Angeklagten gefunden?«

»An seiner Box.«

»Auch am Beutel mit den Schlägern, der sich dort befand?«

»Er war damit übersät.«

»Nun, er war natürlich Caddie.«

»Sicher, aber das fragliche Schlägerset war neu. Es wies keine anderen Fingerabdrücke auf.«

Durch die Geschworenenbank ging ein Raunen.

»Gab es noch andere Stellen, an denen Sie Fingerabdrücke des Angeklagten fanden?«

»Ja.« Er holte tief Luft – nach Bens bisheriger Erfahrung ein untrügliches Zeichen dafür, daß Bullocks Zeuge jetzt gleich einen ›Hammer‹ anbringen würde. »Seine Fingerabdrücke wurden auch an den Bekleidungsstücken des Opfers gefunden.«

»Seine Fingerabdrücke waren an Maria Alvarez?«

»Ja.«

»Welcher Körperteil?«

»In erster Linie der Oberkörper. Taille, Hals und Brustbereich.«

»In der Nähe der Stelle, die von der Mordwaffe durchbohrt wurde?«

Dr. Paglino sah zu den Geschworenen hinüber. »Genau.«

Bullock drehte sich abrupt um und kehrte zu seinem Pult zurück. »Keine weiteren Fragen.«

Ben stand schon, bevor der Richter ihm das Wort erteilt hatte. »Sprechen wir zuallererst über das, was Sie nicht gesagt haben, Dr. Paglino. Danach unterhalten wir uns über das andere.«

Der Doktor nickte. »Wie Sie wünschen.«

»Sie haben zum Beispiel die Halskette nicht erwähnt, die

angeblich in Leemans Box gefunden wurde. Befanden sich seine Fingerabdrücke nicht auch auf ihr?«

»Die Oberfläche einer Kette mit Gliedern ist naturgemäß keine geeignete Unterlage für Spuren»

»Beantworten Sie meine Frage, Doktor.«

»Ich versuche nur zu erklären, warum ...«

»Überlassen Sie die Bewertungen den Anwälten, Doktor. Haben Sie an der Halskette Fingerabdrücke festgestellt?«

Der Doktor stieß hörbar alle Luft aus. »Nein.«

»Aber Sie haben auch dort gesucht, nicht wahr?«

»Natürlich!«

»Sie haben sich wahrscheinlich sogar jede Mühe gegeben, weil Mr. Bullock Ihnen bestimmt aufgetragen hat, alles doppelt und dreifach zu überprüfen. Aber Sie haben nichts gefunden, richtig?«

»Ich habe es ja schon gesagt: Nein.«

Ben begriff, daß er fortfahren sollte, aber er war so euphorisch, weil er endlich einen Punkt gutgemacht hatte, daß er den Moment so lange wie möglich auskosten wollte. »Und was ist mit dem Golfschläger? Der Mordwaffe?«

»Was soll damit sein?«

»Jede Wette, daß Sie auch ihn nach Fingerabrücken abgesucht haben.«

Der gute Mann kam immer mehr aus dem Konzept. »Stimmt.«

»Haben Sie Leemans Fingerabdrücke darauf festgestellt?«

»O ja.«

»Wo genau?«

»Wo sollen sie schon gewesen sein. Am Griff. Am Stiel.«

Ben trat näher an ihn heran. »Das heißt, die Spuren lassen offen, ob Leeman nicht etwa den Schlägerstiel herausziehen wollte, als die Frau schon tot war.«

»Einspruch!« rief Bullock. »Aufforderung zur Spekulation!«

»Stimmt nicht«, erwiderte Ben hastig, bevor der Richter ihn tadeln konnte. Er hatte Bullocks Reaktion kommen sehen und seine Worte deshalb mit Bedacht gewählt. »Ich habe gefragt, ob die Spuren mit einem bestimmten hypothetischen Szenario in Einklang stehen. Ein Gutachter muß sich mit einer solchen Fragestellung auseinandersetzen.«

Hawkins wies den Einspruch mürrisch ab. »Der Zeuge muß antworten.«

»Ich wiederhole«, sagte Ben. »Lassen die Fingerabdrücke die Möglichkeit offen, daß Leeman den Schläger aus dem Hals des Opfers herausziehen wollte?«

»Die Spuren stehen mit der Theorie in Einklang, daß der Angeklagte den Schläger in der Hand hatte, als dieser in den Hals des Opfers gerammt wurde.«

»Das habe ich Sie nicht gefragt«, stellte Ben gelassen fest. »Unterlassen Sie bitte die Versuche, den Geschworenen die Theorien des Staatsanwalts einzubleuen. Stellen Sie ihnen einfach die Fakten dar.«

»Wir stellten deutliche Fingerabdrücke am Schläger fest. Der Angeklagte hielt ihn eindeutig mit festem Griff.«

»Aber es läßt sich nicht eindeutig feststellen, *warum* er ihn hielt.«

»Das ist zutreffend.«

»Danke, Doktor. Nun, Sie haben gesagt, Sie fanden Leemans Fingerabdrücke überall am Körper des Opfers.«

»Richtig. Es wäre schwierig, mit solcher Wucht zuzustoßen, ohne dabei nicht auch den Körper zu berühren.«

»Doktor, ließen sich diese Spuren nicht auch auf eine schlichte Umarmung zurückführen?«

Paglino überlegte. »Haben Sie die Aufnahmen von der Frau gesehen, die am Tatort gemacht wurden?« fragte er zurück.

»Ja«, erwiderte Ben. »Wir alle haben sie gesehen.«

Paglino nickte. »Ich hätte eine derart zugerichtete Leiche bestimmt nicht umarmt. Und wohl auch sonst niemand.«

»Vielleicht wurde sie vor dem Mord umarmt«, schlug Ben vor.

»Vielleicht, ja. Und vielleicht wollte sie eben das durchaus nicht. Vielleicht konnte er nicht mehr aufhören. Vielleicht ist das der Grund, warum er sie umbrachte.«

Verflucht! Da hatte er endlich einmal Oberwasser gehabt,

und dann lud er den Zeugen förmlich dazu ein, Bullocks Theorie vom perversen Sexualverbrecher zu bestätigen. »Sie haben aber kein gesichertes Wissen über das tatsächliche Geschehen, nicht wahr, Doktor?«

»Das natürlich nicht.«

»Warum stellen Sie dann vor den Geschworenen Behauptungen auf, die Sie nicht belegen können?«

»Ich beantworte ja nur Ihre Fragen.«

»Sie sagen doch nur das, was Ihr Boß Ihnen aufgetragen hat, Doktor.«

»Einspruch!« schrie Bullock. »Das ist eine Beleidigung!«

»Das sehe ich auch so«, brummte Hawkins. »Betrachten Sie sich als verwarnt, Verteidiger. Noch so eine Entgleisung, und Sie werden wegen Mißachtung des Gerichts belangt. Haben Sie weitere Fragen an den Zeugen?«

»Nein«, sagte Ben. Droh mir soviel wie du willst, Hawkins, dachte er. Ich habe meinen Punkt gemacht. »Das ist alles.«

»Und die Anklage?« fragte der Richter.

»Nur noch ein Zeuge für heute«, erklärte Bullock. »Derjenige, auf den wir alle schon warten. Die Anklage ruft Detective Theodore Bickley auf. Und wir fordern den Zeugen auf, sein Videoband mitzubringen.«

18

Während der Zeuge nach vorne trat, stellte der Gerichtsdiener Videorecorder und Bildschirm vor den Geschworenen auf.

Lieutenant Bickley hätte Paglinos Bruder sein können – einer von denen, die nie den großen Durchbruch geschafft hatten. Er war klein, gedrungen, sportlich und aggressiv. Laut Mike glaubte er, irgendein Defizit kompensieren zu müssen. Mike zog selten über Kollegen her, und auch bei Bickley hielt er sich zurück, doch Ben hatte das Gefühl, daß er Bickley nicht mochte.

»Was war der Grund Ihrer Anwesenheit am Tatort, Detective?«

»Als Sergeant Tompkins uns anfunkte, sprach er von einem Mord. Ich war in dieser Nacht der diensthabende Beamte der Mordkommission.«

»Was unternahmen Sie nach Ihrem Eintreffen?«

»Zuerst nahm ich Rücksprache mit den dort anwesenden Kollegen – Tompkins, Sandstrom und Morelli. Dann inspizierte ich den Tatort. Ich sicherte sorgfältig die Spuren im Gebäude und auf dem Gelände darum herum.«

»Haben Sie auch Leeman Hayes verhört?«

»Ich habe es versucht. Er war bei meinem Eintreffen an die Tür gefesselt. Ich las ihm seine Rechte vor und fragte ihn, was geschehen wäre. Er gab keine Antwort.«

»Wie reagierten Sie?«

»Na ja, mir war klar, daß dieser Fall besonderes Fingerspitzengefühl erforderte. Darum brachte ich zuerst die Durchsuchung zu Ende und verschob das Verhör auf später. Ich hielt offiziellere Räumlichkeiten und die Rücksprache mit Spezialisten für … äh … schwierige Zeugen für erforderlich.«

»Wann nahmen Sie das Verhör wieder auf?«

»Am nächsten Tag. Etwa zwölf Stunden später.«

»Gibt es eine Aufnahme dieses Verhörs?«

»Ja. Eine Videokassette.«

»War das vor zehn Jahren die übliche Verhörmethode?«

»Nein. Zufällig wurde die Anlage erst wenige Wochen davor installiert. Der Grund, warum ich daran dachte, war, daß der Angeklagte unsere Fragen zwar nicht verbal beantworten konnte, aber offenbar bereit war, seine Aussage vorzuführen.

»Sie meinen durch Zeichensprache?«

»Nein, ich glaubte nicht, daß er die Zeichensprache beherrschte. Es war eher so was wie … eine Pantomime.«

»Sie sagen, daß der Angeklagte … pantomimisch begabt war?«

Und du bist ein billiger Mime, Bullock, dachte Ben.

»Schwer zu erklären«, brummte Bickley. »Sie würden

mich wahrscheinlich besser verstehen, wenn ich die Aufnahme vorführen dürfte.«

»Die Aufnahme könnte dazu beitragen, den Geschworenen einen Eindruck vom Verhör zu vermitteln?«

»Unbedingt.«

Auf Bullocks Bitte hin identifizierte Bickley die Kassette, und der Gerichtsdiener legte sie Hawkins vor.

Ben erneuerte seinen Protest gegen dieses Beweismittel, kam damit aber nicht durch. Daraufhin verlangte er – mit Billigung des Richters –, daß die Aufnahme in ihrer vollen Länge vorgespielt würde. Keine Schnitte, keine Beschränkung auf die Höhepunkte. Die Geschworenen sollten erkennen, daß Leeman mit seiner Pantomime nicht etwa unvermittelt begonnen hatte, sondern daß sie nur unter gewaltigem Druck nach einem langen, intensiven Verhör entstanden war.

Abgesehen davon hatte Ben noch einen anderen Grund, den er dem Richter allerdings wohlweislich verschwieg. In der ersten halben Stunde wurden nur fruchtlose Fragen gestellt, ehe die eigentliche Vorführung losging. Ben hoffte, die Geschworenen wären bis dahin zu abgestumpft, um sich noch erschüttern zu lassen.

Leider taten sie ihm diesen Gefallen nicht. Die Aufnahme schien die Geschworenen von Anfang an zu faszinieren. Ben nahm an, daß sie sich eingeladen fühlten, hinter die Kulissen zu schauen und ein Verhör aus erster Hand mitzuerleben. Der Höhepunkt war schließlich Leemans Darstellung des Mordes an Maria Alvarez. Obwohl Ben den Film zum x-tenmal sah, überlief es auch ihn erneut eiskalt.

Durch Leemans Augen erlebten die Geschworenen das grauenhafte Verbrechen. Sie sahen, wie Leeman zu Maria rannte und sie gegen die Wand stieß; sie sahen, wie Maria vor Angst schrie. Sie sahen, wie der Schläger auf ihren Kopf niedersauste, und schließlich, wie der geborstene Schaft ihre Kehle durchbohrte. Und das Schlimmste von allem: sie sahen Leemans gräßliche Wut, sein von Haß verzerrtes Gesicht. Und mit diesen Bildern im Kopf konnten sie ihm alles zutrauen.

Ben fragte sich, ob sie angesichts der schnellen Abfolge

auch Leemans kleine Geste mitbekommen hatten, als er die flache Hand über die Augen gehalten hatte. *Sehen.* Er bezweifelte es. Ihm selbst war sie ja auch erst beim drittenmal aufgefallen.

Als das Band durchgelaufen war und Bullock seine Befragung beendet hatte, stürzte Ben zum Podium.

»Detective Bickley, wie lange verhörten Sie Leeman, bevor Sie den Videorecorder holten?«

»Ich bin mir nicht sicher.«

»Können Sie es schätzen?«

»Mehr als zwei Stunden.«

»Demnach war Leeman fast drei Stunden lang verhört worden, ehe er Ihnen die sogenannte Pantomime ablieferte.«

»Das dürfte in etwa stimmen.«

»Aber das war nicht das erste Verhör, richtig?«

»Es war Nachmittag. Wir hatten es schon am Vormittag etwa zweieinhalb Stunden lang erfolglos versucht.«

»Das muß ein ungemein anstrengender Tag gewesen sein, oder sehen Sie das anders?«

»Sämtliche Vorschriften wurden eingehalten. Er nahm das Recht auf Beistand eines Anwalts wahr. Selbst sein Vater war anwesend.«

»Aber das ändert nichts daran, daß Sie ihn über fünf Stunden mit Fragen bombardiert haben. Finden Sie nicht auch, daß das ziemlich anstrengend sein muß?«

»Für ihn oder für mich? Ich leistete doch die ganze Arbeit, er sagte kein einziges Wort.«

Ben ging zur Anklagebank zurück, damit die Geschworenen auf Leeman achten konnten. »Detective, Ihnen ist bewußt, daß Leeman unter einer besonderen Lernschwäche leidet, nicht wahr?«

»Das hat man mir so gesagt.«

»Haben Sie einen Grund, das anzuzweifeln?«

»Ich werde immer mißtrauisch, wenn Verteidiger mit Entschuldigungen für ihre Mandanten kommen.« Er zwinkerte den Geschworenen zu. »Die meisten werden erst verrückt, nachdem ihre Anwälte sie zwischen die Finger gekriegt haben.«

»Sind Sie Psychiater, Detective?«

»Nein.«

»Sind Sie Spezialist für geistige Behinderung?«

»Nein.«

»Sind Sie Arzt?«

»Ganz bestimmt nicht.«

»Dann muß ich Sie auffordern, Ihre durch nichts begründeten Meinungen für sich zu behalten.« Manchmal brachte ein scharfer Ton mehr ein als ein Einspruch. »Haben Sie beim Verhör die Hinzuziehung eines Psychologen erwogen?«

»Daran kann ich mich nicht erinnern.«

»Haben Sie erwogen, einen Spezialisten für geistige Behinderung oder einen Sonderpädagogen einzuschalten?«

»Hören Sie, unser Etat ist beschränkt ...«

»Keine Ausreden, Detective. Haben Sie Fachleute geholt?«

»Nein. Aber hören Sie mal« – Bickley beugte sich weit vor und wandte sich direkt an die Geschworenen – »wir haben nicht den Auftrag, für eine möglichst entspannte Atmosphäre hinsichtlich der Verdächtigen zu sorgen. Wir haben den Auftrag, sie zum Reden zu bringen. Und um dieses Ziel zu erreichen, tun wir alles Erforderliche.« Er sah hastig zum Richter hinüber. »Im Rahmen der Gesetze, versteht sich.«

»Mit anderen Worten: Sie hatten nie die Absicht, Leeman eine faire Befragung zu gewährleisten.«

»Ich hatte die Absicht, das Gesetz zu befolgen. Und das habe ich getan. Ende der Geschichte.«

Ben ging zum Videorecorder und ließ das Band bis zum Beginn der Pantomime zurücklaufen, wo Leeman kurz die Augen abschirmte: *Sehen.*

Diese kurze Szene zeigte er dreimal, bis er sicher war, daß jeder sie mitbekommen hatte. Dann wandte er sich wieder an den Zeugen. »Detective, was hat diese Geste zu bedeuten?«

»Was sie zu bedeuten hat? Ich nehme an, daß ihn die Sonne geblendet hat.«

»Sonne? Sie befanden sich doch in einem fensterlosen Raum.«

»Na gut, dann eben die Deckenlampen. Ja, und?«

»Sie behaupten also, die Lampen schienen ihm zwei Sekunden vor Beginn der Pantomime in die Augen, aber nie zuvor und auch nie danach. Erklären Sie das mal den Geschworenen.«

»Einspruch!« rief Bullock wütend. »Das ist polemisch.«

»Stattgegeben«, sagte Hawkins. »Ich erinnere den Verteidiger an meine Warnung von vorhin. Sie war ernst gemeint.«

Ben entschied sich für einen anderen Ansatz. »Detective, Sie haben gesagt, daß Leeman versuchte, sich durch eine Pantomime auszudrücken, richtig?«

»Ich glaube, ja.«

»Und Ihre Aussage beruht auf Ihrer Interpretation einiger seiner Gesten, richtig?«

»Richtig.«

»Aber sollten wir nicht *alle* Gesten zu erklären versuchen, wenn wir fair sein wollen?«

»Ich glaube, ich habe schon gesagt ...«

»Sollten wir nicht auch zu bestimmen versuchen, was er meinte, als er die Hand vor die Augen hielt?«

Bickley schnitt eine Grimasse. »Mich interessieren eher die Gesten, die später kommen, wenn er zum Beispiel mit dem Golfschläger auf die Frau eindrischt.«

»Das ist Ihre Interpretation«, sagte Ben ruhig. »Aber sie ist sehr selektiv. Eine Interpretation der Geste, auf die ich Ihr Augenmerk gelenkt habe, würde Ihre ganze Theorie vom Geständnis kaputtmachen, wie?«

»Ich verstehe nicht, was Sie wollen«, brummte Bickley, doch Ben, der ihm fest in die Augen sah, war klar, daß das nicht stimmte. Und der Polizist hatte bestimmt mit Bullock darüber gesprochen. Beide wußten es. Die ganze Zeit schon.

»Wenn Sie die Hand auf diese Weise vor die Augen halten«, fuhr Ben fort, »dann geben Sie zu verstehen, daß Sie *schauen*, etwas *sehen*. Wollte Leeman nicht zu verstehen geben, daß er das Ganze nur *gesehen* hatte?«

»Das kann ich nicht sagen, nein.«

»Warum nicht? Weil Sie die Geste nicht verstanden haben, oder weil Sie Mr. Bullocks Strategie nicht durchkreuzen wollen?«

»Einspruch!« schrie Bullock. Entweder er war wirklich wütend, oder er war ein guter Schauspieler.

»Stattgegeben. Verteidiger, der einzige Grund, warum Sie nicht schon im Gefängnis sitzen, ist der, daß ich Ihren Mandanten mitten im Verfahren nicht in seinen Rechten beschneiden will.«

Natürlich nicht, dachte Ben bitter.

»*Nach* dem Prozeß bin ich vielleicht nicht mehr so großzügig. Wenn Sie sich nicht beherrschen können, beende ich diese Befragung.«

Ben starrte dem Zeugen weiter in die Augen. Hawkins hätte ihm bestimmt nicht so zugesetzt, wäre er nicht auf einer heißen Fährte gewesen. Er durfte jetzt nicht locker lassen. »Aber wollte Leeman nicht genau das sagen? Daß er das, was er vorführen wollte, *gesehen* hatte?«

Bickley wand sich. »Woher soll ich wissen, was er sagen wollte?«

»Wenn Sie sich die Mühe gegeben hätten, Leute mit einer speziellen Ausbildung für solche Fälle einzuschalten, wüßten Sie es jetzt.«

»Einspruch«, wiederholte Bullock.

Ben ignorierte ihn. »Ist es denn nicht wahr, daß Sie weder vor noch nach dem Verhör Spezialisten hinzuzogen, weil Sie niemanden gebrauchen konnten, der Ihren angeblich wasserdichten Beweis zerfetzte?«

»Einspruch!« beharrte Bullock.

Der Richter beugte sich vor. »Verteidiger …«

Ben war nicht zu bremsen. »Ist es nicht wahr, Detective?«

»Das ist doch lächerlich. Ich …«

»Ist es nicht wahr?«

»Hören Sie!« Bickley schrie nun fast. »Wir haben gesehen, was wir gesehen haben! Das Band spricht für sich!«

»Das tut es nicht!« schrie Ben zurück. »Es spricht deshalb nicht für sich, weil Leeman nicht für sich sprechen kann. Er kann sich nicht gegen Leute wie Sie verteidigen, denen es mehr auf einen Schuldspruch ankommt als auf die Wahrheit!«

Richter Hawkins drosch mit seinem Hammer auf den Tisch. »Verteidiger, setzen Sie sich auf der Stelle an Ihren Platz! Das Kreuzverhör ist vorbei!«

»Das ist ein himmelschreiendes Unrecht, Euer Ehren! Diese Leute haben Leeman das alles vor zehn Jahren angehängt, und jetzt versuchen sie es wieder!«

Der Richter hämmerte noch immer. »Ich befehle Ihnen, sich zu setzen!«

»Das ist doch keine Suche nach Wahrheit, das ist ein Witz!«

Jetzt winkte Hawkins den vor der Tür postierten Polizeibeamten herbei.

»Schon gut, schon gut«, brummte Ben, »ich sitze ja schon.«

Nachdem der Richter sich etwas beruhigt hatte, richtete er sich auf und wandte sich in gebieterischem Ton an die Geschworenen: »Sie werden jedes Wort von diesem Ausbruch des Verteidigers außer acht lassen! Mehr noch, Sie werden das gesamte Kreuzverhör vergessen. Ich ordne seine Tilgung aus dem Protokoll an. Und noch etwas, Mr. Kincaid, nach dem Abschluß dieses Prozesses werden wir uns über disziplinarische Maßnahmen unterhalten. Das ist ein Versprechen.«

Ben glaubte ihm aufs Wort. Er freute sich nicht darauf, doch er hatte diese Mauer, die Bullock und Hawkins um die Wahrheit errichteten, durchbrechen müssen. Wahrscheinlich hatte er damit nicht das geringste bewirkt, aber vielleicht hatte doch wenigstens einer der Geschworenen begriffen, was er sagen wollte. Zumindest hatte er die Jury gezwungen, sich mit der Mehrdeutigkeit der Aufnahme zu befassen. Und mit etwas Glück war es ihm vielleicht sogar gelungen, Bullock zu bremsen. Ein kleines bißchen jedenfalls.

»Weitere Fragen, Mr. Bullock?«

»Ja.« Der Staatsanwalt erhob sich bedächtig. Ben hatte den Eindruck, daß er eigentlich nichts mehr vorbereitet hatte, aber andererseits verhindern wollte, daß Bens leidenschaftliche Worte den Geschworenen auf dem Heimweg in den Ohren klangen.

»Was geschah, nachdem der Angeklagte seine Darstellung des Mordes beendet hatte?«

Bickley rückte seine Krawatte zurecht. »Sie haben es ja selbst gesehen. Er ist weggelaufen. Ist in die Ecke gerannt und hat sich richtig eingeigelt.«

»Haben Sie ihm noch weitere Fragen gestellt?«

»Nein. Das hielt ich nicht mehr für nötig.«

»Haben Sie den Angeklagten noch etwas sagen hören?«

»Ich glaube nicht, daß er was gesagt hat. Aber ich habe ihn gesehen. Ich habe den Ausdruck in seinen Augen gesehen.«

Ben sah auf. Das klang ganz nach einer Meinungsäußerung und hatte nichts mehr mit einer Schilderung von Fakten zu tun. Aber angesichts seiner Abfuhr von vorhin glaubte er nicht, daß er die Geschworenen mit einem empörten Protest beeindrucken könnte.

»Wie würden Sie den Augenausdruck denn beschreiben? Verängstigt?«

»Verängstigt? Nein, das war er nicht. Lassen Sie sich eins gesagt sein, ich bin seit achtzehn Jahren bei der Polizei und kenne diesen Ausdruck. Das war keine Angst, sondern Scham.«

»Keine weiteren Fragen mehr«, sagte Bullock und setzte sich wieder.

Hawkins' Reaktion sprach Bände. Statt Ben zu fragen, ob er das Kreuzverhör wiederaufnehmen wolle, erklärte er: »Der Zeuge ist entlassen. Weitere Anträge seitens der Anklage?«

»Nein, Euer Ehren, die Anklage hält das Beweisverfahren für abgeschlossen.«

»Sehr schön, dann lassen wir es für heute dabei bewenden. Die Verhandlung geht morgen um neun Uhr mit der Vernehmung des ersten Entlastungszeugen des Angeklagten weiter. Wenn die Herren Anwälte noch Anträge mit mir besprechen wollen, dann suchen Sie mich bitte in meinem Büro auf.

Ben brauchte dazu nicht eigens aufgefordert zu werden. Natürlich wollte er die Rücknahme der gegen ihn ergangenen Verfügung verlangen, rechnete sich aber kaum Chancen aus. Hawkins stand von Haus aus auf der Seite der Anklage. Doch selbst wenn er unbefangen gewesen wäre, sprach dennoch alles für Bullock. Er hatte bewiesen, daß es sich hier um vorsätzlichen Mord handelte und genügend Gründe für die Annahme aufgezeigt, daß Leeman Hayes der Täter sein mußte. Und schlimmer noch: die Geschworenen glaubten ihm. Wenn Ben jetzt noch zu ihnen durchdringen wollte, mußte er ihnen stichhaltige Beweise liefern.

Aus den Augenwinkeln sah Ben seinen Gegenspieler zum Ausgang eilen, wo bereits eine Gruppe von Reportern auf ihn wartete.

»Einen Moment!« rief er ihnen zu. »Ich habe noch einen Antrag.«

»Das kann auch Myrna erledigen«, grinste Bullock und ging weiter.

Die Botschaft war nur allzu klar. Bullock sah sich so deutlich auf der Siegerstraße, daß er es seiner Assistentin überlassen konnte, sich mit Bens nutzlosen Anträgen zu befassen, während er munter mit den Leuten von der Presse plauderte. Mit anderen Worten: er brauchte sich um nichts mehr zu sorgen; er glaubte, daß er schon gewonnen habe.

Und das Schlimme daran war: er hatte recht.

VIERTER TEIL

Jetzt bist du fällig

1

Ben stürmte am Schuldeneintreiber des Klimaanlagenherstellers vorbei in sein Büro und setzte sich an den Schreibtisch. Er mußte sich schleunigst eine Strategie für Leemans Verteidigung einfallen lassen. Leider war weit und breit nichts in Sicht, womit sich Bullocks übermächtige Position noch erschüttern ließe.

Ben hatte die Unterlagen, die Jones für ihn zusammengestellt hatte, gründlich analysiert. Jones hatte gute Arbeit geleistet, keine Frage, doch auf Gegenbeweise war er nicht gestoßen. Schon vor zehn Jahren hatte kaum etwas für Leeman gesprochen – kein Wunder, daß seinem damaligen Anwalt nichts anderes übrig geblieben war, als auf Unzurechnungsfähigkeit zu plädieren. Wie sollte Ben nun nach all den Jahren den Unschuldsbeweis antreten? Wer erinnerte sich jetzt noch an ein so lange zurückliegendes Ereignis? Und selbst wenn es hilfsbereite Zeugen gegeben hätte, wären sie wahrscheinlich längst weggezogen.

Christina kam herein. Heute trug sie einen rosa Chiffonrock und einen lila Pullover.

»Hübsche Kombination«, bemerkte Ben.

»Oh, danke. Ich putze mich gern fürs Gericht heraus. Findest du nicht, daß ich göttlich aussehe?«

»Du siehst aus wie ... ich sag's lieber nicht«, erwiderte Ben. »Wolltest du nicht mit meiner Mutter neue Kleider kaufen?«

»Doch, aber dieser Prozeß nimmt mich ganz schön in Anspruch, verstehst du?«

»Tut mir leid, wenn ich dir soviel zumute.«

»Geht schon in Ordnung. Ich bin es ja gewöhnt.«

Ben schob seinen Stuhl etwas vom Schreibtisch weg. »Und wie wirkt der Prozeß auf die Zuschauer?«

Christina wich seinem Blick aus. »Na ja ... du hast deine Position noch nicht herausgearbeitet. Wenn du erst mal richtig zu Wort kommst, werden deine Chancen bestimmt steigen. Du hast ja nicht viel, worauf du dich stützen kannst, aber deine Kreuzverhöre waren Spitze. Du hast dich wirklich gemausert.«

»Im Vergleich wozu?«

»Hm ...« Sie grinste ihn verschmitzt an. »Im Vergleich zu deinen Anfängen.«

»Soll das heißen, daß ich als Anfänger inkompetent war?«

»Nein, nicht inkompetent. Naiv vielleicht. Unerfahren. Manchmal unsicher. Aber nicht inkompetent.«

»Freut mich zu hören, daß ich mich gebessert habe.«

»Deine Mandanten freuen sich sicher auch.«

Ben schob den Wust von Dokumenten auf seinem Schreibtisch beiseite. »Aber das ändert leider nichts an der Tatsache, daß ich keine Strategie für Leeman Hayes' Verteidigung habe. Er hätte etwas besseres als mich verdient.«

»Dir wird schon noch was einfallen, da bin ich mir ganz sicher. Die Ideen sind dir doch noch nie ausgegangen.« Sie trat auf ihn zu, drückte ihm einen Kuß auf die Stirn und verließ das Büro.

Ben beugte sich wieder über seine Arbeit, doch nicht einmal eine Minute später kam Jones hereingeschneit. »Hab' neue Infos für dich, Boß.«

»Worüber?«

»Über Peru.«

»Etwas Nützliches dabei?«

»Vielleicht. Ich habe mit dem Vorstrafenregister angefangen, aber da stand nichts über Maria Alvarez. Anscheinend ist sie nie mit dem Gesetz in Konflikt gekommen. Als nächstes habe ich es mit dem Standesamt versucht. Dort gibt es eine Geburtsurkunde, aber sonst nichts. Schließlich sind mir die Krankenhäuser eingefallen. In den Kliniken macht man immer ausführliche Aufzeichnungen über die Patienten. Und nach zwei Tagen bin ich fündig geworden.«

»Sie war im Krankenhaus?«

»O ja«, grinste Jones. »Kurz bevor sie in die Staaten ging. Ist das nicht toll?«

»Weiß ich nicht. Ist es von Belang, zu wissen, ob sie im Krankenhaus war oder nicht?«

»Mensch, Boß!« maulte Jones beleidigt. »Ich will doch nur helfen ...«

»Soll das heißen, du hast die ganze Zeit geforscht und nichts anderes rausgefunden, als daß Maria Alvarez mal im Krankenhaus war?«

»Boß, du verstehst mich nicht. Das ist der Schlüssel zum ganzen Fall!«

»Entschuldigt die Störung ...« Zu Bens Überraschung war Christina zurückgekommen. »Draußen steht eine Frau, die mit dir sprechen möchte, Ben.«

»Gib ihr einen Termin.«

»Sie will aber *jetzt* mit dir sprechen.«

»Ich muß mich auf morgen vorbereiten!«

»Darum geht es ja, Ben. Sie sagt, sie könne Leeman helfen. Sie hat gestern abend deinen Aufruf im Fernsehen gehört und möchte sich als Zeugin melden.«

Endlich hörte Ben genauer hin. »Sag ihr, sie soll noch eine Minute warten. Also, Jones, was willst du mir ...«

»Sie kann nicht warten«, drängte Christina. »Sie muß ihre Kinder von der Schule abholen und ist ohnehin schon spät dran. Sie sagt, für jede Minute, die sie zu spät kommt, knöpfen die ihr einen Dollar ab.«

»Jones, kannst du bitte einen Moment warten?«

»Natürlich.« Jones war immer noch eingeschnappt. »Wenn es dich glücklich macht. Wer bin ich schon?«

»Danke. Vielleicht kann ich dich später zu einem Eis einladen. Bring bitte die Frau herein, Christina.«

Es war eine junge Frau – Ben schätzte sie auf Ende zwanzig – mit schulterlangem blondem Haar und lebhaften blauen Augen. Bekleidet war sie mit Bluejeans und einer kurzärmeligen Bluse. Sie stellte sich als Carlee Crane vor.

»Danke, daß Sie mich reinlassen«, sagte Carlee. »Sie haben bestimmt viel zu tun.«

»Meine Assistentin hat mir gesagt, daß Sie etwas über den Mord an Maria Alvarez wissen.«

»Das stimmt ...«

»Großartig.« Ben beugte sich weit vor. »Was genau wissen Sie?«

»Na ja ...« Sie schluckte und fing an, mit ihrer Handtasche herumzuspielen. »Ich weiß, daß das vielleicht verrückt klingt, aber ... ich habe ihn gesehen.«

Ben riß die Augen auf. »Sie haben den Mord gesehen?«

»Das ist richtig. Ich war Augenzeugin. Ich arbeitete damals als Küchenhelferin im Country Club und sammelte am Abend immer Überstunden, weil man mir die Beförderung zur Kellnerin in Aussicht gestellt hatte. Aber daraus wurde nichts. Der Oberkellner war scharf auf mich, wissen Sie, und ich ließ ihn abblitzen. Es war ein mieser Job, aber ich war arm und sparte auf ein Auto ...«

Es kostete Ben einige Anstrengung, bei diesem Redefluß noch höflich zu bleiben. »Verzeihen Sie, aber könnten wir über den Mord sprechen? Habe ich das richtig verstanden? Haben Sie wirklich den Mord mit eigenen Augen gesehen?«

»Na ja, das ist das Komische an der Sache, und es ist mir schrecklich peinlich. Um die Wahrheit zu sagen, ich hatte das alles vollständig vergessen.«

»Sie hatten es *vergessen?*«

»Ich weiß, daß das verrückt klingt, aber es ist die Wahrheit.« Sie ging zum Fenster hinüber. »Es war so ein Schock, so ... so grauenhaft. Ich muß es irgendwie verdrängt haben.«

»Aber wie konnten Sie ...«

»Ich kann es Ihnen nicht erklären, es ist mir ja selbst ein Rätsel. Ich weiß nur, daß ich mich danach an nichts mehr erinnern konnte. Mein Gedächtnis setzte einfach aus. Es spielte mir einen Streich. Können Sie sich das vorstellen?«

Unwillkürlich zog Ben ein Foto aus der Jackentasche. Es zeigte ihn im Alter von drei Jahren zusammen mit seinem Vater. Sein Vater kitzelte ihn, und sie lachten beide unbändig.

»Ich werde mein Bestes tun«, versprach Ben leise. »Setzen Sie sich bitte und erzählen Sie mir alles von Anfang an.«

2

Mike versuchte den harten Cop herauszukehren, als er allein durch die dunklen Straßen von North Side stiefelte. Er ging mit federnden Schritten, die Schöße seines Trenchcoats flatterten, und zwischen seinen Lippen hing lose ein Zahnstocher. Legt euch bloß nicht mit mir an, gab er den Nachtexistenzen zu verstehen (und die trieben sich hier rum, das wußte er); ich bin gefährlich; fürchterlich gefährlich; und schlecht für eure Gesundheit.

Na gut, vielleicht war der Zahnstocher nicht ganz so imposant, aber inzwischen hatte er schon fast zwei Wochen durchgehalten, ohne diese verdammte Pfeife anzuzünden, und wollte jetzt nicht rückfällig werden. Er selbst hatte eigentlich nie etwas Schlimmes am Pfeiferauchen gefunden. Im Gegenteil, er hielt es für gemütlich und lässig. Andererseits war ihm klar, daß immer weniger Leute seine Meinung teilten, und er hatte es satt, bei Partys ständig allein herumzustehen. Außerdem war sein letztes Rendezvous schon Monate her ...

Monate? Bei der letzten Frau, mit der er verabredet war, hatte es sich um Julia gehandelt. Und konnte man Verabredungen mit seiner Ex-Frau wirklich als Rendezvous bezeichnen? Immerhin war sie damals noch mit einem anderen Mann verheiratet gewesen.

Damals. Jetzt nicht mehr. Doch selbst wenn er hundert Jahre alt würde, diese Frau blieb Mike unverständlich. Das hätte er sogar in Ordnung gefunden, wenn es ihm möglich gewesen wäre, sie einfach zu vergessen. Nun, Erinnerungen waren schon etwas Rätselhaftes. Manche waren am nächsten Tag wie ausgelöscht. Andere dagegen verfolgten einen bis in die abgelegensten Windungen des Gehirns und gaben einfach keine Ruhe.

Wie eben Julia.

In seiner Zeit als verdeckter Ermittler in den Straßen von North Side hatte Mike sein Machogetue eingeübt und – so hoffte er zumindest – perfektioniert. Es war keine bloße Pose gewesen, sondern eine Überlebenstechnik.

Beim Gedanken ans Überleben fiel Mike wieder Chief Blackwell ein. Wenn der Polizeipräsident herausfand, was er hier tat, war er seinen Job los. Blackwell hatte den ganzen Vormittag lang auf zig Pressekonferenzen lauthals verkündet, der Kinderschänder wäre tot. Und die Medien griffen die Nachricht begierig auf. Wie konnten sie auch widerstehen? Ein gutaussehender reicher Wohltäter als Kindermörder, der bei abartigem und höchst gefährlichem Sex mit sich selbst das Leben verloren hatte. Der Traum jedes Journalisten.

Folglich ging jetzt die ganze Stadt davon aus, daß die Schreckensherrschaft des Pädophilen vorbei war. Die Eltern atmeten erleichtert auf. Und morgen ab neun Uhr wurden die Maßnahmen zu Abies Schutz ganz eingestellt. Der Fall war aufgeklärt. Aber …

Aber was war, wenn sie sich getäuscht hatten?

Diese Frage ließ Mike nicht mehr los.

Es gab nur eine Möglichkeit, um sich Gewißheit zu verschaffen: die Absteige zu finden, in die der Perverse Abie verschleppt hatte. Wenn Bentley seinen eigenen Tod nicht geplant hatte, hatte er sie vermutlich auch nicht leergeräumt. Doch egal, ob er der Mörder war oder ein anderer, dort würde es Beweise in Hülle und Fülle geben.

Das Problem war nur, die Wohnung aufzuspüren.

Mike konnte seine Nächte und vielleicht auch Tage mit der Suche verbringen, aber er wollte auch weiterhin Abies Schutz gewährleistet sehen. So wie es aussah, würde er beides allein tun müssen, doch das war natürlich nicht zu bewältigen. Und da Blackwell nichts erfahren durfte, konnte er keinen von seinen Kollegen einweihen.

Nun, bis morgen paßte ja noch ein anderer auf den Jungen auf. Das hieß, er konnte alles daran setzen, diese verdammte Bude zu finden.

Flugzeuge, hatte Abie gesagt. Er habe echte Flugzeuge am Himmel gesehen.

Angenommen, er hatte nicht halluziniert, was bei Drogen nie auszuschließen war, dann mußte Abie irgendwo in die Nähe des Flughafens gebracht worden sein. Nun lag der Tulsa International Airport mitten in North Side. Leider ließ sich aus Abies Beschreibung nicht ableiten, auf welcher Seite des Flughafens er gewesen war. Kurzum, das ganze Viertel kam in Frage.

Aber wozu war man denn Polizist? Wenn diese Arbeit ein Kinderspiel wäre, würden sich alle Leute darum reißen. So hatte Mike einen Stadtplan von Tulsa genommen und um den Flughafen herum immer größer werdende konzentrische Kreise gezeichnet. Und diese lief er nun, vom Mittelpunkt ausgehend, systematisch ab. Irgendwann mußte er auf das Haus stoßen, in das der Verrückte Abie gebracht hatte.

Er hoffte, er würde es dann auch erkennen.

An einer Straßenecke wurde Mike von einer ausgemergelten Frau mit grüner rückenfreier Bluse, extrem kurzen Shorts und weißem Halstuch angesprochen. Gut, es war außergewöhnlich heiß, aber diese Art von Kleidung war auch in einer Augustnacht etwas zu knapp.

»Haste Lust auf 'ne Party?«, fragte sie und trat näher heran, als es die Regeln der Höflichkeit zuließen.

»Leider nein.«

»Du wirst es nich' bereuen.«

»Das glaube ich gern.«

»Und ich zeig dir 'n paar schöne Dinge.«

»Danke, aber ich habe wirklich kein Interesse.«

»Wetten, daß doch? Sie schlang ihr Tuch um seinen Hals und zog ihn zu sich heran. »Was sagste jetzt, du hübscher Teufel?«

Das Einfachste wäre natürlich gewesen, die vier Zauberworte auszusprechen: Ich bin ein Bulle. Aber Mike war klar, daß sie und wahrscheinlich auch ihr Zuhälter in helle Panik geraten würden. Nun, die Ermittler der Sittenpolizei wußten schon, warum sie nur paarweise patrouillierten. Abgesehen von der Gefahr hatte Mike freilich noch einen zweiten Grund, warum er sich lieber nicht auswies: Dann wäre er verpflichtet, sie festzunehmen, aber damit wollte er jetzt keine Zeit verschwenden, hatte er doch etwas viel Wichtigeres vor.

»Hör zu, es wäre bestimmt himmlisch, aber im Moment habe ich keine Zeit.« Er schob sie sanft weg. »Ein andermal, okay?«

»Du machst 'nen großen Fehler.«

»Ich weiß. Sag mal, arbeitest du oft in dieser Gegend?«

»Jede Nacht, Süßer.«

»Ich weiß nicht, ob ... du hast nicht zufällig ...«

»Sag's ruhig, Süßer.«

»Hast du schon mal Trolle hier in der Gegend gesehen?«

Die junge Frau sah ihn verblüfft an. »Trolle?«

Mike spürte selbst, wie er rot anlief. »Richtig, Trolle, so süße kleine Kerle ...«

»Mein Freund Eduardo is' gerade mal einsfünfzig groß. Wir nennen ihn Stummel. Aber nich' bloß deswegen.«

»Nein, ich meine wirkliche Trolle, wie in den Märchen.«

»Ich glaub' nich' an Märchen, Süßer.«

»Oder vielleicht ein Plakat mit Trollen drauf? Oder ein Schild?«

»Tut mir leid. Keine Ahnung.« Sie probierte es wieder mit einem Lächeln. »Haste wirklich keine Lust auf 'nen Quickie? Ich glaub', du solltest dich mal richtig entspannen.«

»Nein, danke.« Mike ließ sie stehen und lief weiter. Armes Mädchen. Wahrscheinlich war sie rauschgiftsüchtig und von zu Hause weggelaufen. Ben und er hatten einmal mit minderjährigen Prostituierten zu tun gehabt. Das hatte ihm gereicht. Es gab wirklich Schöneres auf der Welt.

Mike versuchte, diesen Gedanken zu verscheuchen. Solange er nicht gefunden hatte, was er suchte, durfte er sich keine Ablenkungen leisten.

Solange er Abie nicht in Sicherheit wußte.

Es war schon eine schwere Aufgabe, der Held eines kleinen Jungen zu sein. Denn in Helden wurden hohe Erwartungen gesetzt.

3

Es war dunkel, als Ben spät am Abend heimkam. Aber das störte ihn nicht weiter; er hätte sich auch blind zurechtgefunden.

»Was ist denn das?« entfuhr es ihm, als er in die Küche trat und sah, wie seine Mutter ihm einen Teller vollud.

»Ein Spinatsoufflé natürlich.«

»Auch eins von meinen Lieblingsessen als Kind?«

Mrs. Kincaid setzte sich mit einer viel kleineren Portion ans andere Ende des Tisches. »Leider nein. Wir konnten dich mit keinen Tricks dazu bringen, grünes Gemüse zu essen. Eigentlich hast du überhaupt nichts Grünes angerührt. Als du von uns weggingst, hoffte ich, du würdest von selbst draufkommen und deine Eßgewohnheiten ändern.«

Ben senkte den Blick auf seinen Teller. »Und?«

»Du brauchst mich nicht anzuschwindeln. Ich habe doch gesehen, was bei dir im Kühlschrank liegt.«

»Du hast bei mir rumgeschnüffelt?«

»Reg dich nicht auf. Das ist das Vorrecht einer Mutter.«

»Irgendwas ist heute anders«, brummte Ben plötzlich.

»Am Soufflé?«

»Nein, an der Wohnung.«

Mrs. Kincaid setzte eine Unschuldsmiene auf. »Ach ja?«

»Ich bin mir nicht sicher, aber ich kann es dir bestimmt gleich sagen.«

Mrs. Kincaid wechselte mit einem Schulterzucken das Thema. »Wie läuft der Prozeß?«

Ben schüttelte den Kopf. »Das willst du doch gar nicht wirklich wissen.«

»Benjamin, wenn ich es nicht wissen wollte, hätte ich nicht gefragt.«

Ben holte tief Luft. Mütter. »Morgen fange ich mit den Zeugen der Verteidigung an.«

»Was für Leute sind das denn so?«

»Na ja, ich habe seit heute eine Zeugin, die ganz vergessen hatte, daß sie vor zehn Jahren alles mit eigenen Augen sah. Ihre Aussage könnte schwierig werden, aber damit sie glaubwürdiger wirkt, muß ich einen Experten für Gedächtnisschwund auftreiben, der das Phänomen den Geschworenen erklären kann. Jones grast schon die ganze Stadt ab. Und wenn wir kein Glück haben, rufe ich vielleicht ein paar Leute vom Country Club auf, auch wenn mir bislang keiner was verraten wollte.«

Mrs. Kincaid schob sich einen kleinen Bissen ihres Soufflés in den Mund und kaute gründlich; nachdem sie heruntergeschluckt hatte, meinte sie: »Vielleicht kann ich dir da helfen.«

»Wohl kaum«, meinte Ben mit einem höflichen Lächeln.

»Warum nicht? Ich hatte mehr als mein halbes Leben lang mit den verschiedensten Leuten aus der High Society zu tun. Um was für eine Sorte Männer handelt es sich denn?«

»Ich wußte gar nicht, daß es verschiedene Sorten von Bonzen gibt.«

»Und ob! Sie lassen sich in zwei Hauptgruppen einteilen: diejenigen, die ihr Geld durch harte Arbeit verdient, und die anderen, die alles geerbt haben. Zu welcher gehören die deinen?«

»Zu letzterer, glaube ich. Bis auf eine Ausnahme, aber der ist tot. Ist das so wichtig?«

»Sogar enorm, falls du beabsichtigst, sie mit einer List so weit zu bringen, daß sie etwas verraten, das sie lieber verschwiegen hätten. So arbeiten Anwälte doch, oder?«

»Na ja ... ich würde es nicht ganz so ausdrücken.«

»Diese Männer sind hochgebildet, nicht wahr?«

»Ganz gewiß.«

»Auf diesem Gebiet wirst du sie also nicht schlagen. Das ist jetzt nicht gegen dich gerichtet, Benjamin. Du mußt sie dazu bringen, daß sie reden *wollen*.«

»Und wie stelle ich das an?«

»Vor allem solltest du verstehen, daß Männer, die ihr ganzes Geld geerbt haben, sich mit gewaltigen Minderwertigkeitskomplexen auseinandersetzen müssen. Wenn man sich ein Vermögen selbst erarbeitet hat, dann ist das eine tolle Sache. Man hat das Gefühl, daß man etwas eigenes geschaffen hat. Aber ein Mann, der sich nur ins gemachte Nest setzt, ohne je einen Finger gekrümmt zu haben, der fühlt sich unzulänglich. Ihn beschäftigt unablässig, was die anderen von ihm denken.« Sie hielt inne. »Und er ist ganz versessen darauf, sich hervorzutun.«

»Und wie kann ich die Schwäche von so jemand vor Gericht ausnützen?«

»Denk darüber nach, Benjamin. Sieht dein Zeuge eine Chance, sich aufzuplustern, wird ihm um so eher etwas herausrutschen, das ein besonnenerer Mensch für sich behalten hätte. Ist dir das denn nicht klar?«

Ben klopfte mit seiner Gabel auf den Tellerrand. »Nicht schlecht. Ich werde darüber nachdenken.«

Mrs. Kincaid strahlte. »Na, vielleicht ist deine alte Mutter nicht ganz so weltfremd, wie du dachtest.«

»Vielleicht nicht. Trotzdem kommt mir die Wohnung verändert vor.« Plötzlich schnippte Ben mit den Fingern. »Ich hab's! Ich schwitze nicht!«

»Das freut mich aber, Benjamin.«

»Nein, du verstehst mich falsch ... Es ist das erstemal seit Wochen, daß ich nicht schwitze.«

Mrs. Kincaid wirkte auf einmal leicht verlegen. »Ach, wirklich ...?«

»Aber die Hitze hat nicht nachgelassen ...« Ben ging ins Wohnzimmer und fand die Antwort beim Fenster. »Die Klimaanlage! Jemand hat eine neue Klimaanlage eingebaut.«

»Ach ja?« fragte Mrs. Kincaid zerstreut.

»Du warst das!« Ben stürmte zurück in die Küche. »Du hast sie einbauen lassen!«

»Na ja, es war so schrecklich heiß ...«

»*Wie kannst du es wagen ...*«

»Benjamin, es war unerträglich! Und denk nur an das Baby!«

»Wenn du eine Klimaanlage brauchst, dann hättest du es mir sagen sollen. Ich hätte eine gekauft ...«

»Na gut, Benjamin, zufällig weiß ich aber, daß du nicht auf Rosen gebettet bist ...«

»Das tut nichts zur Sache.«

»Und ich habe mehr Geld, als ich brau...«

»Ich habe dir wiederholt gesagt, daß ich das Geld von meinem Vater nicht will.«

»Es ist *mein* Geld ...«

»Es ist *sein* Geld.« Ben zog das Foto aus der Brusttasche und warf es auf den Tisch. »Seins! Und wenn er gewollt hätte, daß ich einen Teil davon bekomme, dann wäre sein Testament anders ausgefallen.«

»Im Testament stand doch nur ...«

»Ich will das nicht schon wieder aufwärmen!« Ben merkte, daß er schrie. Auch war ihm klar, daß er kein Recht hatte, seine Mutter so zu behandeln, doch jetzt war er nicht mehr zu bremsen.

»Benjamin, du bist richtig irrational. Es ist doch nur eine Klimaanlage.«

»Es geht nicht nur um eine Klimaanlage! Es geht darum, ob ich mein Leben in die eigene Hand nehmen kann!«

»Ach, Benjamin ...« Ihre Stimme brach. »Das ist so albern.«

»Schön, du willst mir nur wieder Schuldgefühle einreden, wie du und Vater es mein ganzes Leben lang getan habt.«

Mrs. Kincaid richtete sich abrupt auf und warf den Kopf zurück. »Dann lasse ich die Klimaanlage eben entfernen.«

»Sehr gut.«

»Und bei der Gelegenheit verschwinde ich auch.«

Ben zögerte. »Na ja ...«

Zu spät. Sie rauschte zur Tür hinaus.

»Mutter ...« Doch sie war schon weg.

Ben sank auf seinen Stuhl. Er hatte sie doch nicht anschreien wollen, wirklich nicht. Und sie hatte ja recht. Seine Reaktion war dumm. Irrational. Aber aus irgendeinem Grund mußte er immer ...

Scheiße!

Mechanisch nahm er die Gabel in die Hand und aß einen Bissen. Mit einemmal war ihm der Appetit vergangen.

4

Früh am nächsten Morgen legte Ben mit Joey auf dem Arm einen Zwischenstop in seiner Kanzlei ein, um zu sehen, ob Christina und Jones ihre Aufträge erledigt hatten. Leider wäre er vor der Eingangstür fast über den Beauftragten des Klimaanlagenherstellers gestolpert.

»Sind Sie immer noch da?« fuhr er ihn an.

»Ich habe Ihnen doch gesagt, daß ich erst gehe, wenn die Rechnung bezahlt ist.«

»Und ich habe Ihnen gesagt, daß ich kein Geld habe und die Rechnung schon zahle, sobald ich wieder flüssig bin. Was wollen Sie mehr? Nehmen Sie das Scheißding von mir aus mit oder machen Sie es wie alle anderen in diesem Land und verklagen mich.«

»Das nenne ich eine schöne Einstellung. Ich lasse mich nicht mit Worten abspeisen. Zahlen Sie mir Ihre Schulden, und ich verschwinde.«

»Hören Sie, ich stecke mitten in einem Prozeß. Und was noch schlimmer ist, ich bin auf der Verliererstraße. Ich brauche einen Gutachter, meine Mutter ist mir böse, meine Schwester hat mir ihr Baby angehängt, und meine Katze legt mir ständig totes Viehzeug ins Bett. Letzte Nacht habe ich kein Auge zugetan, und mir fehlt offen gesagt die Zeit für Ihren Kram. Verschwinden Sie gefälligst!«

Leider weckte Ben mit seiner Tirade das Baby auf. Erst öffnete Joey seine Äuglein, dann fing er an zu schluchzen.

Christina erschien in der Tür und nahm Ben das Baby ab. »Sieh dir nur an, was du angerichtet hast!«

»Vorhin hat er noch fest geschlafen.«

»Bis du auf diesen Mann da losgegangen bist.« Christina deutete auf einen Stuhl. »Setze dich erst mal und beruhige dich.«

»Ich brauche mich nicht zu beruhigen!«

»Auch gut.«

Ben ließ sich widerstandslos zum Stuhl zerren. Als er saß, zog Christina die Milchflasche aus Julias Beutel und steckte sie Joey in den Mund. Schlagartig hörte er auf zu weinen.

»Massage gefällig?« wollte Christina wissen.

»Eine, bei der mir konzentrische Kreise auf den Schläfen gezogen und kosmische Geheimnisse ins Ohr geflüstert werden? Kein Bedürfnis.«

»Du bräuchtest ein starkes Beruhigungsmittel, aber ich kann dir nur eine Massage anbieten.« Ohne auf seine Proteste einzugehen, fing sie an, ihm mit der freien Hand den Kopf zu massieren. »Warum hast du Joey mitgebracht? Du mußt doch in weniger als einer Stunde im Gericht sein.«

»Mutter ist weggegangen.«

»Wohin?«

»Keine Ahnung. Als ich aufgestanden bin, war sie fort.«

»Ich kann mir nicht vorstellen, daß sie dich gerade jetzt mit dem Baby allein läßt ...« Christina hielt abrupt inne. »Ben, hast du sie dumm angeredet?«

»Ganz bestimmt nicht.«

»Sie hat also völlig ohne Grund ihre Sachen gepackt und *au revoir* gesagt?«

»Ich habe überhaupt nichts ... »

»Ben, wie *konntest* du nur!«

»Wie konnte ich was?«

»Wie konntest du nur so gemein zu deiner Mutter sein? Sie ist doch deine *Mutter!*«

»Ich habe nichts getan, womit ...«

»Gib's zu, du hast sie angeschrien und ihr etwas Schlimmes an den Kopf geknallt.«

»Na ja ...«

»Ich wußte es doch. Hat sie gesagt, daß sie geht?«

»Ja, aber ich dachte, sie würde das Baby mitnehmen.«

Christina hörte auf, ihn zu massieren. »Ben, wann kapierst du's endlich?«

»Was soll ich kapieren?«

»Daß das dein wunder Punkt ist. Ich weiß, daß du im Grunde deines Herzens ein lieber Kerl bist. Aber bei deiner Familie siehst du immer nur rot.«

»Ich glaube nicht, daß ...«

»Und das Schlimme daran ist, daß ich jetzt nicht mehr mit ihr losziehen und neue Kleider kaufen kann.«

Als ob das noch nicht reichte, versetzte ihr Ben nun den nächsten Schlag. »Christina, ich sage es nicht gern, aber du mußt auf Joey aufpassen, solange ich im Gericht bin.«

»Unmöglich!«

»Es tut mir leid, aber ich habe keine andere Wahl.«

»Laß mich nachdenken ... Tagesstätten, Selbsthilfegruppen, Kinderkrippen. Es gibt jede Menge Alternativen.«

»Jetzt mal im Ernst. Ich habe keine Zeit, herumzutelefonieren. Du hast doch gesagt, du würdest dich prima mit ihm verstehen ...«

»Ben, hör endlich damit auf, dich ständig darauf zu verlassen, daß andere dir alles Unangenehme abnehmen, und benimm dich wie ein verantwortlicher Erwachsener.«

»Aber ich bin doch nicht verantwortlich ...«

»Meine Rede.«

»Ich bin nicht sein Vater! Christina, es ist doch nur vorübergehend ... »

»Ja, stimmt.« Christina drückte das Baby in die Arme Bens und fing an, in Julias Tasche nach Windeln zu wühlen. »Von mir aus. Ich passe auf ihn auf. Ich verstehe selbst nicht, warum ich mich schon wieder weichklopfen lasse. Mitten in einem Verfahren. Dabei bin ich doch eine voll ausgebildete Anwaltsgehilfin!«

»Warum bringst du ihn nicht in meine Wohnung? Dort scheint er sich ganz wohl zu fühlen. Zumal ich doch jetzt ... ähm ... eine neue Klimaanlage habe. Und sollte Mutter zurückkommen, kannst du ihn ihr überlassen und zum Gericht rausfahren.«

»Ich könnte mir vorstellen ...«

»Verzeihung.«

Ben und Christina fuhren herum. Ein Herr mittleren Alters in einem Sakko mit Fischgrätmuster steckte den Kopf zur Tür herein. »Sind Sie Ben Kincaid?«

»Ja. Womit kann ich Ihnen dienen?«

»Na ... ja«, stammelte der Mann, »mir wurde gesagt, ich solle Ihnen helfen.«

»Mir helfen? Wie denn?«

»Ich bin Arzt. Wie dumm von mir!« Er kramte nervös in

seinen Jackentaschen und förderte Taschentücher, eine Brille und eine Taschenuhr zutage. Zum Schluß fand er den gesuchten Gegenstand. »Meine Visitenkarte. Dr. Emil Allyn.«

»Aber was können Sie für mich ...«

»Ich habe mich wohl nicht deutlich ausgedrückt. Ich bin Psychiater.«

Bens Stirnadern schwollen an. »Christina, wenn du so was für einen Scherz hältst, dann ...«

»Nein, nein, nein!« rief Allyn. »Wenn ich von Hilfe spreche, dann ... nun, ich bin Spezialist für traumatisch bedingten Gedächtnisverlust.«

Ben schlug ihm begeistert auf die Schulter. »Dann hat Jones es also geschafft! Sie sind mein Gutachter!«

Allyn wirkte etwas verlegen. »Vermutlich. Wenn Sie mich wollen.«

»Unbedingt! Glauben Sie mir, ich will Sie!«

»Hm, na gut. Ach ...« Er deutete auf seine Schulter. »Sie verschmieren mir den Anzug mit Babymilch.«

5

Beim Betreten des Gerichtssaals spürte Ben, wie ihm die Hitze förmlich entgegenschlug. Das schien dem Zuschauerandrang jedoch keinen Abbruch zu tun. Nicht nur jeder Sitz war belegt, sogar an den Wänden standen Zuschauer in Zweierreihen. Man kam sich vor wie in einer Sardinendose.

Alle, die Ben schon an den vorangegangen Tagen gesehen hatte, waren wieder da, natürlich auch Ernest Hayes, der diesmal einige seiner Kinder mitgebracht hatte. Vor der hinteren Wand bemerkte Ben zwei schwarze Jugendliche. Obwohl ihre Jacken keine Embleme aufwiesen, war sich der junge Anwalt fast sicher, daß sie den Demons angehörten.

Die Clique vom Country Club war vollständig erschienen. Harold und Rachel Rutherford saßen diesmal sogar nebeneinander. Doch auch wenn sie heute nicht mehr physisch getrennt waren, hatte Ben dennoch das Gefühl, daß emotional nach wie vor Angründe zwischen ihnen klafften.

Zu Bens großer Überraschung trat in diesem Augenblick Mike ein. An ihn klammerte sich Abie.

Als sie sich einen Weg durch den Gang bahnten, wurden sie von Harold Rutherford aufgehalten. »Abie«, sagte er zu seinem Sohn, »was machst du hier?«

Der Junge gab keine Antwort.

»Ich glaube nicht, daß das der richtige Ort für Abie ist«, wandte sich Rutherford an Mike.

»Wir schauen ja nur kurz vorbei. Ich muß etwas mit einem der Anwälte besprechen. Danach gehen wir gleich wieder.«

»Es heißt, daß die Beweisaufnahme heute abgeschlossen wird«, sagte Rutherford. »Abie, möchtest du danach etwas unternehmen?«

Der Junge hatte auf einmal nur noch Augen für den Boden.

»Wir könnten ins Bell's gehen, wenn du Lust hast.« Rutherford warf seiner Frau einen Blick zu. »Oder einfach durchs Einkaufszentrum bummeln ... Was du willst ...«

Abie ergriff Mike bei der Hand und versuchte, ihn fortzuziehen.

»Ich bringe ihn am Nachmittag zu Ihnen«, versprach Mike. »Bis dahin fällt Ihnen sicher was ein.«

Rutherford antwortete mit einem höflichen Nicken und ließ sie vorbei.

Es dauerte eine ganze Weile, bis Mike sich mit dem Jungen im Schlepptau bis zu Ben durchgekämpft hatte.

»Was für ein süßes Paar ihr abgebt«, bemerkte sein Freund und klopfte ihm auf die Schulter.

»Unsinn, ich war im ganzen Leben noch nicht süß«, erwiderte Mike eisig.

»Jetzt bist du es. Ich finde sogar, deine neue Aufgabe ist dir wie auf den Leib geschneidert. Du kommst mir vor wie so eine Art Mary Poppins.«

»Ha ha.«

»Vielleicht solltest du den Beruf wechseln und eine Kindertagesstätte aufmachen.«

Mike stieß einen Finger gegen Bens Brust. »Jetzt reicht es.«

»Tut mir leid«, lachte Ben. »Ich wollte dir nicht unterstellen, daß du einen weichen Kern hast.« Er beugte sich vor und flüsterte Mike ins Ohr: »Warum hast du den Kleinen noch dabei? Ich dachte, Blackwell hätte die Schutzmaßnahme aufgehoben.«

»Hat er auch. Aber das wissen die Rutherfords nicht. Ich lasse den Kleinen doch nicht ohne Schutz rumlaufen, solange ich mir nicht absolut sicher bin, daß ihm nichts mehr passieren kann.«

»Ich verstehe«, murmelte Ben, um mit wieder normaler Lautstärke fortzufahren: »Und was führt dich hierher?«

Mike sah auf Abie hinunter, der fasziniert das Geschehen im Saal verfolgte und nicht darauf zu achten schien, was Mike und Ben besprachen. »Ich hätte eine Bitte. Willst du mir einen Gefallen tun?«

»Wenn ich kann. Worum geht es denn?«

»Um ein Problem, mit dem du inzwischen vertraut sein müßtest. Ich brauche einen Babysitter.

»Mike ...«

»Versteh mich bitte, ich kann keinen von meinen Kollegen fragen. Sogar jetzt schon handle ich gegen alle Vorschriften. Wenn Blackwell das erfährt, wird er stinksauer.«

»Mike, laß es dir doch noch mal durch den Kopf gehen. Immerhin haben sie die Baseballmütze des Jungen gefunden.«

»Hör zu.« Nun war Mike derjenige, der sich vorbeugte und Ben ins Ohr flüsterte. »In den letzten Nächten hatte ich frei. Da habe ich auf eigene Faust die Gegend abgegrast, in die der Dreckskerl Abie wahrscheinlich verschleppt hat. Block für Block habe ich sie durchkämmt. Alles zu Fuß.«

»Und wann hast du geschlafen?«

»In den letzten drei Tagen und Nächten so gut wie gar nicht, aber das ist nicht so wichtig.«

»Mike, du kannst doch nicht ...«

»Laß mich ausreden. Ich bin ganz nahe dran, Ben. Wirklich. Ich kann nicht erklären, warum, aber ich glaube, daß ich auf der richtigen Fährte bin. Und wenn ich seine Absteige finde, dann liegen dort auch persönliche Sachen rum, die mir Aufschluß über seine Identität geben. Wenn es wirklich Bentley war – auch gut. Dann können wir Entwarnung geben. Aber wenn er es nicht war« – er warf einen Blick auf den Jungen – »droht Abie weiter Gefahr. Ich will meine Suche heute noch abschließen, und zwar so schnell wie möglich, bevor Blackwell was spitzkriegt. Aber mir sind die Hände gebunden, wenn ...« Er deutete mit dem Kinn auf Abie.

»Ich bitte dich, Mike, ich stecke mitten in einem Prozeß!«

»Und Christina?«

»Sie ist in meiner Wohnung und paßt auf Joey auf.«

»Wunderbar! Weil sie sowieso schon ein Kind am Hals hat, macht es ihr sicher nichts aus, wenn noch eins dazukommt.«

»Hm ... du kannst sie ja mal fragen.«

»Prima. Ich fahre sofort los. Ach, übrigens ...« Wieder senkte er die Stimme. »Im Revier geht das Gerücht, daß Bullock eine fiese Überraschung im Schilde führt. Sie soll schlimmer sein als alles andere, was er bisher geliefert hat. Sei auf der Hut.«

Auch das noch. »Ich werde tun, was ich kann.«

»Das weiß ich doch.« Mike klopfte Ben auf den Rücken. »Hoffentlich gibst du diesem Bullock einen kräftigen Tritt in den Hintern – aber das habe ich nie offiziell gesagt.«

»Natürlich nicht.«

»Also, Hals- und Beinbruch.«

Kurz nachdem Mike gegangen war, wurde Leeman Hayes in den Gerichtssaal eskortiert. Und dann kündigte auch schon der Gerichtsdiener Hawkins' Kommen an.

»Ich bin froh, daß es alle hierher geschafft haben«, sagte der Richter zur Begrüßung. »Mr. Kincaid, ich glaube Sie sind dran mit Ihren Zeugen. Wen haben Sie uns denn mitgebracht?«

Ben erhob sich bedächtig. »Die Verteidigung ruft Carlee Crane auf.«

6

Während Carlee zum Zeugenstand ging, musterte Ben die Gesichter der Leute im Saal. Sie waren alle verblüfft. Sogar Bullock wirkte verdattert und überlegte wahrscheinlich insgeheim, wie es Ben gelungen war, die Identität seiner Zeugin so lange geheim zu halten. So etwas war freilich nicht schwer, wenn man erst am Vortag fündig wurde.

Carlee setzte sich auf ihren Stuhl und sah nervös zu den Geschworenen hinüber. Das war nichts Außergewöhnliches, sollte man meinen; alle Zeugen waren nervös. Ben wußte, daß nicht nur die Leute unsicher wirkten, die die Unwahrheit sagten. Aber war das den Geschworenen genauso klar?

Zu Beginn der Befragung vernahm Ben die Zeugin kurz zur Person, dann kam er auf die Mordnacht zu sprechen.

»Carlee, was machten Sie am 25. August vor zehn Jahren?«

Carlee starrte in den Zuschauerraum. Wahrscheinlich suchte sie bei ihrem Mann moralische Unterstützung. »Ich arbeitete im Utica Greens Country Club.«

»Und was für eine Aufgabe hatten Sie dort?«

»Ich arbeitete in der Küche.«

»Als Köchin?«

»Eigentlich als so was wie eine Helferin. Wenn irgendwo schmutzige Arbeit zu erledigen war, übernahm ich das.«

»Wissen Sie auch noch, was Sie damals in der Nacht taten?«

»Ich glaube, ja. Die Küche machte um elf Uhr zu, aber ich hatte mich freiwillig zum Aufräumen gemeldet. Das dauerte normalerweise etwa eine Stunde. Ich tat es nicht gern, aber ich war auf das Geld angewiesen. Außerdem hatte mir mein Boß, Mr. Franklin, die Beförderung zur Kellnerin in Aussicht gestellt, wenn ich hundert Überstunden angesammelt hätte. Das wäre besser bezahlt gewesen, und ich hätte nicht mehr bis spät in die Nacht festgeklebten Dreck von den Tellern wegkratzen müssen. Aber als ich dann die geforderten Überstunden beisammen hatte, fragte mich Mr.

Franklin, ob ich Lust auf Mantovani und seine erotischen Videos hätte. Und dann wollte er auch noch wissen, was für Unterwäsche …«

»Könnten wir zum Country Club zurückkommen?« bat Ben.

»Ja.« Carlee verhakte die Finger ineinander. »Ich arbeitete also bis spät in die Nacht.«

»Wann wurden Sie fertig?«

»Gegen Mitternacht.«

»Was taten Sie dann?«

»Ich verließ das Hauptgebäude, in dem sich auch das Restaurant befindet, und machte mich auf den Heimweg. Weil ich kein Auto hatte, ging ich zu Fuß. Ich hatte zwischen dem ersten und dem achten Abschlagspunkt eine Abkürzung gefunden. Die benutzte ich immer.«

»Führte Ihr Weg Sie auch am Caddieschuppen vorbei?«

»Ziemlich nahe sogar. Normalerweise achtete ich nie darauf, aber in dieser Nacht hörte ich laute Stimmen aus dem Schuppen.«

»Haben Sie nachgesehen?«

»O ja. Normalerweise bin ich nicht neugierig, aber das war so merkwürdig. Ich hätte nie gedacht, daß sich dort so spät noch Leute aufhalten würden.«

»Was haben Sie gemacht?«

Carlee sah auf ihre Hände hinab. Sie geriet ins Stocken. »Ich … bin zu der Seite gegangen, die mir am nächsten war – zur Nordseite –, und habe durch das Fenster reingeschaut. Es stand offen.«

»Und was haben Sie gesehen?«

Carlee benetzte sich die Lippen. »Ich habe …« Sie atmete tief durch. »Ich habe eine dunkelhaarige Frau in der Ecke stehen sehen.«

Ben zeigte ihr das Foto von Maria Alvarez. »War es diese Frau?«

Carlee warf einen Blick darauf. »Ja, das war sie.«

»Sind Sie sicher?«

»Absolut.«

»Warum stand sie in der Ecke?«

Carlee sah ängstlich zu den Geschworenen hinüber. »Sie wurde bedrängt ... Ein Mann bedrohte sie.«

»Hatte der Mann eine Waffe?«

»Ja, einen Golfschläger.«

»Was machte er damit?«

Carlee schloß die Augen, versuchte sich zu erinnern. »Sie sprachen noch ein paar Momente miteinander ... Was sie sagten, das konnte ich nicht verstehen. Auf einmal hob der Mann den Golfschläger über den Kopf. Die Frau riß vor Angst die Augen weit auf und kreischte.«

»Und dann?«

»Dann ... dann traf der Mann sie am Kopf. Er hob den Schläger wieder und drosch ihn gegen ihre Schulter. Sie schrie und schrie, blieb aber stehen.«

»Wie oft traf er sie?«

»Ich ... ich bin mir nicht sicher. Zwei- oder dreimal. Dann zerbrach der Schläger. Da drehte der Mann durch. Er packte den Teil mit dem spitzen Ende und stieß ...« – sie wandte sich plötzlich ab – »... und stieß ihn ihr in die Kehle.«

Ben gönnte ihr eine kurze Pause, ehe er nachsetzte. »Wissen Sie das ganz genau?«

»Ich ... ich habe es gesehen. Mit meinen Augen. Die Frau schrie, aber als ihr der Schläger die Kehle durchbohrte, war ihre Stimme schlagartig weg. Das war das Allerschrecklichste. Blut spritzte aus dem Hals und ... und der Geruch drang bis zu mir. Dieser widerwärtige süßliche Blutgeruch ...« Sie fing an zu schluchzen. »Sie können sich nicht vorstellen, wie ... wie entsetzlich das war. Ich war doch erst siebzehn! So etwas hatte ich noch nie gesehen ...«

Ben ließ sich vom Gerichtsdiener ein Papiertuch geben und reichte es ihr. Mit der nächsten Frage wartete er, bis sie sich wieder gefaßt hatte.

»Was taten Sie dann?«

Carlee wischte sich die Tränen aus den Augen. »Ich weiß es nicht. Ich stand ja so unter Schock. Das nächste, woran ich mich erinnern kann, ist mein Bett.«

»Ich verstehe. Jetzt kommt eine sehr wichtige Frage, Carlee.« Aus den Augenwinkeln bekam Ben mit, daß sich die Geschworenen gespannt vorbeugten. Sie wußten bereits, worauf er abzielte. »Wer war der Mann, den Sie im Caddieschuppen gesehen haben?«

»Das weiß ich nicht. Er stand ja mit dem Rücken zu mir.«

Ben war klar, daß er sofort nachsetzen mußte, ehe die Geschworenen das Interesse verloren und womöglich ärgerlich wurden. »Können Sie ihn beschreiben?«

»Er war groß. Gut einsachtzig. Kräftig, aber nicht dick.« Wieder holte sie tief Luft. »Und er war weiß.«

Halleluja! »Sind Sie sich dessen ganz sicher, Carlee?«

»O ja. Er stand keine fünf Meter vor mir.«

»Könnten Sie sich nicht aufgrund des schlechten Lichtes geirrt haben?«

»Nein. Er war eindeutig weiß.«

»Danke.« Der Höhepunkt war damit erreicht. Andererseits wußte Ben nur zu gut um die Hauptschwäche seiner Zeugin. Aber wozu wurden schon an der Universität Prozeßtaktiken gelehrt? Ben hielt es für das Klügste, sein Manko selbst anzusprechen, bevor Bullock beim Kreuzverhör Kapital daraus schlug.

»Carlee, warum haben Sie sich nicht eher gemeldet, obwohl Sie doch Augenzeugin sind?«

Carlee wandte sich direkt an die Geschworenen. »Na ja, bis vor kurzem ... konnte ich mich nicht mehr erinnern.«

»Sie konnten sich nicht erinnern? Sie hatten es vergessen?«

»Ich glaube nicht, daß ich es wirklich vergessen hatte ...« Sie rang um den treffendsten Ausdruck. »Ich hatte es eher ... verdrängt.«

Ben sah zu den Geschworenen hinüber. Einige wirkten skeptisch, aber auch nicht vollkommen ungläubig. So weit, so gut. »Was löste dann die Erinnerung aus?«

»Na ja, das ist schwer zu erklären. Ich war mit meiner Familie auf einem Campingurlaub – mit meinem Mann und unseren zwei Jungen. Im Radio hörte ich dann von diesem

Fall … Später schnitt sich mein Mann in die Hand, als er den Jungen gerade den richtigen Umgang mit Messern erklären wollte. Es war keine schlimme Wunde, aber sie blutete wie verrückt. Das Blut spritzte, und der Geruch drang bis zu mir und …«

Sie sah plötzlich zu Boden, als versinke sie in ihrer Erinnerung. »Und dann fiel es mir wieder ein. Für einen Moment war alles wieder da; diese mit Blut vollgespritzte Frau, ihre Schreie … Es war, als erlebte ich alles aufs neue – allerdings nur für einen Augenblick.«

»War Ihnen klar, daß Sie sich an etwas erinnerten, das Sie lange verdrängt hatten?«

»Am Anfang noch nicht. Aber am nächsten Tag sah ich meinen Mann Brennholz hacken. Von hinten ähnelte er dem Typen im Caddieschuppen. Er hob das Beil über den Kopf und schlug mit aller Kraft zu …« Sie sah auf. »In diesem Moment wurde es mir klar. Ich sah alles wieder, vom Anfang bis zum Ende, wie einen Film, der vor meinen Augen abgespielt wird. Nur daß es die Wirklichkeit war. Es war genau so geschehen. Es war da.«

Sehr gut. Das würde den Geschworenen zu denken geben. Und mit etwas Glück kamen ihnen auch ernsthafte Zweifel an Leemans Schuld. »Danke, Mrs. Crane. Das wäre vorläufig alles.«

Aller Augen richteten sich nun auf Bullock, der auf seinem Stuhl saß und sich das Kinn streichelte. Für einen Mann, der gerade eine sensationelle Aussage gehört hatte, wirkte er seltsam unberührt. Er erhob sich bedächtig. »Ich habe keine Fragen, Euer Ehren.«

Richter Hawkins verschlug es die Sprache. »Keine Fragen? Sie … wollen nichts von ihr wissen?«

»Nein, Euer Ehren.« Bullock nahm wieder Platz. »Die Verteidigung kann ihren nächsten Zeugen aufrufen.«

Was zum … Ben starrte seinen Gegenspieler entgeistert an. Was hatte er nur vor? Kein Kreuzverhör der Augenzeugin? Das war doch verrückt! Warf er etwa das Handtuch? Aber nein. Dafür kannte Ben diesen Mann zu gut. Bullock würde nie aufgeben. Der einzige Grund, warum er auf das Kreuzverhör verzichtete, war, daß er es für unnötig hielt.

Ein beunruhigender Gedanke. Leider blieb Ben keine Zeit, sich damit zu beschäftigen.

»Rufen Sie Ihren nächsten Zeugen auf«, ordnete der Richter an.

»Gern«, sagte Ben. Er half Carlee aus dem Zeugenstand und bat sie, im Saal zu bleiben und sich für eine eventuelle zweite Befragung bereitzuhalten. »Die Verteidigung bittet Dr. Emil Allyn in den Zeugenstand.«

7

Wie bei jedem Sachverständigen wurde die erste halbe Stunde mit Fragen zur wissenschaftlichen Laufbahn verbracht. Damit auch wirklich niemand Allyns Befähigung anzweifelte, zog Ben das Ritual sogar noch etwas in die Länge. Außerdem hatte er den Doktor vor der Verhandlung nur in aller Kürze informieren können.

Zu Bens freudiger Überraschung war Dr. Allyns Auftritt sensationell. Er gab sich keine Blößen, seine Antworten waren prägnant und gut verständlich. So vermittelte er den Eindruck eines kompetenten, aber keineswegs von sich eingenommenen Fachmanns. Darüber hinaus konnte er auf vielfältige Veröffentlichungen auf dem Gebiet der verdrängten Erinnerung verweisen, so daß seine Kompetenz von niemand ernsthaft in Frage gestellt werden konnte. Nicht einmal von Bullock.

Als die Formalitäten abgehakt waren, stürzte sich Ben auf sein eigentliches Anliegen, die Bestätigung von Carlees Aussage durch einen Wissenschaftler. »Dr. Allyn, können Sie den Damen und Herren von der Jury erklären, was der Begriff psychogene Amnesie bedeutet?«

Der Arzt richtete den Blick auf die Geschworenen. »Psychogene Amnesie kann dann auftreten, wenn ein Mensch etwas erfährt, das so schrecklich ist oder so schlimme Schuldgefühle auslöst, daß er es auf der Stelle aus seinem Bewußtsein verdrängt, um diesen Moment nicht noch einmal durchleben zu müssen.«

»Was für eine Art von Ereignissen könnte eine solche Reaktion auslösen?«

»Jede traumatische Erfahrung. Eine weit verbreitete Ursache ist Kindesmißbrauch, sei er seelischer oder physischer Natur. Die Hinweise mehren sich, daß solcher Mißbrauch häufiger vorkommt, als in der Psychiatrie bisher angenommen wurde. Viele der Opfer sperren das Grauen unmittelbar danach aus ihrem Bewußtsein aus.«

»Und wenn ein siebzehnjähriges Mädchen Zeugin eines grausamen Mordes wird? Könnte das eine psychogene Amnesie auslösen?«

»Bei einem Zusammentreffen ungünstiger Umstände ist das durchaus möglich.«

»Wie ist das aus psychiatrischer Sicht zu verstehen?«

»Zunächst muß man wissen, daß traumatische Erinnerungen in einem Bewußtseinszustand gebildet werden, für den die normalen Gesetzmäßigkeiten des Gedächtnisses nicht mehr gelten. Ein dichter Schleier kann sie verhüllen, insbesondere dann, wenn die betroffene Person noch minderjährig ist. Das Erlebnis bleibt unterdrückt, bis die Person den Schleier mit ihrem Erwachsenenbewußtsein durchdringt.«

»Muß die Erinnerung durch ein ähnlich intensives Erlebnis wachgerufen werden?«

»Normalerweise nicht. In den meisten Fällen handelt es sich um ein gewöhnliches Ereignis, das dem Erwachsenenbewußtsein die bis dahin verschlossene Tür öffnet.«

»Es könnte beispielsweise reichen, daß die Person etwas mit dem Verbrechen Vergleichbares sieht?«

»Richtig. Aber das Phänomen des Wiedererinnerns ist nicht auf visuelle Reize beschränkt. Schließlich haben wir fünf Sinne, von denen der Geruchssinn, wie Sie vielleicht wissen, am stärksten ausgeprägt und zugleich am engsten mit dem Gedächtnis verbunden ist. Ein vertrauter Geruch kann ein vergangenes Ereignis weit eher wieder wachrufen als jeder einzelne der anderen vier Sinne.«

Damit war der Grundstein gelegt. »Dr. Allyn, kennen Sie eine Frau namens Carlee Crane?«

»Ja. Ich hatte heute früh vor der Verhandlung eine private Unterredung in meiner Praxis mit ihr. Und natürlich habe ich auch ihre Aussage gehört.«

»Wie Sie wissen, hat sie zu Protokoll gegeben, daß sie einen Mord beobachtet und verdrängt hat. Später wurde die Erinnerung durch mehrere Ereignisse bei einem Campingurlaub wieder wachgerufen. Herr Doktor, Sie waren damals natürlich nicht zugegen, als der Mord im Caddieschuppen begangen wurde, und können auch nicht mit Gewißheit bestätigen, was Carlee dort gesehen hat, aber lassen Sie mich folgende Frage stellen: Ist das, was sie den Geschworenen geschildert hat, plausibel?«

»Ihre Geschichte von der verdrängten Erinnerung steht in Einklang mit sämtlichen Forschungsergebnissen.«

»Könnte demnach ihr Teenagerbewußtsein den grauenhaften Mord verdrängt haben?«

»Das läßt sich mit der Lehrmeinung vereinbaren.«

»Es ist also möglich, daß der Vorfall beim Campen, als sie sah, wie ihr Mann sich verletzte, die Erinnerung wachrief?«

»Sie sah es nicht nur, sondern roch es vor allem. Sie hat ausgesagt, daß ihr ein ekelerregender Blutgeruch in die Nase stieg. Einen so ungewöhnlichen Geruch hatte sie in den dazwischenliegenden zehn Jahren in dieser Intensität vielleicht nie wieder erlebt. Er könnte also durchaus die Erinnerung ausgelöst haben.«

Obwohl Ben sich kaum darauf hatte vorbereiten können, lief diese Vernehmung besser als erhofft. »Herr Doktor, hat die Justiz dieses Thema Ihres Wissens aufgegriffen?«

»O ja. Seit 1988 hat man in bislang dreiundzwanzig Staaten die Möglichkeit geschaffen, aufgrund wiedergewonnener Erinnerung zivil- oder strafrechtliche Prozesse einzuleiten.«

»Ist davon auch Gebrauch gemacht worden?«

»Ich weiß von über dreihundert anhängigen Verfahren, bei denen verdrängte Erinnerungen im Zentrum stehen.«

Ben pfiff durch die Zähne. »Dann ist das ja gar nicht so ungewöhnlich.«

»Nun, so etwas geschieht sicher nicht jeden Tag«, fuhr der Gutachter fort, »aber die Hinweise häufen sich, daß es verbreiteter ist als gemeinhin angenommen wird.«

»Und wenn die Leute sich schließlich wieder an das Trauma erinnern, versuchen sie dann, es erneut zu verdrängen?«

»Das kommt vor, aber es wäre nicht typisch. Es ist günstiger, wenn die Betroffenen alles herauslassen, wenn sie sich sozusagen reinigen. Erst nachdem sie ihre Erinnerung ins Bewußtsein zurückgeholt haben, kann der Heilungsprozeß beginnen. Nur dann kann es in ihrem Leben weitergehen.«

»Danke, Herr Doktor. Ich habe fürs erste keine Fragen mehr.«

Als Ben sich setzte, spürte er förmlich, wie eine Zentnerlast von ihm abfiel. Das war ja wie am Schnürchen gelaufen! Er hatte nicht nur eine Augenzeugin präsentieren können, sondern hatte auch noch einen Psychiater nachgeliefert, der ihre Aussage als offenbar plausibel darstellte. Er tätschelte Leeman die Schulter. Die Aussichten besserten sich.

»Tja, Mr. Kincaid, dann können Sie Ihren nächsten ...«

»Entschuldigen Sie.« Bullock stand auf. »Wenn ich dem Doktor nur ein paar Fragen stellen dürfte ...«

»Oh! Natürlich!« Richter Hawkins wirkte etwas verlegen. Wie Ben hatte er angenommen, der Staatsanwalt würde auf ein Kreuzverhör verzichten, nachdem er auch schon die erste Zeugin nicht befragt hatte. Anscheinend hatten sie sich beide getäuscht.

»Es wird nicht lange dauern«, versprach Bullock und schlenderte zu Dr. Allyn hinüber. »Herr Doktor, Sie haben ausgesagt, daß eine wachsende Zahl von Psychiatern zu der Auffassung gelangt ist, daß Erinnerungen über längere Zeiträume verdrängt werden können.«

»Das ist richtig.«

»Ist das der einzige Standpunkt auf diesem Gebiet?«

Der Arzt schüttelte den Kopf. »Im Gegenteil! Viele meiner Kollegen halten das Gerede von psychogener Amnesie für kompletten Unsinn.«

»Ach, wirklich?« fragte Bullock in einem überraschten Ton, der in Bens Ohren verdächtig gespielt klang.

Dr. Allyn nahm seine Brille ab. »Das Problem ist, daß das Syndrom bisher mit keinem einzigen Experiment empirisch nachgewiesen werden konnte. Darum kann man nur von einer Theorie sprechen, aber nicht von einem Faktum. Die Psychologen, die sich damit befassen, nehmen nur aufgrund der Erzählungen ihrer Patienten an, daß dieses Phänomen existiert.«

»Warum tun sie das?«

»Nun, für einen Freudianer ist das eine ganz natürliche Vorstellung. Sie beruht auf dem Freudschen Modell der *Hysterie*, die auch die Verdrängung umfaßt; eine Theorie, wonach wir das unterdrücken, dem wir uns nicht stellen können. Leider haben wir inzwischen erfahren, daß Freud bei all seiner Brillanz extrem unwissenschaftlich vorging. Wenige seiner Ergebnisse können heute noch für bare Münze genommen werden.«

»Sie meinen, nicht jeder junge Mann will mit seiner Mutter schlafen?« Bullock sah mit einem ironischen Grinsen zur mehrheitlich aus Männern bestehenden Jury hinüber.

»So ungefähr, ja.«

»Wenn der ganze Ansatz falsch ist, wie erklären Sie sich dann die Theorie von der verdrängten Erinnerung?«

»Wenn die Theorie nicht stimmt, dann sind auch die Erinnerungen nicht glaubwürdig.«

»Sie meinen, sie sind Lügen?«

»Nicht notwendigerweise. Sie sind Fantasien. Halluzinationen. Oder Wunschdenken.«

»Aber nicht wirklich Erlebtes.«

Der Arzt räusperte sich und wandte sich direkt an die Geschworenen. »Nicht wirklich Erlebtes.«

Ben hielt es im Sitzen nicht mehr aus. Was wurde hier gespielt? Wessen Experte war der Mann denn nun? Bullock führte Allyn geradezu an der Nase hinter sich her, und der Gelehrte folgte ihm blind! Aber nein – es sah ganz so aus, als tue er es willentlich!

Bullock war noch nicht am Ende. »Ein erfahrener Psychologe kann doch sicher eine echte Erinnerung von einer falschen unterscheiden.«

»Das ist nicht so leicht, wie Sie glauben. Man muß bedenken, daß auch echte Erinnerungen ein Akt der Reproduktion sind. Wenn einem Menschen etwas einfällt, werden Lücken und Details ergänzt. Die Ergebnisse sind manchmal exakt und zuverlässig, manchmal aber auch nicht. Erfahrungen können sich verändern, wenn sie aus diesem gigantischen Speicher namens Gehirn abgerufen werden.«

»Könnten diese Erinnerungslücken auch durch die Beeinflussung anderer ergänzt werden?

»Sicherlich. Das geschieht tagtäglich.«

»Wenn also eine Person mit einem … sagen wir … unzuverlässigen Gedächtnis jemand anderen aufsucht« – er warf einen Seitenblick auf Ben –« und dieser ihr Details eines bestimmten Ereignisses nennt, die zu seiner Version passen, dann könnte diese Person seine Schilderung mit dem tatsächlich Geschehenen verwechseln.«

Damit hatte Bullock die Grenze vom Hypothetischen zum aktuellen Fall überschritten. Doch Allyn ging voll darauf ein. »Das ist korrekt.«

Nun entfernte sich der Staatsanwalt ein paar Schritte vom Zeugen. »Dr. Allyn, Sie haben den Geschworenen erklärt, daß Sie Carlee Crane untersucht haben, richtig?«

»Ich habe sie zu diesem Geschehen befragt, ja.«

»Was hielten Sie von ihr?«

Plötzlich spürte Ben einen Stich in der Brust.

»Ich hielt sie für jung, gutmütig, ehrlich …«

Ben atmete auf.

»… aber unglaubwürdig.«

Ben riß den Mund auf. Sein Puls raste.

»Unglaubwürdig?« Bullock stürzte sich auf dieses eine Wort wie ein Tiger auf seine Beute. »Heißt das, daß sie nicht die Wahrheit gesagt hat?«

»O nein, das glaube ich nicht.«

Ein Raunen ging durch den Saal.

»Sie glaubt, was sie sagt«, fuhr Allyn fort, »aber das heißt nicht, daß es wirklich so geschehen ist.«

Etwas stimmte hier nicht. Kein Gutachter würde so etwas tun. Kein Fachmann wechselte von einem Moment zum anderen so schamlos die Meinung. Niemand spielte beim Kreuzverhör so brav mit. Es sei denn ...

Es sei denn, er hatte es von Anfang an vorgehabt.

»Wie gesagt«, schob Allyn nach, »Mrs. Crane ist sehr gutmütig, fürsorglich und mütterlich. Sie hat mir erzählt, daß sie einen Zeitungsbericht über diesen Prozeß gelesen und später eine Fernsehsendung dazu verfolgt hat. Ich glaube, daß sie aufgrund des Einflusses durch die Medien ein durchaus verständliches Mitgefühl für den Angeklagten entwickelt hat. Sie wollte ihm helfen, wußte aber nicht, wie. Und darum hat ihr Unterbewußtes eine Erinnerung geschaffen.«

»Eine Erinnerung, die ihn retten könnte.«

»Das ist korrekt.«

»Und das, obwohl sie den Mord nie gesehen hat.«

»Davon bin ich überzeugt. Sie hat sich das alles zusammengereimt.«

Ben drehte sich nach Carlee um. Sie hatte sich die Hand vor den Mund geschlagen. Ihr Mann versuchte sie zu trösten, doch ohne Erfolg. Und ihr Gesichtsausdruck zerriß Ben schier das Herz. Vor aller Öffentlichkeit wurde sie erniedrigt – genau so, wie sie es befürchtet hatte. Plötzlich sprang sie auf und rannte aus dem Saal. Ihr Mann stand auf, um ihr zu folgen.

Er starrte Ben an. Seine Augen funkelten vor Zorn.

Das hättest du verhindern müssen.

Du bist schuld.

»Wäre Mrs. Crane der erste Mensch, der eine solche Erinnerung zusammenfantasiert?« fragte Bullock.

»Beileibe nicht. Ich bin bei mehreren Fällen über angeblichen Kindesmißbrauch hinzugezogen worden, nur um später herauszufinden, daß das Kind zum mutmaßlichen Zeitpunkt der Tat gar nicht beim beschuldigten Elternteil war. Erst letzte Woche kam eine Frau zu mir in die Praxis und erzählte mir, sie sei von einem UFO entführt und von Außerirdischen geschwängert worden.«

Bullock kehrte gemächlich zu seinem Pult zurück. »Dr. Allyn, halten Sie Carlee Crane für eine Augenzeugin des Mordes an Maria Alvarez?«

»Nein. Ich bin mir sicher, daß sie es gut meint, aber ich glaube ihr ebenso wenig wie« – er schmunzelte – »der Frau mit dem Marsbaby.«

Die Geschworenen grinsten.

»Danke. Das wäre alles.«

Der Richter sah auf. »Weitere Fragen, Herr Verteidiger?«

Ben war klar, daß sein Gutachter mitten im Verfahren die Fronten gewechselt hatte. Mit zusätzlichen Fragen würde er sich nur Ärger einhandeln. Aber das war jetzt auch schon egal. Er mußte es versuchen. Leeman zuliebe. Carlee zuliebe.

»Dr. Allyn, haben Sie vor diesem Prozeß mit dem Staatsanwalt Mr. Bullock gesprochen?«

Der Doktor zögerte. »Nein. Warum?«

Ben überlegte fieberhaft. Entweder er log, oder ein Dritter hatte ihn manipuliert. Aber wie sollte er das beweisen? Ben haßte Verhöre aufs Geratewohl.

»Haben Sie mit irgend jemandem über Ihr Gutachten gesprochen?«

»Mr. Kincaid, wie Sie wissen, wußte ich bis heute morgen nicht, daß ich aussagen soll.«

»Arbeiten Sie mit dem Staatsanwalt zusammen?«

»Ich mit dem Staatsanwalt? Was soll der Quatsch?«

»Warum haben Sie Ihre Aussage geändert?«

»Was soll ich geändert haben? Ich habe heute zum erstenmal ausgesagt.«

Es hatte keinen Sinn. Ben wußte, daß er reingelegt worden war, hatte aber keine Beweise dafür. »Keine weiteren Fragen, danke.«

Als Ben zu seinem Pult zurückkehrte, musterte er die Geschworenen. Kein Zweifel, Bullocks Kreuzverhör war verheerend für ihn gewesen. Die zwölf würden Carlee Crane als wohlmeinende Spinnerin abtun.

Und Leeman Hayes stand wieder so da wie am Anfang. Ohne Verteidigung.

Aber wie hatte Bullock wissen können, was auf ihn zukam? Warum war er so zuversichtlich gewesen, daß der Gutachter beim Kreuzverhör umfallen würde?

Als Allyn den Saal verließ, sah Ben, wie Bullock einem

Mann in der hintersten Reihe zuzwinkerte. Der Typ kam Ben irgendwie bekannt vor. Er reckte den Hals, um ihn besser sehen zu können. Und dann dämmerte es ihm.

Es war der Schuldeneintreiber vom Klimaanlagenhersteller. Der neue. Derjenige, der sich partout nicht hatte abwimmeln lassen.

Der Typ, der seit Tagen im Vorzimmer von Bens Kanzlei kampierte.

Ben wandte sich Bullock zu, der übers ganze Gesicht grinste.

Ihre Blicke begegneten sich. Und plötzlich fiel es Ben wie Schuppen von den Augen.

Der Schuldeneintreiber war ein Spion. Bullocks Spion. Dank ihm hatte die Anklage erfahren, daß eine Augenzeugin vorübergehend ihre Erinnerungen verdrängt hatte. Wahrscheinlich hatten sie Jones geködert – mit einem gekauften Experten.

Kein Wunder, daß Bullock die Zeugin nicht verhört hatte. Es war ihm schlichtweg unnötig erschienen.

Erst jetzt bekam Ben mit, daß der Richter mit seinem Hammer auf den Tisch schlug und ihm etwas zurief: »Haben Sie weitere Zeugen, Mr. Kincaid, oder ist die Beweisaufnahme abgeschlossen?«

O Gott! Nur das nicht! Selbst wenn er nichts mehr zu sagen hatte, mit diesem Eindruck durften die Geschworenen nicht rausgehen. »Wir fahren fort, Euer Ehren.«

»Schön. Rufen Sie Ihren nächsten Zeugen auf.«

»Die Verteidigung ruft ...«

Ben mußte es sich blitzschnell überlegen. Was wollte er überhaupt? Was blieb ihm jetzt noch übrig?

Er sah zu Bullock hinüber. Wie er sich schon genüßlich zurücklehnte und die Beine übereinanderschlug! Und dann auch noch diese selbstgefällige Miene!

Nein, dabei durfte es Ben es nicht bewenden lassen. Unmöglich!

Er atmete tief durch und gab sich einen Ruck. »Die Verteidigung ruft Ronald Pearson auf.« Er legte eine kurze Pause ein. »Oder vielmehr Captain Ronald Pearson.«

8

Lieutenant Mike Morelli stapfte die Third Street hinunter. Nach wie vor hielt er sich stur an die immer größer werdenden konzentrischen Kreise, die er um den Flughafen herum in seinen Stadtplan gezeichnet hatte. Er schwitzte und hatte sich längst die Füße wundgelaufen, aber das durfte ihn jetzt nicht aufhalten. Er wollte erst Ruhe geben, wenn er gefunden hatte, was er suchte.

Hätte ihn ein Vorgesetzter mit diesem aberwitzigen Einsatz beauftragt, hätte Mike vielleicht die eine oder andere Pause eingelegt, doch weil er auf eigene Faust losgezogen war und es nur eine Frage der Zeit war, bis Blackwell ihn zurückpfiff, biß er die Zähne zusammen und machte weiter.

Mike hatte ein schlechtes Gewissen, weil er Christina nun auch noch Abie aufgebürdet hatte, obwohl sie mit Julias Baby wirklich genug am Hals hatte. Andererseits war Abie ein aufgeweckter Junge, dem keiner lange böse sein konnte. Wie denn auch, wenn er einen vergötterte und sogar den zerknitterten Trenchcoat toll fand, in dem Mike sich so gern verbarg?

Mochten die anderen sagen, was sie wollten; Mike sah es als seine Pflicht an, für Abies Schutz zu sorgen. Sicherheit für ihn gab es aber nur, wenn sein Entführer geschnappt wurde. Oder tot war.

Und darum wollte Mike nicht locker lassen. Er hatte das Gefühl, dicht dran zu sein. Worauf sich seine Zuversicht begründete, konnte er sich selbst nicht erklären und versuchte es auch gar nicht. Wissenschaftliche Methoden und Statistiken waren schön und gut, aber mehr als alles andere hatte Mike in den Jahren bei der Polizei gelernt, sich auf seinen Riecher zu verlassen. Na gut, vielleicht täuschte er sich und wollte den Mißerfolg einfach nicht wahrhaben, nachdem er das Viertel nun schon dreimal vergeblich abgegrast hatte. Es konnte aber genausogut sein, daß er unterbewußt etwas spürte, das sein Verstand noch nicht registriert hatte. Wie auch immer, er fühlte sich, als wäre er kurz vor dem Ziel.

Als Mike etwas zu schnell um eine Ecke bog, streifte er einen gedrungenen Teenager. Der Junge trug eine Jeansjacke mit abgeschnittenen Ärmeln und hatte eine Spraydose in der Hand.

»Verzeihung«, murmelte Mike.

Der Junge knurrte etwas und hastete weiter.

Jetzt erst bemerkte Mike das Emblem auf dem Rücken seiner Jacke: eine Schlange, die sich um eine Pistole wand. Das Zeichen der Cobras.

Mike haßte die Cobras. Sie verschoben Rauschgift. Und sie ermordeten Kinder.

Und jetzt knurrte ihn dieser Kerl an! Mike hätte nichts lieber getan, als diesem Typen blitzschnell in die Eier zu treten (in Notwehr selbstverständlich); und nur schweren Herzens ließ er sich von der Vernunft davon abhalten. Erst die Arbeit, dann das Vergnügen. Erst den Kinderschänder, dann die normalen Gauner.

Er ließ den Cobra laufen.

Wenige Sekunden später stach Mike ein Halteschild ins Auge.

Offenbar die Handschrift der Cobras. Auf einmal wünschte sich Mike, er hätte den Kerl festgehalten, der eindeutig unterwegs war, um Terror anzukündigen. Mike hatte gelernt, daß die Graffiti solcher Banden weder zufällig noch bedeutungslos waren. Man mußte sie nur entschlüsseln. Das große CB oben stand für die Cobras. KING war der Name des Jungen innerhalb der Bande; DK hieß *Demon Killers*; und BOBA war zweifellos der Name des armen Mitglieds der Demons, der auf der Abschußliste stand. Aber weswegen nur?

Wie auch immer, 187 war die Codenummer für die Mordkommission.

Nach dem Mord würde King eine Wolke um Bobas Namen malen oder vielleicht ein Kreuz darunter setzen.

Mike hatte sich also nicht getäuscht. Die Cobras planten einen Schlag gegen ihre größten Rivalen im Drogengeschäft. Wenn nicht bald etwas geschah, war es zu spät für Boba. Und mit ihm für viele andere Jugendliche.

Mike sah auf die Uhr. Inzwischen lief er sich seit über sechs Stunden die Hacken ab. Wenn er die Gewaltmärsche der letzten drei Nächte hinzuzählte, mußte er eigentlich alles abgegrast haben. Und was außer Blasen an den Füßen war dabei herausgekommen?

Lieber nicht daran denken. Aber wenigstens hatte er mal wieder die Erinnerung an einige der übelsten Ecken von Tulsa auffrischen können. Mike ließ die Augen über die Straße wandern. Was für ein Panorama! Armut. Verbrechen. Elend. Seine Lieblingskulisse. Was wollte er am Sandstrand, wenn es einen Wizard's Smoke Shop gab oder eine halb verfallene ABC Taxicab Company oder …

Moment mal, das Taxiunternehmen hatte er sich noch gar nicht angesehen.

Schon rannte Mike über die Straße, und wieder folgte er mehr seinem Instinkt als irgendwelchen Erkenntnissen. Das Haus, in dem sich die ABC Taxicab Company befunden hatte, stand offenbar seit Jahren leer. Der Putz bröckelte ab, und der Schriftzug der Firma war kaum noch zu erkennen. Die Tür und sämtliche Fenster waren mit Brettern vernagelt.

Mike spähte in eine dunkle Gasse neben dem Gebäude.

Sie war mit Abfall und Schutt übersät. Vor einer Mauer lagen ein gewaltiger Stapel zerbrochener Schnapsflaschen, Essensreste und ein Sack herum. Offenbar hauste hier ein Obdachloser.

Mit angehaltenem Atem trat Mike in die Gasse. Plötzlich entdeckte er ein Loch in der Mauer. Ein Loch so groß wie eine Tür.

Und dann sind wir durch die Wand gegangen.

Mike starrte in die dunkle Öffnung.

Nichts rührte sich. Kein Lebenszeichen. Was hast du anderes erwartet? schalt er sich. Hör auf zu spinnen! Dir kann nichts passieren. Du siehst dich ja bloß um.

Mike trat durch das Loch. Kein Mensch war zu sehen. Aber jede Menge Taxis standen herum. Alte gelbe Taxis ohne Felgen.

Bei einem hob Mike die Motorhaube an. Nichts war darunter. Die Wagen waren alle ausgeschlachtet worden. Und doch hatte Mike das Gefühl, hier gebe es noch etwas …

Plötzlich schnippte er mit den Fingern. Aber natürlich! Er hatte den falschen Ansatz. Er dachte wie ein Erwachsener, hatte die Perspektive eines Erwachsenen. Abie dagegen sah die Welt mit den Augen eines Zehnjährigen.

Mike ging in die Hocke und ließ die Umgebung aus einer Höhe von gut einem Meter auf sich wirken. Und tatsächlich nahm er sie plötzlich ganz anders wahr. Die Wagendächer verschwanden aus seinem Blickfeld; statt dessen sah er jetzt nur noch Türen.

Gelbe Türen mit Zahlen darauf. Mike raste durch die Halle. Die Zahlen flogen an ihm vorbei. 54-28X. 54-76X. 64-99C.

Abie hatte Zahlen auf gelbem Untergrund gesehen. Abie war hier gewesen.

Mike inspizierte die Wände. Gegenüber dem ersten entdeckte er ein weiteres Loch, das sogar noch größer war. Der Entführer mußte diese Halle als Abkürzung benutzt haben.

Mike stürzte zum zweiten Loch. Seine Erregung stieg. Hatte er je Zweifel gehabt, so waren sie jetzt restlos beseitigt. Er war dicht dran.

Das Loch führte ihn ins Freie; er befand sich nun an der

Rückseite des Gebäudes. Gegenüber sah er eine Reihe schäbiger Mietshäuser. Er versuchte sich zu konzentrieren. Wohin wollte man, wenn man hier rauskam?

Mike sah auf seinem Stadtplan nach. Das verlassene Haus in Rockville, in dem er Abie gefunden hatte, lag von hier aus im Norden. Derjenige, der die Schleichwege kannte, konnte es bequem in einer halben Stunde erreichen, ohne sich auch nur einmal in einer der größeren Straßen zu zeigen. Aber er würde den Weg durch die Taxihalle doch nur wählen, wenn er aus ... südlicher Richtung kam.

Mike nahm einen Hinterhof, der zu einem mit weißem Gips verputzten Haus gehörte, in Augenschein. Die Fläche reichte gerade für eine quer darüber gespannte Wäscheleine aus. Und dann fiel Mike im ersten Stock eine merkwürdige Schräge auf. Eine Dachgeschoßwohnung? Nein. Ein Anbau. Mit einer separaten Treppe.

Genau! Darum hatten sie den Typen nie finden können! Sie hatten immer nur nach einer normalen Wohnung gesucht. Und von der Straße aus ließ sich unmöglich erkennen, daß es hier hinten einen Anbau gab.

Mike sprang über den Zaun und rannte weiter zum Eingang. Dahinter befand sich, wie vermutet, eine separate Treppe. Da sie zu keiner der anderen Wohnungen führte, lief der Bewohner des Dachgeschosses den übrigen Mietern nie über den Weg. Ideale Voraussetzungen für einen Pädophilen.

Er konnte seine perversen Neigungen unbehelligt ausleben.

Komplikationen ergaben sich höchstens dann, wenn einer der Jungen, die er anschleppte, Krach schlug. Das war garantiert auch der Grund, warum er sich in dem verlassenen Gebäude in Rockville eingenistet hatte. Weil er es zu Fuß erreichen konnte, würde dort nie jemand seinen Wagen stehen sehen. Und seine Opfer konnten schreien, so laut und so lange sie wollten ...

Niemand würde sie hören.

Mike sah sich die Rasenfläche vor der Treppe an. *Heureka!*

Gartenzwerge. Oder von ihm aus auch Trolle.

Mit Riesensätzen jagte er die Treppe hinauf. Oben angekommen, preßte er das Ohr gegen die Tür. Zuerst hörte er nichts. Doch dann drangen Laute an sein Ohr. Kaum vernehmbare Stimmen.

Mike zog seine Bren Ten Automatic. Der Dienstweg schrieb in Fällen wie diesem zwingend einen Durchsuchungsbefehl vor. Man ließ ihn sich vom Richter ausstellen, kehrte damit zurück und klopfte höflich an …

Ach was …! Wer sagte ihm denn, daß es keinen zweiten Ausgang gab, durch den der Perverse auf Nimmerwiedersehen verschwinden würde?

Tut mir leid, aber heute gibt es keine Warnung. Ich würde ja gern zum Richter laufen, wenn das Risiko nicht so groß wäre, daß du mir entwischst.

Mike nahm einen kurzen Anlauf und warf sich gegen die Tür. Das Holz zerbarst, und er krachte auf der anderen Seite zu Boden, ließ sich abrollen und sprang blitzschnell auf. Die Pistole hielt er mit beiden Händen.

»Keine Bewequng!«

Er sah nach links und rechts und wirbelte herum.

Niemand da.

Hinter einer Ecke war eine Kochnische. Ganz langsam, die Waffe weiter im Anschlag, bog Mike um die Ecke. Auch dort war niemand. Und einen zweiten Ausgang gab es auch nicht. Dennoch hörte er noch immer Stimmen. War das am Ende eine Halluzination?

Als Mike ins Wohnzimmer zurückkehrte, ging ihm endlich ein Licht auf. Das Radio.

Der Scheißkerl hatte das Radio laufen lassen.

Mike beugte sich darüber. Es war ein Radiowecker, der irgendwann losgegangen war, als der Mieter die Wohnung schon verlassen hatte.

Aber wo war er?

Mike fummelte am Radio herum. Irgendwie mußte sich das Ding doch abstellen lassen. Er drückte wütend auf alle möglichen Knöpfe. Ohne Erfolg. Schließlich packte er es und schleuderte es wütend gegen die Wand.

Das wirkte. Aber jetzt stand nicht nur Einbruch auf der

Liste seiner Vergehen, sondern auch noch Sachbeschädigung.

Mike atmete tief durch. Es war höchste Zeit, daß er sich beherrschte. Er durfte sich nicht so sehr in diese Suche hineinsteigern. Aber es war einfach entsetzlich. Kleine Jungen! Ahnungslose, unschuldige Kinder! Sie waren doch wehrlos! Und ganz allein!

Er durchsuchte den Rest des Raums und das Badezimmer, fand aber nichts von Belang. Dann trat er ins Schlafzimmer.

Dort waren die Vorhänge zugezogen. Und weil die Beleuchtung nicht funktionierte, dauerte es eine Weile, bis sich Mike ans Halbdunkel gewöhnt hatte. Plötzlich schnappte er nach Luft.

Natürlich hatte er von derlei Dingen gelesen. Er wußte, daß Pädophile sich gern Fotos anschauten. Sie dienten ihnen als Souvenirs. Abie hatte auch Bilder erwähnt. Doch mit diesem Anblick hatte Mike nun wirklich nicht gerechnet.

Eine Tapete hätte die Wand nicht gründlicher bedecken können. Vom Boden bis zur Zimmerdecke waren die Mauern mit Bildern von kleinen Jungen vollgeklebt.

Sie ähnelten sich alle, waren ausnahmslos zwischen acht und zehn Jahren alt. Sie alle hatten dunkle Haare, dunkle Augen und waren hübsch. Einige Bilder waren aus Katalogen mit Werbung für Unterwäsche gerissen worden, aber bei den meisten handelte es sich um Fotos. Und zwar um professionelle Aufnahmen mit strahlend lächelnden Kindern vor hellem Hintergrund.

Die Frage war nur: Arbeitete der Perverse mit einem Fotografen zusammen oder stammten die Bilder von ihm selbst?

Mike mußte es in Erfahrung bringen. Wie verrückt stürzte er sich auf die Kommode und fing an, die Schubladen herauszureißen. In der vierten lagen noch mehr Fotos. Als Mike sie in die Hand nahm, spürte er einen jähen Stich im Herzen. Es dauerte Minuten, bis er merkte, daß er schluchzte.

Er erkannte die Jungen auf den ersten Blick. Es waren die Opfer. Andy Harden. Jimmy Whalen. Der kleine Connell.

Die Fotos waren im selben gottverdammten Gebäude in

Rockville geschossen worden, in dem das Schwein seine Matratze hatte. Die Jungen waren nackt oder bis auf die Unterwäsche entkleidet. Sie hatten sich in ekelerregenden Posen hinlegen müssen. Aber das war noch nicht das Schlimmste.

An allen außer den Bildern von Mickey Connell klebte Blut. Mike war auf Anhieb klar, daß es von den Opfern stammte. Ihr Mörder hatte es hingeschmiert.

Nur beim kleinen Connell war er nicht mehr dazu gekommen. Ein Auto hatte den Jungen vorher überfahren.

In der untersten Schublade fand Mike nur ein zerfetztes Foto vor. Allerdings brauchte er die Teile nicht erst aneinanderzukleben, um das Motiv zu identifizieren. Es war Abie.

Mike knallte die Schublade zu und machte sich daran, das Zimmer zu durchsuchen. Er mußte doch etwas finden. Irgend etwas mußte da sein, verdammt noch mal! Chris Bentley konnte unmöglich in dieser Absteige gehaust haben. Es war ein anderer. Aber wer, wie hieß er ...

Mike wischte sich die Augen und versuchte, klar zu denken. Der Mörder trieb sich irgendwo in der Stadt herum.

Und sein Plan stand fest – das zerrissene Foto bewies es. Mike mußte herausfinden, wer dieser perverse Dreckskerl war, ehe er sich an Abie vergriff.

Wie schon an den anderen. Den kleinen Jungen in seiner Fotosammlung.

An der ihr Blut klebte.

Eine halbe Stunde lang stellte Mike das Zimmer auf den Kopf. Als er im Schrank herumwühlte, stieß er eine Schuhschachtel um. Bevor er sie auffangen konnte, löste sich der Deckel, und zwei Paar Socken, zwei Münzrollen und ein Schlüsselbund fielen heraus.

Mike riß sofort die Schlüssel an sich. Einer hatte eine Aufschrift: CDISC. Außerdem hing am Bund ein Messinglöwe.

Und in den war ein Name eingraviert: UTICA GREENS COUNTRY CLUB.

Die heiße Spur.

Mike stopfte die Schlüssel in die Tasche und rannte zur Tür. Auch wenn seine Füße protestierten, mußte er schleunigst seinen Wagen erreichen. Von dort konnte er Tomlinson anfunken, dann konnte sich der schon mal einen Durchsuchungsbefehl besorgen und mit einem ganzen Team anrükken. Die würden sicher noch mehr Hinweise finden. Und Mikes Aktion wäre im nachhinein legalisiert.

Und wenn die Suche nichts ergab, brauchten sie nur abzuwarten, bis der Scheißkerl heimkam. Wahrscheinlich ahnte er noch nicht, daß sie seine Höhle entdeckt hatten.

Oder vielleicht doch?

Wie auch immer, bis die Kollegen anrückten, mußte Mike zum Gericht. Ben hatte etwas von Schlüsseln zum Caddieschuppen gesagt, aber er konnte sich nicht mehr erinnern, in welchem Zusammenhang. Sicher würde Ben ihn aufklären. Vielleicht wußte er sogar, wem sie gehörten.

Das wollte Mike in Erfahrung bringen. Er mußte es wissen, bevor es zu spät war.

Bevor auch von Abie nur noch ein mit Blut verschmiertes Foto übrigblieb.

9

Der Aufruf traf Captain Pearson wie ein Schlag ins Gesicht. Ja, im ganzen Saal herrschte auf einmal fassungslose Stille. Und selbst der junge Anwalt wußte eigentlich gar nicht, wozu er diesen Zeugen brauchte. Doch er hatte seine Entscheidung getroffen und mußte nun das Beste daraus machen.

Pearson war aufgestanden, rührte sich aber nicht von der Stelle. »Muß ich wirklich?« fragte er den Richter.

Der schien aus allen Wolken zu fallen. »Hat der Verteidiger das denn nicht mit Ihnen abgesprochen?«

»Lieber Himmel, nein!«

Hawkins maß Ben mit einem prüfenden Blick. »Stimmt das?«

»Ja, Euer Ehren.«

»Sie haben ihn nicht vorbereitet?«

»Er ist kein Entlastungszeuge. Aber er verfügt über wichtige Informationen.«

»Na schön«, brummte der Richter. »Aber benehmen Sie sich. Ich werde nicht dulden, daß Sie jemanden bedrängen, der bis vorhin nicht wußte, daß er aussagen soll.«

»Selbstverständlich, Euer Ehren.« Darauf kannst du Gift nehmen, dachte Ben.

Richter Hawkins winkte Pearson zum Zeugenstand, woraufhin sich dieser widerwillig in Bewegung setzte.

»Guten Tag«, sagte Ben.

Pearson grunzte etwas Unverständliches.

»Soll ich Sie Mr. Pearson oder Captain Pearson nennen?«

»Mister geht in Ordnung.«

Nachdem Ben die Personalien festgestellt und Pearson zu dessen Funktion im Country Club befragt hatte, leitete er zu seinem Hauptanliegen über. »Mr. Pearson, sie bekleideten den Posten des Ersten Vorsitzenden auch schon vor zehn Jahren, als Maria Alvarez ermordet wurde, richtig?«

»Worauf wollen Sie hinaus? Daß etwa *ich* diese Frau umgebracht habe? Das ist eine Unverschämtheit!«

»Bitte beantworten Sie die Frage«, ermahnte ihn Hawkins.

»Ja!« spuckte Pearson. »Ich war auch schon vor zehn Jahren im Vorstand, aber mit dieser Scheißgeschichte hatte ich nichts zu tun!«

»Waren Sie in der Mordnacht im Club?«

»Ganz bestimmt nicht.«

»Wo waren Sie dann?«

»Zu Hause. Ich schlief. Bei meiner Frau.«

»Euer Ehren, ich protestiere«, schaltete sich Bullock ein. »Das führt doch zu nichts. Der Verteidiger betreibt pure Spekulation.«

Ben zermarterte sich das Hirn nach einer passenden Antwort. Und es war in der Tat schwer, eine zu finden, denn Bullock hatte im Grunde recht.

»Sollen wir wirklich mitansehen, wie Mr. Kincaid der Reihe nach alle Vorstandsmitglieder vorzitiert und versucht, sie zu dubiosen Aussagen zu veranlassen?«

Hawkins beugte sich vor. »Mr. Kincaid, es wäre hilfreich, wenn Sie zum Kern der Sache kämen. Vorausgesetzt, es gibt einen.«

Ben nickte. Jetzt war es vorbei mit dem Taktieren. Er mußte angreifen. »Mr. Pearson, trifft es zu, daß sie Ihren Kollegen im Vorstand seit Jahren illegale Drogen besorgen?«

Der Aufruhr im Saal erstaunte sogar Ben. Zuschauer sprangen auf, Reporter sprachen aufgeregt in ihre Handys, und Richter Hawkins drosch unentwegt mit seinem Hammer aufs Pult, um für Ruhe zu sorgen.

»Das ist eine schwerwiegende Beschuldigung!« rief Bullock. »Mr. Kincaid soll sie gefälligst beweisen!«

»Dieser Auffassung würde ich auch zustimmen.« Kein Zweifel, Hawkins bezähmte nur mühsam seine Wut. »Also, Mr. Kincaid?«

»Ich warte auf die Antwort meines Zeugen.«

»Nein!« schrie Pearson. »Das ist eine Lüge!«

»Ich beantrage die Genehmigung, Mr. Pearson als Zeugen der Gegenseite betrachten zu dürfen«, bat Ben.

»Unter den gegebenen Umständen können wir ihn wohl nicht als Ihren Busenfreund bezeichnen«, brummte Hawkins. »Stattgegeben.«

»Captain Pearson, trifft es nicht zu, daß Dick Crenshaw ein erhebliches Problem mit Kokain hat?«

Pearsons Augen schossen zwischen seinen Kollegen im Zuschauerraum hin und her. Crenshaw beobachtete ihn gespannt. »Ich spioniere andere Leute nicht aus ...«

»An dem Tag, an dem wir Golf spielten, war er high auf Coke. Bis die Wirkung nachließ. Da spürte er den Entzug. War es etwa nicht so? Sie waren doch dabei.«

»Das heißt noch lange nicht, daß er das Zeug im Country Club gekriegt hat.«

Ben sah, daß einige Geschworene nickten. Sie schienen Pearson zu glauben. »Wo denn sonst?« fragte er.

»Woher soll ich das wissen? Hören Sie, wenn Sie Fragen an Crenshaw haben, dann wenden Sie sich doch an ihn. Ich weiß nicht, wo er sich den Stoff besorgt.«

»Ich glaube, daß Sie es sehr wohl wissen. Ich glaube, daß

Sie ihn seit Jahren damit versorgen.« Ben hielt inne. »Und ich nehme an, er wird es selbst zugeben, nachdem Sie ihn praktisch schon als süchtig bezeichnet haben.«

Pearson sprang auf. »Ich lasse mich doch nicht einen ... einen Drogendealer nennen!«

Erneut warf Ben einen Blick zu den Geschworenen hinüber. Was sie von seiner Aktion dachten, ließ sich nicht erkennen, aber zumindest hörten sie gespannt zu.

»Und das, was Sie nicht im Club loswerden«, fuhr Ben fort, »das lassen Sie durch Ihre Handlanger in der Stadt verteilen, denselben Leuten, die den Stoff in Ihrem Auftrag von peruanischen Schmugglern beziehen und den Kopf für Sie hinhalten. Den Demons.«

»Den was?«

»Spielen Sie nicht das Unschuldslamm. Ich habe sie doch in Ihrem Büro gesehen.«

»Sie lügen!«

»Ich sage die Wahrheit. Captain Pearson, trifft es denn nicht zu, daß wir nach unserer Partie Golf gemeinsam zu Ihrem Büro gegangen sind?«

»Sicher, aber ...«

»In Ihrem Büro habe ich vier schwarze Teenager gesehen. Sie trugen Jacken mit dem Emblem der größten Jugendbande von North Side, den Demons.«

»Das ist nicht ...«

»Ich war nicht der einzige, der sie gesehen hat. Soll ich Ihre Angestellten aufrufen?«

Pearson verschränkte die Arme vor der Brust. »Ich führte mit den jungen Männern ein Vorstellungsgespräch im Restaurant. Soweit ich mich erinnere, habe ich Ihnen erklärt, daß wir Personal suchen. Sind Sie damals nicht bei mir hereingeschneit, als ich mit einem Arbeitsvermittler telefonierte?« Er bedachte Ben mit einem dünnen Lächeln. »Die jungen Männer sind Teil meiner neuen sozialen Offensive.«

»Das glaube ich nicht!« Ben verabscheute diese Auseinandersetzung, die mehr mit einem Boxkampf als mit einer Strafverteidigung zu tun hatte. Andererseits durfte er nicht nachgeben, bis er die Aussage bekam, die er brauchte. »Sie hätten diese Jungen nie in Ihr Restaurant gelassen. Dafür haben Sie zu viele Vorurteile.«

»Sie lügen schon wieder!«

»In Ihrem Clubhaus beschäftigen Sie keine Angehörigen rassischer Minderheiten, richtig?«

»Wir hatten mal schwarze Caddies.«

»Wie edel von Ihnen. Aber ich frage nach der Gegenwart und nach den Vollzeitbeschäftigten.«

Pearson ließ sich wieder auf seinen Stuhl plumpsen. »Das ist ja der Grund, warum ich mich zu einer sozialen Offensive entschlossen habe.«

»Stimmt nicht. Ich habe doch gehört, wie Sie mit dem Arbeitsvermittler verhandelten. Sie haben deutlich zu verstehen gegeben, daß an Nicht-Weißen kein Interesse besteht.«

»So etwas habe ich nie gesagt.«

»Nicht ausdrücklich, aber durch die Blume. Ich war schon damals mißtrauisch; darum habe ich mir Ihre Ausdrücke aufgeschrieben und später einen Beauftragten der Minderheitenbehörde befragt. Er hat mir bestätigt, daß Codewörter zur Verschleierung illegaler Benachteiligung von Angehörigen anderer Rassen gängige Praxis sind.«

Pearson sah zur Seite. »Ich habe keine Ahnung, wovon Sie da reden.«

Ben beugte sich über seine Aufzeichnungen. »Sie haben zum Beispiel gesagt: ›Ich möchte mit Mary sprechen. Nein, Mary, nicht Maria, und auch nicht Rochelle.‹ Das bedeutet, Sie wollten eine Angloamerikanerin, keine Hispano- oder Afroamerikanerin. Und später bestellten Sie die ›Suiten Nummer 15 bis 25‹. Damit gaben Sie zu verstehen, daß Sie junge Frauen zwischen 15 und 25 Jahren haben wollten.«

»Die Jungs im Clubhaus wollen eben hübsche junge Dinger sehen. Nach einem anstrengenden Tag …«

»… am neunzehnten Abschlag?« fiel ihm Ben ins Wort.

»Es ist nichts dabei, wenn man hübsche Kellnerinnen einstellt«, stieß Pearson hervor. »Das macht jeder so.«

»Und jeder diskriminiert auch Minderheiten, wie?«

»Hören Sie, das ist ein privater Club. Wir tun, was uns paßt.«

»Das kann schon sein, aber dann machen Sie uns bitte nicht weis, Sie würden Schlägertypen einer gefährlichen schwarzen Jugendbande als Kellner einstellen. Sie waren bei Ihnen, um Rauschgift zu liefern oder abzuholen.«

»Das können Sie nie beweisen!«

Vielleicht nicht, dachte Ben, der es gleichwohl für das Klügste hielt, einen anderen Ansatz zu probieren. »Sie reisen oft nach Peru, nicht wahr?«

Pearson zuckte zusammen. Mit einem solch abrupten Themenwechsel hatte er nicht gerechnet. »Kann sein.«

»Soviel ich weiß, stammt ein Großteil der illegalen Drogen aus Peru.«

»Aha, das ist also der Beweis dafür, daß ich Drogen verschiebe.«

»Kam Maria Alvarez nicht auch aus Peru?«

»So ... so was in der Richtung habe ich gehört. Ja, und?«

Die Frage war berechtigt. Ben war sich selbst nicht sicher, doch die Häufung der Zufälle störte ihn.

»Kannten Sie sie?«

»Nein.«

»Wirklich nicht?«

»Sie war mir absolut unbekannt, bis mir die Polizei Fotos von ihrer Leiche zeigte.«

So kam er nicht weiter. Erneut überdachte Ben seine Taktik. Was hatte ihm seine Mutter geraten? Daß solche Leute sich gern brüsteten? Hmhm.

»Was für eine Art von Geschäften tätigen Sie denn in Peru?«

»Alles mögliche.«

»Dann müssen Sie ja ein gewiefter Unternehmer sein, wenn Sie in einem Entwicklungsland Erfolg haben.«

Pearson schien sich etwas zu entspannen. »Ich kann nicht klagen.«

»Nach meinen Erkenntnissen laufen Ihre Geschäfte sogar außerordentlich gut. Wie kamen Sie denn ausgerechnet auf Peru? Das liegt doch wirklich abseits vom Schuß.«

Pearson lehnte sich zurück. »Na gut, die Vorteile liegen nicht unbedingt auf der Hand, aber ich habe mich in die Sache reingekniet und festgestellt, daß man dort enorme Gewinne einfahren kann. Die Arbeitskräfte sind billig, und anders als hier läßt einen die Regierung in Ruhe.«

»Ich verstehe. Könnten Sie kurz die Natur Ihres Handelsimperiums schildern?«

Pearson wandte sich achselzuckend an die Geschworenen.

Jetzt, da er sich über eins seiner Lieblingsthemen ausbreiten durfte, schien er sich sogar wohl zu fühlen. »Ich bin vor allem auf dem Energiesektor tätig und habe auch in ein paar Ölquellen investiert. Einige gehören mir sogar. Eine Weile habe ich auch Erdgas destilliert.«

»Noch etwas?«

»Und ob! Ich habe kleinere Geschäfte ge- und verkauft. Konnte auch Poloponys ersteigern. Nebenbei handle ich mit Immobilien. Habe selbst in ein paar interessante Objekte investiert und bin auch manchmal als Makler tätig.«

Makler. Mit einemmal arbeitete Bens Verstand fieberhaft. Dasselbe Wort hatte Rachel für ihren ehemaligen Liebhaber benutzt, der ihr in ihrer schweren Krise geholfen hatte.

»Was für eine Art Makler denn?«

»Ach, alles mögliche. Grundstücke, Pachten, Aktien, Obligationen.«

»Auch Babys?«

Pearson verstummte schlagartig. Das Schweigen im Saal war förmlich mit Händen zu greifen.

»Lügen Sie mich nicht an«, bluffte Ben, der nun alles auf eine Karte setzte. »Sie hat es mir gesagt.«

»Ja, das habe ich einmal getan«, antwortete Pearson leise.

Er war es also. »Wie sind Sie in den Babyhandel reingekommen?«

»Eine ... enge Freundin bat mich darum.«

»Eine Geliebte?«

Pearson sah ihm unverwandt in die Augen. »Mir ist nicht klar, ob das wirklich von Belang ist.«

Ben wollte nicht auf einer Antwort bestehen. »Warum suchten Sie ausgerechnet in Peru nach Babys?«

»Sie wissen vielleicht, wie schwer es hier in Amerika bestimmten Leuten gemacht wird, ein Kind zu adoptieren. Die Geburtenrate ist gesunken, Abtreibungen nehmen zu. Ob ein Kind ehelich ist oder nicht, kümmert heute keinen mehr. Um jedes amerikanische Baby, das zur Adoption freigegeben wird, bewerben sich vier Paare. Es liegt auf der Hand, daß die meisten leer ausgehen.«

»Also haben Sie sich in Übersee umgesehen?«

»Richtig. Vor zehn Jahren war der ausländische Babymarkt noch Neuland. Heute floriert der Handel. Mir wurde gesagt, daß täglich etwa zwanzig amerikanische Paare ein Baby aus dem Ausland adoptieren.«

»Wie haben Sie dieses ... Maklergeschäft betrieben?«

»Ich hatte mich zuerst mit einer Adoptionsagentur in Houston in Verbindung gesetzt, zig Formblätter ausgefüllt und den üblichen Papierkrieg erledigt. Trotzdem lehnten sie am Ende das Paar ab, das ich vertrat. Der Vater sei zu alt, hieß es. Aber dann freundete ich mich mit einem Typen dort an, ließ ein bißchen Geld über den Tisch wandern und spendierte ihm ein paar Gläschen Tequila. Kurz und gut, ich bekam interessante Informationen.«

»Worüber?«

Pearson stöhnte, als gebe er sein Wissen nur unter Protest preis. »La Flavita.«

»Und was ist das?«

»Ein Hotel in einer der ärmsten Gegenden von ganz Peru. Ein einziger Alptraum.«

»Und was gab es in diesem Hotel?«

»Eine Babyfarm.«

»Euer Ehren.« Bullock erhob sich. »Diese Geschichte mag ja erschreckend sein – typisch Mr. Kincaid, würde ich sagen –, aber sie hat nichts mit dem vorliegenden Fall zu tun. Bei aller Geduld – irgendwann reicht es.«

»Richter«, sagte Ben, »ich verspreche Ihnen, daß die Zusammenhänge bald offenkundig werden.«

Hawkins kniff die Augen zusammen. »Ich verstehe nicht, wie Sie das bewerkstelligen wollen.«

»Euer Ehren, es geht um das Leben meines Mandanten. Ich bitte sie um den größtmöglichen Spielraum.«

Hawkins sah hastig zu den Reportern hinüber und ließ sich resigniert in seinem Stuhl zurücksinken. »Fahren Sie fort.«

Ben baute sich nun unmittelbar vor Pearson auf. »Sind Sie zu dieser ... Babyfarm rausgefahren?«

»Natürlich. Glauben Sie mir, es war ein Bild des Jammers. Dort gab es nicht nur peruanische Babys, sondern auch Findelkinder und Bastarde aus der ganzen Welt. Kinder, die kein Mensch haben wollte. Aussätzige sozusagen.«

»Mußten Sie dort auch Formblätter ausfüllen?«

»Nein. Ich brauchte nur den Geldbeutel zu zücken.«

»Erhielten Sie die Einwilligung der Eltern?«

»Mir wurde gesagt, daß sie sie gegeben hatten. Sie müssen sich vor Augen halten, daß das ein Entwicklungsland ist. Ein armer Schlucker, dem sechs Kinder die Haare vom Kopf fressen, gibt das siebente vielleicht freiwillig her, wenn er vom Erlös den Rest der Brut wieder ein paar Wochen ernähren kann. Er tut das sicher nicht gern, aber er ist dazu bereit.«

»Weil er keine andere Wahl hat?«

Pearson nickte bedächtig. »Das ist im Prinzip richtig. Aber schließlich habe ich diese Welt nicht geschaffen ...«

»Sie kauften ein Baby?«

»Zu guter Letzt. Wir haben uns ganz schön um den Preis gestritten. Das sind zähe Verhandlungspartner dort drüben. Und sie wissen genau, daß sie im Vorteil sind: Ihre Kunden sind verzweifelt und emotional am Ende. Aber ich bin auch ein verdammt guter Händler. Am Ende konnten wir uns einigen, und ich habe einen Prachtjungen heimgebracht.«

»Wer waren die Eltern dieses Jungen?«

»Keine Ahnung. Ich wollte es auch gar nicht wissen.«

»Haben Sie jemals wieder von La Flavita gehört?«

»Ja. Etwa ein halbes Jahr später. Es gab Stunk.«

»Inwiefern?«

»Mit der Mutter. Angeblich hätte sie ihre Zustimmung nicht gegeben oder wäre betäubt gewesen Ich kann mich an die Einzelheiten nicht erinnern. Wie dem auch sei, sie wollte das Kind hier aufspüren und schickte mir ein Telegramm.«

»Wie reagierten Sie darauf?«

»Ich fragte meine Kundin, was sie von mir erwartete.«
»Und wie handelten Sie dann?«
»Ich tat das, was sie von mir verlangte.«
»Und was war das?«
»Ich ...« Pearson starrte mit leerem Blick in die Zuschauerränge. »Ich warf das Telegramm weg. Später nahm ich Verbindung mit dem Absender auf und teilte ihm mit, die Adoptiveltern wären unbekannt verzogen und seien unauffindbar; ich wüßte nicht mal ihren Namen.«
»Haben Sie danach noch einmal von La Flavita gehört?«
Pearson sah auf seine Schubspitzen hinunter. »Nein.«
Ben holte tief Luft. »Mr. Pearson, wer war Ihre Kundin?«
Pearsons Augen wanderten in den Zuschauerraum.
»Mr. Pearson, ich wäre Ihnen für eine Antwort dankbar.«
»Mir ist die Relevanz Ihrer Frage nicht einsichtig.«
»Leider sind Sie nicht der Richter. Bitte antworten Sie.«
Pearson sah zu Hawkins hinüber. Unwillkürlich mußte Ben daran denken, daß der Richter sich bislang vergeblich um die Mitgliedschaft im Country Club beworben hatte. Ihn beschlich der Verdacht, seine Chancen könnten jetzt sprunghaft gestiegen sein.
»Der Zeuge muß die Frage beantworten«, verkündete Hawkins feierlich.
»Es ist aber vertraulich«, beteuerte Pearson. »Ich bin durch meinen Eid an die Schweigepflicht gebunden.«
»Sind Sie nicht mehr«, entgegnete Ben. »Beantworten Sie die Frage.«
»Einspruch«, sagte Bullock. »Wir können den Mann nicht dazu zwingen, vertrauliche Informationen preiszugeben.«
»Warum nicht?« fragte Ben.
»Weil ... es sich um ein Vertrauensverhältnis handelt. Wie zwischen Anwalt und Mandant, nur eben bei ...«
»Bei Babyhändlern?« unterbrach ihn Ben. »Das sehe ich anders.«
»Abgelehnt«, erklärte Hawkins mit unglücklicher Miene. Er wandte sich an Pearson. »Beantworten Sie die Frage.«
Pearsons Schultern sackten nach unten. »Rachel Rutherford.«

10

Nur mühsam übertönte Ben das Stimmengewirr im Gerichtssaal. »Keine weiteren Fragen an den Zeugen, Euer Ehren.«

»Kreuzverhör?«

Bullock erhob sich sehr bedächtig. »Nein, Euer Ehren. Mr. Pearson hat uns einige sehr interessante Dinge erzählt, aber soweit ich das beurteilen kann, besteht keinerlei Zusammenhang mit dem vorliegenden Fall.«

»Ich teile Ihre Verwunderung«, meinte Richter Hawkins. »Aber ich bin mir sicher, daß Mr. Kincaid uns bald aufklären wird.« Er sah auf die Uhr, dann faßte er Ben ins Auge. »Ich gebe Ihnen noch zehn Minuten.«

Als geschlagener Mann verließ Pearson den Zeugenstand. Doch wenn Blicke hätten töten können, wäre Ben auf der Stelle umgefallen.

Aus den Augenwinkeln sah Ben, daß Rachel zur Hintertür schlich. Das hieß, er mußte jetzt schnell handeln. »Die Verteidigung ruft Rachel Rutherford auf!«

Rachel erstarrte. Kurz sah sie sich um, ob jemand sie bemerkt hatte, dann lief sie weiter.

Jetzt schlug Ben Alarm. »Euer Ehren, dort ist sie!«

Auf eine Geste des Richters hin stellte sich ihr ein Wachmann in den Weg. Wieder blieb Rachel stehen. Schließlich drehte sie sich um. Jeder konnte erkennen, daß sie verzweifelt war.

»Lassen Sie mich raten«, brummte der Richter. »Ihnen wurde vorher nicht angekündigt, daß Sie vielleicht aussagen müssen. Das scheint ja eine von Mr. Kincaids Spezialitäten zu sein.« Er seufzte. »Bitte treten Sie vor und leisten Sie Ihren Eid.«

Nur zögernd schickte sich Rachel ins Unvermeidliche.

Ben betrachtete sie nachdenklich. Wie hatte er sie bei ihrer ersten Begegnung bewundert – groß und kräftig hatte sie gewirkt; und mit ihrem kurzen Haar hätte man sie von hinten für einen Mann halten können …

»Pst!«

Ben fuhr herum. Mitch Dryer beugte sich über die Absperrung und winkte ihm aufgeregt zu.

»Ich habe die Dokumente, die Sie wollen!« zischte Mitch.

»Was für Dokumente?«

»Das wissen Sie nicht mehr? Sie wollten doch, daß ich nachsehe, ob es im Country Club Aufzeichnungen über die Beziehungen der Vorstandsmitglieder mit dem Ausland gibt. Die ganze Nacht habe ich mir deswegen um die Ohren geschlagen. Sie werden nicht glauben, wie aktiv die Leute sind!«

»Prima«, sagte Ben. »Vielleicht ist genau das dabei, was mir noch fehlt. Aber im Moment habe ich keine Zeit. Können Sie bis zur nächsten Pause warten?«

»Wissen Sie, wieviel Material das ist? Das müssen Sie erst mal sichten, ehe Sie was damit anfangen können!«

»Verdammt! Gerade jetzt geht es hier wahnsinnig hektisch zu. Ich möchte Ihnen nichts zumuten, aber könnten Sie es vielleicht meiner Gehilfin geben?«

»Ist sie auch hier?«

»Nein. Sie ist bei mir in der Wohnung und hütet ein Baby und noch einen anderen Jungen. Sie wird für jede Ablenkung dankbar sein. Und wenn sie auf etwas Brauchbares stößt, kann Sie es gleich für mich rausschreiben.«

»Okay. Wo finde ich sie?«

Ben gab Mitch die Adresse. »Sagen Sie ihr, sie soll das Material sofort sichten.«

»Und sie wird mich auch nicht abweisen?«

»Bestimmt nicht. Es kann höchstens passieren, daß sie Sie bittet, die Titelmedodie zu *Familie Feuerstein* zu singen.«

Mitch bedachte Ben mit einem höchst verwunderten Blick. Dann nahm er die Dokumente an sich und verließ den Saal.

Mittlerweile hatte sich Rachel vereidigen lassen und wartete im Zeugenstand auf Bens Fragen.

»Würden Sie uns bitte Ihren Namen sagen?« bat Ben.

»Rachel Rutherford.« Ihre Stimme zitterte. Sie hatte sich noch immer nicht von dem Schock erholt.

Nachdem der Richter und die Geschworenen erfahren hatten, daß sie mit Harold Rutherford, einem der Vorstände des Utica Greens, verheiratet war und selbst oft in den Club ging, leitete Ben zu seinem eigentlichen Anliegen über.

»Sie haben einen Sohn, nicht wahr?«

»Das wissen Sie doch schon«, sagte sie leise.

»Wie heißt er?«

»Abraham Martin. Wir nennen ihn Abie.«

»Könnten Sie uns Abie beschreiben?«

»Ihn beschreiben?«

Ben nickte. Er versuchte, sie so schonend wie möglich zu behandeln. Ihm war klar, daß sie zusammenbrechen würde, wenn er sie zu sehr bedrängte.

Rachel zuckte die Schultern. »Na ja ... Er ist etwa einszwanzig groß, vielleicht auch etwas größer ... und ... ach, ich weiß nicht ...«

»Er ist schwarzhaarig, richtig?«

Sie fuhr sich mit den Fingern durch das blonde Haar. »Richtig.«

»Dunkler Teint?«

»Ja.«

»Leicht gekrümmte Nase?«

»J-ja.«

»Euer Ehren!« protestierte Bullock. »Das führt doch zu nichts!«

»Lassen Sie mich nur noch eine Frage stellen«, bat Ben, ohne den Bescheid des Richters abzuwarten. »Abie sieht Ihnen überhaupt nicht ähnlich, oder?«

Rachel preßte die Lippen aufeinander. »Nein.«

»Und er ähnelt auch Ihrem Mann nicht.«

»Wenn Sie beweisen wollen, daß er nicht unser leibliches Kind ist, dann kann ich Ihnen die Arbeit erleichtern. Wir haben ihn adoptiert. Aber das habe ich Ihnen schon mal gesagt.«

»Darauf wollte ich gar nicht hinaus, Ma'am. Mir geht es nur darum, daß er rein äußerlich eher ein .... Lateinamerikaner sein könnte.«

In ihren Augen blitzte etwas auf, einen kurzen Moment nur, aber er reichte, um Ben zu bestätigen, daß er sich nicht getäuscht hatte.

»Mrs. Rutherford, ist Captain Pearson der ... Makler, der Abies Adoption in die Wege geleitet hat?«

Keine Reaktion.

»Bitte, Mrs. Rutherford. Ich brauche eine Antwort. Ist Ihr Abie der Junge, der auf dieser Babyfarm in Peru gekauft wurde?«

Mit einemmal stürzte ihre mühsam aufrecht erhaltene Fassade ein. Rachel schlug sich die Hände vors Gesicht, doch die Finger konnten ihre Tränen nicht verbergen.

»Sie müssen ...« Ihre Stimme brach. »Sie müssen verstehen ...«

»Was müssen wir verstehen, Mrs. Rutherford?«

»Wie verzweifelt wir waren. Wie verzweifelt *ich* war. Ich wollte doch ein Baby. Ich sehnte mich danach. Mein Körper sehnte sich danach. Aber er verweigerte es mir. Ich kann keine Kinder bekommen. Wir versuchten wirklich alles. Fruchtbarkeitstherapien, Drogen, Psychoanalyse und noch zig Sachen mehr – alles ohne Erfolg.«

»Darum entschlossen Sie sich, ein Kind zu adoptieren?«

»Ja.«

Stockend schilderte Rachel den Geschworenen ihre Leiden – ihre Bemühungen um eine legale Adoption, den Einwand der Agenturen, ihr Mann sei zu alt, den Betrüger, der ihnen wiederholt ein Baby versprochen, aber nur abkassiert hatte. Sogar von ihren Selbstmordversuchen berichtete sie.

»Und dann haben Sie sich an Ronald Pearson gewandt, nicht wahr?« fragte Ben.

»I-ich wußte mir anders nicht mehr zu helfen. Ronnie erschien mir so fähig, so effizient. Ich traute ihm alles zu. Darum bat ich ihn, mir diesen Gefallen zu tun. Und er tat ihn mir.«

»Warum tat er das alles für Sie?«

Rachel sah auf ihre Hände hinab. »Mir gefällt die Vorstellung, daß er es aus Liebe tat.«

Ben nickte. »Kannten Sie die Umstände, wie Mr. Pearson an das Baby herankam?«

»Bis heute weiß ich so gut wie nichts. Mir war klar, daß Geld im Spiel war. Ich wußte auch, daß er seine Beziehungen in Südamerika benutzte. Sie müssen verstehen: Als ich zu Ronnie ging, wollte ich nicht mehr leben. Ich hatte schon zweimal versucht, mich umzubringen, und war bereit, es wieder zu tun. Ich wußte nicht, daß er das Baby *gekauft* hatte, aber ...« Sie senkte den Kopf. Der Rest war ein kaum noch vernehmbares Flüstern. »Aber es wäre mir egal gewesen.«

Ben sah die arme, gequälte Frau mitfühlend an. »Sie sehnten sich so sehr nach einem Baby?«

»Ja. Ich mußte ein Baby haben. Hätte ich es nicht bekommen, wäre ich gestorben.«

»Und als Sie Abie hatten?«

Ganz langsam hob sie den Kopf wieder. »Ich hätte alles nur Vorstellbare getan, um ihn zu behalten.«

11

Bullock paßte es ganz und gar nicht ins Konzept, daß die Geschworenen Rachel in atemloser Spannung zuhörten. »Ich erneuere meinen Einspruch. Diese Aussage ist nicht relevant.«

»Ich glaube, die Zusammenhänge werden langsam klar«, entgegnete Ben.

»Was für Zusammenhänge?« fauchte Bullock. »Was will Kincaid denn beweisen? Daß diese Frau Maria Alvarez ermordet hat? Selbst seine angebliche Zeugin will einen Mann gesehen haben.«

»Euer Ehren, wenn Sie mir nur noch ein paar Fragen gestatten ...«

»Das hat er vorhin auch schon gesagt. Richter, dieses Spiel treibt er jetzt lange genug.«

Hawkins schüttelte den Kopf. »Abgelehnt. Sic dürfen fortfahren, Verteidiger.«

Ben stellte sich vor den Zeugenstand und legte die Hand auf die Brüstung. »Mrs. Rutherford, an dem Tag, an dem Maria Alvarez in den Club kam, lagen Sie am Swimmingpool, nicht wahr? Sind Sie die blonde Sonnenanbeterin, an die sich Ramona de Vries erinnern konnte?«

Rachel antwortete mit einem kaum sichtbaren Nicken.

»Können Sie den Geschworenen berichten, was Mrs. Alvarez zu Ihnen gesagt hat?«

»Das kann ich leider nicht. Sie redete auf Spanisch auf mich ein. An der High-School habe ich zwar mal spanisch gelernt, aber das ist ja schon so lange her. Sie war schrecklich aufgeregt. Das einzige Wort, das ich verstand, war *niño, niño* – Baby, Baby.« Sie zögerte. »Und das allein schon machte mir Angst.«

»Was haben Sie ihr gesagt?«

Die Zeit schien auf einmal stillzustehen. Rachel saß in einer Falle. Jeder spürte, daß sie keine Antwort geben wollte und doch wußte, daß sich das nicht vermeiden ließ.

Schließlich brachte sie den Mund auf. »Ich habe ihr gesagt, sie soll mit meinem Mann sprechen.«

»Euer Ehren«, sagte Ben, ohne darauf einzugehen, »wenn die Anklage auf ein Kreuzverhör verzichtet, würde ich gern Harold Rutherford aufrufen.«

»Herr Staatsanwalt?«

Bullock winkte gereizt ab. Er schien zu begreifen, daß ihm die Kontrolle über diesen Prozeß aus den Händen glitt.

So bat der Richter Harold Rutherford nach vorne. Als Harold und Rachel sich bei der Schranke begegneten, die den Zuschauerraum vom Podest trennte, sahen sie sich schweigend mit einem tiefen, durchdringenden Blick in die Augen. Was hätte Ben nicht alles dafür gegeben, hätte er erfahren, was sie sich mit den Augen sagten, ohne es in Worte zu kleiden.

Ein Polizeibeamter führte Rutherford zum Richter, damit er vereidigt werden konnte. Dann ließ sich der Millionär mit versteinerter Miene auf dem Zeugenstuhl nieder.

Nachdem Ben ihn kurz zur Person befragt hatte, sagte er abrupt: »Mr. Rutherford, eigentlich geht es nur um einen einzigen Punkt, der uns alle beschäftigt. Wenn Sie es mir verzeihen, erwähne ich ihn ohne Umschweife.«

»Wie Sie meinen.«

»Trifft es zu, daß Maria Alvarez die leibliche Mutter Ihres Adoptivsohns Abie war?«

»Nein. Das stimmt nicht!« Seine Stimme zitterte kaum wahrnehmbar. »Ich meine, woher soll ich das wissen? Ich kannte diese Frau doch überhaupt nicht.«

»Mr. Rutherford, einer meiner Assistenten forscht seit Tagen in den peruanischen Datenbanken nach, unter anderem in denen der Meldebehörden und der Krankenhäuser. Auf diese Weise hat er erfahren, daß Maria Alvarez, kurz bevor sie ein Visum für unser Land beantragte, in einer Klinik von einem Baby entbunden worden war, einem Jungen.«

»Was Sie nicht sagen.«

»Möchten Sie die Geburtsurkunde sehen? Oder die Aufzeichnungen der Klinik?« Ben hielt die Dokumente hoch.

Rutherford winkte gereizt ab. »Aus den Papieren geht doch nicht hervor, wer Abies leibliche Eltern sind. Aber ich bin der Adoptivvater.«

»Sagte Ihnen Maria Alvarez damals denn nicht, daß sie Abies Mutter war, als sie Sie im Country Club ansprach?«

Rutherford zögerte. Er konnte nicht abstreiten, mit Maria Alvarez gesprochen zu haben, ohne seine Frau als Lügnerin hinzustellen. »Ich erinnere mich vage, ein paar Worte mit dieser Frau gewechselt zu haben«, sagte er schließlich. »Aber worum es ging, das weiß ich nicht mehr. Auf jeden Fall nicht um meinen Sohn. Sie suchte wohl Arbeit oder wollte betteln.«

Ben näherte sich ihm. »Mr. Rutherford, trifft es zu, daß Maria Alvarez Abies Mutter war?«

»Nein.«

»Haben Sie ihr denn nicht gesagt, Sie würden später mit ihr reden, und zwar im Caddieschuppen?«

»Ganz gewiß nicht.«

Ben wandte sich an den Richter. »Euer Ehren, ich beantrage eine zweite Vernehmung der Zeugin Carlee Crane.«

Hawkins nickte dem Gerichtsdiener zu.

»Aber sagen Sie ihr nicht, worum es geht!« rief Ben dem Mann nach.

Die Spannung unter den Zuschauern war mit Händen zu

greifen. Und als der Gerichtsdiener mit Carlee Crane zurückkehrte, herrschte solche Stille, daß das Knarzen der Tür wie ein Donnerschlag durch den Saal hallte.

Ben ermunterte Carlee mit einer Geste, nach vorne zu treten, doch plötzlich blieb sie wie angewurzelt stehen. »Mein Gott«, flüsterte sie. Über ihr Gesicht huschte ein Ausdruck des Erstaunens, der Ungläubigkeit und zuletzt der Angst.

Einer nach dem anderen folgten die Zuschauer Carlees Blick. Und der war quer über den Saal auf den Zeugenstand gerichtet. Rutherford starrte sie an. Seine Augen waren kalt und feindselig.

Carlee streckte zitternd den Arm aus. »Das ist er. Das ist der Mann, den ich im Caddieschuppen gesehen habe!«

»Euer Ehren, ich protestiere!« schrie Bullock wütend. »Das ist ein eklatanter Verstoß gegen die Prozeßordnung!«

Hawkins drosch mit dem Hammer auf sein Pult. »Ich gebe zu, daß ich nicht ahnte, daß Mr. Kincaid beabsichtigte ...«

»Das ist eine Unverschämtheit!« brüllte Bullock. »Und die Geschworenen wurden durch diese unzulässige Identifizierung beeinflußt. Ich werde Verfahrensmängel geltend machen!«

»Verfahrensmängel?« spottete Ben. »Soll das ein Scherz sein? Auf welcher Grundlage denn?«

»Diese Frau, die aussagen will, steht nicht im Zeugenstand.«

»Na schön, dann beende ich Mr. Rutherfords Vernehmung und lasse Mrs. Crane noch einmal vereidigen, damit sie das wiederholen kann, was alle schon gehört haben.«

»Dagegen werde ich Einspruch erheben«, knurrte Bullock. »Sie ist schon vernommen worden und konnte bei ihrer ersten Aussage den Mörder nicht identifizieren. Jetzt kann sie ihre Geschichte nicht so einfach ändern.«

»Was ist denn Ihre Absicht?« Ben näherte sich Bullock. »Sie hat ihn gesehen! Warum wollen Sie ihre Aussage unterdrücken? Ist Ihnen der Sieg etwa wichtiger als die Ermittlung der Wahrheit?«

Bullock funkelte ihn an, schwieg aber.

»Der Antrag ist abgelehnt!« rief Hawkins verärgert. »Bitte fahren Sie mit der Vernehmung des Zeugen fort.«

Ben kehrte zu Rutherford zurück. Fast schien es so, als wolle er ihn erdrücken, so dicht pflanzte er sich vor ihm auf. »Sie könnten uns allen sehr viel Mühe ersparen, wenn Sie uns einfach die Wahrheit sagten.«

Rutherfords Augen schossen zwischen Ben, Carlee und den Geschworenen hin und her. »Ich weiß überhaupt nicht, wovon Sie reden!«

Wieder war es Carlee, die das Schweigen brach. »Mein Gott, hat mich denn keiner gehört? Er war es! Er hat sie umgebracht! Ich habe es gesehen!«

»Euer Ehren, ich verlange, daß diese Frau entfernt wird!« schrie Bullock.

Hawkins nickte und wies den Gerichtsdiener an, Carlee aus dem Saal zu führen. Die Blicke der Geschworenen flogen wie Pingpongbälle von Carlee zu Rutherford und wieder zu Carlee zurück.

»Ist das wahr?« fragte Ben.

»Natürlich nicht«, sagte Rutherford.

»Es hat keinen Zweck mehr, zu lügen. Ist es wahr, daß Sie Maria Alvarez aufgefordert haben, sich spät in der Nacht mit Ihnen im Caddieschuppen zu treffen?«

»Nein.«

»Ist es denn nicht wahr, daß Sie sie dort treffen wollten, weil Sie dachten, es würde keine Zeugen geben?«

»Ich habe nein gesagt!«

»Ist es denn nicht wahr, daß Sie einen Golfschläger gepackt, ihn ihr auf den Kopf gedroschen und sie getötet haben?«

»Nein, nein, *nein!*«

»Aber er *lügt!*« Carlee, die sich widerstandlos zur Tür hatte bringen lassen, riß sich vom Gerichtsdiener los. »Hört mich denn keiner? Ich habe ihn gesehen!«

Rutherford sprang auf. »Halt doch dein ...« Er erstarrte jäh und klammerte sich an die Balustrade.

»Mr. Rutherford, Ihnen ist doch sicher bewußt, daß der

Verdacht automatisch auf Ihre Frau fällt, wenn Sie die Tat leugnen.«

Schüttelte der Mann den Kopf? Es war schwer zu erkennen.

»Wollen Sie etwa, daß Ihre Frau ins Gefängnis kommt? Nach allem, was Sie getan haben, um sie zu schützen?«

Rutherford klammerte sich mit solcher Kraft an der Balustrade fest, daß Ben fürchtete, das Holz könne brechen.

»Es ist vorbei, Mr. Rutherford«, sagte Ben leise. »Warum erzählen Sie uns nicht einfach, was geschehen ist?«

Rutherfords Brust hob und senkte sich. Durch seine Arme ging ein Zittern, das sich schnell des ganzen Körpers bemächtigte. Der Mann, der sich eben noch so hart gegeben hatte, taumelte auf seinen Stuhl zurück. »Sie müssen verstehen«, murmelte er mit lautloser Stimme. »Sie müssen das … einfach verstehen.«

»Was müssen wir verstehen?« fragte Ben.

Rutherford ließ den Kopf in seine Hände sinken. »Wie sehr sich Rachel nach Kindern sehnte. Und daß ich sie … glücklich machen wollte.« Er stockte. »Wir brauchten ein Baby.«

»Sie hat uns gesagt, daß sie nur dafür gelebt hat.«

»Und sie hat nicht übertrieben. Rachel ist … keine starke Frau. Sie ist eine gute Frau. Sie ist eine liebende Frau. Aber nicht stark. Als ihr klar wurde, daß sie keine Kinder haben kann, da war das ein Schlag für sie, als hätte sie allen Lebensmut verloren.« Er holte Luft und sprach zögernd weiter. Immer wieder rang er nach Worten. »Sie funktionierte nicht mehr, konnte nicht mehr leben. Sie versuchte, sich das Leben zu nehmen. Zweimal. Fast wäre es ihr gelungen.« Er sah auf seine Hände hinab. »Aber obwohl sie überlebte … war sie nicht wirklich am Leben. Sie hat Ihnen ja gesagt, was wir alles versucht haben. Nichts hat geklappt. Und das Entsetzliche daran war – wir fühlten uns immer wieder so nahe am Ziel, und dann mußte sie diese grausamen Enttäuschungen erleben. Jedesmal dachte sie, jetzt hätte sie das Baby, und dann wurde es ihr praktisch aus den Armen gerissen. Noch so einen Schlag hätte sie nicht überwunden. Das wußte ich ganz einfach. Das wäre ihr Ende gewesen.«

»Maria Alvarez wollte ihr Baby zurückhaben, nicht wahr?« fragte Ben sanft.

Rutherford nickte. Aus seinen Augenwinkeln quollen Tränen. »Mein Spanisch ist nicht perfekt, aber ich verstand, was sie von mir wollte. Sie hatte es sich wieder anders überlegt. Sie wollte Abie zurückhaben. Ich weiß nicht, ob sie überhaupt aus freien Stücken in die Adoption eingewilligt hatte oder bei vollem Bewußtsein gewesen war. Jedenfalls setzte sie sofort nach ihrer Entlassung aus dem Krankenhaus alle Hebel in Bewegung, um Abie zurückzubekommen. Aber da war er schon von den Babyhändlern von La Flavita entführt worden. Und als sie ihn dort aufgespürt hatte, war er nicht mehr da. Pearson hatte ihn gekauft und mitgenommen. Also reiste sie ihm in die Vereinigten Staaten nach, um ihn zurückzufordern.« Wieder stockte Rutherford. »Unseren Sohn.«

Er sah auf. »Und sie hatte auch gute Chancen. Die Art und Weise, wie Ron die Adoption bewerkstelligt hatte, war ... na ja, alles andere als legal. Wenn sie Krach geschlagen, sich bei der Botschaft beschwert oder uns verklagt hätte, wäre ihr das Baby zurückgegeben worden. Die Gerichte bevorzugen immer die leibliche Mutter. Das wußte ich.« Er blickte seine Frau an, die wieder auf ihrem Platz in der dritten Reihe saß. »Und ich wußte auch, was das für meine Rachel bedeutet hätte.«

»Darum baten Sie Maria, sich mit Ihnen spät in der Nacht im Caddieschuppen zu treffen.«

Rutherford nickte. »Ich hatte den Schlüssel; jedes Vorstandsmitglied hatte damals einen. Nun, ich nahm an, der Schuppen wäre verlassen.« Er beugte sich plötzlich weit vor. »Aber ich ging nicht hin, um sie zu töten. Das *müssen* Sie mir glauben. Ich versuchte, mit ihr zu verhandeln. Ich erklärte ihr, wie sehr Rachel und Abie inzwischen aneinander hingen. Es beeindruckte sie nicht. Ich wollte ihr Geld geben. Das interessierte sie noch weniger.«

»Und was geschah weiter?«

»Sie wurde laut, aggressiv. Sie drohte mir, sie würde uns anzeigen, allen erzählen, daß wir Abie gestohlen hätten. Sie sagte, sie würde auf der Stelle zu unserem Haus laufen und ihr Baby mitnehmen.«

Er bedeckte seine Augen mit den Händen. »Verstehen Sie denn nicht? Das wäre Rachels Tod gewesen! Es hätte ihr buchstäblich den Rest gegeben. Es war Notwehr, Herrgott noch mal! Ich schützte nur meine Frau!«

»Indem Sie Maria Alvarez töteten.«

Rutherford schüttelte benommen den Kopf. »Ich weiß selbst nicht, was in mich fuhr. Ich sah nur noch, was sie meiner Frau antun wollte. Ich konnte nicht zulassen, daß Rachel schon wieder ein Baby aus den Händen gerissen wurde. Nicht, nachdem es schon so lange ihr Kind gewesen war.«

Er richtete sich auf. Den Blick zur Decke gerichtet, fuhr er fort: »Ich drehte durch. Ich packte einfach den nächstbesten Gegenstand, einen Golfschläger, der in einem Beutel steckte, holte weit aus und ... und ... dann brach der Stiel ...«

Sein Mund war geöffnet, doch es kamen keine Worte heraus. Es dauerte einen langen Moment, bis er weitersprach. »Mir war wirklich nicht bewußt, was da geschah, was ich tat. Erst als alles vorbei war, wurde es mir klar. Und da war ich entsetzt.«

Ben nickte. »Und dann versuchten Sie, es zu vertuschen.«

»Ja. Aber bevor ich dazu kam, bemerkte ich ... ihn.« Er deutete auf Leeman. »Er hatte sich unter einem Feldbett versteckt und starrte mich an, hatte mich die ganze Zeit beobachtet. Oder zumindest nahm ich das an. Vielleicht hatte er mein Gesicht nicht gesehen ... ich weiß es nicht. Ich versuchte, ihn da rauszuziehen, aber er wich zurück und kroch auf der anderen Seite des Bettes raus und lief weg. Ich rannte ihm nach, suchte den ganzen Golfplatz ab, konnte ihn aber nicht finden. Nach ein paar Minuten kehrte ich in den Schuppen zurück.«

»Und?«

»Und dort war er wieder. Ich weiß nicht, wie er das geschafft hat ... Muß sich wohl irgendwo versteckt haben und dann zurückgeschlichen sein. Er sah mich nicht eintreten. Ich verbarg mich und sah zu, wie er fassungslos die Frau in der Ecke anstarrte. Er näherte sich ihr. Dabei verschmierte er sich über und über mit ihrem Blut. Dann zerrte er am Schläger. Ich glaube, er wollte sie auf den Boden legen, sie richtig betten. Aber das gelang ihm nicht. Schließlich rannte er wieder raus, und das war meine Chance.«

»Den Verdacht auf ihn zu wälzen?«

Rutherford biß sich auf die Lippe. »Allzuviel wußte ich ja nicht über den Jungen, nur daß er … nicht ganz richtig im Kopf war. Und ich wußte, daß es ihm schwer fallen würde, zu erklären, was er gesehen hatte. Da dachte ich mir, die Gerichte würden ihn schonender behandeln als einen wie mich. Also legte ich die Tasche mit den anderen Schlägern zusammen mit der Halskette der Frau in sein Fach. Ich hatte das Set am Nachmittag in der Boutique mitgenommen – das machte ich oft so, weil ich gern neue Schläger ausprobiere. Leeman war an diesem Tag mein Caddie gewesen; darum waren an der Tasche seine Fingerabdrücke. Ich wischte die Schläger ab und alles andere auch, was ich noch berührt hatte, und ging. In den nächsten Tagen hatte ich schreckliche Angst, der Junge würde mich vielleicht doch identifizieren, aber das geschah nie.«

»Er konnte es nicht«, sagte Ben. »Ich weiß nicht, ob er ihr Gesicht gesehen hat, aber selbst wenn, er hätte keine Möglichkeit gehabt, sich anderen mitzuteilen.«

»Ich fühlte mich schrecklich, als er verhaftet wurde – bitte glauben Sie mir das. Aber dann sagte ich mir, man würde ihn nie vor Gericht stellen, sondern ihn nur in eins von diesen Heimen schicken, wo – es ihm wahrscheinlich ohnehin viel besser ginge. Ich hätte nie gedacht, daß dieser ganze Alptraum – noch dazu zehn Jahre später – zurückkehren und uns verfolgen würde.«

»Und Ihre Frau?«

»Rachel war total ahnungslos. Das schwöre ich Ihnen! Sie hat sich vielleicht gewundert … aber sie hat nie etwas davon erfahren.«

»Euer Ehren«, sagte Ben ruhig, »ich beantrage, daß die Anklage gegen Leeman Hayes fallen gelassen wird.«

»Würden die Anwälte bitte zu mir kommen«, brummte Hawkins, woraufhin Ben und Bullock vor sein Pult traten.

»Nun, Herr Staatsanwalt, dieser Antrag erscheint mir absolut angemessen. Haben Sie Einwände?«

»Und ob! Woher wissen wir überhaupt, daß Kincaid diesen Mann nicht bezahlt ...«

»Er soll ein Mitglied des Utica Greens Country Clubs bezahlt haben, damit er einen Mord gesteht? Benutzen Sie mal Ihren Verstand, Bullock!«

»Nun ...« Bullock schnappte hilflos nach Luft, aber was konnte er schon sagen? »Kein Einwand«, murmelte er schließlich.

Richter Hawkins schlug mit dem Hammer aufs Pult. »Dieser Fall ist hiermit abgeschlossen. Mr. Rutherford, ich glaube, der Bezirksstaatsanwalt wird es zu schätzen wissen, wenn Sie Tulsa in der nächsten Zeit nicht verlassen. Und was Sie betrifft, Mr. Hayes ...« – er sah Leeman in die Augen – »... ich habe leider keine Möglichkeit, Sie für die Zeit, die Jahre, die Sie verloren haben, zu entschädigen. Aber ich möchte mich aus tiefstem Herzen bei Ihnen entschuldigen.« Noch einmal ließ er den Hammer aufs Pult niedersausen. »Wenigstens sind Sie jetzt ein freier Mann.«

Im Gerichtssaal brach ein heilloses Durcheinander aus. Mit einem Jubelschrei stürzte Ernie Hayes nach vorne, und der Rest seiner Familie folgte ihm. Ben wollte zu ihnen, doch jemand riß ihn zurück.

Es war Jack Bullock. »Sie haben es also wieder mal geschafft, Ben, was? Müssen mächtig stolz auf sich sein.«

»Jack ... Leeman war unschuldig.«

»Das rechtfertigt noch lange nicht Ihre Winkelzüge. Wenn Sie Beweise für seine Unschuld hatten, warum haben Sie es mir verschwiegen?«

»Jack, ich habe Ihnen von Anfang an gesagt, daß er unschuldig ist. Aber Sie wollten es nie hören. Außerdem war mir die ganze Wahrheit bis heute selbst nicht klar.«

»Natürlich nicht! Sagen Sie, für wie dumm halten Sie mich eigentlich?«

»Jack ...« Ben streckte die Hand aus. »Jetzt, da der Prozeß vorbei ist, könnten wir uns ... wie soll ich sagen ... wieder zusammensetzen. Wir waren einander doch so nahe, ich meine, wir haben so gut zusammengearbeitet. Es kann doch wieder so werden wie früher.«

»Unmöglich! Wir stehen nicht mehr auf derselben Seite.«

»Stimmt nicht«, sagte Ben mit fester Stimme. »Da täuschen Sie sich. Wir stehen auf derselben Seite. Wir verfolgen beide dasselbe Ziel. Nur haben wir im Gerichtssaal unterschiedliche Ansätze.«

»Tut mir leid, Ben«, wies ihn Bullock schroff zurück. »Ich sage es nicht gern, aber ich will nichts mehr mit Ihnen zu tun haben.« Er wandte sich abrupt ab und kehrte zu seinem Pult zurück.

Ben sah ihm nach. Du warst wie ein Vater zu mir, dachte er. Und jetzt habe ich dich auch verloren.

Ben hatte keine Chance, Leeman zu erreichen. Ernie Hayes drückte seinen Sohn an sich und ließ nicht einmal seine anderen Kinder an ihn heran, die die zwei umringten und sich irgendwie dazwischenzudrängen versuchten.

Auf Ben achtete niemand, aber das überraschte den Anwalt auch nicht weiter. Solche Szenen waren ihm nicht neu.

Während des Prozesses war der Verteidiger die Hauptfigur, der Star. Doch kaum war es vorbei, brauchte ihn keiner mehr. Dann drehte sich alles nur noch um die Familie.

Aber wenn er es genau bedachte, sinnierte Ben, ging es im Grunde eigentlich immer um die Familie.

12

Ben verfolgte verblüfft, wie Mike in den Gerichtssaal stürmte und sich durch die Meute der Zuschauer und Reporter zu ihm durchkämpfte.

»Ist es vorbei?« fragte Mike.

»Ja. Er ist frei …«

»Ich hab' die Wohnung gefunden.«

Ben verstand sofort. »Das ist ja großartig! Hast du Chief Blackwell schon informiert?«

»Nein. Erst wollte ich mit dir sprechen.«

»Mit mir? Warum gerade mit mir?«

»Weil ich das hier gefunden habe.« Mike hielt Ben den Schlüsselbund des Country Clubs unter die Nase. »Kannst du das lesen? Utica Greens Country Club. Ich habe noch zig andere Sachen entdeckt. Richtig schlecht kann einem von so was werden. Eins ist jetzt jedenfalls klar: Das perverse Schwein lebt und will Abie umbringen.« Er legte den Bund wieder in seine Tüte. »Auf einem der Schlüssel steht CDISC. Hast du mir nicht mal gesagt, daß nur die Leute vom Vorstand einen Schlüssel zum Caddieschuppen haben?«

»Nein«, antwortete Ben. »Das wurde früher so gehandhabt. Seit dem Mord haben sie das aber geändert. Jetzt hat nur noch einer den Schlüssel ...« – er wurde plötzlich leichenblaß – »... der Geschäftsführer.«

»Wer?«

»Mitch. Mitch Dryer.«

Mike packte Ben an der Schulter. »Dann ist er unser Mann! Weißt du, wo er ist?«

Ben wollte antworten, doch die Stimme versagte ihm auf einmal den Dienst.

»Hast du mich nicht gehört? Es geht um Leben und Tod!«

Endlich brachte Ben so etwas wie ein Krächzen zustande. »Ich habe ihm vorhin meine Adresse gegeben. Er muß jeden Moment bei mir eintreffen.«

»Dort, wo Abie ist?«

»Dort, wo Abie ist. Und Christina. Und Joey.«

13

Na herrlich. Als ob sie nicht auch so schon genug zu tun hätte. Christina klemmte sich die Milchflasche unters Kinn, nahm das Baby auf den Arm und ging zur Tür. Wenigstens brauchte sie nicht Abie zu versorgen. Der saß im Zimmer nebenan und legte ein Puzzle zusammen.

»Sie kennen mich nicht«, sagte ein freundlich aussehender Mann, »aber Ihr Freund Ben Kincaid schickt mich. Mein Name ist Mitch Dryer. Ich habe etwas für Sie. Eine kleine Überraschung für die ganze Belegschaft.«

»Dann kommen Sie rein«, sagte Christina.

Mitch hob einen mit Papier gefüllten Pappkarton vom Boden auf und trat ein.

»Das trifft sich gut«, meinte Christina. »Kennen Sie zufällig das Lied von der Katze im Schnee?«

»Äh ... wie bitte?«

»Na ja, es fängt so an: ABC, die Katze lief im Schnee ... Aber ich weiß nicht, wie es weitergeht.«

»Hm«, murmelte Mitch. »Es ist eine ganze Weile her, daß ich ...«

»Bei mir doch genauso. Sagen Sie, arbeiten Sie nicht im Country Club?«

»Stimmt. Aber woher wissen Sie das?«

»Ach, Ihr Name steht in Bens Aufzeichnungen. Was führt Sie hierher?«

»Ben hatte mich gebeten, eine Million Dokumente auf Geschäftsbeziehungen der Vorstände mit dem Ausland hin, insbesondere mit Peru, zu sichten. Aber als ich ihm die Ergebnisse zeigen wollte, hatte er gerade keine Zeit und schickte mich mit dem Zeug zu Ihnen.«

»Typisch Ben.« Christina deutete mit dem Kinn zur Wand an der Nordseite. »Stellen Sie die Schachtel dort drüben ab. Ich kümmere mich darum, sobald das Baby schläft. Falls es einschläft.«

»Macht es Schwierigkeiten? Lassen Sie mich mal probieren.«

»Bitte.«

Christina reichte ihm Joey, doch als ihre Hand die seine streifte, lief es ihr plötzlich eiskalt den Rücken hinunter. Das ist aber merkwürdig, dachte sie. Schlagartig wurde sie mißtrauisch und sah aufmerksam zu, wie Mitch das Baby in den Armen schaukelte. Er stellte sich durchaus geschickt an, aber warum fühlte sie sich trotzdem so beklommen? Sie versuchte, den Gedanken zu verscheuchen. Wahrscheinlich nur eine Art Beschützerinstinkt einer verhinderten Mutter, redete sie sich ein. So langsam gewann sie das Baby lieb, und darum wurde sie eifersüchtig, wenn andere es in den Arm nahmen.

»Sie haben gesagt, Sie hätten was mitgebracht?«

»Ach ja, richtig.« Mitch verlagerte das Baby auf einen Arm und griff mit der freien Hand in die Gesäßtasche. »Ein ganz neuer Schnuller.«

Das Ding hatte statt eines Rings zum Anfassen einen Schnurrbart. Christina lachte nicht, als Mitch es Joey in den Mund steckte. »War das auch Bens Idee?«

»Äh, ja. Woher wissen Sie das?«

»Das sieht ihm ähnlich. Sich mit Babys geschmacklose Späße zu erlauben ...«

Mitch lachte. »Ach, ich habe auch was für Abie. Äh, wo ist er eigentlich?«

Schon wieder überlief es Christina eiskalt. Woher wußte der Mann, daß Abie hier war?

Mitch deutete auf einen Wimpel, der auf seinem Karton ganz oben lag. »Den habe ich ihm mitgebracht. Er kann ihn in seinem Zimmer aufhängen. Wo er doch ein Drillersfan ist.«

Christina sträubten sich die Nackenhaare. Dieser Mitch kannte Abie verdächtig gut.

»Wie ich gehört habe, hat er neulich seine Drillersmütze verloren. Und da habe ich mir gedacht, daß er sich vielleicht darüber freut.«

Christina zwang sich zu einem Lächeln. »Ganz bestimmt.« Und auch das hätte der Typ nie wissen dürfen.

All diese Kenntnisse konnte nur einer haben.

»Ich bin ganz erstaunt, daß Ben Ihnen von Abie erzählt hat. Wir befürchten, daß jemand hinter ihm her ist.«

»Meinen Sie diesen Perversen? Den Kinderschänder? Gott, wie ich den Kerl hasse!«

»Sie kennen ihn?«

»Nein ... äh ... ich finde allein schon die Vorstellung so entsetzlich. Ein Mensch, der Kinder quält ... der sie zwingt, Sachen zu machen, die sie nicht tun wollen.«

Christina warf einen verstohlenen Blick ins Schlafzimmer. Zum Glück konnte man Abie von hier aus nicht sehen. »Ich habe gehört, daß dieser Mann sehr nett zu seinen Opfern ist.«

»Klar. Er kauft ihnen Eis, nimmt sie zum Celebration Station mit, und dann reißt er ihnen die Kleider vom Leib und stellt Dinge mit ihnen an, daß sie sich wünschen, sie wären nie geboren worden.«

Das war der Beweis. Keins von diesen Details hatte in den Zeitungen gestanden.

Er war es.

Christina streckte die Hand nach Joey aus. »Ach, ich kann Ihnen den Kleinen jetzt wieder abnehmen.«

Mitch wich ihr aus. »Wieso? Er macht ja keinen Ärger.«

»Nein, ich muß darauf bestehen.«

»Schauen Sie, er ist doch so friedlich.«

»Nein. Er schläft ja praktisch schon. Bitte.« Christina nahm Joey kurzentschlossen den Schnuller aus dem Mund und entwand ihn dem Mann. »*Merci.*«

»Hm ... wo ist eigentlich Abie jetzt?«

»Wissen Sie«, sagte sie, bemüht, mit fester Stimme zu reden, »das Komische an der Sache ist, daß Abie im Moment gar nicht da ist.« Bitte, lieber Gott, mach, daß er im Schlafzimmer bleibt!

»Er ist nicht da? Aber mir wurde gesagt ...«

»Seine Mutter hat ihn wieder abgeholt.«

»Seine Mutter? Ich habe sie doch im Gericht gesehen.«

»Wirklich?« rief Christina mit einem nervösen Auflachen. »Sie wissen doch, wie die reichen Leute so sind. Sie hat ihn wohl bei einem schwedischen Aupair-Mädchen gelassen.«

»Das kann ich nicht glauben«, sagte Mitch langsam.

»Was soll das heißen? Daß ich lüge?«

»Natürlich nicht. Es fällt mir nur schwer, zu glauben, daß eine so reiche Schlampe Abie mit einer Fremden alleinläßt, wenn ein Verrückter hinter ihm her ist.« Mitchs Lippen kräuselten sich. »Als nächstes sperrt sie ihn noch ein.«

»Ich verst...«

»Er wird schreien: ›Mommy! Bitte laß mich raus! *Bitte!*‹« Von einer Sekunde zu anderen hatte sich Mitchs Gesicht in das eines verängstigten kleinen Jungen verwandelt. »›Es tut mir leid, daß ich böse war. *Ich will auch ganz bestimmt wieder gut sein!*‹ Und sein Daddy wird sagen: ›Vielleicht, mein Sohn. Aber vorher mußt du bestraft werden.‹«

Christina versuchte, sich nichts anmerken zu lassen. »Na gut, ich glaube, ich lege jetzt erst mal das Baby ins Bett. Wenn Sie mich bitte entschuldigen ...«

Mitch nahm blitzschnell sein Erwachsenengesicht wieder an. »Es tut mir leid, ich weiß gar nicht, was ich da fantasiert habe. Ich gehe wohl besser.«

Christina lächelte vor Erleichterung. »Ich werde Ben sagen, daß Sie da ...«

In diesem Moment tauchte in der Schlafzimmertür eine Gestalt auf.

»Können Sie mir helfen?« quengelte Abie. »Ich weiß einfach nicht, wohin dieses blöde Teil da gehört ...!«

Abie sah zu dem Fremden hoch. Plötzlich riß er die Augen entsetzt auf. Christina konnte ihn fast denken hören: Jetzt noch eine rote Perücke und eine riesige Brille ...

Der Junge kreischte los.

Blitzschnell warf sich Christina zwischen Abie und den Mann, ohne darauf zu achten, daß der Kaffeetisch umstürzte und das Telefon auf den Boden krachte.

Mitch wollte sie packen, stolperte aber über den Tisch. Christina rannte mit Abie geistesgegenwärtig ins Schlafzimmer und wollte die Tür zuknallen.

Zu spät. Mitch brachte noch den Fuß in den Spalt.

»Du hast mich angelogen«, sagte er mit bedrohlich leiser, rauher Stimme. »Du Schlampe. Du bist genauso verlogen wie die anderen Weiber.« Er drückte die Tür weiter auf.

Christina stemmte sich mit aller Kraft dagegen, doch ihr war klar, daß sie diesem viel größeren und kräftigeren Mann auf Dauer nicht gewachsen war.

»Laß ihn nich' rein!« wimmerte Abie. »Er will mir weh tun!«

Christina hob den Fuß und rammte Mitch ihren spitzen

Absatz auf das Schienbein. Der schrie auf vor Schmerz und riß das Bein zurück. Das war Christinas Chance. Sie schlug die Tür ganz zu und sperrte ab.

Im nächsten Moment splitterte und bebte das dünne Sperrholz. Mitch hatte sich dagegen geworfen, doch noch hielt die Tür stand.

»Du meinst wohl, du kannst mich aussperren? Du schmutzige Nutte! Du bist genauso wie die anderen!«

Danach herrschte einen Moment Stille, bis Christina ein Kratzen an der Tür hörte. Nach wenigen Sekunden kam die Spitze einer Messerklinge zum Vorschein.

»Ihr werdet bestraft!« brüllte Mitch. »Und zwar alle! Der böse Abie. Das Baby. Und du, du dumme Schlampe! Du wirst in deinem kurzen Rock rumstolzieren und ihm zeigen, wie Nutten aussehen.«

Sie hörte sein Keuchen, als er das Messer herausriß und erneut durch das Holz stieß. »Ihr werdet alle bestraft!«

14

»Beeil dich!« schrie Ben. »Gibt die Kiste denn nicht mehr her?«

»Ich tu' doch schon mein Bestes«, brummte Mike, der über dem Lenkrad hing. »Sonst jammerst du immer, daß ich zu schnell fahre.« Er jagte seinen Trans Am die Auffahrt zum I-244 hinunter. Als sie dann endlich den Interstate erreicht hatten, holte er die Sirene zwischen den Sitzen heraus und befestigte sie auf dem Dach – ein Bewegungsablauf, den er blind beherrschte. Dann heulte die Sirene auch schon los, und die Wagen vor ihnen räumten die Überholspur.

»Ich hätte es mir denken müssen!« stöhnte Ben. »Es gab ja genug Hinweise. Mitch hat mir gesagt, daß er die Alleinverantwortung für den Schuppen und damit für die Caddies an sich gerissen hat. Mensch, es war genau so, wie du es mir erklärt hast: daß diese Perversen sich Berufe aussuchen, bei denen sie mit Kindern zu tun haben. Schlimmer noch, er hat mir gesagt, daß er Rutherford nicht ausstehen kann. Das ist sicher auch einer der Gründe, warum er sich ausgerechnet an Abie herangemacht hat.«

»Gib mir das Funkgerät«, befahl Mike. Ben gehorchte.

Im nächsten Augenblick war schon ein Rauschen zu hören. »Zentrale.«

»Marty? Mike. Ich brauche sofort zwei Einsatzwagen, oder wenn möglich auch mehr.« Er gab Bens Adresse durch. »Weißt du, wie lange die brauchen?«

»Kann ich nicht sagen, Mike. Alle Wagen sind zum Route 66 Café geschickt worden. Von dort wurden Schüsse gemeldet.«

»Scheiß drauf! Das hier ist dringend!«

Das Klicken von Tasten war am anderen Ende zu hören. »Ich werde es durchgeben.«

»Aber wie lange brauchen die Kerle?«

Keine Antwort.

»Verflucht!« Mike warf den Hörer wütend zur Seite und hätte fast Ben am Kopf getroffen. »Wir sind lange vor den anderen da.«

Ben nahm das Autotelefon aus dem Handschuhfach. Einen Moment lang starrte er es hilflos an. Er hatte so etwas noch nie benutzt. »Ich brauche eine Stadtverbindung.«

Mike drückte ein paar Tasten, dann konnte Ben wählen. Es war seine eigene Nummer.

»Belegt. Aber ich kann mir nicht vorstellen, daß Christina rumtelefoniert. Der Hörer muß danebenliegen.«

Mike gab keine Antwort, doch Ben spürte, daß der Wagen noch mehr beschleunigte.

Peoria flog an ihnen vorbei. Alle anderen Autos fuhren rechts ran, trotzdem würde es noch Minuten dauern, bis sie ankamen. Und keiner wußte, wie lange Mitch schon dort war.

Ben versuchte es mit einer anderen Nummer. Nach kurzem Warten hörte er eine Mädchenstimme: »Hallo?«

»Ich bin's, Ben. Bist du das, Jami?«

»Fast. Hier ist Joni. Hey, Booker hat mir erzählt, daß ihr miteinander gesprochen habt! Danke für ...«

»Dafür habe ich jetzt keine Zeit, Joni. Hör zu, Christina ist in meiner Wohnung.«

»Ich weiß, du schlauer Fuchs.«

»Hast du gesehen, ob jemand gekommen ist?«

»Ich war im Treppenhaus, als so ein Typ zu deiner Wohnung raufgegangen ist. Vor ungefähr zehn Minuten war das.«

»Groß? Dunkle Haare? Graue Augen?«

»Genau.«

Ben stöhnte auf. Mitch Dryer war schon da.

»Hey, stimmt was nicht? Soll ich rübergehen?«

»Auf keinen Fall! Christina ist in großer Gefahr. Ich muß sie warnen!« Wenn es nicht schon zu spät war.

»Sekunde.« Einen Moment hielt Joni die Hand über den Hörer, dann meldete sie sich wieder. »Booker sagt, daß er geht.«

»Booker ist bei dir? Und deine Eltern sind auch daheim?«

»Na ja ...« Sie hüstelte. »Der Rest der Familie ist im Kino ... Aber er will rübergehen.«

»Das ist zu gefährlich.«

»Hör mal, ohne Booker kann Christina viel eher was passieren. Was soll er ihr ausrichten?«

Ben biß die Zähne aufeinander. Er tat es ungern, aber das Mädchen hatte recht. Allein war Christina chancenlos. »Er soll ihr sagen, daß das der Typ ist. Aber das darf er auf keinen Fall mitkriegen. Sonst dreht er durch ... Und er soll ihr sagen, daß sie die Kinder in Sicherheit bringen soll. Und sich selbst auch.«

»Alles klar.«

»Vergiß nicht – der Mann darf nichts mitkriegen.«

»Keine Angst, Ben. Booker ist ungemein feinfühlig.«

»Trotzdem halte ich es für ...«

Zu spät. Die Leitung war bereits tot.

»Was ist los?« fragte Mike.

Ben starrte geradeaus nach vorne. »Fahr, was das Zeug hält«, knurrte er und klammerte sich ans Armaturenbrett.

15

»Aufsperren, oder ich werde böse!« rief Mitch durch die Tür. »Wenn ich mir euretwegen weh tue, wird es noch viel schlimmer für euch!«

Christina schob Abie weg von der Tür in die hinterste Ecke.

»Hörst du mich? Ich habe ein Messer. Damit schlitze ich dich auf und schneide dich in lauter kleine Stücke, aber ganz langsam, damit du auch was davon hast!«

Er hielt inne. Drinnen wartete Christina ab, was für blutrünstige Drohungen er als nächstes ausspucken würde.

»Hörst du mich? Ich werde dich bestrafen! Aber als erstes kommen die Gören dran! Und du wirst zuschauen! *Hörst du mich?*«

Abie zitterte vor Angst am ganzen Leib. Seine Augen und seine Nase rannen. Er klammerte sich an Christina und wimmerte unaufhörlich »neinneinneinnein ...« Christina legte ihm den Zeigefinger auf den Mund.

»Hörst du mich? Ich werde deine Nase in ihr Blut tauchen, du Dreckshure!«

Christina drückte Abie an sich.

»Na schön. Du hast es so gewollt. Ich komme!«

Christina wagte nicht mehr zu atmen. Sie hörte, wie Mitch zurückwich, um Anlauf zu nehmen. Plötzlich schrillte die Türglocke. Nichts geschah. Dann läutete es wieder, noch eindringlicher als vorhin.

»Na gut«, flüsterte Mitch. »Ich sehe nach. Aber vergiß nicht, ich habe das Messer. Wenn ich auch nur einen Laut von euch höre, hat es sich ausgeklingelt!« Mitch brach in hysterisches Gelächter aus.

Christina bückte sich und spähte durch einen Ritz. Zwar konnte sie nicht das ganze Wohnzimmer überblicken, sah aber, wie Mitch zur Tür ging und öffnete. Zu ihrer Überraschung stand ein hünenhafter schwarzer Teenager auf der Schwelle.

»Ja?« fragte Mitch.

»Ich hab' was für Christina«, sagte der Junge. »Wo ist sie?«

Christina biß sich auf die Zunge. Sie wollte schreien, wußte aber, daß Mitch jederzeit zustechen konnte.

»Christina? Oh ... sie ist gerade nicht da. Sie ist ... einkaufen gegangen.«

Der Hüne starrte ihn feindselig an. »Meine Joni hat mir aber gesagt, daß sie da ist.«

»Deine ... Joni? Ach, das muß das Mädchen sein, das ich im Treppenhaus gesehen habe. Du hast einen guten Geschmack. Sie sieht toll aus.«

»Ist schon vergeben«, knurrte der Junge.

»Äh ... klar doch.« Es folgte eine längere Pause, in der die zwei einander beobachteten. »Na ja, wenn Christina zurückkommt, sage ich ihr, daß du da warst ...«

»Ist das da nicht ihre Handtasche?«

Durch den Ritz verfolgte Christina, wie der Junge Mitch beiseite schob, hereinkam und die Tür hinter sich zuknallte.

»Äh ... das ist meine Handtasche.«

»Deine?« Booker baute sich in der Mitte des Raums auf. Er sah nun den umgestürzten Tisch, das auf dem Boden liegende Telefon, die über das ganze Zimmer zerstreuten Windeln. »Was ...«

Christina sah, wie Mitch das Messer hob. Sie kreischte. Booker wirbelte herum. Zu spät. Schon hatte Mitch den Arm um seine Kehle gelegt, blitzschnell seinen Kopf nach hinten gerissen und ihm das Messer direkt unter der linken Schulter in die Brust gestoßen. Aus der Wunde strömte sofort Blut, Booker röchelte erstickt.

Dann zog Mitch das Messer heraus. Fast gleichzeitig ging ein Beben durch Bookers Körper, und er schlug der Länge nach auf dem Boden auf. Seine Augen waren geschlossen. Aus der Wunde spritzte immer mehr Blut und floß über die Holzdielen.

Mitch beugte sich über den Bewußtlosen, hob das Messer erneut und ...

»Nein!« kreischte Christina. »Hilfe! Hilfe!«

Mitch sah zur Schlafzimmertür hinüber. »Du dämliche Schlampe. Du spionierst ja!« Er stolzierte zur verschlossenen

Tür hinüber. In panischer Angst floh Christina zum anderen Ende des Zimmers.

»Du hast das zu lange rausgezögert!« rief Mitch. »Jetzt ist es Zeit für deine Bestrafung.« Einen kurzen Moment war nichts mehr zu hören, dann bebte die Tür. Das Holz splitterte, doch noch hielt die Tür stand.

Noch ...

Christina wußte, daß sie keine Zeit mehr verlieren durfte. Sie schleifte Abie zur Kammer. »Wir müssen uns trennen«, erklärte sie ihm.

»Nein!« heulte Abie. »Laß mich nich' allein! Er bringt mich um! Er ...«

»Still jetzt!« Sie schüttelte ihn wütend. »Wir haben keine Zeit mehr. Ich halte diesen Mann von dir fern, aber du mußt auf das Baby aufpassen.«

Abies Augen weiteten sich. »Ich?«

»Ja, du.« Sie stellte sich auf das unterste Regalbrett und stieß die Dachluke auf. Der Zugang zum Heiligtum, zur Stätte der Meditation und der Beobachtung des Nachthimmels.

»Kannst du da raufklettern?«

»I-ich glaube, ja.«

Der nächste Donnerschlag dröhnte, und wieder splitterte Holz.

»Ich schaffe es«, versprach Abie und kletterte auf das unterste Regal, ohne darauf zu achten, daß ein Stapel Bücher zu Boden fiel. Mit Christinas Hilfe zog er sich hoch und kletterte hinaus.

»Nimm jetzt Joey.« Christina schob das Baby durch die Luke, doch kaum spürte es die Arme des Fremden, fing es an zu schreien. Christina riß den Schnuller mit dem Bart aus der Rocktasche und reichte ihn durch die Luke. »Da. Steck ihm den Schnuller in den Mund. Und seid still!«

Im nächsten Augenblick machte sie die Luke wieder zu, kehrte ins Zimmer zurück und riß das große Fenster auf.

Geradc noch rechtzeitig. Mitch warf sich schon wieder gegen die Tür, und diesmal leistete das dünne Holz keinen Widerstand mehr. Er brauchte das Loch nur noch mit ein paar Fausthieben zu vergrößern.

Christina sah sich verzweifelt nach einer Waffe um. Eine Rassel vielleicht? Eine blaue Babydecke? Bens CDs? Es war hoffnungslos.

Und viel zu spät.

»Da bin ich!« verkündete Mitch und zwängte sich durch das Loch. In der Hand schwang er das Messer. »Wie versprochen.«

16

Mitchs Augen schossen hin und her. Wo, zum Teufel, war der Junge? Aber das war ja das Problem mit diesen Kerlen: Sie wollten einem nur immer entwischen, sich vor der Strafe drücken. Das war doch nicht richtig. Und schon gar nicht fair.

»Wo ist er?« fauchte Mitch.

Diese Schlampe, diese Hure von ... Christina rannte mit wehenden roten Haaren hinters Bett.

Seine Mutter hatte auch rotes Haar gehabt – daran glaubte er sich zumindest zu erinnern. In der Kammer war es ja so dunkel gewesen.

Bitte hilf mir, Mommy, bitte!

»Ich habe gefragt, wo er ist? Da unten vielleicht?« Mitch sprang aufs Bett und begann wie ein Besessener darauf herumzuspringen. Wenn Abie unter dem Bett lag, hätte er ihn mit Sicherheit zerquetscht.

»Was hast du mit meinem Jungen gemacht?« herrschte er Christina an.

»Er ist nicht da. Er ist abgehauen.«

Mitch näherte sich ihr ganz langsam. »Du lügst schon wieder. Ich habe ihn doch gesehen. Wo steckt er?«

»Er ist zum Fenster rausgeklettert. Wie ein kleiner Affe. Jetzt ist er längst über alle Berge.«

Mitch sprang vom Bett herunter und rannte zum Fenster. Christina rettete sich in eine andere Ecke.

»Unmöglich. So tief kann er nicht springen. Du lügst schon wieder.«

»Ich lüge nicht. Er ist weg.«

»Den Sprung hätte er nicht überlebt.«

»Er ist nicht gesprungen, sondern … geklettert.«

»Wie denn?«

»Ich … habe ihn runtergelassen. Mit einem Bettlaken.«

Mitch zögerte. »Wo ist dann das Laken?«

»Er hat es mitgenommen. Er …«

»Halt's Maul, du Lügnerin.« Er fuchtelte mit dem Messer herum. »Ich hasse Lügner. Lügen ist eine Sünde. Lügner müssen bestraft werden.«

»Aber warum …?«

»Es ist nicht nett, wenn man lügt. Und es ist nicht nett, wenn man Geheimnisse verrät. Wer die Geheimnisse seiner Familie nicht wahrt, muß bestraft werden.«

»Ich weiß nicht, wovon Sie da reden. Hören Sie, wahrscheinlich sind Sie kein böser Mensch. Sie brauchen Hilfe. Legen Sie nur das Messer weg, und ich verspreche Ihnen …«

»Ich habe keine Probleme!« kreischte Mitch. *»Du mußt bestraft werden!«*

Er machte einen Satz übers Bett und stürmte mit dem Messer auf sie zu. Christina rettete sich mit einem Sprung zur Seite und wollte zur Tür flüchten, doch er bekam sie am Arm zu fassen und schleuderte sie gegen die Wand.

Mit dem Gesicht voran prallte Christina dagegen. Kurz flatterten ihre Augenlider, dann sackte sie zu Boden.

Sie konnte nicht mehr aufstehen, konnte sich nicht rühren.

Mitch stieß sie mit dem Fuß in die Seite. Sie reagierte nicht. Offenbar war sie bewußtlos.

Natürlich mußte sie sterben, soviel stand für Mitch fest. Doch das Wichtigste zuerst. Wo steckte der Junge? Er sah sich um. Das Fenster schied als Fluchtweg aus. Aber wohin konnte er sich dann …

Erst jetzt fiel ihm auf, daß die Tür zur Kammer offen stand.

Der Junge war in der Kammer!

Wie passend.

Mitch stürzte hinüber und schob die an ihren Bügeln hängenden Hosen beiseite. »Ich hab' dich!«

Doch da war niemand. Wie war das möglich? Wo konnte Abie nur sein? Und was war mit dem Baby?

Er sah die Bücher auf dem Boden. Merkwürdig. Ansonsten war das Zimmer doch so aufgeräumt. Was konnte das nur bedeuten?«

Und dann hörte er etwas. Schreie. Ein Baby weinte.

Das Geräusch kam von direkt über ihm.

Vom Dach.

Mitch grinste. Er stellte sich auf das unterste Regalbrett und öffnete die Luke. »Hallihallo!«

17

Abie kreischte los.

»Guckguck!« Mitch steckte den Kopf durch die Luke. »Ich kann dich sehen!«

Abie drückte Joey fest an sich und krabbelte davon. Doch nach nicht einmal zwei Metern ging es nicht mehr weiter.

»Du warst ein böser Junge, Abie.«

»War ich nicht!« Tränen strömten über Abies Gesicht. »Sie sind böse. Sie wollten, daß ich … schlimme Sachen für Sie tue.«

»Das ist nicht wahr, Abie. Ich habe dich geliebt.«

»Haben Sie nicht!«

»Ich wollte immer nur dein Bestes. Unser Bestes.«

»Dann gehen Sie weg.«

»Abie … spricht man so? Denk doch an den Spaß, den wir im Celebration Station miteinander hatten. Ich hätte dir noch viel mehr bieten können, aber nein, du mußtest ja unbedingt ein böser kleiner Junge sein. Ein schwacher, ungezogener kleiner Junge.« Er biß die Zähne aufeinander. »Wetten, daß du auch ins Bett machst.«

»Mache ich nicht!«

»Und du schaust bestimmt auch deiner Mama zu, wenn sie in der Unterwäsche rumläuft und … lieb zu dir ist. Und wenn keiner da ist, faßt du dich bestimmt auch an.«

»Sie lügen!«

»Du brauchst dich aber nicht dein Leben lang schmutzig zu fühlen, Abie. Es ist nie zu spät. Ich kann dich … reinigen.«

»Gehen Sie weg! Ich will nichts mit Ihnen zu tun haben. Sie sind … krank. Das hat mein Daddy gesagt. Sie sind ein perverses Schwein!«

Mitchs Augen verengten sich zu Schlitzen. »Schön. Dann muß ich dich eben bestrafen. Willst du das Baby mir geben, oder soll es in deinen Armen sterben?«

Abie preßte Joey noch fester an sich. »Rühren Sie mich nicht an! Hilfe! *Hilfe!*«

»Zu spät«, murmelte Mitch. »Ich komme raus.«

Mitch schob beide Arme durch die Öffnung und stemmte sich hoch.

Plötzlich schrie er auf.

Und gleich noch einmal, als Christina ihm das schwere Buch erneut in den Unterleib drosch. Es war die einzige Waffe, die sie auf die Schnelle hatte finden können. Auf ihrer Stirn pochte eine rotblau verfärbte Beule. Sie hatte benommen auf dem Boden gelegen, doch bei Abies Kreischen war sie wieder zu sich gekommen. Jetzt hielten sie Wut, Angst und die Sorge um die Kinder auf den Beinen – obwohl sie nicht wußte, wie lange sie durchhalten konnte.

Mitch sah nach unten. »Was zum …«

Sie schlug erneut zu.

»Du gottverdammte dreckige Hure!«

Plötzlich verlor er den Halt und stürzte auf Christina, die direkt unter ihm gestanden hatte. Beide fielen zu Boden. Das Messer flog zur Seite.

Christina versuchte sich ins Zimmer zu retten, doch Mitch bekam sie an den Haaren zu fassen und riß sie zurück. »Dich kann ich auch ohne Messer bestrafen«, knurrte er.

Christina trat ihm ans Schienbein, doch als sie die Finger in seine Augen bohren wollte, konnte er gerade noch ausweichen, so daß sie ihm nur die Wange zerkratzte. Jetzt sah er rot, holte zu einem Fausthieb gegen ihre Schläfe aus, verfehlte sie aber knapp.

»Hilfe!« schrie Christina. *»Hilfe!«*

Mitch hielt ihr den Mund zu, worauf sie ihn in den Daumen biß. Er heulte auf, und sie biß nur um so kräftiger zu. Ineinander verkrallt, taumelten sie ins große Zimmer. Es gelang Mitch, sich loszureißen; er sah seine Hand an und wurde aschfahl. Aus der Bißwunde quoll Blut. Doch dann erholte er sich schnell, packte Christina am Genick und schlug ihren Kopf gegen die Wand. Damit brach er ihren Widerstand. Sie hatte keine Kraft mehr. Mitch riß sie an den Haaren zu sich herum und schlug ihr wütend zweimal die Faust ins Gesicht. Sie wand sich, doch er ließ sie nicht los.

»Bitte ...«, keuchte sie.

»Halt's Maul.« Er schlug wieder zu, diesmal mit der flachen Hand. »Du hättest mich nicht stören dürfen, du rote Hexe!«

»Ich kann doch nicht zulassen, daß du meinen Babys was antust«, keuchte Christina.

»Ihr seid alle gleich!« zischte Mitch. »Eure Liebe ist bloß geheuchelt! Ihr laßt die Daddys machen, was sie wollen. Ihr tut so, als würdet ihr nichts hören, wenn das Baby schreit. Ihr drückt beide Augen zu, wenn es bestraft wird. Jetzt bist du fällig.«

Erneut knallte er ihr die Faust an den Kopf. Sie sank bewußtlos zu Boden.

»Drecksfotze«, murmelte Mitch. Er entdeckte sein Messer auf der Schwelle zur Kammer und hob es auf. »Du wirst dir gleich wünschen, du wärest nicht böse gewesen. Du wirst dir wünschen, du wärest nicht geboren worden.« Er setzte sich rittlings auf Christina, riß ihren Kopf mit der freien Hand nach hinten und setzte zum tödlichen Stich an.

Ein Schuß peitschte durch das Zimmer. Auch wenn er danebenging, lenkte er Mitch zumindest ab. »Was ...?«

»Waffe fallen lassen!« donnerte eine Stimme von der Eingangstür her.

»Nein!« Wieder hob Mitch die Hand mit dem Messer.

Ein zweiter Schuß krachte und traf Mitch in die Brust. Die Kugel schleuderte ihn nach hinten, und er blieb auf dem Boden liegen.

Mike stürmte ins Zimmer, die Pistole mit beiden Händen vor sich haltend. Ben folgte ihm dicht auf dem Fuß.

»Christina!« Ben beugte sich über seine Freundin. »O Gott, bist du ...?«

Sie drehte den Kopf zu Seite. »Nein.« Ihre Unterlippe war geplatzt und blutete. »Ist nicht so schlimm. Hol lieber die Kinder.«

»Die Kinder! Wo ...?«

»Lieutenant Morelli!« Mit dem Baby auf dem Arm kletterte Abie in die Kammer hinunter und stürzte auf Mike zu. »Ich wußte, daß Sie kommen und uns retten würden!«

»Abie!«

Der Junge wollte sich schon an Mike festklammern, als ihm Joey wieder einfiel. Er hielt ihn hoch.

»O Abie, ich ... ach, Menschenskind ...« Mike nahm das schreiende Bündel entgegen.

Endlich konnte sich Abie an ihn schmiegen. »Ich wußte, daß Sie kommen würden«, schluchzte der Junge. »Ich wußte es einfach!«

»Na ja ...« Bei aller Verlegenheit stand unendliche Erleichterung in Mikes Gesicht geschrieben. »Tut mir leid, daß ich es nicht früher geschafft habe.« Er tätschelte dem Jungen den Kopf, dann rieb er seine Wange an der von Joey.

Ein rührendes Bild. Und obwohl sie beide noch unter Schock standen, wechselten Ben und Christina einen vielsagenden Blick.

Jetzt, da man die zwei Gesichter unmittelbar nebeneinander sah, ließ sich die Ähnlichkeit nicht mehr leugnen.

EPILOG

Das Gesicht des Vaters

Durch das Schlafzimmerfenster schaute Ben hinaus auf die erleuchtete Skyline des nächtlichen Tulsa. In den wenigen Jahren, die er hier lebte, hatte er diese Stadt lieben gelernt. Was für ein verrücktes Kaff. Kultur und Cowboys, Bandenkriege und Gottesdienste – er mochte hier alles. Sogar North Side. Auch wenn er vielleicht erst spät auf den Geschmack gekommen war, fühlte er sich im Moment so gut, daß ihn nichts stören konnte.

Christina hatte sich prächtig erholt, und Jonis Freund Booker war ebenfalls auf dem Weg der Besserung. Allerdings würde seine Schulter noch eine Weile steif bleiben. Aber das Schönste von allem war: Leeman Hayes war endlich wieder frei.

Ben prüfte gerade, ob Fliege und der geliehene Smoking richtig saßen, als seine Mutter den Kopf durch die immer noch nicht reparierte Schlafzimmertür steckte. »Ich habe einen Wagen gehört«, meldete sie. Wie an den anderen Tagen auch hatte sie Joey auf den Armen. Als hätte es nie einen Streit gegeben, war sie wenige Stunden nach der dramatischen Befreiung wieder aufgetaucht. Statt heimzufahren, war sie einkaufen gegangen. Sie hatte Ben wohl nur eine Lektion erteilen wollen – vermutete er zumindest. Das war auch ganz gut so gewesen, wenn man bedachte, was während ihrer Abwesenheit passiert war.

»Wahrscheinlich ist das Christina«, sagte Mrs Kincaid.

Ben stöhnte.

»Benjamin, das gehört sich nicht.«

»Du hast leicht reden. Du mußt ja nicht zum Jahrestreffen der Gesellschaft für frühere Leben.«

»Warum hast du zugesagt, wenn du gar nicht hin willst?«

»Zugesagt? Das habe ich nur Jones zu verdanken.«

»Inwiefern?«

»Na ja, Jones hat am ersten Tag das Baby für mich gehütet, aber nur unter der Bedingung, daß ich ihm auch einen Gefallen tue.«

»Und?«

»Das ist der Gefallen.«

»Wie auch immer, ich bin froh, daß du mit ihr ausgehst.«

»*Mutter*, du bist wohl unbelehrbar, hm?«

Mrs. Kincaid kehrte lächelnd ins Wohnzimmer zurück.

Als es klopfte, dachte Ben, das wäre Christina, doch zu seiner Überraschung sah er sich Ernie Hayes gegenüber. Und Leeman.

»Hoffentlich stör' ich Sie nich'«, sagte Ernie. »Ich hätte ja auch angerufen, aber ich hab' Ihre Nummer nich'.«

»Das macht doch nichts. Ist was passiert?«

»Nein, nein, alles in bester Butter. Dank Ihnen. Ich kann Ihnen gar nich' genug danken, daß Sie meinem Sohn geholfen haben.«

»Na ja, das hat auch viel mit Ihnen zu tun.«

Ernie grinste ihn verschmitzt an. »Wieso, Mr. Kincaid? Ich weiß gar nich', wovon Sie reden.«

»Mhm. Kann ich Ihnen etwas ...«

»O nein. Wir wollten nur kurz vorbeischauen. Es war Leemans Idee.« Er gab seinem Sohn einen Schubs.

Leeman trat mit ausgestrecktem Arm vor. Er hielt etwas in der Hand. Eine Schallplatte. »Du«, sagte er.

»Ich? Du meinst, für *mich?*« Ben nahm das schon etwas abgegriffene Album entgegen und warf einen Blick auf den Titel. Beethovens Fünfte. Die Wiener Philharmoniker unter der Leitung von Hans Schmidt-Isserstedt.

»O nein!« rief Ben. »Das kann ich nicht annehmen.«

»Du«, sagte Leeman.

»Aber das ist eine Rarität! Sie ist unersetzlich!«

Doch Leeman strahlte ihn nur an. Ein so glückliches Gesicht hatte Ben im ganzen Leben noch nicht gesehen. Auf einmal bekam er feuchte Augen. »Na denn ... danke. Vielen, vielen Dank.«

Leeman nickte. Dann verabschiedeten sich die beiden.

Ben kehrte ins Schlafzimmer zurück, um die Platte ins

Regal zu stellen, doch dann überlegte er es sich anders. Ja, warum eigentlich nicht? Wenigstens für den ersten Satz hatte er ja noch Zeit.

Die Musik lief schon, als seine Mutter erneut bei ihm hereinschaute.

»Deine Freundin ist da.«

»Mutter!« Er folgte ihr ins Wohnzimmer. »Ich habe dir doch gesagt, daß ...«

Ben blieb jäh stehen und schnappte nach Luft.

Christina stand im Zimmer. Sie trug ein trägerloses schwarzes Kleid mit perlenbesetztem Oberteil und Saum, lange weiße Handschuhe und eine Halskette mit funkelnden Perlen. Alles paßte: die Schuhe, die Ohrringe und sogar die Handtasche. Das lange Haar war hochgesteckt und zu eleganten Spiralen geformt worden.

»Christina«, flüsterte er. »Du bist ... wunderschön.«

Sie klimperte mit den Wimpern. »Ich dachte schon, du würdest es nicht bemerken.«

»Aber ... dein Kleid!«

»Deine Mutter und ich sind doch noch gemeinsam einkaufen gegangen.« Sie strich das Samtkleid glatt. »Sie hat das gewisse Etwas, das *savoir vivre*. Du solltest dich auch von ihr einkleiden lassen, Ben. Sie ist großartig. Sie hat mich auch frisiert und geschminkt. Gefällt dir das Make-up?«

Ben beugte sich näher zu ihrem strahlenden Gesicht. Von den blauen Flecken war kaum noch etwas zu erkennen. »Wirklich toll.« Er nahm sie am Arm. »Tja, wir gehen dann wohl, Mutter.«

»Aber natürlich.« Mrs. Kincaid hielt ihnen die Tür auf. »Vergnügt euch schön, Kinder. Aber kommt nicht zu spät heim. Und haltet euch von Fremden fern.«

Als Ben spät am Abend zurückkam, fand er seine Mutter beim Kofferpacken.

»Du reist ab?«

Sie legte sorgfältig ein Kleid zusammen und verstaute es in ihrer Reisetasche. »Ich ... dachte, du benötigst mich jetzt nicht mehr.«

»Oh.«

»Während des Prozesses warst du ja auf Hilfe angewiesen, aber jetzt bin ich dir wohl eher im Weg.«

»Oh ...« Ben half ihr, den Reißverschluß der prall gefüllten Tasche zuzuziehen.

»Werden sie diesen Mann verhaften? Den Vater?«

»Ganz bestimmt. Nach seinem Geständnis haben sie ja keine andere Wahl.«

»Und seine Freunde vom Country Club? Sie müssen es doch auch gewußt haben.«

»Wahrscheinlich. Pearson muß es geahnt haben. Schließlich hat er die Adoption in die Wege geleitet und hat auch Maria Alvarez im Club gesehen. Aber er hielt all die Jahre dicht. Und Bentley hatte auch einen Verdacht – zumindest in Mitchs Fall. Deshalb hat er seine Box durchsucht und die belastende Baseballmütze gefunden. Aber die Opfer waren ihm egal. Ihm ging es nur um den Ruf des Country Clubs. Und um den seiner Mitglieder.«

»O ja.« Mrs. Kincaid breitete einen schier unendlichen Vorrat an Kosmetika vor sich aus. »Die schützen immer ihresgleichen.«

»Das war auch der Grund, warum sie Mitch anstellten. Er hat mir selbst gesagt, daß sie ihm den Job kurz nach dem Mord anboten. Sie brauchten jemanden, der die Polizei und die Medien von ihnen fernhielt. Jemanden, der ihnen beim Vertuschen half.«

»Und durch das Vertuschen des einen Verbrechens wurde der Nährboden für das nächste bereitet.«

»Stimmt. Unter normalen Umständen wäre Mitch nie im Country Club gelandet und hätte nie die Rutherfords kennengelernt.«

»Für scheinbar kleine Fehler muß man oft einen schrecklich hohen Preis zahlen. Das ist nicht gerecht, aber so ist nun mal die Welt.« Mrs. Kincaid ließ den letzten Koffer zuschnappen und stellte ihn auf den Boden. »So, fertig.«

»Nimmst du Joey mit?« fragte Ben.

»Ich dachte, das wäre dir recht«, meinte seine Mutter mit einem dünnen Lächeln. »Ich werde ihn holen lassen.« Sie seufzte. »Es wird nicht leicht sein, nach all den Jahren wieder einen Säugling zu versorgen. Aber jemand muß es ja tun.« Sie zögerte kurz. »Und ich weiß, daß du nie viel mit deiner Familie zu tun haben wolltest.«

Wie wahr. Trotzdem rissen ihre Worte eine Wunde in ihm auf. So weit Ben zurückdenken konnte, hatte sie es immer vermocht, ihm mit einer scheinbar harmlosen Bemerkung einen Stich ins Herz zu versetzen.

»Glaubst du, dein Freund Mike weiß es inzwischen?« fragte sie.

»Ich bin mir fast sicher, daß er es nicht einmal ahnt. Mike ist hochintelligent, aber was Julia betrifft, ist er blind. Ich glaube, das gilt auch für ihr Baby.«

»Wirst du ... es ihm sagen?«

»Na ja ...«

»Wenn ein Mann ein Kind hat, muß er das wissen.«

»Ich weiß nicht ... Jetzt noch nicht. Vielleicht später. Wenn die Zeit dafür reif ist.«

Mrs. Kincaid nickte. »Als Vater trägt man eine ungeheure Verantwortung.«

Klar. Aber was ging in Vätern vor? Vätern und Söhnen. Was war ihre Triebfeder? Earnie Hayes, dem jeder Trick recht war, wenn seinem Sohn damit geholfen werden konnte. Harold Rutherford, der ein guter Vater sein wollte, aber keinen Zugang zu seinem Sohn fand. Und natürlich auch Mitch, der von seinem Vater offenbar auf die grausamste Weise gequält worden war.

Und Bens Vater. Oder Ersatzväter wie Jack Bullock, auch wenn er den jetzt wohl streichen konnte.

»Ich habe noch etwas für dich.« Seine Mutter ging ins Wohnzimmer und holte einen Umschlag, der auf dem Klavier gelegen hatte. »Es ist ein Foto von dir und deinem Vater. Du hast es auf den Tisch geworfen, als ... na ja.« Sie hielt Ben das Bild mit zitternder Hand entgegen. »Ich dachte mir, du möchtest es vielleicht behalten.«

Ben starrte auf einen stolzen Mann und dessen kleinen Sohn hinunter, der seinen Vater innig zu lieben schien. Die zwei kamen ihm vor wie Fremde.

Seine Mutter scharrte verlegen mit den Füßen. »Benjamin, ich weiß zwar, daß es dir nicht recht sein wird, aber ... na ja ... ich war doch jetzt lange Zeit zu Gast in deiner ...« Ihre Hand beschrieb einen vagen Kreis um den Raum. »Wie auch immer. Ich glaube, ich habe mich wacker geschlagen, aber genug ist genug.« Sie zog einen weiteren Umschlag aus ihrer Handtasche. »Ich habe dir einen Scheck ausgestellt und will, daß du ihn annimmst.«

»Nein.«

»Benjamin, sei vernünftig!«

»Wenn mein Vater gewollt hätte, daß ich ...«

»Benjamin, du weißt überhaupt nicht, wovon du sprichst!« Sie warf abrupt den Kopf zurück, als wäre sie selbst von ihrem Gefühlsausbruch überrascht.

»Es tut mir leid, Mutter, aber die Antwort ist nein.«

Sie stieß einen schweren Seufzer aus, und zum erstenmal nahm Ben all die Furchen bewußt wahr, die ihr sechsundsechzig Jahre ins Gesicht gegraben hatten.

»Na schön, wenn du so hartnäckig bleibst, kann ich wohl nichts mehr für dich tun.«

Sie hob ihr Gepäck auf und setzte sich in Bewegung.

»Warte.«

Sie blieb stehen.

Ben streckte die Hand nach ihr aus. »Da wäre noch was.«

Sie drehte sich um. Ihre Augen weiteten sich. »Wirklich?«

»Ja.« Ben stellte ihr Gepäck auf den Boden, ergriff ihre zitternde Hand und führte sie zum Sessel. »Erzähl mir von meinem Vater.«

DANKSAGUNG

Einmal mehr hatte ich das Glück, daß mir beim Verfassen dieses Buchs Ratgeber mit enormem Fachwissen zur Seite standen. Mein Dank gilt Linda Barry, die ihre langjährige Erfahrung in der Arbeit mit geistig behinderten Kindern mit mir geteilt hat; Richter Thomas S. Crewson, der mir den Fall des echten Leeman Hayes geschildert hat; Walter Booker Martin jr., dem Spezialisten für Jugendbanden beim Midwest City Police Department, der mich über die Jugendkriminalität aufgeklärt und mir Kontakte mit Bandenmitgliedern in Oklahoma City vermittelt hat; und Arlene Joplin von der Anwaltskammer der Vereinigten Staaten, die mir wertvolle Informationen zu Prozeßordnung und Strafrecht gab.

Auch die Quellen eines großen Teils meines Hintergrundwissens sollen nicht unerwähnt bleiben. Es sind dies Burkhard Bilgers Artikel ›The Court Martial of Johnson C. Whittaker‹ und ›The Blacks in Oklahoma‹, die beide in der vorzüglichen Zeitschrift *Oklahoma Today* erschienen sind, herausgegeben von der unvergleichlichen Jeanne Devlin; sowie *Death in the Promised Land* von Scott Ellsworth, das bei Louisiana State University Press publiziert wurde.

Genannt werden soll auch Cecil Adams, dessen *The Straight Dope* mich auf Ersticken durch autoerotische Praktiken aufmerksam machte. Was für ein behütetes Leben ich doch führe!

Ein Dankeschön an Michael Stipe von der Gruppe R.E.M., der zufällig am selben Tag geboren wurde wie ich. Ein wahrlich historischer Tag.

Herzlichen Dank auch an Gail Benedict für ihre Mitarbeit am Manuskript, Kathy Redwood für ihr unnachahmliches Geschick als Sekretärin, und an Drew Graham und Esther Perkins, die so freundlich waren, die Rohfassung durchzulesen und mit Kommentaren zu versehen.

Schließlich möchte ich mich bei meiner Frau Kirsten und meinen Kindern bedanken. Harry und Alice, ihr habt wirklich Geduld bewiesen, als euer Daddy irgendwo unterwegs war, nächtelang vor dem Computer hockte und euch um drei Uhr morgens mit der Flasche in der einen Hand und dem Manuskript in der anderen fütterte.

Ach, übrigens – Christina hat Ben wirklich einen Ziegel im Zoo gekauft. Prüfen Sie es nach.

William Bernhardt